KNAUR
SCIENCE FICTION FANTASY

Herausgeber
Werner Fuchs

Das Auge Aldurs, jener sagenhafte Stein der Macht, der die Königreiche der Menschen so lange vor dem bösen Gott Torak geschützt hatte, war aus Riva gestohlen worden – und damit hatte alles angefangen. Davor war Garion ein einfacher Bauernjunge gewesen. Aber als er sich einer Gruppe von Abenteurern anschloß, die das Auge unter allen Umständen zurückgewinnen wollten, veränderte sich die Welt um ihn. Er fand heraus, daß seine Tante Pol in Wirklichkeit die Zauberin Polgara war und sein Großvater der siebentausend Jahre alte Magier Belgarath. Und dann, auf der langen Suche nach dem Auge, stellte er fest, daß er selber auch Zauberkräfte besaß...

Nun, da das Auge in der Felsenstadt Rak Cthol gefunden wurde, beginnt der lange Weg zurück nach Arendien und Riva, wo der Stein noch vor Erastide sein muß. Aber die Grolimpriester schlafen nicht. Sie setzen ihre dunkle Magie ein, um die Freunde zu vernichten...

David Eddings wurde 1931 in Spokane/Washington geboren. Sein erstes Buch, der Abenteuerroman »High Hunt«, wurde 1973 veröffentlicht. Mit dem fünfbändigen Zyklus »Das Auge Aldurs« schuf er ein Fantasy-Epos, das in den USA großes Aufsehen erregte und in die Taschenbuch-Bestsellerlisten vordrang. In Großbritannien war David Eddings 1984 gar der am besten verkaufte Fantasy-Autor überhaupt.

»Turm der Hexerei« setzt das große Epos vom Auge Aldurs fort, das in »Die Prophezeiung des Bauern« (Band 5785), »Die Zaubermacht der Dame« (Band 5792), »Gambit der Magier« (Band 5817) begonnen wurde. Der abschließende Band ist unter dem Titel »Verwunschenes Endspiel« in Vorbereitung.

Deutsche Erstausgabe

Titel der Originalausgabe
»Book Four of the Belgariad – Castle of Wizardry«

Diese Übersetzung erfolgte mit Genehmigung von
Ballantine Books, A Division of Random House, Inc.
Umschlaggestaltung Franz Wöllzenmüller
Umschlagillustration Kevin Johnson
Karten Karin Fuchs, Düsseldorf
Satz Compusatz, München
Druck und Bindung Elsnerdruck, Berlin
Printed in Germany 5 4 3 2 1
ISBN 3-426-05818-9

David Eddings

Turm der Hexerei

Fantasy-Roman

Aus dem Amerikanischen von Irmhild Hübner

Knaur®

ISBN 3-426-05818-9 980

Für Bibbidie,
für Chopper Jack,
für Jimmy und Eddie
—gute und enge Freunde,
die mich von Anfang an unterstützten.

KÖNIGREICHE VON ALORN UND ANGARAK
INSEL DER WINDE
MEER DER WINDE
SCHLEIER-FLUSS
CHEREK
ALORN-FLUSS
VAL ALORN
GOLF VON CHEREK
ENGE VON CHEREK
KOTU
ALDUR-MOOR
SELINE
SENDARIEN
DARINE
SENDAR
MEDALIA
SULTURN
CAMAAR
CAMAAR-FLUSS
MUROS
ARENDISCHE WÄLDER
VO WACUNE
ASTUR-FLUSS
VO ASTUR
ARENDIEN
GROSSE WEST-STRASSE
PROLGU
VO MIMBRE
AREND-FLUSS
VORDUE WALD
TOL VORDUE
TOLNEDRA
TOL HORB
TOL BORUNE
TOL RANE
MAR TURIN
WALD DER DRYADEN
WALD-FLUSS
STHISS TOR
SCHLANGEN-FLUSS
NYISSA

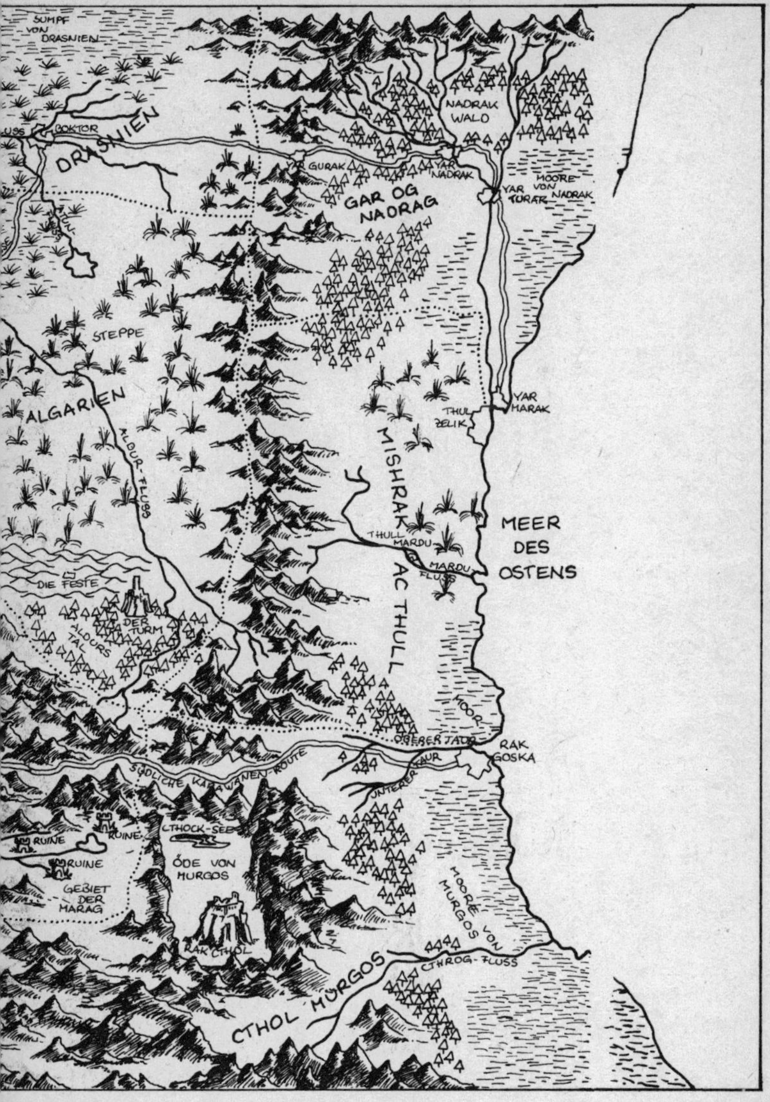
SUMPF VON DRASNIEN
BOKTOR
DRASNIEN
NADRAK WALD
YAR GURAK
YAR NADRAK
MOORE VON NADRAK
YAR TURAK
GAR OG NADRAG
STEPPE
ALGARIEN
ALDUR-FLUSS
YAR MARAK
THUL ZELIK
MISHRAK AC THULL
THULL MARDU
MARDU-FLUSS
MEER DES OSTENS
DIE FESTE
DER TURM
ALDURS TAL
MOOR
OBERER TAUR
RAK GOSKA
TAUR
UNTERER TAUR
SÜDLICHE KARAWANEN-ROUTE
CTHOCK-SEE
RUINE
RUINE
RUINE
ÖDE VON MURGOS
GEBIET DER MARAG
MOORE VON MURGOS
RAK CTHOL
CTHROG-FLUSS
CTHOL MURGOS

Prolog

Von Riva Eisenfaust, der Wächter über das Auge Aldurs wurde, und von dem Bösen, das aus Nyissa kam.

Nach dem Buch von Alorn und späteren Berichten

Und es kam eine Zeit, da Cherek und seine drei Söhne mit Belgarath dem Zauberer nach Mallorea gingen. Gemeinsam suchten sie, das Auge Aldurs zurückzugewinnen, das der entstellte Gott Torak gestohlen hatte. Und als sie im Eisernen Turm Toraks an den Ort kamen, an dem das Auge verborgen lag, wagte nur Riva Eisenfaust, jüngster der Söhne, den großen Edelstein zu ergreifen und fortzutragen. Denn nur Rivas Seele war frei von allem Bösen.

Und als sie wieder in den Westen kamen, überantwortete Belgarath Riva und seinen Nachkommen die ewige Wacht über das Auge und sprach: »So lange das Auge bei dir und deinem Hause bleibt, so lange wird der Westen sicher sein.«

Dann nahm Riva das Auge und segelte mit seinen Leuten zur Insel der Winde. An einer Stelle, an der Schiffe landen konnten, ließ Riva eine Zitadelle bauen und darum herum eine ummauerte Stadt, die die Menschen *Riva* nannten. Es war eine Festungsstadt, erbaut für den Krieg.

Innerhalb der Zitadelle wurde eine große Halle errichtet, in der ein Thron aus schwarzem Stein vor der Wand stand. Und die Menschen nannten diesen Thronsaal die Halle des Rivanischen Königs.

Dann kam ein tiefer Schlaf über Riva, und Belar, der Bärengott der Alorner, erschien ihm im Traum und sprach: »Höre, Wächter des Auges. Ich werde zwei Sterne vom Himmel fallen lassen. Und du sollst diese beiden Sterne nehmen und sie in ein Feuer geben und sie schmieden. Aus dem einen sollst du eine Klinge schmieden, aus dem anderen aber ein Heft, und zusammen sollen sie ein Schwert sein, das Auge meines Bruders Aldur zu bewachen.«

Als Riva erwachte, sah er zwei Sterne fallen, und er suchte und fand sie in den Bergen. Und er tat mit ihnen, wie Belar ihn geheißen hatte. Aber als er fertig war, ließen sich Heft und Klinge nicht verbinden. Da rief Riva: »Seht, ich habe es verdorben, das Schwert will nicht eins werden.«

Ein Fuchs, der ihn aus der Nähe beobachtete, sprach zu Riva: »Die Arbeit ist nicht verdorben, Riva. Nimm das Heft und setze das Auge als Schwertknauf darauf.« Und Riva tat, wie der Fuchs gesagt hatte, und das Auge wurde eins mit dem Heft. Aber noch immer waren Klinge und Heft nicht verbunden.

»Nimm die Klinge in die linke und das Schwert in die rechte Hand, dann verbinde sie.«

»Sie werden sich nicht verbinden. Es ist unmöglich«, sagte Riva.

»Du bist wahrlich weise«, sprach der Fuchs, »daß du weißt, was unmöglich ist, ehe du es versucht hast.«

Darauf war Riva beschämt. Er legte Klinge und Heft aneinander, und die Klinge fuhr in das Heft, wie ein Stock in Wasser gleitet. Das Schwert war für alle Zeiten zusammengefügt.

Der Fuchs lachte und sagte: »Nimm das Schwert und zerschmettere den Felsen vor dir.«

Riva fürchtete um die Klinge, daß der Hieb sie zerstören könnte, doch sie zerschmetterte den Felsen. Der Fels brach in zwei Teile, und Wasser sprudelte heraus und wurde zu einem Fluß, der hinunter zur Stadt strömte. Und weit im Osten in der Finsternis von Mallorea schrak Torak von seinem Lager hoch, und Kälte durchströmte sein Herz.

Wieder lachte der Fuchs. Danan lief er davon, blieb jedoch noch einmal stehen, um zurückzuschauen. Riva sah, daß es kein Fuchs mehr war, sondern die große silbergraue Wolfsgestalt Belgaraths.

Riva ließ das Schwert an der schwarzen Felswand anbringen, vor der sein Thron stand. Die Klinge zeigte nach unten, so daß das Auge auf dem Knauf an höchster Stelle war. Und das Schwert heftete sich selbst an den Fels. Niemand außer Riva konnte es abnehmen.

Als die Jahre vergingen, sahen die Menschen das Auge mit einem kalten Feuer brennen, wenn Riva auf dem Thron saß;

und wenn er das Schwert von der Wand nahm und es hochhielt, wurde es zu einer großen blauen Feuerzunge.

Im zeitigen Frühjahr des Jahres, nachdem das Schwert geschmiedet worden war, kam ein kleines Boot über die dunklen Wasser des Meers der Winde. Es glitt ohne Segel und Ruder dahin. Allein in diesem Boot saß die schönste Jungfrau der Welt. Ihr Name war Beldaran, geliebte Tochter Belgaraths, und sie war gekommen, Rivas Gemahlin zu sein. Und Rivas Herz schmolz vor Liebe zu ihr, wie es von Anbeginn der Zeit bestimmt war.

In dem Jahr, das auf die Hochzeit von Riva und Beldaran folgte, wurde ihnen an Erastide ein Sohn geboren. Und in der rechten Hand trug dieser Sohn Rivas das Zeichen des Auges. Sogleich trug Riva sein Kind in die Halle des Rivanischen Königs und legte die winzige Hand auf das Auge. Das Auge erkannte das Kind und erglühte vor Liebe zu ihm. Seit jener Zeit trug jeder Nachkomme Rivas das Zeichen des Auges, damit es ihn erkennen konnte und ihn nicht zerstörte, wenn er es berührte, denn nur ein direkter Nachfahre Rivas konnte das Auge ungefährdet berühren. Mit jeder Berührung durch eine kindliche Hand wurde das Band zwischen Rivas Haus und dem Auge stärker. Und mit jeder Berührung wuchs die Leuchtkraft des Auges.

Also verhielt es sich in der Stadt Riva tausend Jahre lang. Manchmal segelten Fremde über das Meer der Winde und wollten Handel treiben, doch Chereks Schiffe, dazu bestimmt, die Insel der Winde zu beschützen, fielen über die Fremden her und zerstörten sie. Aber nach einiger Zeit kamen die alornischen Könige zusammen und entschieden nach gemeinsamer Beratung, daß diese Fremden keine Diener Toraks wären, sondern dem Gott Nedra huldigten. Sie kamen überein, die Schiffe ungehindert über das Meer der Winde segeln zu lassen. »Denn«, sprach der König von Riva zu den anderen Königen, »vielleicht kommt die Zeit, da die Söhne Nedras sich uns im Kampf gegen die Angaraks von Torak Einauge anschließen. Deshalb wollen wir Nedra nicht erzürnen, indem wir die Schiffe seiner Kinder versenken.« Der Herrscher von

Riva sprach weise, und die alornischen Könige stimmten ihm zu, denn sie wußten, daß die Welt sich veränderte.
Dann wurden Verträge mit den Söhnen Nedras unterzeichnet, die eine kindliche Freude daran hatten, Pergamente zu unterzeichnen. Aber als sie in den Hafen von Riva segelten, beladen mit buntem Flitterkram, den sie für wertvoll erachteten, lachte der Rivanische König über ihre Torheit und schloß die Tore der Stadt vor ihnen.
Die Söhne Nedras drängten ihren König, den sie Kaiser nannten, daß er die Stadttore gewaltsam öffnen sollte, damit sie ihre Waren in den Straßen feilbieten konnten. Der Kaiser schickte seine Armee zu der Insel. Diesen Fremden aus dem Reich, das sie Tolnedra nannten, freie Fahrt auf dem Meer zu gewähren, war eine Sache, sie aber eine Armee vor den Toren Rivas landen zu lassen, war eine ganz andere. Der Rivanische König befahl, daß der Strand vor der Stadt gesäubert und der Hafen von allen tolnedranischen Schiffen befreit würde. Und so geschah es.
Groß war der Zorn des Kaisers von Tolnedra. Er sammelte seine Armeen, um das Meer der Winde zu überqueren und Krieg zu führen. Daraufhin berieten die friedliebenden Alorner, wie sie diesem unbesonnenen Kaiser Einhalt gebieten könnten. Und sie sandten ihm eine Botschaft, in der sie erklärten, sie würden sich erheben und Kaiser und Reich zerstören und die Überreste ins Meer kehren, sollte er auf seinem Vorhaben beharren. Und der Kaiser hörte auf diese ruhige Mahnung und gab sein kühnes Abenteuer auf.
Als die Jahre vergingen und der Rivanische König erkannte, daß die Kaufleute aus Tolnedra harmlos waren, gestattete er ihnen, am Ufer vor der Stadt ein Dorf zu bauen und dort ihre nutzlosen Waren feilzubieten. Ihr Drang, zu verkaufen oder zu handeln, amüsierte ihn, und er bat sein Volk, einige Dinge von ihnen zu kaufen – obwohl keinerlei Zweck in den erworbenen Gegenständen gefunden werden konnte.
Dann, viertausendundzwei Jahre, nachdem der Verfluchte Torak das Auge gestohlen und die Welt gespalten hatte, kamen andere Fremde in das Dorf, das die Söhne Nedras vor den Mauern von Riva gebaut hatten. Es hieß, diese Fremden wären

die Söhne des Gottes Issa. Sie nannten sich Ny-Isser, und sie behaupteten, ihr Herrscher sei eine Frau, was allen, die davon hörten, unnatürlich erschien. Der Name dieser Königin war Salmissra.
Sie kamen in Verkleidung und sagten, sie brächten reiche Geschenke von ihrer Königin für den Rivanischen König und seine Familie. Als er dies hörte, wurde Gorek der Weise, der bejahrte König aus dem Hause Riva, neugierig und wollte mehr von diesen Kindern Issas und ihrer Königin wissen. Mit seiner Gemahlin, seinen beiden Söhnen und deren Gattinnen und allen königlichen Enkelkindern verließ er die Festung und die Stadt, um den Pavillon der Ny-Isser zu besuchen, sie höflich zu begrüßen und die wertlosen Geschenke entgegenzunehmen, die die Dirne von Sthiss Tor gesandt hatte. Mit einem Begrüßungslächeln wurde der Rivanische König und seine Familie im Pavillon der Fremden willkommen geheißen.
Dann fielen die elenden und verfluchten Söhne Issas über alle her, die die Frucht und der Samen des Hauses Riva waren. Ihre Waffen waren in Gift getaucht, so daß der kleinste Kratzer schon den Tod bedeutete.
Auch im Alter noch stark, kämpfte Gorek mit den Mördern. Nicht um sich selbst zu retten, denn er fühlte schon den Tod in den Adern durch den ersten Hieb, sondern um wenigstens einen seiner Enkelsöhne zu retten, damit die Linie weiterbestehen könnte. Doch alle waren zum Untergang verurteilt, bis auf ein einziges Kind, das entfloh und sich ins Meer stürzte. Als Gorek dies sah, bedeckte er sein Gesicht mit seinem Mantel, stöhnte und starb unter den Messern der Nyisser.
Als die Nachricht hiervon Brand, den Wächter der Zitadelle, erreichte, war sein Zorn schrecklich. Die verräterischen Attentäter wurden überwältigt, und Brand verhörte jeden auf eine Weise, daß selbst tapfere Männer erzitterten. Die Wahrheit wurde aus ihnen herausgepreßt. Gorek und seine Familie war auf Anweisung von Salmissra, der Schlangenkönigin der Nyisser, hinterhältig ermordert worden.
Von dem Kind, das sich ins Meer gestürzt hatte, wurde keine Spur gefunden. Einer der Attentäter behauptete, er hätte eine

schneeweiße Eule herabstürzen und das Kind davontragen sehen, aber niemand glaubte ihm, obwohl er selbst unter dem schärfsten Verhör seine Geschichte beibehielt.

Dann führte ganz Aloria schrecklichen Krieg gegen die Söhne Issas. Ihre Städte wurden gebrandschatzt und jeder dem Schwert übergeben, den man fand. In ihrer letzten Stunde gestand Salmissra, daß diese Untat auf Drängen von Torak Einauge und seinem Diener Zedar begangen worden war.

So kam es, daß es keinen Rivanischen König mehr gab und keinen Wächter des Auges, wenn auch Brand und seine Nachkommen gleichen Namens widerstrebend die Herrschaft über Riva übernahmen. In den folgenden Jahren hielt sich beharrlich ein Gerücht, daß der Sproß Rivas noch immer verborgen in einem fernen Land lebte. Aber obwohl graugekleidete Rivaner die ganze Welt nach ihm durchkämmten, fanden sie ihn nicht.

Das Schwert blieb, wo Riva es gelassen hatte, und das Auge war immer noch auf dem Knauf, wenn es auch jetzt immer dunkel und leblos wirkte. Die Menschen bekamen das Gefühl, der Westen sei sicher, solange das Auge dort war, obgleich es keinen Rivanischen König mehr gab. Auch schien keine Gefahr für einen Diebstahl des Auges zu drohen, denn jedermann, der es berührte, wurde sofort entsetzlich versengt, wenn er nicht wahrlich von Riva abstammte.

Aber nun, da seine Häscher den Rivanischen König und Wächter des Auges erschlagen hatten, wagte Torak Einauge wieder, Pläne für die Eroberung des Westens zu schmieden. Und nach vielen Jahren führte er eine riesige Angarakarmee an, um alles zu zerstören, was sich ihm widersetzte. Seine Horden wüteten von Algarien bis nach Arendien und zur Stadt Vo Mimbre.

Da aber kamen Belgarath und seine Tochter Polgara, die Zauberin, zu dem, der Brand war und Wächter von Riva, um ihn zu beraten. Mit ihnen führte Brand seine Armee nach Vo Mimbre. Und in der blutigen Schlacht vor der Stadt benützte Brand die Macht des Auges, um Torak zu überwältigen. Zedar zauberte den Körper seines Meisters hinweg und versteckte ihn, aber die ganze Kraft des Schülers konnte seinen Gott nicht wieder erwecken. Und wieder fühlten sich die Menschen des Westens sicher, geschützt von dem Auge und Aldur.

Nun gab es aber Gerüchte über eine Prophezeiung, nach der ein Rivanischer König, ein wahrer Nachkomme Rivas, wieder erscheinen und auf dem Thron in der Halle des Rivanischen Königs sitzen sollte. Und in späteren Jahren verlangten einige, daß jede Tochter eines Kaisers von Tolnedra an ihrem sechzehnten Geburtstag im Thronsaal erscheinen mußte, um die Braut des neuen Königs zu sein, sofern er kommen sollte. Aber nur wenige achteten auf solche Sagen. Jahrhunderte vergingen, und noch immer war der Westen in Sicherheit. Das Auge blieb dunkel leuchtend auf seinem Platz im Schwertknauf. Und irgendwo sollte der schreckliche Torak schlafen, bis zur Rückkehr des Rivanischen Königs – die es nie geben würde.

So sollte der Bericht eigentlich enden. Aber kein wahrer Bericht kann je enden. Und nichts kann je wirklich sicher sein, solange böse Menschen stehlen oder zerstören wollen.

Wieder gingen viele Jahrhunderte ins Land. Neue Gerüchte tauchten auf, die die Mächtigsten beunruhigten. Und man flüsterte, daß irgendwo das Auge gestohlen worden war. Belgarath und Polgara wurden wieder gesehen, wie sie durch die Länder des Westens zogen. Sie hatten einen jungen Mann namens Garion bei sich, der Belgarath seinen Großvater und Polgara seine Tante nannte. Und während sie durch die Königreiche reisten, sammelten sie eine seltsame Gesellschaft um sich.

Den alornischen Königen, die sich zur Beratung versammelt hatten, enthüllte Belgarath, daß es der Abtrünnige Zedar gewesen war, dem es gelungen war, das Auge zu stehlen und mit ihm nach Osten zu fliehen, vermutlich, um den schlafenden Torak damit aufzuwecken. Und dorthin mußte Belgarath mit seinen Gefährten, um es zu retten.

Dann entdeckte Belgarath, daß Zedar einen vollkommen unschuldigen Knaben gefunden hatte, der gefahrlos das Auge berühren konnte. Aber nun führte der Weg zu den finsteren und gefährlichen Stätten der Grolimpriester Toraks, wohin der

Magier Ctuchik das Auge und den Knaben verschleppte, die er Zedar entrissen hatte.
Im Laufe der Zeit wurde diese Reise Belgaraths und seiner Gefährten als *Belgariade* bekannt. Aber ihr Ende lag in der Prophezeiung verborgen. Und selbst der Prophezeiung war der letztendliche Ausgang unbekannt.

Teil I:

Algarien

DRASNIEN
ALDURMOOR
DAMM
ATUN
ATUNSEE
ALDURFURT
ALGARIEN
STEPPE
STEPPE
ALDUR
DAS KLIFF
ULGOLAND
ALGARISCHES HÜGELLAND
DIE FESTE
ALDURS TAL
TOLNEDRA

1

Ctuchik war tot – ja, mehr als das –, und die Erde selbst bebte und stöhnte unter der Nachwirkung seiner Zerstörung. Garion und die anderen flohen durch die dämmrigen Gänge abwärts, die die schwankende Basaltsäule durchzogen. Die Felsen knirschten und krachten, Bruchstücke regneten von den Dekken in der Dunkelheit auf sie herab. Selbst beim Laufen überschlugen sich Garions Gedanken, schossen zusammenhanglos durcheinander und kreisten um das Unglaubliche, das sich gerade ereignet hatte. Flucht war ihm ein verzweifeltes Bedürfnis, und er floh, ohne zu denken oder etwas wahrzunehmen. Seine Schritte waren so mechanisch wie sein Herzschlag.

Seine Ohren waren erfüllt von einem anschwellenden, triumphierenden Gesang, der in den Gewölben seines Verstandes erklang, jeden Gedanken auslöschte und ihn in benommenes Staunen versetzte. Durch all seine Verwirrung war er sich jedoch klar der vertrauensvollen Berührung der kleinen Hand bewußt, die in der seinen ruhte. Der kleine Junge, den sie in Ctuchiks dunklem Turm gefunden hatten, rannte neben ihm her, das Auge Aldurs fest an die kleine Brust gepreßt. Garion wußte, daß es das Auge war, das seinen Geist mit seinem Gesang erfüllte. Es hatte ihm die ganze Zeit zugeflüstert, als sie die Stufen des Turms erklommen, und sein Lied war stärker geworden, als sie den Raum betraten, in dem es gelegen hatte. Es war das Lied des Auges, das jeden Gedanken auslöschte – weniger der Schock oder die donnernde Detonation, die Ctuchik zerstört und Belgarath wie eine Stoffpuppe durch die Luft geschleudert hatte, oder das tiefe, düstere Grollen des nachfolgenden Erdbebens.

Garion kämpfte beim Laufen, versuchte verzweifelt, seine Gedanken irgendwie zu ordnen, aber der Gesang vereitelte seine Bemühungen und brachte ihn durcheinander, so daß zufällige Eindrücke und Erinnerungen hierhin und dorthin huschten und ihn ohne Ziel oder Richtung flüchten ließen.

Der dumpfe Gestank der Sklavenquartiere, die unterhalb der einstürzenden Stadt Rak Cthol lagen, drang scharf durch die dunklen Gänge. Als ob sie durch diesen einzelnen Reiz plötzlich entfesselt würde, brach eine Flut von Erinnerungen an andere Gerüche über Garion herein: der warme Duft frischgebackenen Brotes in Tante Pols Küche auf Faldors Farm; der Salzgeruch des Meeres, als sie in Darine an der Nordküste Sendariens ankamen, dem ersten Abschnitt ihrer Suche nach dem Auge; der Gestank der Sümpfe und Dschungel in Nyissa; der ekelerregende Geruch der brennenden Körper der geopferten Sklaven in Toraks Tempel, der gerade zusammenstürzte unter den fallenden Mauern von Rak Cthol. Aber seltsamerweise war es der Duft des sonnenwarmen Haars von Prinzessin Ce'Nedra, der in seinen verworrenen Erinnerungen am deutlichsten hervortrat.

»Garion!« Tante Pols scharfe Stimme erklang neben ihm in der Dunkelheit. »Paß auf, wo du hintrittst!« Er versuchte, seine Gedanken von ihrer Wanderschaft zu lösen, während er bereits über einen Stein stolperte, der zu einem Teil der Decke gehörte, die eingebrochen war.

Überall um sie herum erklangen jetzt die entsetzten Schreie der in ihren feuchten Zellen eingesperrten Sklaven, die sich mit dem Dröhnen und Grollen des Erdbebens zu einer fremdartigen Disharmonie verbanden. Auch andere Geräusche ertönten aus der Dunkelheit: verwirrte Rufe von Murgostimmen mit rauhem Akzent, das Getrappel eiliger Füße, das metallische Klingen einer offenen Eisentür, die hin- und herschwang, als die riesige Felsnadel bebte und zitterte. Staubwolken erhoben sich in den dunklen Höhlen, ein dichter, erstickender Staub, der ihnen in die Augen drang und sie fast ständig husten ließ, während sie über die Trümmer kletterten.

Garion hob den vertrauensseligen kleinen Jungen vorsichtig über einen Haufen zersplitterter Steine, und das Kind blickte ihm ruhig in die Augen und lächelte trotz des Chaos aus Lärm und Gestank in der bedrückenden Finsternis. Er wollte das Kind wieder zu Boden setzen, besann sich dann jedoch anders. Es würde einfacher und sicherer sein, das Kind zu tragen. Er ging weiter durch den Gang, wich aber plötzlich zurück, als er auf etwas Weiches trat. Er spähte zu Boden, dann drehte sich sein Magen vor Entsetzen um, als er sah, daß er auf eine leblose menschliche Hand getreten war, die aus den Trümmern ragte. Sie liefen weiter durch die bebende Dunkelheit. Die schwarzen Murgoroben, mit denen sie sich verkleidet hatten, flatterten ihnen um die Beine, der dichte Staub nahm ihnen fast den Atem.

»Halt!« Relg, der Ulgofanatiker, hob die Hand und blieb stehen. Er hatte den Kopf zur Seite geneigt und lauschte angespannt.

»Nicht hier!« rief Barak, der noch immer den bewußtlosen Belgarath auf den Armen trug. »Geh weiter, Relg!«

»Sei still!« befahl Relg. »Ich lausche.« Dann schüttelte er den Kopf. »Zurück!« bellte er, drehte sich um und schob sie fort. »Lauft!«

»Dort hinten sind Murgos!« wandte Barak ein.

»Lauft!« wiederholte Relg. »Diese Seite des Berges gibt nach!« Noch als sie sich umwandten, ertönte ein fürchterliches Knirschen. Mit einem gräßlichen Kreischton brach der Felsen ab. Als sich ein großer Spalt in der Seite des Basaltgipfels öffnete, sich verbreiterte und ein riesiges Stück des Berges langsam überkippte und in den Abgrund stürzte, erfüllte plötzlich helles Tageslicht den Gang, durch den sie flohen. Das rote Glühen der soeben aufgegangenen Sonne blendete sie, denn die Welt der Höhlen wurde gewaltsam geöffnet, und die große Wunde an der Flanke des Berges enthüllte ein Dutzend oder mehr dunkle Öffnungen ober- und unterhalb von ihnen, wo Höhlen und Gänge plötzlich ins Nichts führten.

»Da!« ertönte ein Ruf von oben. Garion schoß herum. Von Staubwolken umgeben, standen etwa zwanzig Meter über ihnen ein halbes Dutzend schwarzgekleideter Murgos mit gezogenen Schwertern in einer Höhlenöffnung. Einer deutete aufgeregt auf die Flüchtlinge. Dann bebte der Gipfel wieder, ein weiteres Stück brach ab und riß die schreienden Murgos mit sich in die Tiefe.

»Lauft!« rief Relg wieder, und sie stolperten hinter ihm her in die Dunkelheit des schwankenden Ganges zurück.

»Einen Moment«, keuchte Barak und blieb plötzlich stehen,

nachdem sie sich ein paar hundert Meter zurückgezogen hatten. »Ich muß erst wieder zu Atem kommen.« Er ließ Belgarath zu Boden gleiten. Seine riesige Brust hob und senkte sich heftig.

»Kann ich Euch helfen, Graf?« erkundigte sich Mandorallen rasch.

»Nein«, schnaufte Barak. »Ich schaffe es schon. Ich bin nur außer Puste.« Der große Mann sah sich um. »Was ist geschehen? Wie kommt das alles zustande?«

»Belgarath und Ctuchik hatten eine kleine Meinungsverschiedenheit«, erklärte Silk mit spöttischer Untertreibung. »Gegen Ende geriet sie etwas aus den Fugen.«

»Was ist mit Ctuchik?« fragte Barak, noch immer nach Atem ringend. »Ich habe niemand sonst gesehen, als Mandorallen und ich in den Raum einbrachen.«

»Er hat sich selbst vernichtet«, antwortete Polgara, die neben Belgarath kniete und sein Gesicht untersuchte.

»Wir haben keine Leiche gesehen, meine Dame«, bemerkte Mandorallen und spähte in die Dunkelheit, das große Breitschwert in Händen haltend.

»So viel war von ihm auch nicht übrig«, sagte Silk.

»Sind wir hier sicher?« fragte Polgara Relg.

Der Ulgo lehnte sich gegen die Wand des Ganges und lauschte angestrengt. Dann nickte er. »Für den Augenblick ja.«

»Dann wollen wir eine Weile hierbleiben. Ich möchte mir meinen Vater ansehen. Mach mir etwas Licht.«

Relg suchte in den Beuteln an seinem Gürtel und mischte die beiden Substanzen, die das schwache Ulgolicht ausstrahlten.

Silk betrachtete Polgara neugierig. »Was ist wirklich geschehen?« fragte er. »Hat Belgarath das Ctuchik angetan?«

Sie schüttelte den Kopf, während sie leicht die Brust ihres Vaters abtastete. »Aus irgendeinem Grund hat Ctuchik versucht, die Existenz des Auges aufzuheben«, sagte sie. »Irgend etwas mußte ihn so in Angst versetzt haben, daß er die oberste Regel vergaß.«

Garion durchzuckte eine kurze Erinnerung, als er den kleinen Jungen wieder auf die Füße stellte – der kurze Einblick in Ctuchiks Geist, unmittelbar bevor der Grolim das fatale »Sei nicht« ausgesprochen hatte, das ihn ins Nichts explodieren ließ. Wieder sah er das einzelne Bild, das in den Gedanken des Hohepriesters entstanden war – das Bild, wie er selbst das Auge in den Händen hielt –, und wieder spürte er die blinde, irrsinnige Panik, die dieses Bild bei Ctuchik ausgelöst hatte. Warum? Warum sollte dies den Grolim in solche Angst versetzen, daß er den tödlichen Fehler beging? »Was ist mit ihm geschehen, Tante Pol?« fragte er. Aus irgendeinem Grund mußte er es wissen.

»Er existiert nicht mehr«, erwiderte sie. »Selbst die Substanz, aus der er gemacht war, ist nicht mehr.«

»Das meinte ich nicht«, begann Garion seinen Einwand, aber Barak hatte bereits zu sprechen begonnen.

»Hat er das Auge zerstört?« fragte der große Mann mit elender Stimme.

»Nichts kann das Auge zerstören«, antwortete sie ruhig.

»Wo ist es dann?«

Der kleine Junge entzog seine Hand der Garions und ging vertrauensvoll auf den großen Cherek zu. »Botschaft?« fragte er und hielt ihm den runden grauen Stein entgegen.

Barak zuckte vor dem dargebotenen Stein zurück. »Belar!« fluchte er und legte rasch die Hände auf den Rücken. »Sorge dafür, daß er nicht so damit herumwedelt, Polgara. Weiß er nicht, wie gefährlich es ist?«

»Ich bezweifle es.«

»Wie geht es Belgarath?« fragte Silk.

»Sein Herz schlägt noch kräftig«, antwortete Polgara. »Aber er ist erschöpft. Der Kampf hat ihn fast das Leben gekostet.«

Mit einem langen, hallenden Zittern erstarb das Erdbeben, und die nachfolgende Stille wirkte sehr laut. »Ist es vorbei?« fragte Durnik nervös.

»Wahrscheinlich nicht«, antwortete Relg, der seine Stimme in der plötzlichen Stille dämpfte. »Ein Erdbeben dauert gewöhnlich seine Zeit.«

Barak betrachtete neugierig den kleinen Jungen. »Wo ist er denn hergekommen?« fragte er ebenfalls mit gedämpfter Stimme.

»Er war bei Ctuchik im Turm«, erklärte Polgara. »Er ist das Kind, das Zedar aufgezogen hat, um das Auge zu stehlen.«

»Sieht eigentlich nicht aus wie ein Dieb.«

»Ist er auch nicht.« Sie betrachtete das kleine blonde, heimatlose Kind. »Irgend jemand muß ein Auge auf ihn haben«, meinte sie. »Um ihn ist etwas sehr Seltsames. Wenn wir unten sind, muß ich mir das genauer betrachten, aber im Moment habe ich dafür zuviel anderes im Kopf.«

»Kann es das Auge sein?« fragte Silk neugierig. »Ich habe gehört, daß es eine eigenartige Wirkung auf Menschen ausübt.«

»Vielleicht.« Sie klang nicht recht überzeugt. »Behalt ihn im Auge, Garion, und achte darauf, daß er das Auge nicht verliert.«

»Warum ich?« fragte er, ohne zu überlegen.

Sie sah ihn streng an.

»Schon gut, Tante Pol.« Er wußte, daß es keinen Zweck hatte, mit ihr zu diskutieren.

»Was war das?« fragte Barak, die Hand erhoben, um für Ruhe zu sorgen.

Irgendwo draußen in der Dunkelheit war Stimmengemurmel – rauhe, gutturale Stimmen.

»Murgos!« zischte Silk leise. Seine Hand fuhr bereits zum Dolch.

»Wie viele?« wollte Barak von Tante Pol wissen.

»Fünf«, antwortete sie. »Nein, sechs. Einer kommt etwas hinterher.«

»Ist ein Grolim dabei?«

Sie schüttelte den Kopf.

»Gehen wir, Mandorallen«, murmelte der große Cherek und zog entschlossen das Schwert.

Der Ritter nickte und wog sein Breitschwert in beiden Händen.

»Wartet hier«, flüsterte Barak den anderen zu. »Wir werden wohl nicht lange brauchen.« Dann verschwanden er und Mandorallen in der Dunkelheit, ihre schwarzen Murgogewänder verschwammen in den Schatten.

Die anderen warteten und lauschten angestrengt, um kein

Geräusch zu überhören. Wieder begann sich das seltsame Lied in Garions Bewußtsein zu drängen, und wieder zerflossen seine Gedanken vor diesem Einfluß. Irgendwo rollte ein Kiesel klappernd einen Hang hinunter, und dieses Geräusch brachte ein wirres Durcheinander von Erinnerungen in ihm hervor. Ihm war, als hörte er das Klingen von Durniks Hammer auf dem Amboß auf Faldors Farm, und das Klappern der Pferdehufe und das Knirschen der Wagen, in denen sie Rüben nach Darine gebracht hatten, damals, als all dies begann. So deutlich, als ob er dabei wäre, hörte er wieder den schrillen Angriff des Keilers, den er in dem verschneiten Wald vor Val Alorn getötet hatte, und dann das bittersüße Flötenlied des arendischen Leibeigenenjungen, das sich von dem baumstumpfübersäten Feld zum Himmel emporgeschwungen hatte und wo Asharak, der Murgo, ihn mit Haß und Furcht in dem vernarbten Gesicht beobachtet hatte.

Garion schüttelte den Kopf, um die Gedanken wieder zu ordnen, aber der Gesang zog ihn zurück in diese benommene Träumerei. Ganz deutlich hörte er das grauenhafte, zischende Knistern des brennenden Asharak unter den riesigen, uralten Bäumen im Dryadenwald und das verzweifelte Flehen des Grolims: »Meister, Gnade.« Dann hörte er die Schreie in Salmissras Palast, als Barak, verwandelt in einen schrecklichen Bär, sich mit Tatzen und Zähnen seinen Weg zum Thronsaal bahnte, und Tante Pol in eisiger Wut neben ihm.

Und dann war die Stimme, die schon immer in seinem Geist gewesen war, wieder da. *»Hör auf, dagegen anzukämpfen.«*

»Was ist das?« fragte Garion und bemühte sich, seine Gedanken zu konzentrieren.

»Es ist das Auge.«

»Was macht es?«

»Es möchte dich kennenlernen. Es ist seine Art, Dinge herauszufinden.«

»Kann es nicht warten? Wir haben jetzt wirklich keine Zeit.«

»Du kannst versuchen, ihm das zu erklären, wenn du willst.« Die Stimme klang belustigt. *»Vielleicht hört es zu, aber ich bezweifle es. Es wartet schon sehr lange auf dich.«*

»Wieso auf mich?«

»Wirst du eigentlich nie müde, das zu fragen?«

»Macht es dasselbe auch mit den anderen?«

»In geringerem Umfang. Du kannst dich ebensogut entspannen. So oder so, es bekommt doch, was es will.«

Irgendwo draußen in den dunklen Gängen ertönte plötzlich das Klirren von Stahl auf Stahl, dann ein verblüffter Schrei. Garion hörte das Dröhnen von Hieben, jemand stöhnte. Danach war Stille.

Kurz darauf hörten sie leise Schritte, und Barak und Mandorallen kehrten zurück. »Wir konnten den einen nicht finden, der hinter den anderen herkam«, berichtete Barak. »Gibt es schon Anzeichen dafür, daß Belgarath wieder wach wird?«

Polgara schüttelte den Kopf. »Er ist noch immer ohne Bewußtsein.«

»Dann werde ich ihn tragen. Wir sollten besser gehen. Es ist noch ein langer Weg bis unten, und diese Höhlen werden in kürzester Zeit voller Murgos sein.«

»Noch einen Moment«, sagte sie. »Relg, weißt du, wo wir sind?«

»Ungefähr.«

»Bring uns dorthin, wo wir die Sklavin zurückgelassen haben«, befahl sie in einem Ton, der keinen Widerspruch duldete.

Relgs Gesicht verhärtete sich, doch er sagte nichts.

Barak bückte sich und hob den bewußtlosen Belgarath hoch. Garion streckte die Arme aus, und folgsam kam der kleine Junge auf ihn zu, das Auge immer noch schützend an die Brust gedrückt. Das Kind war seltsam leicht, und Garion trug es nahezu mühelos. Relg hob seine schwach glühende Holzschale, um ihnen den Weg zu leuchten, dann ging es weiter, links, rechts, um Ecken, einem Zickzackkurs folgend, der sie tiefer und tiefer in die düsteren Höhlen führte. Die Dunkelheit des Gipfels über ihnen schien mit immer größerem Gewicht auf Garion zu lasten, je weiter sie gingen. Das Lied in seinem Geist schwoll wieder an, und Relgs schwaches Licht schickte seine Gedanken wieder auf Wanderschaft. Nun, da er begriff, was vor sich ging, schien es leichter zu gehen. Das Lied öffnete seinen Geist, und das Auge saugte jeden Gedanken und jede Erinnerung heraus, durchlief sein Leben mit einer leichten, flackernden Berührung. Es besaß eine eigentümliche Neugier, die oft bei Dingen verharrte, die Garion überhaupt nicht für wichtig hielt und Ereignisse kaum streifte, die ihm entsetzlich bedeutend erschienen waren, als sie geschahen. Es spürte jeden Schritt ihrer langen Reise nach Rak Cthol genau nach. Es kam mit ihnen in die Kristallhöhle in den Bergen oberhalb Maragors, wo Garion das neugeborene Fohlen berührt und ihm das Leben geschenkt hatte, in diesem eigenartig notwendigen Akt der Sühne, der irgendwie die Verbrennung Asharaks wiedergutgemacht hatte. Es begleitete sie ins Tal, wo Garion bei seinem ersten Versuch, den Willen und das Wort bewußt einzusetzen, den großen weißen Felsblock weggerollt hatte. Es nahm kaum Notiz von dem schrecklichen Kampf mit Grul, dem Eldrak, oder von dem Besuch in den Höhlen von Ulgo, schien aber sehr interessiert an dem Gedankenschild, den Garion und Tante Pol errichtet hatten, um ihre Bewegungen vor dem suchenden Geist der Grolims zu verbergen, als sie sich Rak Cthol näherten. Es ignorierte den Tod von Brill und die Übelkeit erregenden Zeremonien im Tempel Toraks, verharrte jedoch bei dem Gespräch zwischen Belgarath und Ctuchik in dem hängenden Turm des Hohepriesters der Grolims. Und dann, höchst seltsamerweise, ging es zurück und erforschte jede Erinnerung, die Garion an Prinzessin Ce'Nedra hatte: die Sonne auf ihrem kupfernen Haar, die geschmeidige Anmut ihrer Bewegungen, ihr Duft, jede unbewußte Geste, das Wechselspiel ihrer Gefühle auf dem kleinen, schönen Gesicht. Es verweilte bei ihr auf eine Art, die Garion schließlich beunruhigend fand. Gleichzeitig war er erstaunt darüber, daß so viel von dem, was die Prinzessin gesagt oder getan hatte, ihm so fest im Gedächtnis haften geblieben war.

»Garion«, sagte Tante Pol, »was ist denn bloß los mit dir? Ich habe doch gesagt, du sollst auf das Kind aufpassen. Gib acht. Es ist jetzt keine Zeit für Tagträumereien.«

»Habe ich ja auch nicht. Ich habe...« Wie konnte er ihr das nur erklären?

»Du hast was?«
»Nichts.«
Sie gingen weiter. In Abständen erzitterte die Erde noch, aber sie beruhigte sich allmählich. Die gewaltige Basaltnadel schwankte und ächzte jedesmal, wenn die Erde unter ihren Füßen bebte, und bei jedem Beben blieben sie stehen und wagten kaum zu atmen.
»Wie weit sind wir schon abgestiegen?« fragte Silk, nervös um sich blickend.
»Vielleicht dreihundert Meter«, antwortete Relg.
»Mehr nicht? Bei der Geschwindigkeit brauchen wir ja eine Woche.«
Relg zuckte mit den massigen Schultern. »Es dauert eben so lange, wie es dauert«, war seine lakonische Antwort.
Im nächsten Gang waren Murgos. Es gab einen weiteren häßlichen, kleinen Kampf in der Dunkelheit. Mandorallen humpelte, als sie zurückkamen.
»Warum hast du nicht auf mich gewartet, wie ich dir gesagt hatte?« fragte Barak barsch.
Mandorallen zuckte die Achseln. »Es waren nur drei, Graf.«
»Es ist völlig zwecklos, mit dir zu reden, weißt du das?« grollte Barak verärgert.
»Bist du in Ordnung?« fragte Polgara den Ritter.
»Nur ein Kratzer, meine Dame«, antwortete Mandorallen gleichgültig. »Er ist von keiner Bedeutung.«
Der Boden des Ganges bebte und zitterte wieder, und ein tiefes Dröhnen hallte durch die Höhlen. Sie blieben wie erstarrt stehen, doch kurz darauf ließen die Erdstöße wieder nach.
Durch die Gänge und Höhlen bewegten sie sich stetig abwärts. Hin und wieder folgten noch leichtere Stöße des Erdbebens, das Rak Cthol in Trümmer gelegt und Ctuchiks Turm in den Abgrund hatte stürzen lassen. Einige Stunden später kam eine Gruppe von Murgos, vielleicht ein Dutzend stark, durch einen Gang nicht weit vor ihnen. Ihre Fackeln warfen flackernde Schatten auf die Wände, ihre rauhen Stimmen hallten dumpf wider. Nach kurzer, geflüsterter Beratung ließen Barak und Mandorallen sie ungehindert ziehen, ohne daß jene sich der

schrecklichen Schlagkraft bewußt waren, die kaum zwanzig Meter entfernt im Dunkeln lauerte. Nachdem sie außer Hörweite waren, enthüllte Relg sein Licht wieder und wählte einen neuen Gang. Sie gingen weiter abwärts, um viele Biegungen, im Zickzack hinunter durch die Höhlen zum Fuß der Felssäule, auf die zweifelhafte Sicherheit der Öde zu, die sie draußen erwartete.

Obwohl der Gesang des Auges keineswegs nachließ, konnte Garion doch nun wenigstens nachdenken, während er mit dem kleinen Jungen im Arm hinter Silk durch die dunklen Gänge ging. Er hatte sich wahrscheinlich schon daran gewöhnt, vielleicht konzentrierte sich die Aufmerksamkeit des Auges aber auch auf einen der anderen.

Sie hatten es geschafft; das war das Erstaunliche. Gegen alle Wahrscheinlichkeit hatten sie das Auge zurückgewonnen. Die Suche, die sein ruhiges Leben auf Faldors Farm so plötzlich unterbrochen hatte, war vorüber, aber sie hatte ihn auf so vielfältige Weise verändert, daß der Junge, der in einer stürmischen Herbstnacht durch das Tor der Farm hinausgeschlichen war, überhaupt nicht mehr existierte. Garion konnte auch jetzt die Macht spüren, die er in sich entdeckt hatte, und er wußte, daß er diese Macht aus bestimmten Gründen besaß. Unterwegs hatte er Hinweise erhalten – vage, halbausgesprochene Andeutungen, daß die Rückkehr des Auges an seinen rechtmäßigen Platz nur der Beginn von etwas viel Größerem und sehr viel Ernsterem sei. Garion war absolut sicher, daß dies noch nicht das Ende war.

»*Es ist an der Zeit*«, sagte die trockene Stimme in seinem Geist.

»*Was soll das heißen?*«

»*Warum muß ich dir das jedesmal von neuem erklären?*«

»*Was erklären?*«

»*Daß ich weiß, was du denkst. Es ist nicht so, als wären wir völlig voneinander getrennt, wie du weißt.*«

»*Also schön. Wohin gehen wir von hier aus?*«

»*Nach Riva.*«

»*Und danach?*«

»*Wir werden sehen.*«

»Du wirst es mir nicht sagen?«
»Nein. Noch nicht. Du bist noch nicht halb so weit gekommen, wie du glaubst. Du hast immer noch einen langen Weg vor dir.«
»Wenn du mir sowieso nichts erzählst, warum läßt du mich dann nicht einfach in Ruhe?«
»Ich wollte dir nur raten, keine langfristigen Pläne zu machen. Die Rückgewinnung des Auges war nur ein Schritt. Ein wichtiger Schritt zwar, aber eben nur der Anfang.«
Und dann, als ob seine Erwähnung das Auge an Garions Anwesenheit erinnert hätte, kehrte sein Lied mit aller Kraft zurück, und Garions Konzentration schwand.
Wenig später blieb Relg stehen und hielt sein schwaches Licht hoch.
»Was ist los?« fragte Barak und ließ Belgarath zu Boden gleiten.
»Die Decke ist eingestürzt«, antwortete Relg und deutete auf die rauchenden Trümmer vor ihnen. »Wir können da nicht durch.« Er sah Tante Pol an. »Tut mir leid«, sagte er, und Garion spürte, daß er es aufrichtig meinte. »Die Frau, die wir hier unten zurückgelassen haben, ist auf der anderen Seite des Einsturzes.«
»Dann finde einen anderen Weg«, sagte sie knapp.
»Es gibt keinen. Dies war der einzige Gang zu dem Tempel, wo wir sie gefunden haben.«
»Dann müssen wir ihn eben freigraben.«
Relg schüttelte ernst den Kopf. »Wir würden nur noch mehr Gestein herunterbrechen lassen. Wahrscheinlich ist es auch auf sie herabgestürzt – wenigstens können wir das hoffen.«
»Ist das nicht ein bißchen sehr niederträchtig, Relg?« fragte Silk spitz.
Der Ulgo wandte sich dem kleinen Mann zu. »Sie hat Wasser und genügend Luft zum Atmen. Wenn der Deckeneinsturz sie nicht getötet hat, kann sie noch wochenlang leben, ehe sie verhungert.« In Relgs Stimme lag ein seltsames, leises Bedauern.
Silk starrte ihn einen Moment an. »Entschuldige, Relg«, sagte er schließlich. »Ich hatte dich mißverstanden.«

»Wer in Höhlen lebt, hat nicht das Bedürfnis, jemanden so in der Falle sitzen zu sehen.«

Polgara betrachtete den verschütteten Gang. »Wir müssen sie dort herausholen«, erklärte sie.

»Relg könnte recht haben, weißt du«, meinte Barak. »Soweit wir das beurteilen können, ist sie unter einem halben Berg begraben.«

Polgara schüttelte den Kopf. »Nein«, widersprach sie. »Taiba lebt, und wir können nicht ohne sie gehen. Sie ist so wichtig für unsere Sache wie jeder andere von uns.« Sie wandte sich wieder an Relg. »Du wirst sie holen müssen«, sagte sie bestimmt.

Relgs große, dunkle Augen weiteten sich. »Das kannst du nicht verlangen«, protestierte er.

»Es gibt keine andere Möglichkeit.«

»Du kannst es doch, Relg«, ermunterte Durnik den Fanatiker. »Du kannst durch den Felsen gehen und sie genauso herausholen, wie du damals Silk aus dem Loch geholt hast, in das Taur Urgas ihn geworfen hatte.«

Relg zitterte jetzt heftig. »Ich kann nicht!« rief er mit erstickter Stimme. »Ich müßte sie berühren, meine Hände um sie legen. Es wäre Sünde.«

»Das ist höchst hartherzig von Euch, Relg«, erklärte Mandorallen. »Es ist keine Sünde, den Schwachen und Hilflosen zu helfen. Rücksichtnahme auf die Unglücklichen ist eine große Verantwortung für alle ehrbaren Menschen, und keine Macht der Welt kann den reinen Geist verderben. Wenn nicht das Mitleid Euch bewegt, zu ihrer Hilfe zu eilen, dann betrachtet doch vielleicht ihre Rettung als Prüfung Eurer Reinheit?«

»Du verstehst das nicht«, erwiderte Relg gequält. Er drehte sich wieder zu Polgara um. »Ich flehe dich an, laß mich das nicht tun müssen.«

»Du mußt«, antwortete sie ruhig. »Es tut mir leid, Relg, aber das ist der einzige Weg.«

Ein Dutzend Gefühle zuckten über das Gesicht des Fanatikers, während er unter dem unnachgiebigen Blick Tante Pols zurückwich. Dann drehte er sich mit einem erstickten Schrei um und schob die Hand in den massiven Fels der Wand. Mit

ungeheurer Konzentration zwängte er die Finger in das Gestein und stellte wieder einmal die unheimliche Fähigkeit unter Beweis, seinen Körper in festen Stein einsickern zu lassen.
Silk wandte ihm schnell den Rücken zu. »Ich kann das nicht mit ansehen«, keuchte der kleine Mann. Dann war Relg verschwunden, aufgesogen von dem Gestein.
»Warum macht er ein solches Theater daraus, andere zu berühren?« fragte Barak.
Doch Garion wußte weshalb. Seine erzwungene Gemeinschaft mit dem tobenden Eiferer während des langen Rittes durch Algarien hatte ihm tiefe Einsicht in Relgs Denkweise vermittelt. Die rauhen Brandmarkungen der Sünden anderer dienten in erster Linie dazu, Relgs eigene Schwächen zu verbergen. Garion hatte stundenlang hysterischen und manchmal zusammenhanglosen Berichten über die wollüstigen Gedanken zugehört, die fast ständig durch den Kopf des Fanatikers rasten. Taiba, die Maragsklavin mit dem üppigen Körper, würde für Relg die größtmögliche Versuchung darstellen, und er würde sich vor ihr mehr fürchten als vor dem Tod.
Sie warteten schweigend. Irgendwo zerschnitten fallende Wassertropfen die Zeit. Die Erde bebte ab und an, wenn die letzten Stöße des Erdbebens unter ihren Füßen dröhnten. Die Minuten zogen sich in der dämmrigen Höhle dahin.
Dann bemerkten sie eine leichte Bewegung, und Relg tauchte aus der Felswand auf, die halbnackte Taiba auf den Armen. Sie hatte ihm die Arme verzweifelt um den Hals geschlungen und das Gesicht an seiner Schulter vergraben. Sie wimmerte vor Entsetzen und zitterte unkontrolliert.
Relgs Gesicht war in Höllenqualen verzerrt. Tränen der Pein rannen ihm aus den Augen, und er hatte die Zähne zusammengebissen, als litte er unsägliche Schmerzen. Seine Arme hielten die Sklavin jedoch schützend, fast sanft, umschlungen. Selbst als sie schon aus dem Fels heraus waren, hielt er sie dicht an sich gepreßt, als wollte er sie für alle Zeit so halten.

2

Es war bereits Mittag, als sie den Fuß des Basaltturms und die große Höhle erreichten, in der sie die Pferde zurückgelassen hatten. Silk ging, um an der Höhlenöffnung Wache zu halten, während Barak Belgarath absetzte. »Er ist schwerer, als er aussieht«, grunzte der große Mann und wischte sich den Schweiß von der Stirn. »Sollte er nicht allmählich wach werden?«

»Es kann Tage dauern, bis er wieder voll bei Bewußtsein ist«, antwortete Polgara. »Deck ihn einfach zu und laß ihn schlafen.«

»Wird er denn reiten können?«

»Darum kümmere ich mich schon.«

»Vorläufig wird niemand irgendwohin reiten«, verkündete Silk von dem schmalen Eingang her. »Die Murgos schwirren da draußen herum wie Hornissen.«

»Wir warten, bis es dunkel wird«, entschied Polgara. »Wir brauchen sowieso alle eine Rast.« Sie zog die Kapuze ihres Murgogewandes ab und ging zu einem der Gepäckstücke, die sie an der Wand aufgestapelt hatten, als sie letzte Nacht in die Höhle gekommen waren. »Ich mache etwas zu essen, dann solltet ihr alle ein wenig schlafen.«

Taiba, die Sklavin, die wieder in Garions Mantel gehüllt war, hatte Relg fast ständig beobachtet. Ihre großen, violetten Augen glühten vor Dankbarkeit, die mit einer leichten Verblüffung gemischt war. »Du hast mir das Leben gerettet«, verkündete sie ihm mit ihrer vollen, kehligen Stimme. Sie beugte sich beim Sprechen ein wenig zu ihm hinüber. Es war eine unbewußte Geste, dessen war sich Garion sicher, aber sie war deutlich spürbar. »Danke«, setzte sie hinzu und streckte die Hand nach dem Arm des Fanatikers aus.

Relg wich vor ihr zurück. »Faß mich nicht an«, keuchte er.

Sie starrte ihn erstaunt an, die Hand halb ausgestreckt.

»Du darfst *nie* deine Hände an mich legen«, befahl er ihr. »Niemals.«

Taiba sah ihn ungläubig an. Sie hatte fast ihr ganzes Leben in

Dunkelheit verbracht und nie gelernt, ihre Gefühle zu verbergen. Erstaunen wich der Demütigung, dann wurde ihre Miene finster und trotzig, und sie wandte sich rasch ab von dem Mann, der sie so grob zurückgewiesen hatte. Dabei glitt ihr der Mantel von den Schultern, und die wenigen Fetzen, die ihr als Kleidung dienten, verhüllten ihre Nacktheit nur unzureichend. Trotz ihres verfilzten Haares und der Schmutzflekken auf den Gliedern, zeichnete eine üppige, einladende Reife ihren Körper aus. Relg starrte sie an und begann zu zittern. Dann drehte er sich schnell um, entfernte sich so weit wie möglich von ihr, fiel auf die Knie und betete mit auf den Steinboden der Höhle gepreßtem Gesicht.

»Ist er in Ordnung?« fragte Taiba rasch.

»Er hat ein paar Probleme«, antwortete Barak. »Du wirst dich daran gewöhnen.«

»Taiba«, sagte Polgara, »komm einmal her.« Sie betrachtete kritisch die spärliche Kleidung der Frau. »Wir müssen etwas für dich zum Anziehen finden. Draußen ist es sehr kalt. Und wie es scheint, gibt es auch noch andere Gründe.«

»Ich sehe nach, was ich im Gepäck finden kann«, erbot sich Durnik. »Ich denke, wir werden auch etwas für den Jungen brauchen. Sein Kittel sieht nicht so aus, als hielte er besonders warm.« Er sah zu dem Kind hinüber, das neugierig die Pferde musterte.

»Um mich braucht ihr euch nicht zu kümmern«, sagte Taiba. »Dort draußen gibt es nichts für mich. Sobald ihr reitet, gehe ich zurück nach Rak Cthol.«

»Wovon redest du?« fragte Polgara scharf.

»Ich habe immer noch etwas mit Ctuchik ins Reine zu bringen«, erklärte Taiba und spielte mit ihrem rostigen Messer.

Silk lachte vom Höhleneingang her. »Das haben wir dir abgenommen. Rak Cthol zerfällt da oben zu Staub, und von Ctuchik ist nicht mal mehr ein Fleck auf dem Boden übrig.«

»Tot?« keuchte sie. »Wie?«

»Du würdest es nicht glauben«, sagte Silk.

»Hat er gelitten?« fragte sie erwartungsvoll.

»Mehr als du dir vorstellen kannst«, erwiderte Polgara.
Taiba holte tief und seufzend Luft, dann begann sie zu weinen. Tante Pol nahm die schluchzende Frau in die Arme und tröstete sie, wie sie Garion so oft getröstet hatte, als er noch klein gewesen war.
Garion sank müde zu Boden und lehnte den Rücken gegen die Felswand. Wellen der Erschöpfung schlugen über ihm zusammen, eine große Müdigkeit beraubte ihn jedes gezielten Gedankens. Wieder einmal sang das Auge zu ihm, jetzt jedoch einschläfernd. Seine Neugier über ihn war gestillt, und sein Lied schien jetzt nur noch dazu zu dienen, den Kontakt zwischen ihnen aufrechtzuerhalten. Garion war zu müde, um sich auch nur zu fragen, weshalb der Stein solche Freude an seiner Gesellschaft hatte.
Der kleine Junge beendete seine Erkundung der Pferde und ging zu Tante Pol, die einen Arm um Taibas Schultern gelegt hatte. Er sah Taiba verblüfft an und berührte ihr tränenüberströmtes Gesicht mit seinen kleinen Fingern.
»Was will er?« fragte Taiba.
»Er hat wahrscheinlich noch nie Tränen gesehen«, meinte Tante Pol.
Taiba starrte in das ernste kleine Gesicht, lachte dann plötzlich durch ihre Tränen und umarmte ihn schnell.
Der kleine Junge lächelte sie an. »Botschaft?« fragte er und bot ihr das Auge an.
»Nimm es nicht, Taiba«, sagte Tante Pol ruhig. »Du darfst es nicht einmal berühren.«
Taiba sah das lächelnde Kind an und schüttelte den Kopf.
Der Kleine seufzte, ging dann durch die Höhle zu Garion und kuschelte sich an ihn.
Barak war ein Stück in den Tunnel gegangen, durch den sie gekommen waren, jetzt kehrte er mit grimmigem Gesicht zurück. »Ich kann Murgos da draußen herumstöbern hören«, berichtete er. »Bei diesen vielen Echos kann man nicht sagen, wie weit sie noch entfernt sind, aber es klingt, als würden sie jeden Gang und jede Höhle durchsuchen.«
»Dann wollen wir uns einen Platz suchen, der sich leicht vertei-

digen läßt und ihnen allen Grund geben, an anderem Orte nach uns Ausschau zu halten«, schlug Mandorallen fröhlich vor.
»Interessante Idee«, meinte Barak, »doch ich fürchte, es wird nicht funktionieren. Früher oder später werden sie uns finden.«
»Ich kümmere mich darum«, sagte Relg leise, brach seine Gebete ab und stand auf. Die rituellen Formeln hatten ihm nicht geholfen, sein Blick wirkte gehetzt.
»Ich gehe mit dir«, bot Barak an.
Relg schüttelte den Kopf. »Du wärst mir nur im Weg«, sagte er knapp, während er bereits auf den dunklen Gang zuging, der zurück in den Berg führte.
»Was ist denn in ihn gefahren?« fragte Barak erstaunt.
»Ich glaube, unser Freund macht eine religiöse Krise durch«, bemerkte Silk von seinem Wachtposten am Höhleneingang her.
»Noch eine?«
»Dann hat er etwas, das ihn in seiner freien Zeit beschäftigt«, meinte Silk leichthin.
»Kommt essen«, sagte Tante Pol und legte Brot und Käse auf eins der Gepäckstücke. »Dann möchte ich mir den Riß an deinem Bein ansehen, Mandorallen.«
Nachdem sie gegessen hatten und Polgara Mandorallens Knie verbunden hatte, kleidete sie Taiba in ein merkwürdiges Sortiment aus Kleidern, die Durnik herausgesucht hatte. Dann wandte sie ihre Aufmerksamkeit dem kleinen Jungen zu. Er erwiderte ihren ernsten Blick ebenso ernst, streckte dann die Hand aus und berührte die weiße Locke an ihrer Schläfe mit neugierigen Fingern. Garion erinnerte sich, wie viele Male er die Locke mit derselben Bewegung berührt hatte, und diese Erinnerung überkam ihn mit einer kurzen, unvernünftigen Woge der Eifersucht, die er schnell unterdrückte.
Der kleine Junge lachte mit plötzlicher Freude. »Botschaft«, sagte er fest und bot Tante Pol das Auge an.
Sie schüttelte den Kopf. »Nein, Kind«, sagte sie. »Ich fürchte, ich bin nicht derjenige.« Sie zog ihm Kleider an, die überall hochgerollt und festgesteckt werden mußten, dann setzte sie

sich mit dem Rücken zur Wand auf den Boden und streckte ihre Arme nach ihm aus. Gehorsam kletterte er auf ihren Schoß, legte einen Arm um ihren Hals und küßte sie. Dann schmiegte er sich an sie, seufzte und schlief auf der Stelle ein. Sie sah mit einem seltsamen Ausdruck auf ihn hinunter – einer Mischung aus Staunen und Zärtlichkeit –, und Garion mußte eine zweite Woge der Eifersucht niederkämpfen.

In den Höhlen über ihnen knirschte und polterte es.

»Was war das?« fragte Durnik und sah nervös nach oben.

»Relg, nehme ich an«, antwortete Silk. »Er unternimmt anscheinend etwas, um die Murgos abzuhalten.«

»Ich hoffe, er übertreibt es nicht«, sagte Durnik mit einem ängstlichen Blick auf die Decke.

»Wie lange brauchen wir, um ins Tal zu kommen?« fragte Barak.

»Wahrscheinlich einige Wochen«, meinte Silk. »Es wird vom Gelände abhängen und davon, wie schnell die Grolims die Suche nach uns organisieren können. Wenn wir genug Vorsprung bekommen, um eine falsche Spur zu legen, können wir sie nach Westen auf die tolnedranische Grenze zuschicken, und dann können wir ins Tal reiten, ohne ständig Zeit damit vergeuden zu müssen, uns zu verstecken und unterzutauchen.« Der kleine Mann grinste. »Die Vorstellung, die ganze Nation der Murgos hinters Licht zu führen, gefällt mir«, setzte er hinzu.

»Du solltest nicht *zu* erfinderisch sein«, meinte Barak. »Hettar wird im Tal auf uns warten – mit Cho-Hag und der Hälfte aller algarischen Clans. Sie wären schrecklich enttäuscht, wenn wir ihnen nicht wenigstens *einige* Murgos bringen.«

»Das Leben bietet ständig kleine Enttäuschungen«, sagte Silk spöttisch. »Soweit ich mich erinnere, ist der Ostrand des Tales zerklüftet und steil. Der Abstieg wird mindestens ein paar Tage dauern, und ich möchte ihn nicht unternehmen, wenn uns das ganze Murgoreich auf den Fersen ist.«

Es war schon später Nachmittag, als Relg zurückkehrte. Seine Anstrengungen schienen den Aufruhr in seinem Geist ein wenig beruhigt zu haben, doch er hatte noch immer den gehetzten Ausdruck und vermied bewußt den Blick aus Taibas violetten Augen. »Ich habe die Decken aller Gänge eingerissen, die in diese Höhle führen«, erklärte er knapp. »Jetzt sind wir sicher.«

Polgara, die offenbar geschlaffen hatte, öffnete die Augen. »Ruh dich aus«, sagte sie zu ihm.

Er nickte und ging sofort zu seinen Decken.

Sie ruhten sich für den Rest des Tages in der Höhle aus und standen abwechselnd Wache am Eingang. Das Ödland aus schwarzem Sand und windgeschliffenen Felsen, das sich hinter dem Geröllsockel am Fuß der Felssäule erstreckte, wimmelte vor Murgoreitern, die in einer wilden, unorganisierten Suche hierhin und dorthin eilten.

»Sie scheinen nicht zu wissen, was sie tun sollen«, bemerkte Garion leise zu Silk, als sie beide Wache standen. Am westlichen Horizont versank die Sonne in einer Wolkenbank und färbte den Himmel zornigrot. Der steife Wind brachte eine trockene Kälte mit sich, wenn er in den Höhleneingang drang.

»Ich schätze, in Rak Cthol geht alles drunter und drüber«, antwortete Silk. »Niemand gibt mehr den Ton an, und das verwirrt Murgos nun einmal. Sie neigen dazu, völlig kopflos zu werden, wenn niemand da ist, der ihnen Befehle erteilt.«

»Wird es dadurch für uns nicht schwierig, hier herauszukommen?« fragte Garion. »Ich meine, sie gehen ja nirgendwohin. Sie schwirren einfach nur herum. Wie können wir durch ihre Reihen kommen?«

Silk zuckte die Achseln. »Wir ziehen unsere Kapuzen hoch und mischen uns unter sie.« Er zog den groben Stoff seines Murgogewandes wegen der Kälte enger um sich und wandte sich dann der Höhle zu. »Die Sonne geht unter«, berichtete er.

»Wir wollen warten, bis es völlig dunkel ist«, erwiderte Polgara. Sie wickelte den kleinen Jungen sorgfältig in eine alte Tunika von Garion.

»Wenn wir eine ordentliche Strecke hinter uns haben, werde ich ein paar Spuren legen«, sagte Silk. »Murgos sind manchmal etwas schwer von Begriff, und wir wollen ja nicht, daß sie unsere Spur verlieren.« Er warf noch einen Blick auf den

Sonnenuntergang. »Die Nacht wird kalt werden«, prophezeite er.

»Garion«, rief Tante Pol und erhob sich, »du und Durnik, ihr haltet euch dicht bei Taiba. Sie ist noch nie geritten und braucht zu Anfang vielleicht etwas Hilfe.«

»Was ist mit dem Burschen?« fragte Durnik.

»Er reitet mit mir.«

»Und Belgarath?« erkundigte sich Mandorallen und äugte zu dem schlafenden alten Zauberer hinüber.

»Wenn es soweit ist, setzen wir ihn einfach auf sein Pferd«, sagte Polgara. »Ich kann ihn im Sattel halten, solange wir nicht plötzlich die Richtung ändern. Wird es noch dunkler?«

»Wir warten lieber noch ein wenig«, antwortete Silk. »Draußen herrscht immer noch etwas Tageslicht.«

Sie warteten. Der Abendhimmel färbte sich purpurn, die ersten Sterne kamen heraus, unendlich weit entfernt in ihrem kalten Glanz. Die mit der Suche beschäftigten Murgos entzündeten Fackeln. »Gehen wir?« schlug Silk vor und erhob sich.

Sie führten die Pferde leise aus der Höhle und über den Geröllsockel auf den Sand hinunter. Dort blieben sie einige Minuten stehen, da ein Trupp von Murgos mit Fackeln nur einige hundert Meter von ihnen entfernt vorbeiritt. »Laßt euch nicht voneinander trennen«, riet ihnen Silk, während sie aufstiegen.

»Wie weit ist es bis zum Rand des Ödlandes?« wollte Barak von dem kleinen Mann wissen und stöhnte, als er sein Pferd bestieg.

»Zwei scharfe Tagesritte«, antwortete Silk. »Oder Nachtritte in unserem Fall. Solange die Sonne scheint, sollten wir uns wohl lieber irgendwo Unterschlupf suchen. *So* sehr sehen wir nun auch nicht nach Murgos aus.«

»Reiten wir«, sagte Polgara.

Sie ritten im Schrittempo, bis Taiba etwas sicherer wurde und Belgarath zeigte, daß er sich im Sattel halten konnte, wenn er sich auch noch nicht mit ihnen verständigen konnte. Dann ließen sie ihre Pferde in einen leichten Galopp fallen, der sie zügig voranbrachte, ohne Roß und Reiter zu erschöpfen.

Als sie den ersten Hügelkamm überquerten, ritten sie direkt

auf eine große Murgogruppe zu, die mit Fackeln ausgerüstet war.

»Wer ist da?« fragte Silk barsch. Seine Stimme wies plötzlich den rauhen, charakteristischen Akzent der Murgos auf. »Identifiziert euch.«

»Wir sind aus Rak Cthol«, antwortete einer der Murgos respektvoll.

»Das weiß ich, du Schafskopf«, bellte Silk. »Ihr sollt euch identifizieren.«

»Dritte Phalanx«, sagte der Murgo steif.

»Schon besser. Löscht die Fackeln. Wie wollt ihr irgend etwas sehen, das mehr als drei Schritte von euch entfernt ist, wenn sie euch blenden?«

Unverzüglich wurden die Fackeln gelöscht.

»Dehnt eure Suche weiter nach Norden aus«, befahl Silk. »Die Neunte Phalanx durchsucht diesen Sektor.«

»Aber...«

»Willst du mit mir streiten?«

»Nein, aber...«

»Bewegt euch! Los!«

Die Murgos rissen ihre Pferde herum und galoppierten in die Dunkelheit davon.

»Gerissen«, sagte Barak bewundernd.

Silk zuckte die Achseln. »Ziemlich naheliegend«, antwortete er. »Die Leute sind für eine Richtungsangabe immer dankbar, wenn sie durcheinander sind. Laßt uns weiterreiten.«

Gegen Morgen begann der kleine Mann kunstvoll, verschiedene Gegenstände fallenzulassen, um ihre Spur zu markieren. »Vielleicht ein bißchen übertrieben«, meinte er mit einem kritischen Blick auf einen alten Stiefel, den er gerade in den aufgewühlten Sand hinter ihnen geworfen hatte.

»Wovon redest du?« fragte Barak.

»Von unserer Spur«, erwiderte Silk. »Wir wollten doch, daß sie uns folgen, erinnerst du dich? Sie sollen denken, daß wir nach Tolnedra wollen.«

»Und?«

»Ich habe nur gedacht, das hier wäre zu auffällig.«

»Du machst dir über solche Sachen zuviel Gedanken.«
»Es ist eine Frage des Stils, mein lieber Barak«, sagte Silk spitz. »Nachlässige Arbeit wird leicht zur Gewohnheit.«
Als das erste graue Tageslicht über den Winterhimmel kroch, suchten sie Schutz zwischen den Felsblöcken der niedrigen Hügelkämme, die die Einöde durchzogen. Durnik, Barak und Mandorallen spannten ihre Zeltleinwände straff über einen schmalen Einschnitt in der Westseite des Kammes und verteilten dann Sand darauf, um ihr Schutzdach zu tarnen. »Es ist wahrscheinlich besser, kein Feuer zu machen«, sagte Durnik zu Polgara, als sie die Pferde unter das Schutzdach führten. »Der Rauch könnte uns verraten.«
Sie nickte zustimmend. »Wir könnten alle eine warme Mahlzeit vertragen«, sagte sie, »aber ich fürchte, das muß noch etwas warten.«
Sie aßen ein kaltes Frühstück aus Brot und Käse und richteten sich dann bequem ein, in der Hoffnung, möglichst den ganzen Tag zu verschlafen, damit sie in der folgenden Nacht weiterreiten konnten.
»Ich könnte jedenfalls ein Bad gebrauchen«, sagte Silk, wobei er sich den Sand aus den Haaren bürstete.
Der kleine Junge blickte ihn mit leichtem Stirnrunzeln an. Dann ging er zu ihm hinüber und bot ihm das Auge an. »Botschaft?« fragte er.
Silk legte vorsichtshalber die Hände auf den Rücken und schüttelte den Kopf. »Ist es das einzige Wort, das er kennt?« fragte er Polgara.
»Scheint so.«
»Ich verstehe den Zusammenhang nicht ganz«, sagte Silk. »Was meint er damit?«
»Wahrscheinlich hat man ihm beigebracht, daß er einen Auftrag ausführen soll«, erklärte sie, »nämlich das Auge zu stehlen. Ich stelle mir vor, daß Zedar ihm das immer wieder gesagt hat, seit er ein Baby war, und ihm das Wort im Gedächtnis hängengeblieben ist.«
»Ich finde es etwas beunruhigend. »Manchmal scheint es ziemlich unangebracht.«

»Ich glaube nicht, daß er so denkt wie wir«, meinte sie. »Sein einziger Lebenszweck besteht darin, jemandem das Auge zu geben – gleichgültig wem, wie es scheint.« Sie runzelte nachdenklich die Stirn. »Durnik, vielleicht kannst du ihm einen Beutel machen, in dem er es tragen kann, und den binden wir ihm dann um die Taille. Wenn er es nicht ständig in der Hand hält, denkt er möglicherweise auch nicht mehr so viel daran.«
»Selbstverständlich, Herrin Pol«, stimmte Durnik zu. »Daran hätte ich selbst denken können.« Aus einem der Gepäckstücke holte er eine alte, mit Brandflecken bedeckte Lederschürze, schnitt ein großes Stück heraus und fertigte einen Beutel daraus. »Junge«, sagte er, als er fertig war, »komm her.«
Der kleine Junge untersuchte neugierig einen kleinen, völlig vertrockneten Busch am oberen Ende der Schlucht und ließ keinerlei Anzeichen erkennen, daß er den Schmied vernommen hatte.
»Du, Botschaft!« rief Durnik.
Der Junge drehte sich rasch um und lächelte, als er auf Durnik zuging.
»Warum hast du ihn so genannt?« fragte Silk neugierig.
Durnik zuckte die Achseln. »Er scheint das Wort zu lieben und reagiert darauf. Es wird als Name wohl ausreichen, bis wir etwas Besseres gefunden haben.«
»Botschaft?« fragte das Kind und streckte Durnik das Auge entgegen.
Durnik lächelte, bückte sich und hielt ihm den geöffneten Beutel hin. »Leg es hier rein, Botschaft«, wies er ihn an, »dann binden wir ihn gut zu, damit du es nicht verlierst.«
Der kleine Junge legte freudestrahlend das Auge in den Lederbeutel. »Botschaft«, erklärte er entschieden.
»Schon möglich«, gab Durnik ihm recht. Er zog den Beutel zu und knotete ihn dann an das Stück Seil, das der Junge als Gürtel trug. »So, Botschaft. Jetzt ist es in Sicherheit.«
Botschaft untersuchte den Beutel sorgfältig und zog ein paarmal daran, um sich zu überzeugen, daß er auch fest saß. Dann lachte er glücklich auf, legte die Arme um Durnik und küßte ihn auf die Wange.

»Du bist ein braver Bursche«, sagte Durnik leicht verlegen.

»Er ist vollkommen unschuldig«, sagte Tante Pol, die den schlafenden Belgarath untersuchte. »Er hat keine Ahnung vom Unterschied zwischen Gut und Böse, deswegen erscheint ihm alles auf der Welt gut.«

»Ich frage mich, wie es wohl ist, wenn man die Welt so sieht«, überlegte Taiba und strich zärtlich über das lachende Gesicht des Kindes. »Keine Trauer, keine Angst, kein Schmerz – einfach nur alles lieben zu können, weil man glaubt, daß alles gut ist.«

Relg hatte ruckartig aufgeblickt. Die beunruhigte Miene, die er trug, seit er die Sklavin befreit hatte, wich dem fanatischen Ausdruck, den er sonst immer gezeigt hatte. »Das ist ungeheuerlich!« keuchte er.

Taiba wandte sich ihm zu, ihre Augen wurden schmal. »Was ist am Glück so ungeheuerlich?« fragte sie, während sie den Arm um das Kind legte.

»Wir sind nicht hier, um glücklich zu sein«, erwiderte er, wobei er sorgfältig den Blick ihrer Augen mied.

»Wozu sind wir dann hier?« fragte sie herausfordernd.

»Um unserem Gott zu dienen und Sünden zu vermeiden.« Immer noch weigerte er sich, sie anzusehen, doch sein Tonfall war nicht mehr ganz so selbstsicher.

»Nun, ich habe keinen Gott«, gab sie zurück, »und das Kind wahrscheinlich auch nicht. Wenn es dir also recht ist, konzentrieren wir beide uns einfach darauf, glücklich zu sein – und wenn ein bißchen Sünde dabei ist, was macht das schon?«

»Besitzt du denn überhaupt kein Schamgefühl?« fragte er erstickt.

»Ich bin, was ich bin«, antwortete sie. »Und ich werde mich nicht dafür entschuldigen. Ich wüßte auch nicht viel zu sagen.«

»Knabe«, fuhr Relg das Kind an, »komm sofort da weg.«

Taiba straffte sich, ihre Miene verhärtete sich, und sie starrte ihn trotzig an. »Was hast du nun vor?« fragte sie.

»Ich werde die Sünde bekämpfen, wo immer ich sie finde«, erklärte er.

»Sünde! Sünde! Sünde!« rief sie hitzig. »Ist das alles, an das du denken kannst?«

»Es ist meine stete Sorge. Ich wappne mich jeden einzelnen Augenblick dagegen.«

Sie lachte. »Wie langweilig. Hast du nichts Besseres zu tun? Ach, ich vergaß«, setzte sie spöttisch hinzu, »da sind auch noch deine Gebete, nicht wahr? Das ganze Geplärre vor deinem Gott, wie schändlich du bist. Ich glaube, manchmal mußt du diesen UL schrecklich anöden, weißt du das?«

Relg hob die Faust. »Sprich *nie* wieder ULs Namen aus!«

»Willst du mich sonst schlagen? Das macht mir nicht viel aus. Ich bin mein ganzes Leben lang geschlagen worden. Mach schon, Relg. Warum schlägst du mich nicht?« Sie hob ihm ihr schmutziges Gesicht entgegen.

Relgs Hand fiel herab.

Taiba spürte ihren Vorteil und griff an den Halsausschnitt des groben, grauen Kleides, das Polgara ihr gegeben hatte. »Ich kann dich aufhalten, Relg«, sagte sie. Sie begann, das Kleid aufzuknöpfen. »Sieh mich an. Du siehst mich sowieso ständig an – ich habe gemerkt, wie deine glühenden Augen auf mir ruhen. Du beschimpfst mich und sagst, daß ich böse bin, aber du beobachtest mich trotzdem. Dann sieh her. Versuch nicht, es zu verbergen.« Sie knöpfte ihr Kleid weiter auf. »Wenn du frei von Sünde bist, sollte dich mein Körper überhaupt nicht stören.«

Relg traten fast die Augen aus dem Kopf.

»Mein Körper stört mich nicht, aber dich stört er sehr, nicht wahr? Aber liegt das Böse dann in deinen Gedanken oder in meinen? Ich kann dich in Sünde stürzen, wann immer ich will. Ich muß nur dies tun.« Sie öffnete ihr Kleid.

Relg schoß herum, wobei er erstickte Laute von sich gab.

»Du hast da eine hervorragende Waffe, Taiba«, beglückwünschte Silk sie.

»Es war die einzige Waffe, die ich in den Sklavenquartieren hatte«, sagte sie. »Ich habe gelernt, sie zu benutzen, wenn es sein mußte.« Sie knöpfte das Kleid sorgfältig wieder zu und wandte sich wieder dem Kind zu, als ob nichts geschehen wäre.

»Was soll das Gebrüll?« murmelte Belgarath und erhob sich halb. Sofort drehten sich alle zu ihm.
»Relg und Taiba hatten eine kleine theologische Diskusssion«, antwortete Silk leichthin. »Die Einzelheiten waren sehr interessant. Wie geht es dir?«
Aber der alte Mann war bereits wieder eingeschlafen.
»Wenigstens kommt er allmählich wieder zu sich«, meinte Durnik.
»Es wird noch einige Tage dauern, bis er sich wieder völlig erholt hat«, sagte Polgara und legte die Hand auf Belgaraths Stirn. »Er ist noch immer schrecklich schwach.«
Garion verschlief den größten Teil des Tages, auf dem steinigen Fußboden in seine Decken gewickelt. Als die Kälte und ein besonders unbequemer Stein unter seiner Hüfte ihn schließlich weckten, war es später Nachmittag. Silk saß in der Nähe des Schluchteingangs auf Wache und starrte hinaus auf den schwarzen Sand und die grauweißen Salztümpel, doch die anderen schliefen alle. Als er leise zu dem kleinen Mann hinüberging, sah Garion, daß Tante Pol mit Botschaft in den Armen schlief. Wieder mußte er gegen die Eifersucht ankämpfen. Taiba murmelte etwas, als er vorbeiging, doch ein rascher Blick sagte ihm, daß sie nicht wach war. Sie lag nicht weit von Relg entfernt, im Schlaf schien ihre Hand nach dem Ulgo zu greifen.
Silks scharfgeschnittenes Gesicht war munter, er zeigte keine Anzeichen von Müdigkeit. »Guten Morgen«, murmelte er, »oder was immer auch gerade ist.«
»Wirst du eigentlich nie müde?« fragte Garion leise, um die anderen nicht zu stören.
»Ich habe etwas geschlafen.«
Durnik kam unter dem Zeltdach hervor, gähnte und rieb sich die Augen. »Ich erlöse dich jetzt«, sagte er zu Silk. »Hast du etwas gesehen?« Er blinzelte in die untergehende Sonne.
Silk zuckte die Achseln. »Ein paar Murgos. Sie waren weiter im Süden. Ich glaube nicht, daß man unsere Spur schon gefunden hat. Wir müssen sie vielleicht noch deutlicher machen.«

Garion spürte ein seltsames, bedrückendes Gewicht am Hinterkopf. Er drehte sich unbehaglich um. Dann, ohne Warnung, kam ein plötzlicher, scharfer Stich, der direkt in seinen Geist zu fahren schien. Er keuchte und spannte seinen Willen an, um den Angriff abzuwehren.
»Was ist los?« fragte Silk alarmiert.
»Ein Grolim«, schnaubte Garion, sammelte seinen Willen und bereitete sich auf den Kampf vor.
»Garion!« Das war Tante Pol, ihre Stimme klang drängend. Er drehte sich um und schoß unter das Zeltdach zurück, dicht gefolgt von Silk und Durnik.
Sie war aufgestanden und hielt das Kind schützend in den Armen.
»Das war ein Grolim, nicht wahr?« fragte Garion mit vor Aufregung schriller Stimme.
»Mehr als einer«, antwortete sie angespannt. »Jetzt, wo Ctuchik tot ist, kontrollieren die Hierarchen die Grolims. Sie haben ihren Willen miteinander verbunden, um Botschaft zu töten.«
Die anderen, durch ihren Ruf aufgeweckt, erhoben sich stolpernd und griffen zu den Waffen.
»Warum sind sie hinter dem Kind her?« fragte Silk.
»Sie wissen, daß er der einzige ist, der das Auge berühren kann. Sie glauben, wenn er stirbt, würden wir es nicht schaffen, es aus Cthol Murgos herauszubringen.«
»Was tun wir?« fragte Garion und sah sich hilflos um.
»Ich muß mich darauf konzentrieren, das Kind zu beschützen«, sagte sie. »Geh einen Schritt zurück, Garion.«
»Was?«
»Geh weg von mir!« Sie bückte sich und zeichnete einen Kreis in den Sand, der sie und den kleinen Jungen einschloß. »Hört mir gut zu«, sagte sie. »Bis das vorbei ist, darf mir keiner von euch näher als bis zu dem Kreis kommen. Ich möchte nicht, daß einer von euch verletzt wird.« Ein Ruck ging durch sie, die weiße Locke an ihrer Schläfe schien zu glühen.
»Warte!« rief Garion.
»Das wage ich nicht. Sie könnten jeden Moment wieder angrei-

fen. Es ist an dir, deinen Großvater und die anderen zu schützen.«
»An mir?«
»Du bist der einzige, der es tun kann. Du hast die Macht. Benütze sie.« Sie hob die Hand.
»Gegen wie viele muß ich ankämpfen?« fragte Garion, doch er spürte bereits die plötzliche Woge und das eigenartige Dröhnen, als Tante Pol ihren Willen losließ. Die Luft um sie herum schimmerte und waberte wie an einem Sommernachmittag. Garion konnte die Barriere, die sie aufbaute, regelrecht fühlen.
»Tante Pol?« sagte er. Dann hob er seine Stimme und rief: »Tante Pol!«
Sie schüttelte den Kopf und deutete auf ihre Ohren. Sie schien etwas zu sagen, aber kein Laut durchdrang den schimmernden Schutzschild, den sie errichtet hatte.
»Wie viele?« Garion bildete die Worte deutlich mit den Lippen.
Sie hielt beide Hände hoch, nur einen Daumen eingeknickt.
»Neun?« fragte er wieder nur mit den Lippen.
Sie nickte und zog dann ihren Mantel enger um sich und das Kind.
»Nun, Garion?« fragte Silk mit durchdringenden Augen, »was tun wir jetzt?«
»Wieso fragst du mich?«
»Du hast sie doch gehört. Belgarath ist noch nicht ganz bei sich, und sie ist beschäftigt. Du trägst jetzt die Verantwortung.«
»*Ich?*«
»Was sollen wir tun?« drängte Silk. »Du mußt lernen, Entscheidungen zu treffen.«
»Ich weiß nicht«, stammelte Garion hilflos.
»Das darfst du nie zugeben«, erklärte Silk. »Handle so, als ob du es genau wüßtest – auch wenn das nicht der Fall ist.«
»Wir... äh, wir warten, bis es dunkel wird, denke ich. Dann reiten wir in die gleiche Richtung weiter wie bisher.«
»Also.« Silk grinste. »Siehst du, wie einfach das ist?«

3

Nur eine schmale Mondsichel stand tief am Horizont, als sie wieder über den schwarzen Sand des Ödlandes hinaus in die beißende Kälte ritten. Garion fühlte sich ausgesprochen unbehaglich in der Rolle, die Silk ihm zugewiesen hatte. Er wußte, daß es nicht nötig gewesen war, da ihnen allen klar war, wohin sie reiten mußten und was sie zu tun hatten. Wenn wirklich eine Art von Führerschaft erforderlich gewesen wäre, die Wahl wäre logischerweise auf Silk selbst gefallen, statt dessen hatte der kleine Mann jedoch die Last auf Garions Schultern abgewälzt und beobachtete jetzt angespannt, wie er damit wohl fertig würde.

Es war keine Zeit für Führertum oder auch nur Diskussion, als sie kurz nach Mitternacht auf eine Gruppe von Murgos trafen. Es waren sechs, und sie galoppierten über einen niedrigen Kamm im Süden und direkt in Garions Gruppe hinein. Barak und Mandorallen reagierten mit der Gewalt geübter Krieger. Ihre Schwerter flogen aus den Scheiden, um mit stählernem Krachen auf die gepanzerten Körper ihrer verblüfften Gegner einzuschlagen. Als Garion sich noch damit abmühte, sein eigenes Schwert zu ziehen, sah er einen der schwarzgekleideten Murgos schlaff aus dem Sattel gleiten, während ein anderer, heulend vor Schmerzen und Überraschung, mit auf die Brust gepreßten Händen rücklings vom Pferd fiel. Es gab ein Durcheinander aus Schreien und dem schrillen Wiehern der aufgeschreckten Pferde, als die Männer in der Dunkelheit kämpften. Ein verängstigter Murgo wendete sein Pferd zur Flucht, doch Garion ritt, ohne zu überlegen, in seinen Weg, das Schwert zum Schlag erhoben. Der verzweifelte Murgo schwang seine Waffe in wildem Bogen, aber Garion parierte den schlecht gezielten Hieb und ließ seine Klinge leicht, wie eine Peitsche, auf die Schulter des Murgos niedersausen. Er hörte ein befriedigendes Knirschen, als die scharfe Klinge das Kettenhemd durchdrang. Garion parierte geschickt einen weiteren unbeholfenen Schlag und ließ seine Klinge wieder niedersausen, quer über das Gesicht des Murgos. Alle Anleitungen, die er von seinen Freunden erhalten hatte, schienen sich zu einem einzigartigen Stil zu vermischen, der teils cherekianisch, teils arendisch, teils algarisch und auf jeden Fall Garions ganz persönlicher war. Dieser Stil irritierte den verschreckten Murgo, und seine Anstrengungen wurden immer verzweifelter. Aber jedesmal, wenn er ausholte, parierte Garion mühelos und konterte mit jenen leichten, peitschenden Hieben, die unvermeidlich Blut fließen ließen. Garion spürte einen wilden, jubelnden Triumph, der in seinen Adern raste und einen feurigen Geschmack auf der Zunge.

Dann schoß Relg aus dem Schatten heraus, brachte den Murgo aus dem Gleichgewicht und stieß dem Mann sein Krummesser unter die Rippen. Der Murgo klappte zusammen, zitterte und fiel tot aus dem Sattel.

»Warum hast du das getan?« rief Garion unüberlegt. »Das war *mein* Murgo.«

Barak, der das Blutbad betrachtete, lachte, und sein plötzliches Vergnügen wirkte seltsam in der Dunkelheit. »Er wird richtig wild, nicht wahr?«

»Seine Fertigkeiten sind aber auch höchst beachtenswert«, erwiderte Mandorallen anerkennend.

Garions Stimmung stieg. Er sah sich begierig nach einem weiteren Gegner um, doch alle Murgos waren tot. »Waren sie allein?« fragte er etwas außer Atem. »Ich meine, kamen noch andere hinterher? Vielleicht sollten wir nachsehen.«

»Wir *wollen* doch schließlich, daß sie unsere Spur finden«, erinnerte ihn Silk. »Es ist natürlich deine Entscheidung, Garion, aber wenn wir alle Murgos in dieser Gegend ausrotten, bleiben keine mehr übrig, die in Rak Cthol berichten können, welche Richtung wir eingeschlagen haben, nicht wahr?«

»Ach«, sagte Garion und kam sich etwas dumm vor, »das hatte ich vergessen.«

»Du darfst den großen Plan nicht aus den Augen verlieren, Garion, und ihn wegen so kleiner Nebenabenteuer vergessen.«

»Vielleicht habe ich mich etwas hinreißen lassen.«

»Ein guter Führer kann sich so etwas nicht leisten.«

»Schon gut.« Garion war verlegen.

»Ich wollte nur sichergehen, daß du es verstehst, das ist alles.«

Garion antwortete nicht, begann aber zu verstehen, was Belgarath so oft an Silk reizte. Führerschaft an sich war schon Last genug, auch ohne die ständigen klugen Kommentare des wieselgesichtigen kleinen Drasniers.

»Bist du in Ordnung?« erkundigte sich Taiba bei Relg mit einer seltsamen Besorgnis in der Stimme. Der Ulgo lag immer noch auf den Knien neben dem Murgo, den er getötet hatte.

»Laß mich in Ruhe«, sagte er barsch.

»Sei nicht dumm. Bist du verletzt? Laß mich sehen.«

»Faß mich nicht an!« Er wich vor ihrer ausgestreckten Hand zurück. »Belgarion, mach, daß sie von mir weggeht.«

Garion stöhnte innerlich. »Wo liegt denn jetzt das Problem?«

»Ich habe diesen Mann getötet«, antwortete Relg. »Ich muß gewisse Dinge tun – Gebete – zur Läuterung. Sie stört mich dabei.«

Garion widerstand dem Impuls zu fluchen. »Bitte, Taiba«, sagte er so ruhig er konnte, »laß ihn einfach in Ruhe.«

»Ich wollte doch nur sehen, ob es ihm gutgeht«, erwiderte Taiba trotzig. »Ich habe ihm ja nichts getan.« Ihr Gesicht zeigte einen merkwürdigen Ausdruck, den Garion überhaupt nicht verstand. Während sie den knienden Ulgo betrachtete, zuckte ein eigenartiges kleines Lächeln um ihren Mund. Ohne Warnung streckte sie ihre Hand wieder nach ihm aus.

Relg schrak zurück. »Nein!« keuchte er. Taiba kicherte, ein kehliges, boshaftes Kichern, dann ging sie, leise vor sich hin summend, davon.

Nachdem Relg sein Läuterungsritual über dem toten Murgo beendet hatte, bestiegen sie wieder die Pferde und ritten weiter. Die Mondsichel stand jetzt hoch am kalten Nachthimmel und warf ihr blasses Licht auf den schwarzen Sand. Garion sah ständig nach allen Seiten, um mögliche lauernde Gefahren rechtzeitig zu erkennen. Hin und wieder warf er einen Blick auf Tante Pol und wünschte sich, daß sie nicht so völlig von ihm abgeschnitten wäre, aber sie schien vollkommen davon in Anspruch genommen, ihren Schutzschild aus Willenskraft aufrechtzuerhalten. Sie hielt Botschaft beim Reiten dicht an sich gedrückt, und ihre Augen blickten distanziert und undurchdringlich. Garion sah hoffnungsvoll zu Belgarath hinüber. Der alte Mann wachte zwar von Zeit zu Zeit aus seinem Halbschlaf auf, schien seine Umgebung aber kaum wahrzunehmen. Garion seufzte, und seine Augen nahmen ihre sorgfältige Prüfung des Geländes wieder auf. Sie ritten den Rest der Nacht durch die klirrende Kälte unter dem blassen Mondlicht, während die Sterne über ihnen wie Eiskristalle funkelten.

Plötzlich hörte Garion ein Dröhnen in seinem Geist – ein Geräusch mit einem merkwürdigen Echo –, und der Kraftschild um Tante Pol schimmerte in einem häßlichen Orangerot. Er konzentrierte seinen Willen und sprach ein Wort, das er mit einer Geste begleitete. Er hatte keine Ahnung, welches Wort er gebrauchte, aber er schien zu wirken. Wie ein Pferd, das durch eine Vogelschar trampelt, schmetterte sein Wille den gemeinschaftlichen Angriff auf Tante Pol und das Kind zurück. An diesem Angriff war mehr als nur ein Geist beteiligt – das hatte er gespürt –, aber es schien keinen Unterschied zu machen. Er fühlte ein kurzes Aufflackern von Ärger, ja sogar Furcht, als die vereinten Willenskräfte von Tante Pols Angreifern zerbrachen und vor ihm flohen.

»*Nicht schlecht*«, stellte die Stimme in seinem Geist fest. »*Vielleicht etwas plump, aber gar nicht schlecht.*«

»*Ich habe das zum erstenmal gemacht*«, antwortete Garion. »*Mit mehr Übung werde ich auch besser.*«

»*Sei da nicht zu sicher*«, riet ihm die Stimme trocken, dann war sie verschwunden.

Er wurde stärker, daran gab es keinen Zweifel. Die Leichtigkeit, mit der er die vereinten Willenskräfte der Gruppe von Grolims gesprengt hatte, erstaunte ihn. Er begann allmählich zu verstehen, was Tante Pol und Belgarath meinten, wenn sie von ›Talent‹ sprachen. Es schien eine gewisse Größenordnung zu geben, eine Grenze, die die meisten Zauberer nicht überschreiten konnten. Garion erkannte verwundert, daß er bereits stärker war als Männer, die diese Kunst seit Jahrhunderten ausübten, und das, obwohl er doch gerade nur die Anfänge seines Talents entdeckte. Die Vorstellung von dem, was er eines

Tages vielleicht in der Lage war zu tun, war mehr als nur ein wenig erschreckend.

Andererseits machte es ihn auch sicherer. Er richtete sich im Sattel auf und nahm eine etwas zuversichtlichere Haltung ein. Vielleicht war Führerschaft alles in allem doch nicht so schlecht. Wenn man erst einmal wußte, was man zu tun hatte, dann war es gar nicht mehr so schwer.

Der nächste Angriff kam, als der östliche Horizont hinter ihnen langsam heller wurde. Tante Pol, ihr Pferd und der kleine Junge schienen zu verschwinden, von absoluter Schwärze verschluckt zu werden. Garion schlug sofort zurück und fügte noch eine boshafte Veränderung hinzu – einen stechenden Hieb auf die vereinten Geisteskräfte, die den Angriff geführt hatten. Warme Selbstzufriedenheit durchströmte ihn bei der Überraschung und dem Schmerz in den Gedanken, die vor seinem raschen Gegenschlag zurückwichen. Er erhaschte einen kurzen Ausblick – nur einen Moment – auf neun sehr alte Männer in schwarzen Gewändern, die irgendwo um einen Tisch herumsaßen. In einer der Wände des Raumes befand sich ein großer Spalt, und ein Teil der Decke war bei dem Erdbeben eingestürzt, das Rak Cthol erschüttert hatte. Acht der bösen alten Männer sahen überrascht und erschreckt aus, der neunte war in Ohnmacht gefallen. Die Finsternis, die Tante Pol umgeben hatte, war verschwunden.

»Was tun sie?« fragte Silk.

»Sie versuchen, Tante Pols Schild zu durchbrechen«, erklärte Garion. »Ich habe ihnen etwas zum Nachdenken gegeben.« Er war ein bißchen stolz auf sich.

Silk sah ihn an, seine Augen verengten sich listig. »Übertreibe nicht, Garion«, riet er.

»Jemand muß doch etwas tun«, protestierte Garion.

»Darauf läuft es im allgemeinen hinaus. Ich sage ja nur, daß du deine Perspektive nicht verlieren sollst.«

Die zerklüftete Bergwand am Westrand der Öde war deutlich sichtbar, als das Tageslicht allmählich über den Himmel im Osten kroch. »Wie weit ist es deiner Ansicht nach noch?« erkundigte sich Garion bei Durnik.

Der Schmied spähte zu den vor ihnen liegenden Bergen hinüber. »Mindestens noch zwölf bis fünfzehn Meilen«, schätzte er. »Bei diesem Licht können Entfernungen leicht täuschen.«
»Nun?« fragte Barak. »Suchen wir uns einen geschützten Platz für den Tag oder reiten wir gleich weiter?«
Garion dachte nach. »Werden wir die Richtung wechseln, sobald wir in den Bergen sind?« fragte er Mandorallen.
»Mir scheint, es sei eher angebracht, unsere gegenwärtige Richtung noch ein Weilchen beizubehalten«, antwortete der Ritter nachdenklich. »Eine natürliche Grenze wie jene, die vor uns liegt, mag eine mehr als nur oberflächliche Spurensuche herausfordern.«
»Das ist eine gute Überlegung«, gab Silk ihm recht.
Garion kratzte sich an der Wange und stellte dabei fest, daß sein Bart wieder gesprossen war. »Vielleicht sollten wir dann hier haltmachen«, schlug er vor. »Wenn die Sonne untergeht, reiten wir ein Stück in die Berge und ruhen dann. Wenn morgen früh die Sonne aufgeht, ändern wir unsere Richtung. So haben wir Licht genug, um sehen zu können, ob wir irgendwelche Spuren hinterlassen und sie notfalls zu verwischen.«
»Klingt vernünftig«, meinte Barak anerkennend.
»Dann wollen wir es so machen«, entschied Garion.
Sie suchten sich wieder einen Hügelkamm und eine kleine Schlucht, die sie mit ihrer Zeltleinwand tarnten. Obwohl er müde war, konnte Garion sich nicht einfach dem Schlaf überlassen. Nicht nur, daß die Sorge der Führerschaft schwer auf ihm lastete, er hatte auch Befürchtungen, daß die Hierarchen wieder angreifen würden, sobald er einschlief. Als die anderen ihre Decken ausrollten, wanderte er ziellos umher und blieb dann vor Tante Pol stehen, die sich mit dem Rücken gegen einen großen Felsen gesetzt hatte, das schlafende Kind auf dem Schoß, und die doch hinter ihrem schimmernden Schutzschild so weit entfernt war wie der Mond. Garion seufzte und ging zum Eingang der Schlucht, wo Durnik nach den Pferden sah. Ihm war eingefallen, daß ihrer aller Leben von der Gesundheit ihrer Pferde abhing, und das bereitete ihm zusätzliche Sorgen.
»Wie geht es ihnen?« fragte er Durnik.

»Sie halten sich recht gut«, antwortete Durnik. »Aber sie haben einen langen Weg hinter sich, und bei einigen macht sich das bemerkbar.«

»Können wir etwas für sie tun?«

»Eine Woche Ruhe auf einer guten Weide könnten sie gut gebrauchen«, antwortete Durnik mit einem müden Lächeln.

Garion lachte. »Ich glaube, wir könnten alle eine Woche Rast auf einer guten Weide gebrauchen.«

»Du bist wirklich groß geworden, Garion«, stellte Durnik fest, während er den Hinterhuf eines Pferdes hochhob, um ihn auf Druckstellen und Risse zu untersuchen.

Garion betrachtete seinen Arm, dessen Handgelenke einige Zentimeter weit aus dem Ärmel ragten. »Die meisten Sachen passen mir noch ganz gut.«

»So habe ich es nicht gemeint.« Durnik zögerte. »Wie ist es, Garion? Dinge tun zu können, so wie du es kannst?«

»Es macht mir Angst, Durnik«, gestand er leise. »Ich habe mir nichts davon gewünscht, aber ich hatte keine Wahl.«

»Du darfst nicht zulassen, daß es dir Angst macht, weißt du«, sagte Durnik und setzte vorsichtig den Huf wieder ab. »Wenn es ein Teil von dir ist, ist es ein Teil von dir – wie deine Größe oder deine Haarfarbe.«

»Es ist nicht ganz dasselbe, Durnik. Groß zu sein oder blonde Haare zu haben, tut niemandem weh. Das andere kann wehtun.«

Durnik blickte auf die langen Schatten des Hügels, die sich in der aufgehenden Sonne abzeichneten. »Du mußt eben lernen, vorsichtig damit umzugehen, das ist alles. Als ich etwa in deinem Alter war, stellte ich fest, daß ich viel stärker war als die meisten anderen jungen Männer in unserem Dorf – vielleicht, weil ich in der Schmiede arbeitete. Ich wollte niemandem wehtun, also habe ich nie mit meinen Freunden gerungen. Einer von ihnen hielt mich deswegen für einen Feigling und stieß mich ein halbes Jahr lang herum, bis ich schließlich die Geduld verlor.«

»Hast du mit ihm gekämpft?«

Durnik nickte. »Es war eigentlich kein richtiger Kampf. Nachdem es vorbei war, erkannte er, daß ich doch kein Feigling war.

Wir wurden sogar wieder gute Freunde – nachdem seine Knochen alle wieder verheilt waren und er sich daran gewöhnt hatte, daß ihm ein paar Zähne fehlten.«

Garin grinste ihn an, und Durnik lächelte etwas reuig zurück. »Anschließend habe ich mich wirklich geschämt.«

Garion fühlte sich diesem aufrichtigen, soliden Mann sehr nahe. Durnik war sein ältester Freund, auf ihn konnte er immer zählen.

»Was ich dir zu sagen versuche, Garion«, fuhr Durnik ernst fort, »ist, daß du nicht durchs Leben gehen kannst, wenn du dich vor dem fürchtest, was du bist. Wenn du das tust, wird früher oder später jemand kommen, der dich mißversteht, und dann mußt du ihm zeigen, daß du keine Angst vor *ihm* hast. Wenn es erst soweit kommt, ist es im allgemeinen viel schlimmer für dich – und für ihn auch.«

»So wie mit Asharak?«

Durnik nickte. »Auf lange Sicht ist es immer am besten, zu sein, was man ist. Es ist nicht recht, sich zu benehmen, als wäre man mehr, aber es ist auch nicht gut, sich zu benehmen, als wäre man weniger. Verstehst du, was ich dir sagen will?«

»Das ganze Problem scheint darin zu bestehen, erst einmal genau herauszufinden, was man wirklich ist«, meinte Garion.

Wieder lächelte Durnik. »Das ist der Teil, der den meisten von uns von Zeit zu Zeit Schwierigkeiten macht«, gab er ihm recht.

Plötzlich erlosch das Lächeln auf seinem Gesicht, er keuchte. Dann fiel er zu Boden und krümmte sich mit auf den Bauch gepreßten Händen.

»Durnik!« schrie Garion auf. »Was ist los?«

Doch Durnik konnte nicht antworten. Sein Gesicht war aschgrau und schmerzverzerrt, während er sich im Dreck wälzte. Garion spürte einen seltsam fremdartigen Druck und begriff sofort. Da ihre Versuche, das Kind zu töten, vereitelt worden waren, richteten die Hierarchen ihre Angriffe jetzt gegen die anderen, in der Hoffnung, Tante Pol auf diese Weise zu zwingen, ihren Schutzschild fallenzulassen. Furchtbarer Zorn brodelte in ihm auf. Sein Blut schien zu kochen, und ein wütender Schrei entrang sich seinen Lippen.

»*Ruhig.*« Es war wieder die Stimme in seinem Geist.
»*Was soll ich tun?*«
»*Geh in die Sonne.*«
Garion verstand zwar nicht, lief aber an den Pferden vorbei in das blasse Morgenlicht.
»*Versetze dich in deinen Schatten.*«
Er blickte vor sich auf seinen Schatten nieder und gehorchte der Stimme. Er war nicht sicher, wie er es machte, aber er ließ seinen Willen und sein Bewußtsein in den Schatten strömen.
»*Jetzt verfolge die Spur ihrer Gedanken zurück zu ihnen. Rasch.*«
Garion fühlte plötzlich, wie er flog. Eingehüllt in seinen Schatten, berührte er den immer noch zuckenden Durnik, nahm wie ein schnüffelnder Hund die Richtung der vereinten Gedanken auf, die seinen Freund zu Boden geworfen hatten. Dann schoß er durch die Luft zurück über die Weite der Öde zu den Ruinen von Rak Cthol. Er hatte anscheinend kein Gewicht, und er sah alles durch einen eigenartig purpurnen Schleier.
Er spürte seine Größe, als er in den Raum mit der gespaltenen Wand kam, in dem die neun schwarzgekleideten, alten Männer saßen und mit ihren vereinten Kräften Durnik zu töten versuchten. Sie hatten die Augen auf einen riesigen Rubin gerichtet, der – nahezu kopfgroß – in der Mitte des Tisches funkelte. Die schrägen Strahlen der Morgensonne hatten Garions Schatten verzerrt und vergrößert, so daß er eine Ecke des Raumes ausfüllte und sich leicht beugen mußte, damit er unter die Decke paßte. »Halt!« brüllte er die bösen alten Männer an. »Laßt Durnik in Ruhe!«
Sie zuckten vor seiner plötzlichen Erscheinung zurück, und er konnte fühlen, wie der durch den Stein auf dem Tisch gegen Durnik gerichtete Gedanke wankte und zerbröckelte. Er machte einen drohenden Schritt auf sie zu, und sah in dem purpurnen Licht, das seine Sehkraft trübte, wie sie vor ihm zurückwichen.
Dann schien sich einer der alten Männer – sehr dünn, mit langem schmutzigem Bart und völlig kahlem Schädel – von seinem momentanen Schrecken zu erholen. »Bleibt fest!« fuhr

er die anderen an. »Haltet den Gedanken auf den Sendarier gerichtet.«

»Laßt ihn in Ruhe!« rief Garion.

»Wer sagt das?« fragte der dünne alte Mann in beleidigendem Ton.

»Ich.«

»Und wer bist du?«

»Ich bin Belgarion. Laßt meine Freunde in Ruhe.«

Der alte Mann lachte, und sein Lachen war so kalt, wie das Ctuchiks gewesen war. »Tatsächlich bist du nur Belgarions Schatten«, stellte er richtig. »Wir kennen den Schattentrick. Du kannst reden und toben und drohen, aber mehr kannst du nicht tun. Du bist nur ein machtloser Schatten, Belgarion.«

»Laßt uns in Ruhe!«

»Und was willst du tun, wenn wir das nicht tun?« Das Gesicht des alten Mannes zeigte amüsierte Verachtung.

»*Hat er recht?*« fragte Garion die Stimme in seinem Geist.

»*Vielleicht – vielleicht auch nicht*«, antwortete die Stimme. »*Einige wenige konnten die Grenze überschreiten. Du weißt es erst, wenn du es versucht hast.*«

Trotz seines schrecklichen Zorns wollte Garion keinen der alten Männer töten. »Eis!« sagte er, konzentrierte sich auf die Vorstellung von Kälte und ließ seinen Willen frei. Es fühlte sich seltsam an, fast dürftig, als ob keine Substanz dahintersteckte, und das Dröhnen war hohl und kümmerlich.

Der kahle alte Mann schnaubte und wackelte verächtlich mit dem Kopf.

Garion biß seine körperlosen Zähne zusammen und straffte sich in enormer Konzentration. »Brenne!« sagte er und trieb seinen Willen voran. Es flackerte und flammte dann plötzlich auf. Die Kraft von Garions Willen schoß los, nicht auf den kahlen Mann selbst gerichtet, sondern auf seinen Bart.

Der Hierarch sprang auf und stolperte mit einem heiseren Schrei rückwärts. Verzweifelt versuchte er, seinen brennenden Bart zu löschen.

Der vereinigte Gedanke der Hierarchen geriet ins Wanken, als sie in entsetztem Erstaunen aufsprangen. Grimmig konzentrierte Garion seinen anschwellenden Willen und holte mit den ungeheuer langen Schattenarmen aus. Er stieß die Hierarchen über den rauhen Steinfußboden und schmetterte sie gegen die Wände. Kreischend vor Angst flohen sie hierhin und dorthin, versuchten zu entkommen, aber methodisch streckte er die Arme aus und griff sie nacheinander, um sie zu bestrafen. Mit seltsamer Ungerührtheit stopfte er einen von ihnen mit dem Kopf voran in den Spalt in der Wand, bis nur noch die strampelnden Füße zu sehen waren.

Als er fertig war, wandte er sich wieder an den glatzköpfigen Hierarchen, der es schließlich geschafft hatte, das Feuer in seinem Bart zu löschen. »Es ist unmöglich, unmöglich«, protestierte der Hierarch wie betäubt. »Wie hast du das gemacht?«

»Ich sagte bereits – ich bin Belgarion. Ich kann Dinge tun, die du dir nicht einmal vorstellen kannst.«

»Der Edelstein«, sagte die Stimme. *»Sie benützen den Stein, um ihren Willen zu vereinen. Zerstöre ihn.«*

»Wie?«

»Er kann nicht viel aushalten. Sieh hin.«

Garion stellte fest, daß er plötzlich in das Innere des funkelnden Steins auf dem Tisch sehen konnte. Er sah winzige Spannungslinien in seiner kristallinen Struktur, und dann begriff er. Er richtete seinen Willen darauf und legte seinen ganzen Zorn hinein. Der Stein erstrahlte vor Licht und begann zu pulsieren, als die Kraft in ihm anschwoll. Dann explodierte er mit einem scharfen Knall in kleinste Teilchen.

»Nein!« jammerte der kahle Hierarch. »Du Idiot! Der Stein ist unersetzlich.«

»Hör mir gut zu, alter Mann«, sagte Garion mit schrecklicher Stimme, »ihr *werdet* uns in Ruhe lassen. Ihr werdet uns *nicht* verfolgen oder noch einmal versuchen, einem von uns zu schaden.« Er streckte seine Schattenhand aus und ließ sie direkt in die Brust des kahlen Mannes gleiten. Er fühlte das Herz flattern wie ein verängstigter Vogel und die Lungen leer werden, als der Hierarch zu atmen aufhörte und voll Entsetzen auf den Arm starrte, der aus seiner Brust ragte. Langsam spreizte Garion seine Finger. »Verstehst du mich?« fragte er.

Der Hierarch gurgelte und versuchte, den Arm zu fassen, doch seine Finger fanden nichts, an dem sie sich festhalten konnten.
»Verstehst du mich?« wiederholte Garion und ballte seine Hand plötzlich zur Faust.
Der Hierarch schrie auf.
»Wirst du uns in Ruhe lassen?«
»Bitte, Belgarion! Nicht mehr! Ich sterbe!«
»Wirst du uns in Ruhe lassen?« fragte Garion wiederum.
»Ja, ja – alles, nur hör auf! Ich bitte dich! Ich will alles tun! Bitte!«
Garion öffnete seine Faust und zog die Hand aus der bebenden Brust des Hierarchen. Er hielt sie dem alten Mann wie eine Klaue vors Gesicht. »Sieh sie dir an und denke daran«, sagte er mit tödlich ruhiger Stimme. »Das nächste Mal reiße ich dir das Herz aus der Brust.«
Der Hierarch schrak zurück, seine Augen traten vor Grauen hervor, als er auf die schreckliche Hand starrte. »Ich verspreche es«, stammelte er. »Ich verspreche es.«
»Dein Leben hängt davon ab.« Damit wandte Garion sich ab und schoß durch die Leere zurück zu seinen Freunden. Ganz plötzlich stand er wieder am Eingang der Schlucht und blickte auf seinen Schatten hinab, der allmählich wieder Form annahm. Der purpurne Schleier war verschwunden, und er fühlte sich merkwürdigerweise nicht einmal müde.
Durnik atmete zitternd ein und bemühte sich aufzustehen.
Garion drehte sich rasch um und lief zurück zu seinem Freund. »Bist du in Ordnung?« fragte er, den Arm des Schmieds ergreifend.
»Es war, als hätte ich ein Messer in mir«, erzählte Durnik mit schwacher Stimme. »Was war das?«
»Die Grolimhierarchen haben versucht, dich zu töten«, sagte Garion. Durnik sah sich ängstlich um.
»Keine Angst, Durnik. Sie werden es nicht wieder tun.« Garion half ihm auf die Füße, dann gingen sie zusammen in die Schlucht zurück.
Tante Pols Augen waren auf ihn gerichtet, als er näherkam.

Sie sah ihn durchdringend an. »Du wirst sehr schnell groß«, sagte sie.

»Ich mußte etwas tun«, erwiderte er. »Was ist mit deinem Schild?«

»Mir scheint, ich brauche ihn nicht mehr.«

»Nicht schlecht«, sagte Belgarath. Der alte Mann saß aufrecht. Er sah noch schwach und erschöpft aus, aber seine Augen waren munter. »Es war ein bißchen exotisch, aber alles in allem gar nicht schlecht. Die Geschichte mit der Hand war allerdings etwas übertrieben.«

»Ich wollte sichergehen, daß er begriffen hatte, was ich sagte.«

Garion war außerordentlich erleichtert, daß sein Großvater wieder bei Bewußtsein war.

»Ich denke, du hast ihn überzeugt«, meinte Belgarath trocken. »Gibt es hier irgendwo etwas zu essen?« fragte er Tante Pol.

»Geht es dir wieder gut, Großvater?« fragte Garion.

»Abgesehen davon, daß ich so schwach bin wie ein frisch geschlüpftes Küken und so hungrig wie eine Wölfin mit neun Jungen, geht es mir gut«, antwortete Belgarath. »Ich könnte *wirklich* etwas zu essen vertragen, Polgara.«

»Ich werde sehen, was ich finden kann, Vater«, sagte sie und ging zum Gepäck hinüber.

»Du mußt dich auch nicht damit aufhalten, es erst zu kochen«, setzte er hinzu.

Der kleine Junge hatte Garion neugierig betrachtet, seine großen blauen Augen blickten ernst und ein wenig verwirrt. Plötzlich lachte er und sah Garion strahlend an. »Belgarion«, sagte er.

4

»Kein Bedauern?« fragte Silk Garion an jenem Abend, als sie auf die Berge zuritten, die sich scharf gegen den Sternenhimmel abzeichneten.

»Bedauern worüber?«

»Daß du das Kommando aufgegeben hast.« Silk hatte ihn

schon neugierig beobachtet, seit die untergehende Sonne das Signal zum Aufbruch gegeben hatte.

»Nein«, antwortete Garion, nicht ganz sicher, was der kleine Mann meinte. »Warum sollte ich?«

»Es ist eine sehr wichtige Sache, die ein Mann über sich selbst lernen kann, Garion«, sagte Silk ernsthaft. »Für manche Männer ist die Macht sehr süß, und man weiß nie, wie ein Mann damit umgehen wird, bis man ihm Gelegenheit gibt, es auszuprobieren.«

»Ich weiß nicht, warum du dir soviel Gedanken machst. Es ist nicht sehr wahrscheinlich, daß ich sehr oft die Verantwortung tragen werde.«

»Man kann nie wissen, Garion. Man kann nie wissen.«

Sie ritten über den unfruchtbaren schwarzen Sand der Öde auf die vor ihnen liegenden düsteren Berge zu. Hinter ihnen stieg die Mondsichel empor mit ihrem kalten, weißen Licht. Am Rande des Ödlandes wuchsen ein paar verkrüppelte Dornbüsche, die sich tief in den Sand duckten und vor Frost silbern glänzten. Etwa eine Stunde vor Mitternacht erreichten sie schließlich felsigen Untergrund, und die Hufe ihrer Pferde klapperten laut, als sie aus der Sandwüste herauskamen. Auf dem ersten Hügelrücken hielten sie an, um zurückzuschauen. Die dunkle Öde hinter ihnen war gesprenkelt mit den Wachfeuern der Murgos, und weit hinten auf ihrer eigenen Spur konnten sie sich bewegende Fackeln erkennen.

»Ich hatte mir schon Sorgen deswegen gemacht«, sagte Silk zu Belgarath, »aber es sieht aus, als hätten sie unsere Spur nun doch noch gefunden.«

»Hoffen wir, daß sie sie nicht wieder verlieren«, erwiderte der alte Mann.

»Das halte ich für unwahrscheinlich. Ich habe sie sehr deutlich gemacht.«

»Murgos können manchmal sehr unzuverlässig sein.« Belgarath schien sich völlig erholt zu haben, aber Garion sah, daß seine Schultern müde herabhingen und war froh, daß sie nicht vorhatten, die ganze Nacht zu reiten.

Die Berge, in die sie jetzt kamen, waren so trocken und steinig wie die im Norden gewesen waren. Drohende Klippen ragten empor, auf dem Boden waren vereinzelte Flecken Laugensalz, und ein schneidend kalter Wind heulte unablässig durch die Felsen und zerrte an den groben Murgogewändern, mit denen sie sich verkleidet hatten. Sie ritten weiter, bis sie ein gutes Stück in den Bergen waren. Einige Stunden vor Morgengrauen hielten sie an, um auszuruhen und auf den Sonnenaufgang zu warten.

Als das erste schwache Licht am östlichen Horizont erschien, ritt Silk los und fand eine felsige Kluft, die sich zwischen zwei ockerfarbenen Steilhängen nach Nordwesten zog. Sobald er zurückkehrte, sattelten sie die Pferde und trabten davon.

»Die können wir jetzt auch loswerden, denke ich«, sagte Belgarath und zog seine Murgorobe aus.

»Ich nehme sie«, schlug Silk vor. »Die Kluft ist gleich dort drüben.« Er wies die Richtung mit der Hand. »Ich werde euch in ein paar Stunden wieder einholen.«

»Was hast du vor?« fragte Barak ihn.

»Ich werde noch ein paar Meilen falscher Spuren legen«, antwortete Silk. »Dann komme ich zurück und achte darauf, daß ihr keine Spuren hinterlassen habt. Es wird nicht lange dauern.«

»Hättest du gerne Gesellschaft?« bot der große Cherek ihm an.

Silk schüttelte den Kopf. »Ich kann mich allein schneller bewegen.«

»Sei vorsichtig.«

Silk grinste. »Ich bin immer vorsichtig.« Er nahm ihnen die Murgokleider ab und ritt nach Westen.

Die Klamm, in die sie ritten, schien ein bereits vor Jahrtausenden ausgetrocknetes Flußbett zu sein. Das Wasser hatte sich tief in die Felsen eingeschnitten und dabei Schicht um Schicht roter, brauner und gelber Erde freigelegt. Die Hufe ihrer Pferde klapperten sehr laut zwischen den steilen Hängen, und der Wind pfiff und stöhnte durch die Klamm.

Taiba lenkte ihr Pferd neben Garions. Sie zitterte, obwohl sie den Mantel, den er ihr gegeben hatte, fest um die Schultern gewickelt hatte. »Ist es immer so kalt?« fragte sie, die großen, violetten Augen weit aufgerissen.

»Im Winter schon«, antwortete er. »Im Sommer ist es hier bestimmt sehr heiß.«

»In den Sklavenquartieren war es immer gleich«, erzählte sie. »Wir wußten nie, welche Jahreszeit gerade war.«

Das gewundene Flußbett machte einen scharfen Knick nach rechts, und plötzlich waren sie dem Licht der soeben aufgegangenen Sonne ausgesetzt. Taiba rang nach Atem.

»Was ist?« fragte Garion schnell.

»Das Licht«, rief sie und bedeckte ihr Gesicht mit den Händen. »Es ist wie Feuer in meinen Augen.«

Relg, der unmittelbar vor ihnen ritt, beschirmte ebenfalls seine Augen. Er sah über die Schulter zurück zu der Maragfrau. »Hier«, sagte er. Er nahm einen der Schleier, die er sich für gewöhnlich vor die Augen band, wenn sie direkter Sonneneinstrahlung ausgesetzt waren, und reichte ihn ihr. »Verhülle dein Gesicht damit, bis wir wieder im Schatten sind.«

»Danke«, sagte Taiba und band sich das Tuch um. »Ich wußte nicht, daß die Sonne so hell sein kann.«

»Du wirst dich daran gewöhnen«, sagte Relg. »Aber es dauert seine Zeit. Versuche, deine Augen in den ersten Tagen zu schützen.« Er wollte sich schon umdrehen und weiterreiten, sah sie dann aber noch einmal neugierig an. »Bist du vorher noch nie in der Sonne gewesen?«

»Nein«, antwortete sie. »Andere Sklaven haben mir aber davon erzählt. Die Murgos benützen keine Frauen in ihren Arbeitslagern, deswegen war ich nie außerhalb der Sklavengefängnisse. Es war dort unten immer dunkel.«

»Es muß schrecklich gewesen sein.« Garion schauderte.

Sie zuckte die Achseln. »Die Dunkelheit war nicht so schlimm. Es war das Licht, das wir fürchteten. Licht bedeutete, daß die Murgos mit ihren Fackeln kamen, um einen von uns zu holen, der dann im Tempel geopfert werden sollte.«

Ihr Weg machte wieder eine Biegung, und sie verließen das gleißende helle Sonnenlicht. »Danke«, sagte Taiba nochmals, nahm den Schleier von den Augen und hielt ihn Relg hin.

»Behalte ihn«, sagte er. »Du wirst ihn wahrscheinlich noch brauchen.« Seine Stimme wirkte seltsam gedämpft, und in seinen Augen lag eine ungewohnte Sanftheit. Als er sie ansah, kroch der gehetzte Ausdruck wieder über sein Gesicht.

Seit sie Rak Cthol verlassen hatten, beobachtete Garion die beiden insgeheim. Er wußte, daß Relg trotz aller Anstrengungen die Augen nicht von der Maragfrau wenden konnte, die er gezwungenermaßen aus der Höhle befreit hatte, die sonst ihr Grab geworden wäre. Obwohl Relg noch immer ständig über Sünde lamentierte, besaßen seine Worte nicht mehr das Gewicht völliger Überzeugung, statt dessen wirkten sie des öfteren eher wie die rein mechanische Wiederholung einer Reihe von Formeln. Wie Garion bemerkt hatte, versagten gelegentlich selbst diese Formeln, wenn Taibas tiefviolette Augen den Ulgo betrachteten. Taiba für ihren Teil war ganz offensichtlich verwirrt. Relgs Zurückweisung ihres schlichten Dankes hatte sie gedemütigt, und ihre Empörung war heftig gewesen. Seine dauernde Beobachtung sprach zu ihr jedoch ganz anders als die Worte, die von seinen Lippen kamen. Seine Augen sagten ihr dies, sein Mund jenes. Er verblüffte sie, denn sie wußte nicht, ob sie auf seine Augen oder seine Worte reagieren sollte.

»Dann hast du also dein Leben lang im Dunkeln gelebt?« fragte Relg sie neugierig.

»Die meiste Zeit«, erwiderte sie. »Ich habe einmal das Gesicht meiner Mutter gesehen – an dem Tag, als die Murgos kamen und sie für den Tempel holten. Danach war ich allein. Allein sein ist das schlimmste daran. Wenn man nicht allein ist, kann man die Dunkelheit ertragen.«

»Wie alt warst du, als sie dir die Mutter weggenommen haben?«

»Ich weiß nicht genau. Ich muß schon fast eine Frau gewesen sein, denn nicht lange danach haben die Murgos mich einem Sklaven gegeben, der sie zufriedengestellt hatte. Es gab viele Sklaven dort unten, die alles taten, was die Murgos wollten, und sie wurden dann mit zusätzlicher Nahrung belohnt – oder mit Frauen. Zuerst habe ich geweint, aber mit der Zeit lernte ich, es zu akzeptieren. Wenigstens war ich nicht mehr allein.«

Relgs Gesicht verhärtete sich, und Taiba nahm die Veränderung wahr. »Was hätte ich tun sollen?« fragte sie. »Wenn du Sklave bist, gehört dir dein Körper nicht. Sie können dich verkaufen oder dich jemandem schenken, wenn sie wollen, und du kannst nichts dagegen tun.«

»Es muß doch *irgend etwas* geben.«

»Was denn? Ich hatte keine Waffe, mit der ich hätte kämpfen oder mich töten können, und man kann sich nicht selbst erwürgen.« Sie sah Garion an. »Wußtest du das? Ein paar der Sklaven haben es versucht, aber man wird nur ohnmächtig und dann fängt man an, wieder zu atmen. Ist das nicht merkwürdig?«

»Hast du versucht zu kämpfen?« Aus irgendeinem Grund schien es Relg sehr wichtig zu sein.

»Wo hätte der Sinn gelegen? Der Sklave, dem man mich gegeben hatte, war stärker als ich. Er hätte mich doch nur geschlagen, bis ich getan hätte, was er wollte.«

»Du hättest kämpfen müssen«, erklärte Relg eisern. »Ein wenig Schmerz ist besser als Sünde, und so aufzugeben ist Sünde.«

»Wirklich? Wenn jemand dich dazu zwingt, etwas zu tun, und es gibt keine Möglichkeit, es zu vermeiden, ist das wirklich Sünde?«

Relg wollte antworten, aber ihre Augen, die ihm direkt ins Gesicht blickten, schienen seine Zunge zu lähmen. Er zögerte, unfähig, diesem Blick standzuhalten. Abrupt wendete er sein Pferd und ritt zurück zu den Lasttieren.

»Warum kämpft er so sehr gegen sich selbst?« fragte Taiba.

»Er hat sich völlig seinem Gott hingegeben«, erklärte Garion. »Er hat Angst vor allem, das ihm etwas von dem nehmen könnte, das er seiner Ansicht nach UL schuldet.«

»Ist sein UL wirklich so eifersüchtig?«

»Nein, ich glaube nicht. Aber Relg glaubt das.«

Taiba schürzte die Lippen sinnlich und warf einen Blick über die Schulter zurück auf den Fanatiker. »Weißt du«, sagte sie, »ich glaube, er hat tatsächlich Angst vor mir.« Dann lachte sie jenes tiefe, boshafte kleine Lachen und fuhr sich mit den

Fingern durch die Fülle ihres schwarzen Haars. »Niemand hat je Angst vor mir gehabt – niemals. Ich glaube fast, es gefällt mir. Würdest du mich entschuldigen?« Sie machte, ohne eine Antwort abzuwarten, kehrt und ritt hinter dem flüchtenden Relg her.

Garion dachte darüber nach, während er weiter durch die enge, gewundene Klamm ritt. Er erkannte, daß in Taiba eine Stärke steckte, die niemand vermutet hatte, und kam schließlich zu dem Schluß, daß Relg schlechte Zeiten erwarteten.

Er trabte nach vorn, um mit Tante Pol darüber zu sprechen, die vor sich im Sattel das Kind hatte.

»Es geht dich nichts an, Garion«, sagte sie. »Relg und Taiba können auch ohne deine Hilfe zurechtkommen.«

»Ich war nur neugierig, das ist alles. Relg bringt sich noch um, und Taiba ist ganz durcheinander wegen ihm. Was geht *wirklich* zwischen den beiden vor, Tante Pol?«

»Etwas sehr Notwendiges«, antwortete sie.

»Das könntest du von fast allem behaupten, das geschieht, Tante Pol.« Es war fast ein Vorwurf. »Du könntest sogar behaupten, daß die Art und Weise, wie ich immer mit Ce'Nedra streite, auch notwendig ist, nicht wahr?«

Sie sah ihn leicht belustigt an. »Es ist nicht ganz das gleiche, Garion, aber auch darin liegt eine gewisse Notwendigkeit.«

»Das ist doch albern«, spottete er.

»Wirklich? Weswegen verbringt ihr beiden dann deiner Ansicht nach so viel Zeit damit, euch gegenseitig zu ärgern?«

Darauf wußte er nicht zu antworten, doch die ganze Vorstellung beunruhigte ihn. Gleichzeitig hatte die Erwähnung von Ce'Nedras Namen sie ihm scharf ins Gedächtnis zurückgerufen und er stellte fest, daß er sie tatsächlich vermißte. Schwermütig schweigend ritt er eine Zeitlang neben Tante Pol her. Schließlich seufzte er.

»Weswegen so ein tiefer Seufzer?«

»Es ist alles vorbei, nicht wahr?«

»Was alles?«

»Das Ganze. Ich meine – wir haben das Auge wieder. Darum ging es doch, oder?«

»Nicht nur darum, Garion, sondern um viel mehr, und außerdem sind wir auch noch nicht aus Cthol Murgos heraus, nicht wahr?«

»Darüber machst du dir doch nicht ernsthaft Gedanken, oder?« Aber dann, als ob ihre Frage plötzlich einen vorhandenen Zweifel in ihm selbst ans Tageslicht gebracht hätte, starrte er sie angstvoll an. »Was würde geschehen, wenn es uns nicht gelingt?« platzte er heraus. »Wenn wir nicht aus Cthol Murgos herauskämen, meine ich. Was würde mit dem Westen passieren, wenn wir das Auge nicht zurück nach Riva bringen?«

»Die Dinge wären unerfreulich.«

»Es würde Krieg geben, nicht wahr? Und die Angaraks würden gewinnen, und überall gäbe es die Grolims mit ihren Messern und Altären.« Der Gedanke, daß Grolims zu Faldors Farm marschierten, versetzte ihn in Wut.

»Mach dir nicht zu viele Sorgen, Garion. Wir können uns immer nur um eine Sache kümmern.«

»Aber was, wenn –«

»Garion«, sagte sie gequält, »bitte fang jetzt nicht mit den ›was wenns‹ an. Damit machst du uns alle verrückt.«

»*Du* sagst doch immer ›was wenn‹ zu Großvater«, warf er ihr vor.

»Das ist etwas anderes.«

In den nächsten Tagen ritten sie ein scharfes Tempo durch eine Reihe von Schluchten, in denen die bittere Kälte wie ein schweres Gewicht auf ihnen lastete. Silk ritt oft zurück, um nach den Anzeichen einer Verfolgung Ausschau zu halten, doch ihre List schien die Murgos abgeschüttelt zu haben. Schließlich, an einem kalten, sonnenlosen Vormittag, an dem der Wind Staubwolken über den Horizont jagte, erreichten sie das weite, trockene Tal, durch das sich die Südliche Karawanen-Route wand. Sie suchten hinter einem niedrigen Hügel Deckung, während Silk hinaufritt, um sich umzusehen.

»Denkt Ihr, Taur Urgas habe sich der Suche nach uns vielleicht angeschlossen?« fragte Mandorallen, der wieder seine Rüstung trug, Belgarath.

»Schwer zu sagen«, antwortete der alte Mann. »Er ist völlig unberechenbar.«

»Im Osten auf der Karawanenroute ist eine Murgopatrouille«, berichtete Silk bei seiner Rückkehr. »Es wird noch ungefähr eine halbe Stunde dauern, bis sie außer Sicht sind.«

Belgarath nickte.

»Werden wir wohl in Sicherheit sein, wenn wir erst einmal in Mishrak ac Thull sind?« fragte Durnik.

»Wir können uns nicht darauf verlassen«, erwiderte Belgarath. »Gethel, der König der Thulls, hat Angst vor Taur Urgas, also würde er kein Theater wegen Grenzübertretungen oder so machen, falls sich Taur Urgas entschließen sollte, uns zu folgen.«

Sie warteten, bis die Murgos einen kleinen Hügel im Osten überquert hatten und ritten dann weiter.

In den nächsten beiden Tagen ritten sie beständig nach Nordwesten. Die Landschaft wurde weniger felsig, nachdem sie ins Land der Thulls gekommen waren, und weit hinter sich konnten sie die verräterischen Staubwolken erkennen, die von berittenen Murgosuchtrupps hervorgerufen wurden. Es war später Nachmittag an einem trüben Tag, als sie endlich den Rand des Ostkliffs erreichten.

Barak blickte über die Schulter zurück auf die Staubwolken, dann lenkte er sein Pferd neben Belgarath. »Wie beschwerlich ist der Weg hinunter ins Tal?« fragte er.

»Es ist nicht gerade ein Spaziergang.«

»Diese Murgos sind weniger als einen Tagesritt hinter uns, Belgarath. Wenn wir langsam absteigen müssen, sind sie über uns, ehe wir unten sind.«

Belgarath schürzte die Lippen und spähte zu den Staubwolken am südlichen Horizont hinüber. »Vielleicht hast du recht«, sagte er. »Vielleicht müssen wir das noch überdenken.« Er hob die Hand als Zeichen zum Anhalten. »Wir müssen einige Entscheidungen treffen«, erklärte er den anderen. »Die Murgos sind uns etwas dichter auf den Fersen, als uns lieb ist. Der Abstieg ins Tal dauert zwei bis drei Tage, und es gibt Stellen, an denen wir bestimmt nicht gedrängt werden möchten.«

»Wir könnten auf jeden Fall zu der Schlucht gehen, durch die wir heraufgekommen sind«, schlug Silk vor. »Wir brauchen einen halben Tag bis dorthin.«
»Aber Graf Hettar und die algarischen Clans von König Cho-Hag erwarten uns im Tal«, warf Mandorallen ein. »Gingen wir weiter, würden wir die Murgos dann nicht in unverteidigtes Land hinabsteigen lassen?«
»Haben wir eine Wahl?« gab Silk zurück.
»Wir könnten unterwegs Feuer anzünden«, meinte Barak. »Hettar wird wissen, was das bedeutet.«
»Die Murgos aber auch«, sagte Silk. »Sie würden die ganze Nacht durchreiten und bei jedem unserer Schritte nach unten direkt hinter uns sein.«
Belgarath kratzte sich verdrießlich den kurzen, weißen Bart. »Ich glaube, wir müssen den ursprünglichen Plan fallenlassen«, entschied er. »Wir müssen den kürzesten Weg hinunter nehmen, und das bedeutet die Schlucht, fürchte ich. Wir werden auf uns allein gestellt sein, wenn wir erst unten sind, aber das läßt sich nicht ändern.«
»Sicherlich hat König Cho-Hag Posten am Fuß der Klippe aufstellen lassen«, sagte Durnik.
»Das wollen wir *hoffen*«, erwiderte Barak.
»Also gut«, sagte Belgarath entschlossen, »wir nehmen die Schlucht. Die Idee gefällt mir zwar nicht besonders, aber wir haben nicht mehr viele Möglichkeiten. Auf geht's.«
Am späten Nachmittag erreichten sie die flache Rinne, von der aus der steile Pfad hinunter in die Ebene führte. Belgarath warf einen Blick auf den jäh abfallenden Einschnitt und schüttelte den Kopf. »Nicht im Dunkeln«, entschied er. »Kannst du irgendwelche Anzeichen von den Algariern sehen?« fragte er Barak, der in die Ebene hinunterstarrte.
»Ich fürchte nein«, antwortete der rotbärtige Mann. »Sollen wir ein Signalfeuer für sie anzünden?«
»Nein«, erwiderte der alte Mann. »Wir wollen unsere Absichten nicht verraten.«
»*Ich* brauche trotzdem ein kleines Feuer«, sagte Tante Pol. »Wir brauchen alle eine warme Mahlzeit.«

»Ich weiß nicht, ob das klug ist, Polgara«, widersprach er.
»Morgen wird ein schwerer Tag für uns, Vater«, sagte sie entschieden. »Durnik weiß, wie man ein kleines Feuer macht und es verbergen kann.«
»Mach, was du willst, Pol«, sagte der alte Mann mit resignierendem Ton.
»Natürlich, Vater.«
Es war kalt in dieser Nacht, und so ließen sie ihr Feuer an, hielten es jedoch klein und gut geschützt. Als das erste Morgengrauen den verhangenen Himmel im Osten zu färben begann, standen sie auf und bereiteten sich auf den Abstieg durch den Einschnitt im Felsen zur Ebene hinab vor.
»Ich baue die Zelte ab«, sagte Durnik.
»Reiß sie einfach ein«, wies Belgarath ihn an. Er drehte sich um und stieß nachdenklich mit dem Fuß an eines der Gepäckstücke. »Wir nehmen nur mit, was unbedingt notwendig ist«, entschied er. »Wir haben keine Zeit, um sie mit dem ganzen Kram zu vergeuden.«
»Du willst sie doch nicht zurücklassen?« Durnik klang schokkiert.
»Sie wären uns nur im Weg, und die Pferde können sich ohne sie schneller bewegen.«
»Aber unsere ganzen Habseligkeiten!« protestierte Durnik.
Auch Silk sah etwas bekümmert aus. Flink breitete er eine Decke aus und begann, in den Gepäckstücken herumzuwühlen. Seine geschickten Hände brachten unzählige, wertvolle, kleine Dinge zum Vorschein und häuften sie auf der Decke auf.
»Wo hast du das alles erstanden?« wunderte sich Barak.
»Ach, so hier und dort«, antwortete Silk ausweichend.
»Du hast sie gestohlen, oder?«
»Einige«, gestand Silk. »Wir sind schon lange unterwegs, Barak.«
»Willst du das wirklich alles mit durch die Schlucht schleppen?« fragte Barak, während er neugierig Silks Schätze beäugte.
Silk betrachtete den Haufen und wog ihn im Geiste. Dann seufzte er bedauernd. »Nein«, gestand er, »wohl nicht.« Er

stand auf und stieß den Haufen mit dem Fuß auseinander. »Aber trotzdem ist das alles sehr hübsch, nicht wahr? Jetzt werde ich wohl wieder ganz von vorne anfangen müssen.« Dann grinste er. »Das Stehlen selbst macht sowieso den größten Spaß. Laßt uns gehen.« Er ging auf die Mündung des steil abfallenden Flußbettes zu, das in scharfem Winkel zum Fuß der Klippe hinunterführte.

Die unbeladenen Pferde konnten sich viel rascher bewegen, und sie kamen recht zügig auch über Stellen voran, an die sich Garion von dem Aufstieg vor einigen Wochen noch schmerzlich erinnerte. Gegen Mittag hatten sie etwa die Hälfte geschafft.

Dann blieb Polgara stehen und sah nach oben. »Vater«, sagte sie ruhig. »Sie haben die Mündung der Schlucht gefunden.«

»Wie viele sind es?«

»Es ist eine Vorhut – nicht mehr als zwanzig.«

Hoch über sich hörten sie das heftige Krachen von Fels auf Fels, dann, nach einem Moment, noch einmal. »Das hatte ich befürchtet«, sagte Belgarath verdrießlich.

»Was?« fragte Garion.

»Sie rollen Steine auf uns herunter.« Der alte Mann zog grimmig seinen Gürtel zurecht. »Na schön. Ihr geht vor. Steigt so schnell ab, wie ihr könnt.«

»Bist du stark genug, Vater?« fragte Tante Pol besorgt. »Du weißt, daß du noch nicht ganz wiederhergestellt bist.«

»Das werden wir schon sehen«, sagte der alte Mann mit unbewegtem Gesicht. »Geht – alle.« Er sprach in einem Ton, der jede weitere Diskussion verbot.

Während sie über den steilen Hang abwärts kletterten, blieb Garion mehr und mehr zurück. Schließlich, als Durnik das letzte Packpferd über ein Schotterstück und um eine Biegung geführt hatte, blieb Garion stehen und lauschte. Er konnte das Klappern und Gleiten von Hufen auf Fels von unten hören, und das Krachen und Poltern eines Felsbrockens, der durch die Schlucht kollerte und immer näher kam, von oben. Dann spürte er die vertraute Woge und das Dröhnen. Ein Steinbrokken, etwas mehr als kopfgroß, schoß über ihn hinweg und flog dann in scharfem Bogen aus der Schlucht und fiel harmlos weit draußen auf den Schotterstreifen am Fuß der Klippe. Vorsichtig kletterte Garion die Schlucht wieder hinauf, blieb aber oft stehen, um zu lauschen.

Belgarath schwitzte, als Garion ein gutes Stück höher um eine Biegung kam. Er duckte sich, so daß der alte Mann ihn nicht sehen konnte. Ein weiterer Stein, etwas größer als der erste, polterte durch die enge Schlucht und sprang und hüpfte jedesmal, wenn er auf dem felsigen Flußbett auftraf. Etwa zehn Meter oberhalb von Belgarath sprang er kräftig hoch und drehte sich in der Luft. Der alte Mann machte eine gereizte Geste, grunzte vor Anstrengung, und der Stein segelte in weitem Bogen aus der Schlucht und fiel in den Abgrund.

Garion durchquerte rasch das Flußbett und kletterte wieder einige Meter tiefer. Dabei hielt er sich dicht an der Wand und spähte über die Schulter, um sicherzugehen, daß sein Großvater ihn nicht sehen konnte.

Als der nächste Stein angepoltert kam, sammelte Garion seinen Willen. Er wußte, daß er den Zeitpunkt ganz exakt abpassen mußte, sah vorsichtig um eine Ecke und beobachtete den alten Mann angespannt. Als Belgarath seine Hand hob, ließ Garion seinen Willen los, um sich mit dem seines Großvaters zu verbinden, in der Hoffnung, seine Hilfestellung bliebe so unbemerkt.

Belgarath sah zu, wie der Stein weit in die Ebene hinausflog, dann drehte er sich um und blickte streng in die Schlucht hinunter. »Also gut, Garion«, sagte er spitz, »komm 'raus, daß ich dich sehen kann.«

Etwas schüchtern ging Garion in die Mitte des Flußbettes und sah zu seinem Großvater hinauf.

»Warum kannst du nie tun, was man dir sagt?« fragte der alte Mann.

»Ich dachte, ich könnte dir etwas helfen, das ist alles.«

»Habe ich um Hilfe gebeten? Sehe ich aus wie ein Invalide?«

»Da kommt wieder ein Stein.«

»Wechsle nicht das Thema. Ich finde, du nimmst dir zuviel heraus, junger Mann.«

»Großvater!« drängte Garion, den Blick auf den großen Felsbrocken gerichtet, der durch die Schlucht direkt auf den Rücken des alten Mannes zu polterte. Er brachte seinen Willen unter den Stein und schleuderte ihn in die Ebene hinaus.

Belgarath schaute hoch und sah den Stein über seinen Kopf sausen. »Schlecht, Garion«, sagte er mißbilligend, »ganz schlecht. Du mußt sie doch nicht bis nach Prolgu werfen. Hör auf, anzugeben.«

»Ich war aufgeregt«, entschuldigte Garion sich. »Ich habe etwas zu heftig gedrückt.«

Der alte Mann grunzte. »Na schön«, sagte er etwas undankbar, »wenn du schon einmal hier bist – aber halte dich an deine eigenen Steine. Ich kann mit meinen allein fertigwerden, und du bringst mich nur aus dem Gleichgewicht, wenn du so herumpfuschst.«

»Ich brauche nur etwas Übung.«

»Und etwas Unterricht in gutem Benehmen«, sagte Belgarath, während er zu Garion hinabkletterte. »Man überfällt andere nicht mit seiner Hilfe, wenn man nicht gebeten wird. Das ist sehr schlechtes Benehmen, Garion.«

»Da kommt wieder ein Stein«, informierte Garion ihn höflich. »Willst du ihn nehmen oder soll ich?«

»Werde nicht schnippisch, junger Mann«, sagte Belgarath, drehte sich um und schoß den herannahenden Stein aus der Schlucht hinaus.

Zusammen kletterten sie weiter und wechselten sich dabei mit den Steinen ab, die die Murgos in die Schlucht rollten. Garion stellte fest, daß es mit jedem Mal leichter wurde, aber Belgarath war schweißgebadet, bevor sie unten waren. Garion überlegte, ob er noch einmal versuchen sollte, seinen Großvater zu unterstützen, fing aber einen derart wütenden Blick von dem alten Zauberer auf, als er begann, seinen Willen zu sammeln, daß er die Idee rasch wieder aufgab.

»Ich habe mich schon gefragt, wo du geblieben bist«, sagte Tante Pol zu Garion, als die beiden über die Felsen am Ausgang der Schlucht kletterten und sich zu den anderen gesellten. Sie betrachtete Belgarath prüfend. »Bist du in Ordnung?«

»Mir geht es gut«, fuhr er sie an. »Ich hatte ja diese prächtige Hilfe – ungebeten natürlich.« Er funkelte Garion zornig an.
»Wenn wir etwas Zeit haben, müssen wir dir ein paar Lektionen erteilen, wie man den Lärm kontrolliert«, bemerkte sie. »Es hört sich an wie ein Donnerschlag.«
»Da ist noch nicht alles, was er lernen muß zu kontrollieren.« Aus irgendeinem Grund benahm der alte Mann sich, als wäre er tödlich beleidigt worden.
»Was jetzt?« fragte Barak. »Sollen wir Signalfeuer entzünden und hier auf Hettar und Cho-Hag warten?«
»Hier ist kein guter Platz, Barak«, sagte Silk. »Halb Murgoland wird in Kürze die Schlucht herunterklettern.«
»Der Durchgang ist nicht breit, Prinz Kheldar«, meinte Mandorallen. »Graf Barak und ich könnten ihn eine Woche oder länger halten, wenn es die Not erfordern sollte.«
»Du wirst schon wieder rückfällig, Mandorallen«, sagte Barak.
»Außerdem würden sie einfach Steine auf euch rollen«, gab Silk zu bedenken. »Und bald werden sie große Felsen über die Kante rollen. Wir müssen möglichst ein Stück weit auf die Ebene hinaus, um nicht getroffen zu werden.«
Durnik starrte nachdenklich auf den Ausgang der Schlucht. »Wir müßten irgend etwas da hinaufschicken, um sie aufzuhalten«, grübelte er. »Wir wollen sie ja nicht direkt auf den Fersen haben.«
»Es ist etwas mühsam, Felsen bergauf zu rollen«, sagte Barak.
»Ich dachte auch nicht an Felsen«, erwiderte Durnik. »Wir brauchen etwas viel Leichteres.«
»Was zum Beispiel?« fragte Silk den Schmied.
»Rauch wäre gut«, antwortete Durnik. »Die Schlucht müßte eigentlich ziehen wie ein Kamin. Wenn wir ein Feuer machten und das ganze Ding mit Rauch füllten, könnte niemand herunterkommen, bis das Feuer ausgeht.«
Silk grinste breit. »Durnik«, sagte er, »du bist ein Goldstück.«

5

Am Fuß des Kliffs wuchsen vereinzelte Büsche, Sträucher und Brombeeren, und sie schwärmten rasch mit ihren Schwertern aus, um Holz für ein Feuer zu sammeln. »Beeilt euch«, rief Belgarath ihnen zu, als sie noch bei der Arbeit waren. »Ungefähr ein Dutzend Murgos sind schon halbwegs unten.«

Durnik, der trockene Zweige und zersplitterte Stämme gesammelt hatte, eilte zum Ausgang der Schlucht zurück, kniete nieder und begann, von seinem Feuerstein Funken auf den Zunder zu schlagen, den er immer bei sich trug. In kurzer Zeit hatte er ein kleines Feuer in Gang, dessen orangerote Flammen an den verwitterten grauen Zweigen emporleckten. Behutsam legte er größere Stücke nach, bis sein Feuer eine ansehnliche Größe hatte. Dann häufte er Brombeergestrüpp und Dornbüsche darauf und beobachtete kritisch die Richtung, die der Rauch nahm. Die Büsche zischten und schwelten zuerst launisch, und eine große Rauchwolke waberte erst hier-, dann dorthin, bis sie schließlich gleichmäßig durch die Schlucht abzog. Durnik nickte zufrieden. »Genau wie ein Kamin«, stellte er fest. Von hoch oben erklangen alarmierte Schreie und ein vielstimmiges Husten und Keuchen.

»Wie lange kann man Rauch einatmen, bis man erstickt?« fragte Silk.

»Nicht sehr lange«, meinte Durnik.

»Das glaube ich auch.«

»Der Rauch wird sie etwas aufhalten, aber ich denke, es ist Zeit, daß wir weiterkommen«, sagte Belgarath, in die wolkenverhangene Sonne blinzelnd, die im Westen tief über dem Horizont stand. »Wir gehen noch ein Stück am Rand der Klippe entlang und galoppieren dann los. Wir sollten sie überraschen, damit wir Zeit gewinnen, um außer Reichweite zu kommen, ehe sie anfangen, mit Steinen nach uns zu werfen.«

»Irgendein Zeichen von Hettar da draußen?« fragte Barak und spähte auf das Grasland hinaus.

»Wir haben noch keine gesehen«, antwortete Durnik.

»Du weißt doch, daß wir halb Cthol Murgos auf die Ebene locken werden?« wandte sich Barak an Belgarath.
»Das läßt sich nicht ändern. Im Moment müssen wir vor allem hier weg. Wenn Taur Urgas da oben ist, wird er seine Leute hinter uns herjagen, und wenn er sie persönlich über die Klippe werfen muß. Gehen wir.«
Sie folgten dem Verlauf der Klippe noch etwa eine Meile weit, bis sie eine Stelle fanden, an der sich der Schotterstreifen nicht so weit in die Ebene erstreckte. »Das muß genügen«, entschied Belgarath. »Sobald wir auf ebenem Boden sind, reiten wir scharf zu. Ein von dort oben abgeschossener Pfeil wird weit getragen. Seid ihr alle soweit? Dann los.«
Sie führten die Pferde den kurzen, steilen und mit Steinen übersäten Abhang hinab, der in die Grasebene überging, saßen rasch auf und ritten in scharfem Galopp los.
»Pfeil!« rief Silk plötzlich, während er aufsah und über die Schulter blickte.
Garion holte, ohne zu überlegen, mit seinem Willen nach dem winzigen Fleck aus, der durch die Luft im Bogen auf sie zukam. Im selben Moment spürte er eine doppelte Woge von beiden Seiten. Der Pfeil zerbrach mitten in der Luft in mehrere Teile.
»Könnt ihr zwei das nicht lassen?!« sagte Belgarath gereizt zu Tante Pol und Garion und zügelte sein Pferd.
»Ich wollte nicht, daß du dich ermüdest, Vater«, erwiderte Tante Pol kühl. »Ich bin sicher, Garion denkt genauso.«
»Können wir das nicht später diskutieren?« schlug Silk vor, nervös den oberen Rand des Kliffs im Auge behaltend.
Sie galoppierten weiter, das hohe braune Gras schlug gegen die Beine ihrer Pferde. Weitere Pfeile fielen hinter ihnen, während sie vorwärts stürmten. Als sie etwa eine halbe Meile von der nahezu senkrechten Felswand entfernt waren, fielen die Pfeile schon als singender schwarzer Regen.
»Hartnäckig, was?« meinte Silk.
»Ein Rassemerkmal«, sagte Barak. »Murgos sind stur bis zum Schwachsinn.«
»Weiter«, sagte Belgarath. »Es ist nur noch eine Frage der Zeit, bis sie ein Katapult aufbauen.«

»Sie werfen Seile von der Klippe herunter«, berichtete Durnik, der rückwärts über die Schulter blickte. »Sobald ein paar von ihnen unten sind, werden sie das Feuer löschen und anfangen, Pferde herunterzubringen.«

»Wenigstens hat es sie etwas aufgehalten«, meinte Barak.

Die Dämmerung, kaum mehr als eine allmähliche Verfinsterung der bewölkten Düsternis der letzten Tage, kroch langsam über die algarische Ebene. Sie ritten weiter.

Garion sah beim Reiten mehrmals zurück und bemerkte einige Lichtpunkte, die sich am Fuß des Kliffs bewegten. »Ein paar haben die Ebene erreicht, Großvater«, rief er dem alten Mann zu, der an der Spitze galoppierte. »Ich kann ihre Fackeln sehen.«

»Das war zu erwarten«, antwortete der Zauberer.

Es war schon fast Mitternacht, als sie den Aldur erreichten, der schwarz und ölig wirkend zwischen den frostglitzernden Ufern lag.

»Hat jemand eine Idee, wie wir im Dunkeln die Furt finden können?« fragte Durnik.

»Ich werde sie finden«, sagte Relg. »Für mich ist es nicht so dunkel. Wartet hier.«

»Das könnte uns einen gewissen Vorteil einbringen«, bemerkte Silk. »Wir können den Fluß durchqueren, aber die Murgos werden die halbe Nacht auf dieser Seite des Flusses im Finstern herumlaufen. Wir werden ihnen Meilen voraus sein, ehe sie den Fluß überqueren können.«

»Das war eins der Dinge, auf die ich gezählt habe«, sagte Belgarath listig.

Es dauerte eine halbe Stunde, bis Relg zurückkehrte. »Es ist nicht weit von hier«, sagte er.

Sie stiegen wieder auf die Pferde und ritten durch die Dunkelheit. Sie folgten dem geschwungenen Verlauf des Flußufers, bis sie das unverwechselbare Gurgeln und Plätschern von seichtem Wasser hörten, das über Steine dahinfloß. »Da vorn ist es«, sagte Relg.

»Es ist trotzdem noch gefährlich, im Dunkeln durch den Fluß zu reiten«, meinte Barak.

»Es ist gar nicht so dunkel«, sagte Relg. »Folgt mir einfach.« Er ritt zuversichtlich noch etwa hundert Meter flußaufwärts, dann bog er ab und lenkte sein Pferd in das seicht plätschernde Wasser. Garion fühlte, wie sein Pferd zurückzuckte vor der eisigen Kälte, als er ins Wasser hineinritt, dicht hinter Belgarath. Hinter sich hörte er, wie Durnik versuchte, die jetzt unbeladenen Packpferde dazu zu bewegen, ins Wasser zu gehen.
Der Fluß war nicht tief, aber sehr breit – fast eine halbe Meile – und sie waren alle bis zu den Knien hinauf durchnäßt, nachdem sie die Furt durchquert hatten.
»Der Rest der Nacht verspricht einigermaßen unerfreulich zu werden«, stellte Silk fest und schüttelte einen durchtränkten Fuß aus.
»Zumindest hast du den Fluß zwischen dich und Taur Urgas gebracht«, erinnerte Barak ihn.
»Das läßt die Sache schon in freundlicherem Licht erscheinen«, gab Silk zu.
Sie waren jedoch noch keine halbe Meile weit gekommen, als Mandorallens Schlachtroß mit einem Schmerzenswiehern zu Boden ging.
Mit großem Gepolter fiel der Ritter ins Gras, als er aus dem Sattel geworfen wurde. Sein großes Pferd strampelte mit den Beinen und versuchte vergebens aufzustehen.
»Was hat es denn?« fragte Barak scharf.
Hinter ihnen brach, ebenfalls mit Schmerzenslauten, eins der Packpferde zusammen.
»Was haben sie?« fragte Garion Durnik mit schriller Stimme.
»Es ist die Kälte«, antwortete Durnik und schwang sich aus dem Sattel. »Wir haben sie bis zur Erschöpfung geritten, und dann mußten sie noch durch den Fluß. Die Kälte hat ihre Muskeln verkrampft.«
»Was können wir tun?«
»Wir müssen sie abreiben – alle – und zwar mit Wolle.«
»Dafür haben wir keine Zeit«, wandte Silk ein.
»Entweder das oder du mußt zu Fuß gehen«, erklärte Durnik, zog seine dicke Wolljacke aus und begann, die Beine seines Pferdes kräftig damit abzureiben.

»Vielleicht sollten wir ein Feuer machen«, schlug Garion vor, der ebenfalls abgestiegen war und die zitternden Beine seines Pferdes massierte.

»Hier gibt es nichts Brennbares«, erwiderte Durnik. »Hier ist alles offenes Grasland.«

»Außerdem wäre ein Feuer ein Leitstrahl für jeden Murgo im Umkreis von zehn Meilen«, setzte Barak hinzu, die Beine seines grauen Pferdes bearbeitend.

Sie arbeiteten so rasch wie möglich, aber der Himmel im Osten wurde bereits hell von den ersten Spuren der Morgendämmerung, bis Mandorallens Pferd wieder auf den Beinen war und die anderen Pferde sich wieder bewegen konnten.

»Sie können noch nicht rennen«, erklärte Durnik ernst. »Wir sollten sie eigentlich nicht einmal reiten.«

»Durnik«, protestierte Silk, »Taur Urgas ist hinter uns her.«

»Sie werden keine drei Meilen durchhalten, wenn wir sie galoppieren lassen«, sagte der Schmied stur. »Sie haben keine Reserven mehr.«

Im Schritt entfernten sie sich von dem Fluß. Selbst bei diesem Tempo spürte Garion, wie sein Pferd unter ihm zitterte. Sie alle sahen sich in Abständen um und beobachteten die noch im Dunkeln liegende Ebene hinter dem Fluß, während es allmählich heller wurde. Als sie die Kuppe des ersten flachen Hügels erreichten, verblaßten die tiefen Schatten, in denen das Grasland hinter ihnen verborgen gewesen war, und sie konnten Bewegungen erkennen. Etwas später sahen sie eine Armee von Murgos auf den Fluß zuströmen. In ihrer Mitte flatterten die schwarzen Banner von Taur Urgas persönlich.

Die Murgos kamen in Schüben, bis sie das andere Ufer des Flusses erreicht hatten. Dann schwärmten ihre berittenen Späher aus, bis sie die Furt entdeckten. Der Hauptteil der Armee, die Taur Urgas auf die Ebene heruntergebracht hatte, bestand aus Infanterie, aber von hinten wurden Pferde herangetrieben, so schnell sie durch die schmale Schlucht im Kliff heruntergebracht werden konnten.

Als die ersten Einheiten durch die Furt platschten, wandte sich Silk an Belgarath. »Was nun?« fragte der kleine Mann besorgt.

»Wir müssen erst einmal von diesem Hügel herunter«, erwiderte der alte Mann. »Ich glaube nicht, daß sie uns schon gesehen haben, aber ich fürchte, das ist nur noch eine Frage der Zeit.«

Sie ritten in eine kleine Senke hinunter, die unmittelbar hinter dem Hügel lag. Die Bewölkung, die den Himmel seit über einer Woche verborgen hatte, begann aufzureißen, und große eisblaue Flecken kamen zum Vorschein, wenn auch die Sonne noch nicht ganz durchgebrochen war.

»Ich schätze, daß er den Großteil seiner Armee auf der anderen Seite lassen wird«, sagte Belgarath, nachdem sie abgestiegen waren. »Er wird sie erst herüberbringen, wenn die Pferde alle da sind. Sobald sie diese Seite erreicht haben, werden sie ausschwärmen und nach uns suchen.«

»So würde ich es auch machen«, stimmte Barak zu.

»Jemand sollte ein Auge auf sie haben«, schlug Durnik vor. Er kletterte zu Fuß den Hügel hinauf. »Ich lasse euch wissen, wenn sich etwas Ungewöhnliches tut.«

Belgarath schien in Gedanken verloren. Er ging auf und ab, die Hände auf dem Rücken verschränkt und einen verärgerten Ausdruck im Gesicht. »Es läuft nicht so, wie ich es erwartet hatte«, sagte er schließlich. »Ich hatte nicht damit gerechnet, daß uns die Pferde im Stich lassen würden.«

»Können wir uns irgendwo verstecken?« fragte Barak.

Belgarath schüttelte den Kopf. »Hier gibt es nur Grasland«, antwortete er. »Es gibt keine Felsen oder Höhlen oder Bäume, und es wird unmöglich sein, unsere Spuren zu verwischen.« Er trampelte auf das hohe Gras. »Es sieht nicht gut aus«, gestand er düster. »Wir sitzen hier allein mit erschöpften Pferden.« Er nagte nachdenklich an seiner Unterlippe. »Die nächste erreichbare Hilfe ist im Tal. Ich glaube, wir halten uns besser nach Süden darauf zu. Wir sind ziemlich dich dran.«

»*Wie* dicht?« fragte Silk.

»Etwa dreißig Meilen.«

»Wir würden den ganzen Tag dafür brauchen, Belgarath. Ich glaube nicht, daß wir noch so viel Zeit haben.«

»Wir müssen vielleicht etwas mit dem Wetter spielen«, räumte

Belgarath ein. »Ich tue das nicht gern, aber wir haben kaum eine andere Wahl.«

Von Norden her hörten sie ein entferntes, tiefes Rumpeln. Der kleine Junge sah auf und lächelte Tante Pol an. »Botschaft?« fragte er.

»Ja, Kleiner«, antwortete sie geistesabwesend.

»Kannst du Spuren von Algariern in der Nähe ausmachen, Pol?« fragte Belgarath.

Sie schüttelte den Kopf. »Ich glaube, ich bin dem Auge zu nahe, Vater. Ich bekomme immer ein Echo, das alles übertönt, das mehr als eine Meile oder so entfernt ist.«

»Es war immer schon etwas laut«, grunzte er verdrossen.

»Sprich zu ihm, Vater«, schlug sie vor. »Vielleicht hört es dir zu.«

Er warf ihr einen langen, harten Blick zu – einen Blick, den sie gelassen erwiderte. »Ich kann ohne das auskommen, Fräulein«, sagte er schließlich barsch.

Wieder hörten sie ein dumpfes Rumpeln, diesmal von Süden.

»Donner?« fragte Silk verdutzt. »ist das nicht eine eigenartige Jahreszeit dafür?«

»Die Ebene bringt oft ein seltsames Wetter hervor«, sagte Belgarath. »Zwischen hier und Drasnien gibt es nichts weiter als zweitausend Meilen Gras.«

»Versuchen wir also, ins Tal zu kommen?« fragte Barak.

»Sieht so aus, als bliebe uns nichts anderes übrig«, erwiderte der alte Mann.

Durnik kam wieder von dem Hügel herab. »Sie kommen über den Fluß«, berichtete er, »aber sie schwärmen noch nicht aus. Es sieht aus, als wollten sie erst noch mehr Leute über den Fluß bringen, ehe sie mit der Suche nach uns beginnen.«

»Wieviel können wir den Pferden abverlangen, ohne ihnen zu schaden?« fragte Silk ihn.

»Wenig«, antwortete Durnik. »Es wäre besser, sie zu schonen, bis wir unbedingt alles aus ihnen herausholen müssen, was noch übrig ist. Wenn wir gehen und sie etwa eine Stunde lang am Zügel führen, können sie vielleicht einen leichten Galopp aushalten – für kurze Zeit.«

»Wir gehen an der Rückseite des Hügelrückens entlang«, sagte Belgarath, die Zügel seines Pferdes ergreifend. »So können wir recht gut außer Sicht bleiben und trotzdem ein Auge auf Taur Urgas haben.« Er führte sie im Bogen aus der Senke heraus.

Die Wolken waren noch weiter aufgebrochen, in Fetzen rasten sie vor dem endlosen Wind, der über das ausgedehnte Grasland fegte, über den Himmel. Im Osten färbte sich der Himmel rosa. Obwohl der Algarischen Ebene nicht die bittere, trockene Kälte eigen war, die ihnen im Hochland von Cthol Murgo und Mishrak ac Thull zugesetzt hatte, war es immer noch sehr kalt. Garion zitterte, zog seinen Mantel enger um sich und marschierte weiter, sein erschöpftes Pferd hinter sich herziehend.

Wieder ertönte ein kurzes Rumpeln, und der kleine Junge, der im Sattel von Tante Pols Pferd hockte, lachte. »Botschaft«, verkündete er.

»Ich wünschte, er würde damit aufhören«, sagte Silk gereizt.

Von Zeit zu Zeit warfen sie einen Blick über die Kuppe des langgestreckten Hügels. Unter ihnen, im breiten Tal des Aldurs, durchquerten Taur Urgas' Murgos in immer größeren Scharen die Furt. Es sah aus, als hätte gut die Hälfte seiner Armee inzwischen das westliche Ufer erreicht, und die rotschwarze Fahne des Murgokönigs war kühn auf algarischen Boden gepflanzt.

»Wenn er noch viel mehr Männer von der Klippe herunterbringt, werden wir etwas ganz Besonderes benötigen, um ihn wieder zu vertreiben«, brummte Barak und warf den Murgos finstere Blicke zu.

»Ich weiß«, antwortete Belgarath. »Und das wollte ich gerade vermeiden. Wir sind noch nicht bereit für einen Krieg.«

Die Sonne, groß und rot, stieg eindrucksvoll hinter dem Kliff empor und färbte den Himmel rosig. In dem noch im Schatten liegenden Flußtal platschten die Murgos weiterhin durch das Wasser.

»Mich dünkt, er wartet auf die Sonne, ehe er die Suche nach uns beginnt«, meinte Mandorallen.

»Und das dauert nicht mehr lange«, pflichtete Barak ihm bei und betrachtete das langsam voranschreitende Band des Sonnenlichts, das gerade den Hügel berührte, an dem sie entlanggingen. »Wir haben schätzungsweise noch eine halbe Stunde. Ich glaube, wir sind an dem Punkt angelangt, wo wir alles auf die Pferde setzen müssen. Wenn wir nach jeder Meile die Pferde wechseln, schaffen sie es vielleicht ein Stück weiter.«

Das Rumpeln, das dann ertönte, konnte unmöglich Donner sein. Die Erde erbebte davon, und es setzte sich endlos von Norden und von Süden her fort.

Und dann strömten über die Hügelkämme, die das Tal des Aldur umgaben, wie eine riesige Flutwelle, die einen Damm gesprengt hatte, die Clans der Algarier. Sie stürmten auf die entsetzten Murgos zu, die dicht gedrängt auf beiden Ufern des Flusses standen, und ihr Kriegsruf ließ den Himmel erzittern, als sie sich wie Wölfe auf die geteilte Armee Taur Urgas' stürzten.

Ein einzelner Reiter scherte aus dem Großangriff der Clans aus und galoppierte den Hügel hinauf zu Garion und seinen Freunden. Als der Krieger näherkam, konnte Garion dessen lange Skalplocke fliegen sehen und das Funkeln des Säbels, den die ersten Strahlen der Morgensonne trafen. Es war Hettar. Eine Woge der Erleichterung schwappte über Garion hinweg. Sie waren in Sicherheit.

»Wo hast du gesteckt?« brüllte Barak dem habichtgesichtigen Algarier entgegen.

»Auf Beobachtungsposten«, erwiderte Hettar und zügelte sein Pferd. »Wir wollten die Murgos erst noch ein Stück von dem Kliff weg haben, damit wir ihnen den Weg abschneiden konnten. Mein Vater hat mich geschickt, um zu sehen, wie es euch allen geht.«

»Wie aufmerksam«, bemerkte Silk spöttisch. »Ist dir nie in den Sinn gekommen, uns wissen zu lassen, daß ihr da seid?«

Hettar zuckte die Achseln. »Wir konnten doch sehen, daß es euch gut ging.« Er betrachtete kritisch ihre erschöpften Pferde. »Ihr habt euch nicht gut um sie gekümmert«, sagte er vorwurfsvoll.

»Wir waren etwas im Druck«, entschuldigte sich Durnik.

»Habt ihr das Auge?« fragte der große Algarier Belgarath,

und sah hungrig zum Fluß hinüber, wo eine große Schlacht tobte.
»Es hat eine Weile gedauert, aber wir haben es«, antwortete der alte Zauberer.
»Gut.« Hettar wendete sein Pferd, und auf sein hageres Gesicht trat ein feuriger Ausdruck. »Ich werde Cho-Hag Bescheid sagen. Wollt ihr mich entschuldigen?« Dann hielt er inne, als ob er sich plötzlich an etwas erinnerte. »Oh«, sagte er zu Barak, »Glückwunsch, übrigens.«
»Wozu?« fragte der große Mann erstaunt.
»Zur Geburt deines Sohnes.«
»Was?« Barak war wie betäubt. »Wie?«
»Auf die übliche Weise, nehme ich an«, sagte Hettar.
»Ich meine, woher weißt du das?«
»Anheg hat uns eine Nachricht geschickt.«
»Wann ist er geboren?«
»Vor ein paar Monaten.« Hettar blickte nervös auf die Schlacht hinunter, die sowohl auf beiden Seiten des Flusses als auch mitten in der Furt tobte. »Ich muß wirklich gehen«, sagte er. »Wenn ich mich nicht beeile, sind gleich keine Murgos mehr übrig.« Damit stieß er seinem Pferd die Fersen in die Flanken und galoppierte den Hügel hinab.
»Er hat sich kein bißchen verändert«, stellte Silk fest.
Auf Baraks breitem, rotbärtigen Gesicht lag ein etwas dümmliches Grinsen.
»Meine Gratulation, Graf«, wünschte Mandorallen und ergriff seine Hand.
Baraks Grinsen wurde noch breiter.
Es wurde schnell deutlich, daß die Lage der eingekreisten Murgos hoffnungslos war. Mit seiner durch den Fluß zweigeteilten Armee konnte Taur Urgas nicht einmal einen ordentlichen Rückzug durchführen. Die Streitmacht, die er bereits über den Fluß gebracht hatte, wurde rasch von König Cho-Hags zahlenmäßig überlegenen Kriegern niedergemacht, und die wenigen Überlebenden des kurzen, häßlichen Gemetzels warfen sich in den Fluß und wurden schützend um das rotschwarze Banner des Murgokönigs gruppiert. Doch selbst in der Furt bedrängten

die algarischen Kriegen ihn. Garion konnte sehen, wie sich Reiter ein Stück flußaufwärts in das eisige Wasser stürzten, um sich von der Strömung zur Furt tragen zu lassen und den Murgos Fluchtwege abzuschneiden. Das Kampfgetümmel wurde weitgehend verborgen durch die Gischt, die von den Pferdehufen aufgewirbelt wurde, doch die Leichen, die flußabwärts trieben, gaben Zeugnis von der Wildheit des Zusammenstoßes.

Kurz, nur für einen Moment, standen sich das rotschwarze Banner von Taur Urgas und das burgunderrot und weiße Pferdebanner König Cho-Hags gegenüber, dann wurden sie wieder getrennt.

»Das hätte eine interessante Begegnung werden können«, meinte Silk. »Cho-Hag und Taur Urgas hassen sich schon seit Jahren.«

Sobald der König der Murgos wieder am Ostufer war, sammelte er seine verbliebenen Streitkräfte so gut er konnte, machte kehrt und floh über die Ebene auf die Klippe zu, dicht gefolgt von algarischen Clansmännern. Für den Großteil seiner Armee gab es jedoch kein Entrinnen. Da ihre Pferde noch nicht durch die schmale Schlucht im Kliff auf die Ebene heruntergebracht worden waren, mußten sie zu Fuß kämpfen. Die Algarier fielen in Wellen über sie her, und ihre Säbel glitzerten in der Morgensonne.

Schwach konnte Garion die Schreie hören. Schließlich wurde ihm übel, und er wandte sich ab, unfähig, das Gemetzel noch länger mitanzusehen.

Der kleine Junge, der dicht neben Tante Pol stand und ihre Hand hielt, sah Garion ernst an. »Botschaft«, sagte er mit trauriger Überzeugung.

Am späten Vormittag war die Schlacht vorüber. Die letzten Murgos am anderen Flußufer waren erschlagen, und Taur Urgas war mit den kläglichen Überresten seiner Armee durch die Schlucht wieder nach oben geflohen. »Guter Kampf«, stellte Barak professionell fest, den Blick auf die Toten gerichtet, die beide Flußufer säumten und in der seichten Strömung der Furt lagen.

»Die Taktik Eurer algarischen Vettern war meisterlich«, stimmte Mandorallen ihm zu. »Taur Urgas wird einige Zeit brauchen, sich von den Züchtigungen dieses Morgens zu erholen.«
»Ich würde viel darum geben, wenn ich jetzt sein Gesicht sehen könnte«, lachte Silk. »Er hat bestimmt Schaum vor dem Mund.«
König Cho-Hag, in stahlbesetzes schwarzes Leder gekleidet, das Pferdebanner triumphierend in der hellen Morgensonne flatternd, galoppierte auf sie zu, dicht umringt von seiner persönlichen Leibwache. »Interessanter Vormittag«, sagte er mit typisch algarischer Untertreibung, als er stehenblieb. »Vielen Dank, daß ihr uns so viele Murgos mitgebracht habt.«
»Er ist genauso schlimm wie Hettar«, sagte Silk zu Barak.
Der König der Algarier grinste offen, während er langsam vom Pferd stieg. Seine schwachen Beine schienen fast nachgeben zu wollen, als er vorsichtig sein Gewicht auf sie verlagerte, und er mußte sich am Sattel festhalten. »Wie lief es in Rak Cthol?« erkundigte er sich.
»Es wurde ziemlich laut«, antwortete Belgarath.
»Hast du Ctuchik bei guter Gesundheit vorgefunden?«
»Einigermaßen. Das haben wir allerdings korrigiert. Das Ganze hat ein Erdbeben ausgelöst. Der größte Teil von Rak Cthol ist von der Bergspitze heruntergefallen, fürchte ich.«
Wieder grinste Cho-Hag. »Wie schade.«
»Wo ist Hettar?« fragte Barak.
»Murgos jagen, nehme ich an«, antwortete Cho-Hag. »Wir haben ihre Nachhut abgeschnitten, und sie sucht jetzt irgendwo einen Platz, um sich zu verstecken.«
»Auf der Ebene gibt es wohl nicht viele Verstecke, oder?« fragte Barak.
»Praktisch keine«, meinte der algarische König vergnügt.
Etwa ein Dutzend algarischer Wagen kam über einen nahegelegenen Hügel und rollte über das hohe braune Gras auf sie zu. Es waren würfelförmige Fahrzeuge, die aussahen wie Häuser auf Rädern. Sie hatten Dächer, schmale Fenster und eine Treppe an der Rückseite, die zu einer Tür führte. Garion dachte, daß es fast wie eine rollende Stadt wirkte.
»Ich denke, Hettar wird noch eine Weile fortbleiben«, sagte

Cho-Hag. »Sollen wir nicht etwas essen? Ich möchte so schnell wie möglich Anheg und Rhodar darüber in Kenntnis setzen, was hier geschehen ist, aber ihr wollt sicherlich auch etwas erzählen. Wir können uns beim Essen unterhalten.«

Einige der Wagen waren dicht nebeneinandergefahren, die Seitenwände abgeklappt und die Wagen dann miteinander verbunden worden, so daß sie einen geräumigen, niedrigen Speisesaal bildeten. Kohlebecken sorgten für Wärme, und Kerzen erhellten das Innere des rasch aufgebauten Saales und ergänzten die helle Wintersonne, die durch die Fenster schien.

Sie verzehrten ein Mal aus gebratenem Fleisch und leichtem Bier. Garion stellte schon bald fest, daß er viel zu viele Kleider trug. Er hatte das Gefühl, als wäre ihm schon seit Monaten nicht mehr warm gewesen, und die glühenden Kohlebecken verströmten eine willkommene Wärme. Obgleich er müde und sehr schmutzig war, fühlte er sich warm und geborgen und fand sich bald über seinem Teller einnickend, während Belgarath dem Algarierkönig die Geschichte ihrer Flucht erzählte.

Allmählich jedoch, während der alte Mann sprach, beunruhigte Garion etwas. Ihm schien eine Spur zuviel Lebhaftigkeit in der Stimme seines Großvaters zu liegen, und manchmal überschlugen sich Belgaraths Worte regelrecht. Seine blauen Augen strahlten sehr hell, wirkten aber gelegentlich etwas unkonzentriert.

»So ist Zedar also entkommen«, sagte Cho-Hag gerade. »Das ist der einzige Schönheitsfehler in der ganzen Geschichte.«

»Zedar ist kein Problem«, entgegnete Belgarath und lächelte etwas verschwommen.

Seine Stimme klang seltsam unsicher, und König Cho-Hag betrachtete den alten Mann aufmerksam. »Du hattest ein sehr arbeitsreiches Jahr, Belgarath.«

»Aber auch ein gutes.« Der Zauberer lächelte wieder und hob dann seinen Bierkrug. Seine Hand zitterte heftig, und er starrte sie erstaunt an.

»Tante Pol!« rief Garion drängend.

»Geht es dir gut, Vater?«

»Gut, Pol, sehr gut.« Er lächelte sie unbestimmt an, seine

Augen blinzelten eulenhaft. Plötzlich stand er auf und ging auf sie zu, aber seine Schritte waren schleppend, fast taumelnd. Dann rollten seine Augäpfel nach oben, und er fiel wie vom Blitz getroffen zu Boden.

»Vater!« rief Tante Pol und stürzte an seine Seite.

Garion, der fast so schnell war wie seine Tante, kniete auf der anderen Seite des bewußtlosen alten Mannes nieder. »Was hat er denn?« fragte er.

Aber Tante Pol antwortete nicht. Ihre Hände lagen an Belgaraths Handgelenk und Schläfe, um ihm den Puls zu fühlen. Sie hob eines seiner Augenlider und sah angespannt in die leeren, blicklosen Augen. »Durnik!« rief sie. »Meine Kräutertasche – schnell!«

Der Schmied schoß aus der Tür.

König Cho-Hag htte sich halb erhoben. Sein Gesicht war leichenblaß. »Er ist doch nicht –«

»Nein«, antwortete sie knapp. »Er lebt, aber kaum noch.«

»Greift ihn jemand an?« Silk war auf den Füßen, blickte wild um sich, die Hand unbewußt an seinen Dolch gelegt.

»Nein. So etwas ist es nicht.« Tante Pols Hände wanderten zur Brust des alten Mannes. »Ich hätte es wissen müssen«, machte sie sich Vorwürfe. »Der sture, stolze alte Narr! Ich hätte auf ihn aufpassen müssen.«

»Bitte, Tante Pol«, flehte Garion verzweifelt, »was fehlt ihm denn?«

»Er hat sich nie richtig von seinem Kampf mit Ctuchik erholt«, antwortete sie. »Er hat sich gezwungen, mit Hilfe seines Willens. Dann diese Steine in der Schlucht – aber er wollte nicht aufgeben. Jetzt hat er all seine Lebenskraft und seinen Willen ausgebrannt. Er hat kaum noch genug Kraft zum Atmen.«

Garion hatte den Kopf seines Großvaters angehoben und in seinen Schoß gebettet.

»Hilf mir, Garion!«

Er wußte instinktiv, was sie wollte. Er sammelte seinen Willen und streckte ihr seine Hand entgegen. Sie ergriff sie rasch, und er fühlte die Kraft aus sich strömen.

Ihre Augen waren weit geöffnet, während sie angespannt das

Gesicht des alten Mannes beobachtete. »Noch einmal!« Und noch einmal zog sie seinen schnell gesammelten Willen aus ihm heraus.

»Was tun wir?« Garions Stimme klang schrill.

»Wir versuchen, etwas von dem zu ersetzen, was er verloren hat. Vielleicht –« Sie warf einen Blick zur Tür. »Beeil dich, Durnik!« rief sie.

Durnik kam in den Wagen zurückgehastet.

»Öffne die Tasche«, wies sie ihn an, »und gib mir die schwarze Dose – die bleiversiegelte – und eine eiserne Zange.«

»Soll ich die Dose öffnen, Herrin Pol?« fragte der Schmied.

»Nein. Brich nur das Siegel – aber vorsichtig. Und gib mir einen Handschuh – aus Leder, wenn du einen finden kannst.«

Wortlos zog Silk einen Lederhandschuh unter seinem Gürtel hervor und reichte ihn ihr. Sie streifte ihn über, öffnete die schwarze Dose und griff mit der Zange hinein. Mit großer Vorsicht nahm sie ein einziges, ölig grünes Blatt heraus. Sehr behutsam hielt sie es mit der Zange. »Öffne ihm den Mund, Garion«, befahl sie.

Garion zwängte seine Finger zwischen Belgaraths zusammengebissene Zähne und drückte die Kiefer auseinander. Tante Pol zog die Unterlippe ihres Vaters herab, fuhr mit dem glänzenden Blatt in seinen Mund und strich einmal, und nur ein einziges Mal, damit leicht über seine Zunge.

Belgarath hüpfte ruckartig empor, seine Füße scharrten plötzlich über den Boden. Seine Muskeln zitterten, und seine Arme bewegten sich wie Dreschflegel.

»Haltet ihn am Boden«, bat Tante Pol. Sie trat zurück und hielt das Blatt weit von sich, während Mandorallen und Barak herbeisprangen und Belgaraths krampfhaft zuckenden Körper festhielten. »Gebt mir eine Schale«, befahl Tante Pol, »eine hölzerne.«

Durnik reichte ihr eine, und sie legte das Blatt und die Zange hinein. Dann zog sie vorsichtig den Handschuh aus und legte ihn ebenfalls in die Schale. »Nimm das«, sagte sie zu dem Schmied. »Du darfst auf keinen Fall den Handschuh berühren.«

»Was soll ich damit tun, Herrin Pol?«

»Nimm es mit nach draußen und verbrenne es mit Schale und allem – und achte darauf, daß niemand den Rauch einatmet.«

»Ist es *so* gefährlich?« fragte Silk.

»Es ist noch schlimmer, aber das sind die einzigen Vorsichtsmaßnahmen, die wir hier treffen können.«

Durnik schluckte schwer und verließ dann den Wagen, die Schale vor sich haltend, als wäre es eine lebendige Schlange.

Polgara nahm einen kleinen Mörser und begann, bestimmte Kräuter aus ihrer Tasche zu feinem Pulver zu zermahlen, wobei sie Belgarath weiterhin angestrengt beobachtete. »Wie weit ist es bis zur Feste, Cho-Hag?«

»Ein Mann mit einem guten Pferd könnte es in einem halben Tag schaffen.«

»Wie lange dauert es mit einem Wagen – der vorsichtig gefahren wird, um Erschütterungen zu vermeiden?«

»Zwei Tage.«

Sie runzelte die Stirn und mischte weiter ihre Kräuter. »Also schön, wir können es wohl nicht ändern. Bitte schicke Hettar zu Königin Silar. Er soll ihr ausrichten, daß ich ein warmes, helles Zimmer brauche, mit einem guten Bett und ohne Durchzug. Durnik, ich möchte, daß du den Wagen fährst. Keine Erschütterungen – auch wenn es eine Stunde länger dauert.«

Der Schmied nickte.

»Er kommt doch wieder in Ordnung?« fragte Barak mit gepreßter Stimme. Belgaraths Zusammenbruch hatte ihm einen Schock versetzt.

»Es ist noch zu früh, um etwas sagen zu können«, antwortete sie. »Er stand vielleicht schon seit Tagen am Rand des Zusammenbruchs. Aber er wollte sich nicht gehenlassen. Ich glaube, diese Krise hat er überwunden, aber möglicherweise kommen noch andere.« Sie legte eine Hand auf die Brust ihres Vaters. »Bringt ihn zu Bett – behutsam. Dann möchte ich einen Schirm oder so etwas um das Bett herum haben, Wolldecken werden genügen. Er braucht Ruhe und darf keinen Zug bekommen. Keine lauten Geräusche.«

Sie alle starrten sie an, als die Bedeutung ihrer Vorsichtsmaßnahmen ihnen ins Bewußtsein drangen.
»Bewegung, meine Herren«, sagte sie streng. »Sein Leben kann von einer gewissen Schnelligkeit abhängen.«

6

Der Wagen schien kaum vorwärts zu kommen. Die Sonne war wieder hinter hohen, dünnen Wolken verborgen, und eine bleierne Kälte legte sich über die eintönige Ebene Südalgariens. Garion fuhr im Innern des Wagens. Sein Kopf war schwer, sein Körper fast gefühllos vor Erschöpfung. Er beobachtete Tante Pol, die über den bewußtlosen Belgarath wachte. An Schlaf war nicht zu denken. Jederzeit konnte eine neue Krise eintreten, und dann mußte er bereit sein, ihr zu Hilfe zu eilen, seinen Willen und die Kraft seines Amuletts mit der ihren zu vereinen. Botschaft saß mit ernstem Gesicht still auf der anderen Seite des Wagens. Den Beutel, den Durnik für ihn gemacht hatte, umklammerte er fest. Der Gesang des Auges klang noch immer in Garions Ohren, jetzt jedoch nur noch sehr leise, aber stetig.
In den Wochen, seit sie Rak Cthol verlassen hatten, hatte er sich fast an den Gesang gewöhnt, aber in stillen Augenblicken oder wenn er müde war, schien er immer mit erneuter Stärke zurückzukehren. Irgendwie war es ein tröstlicher Klang.
Tante Pol beugte sich vor, um Belgaraths Brust zu fühlen.
»Was ist los?« fragte Garion flüsternd.
»Nichts ist los, Garion«, erwiderte sie ruhig. »Bitte frag das nicht jedesmal, wenn ich mich nur rühre. Wenn etwas los ist, werde ich es dir sagen.«
»Entschuldige. Ich mache mir ja nur Sorgen.«
Sie drehte sich um und musterte ihn starr. »Warum nimmst du nicht das Kind und leistest Durnik und Silk auf dem Dach Gesellschaft?«
»Und wenn du mich brauchst?«
»Dann rufe ich dich, mein Lieber.«

»Ich würde lieber bleiben, Tante Pol.«
»Und ich hätte lieber, daß du gehst. Ich rufe dich, wenn ich dich brauche.«
»Aber...«
»Sofort, Garion.«
Garion kannte sie zu gut, um mit ihr zu streiten. Er nahm den Jungen mit aus dem Wagen und stieg mit ihm die Treppe zum Dach hinauf.
»Wie geht es ihm?« fragte Silk.
»Woher soll ich das wissen? Ich weiß nur, daß sie mich hinausgejagt hat.« Garion war beleidigt.
»Das kann auch ein gutes Zeichen sein, weißt du.«
»Vielleicht.« Garion sah sich um. Im Westen erstreckte sich eine Reihe niedriger Hügel. Dahinter erhob sich ein mächtiger Felsen.
»Die Algarische Feste«, erklärte Durnik und deutete mit der Hand darauf.
»Sind wir schon so nah dran?«
»Es ist noch immer gut eine Tagesreise.«
»Wie hoch ist sie?«
»Mindestens zwei- bis dreihundert Meter«, antwortete Silk. »Die Algarier bauen seit einigen tausend Jahren daran. Das gibt ihnen nach der Fohlenzeit etwas zu tun.«
Barak ritt heran. »Wie geht es Belgarath?« fragte er beim Näherkommen.
»Ich glaube, ein bißchen besser«, sagte Garion. »Aber ich bin mir nicht sicher.«
»Das ist wenigstens etwas.« Der große Mann deutete auf einen Graben nicht weit vor ihnen. »Du fährst besser darum herum«, schlug er Durnik vor. »König Cho-Hag sagt, daß das Gelände hier jetzt etwas uneben wird.«
Durnik nickte und änderte die Fahrtrichtung.
Den ganzen Tag über zeichnete sich die Feste höher und höher vor dem westlichen Horizont ab. Es war eine mächtige Festung, die die braunen Hügel der Gegend überragte.
»Das Monument einer Idee, die außer Kontrolle geriet«, meinte Silk, während sie müßig auf dem Wagen hockten.

»Dem kann ich nicht ganz folgen«, sagte Durnik.
»Algarier sind Nomaden«, erklärte Silk. »Sie leben in Wagen wie diesem hier und folgen ihren Herden. Die Feste gibt Überfällen der Murgos ein Ziel. Das ist ihr einziger Zweck. Wirklich sehr praktisch. Viel einfacher, als überall auf der Ebene nach Murgos zu suchen. Sie kommen immer her, und es ist ein geeigneter Ort, ihnen der Garaus zu machen.«
»Merken die Murgos das denn nicht?« fragte Durnik skeptisch.
»Gut möglich, aber sie kommen trotzdem, weil sie dem Ort nicht widerstehen können. Sie können einfach nicht die Tatsache akzeptieren, daß niemand dort lebt.« Silk grinste sein frettchenhaftes Grinsen. »Du weißt, wie stur Murgos sind. Im Laufe der Jahre haben die algarischen Clans jedenfalls einen Wettkampf entwickelt. Jedes Jahr versuchen sie sich darin zu übertreffen, Steine anzuschleppen, und deswegen wächst die Feste höher und höher.«
»Hat Torak sie wirklich *acht* Jahre lang belagert?« fragte Garion.
Silk nickte. »Man sagt, daß seine Angarakarmee wie ein Ozean gegen die Mauern der Feste anbrandete und wieder abfloß. Sie wären wahrscheinlich immer noch da, aber ihnen ging der Proviant aus. Das ist immer das Problem mit großen Armeen. Jeder Idiot kann eine Armee ausheben, aber zur Essenszeit gibt es dann Probleme.«
Als sie sich dem von Menschen geschaffenen Berg näherten, öffneten sich die Tore, und eine Gruppe ritt heraus, um sie zu begrüßen. An der Spitze ritt Königin Silar auf einem weißen Zelter, dicht gefolgt von Hettar. An einem bestimmten Punkt hielten sie an und warteten.
Garion hob eine kleine Falltür im Wagendach an. »Wir sind da, Tante Pol«, berichtete er mit gedämpfter Stimme.
»Gut.«
»Wie geht es Großvater?«
»Er schläft. Sein Atem scheint nun etwas tiefer. Geh und bitte Cho-Hag, uns sofort hinein zu bringen. Ich möchte Vater so bald wie möglich in ein warmes Bett stecken.«
»Ja, Tante Pol.« Garion schloß die Falltür und stieg dann die

Stufen an der Rückseite des langsam dahinrollenden Wagens hinunter. Er band sein Pferd los, stieg auf und ritt zur Spitze des Trupps, wo die algarische Königin ruhig ihren Gemahl begrüßte.

»Verzeihung«, sagte er respektvoll und schwang sich vom Pferd, »aber Tante Pol möchte Belgarath sofort hineinbringen lassen.«

»Wie geht es ihm?« fragte Hettar.

»Tante Pol sagte, sein Atem sei nun etwas kräftiger, aber sie ist immer noch in Sorge.«

Vom hinteren Ende der Gruppe, die aus der Feste gekommen war, ertönte das Klappern kleiner Hufe. Das Fohlen, das in den Bergen oberhalb Maragors geboren worden war, kam in Sicht und stürmte direkt auf Garion zu. Garion wurde sofort von der jubelnden Begrüßung des Fohlens umgeworfen. Das kleine Pferd schnupperte an ihm und stieß ihn mit dem Kopf, sprang davon, nur um sogleich zurückgaloppiert zu kommen. Als Garion dem Tier die Hand auf den Hals legte, um es zu beruhigen, zitterte das Fohlen vor Freude über diese Berührung.

»Es hat auf dich gewartet«, erzählte Hettar. »Es scheint gewußt zu haben, daß du kommst.«

Der Wagen kam näher und hielt. Die Tür ging auf, Tante Pol sah heraus.

»Es ist alles bereit, Polgara«, sagte Königin Silar.

»Danke, Silar.«

»Wird er sich jemals wieder ganz erholen?«

»Es scheint ihm besser zu gehen, aber zu diesem Zeitpunkt kann man noch nichts Genaues sagen.«

Botschaft, der vom Wagendach alles mit angesehen hatte, kletterte plötzlich die Stufen herunter, hüpfte auf die Erde und lief zwischen den Beinen der Pferde hindurch.

»Hol ihn, Garion«, sagte Tante Pol. »Er bleibt wohl besser drinnen bei mir, bis wir in der Feste sind.«

Als Garion hinter dem kleinen Jungen herlief, sprang das Fohlen davon, und Botschaft lief ihm vor Freude lachend nach.

»Botschaft!« rief Garion. Das Fohlen hatte mitten im Galopp kehrt gemacht und kam plötzlich auf das Kind zugerannt, daß die kleinen Hufe nur so flogen. Der kleine Junge stand, ohne Anzeichen von Angst, lächelnd mitten in seinem Weg. Verblüfft versteifte das Fohlen seine Beine und kam rutschend zum Stehen. Botschaft lachte und streckte die Hand aus. Die Augen des Fohlens wurden groß, als es neugierig an der Hand schnupperte, dann streichelte das Kind den Kopf des Tieres.

In den Gewölben seines Geistes schien Garion wieder den seltsamen, glockenähnlichen Klang zu hören, und die trockene Stimme murmelte mit einem eigenartig zufriedenen Tonfall: »*Geschafft.*«

»*Was soll das heißen?*« fragte Garion schweigend, bekam jedoch keine Antwort.

Er zuckte die Achseln und hob das Kind hoch, um eine zufällige Kollision zwischen ihm und dem kleinen Pferd zu verhindern. Das Fohlen starrte die beiden mit erstaunten Augen an, und als Garion Botschaft zum Wagen zurücktrug, trottete es neben ihnen her, schnupperte und liebkoste das Kind. Wortlos reichte Garion das Kind Tante Pol hinauf und sah sie an. Sie sagte nichts, als sie das Kind auf den Arm nahm, aber ihre Miene drückte aus, daß gerade etwas sehr Wichtiges geschehen war. Während er sich umdrehte, um wieder auf sein Pferd zu steigen, spürte er, wie er beobachtet wurde. Rasch blickte er zu der Reitergruppe hinüber, die Königin Silar aus der Feste begleitet hatte. Direkt hinter der Königin saß ein hochgewachsenes Mädchen auf einem Rotschimmel. Sie hatte langes, dunkelbraunes Haar, und die Augen, mit denen sie Garion fixierte, waren grau, ruhig und sehr ernst. Ihr Pferd tänzelte nervös, und mit einem leisen Wort und einer sanften Berührung beruhigte sie es, dann ruhte ihr Blick wieder offen auf Garion. Er hatte das seltsame Gefühl, sie kennen zu müssen.

Der Wagen quietschte, als Durnik die Zügel schüttelte, um das Gespann anzutreiben. Alle folgten König Cho-Hag und Königin Silar durch ein schmales Tor in die Feste. Garion sah sofort, daß es innerhalb der mächtigen Festung keine Gebäude gab. Statt dessen war dort ein Labyrinth von Mauern, die vielleicht acht Meter hoch und nach keiner architektonischen Logik angelegt waren.

»Aber wo ist Eure Stadt, Majestät?« fragte Mandorallen verblüfft.
»Innerhalb der Mauern selbst«, antwortete Cho-Hag. »Sie sind dick und hoch genug, um uns Raum zu bieten.«
»Aber welchem Zweck dient dies alles dann?«
»Es ist eine Falle.« Der König zuckte die Achseln. »Wir erlauben Angreifern, durch die Tore zu brechen, und dann rechnen wir hier drin mit ihnen ab. Wir gehen hier lang.« Er führte sie durch eine schmale Gasse.
In einem Hof neben einer gewaltigen Mauer stiegen sie ab. Barak und Hettar lösten die Riegel und klappten die Seite des Wagens herunter.
Barak zupfte nachdenklich an seinem Bart und betrachtete den schlafenden Belgarath. »Wir würden ihn vermutlich weniger stören, wenn wir ihn mitsamt Bett und allem hineintragen würden«, schlug er vor.
»Gut«, stimmte Hettar zu. Dann kletterten die beiden in den Wagen, um das Bett des alten Zauberers herauszuheben.
»Eckt bitte nirgends mit ihm an«, warnte Tante Pol. »Und laßt ihn nicht fallen.«
»Wir haben ihn sicher, Polgara«, beruhigte Barak sie. »Ich weiß, daß du es kaum für möglich halten wirst, aber wir machen uns fast genausoviel Sorgen um ihn wie du.«
Die beiden großen Männer, mit dem Bett schwer beladen, gingen durch eine Bogentür in einen geräumigen, von Fackeln erhellten Flur, dann eine Treppe hinauf, durch einen weiteren Gang und wieder zu einer Treppe. »Ist es noch weit?« fragte Barak. Schweiß lief ihm über das Gesicht in den Bart. »Das Bett wird nicht gerade leichter.«
»Nur noch hier hinauf«, sagte die algarische Königin.
»Ich hoffe, er weiß das alles zu schätzen, wenn er aufwacht«, brummte Barak.
Der Raum, in den sie Belgarath brachten, war groß und luftig. In jeder Ecke stand ein glühendes Kohlebecken, und ein breites Fenster blickte auf das Labyrinth der Mauern innerhalb der Feste. An einer Wand stand ein Himmelbett, eine große hölzerne Wanne an der anderen.

»Das ist sehr schön«, sagte Tante Pol anerkennend. »Vielen Dank, Silar.«
»Wir lieben ihn auch, Polgara«, sagte Königin Silar leise.
Polgara zog die Vorhänge zu, um den Raum zu verdunkeln. Dann schlug sie die Decken zurück, und Belgarath wurde so sanft in das Himmelbett gelegt, daß er sich kaum rührte.
»Er sieht tatsächlich etwas besser aus«, meinte Silk.
»Im Augenblick braucht er Schlaf, Ruhe und Stille mehr als alles andere«, erklärte Polgara. Die Augen hielt sie aufmerksam auf den alten Mann gerichtet.
»Wir lassen dich jetzt mit ihm allein, Polgara«, sagte Königin Silar. Sie wandte sich an die übrigen. »Warum gehen wir nicht alle hinunter in den großen Saal? Das Abendessen ist beinahe fertig, und in der Zwischenzeit lasse ich Bier bringen.«
Baraks Augen leuchteten merklich auf, und er ging auf die Tür zu.
»Barak«, rief Polgara ihm nach, »du und Hettar, vergeßt ihr nicht etwas?« Sie blickte nachdrücklich auf das Bett, das sie als Bahre benutzt hatten.
Barak seufzte. Hettar und er nahmen das Bett wieder hoch.
»Ich lasse dir etwas zu essen heraufbringen, Polgara«, sagte die Königin.
»Danke, Silar.« Tante Pol wandte sich mit ernstem Blick an Garion. »Bleib noch einen Moment, Lieber«, bat sie, und er blieb zurück, nachdem alle anderen leise gegangen waren.
»Schließ die Tür, Garion«, sagte sie und zog sich einen Stuhl an das Bett des schlafenden alten Mannes.
Er schloß die Tür und ging durch das Zimmer auf sie zu. »Geht es ihm wirklich besser, Tante Pol?«
Sie nickte. »Ich glaube, die unmittelbare Gefahr haben wir überstanden. Körperlich wirkt er schon viel kräftiger. Aber ich mache mir keine Sorgen um seinen Körper, sondern um seinen Geist. Deswegen wollte ich mit dir allein sprechen.«
Garion wurde plötzlich kalt vor Angst. »Sein Geist?«
»Sprich leise, Lieber«, sagte sie ruhig. Ihre Augen ruhten noch immer auf Belgaraths Gesicht. »Ein Zwischenfall wie dieser kann sehr ernste Auswirkungen haben, und es gibt keine Mög-

lichkeit, herauszufinden, welcher Art sie sind, bis er sich erholt. Er könnte ernstlich geschwächt sein.«

»Geschwächt? Wie?«

»Es kann sein, daß sein Wille schwerwiegend beeinträchtigt ist – wie der eines alten Mannes. Er hat ihn bis zur äußersten Grenze strapaziert, und möglicherweise ist er so weit gegangen, daß er seine Kräfte nie wiedergewinnt.«

»Du meinst, dann wäre er kein Zauberer mehr?«

»Wiederhole nicht immer das Offensichtliche, Garion«, sagte sie müde. »Wenn das geschehen sollte, liegt es an dir und mir, diese Tatsache vor allen anderen zu verbergen. Nur die Macht deines Großvaters hat die Angaraks all die Jahre in Schach gehalten. Wenn dieser Macht irgend etwas zugestoßen ist, müssen wir beide dafür sorgen, daß es so *aussieht*, als wäre er derselbe wie immer. Wir müssen die Wahrheit selbst vor ihm verbergen, wenn das möglich ist.«

»Was können wir denn ohne ihn tun?«

»Wir machen weiter, Garion«, sagte sie ruhig und sah ihm direkt in die Augen. »Unsere Aufgabe ist zu wichtig, als daß wir aufgeben dürften, nur weil ein Mann auf der Strecke bleibt, selbst wenn dieser Mann dein Großvater sein sollte. Wir laufen gegen die Zeit, Garion. Wir müssen unbedingt die Prophezeiung erfüllen und das Auge bis Erastide nach Riva zurückbringen, und wir müssen noch Menschen treffen, die mit uns dorthin gehen.«

»Wen?«

»Prinzessin Ce'Nedra zum Beispiel.«

»Ce'Nedra?« Garion hatte die kleine Prinzessin zwar nie ganz vergessen, konnte aber nicht verstehen, warum Tante Pol ein solches Aufheben darum machte, daß sie mit ihnen nach Riva ging.

»Mit der Zeit wirst du es verstehen, mein Lieber. All dies ist Teil einer Kette von Ereignissen, die in der richtigen Reihenfolge und zur richtigen Zeit stattfinden müssen. In den meisten Fällen wird die Gegenwart von der Vergangenheit bestimmt. Diese Kette von Ereignissen ist jedoch anders. In diesem Fall wird die Gegenwart von der Zukunft bestimmt. Wenn es uns nicht gelingt, alles genauso zu machen, wie es sein soll, wird das Ende anders aussehen, und ich glaube nicht, daß einer von uns das möchte.«

»Was soll ich tun?« fragte er, sich bedingungslos in ihre Hand gebend.

Sie lächelte ihm dankbar zu. »Danke, Garion«, sagte sie schlicht. »Wenn du zu den anderen gehst, werden sie dich fragen, wie es um Vater steht, und ich möchte, daß du dein ehrlichstes Gesicht aufsetzt und ihnen erzählst, es gehe ihm gut.«

»Du willst, daß ich sie anlüge?« Es war eigentlich keine Frage.

»Kein Ort der Welt ist vor Spionen sicher, Garion. Du weißt das so gut wie ich, und was auch geschieht, wir können nicht zulassen, daß Gerüchte über Vaters wirklichen Zustand bis zu den Angaraks dringen. Wenn nötig, lüge, daß sich die Balken biegen. Das gesamte Schicksal des Westens könnte davon abhängen, wie gut du lügst.«

Er starrte sie an.

»Vielleicht ist das alles auch völlig unnötig«, beruhigte sie ihn. »Vielleicht ist er nach ein, zwei Wochen Ruhe wieder genau wie früher, aber wir müssen darauf vorbereitet sein, geschickt zu handeln, falls er es nicht ist.«

»Können wir nicht irgend etwas tun?«

»Wir tun alles, was wir können. Jetzt geh zu den anderen, Garion – und lächle. Lächle, bis dir der Mund wehtut, wenn es sein muß.«

Von der Zimmerecke her erklang ein schwaches Geräusch, und beide drehten sich schnell um. Der kleine Junge stand dort und beobachtete sie mit seinen ernsten blauen Augen.

»Nimm ihn mit«, sagte Tante Pol. »Sorge dafür, daß er ißt und behalte ihn im Auge.«

Garion nickte und winkte dem Kind. Es lächelte sein vertrauensvolles Lächeln und ging durch den Raum. Es tätschelte dem bewußtlosen Belgarath die Hand, dann folgte es Garion hinaus.

Draußen auf dem Flur wartete das hochgewachsene, braunhaarige Mädchen, das Königin Silar aus der Feste hinaus begleitet hatte, auf ihn. Garion stellte fest, daß ihre Haut sehr hell, fast durchscheinend war und ihre grauen Augen sehr offen blickten. »Geht es dem Ewigen wirklich besser?« fragte sie.

»Viel besser«, antwortete Garion mit aller Zuversicht, die er aufbringen konnte. »Er wird bald schon wieder das Bett verlassen können.«

»Er wirkt so schwach«, sagte sie. »So alt und zerbrechlich.«

»Zerbrechlich? Belgarath?« Garion stieß ein gezwungenes Lachen aus. »Er ist aus altem Eisen und Hufnägeln gemacht.«

»Aber er ist schließlich siebentausend Jahre alt.«

»Das bedeutet bei ihm nichts. Auf die Jahre achtet er schon lange nicht mehr.«

»Du bist Garion, nicht wahr?« fragte sie. »Königin Silar hat uns von dir erzählt, nachdem sie letztes Jahr aus Val Alorn zurückgekehrt war. Irgendwie habe ich gedacht, du müßtest jünger sein.«

»War ich damals auch«, erwiderte Garion. »Ich bin im letzten Jahr viel älter geworden.«

»Ich heiße Adara«, stellte sich das große Mädchen vor. »Königin Silar hat mich gebeten, dir den Weg in die große Halle zu zeigen. Das Abendessen muß bald fertig sein.«

Garion neigte höflich den Kopf. Trotz der Sorgen, die an ihm nagten, konnte er das seltsame Gefühl nicht abschütteln, daß er dieses stille, schöne Mädchen kennen müßte. Botschaft nahm die Hand des Mädchens, dann gingen die drei Hand in Hand durch den fackelbeleuchteten Flur.

König Cho-Hags Haupthalle lag in einem tiefergelegenen Stockwerk. Es war ein langer, schmaler Raum, in dem Stühle und gepolsterte Bänke in kleinen Gruppen um Becken herum standen, die mit glühender Kohle gefüllt waren. Barak, einen großen Bierkrug in der Riesenfaust, erzählte gerade mit einiger Übertreibung von ihrem Abstieg von der Klippe.

»Wißt ihr, wir hatten wirklich keine Wahl«, sagte der große Mann. »Taur Urgas war uns auf den Fersen, und so mußten wir den kürzesten Weg abwärts nehmen.«

Hettar nickte. »Pläne haben manchmal die Neigung, sich zu

ändern, wenn etwas Unerwartetes auftaucht«, gab er ihm recht. »Deswegen haben wir auch Beobachtungsposten an jedem bekannten Abstieg von der Klippe aufgestellt.«

»Ich finde immer noch, ihr hättet uns wissen lassen sollen, daß ihr da wart.« Barak klang leicht gekränkt.

Hettar grinste wölfisch. »Das Risiko konnten wir wirklich nicht eingehen, Barak«, erklärte er. »Die Murgos hätten uns sehen können, und wir wollten sie doch nicht ängstigen. Es wäre doch eine Schande gewesen, wenn sie davongekommen wären, oder?«

»Denkst du eigentlich nie an etwas anderes?«

Hettar dachte kurz nach. »Eigentlich nicht«, gestand er.

Dann wurde das Abendessen angekündigt, und sie gingen zu dem langen Tisch am anderen Ende des Saals hinüber. Die allgemeine Unterhaltung bei Tisch machte es für Garion überflüssig, jemanden anzulügen über die beängstigende Möglichkeit, die Tante Pol aufgezeigt hatte, und nach dem Essen saß er mit Adara ein wenig abseits und hörte dem Gespräch kaum zu.

An der Tür gab es Unruhe, dann trat eine Wache ein. »Der Priester von Belar«, verkündete sie mit lauter Stimme. Ein großer Mann in weißem Gewand kam in den Raum, gefolgt von vier Männern in zottigen Fellen. Die vier hatten einen eigenartig schleppenden Gang, und Garion erkannte sie sofort als Bärenkultisten, die von den cherekianischen Mitgliedern derselben Vereinigung, die er in Val Alorn gesehen hatte, nicht zu unterscheiden waren.

»Eure Majestät«, rief der Mann in dem weißen Gewand.

»Heil, Cho-Hag«, intonierten die Kultisten einstimmig, »Häuptling aller Clans von Algarien und Wächter über die südlichen Grenzen von Aloria.«

König Cho-Hag neigte den Kopf. »Was gibt es, Elvar?« fragte er den Priester.

»Ich bin gekommen, um Eure Majestät zu Eurem großen Sieg über die Streitkräfte des Dunklen Gottes zu beglückwünschen«, antwortete der Priester.

»Sehr freundlich von dir, Elvar«, sagte Cho-Hag höflich.

»Darüber hinaus«, fuhr Elvar fort, »ist mir zur Kenntnis gekommen, daß sich ein heiliger Gegenstand in der Feste Algariens befindet. Ich nehme an, Eure Majestät wünscht ihn zur sicheren Aufbewahrung in die Hände der Priesterschaft zu geben.«

Garion, aufgerüttelt von dem Vorschlag des Priesters, erhob sich halb von seinem Platz, hielt dann aber inne, weil er nicht wußte, wie er seine Einwände formulieren sollte. Botschaft marschierte jedoch schon mit einem zuversichtlichen Lächeln auf Elvar zu. Die Knoten, die Durnik so sorgfältig geknüpft hatte, waren gelöst, und das Kind nahm das Auge aus dem Beutel an seiner Hüfte und bot es dem erstaunten Priester an.

»Botschaft?« fragte es.

Elvars Augen traten aus ihren Höhlen, und er wich vor dem Auge zurück, die Hände über den Kopf erhoben, um eine Berührung zu vermeiden.

»Weiter, Elvar«, tönte Tante Pols Stimme spöttisch von der Tür her. »Er, der ohne böse Absichten in den Tiefen seiner Seele ist, möge die Hand ausstrecken und das Auge entgegennehmen.«

»Edle Polgara«, stammelte der Priester. »Wir dachten... das heißt, ich...«

»Er scheint Vorbehalte zu haben«, meinte Silk trocken. »Vielleicht hat er doch einige tiefsitzende, anhaltende Zweifel an seiner Reinheit. Ein schwerer Fehler bei einem Priester, würde ich sagen.«

Elvar sah den kleinen Mann hilflos an, die Hände immer noch über dem Kopf erhoben.

»Du solltest nie um etwas bitten, wenn du nicht bereit bist, es auch anzunehmen, Elvar«, sagte Polgara.

»Edle Polgara«, platzte Elvar heraus, »wir dachten, daß Ihr so sehr damit beschäftigt wärt, Euch um Euren Vater zu kümmern, daß...« Er stockte.

»...du das Auge an dich nehmen könntest, ehe ich davon erführe? Denk doch nach, Elvar. Ich würde nie zulassen, daß das Auge in die Hände des Bärenkults fällt.« Sie lächelte ihn zuckersüß an. »Es sei denn, *du* bist der Ausersehene, es zu nehmen. Mein Vater und ich wären überglücklich, die Bürde an einen anderen weitergeben zu können. Warum stellen wir es nicht fest? Du mußt nur deine Hand ausstrecken und das Auge nehmen.«

Elvar erbleichte und trat ängstlich von dem Kind zurück.

»Ich glaube, das wäre dann alles, Elvar«, sagte König Cho-Hag entschieden.

Der Priester sah sich hilflos um, dann verließ er rasch den Saal, gefolgt von seinen Anhängern.

»Bring ihn dazu, es wegzustecken, Durnik«, bat Polgara den Schmied. »Und sieh zu, ob du etwas mit den Knoten machen kannst.«

»Ich könnte sie vielleicht mit Blei versiegeln«, überlegte Durnik. »Dann kann er sie nicht mehr lösen.«

»Es ist einen Versuch wert.« Dann sah sie sich um. »Ich dachte, es würde euch vielleicht interessieren, daß mein Vater wach ist«, sagte sie. »Der alte Narr scheint stärker zu sein, als wir dachten.«

Garion, plötzlich hellwach, sah sie gespannt an, um einen Hinweis zu entdecken, ob sie vielleicht nicht alles erzählte, aber ihre Miene war vollkommen undurchdringlich.

Barak lachte laut vor Erleichterung und klopfte Hettar auf den Rücken. »Ich habe dir doch gesagt, daß er gesund wird«, rief er fröhlich. Die anderen drängten sich bereits um Polgara und fragten nach Einzelheiten.

»Er ist wach«, erklärte sie. »Mehr kann ich im Moment nicht sagen – außer, daß er schon wieder so liebenswürdig ist wie immer. Er beschwert sich bereits über die Unebenheiten im Bett und verlangt nach starkem Bier.«

»Ich lasse sofort welches hinaufschicken«, sagte Königin Silar.«

»Nein, Silar«, widersprach Polgara entschieden. »Er bekommt Fleischbrühe, kein Bier.«

»Das wird ihm aber nicht sehr gefallen«, meinte Silk.

»Ist das nicht furchtbar?« Sie lächelte. Dann drehte sie sich um, als ob sie an das Krankenlager zurückkehren wollte, blieb dann jedoch stehen und sah Garion prüfend an, der zwar erleichtert, aber immer noch in Sorge um Belgaraths Zustand neben Adara saß. »Wie ich sehe, hast du deine Cousine kennengelernt«, sagte sie.

»*Wen?*«

»Sitz nicht mit offenem Mund da, Garion«, tadelte sie. »Du siehst aus wie ein Idiot. Adara ist die jüngste Tochter der Schwester deiner Mutter. Habe ich dir nie von ihr erzählt?«

Das war zuviel auf einmal. »Tante Pol!« protestierte er. »Wie konntest du nur etwas so Wichtiges vergessen?«

Aber Adara, offenbar genauso überrascht von ihrer Ankündigung wie er, stieß einen leisen Schrei aus, legte ihm die Arme um den Hals und küßte ihn hingebungsvoll. »Lieber Vetter!« rief sie.

Garion wurde erst rot, dann blaß, und schließlich wieder rot. Er starrte zuerst Tante Pol an, dann seine Base. Dabei konnte er weder sprechen noch zusammenhängend denken.

7

In den folgenden Tagen, an denen die anderen sich ausruhten und Tante Pol Belgarath gesundpflegte, verbrachten Garion und seine Cousine jede freie Minute miteinander. Seit er ein kleines Kind gewesen war, hatte Garion geglaubt, daß Tante Pol seine einzige Familienangehörige war. Später hatte er entdeckt, daß Meister Wolf – Belgarath – ebenfalls ein Verwandter war, wenn auch ein unglaublich entfernter. Aber mit Adara war es anders. Sie war fast so alt wie er und schien sofort die Lücke auszufüllen, die er immer empfunden hatte. Sie verkörperte all die Schwestern und Cousinen und jüngeren Tanten, die jeder außer ihm zu haben schien.

Sie zeigte ihm die Algarische Feste von oben bis unten. Wenn sie durch die langen, leeren Flure wanderten, hielten sie sich oft bei den Händen. Die meiste Zeit jedoch redeten sie. Sie saßen an entlegenen Plätzen, die Köpfe zusammengesteckt, und redeten, lachten, tauschten Geheimnisse aus und ließen einander in ihre Herzen sehen. Garion entdeckte einen Hunger nach Gesprächen in sich, den er nie vermutet hatte. Die Umstände des vergangenen Jahres hatten ihn schweigsam gemacht, und jetzt brach sich die ganze Flut der Worte Bahn. Weil er seine große, schöne Cousine liebte, erzählte er ihr von Dingen, die er sonst keiner Menschenseele anvertraut hätte.

Adara erwiderte seine Zuneigung mit einer Liebe, die ebenso tief war, und sie lauschte seinen Redeschwällen mit einer Aufmerksamkeit, die ihn noch mehr von sich preisgeben ließ.

»Kannst du das wirklich tun?« fragte sie an einem strahlenden Winternachmittag, als sie zusammen in einer Nische hoch oben in der Festungsmauer saßen, deren Fenster das unendliche Meer aus winterbraunem Gras überblickte, das sich bis zum Horizont erstreckte. »Bist du wirklich ein Zauberer?«

»Ich fürchte ja.«

»Du fürchtest?«

»Dazu gehören ein paar ziemlich schreckliche Dinge, Adara. Zuerst wollte ich es nicht glauben, aber es geschahen immer Dinge, weil ich wollte, daß sie geschahen. Schließlich kam ich an einen Punkt, wo ich nicht mehr zweifeln konnte.«

»Zeig es mir«, drängte sie.

Er sah sich etwas nervös um. »Ich glaube, ich sollte das lieber nicht tun«, sagte er entschuldigend. »Es macht einen bestimmten Lärm, den Tante Pol hören kann. Ich glaube nicht, daß sie es richtig fände, wenn ich es tue, nur um anzugeben.«

»Du hast doch keine Angst vor ihr, oder?«

»Das ist es nicht. Ich möchte nur nicht, daß sie von mir enttäuscht ist.« Er überlegte. »Ich will sehen, ob ich es erklären kann. Wir hatten einmal einen furchtbaren Streit – in Nyissa. Ich habe einiges gesagt, was ich nicht so meinte, und dann hat sie mir erzählt, was sie alles für mich durchgemacht hat.« In Erinnerung an Tante Pols Worte auf dem dampfendheißen Deck von Greldiks Schiff, sah er schwermütig aus dem Fenster. »Sie hat mir tausend Jahre geopfert, Adara – genauer gesagt, meiner Familie, aber letztendlich meinetwegen. Sie hat alles, was ihr je wichtig war, für mich aufgegeben. Kannst du dir vorstellen, wieviel Dank ich ihr schulde? Ich tue alles, was sie will, und ich schneide mir eher den Arm ab, als ihr noch einmal wehzutun.«

»Du liebst sie sehr, nicht wahr, Garion?«
»Es ist mehr als das. Ich glaube nicht, daß es überhaupt ein Wort gibt, um zu beschreiben, was zwischen uns besteht.«
Wortlos nahm Adara seine Hand, ihre Augen strahlten warm vor bewundernder Zuneigung.
Etwas später ging Garion allein in das Zimmer, wo Tante Pol ihren widerspenstigen Patienten pflegte. Nach den ersten paar Tagen Bettruhe war Belgarath wegen seiner aufgezwungenen Gefangenschaft immer gereizter geworden. Spuren dieser Gereiztheit standen ihm selbst dann im Gesicht, wenn er, gestützt von vielen Kissen, in seinem Himmelbett döste. Tante Pol saß in ihrem gewohnten grauen Kleid daneben und änderte mit flinker Nadel eine alte Tunika von Garion für den kleinen Jungen. Das Kind beobachtete sie mit der ernsten Miene, die es älter wirken ließ, als es tatsächlich war.
»Wie geht es ihm?« fragte Garion leise, seinen schlafenden Großvater betrachtend.
»Besser«, antwortete Tante Pol und legte die Tunika beiseite. »Seine Laune wird immer schlechter, und das ist ein gutes Zeichen.«
»Gibt es Anzeichen dafür, daß er seine... du weißt schon... wiedergewinnen wird?« Garion machte eine vage Geste.
»Nein«, entgegnete sie. »Noch nicht. Es ist wahrscheinlich noch zu früh.«
»Wollt ihr zwei wohl mit dem Geflüster aufhören?« rief Belgarath, die Augen aufschlagend. »Wie soll ich denn dabei schlafen können?«
»Du warst es doch, der gesagt hat, er wollte nicht schlafen«, erinnerte ihn Tante Pol.
»Das war eben«, fuhr er sie an. Er warf einen Blick auf Garion. »Wo bist du gewesen?«
»Garion hat sich mit seiner Cousine Adara angefreundet«, erklärte Tante Pol.
»Er könnte mich ja wenigstens hin und wieder mal besuchen«, beschwerte sich der alte Mann.
»Es ist nicht besonders unterhaltsam, dir beim Schnarchen zuzuhören, Vater.«

»Ich schnarche *nicht*, Polgara.«
»Wie du meinst, Vater«, antwortete sie sanft.
»Sei nicht so herablassend, Pol!«
»Natürlich nicht, Vater. Möchtest du jetzt gern eine schöne Tasse heiße Fleischbrühe?«
»Ich möchte *keine* schöne heiße Tasse Fleischbrühe. Ich will Fleisch – blutigrotes Fleisch – und einen Krug Starkbier.«
»Aber du bekommst kein Fleisch und kein Bier, Vater. Du bekommst nur, was ich dir geben kann – und im Moment ist das Fleischbrühe und Milch.«
»Milch?«
»Hättest du lieber Grütze?«
Der alte Mann starrte sie aufgebracht an, und Garion verließ leise das Zimmer.
Anschließend ging Belgaraths Erholung zügig voran. Ein paar Tage später war er aus dem Bett, obwohl Polgara scheinbar energisch Widerspruch erhob. Garion kannte die beiden gut genug, um Tante Pols Verhalten zu durchschauen. Lange Bettruhe hatte nie zu ihren bevorzugten Therapieformen gehört. Sie hatte immer Wert darauf gelegt, ihre Patienten so bald wie möglich ambulant behandeln zu können. Indem sie ihren reizbaren Vater scheinbar verhätschelte, hatte sie ihn geradezu aus dem Bett getrieben. Zusätzlich waren ihre genau bemessenen Einschränkungen, die sie seiner Bewegungsfreiheit auferlegte, bewußt darauf angelegt, ihn zu ärgern, seinen Geist anzuregen – nie mehr, als er zu einem Zeitpunkt vertragen konnte, aber genug, um seine geistige Wiederherstellung mit der körperlichen Schritt halten zu lassen. Ihre sorgsame Behandlung ging über rein medizinische Betreuung hinaus und grenzte schon an Kunst.
Als Belgarath zum erstenmal in König Cho-Hags Halle auftauchte, sah er noch erschreckend schwach aus. Schwer auf Tante Pols Arm gestützt, schien er regelrecht zu taumeln, doch etwas später, als die Unterhaltung ihn zu interessieren begann, konnte man erkennen, daß seine scheinbare Zerbrechlichkeit nicht ganz echt war. Der alte Mann war sich nicht zu schade für ein bißchen Theaterspielen, und er bewies schon bald, daß – wie

geschickt Tante Pol auch spielen mochte – er ebenfalls ausgezeichnet schauspielern konnte. Es war großartig, die beiden zu beobachten, wie sie in ihrem kleinen Spiel einander raffiniert umkreisten.

Die letzte Frage blieb jedoch noch unbeantwortet. Belgaraths körperliche und geistige Wiederherstellung war jetzt so gut wie gesichert, aber seine Fähigkeit, durch Willenskraft etwas geschehen zu lassen, war noch nicht getestet worden. Dieser Test würde, wie Garion wußte, noch warten müssen.

Eines Morgens, etwa eine Woche, nachdem sie in der Feste angekommen waren, klopfte Adara schon früh an Garions Tür. Noch beim Aufwachen wußte er, daß sie es war. »Ja?« rief er durch die Tür, rasch Hemd und Hose überstreifend.

»Möchtest du heute gern ausreiten, Garion?« fragte sie. »Die Sonne scheint, und es ist etwas wärmer geworden.«

»Gern«, stimmte er sofort zu, während er in die algarischen Stiefel schlüpfte, die Hettar ihm geschenkt hatte. »Ich muß mich nur anziehen. Ich bin gleich fertig.«

»Du brauchst dich nicht zu beeilen«, sagte sie. »Ich lasse ein Pferd für dich satteln und hole uns aus der Küche etwas zu essen. Du solltest vielleicht der Dame Polgara Bescheid sagen, wohin du gehst. Wir treffen uns in den Westställen.«

»Ich brauche nicht lange«, versprach er.

Tante Pol saß mit Belgarath und König Cho-Hag in der großen Halle. Königin Silar saß daneben, ihre Finger glitten flink mit dem Schiffchen über den Webstuhl, an dem sie arbeitete. Das Klappern ihres Schiffchens war von einschläfernder Monotonie.

»Mitten im Winter ist es schwierig zu reisen«, sagte König Cho-Hag. »In den Bergen von Ulgo wird es grimmig kalt sein.«

»Ich glaube, es gibt einen Weg, das zu umgehen«, antwortete Belgarath müßig. Er lag tief in einem großen Sessel. »Wir gehen auf demselben Weg nach Prolgu zurück, wie wir gekommen sind, aber ich muß erst mit Relg sprechen. Könntest du nach ihm schicken lassen?«

Cho-Hag nickte und winkte einem Bediensteten. Er sprach kurz mit ihm, während Belgarath lässig ein Bein über die Lehne legte und sich noch tiefer in den Sessel kuschelte. Der alte Mann trug eine weiche, graue Wolltunika, und trotz der frühen Stunde hatte er bereits einen Krug Bier in der Hand.

»Meinst du nicht, du übertreibst etwas?« fragte Tante Pol mit einem nachdrücklichen Blick auf den Krug.

»Ich muß wieder Kräfte sammeln, Pol«, erklärte er unschuldig, »und starkes Bier erneuert das Blut. Du scheinst zu vergessen, daß ich praktisch immer noch ein Invalide bin.«

»Ich frage mich nur, wieviel von deiner Invalidität aus Cho-Hags Bierfaß stammt«, bemerkte sie spitz. »Du sahst furchtbar aus, als du heute morgen herunterkamst.«

»Aber jetzt fühle ich mich schon viel besser.« Er lächelte und nahm einen Schluck.

»Das glaube ich gern. Ja, Garion?«

»Adara hat mich gebeten, mit ihr auszureiten«, sagte Garion. »Ich – das heißt, sie – dachte, ich sollte dir Bescheid sagen, wohin ich gehe.«

Königin Silar lächelte ihn freundlich an. »Du hast mir meine liebste Hofdame gestohlen, Garion.«

»Das tut mir leid«, entschuldigte sich Garion rasch. »Wenn du sie brauchst, gehen wir nicht.«

»Ich wollte dich nur necken.« Die Königin lachte. »Geht nur und genießt euren Ritt.«

In dem Moment betrat Relg den Saal, dicht hinter ihm kam Taiba. Die Maragfrau hatte sie, nachdem sie gebadet und anständige Kleider bekommen hatte, alle überrascht. Sie war nicht länger die schmutzige Sklavin ohne Hoffnung, die sie in den Höhlen unter Rak Cthol gefunden hatten. Sie hatte eine volle Figur und eine sehr helle Haut. Sie bewegte sich mit einer unbewußten Anmut, und König Cho-Hags Männer sahen ihr jedesmal nach, wenn sie vorbeiging. Sie wußte offenbar, daß man sie beobachtete, und weit davon entfernt, beleidigt zu sein, schien es ihr zu gefallen und ihr Selbstvertrauen zu stärken. Ihre violetten Augen leuchteten, und sie lächelte jetzt oft. Sie war jedoch nie weit von Relg entfernt. Zuerst hatte Garion geglaubt, daß sie sich absichtlich immer dort aufhielt, wo der Ulgo sie ansehen mußte, aus einem perversen Vergnügen heraus, ihm Unbehagen zu bereiten, aber inzwischen war er sich dessen nicht mehr sicher. Sie schien nicht einmal mehr daran zu denken, sondern folgte Relg, wo immer er hinging. Sie sprach selten, war aber jederzeit da.

»Du hast nach mir geschickt, Belgarath?« fragte Relg. Seine Stimme hatte viel von ihrer Schärfe eingebüßt, aber seine Augen trugen noch immer den eigenartig gehetzten Ausdruck.

»Ah, Relg«, sagte Belgarath überschwenklich. »Ein guter Mann. Komm, setz dich. Nimm einen Krug Bier.«

»Wasser, danke«, sagte Relg fest.

»Wie du willst.« Belgarath zuckte die Achseln. »Ich habe mich gefragt, ob du zufällig einen Weg durch die Höhlen von Ulgo kennst, der von Prolgu bis an den Südrand Sendariens führt.«

»Das ist ein sehr langer Weg.«

»Bei weitem nicht so lang wie über die Berge«, erklärte Belgarath. »In den Höhlen gibt es keinen Schnee und keine Ungeheuer. *Gibt* es einen solchen Weg?«

»Ja«, gab Relg zu.

»Und würdest du uns führen?« drängte der alte Mann.

»Wenn ich muß«, sagte Relg etwas zögernd.

»Ich glaube, du mußt, Relg.«

Relg seufzte. »Ich hatte gehofft, jetzt, da unsere Reise fast vorbei ist, nach Hause zurückkehren zu können«, sagte er bedauernd.

Belgarath lachte. »Unsere Reise hat eigentlich gerade erst begonnen, Relg. Wir haben noch einen weiten Weg vor uns.«

Taiba lächelte bei diesen Worten erfreut.

Garion fühlte, wie sich eine kleine Hand in seine stahl, und er lächelte zu Botschaft hinunter, der gerade hereingekommen war. »Ist es in Ordnung, Tante Pol?« fragte er. »Wenn ich reiten gehe, meine ich.«

»Natürlich, Lieber«, antwortete sie. »Aber sei vorsichtig. Versuche nicht, vor Adara anzugeben. Ich möchte nicht, daß du vom Pferd fällst und dir etwas brichst.«

Botschaft ließ Garions Hand los und ging auf Relg zu. Die Knoten an dem Beutel, die Durnik so sorgfältig mit Blei versiegelt hatte, waren wieder gelöst, und der kleine Junge nahm das Auge heraus und bot es Relg an. »Botschaft?«

»Warum nimmst du es nicht, Relg?« fragte Taiba den verblüfften Mann. »Kein Mensch auf der Welt stellt *deine* Reinheit in Frage.«

Relg trat zurück und schüttelte den Kopf. »Das Auge ist der heilige Gegenstand einer anderen Religion«, erklärte er. »Es ist von Aldur, nicht von UL, also wäre es nicht recht, wenn ich es berührte.«

Taiba lächelte wissend, ihre violetten Augen ruhten auf dem Gesicht des Fanatikers.

»Botschaft«, rief Tante Pol. »Komm her.«

Gehorsam ging er zu ihr. Sie ergriff den Beutel an seiner Hüfte und hielt ihn auf. »Leg es hinein«, befahl sie.

»Wie schafft er es bloß, das Ding immer wieder zu öffnen?« sagte sie halb zu sich selbst, während sie die Riemen des Beutels überprüfte.

Garion und Adara ritten von der Feste aus auf die sanften Hügel im Westen zu. Der Himmel war tiefblau, und die Sonne strahlte hell. Obwohl der Morgen noch frisch war, war es bei weitem nicht mehr so kalt wie in den vergangenen Wochen. Das Gras unter den Hufen der Pferde war braun und leblos und lag schlafend unter dem Winterhimmel. Sie ritten etwa eine Stunde lang ohne zu reden, dann hielten sie schließlich auf der sonnigen Südseite eines Hügels, der Schutz vor dem kalten Wind bot, und stiegen ab. Gemeinsam blickten sie auf die leere Weite der Algarischen Ebene hinaus.

»Wieviel kann man mit Zauberei wirklich erreichen, Garion?« fragte sie nach langem Schweigen.

Er zuckte die Achseln. »Das kommt darauf an, wer es versucht. Manche Leute sind sehr mächtig, andere können kaum etwas ausrichten.«

»Könntest du...« Sie zögerte. »Könntest du diesen Busch blühen lassen?« Sie sprach schnell weiter, und er wußte, daß dies nicht die Frage war, die sie eigentlich hatte stellen wollen. »Eben jetzt, meine ich, mitten im Winter«, setzte sie hinzu.

Garion betrachtete den trockenen, kümmerlichen Stechginster

und überlegte, was er dabei zu tun hätte. »Ich glaube schon«, sagte er, »aber wenn ich es in der falschen Jahreszeit täte, hätte der Busch keinerlei Schutz vor der Kälte und würde erfrieren.«

»Es ist doch nur ein Busch, Garion.«

»Aber warum ihn töten?«

Sie wich seinem Blick aus. »Könntest du für mich etwas geschehen lassen, Garion?« bat sie. »Etwas Kleines. Ich brauche im Moment dringend etwas, an das ich glauben kann.«

»Ich kann es wohl versuchen.« Er verstand ihre plötzliche Niedergeschlagenheit nicht. »Wie wäre es mit so etwas?« Er hob einen Zweig auf, drehte ihn in der Hand und betrachtete ihn genau. Dann wickelte er einige trockene Grashalme darum und studierte ihn wieder, bis er das, was er tun wollte, fest im Gedächtnis hatte. Als er seinen Willen freiließ, geschah es nicht auf einmal, so daß die Veränderung allmählich zustande kam. Adaras Augen wurden groß, als sich das traurige Bündel aus Zweig und Gras vor ihr verwandelte.

Es war keine besondere Blume. Ihre Farbe war von einem blassen Lavendelblau, und ihr Stengel war nicht besonders gerade. Auch war sie ziemlich klein, und ihre Blütenblätter saßen nicht fest. In ihrem Duft lag jedoch die ganze verheißungsvolle Süße des herannahenden Sommers. Garion war eigenartig zumute, als er seiner Cousine wortlos die Blume reichte. Das Geräusch war nicht das übliche Dröhnen gewesen, das er immer mit Zauberei in Verbindung brachte, sondern eher wie der Glockenton, den er in der strahlenden Höhle gehört hatte, als er dem Fohlen das Leben geschenkt hatte. Und als er seinen Willen sammelte, hatte er nichts aus seiner Umgebung genommen. Es war alles aus seinem Innern gekommen, und er hatte eine tiefe und seltsame Freude dabei gespürt.

»Sie ist schön«, sagte Adara, die die kleine Blume behutsam in ihren Handflächen hielt und ihren Duft einsog. Ihr dunkles Haar fiel ihr über die Wange und verbarg ihr Gesicht. Dann hob sie das Kinn, und Garion sah, daß Tränen in ihren Augen standen. »Es scheint zu helfen«, sagte sie, »jedenfalls für eine Weile.«

»Was ist denn, Adara?«

Sie antwortete nicht, sondern blickte über die gelbbraune Ebene. »Wer ist Ce'Nedra?« fragte sie plötzlich. »Ich habe gehört, wie die anderen sie erwähnten.«
»Ce'Nedra? Sie ist eine kaiserliche Prinzessin – die Tochter von Ran Borune von Tolnedra.«
»Wie sieht sie aus?«
»Sie ist sehr klein – sie ist eine halbe Dryade –, und sie hat rotes Haar und grüne Augen und ist furchtbar launisch. Sie ist ein verwöhntes kleines Gör, und sie mag mich nicht besonders.«
»Aber das könntest du ändern, nicht wahr?« Adara lachte und wischte sich die Tränen ab.
»Ich glaube, ich weiß nicht ganz, was du meinst.«
»Du mußt doch nur so machen...« Sie machte eine vage Geste.
»Ach so.« Er verstand, worauf sie hinauswollte. »Nein, wir können mit den Gedanken und Gefühlen anderer Leute nicht viel tun. Ich meine, nun, es gibt nichts, woran man sich halten könnte. Ich wüßte nicht einmal, wie ich anfangen sollte.«
Adara sah ihn einen Augenblick an, dann vergrub sie ihr Gesicht in den Händen und begann zu weinen.
»Was ist denn?« fragte er beunruhigt.
»Nichts«, sagte sie. »Es ist nicht wichtig.«
»Es ist wohl wichtig. Weshalb weinst du?«
»Ich hatte gehofft, als ich zum erstenmal hörte, daß du ein Zauberer bist, und dann, als du die Blume gemacht hast, du könntest alles tun. Ich dachte, du könntest etwas für mich tun.«
»Ich würde alles für dich tun, Adara. Das weißt du doch.«
»Aber das kannst du nicht, Garion. Du hast es selbst gesagt.«
»Was hätte ich denn für dich tun sollen?«
»Ich dachte, du könntest vielleicht jemanden dazu bringen, sich in mich zu verlieben. Ist das nicht eine dumme Idee?«
»Wen?«
Sie sah ihn mit stiller Würde an, die Augen voller Tränen. »Das spielt doch keine Rolle, oder? Du kannst nichts dazu tun, und ich auch nicht. Es war nur eine dumme Idee, und jetzt weiß ich es besser. Warum vergessen wir nicht, daß ich je davon gesprochen habe?« Sie stand auf. »Laß uns zurückreiten. Es ist doch

kein so schöner Tag, wie ich dachte, und mir wird allmählich kalt.«

Sie stiegen wieder auf und ritten schweigend auf die düsteren Mauern der Feste zu. Sie sprachen nicht mehr. Adara wollte nicht reden, und Garion wußte nicht, was er sagen sollte.

Zurück blieb vergessen die kleine Blume, die er erschaffen hatte. Geschützt durch den Hang und leicht gewärmt von der Wintersonne, wuchs die Blume, die nie zuvor existiert hatte, mit stiller Freude und trug Früchte. Eine winzige Samenkapsel in ihrem Innern öffnete sich und verstreute unzählige Samen, die durch das hohe Wintergras auf die gefrorene Erde sanken und dort liegenblieben, um auf den Frühling zu warten.

8

Die Ulgomädchen hatten helle Haut, weißblondes Haar und große, dunkle Augen. Prinzessin Ce'Nedra saß in ihrer Mitte wie eine einsame rote Rose in einem Liliengarten. Sie beobachteten jede ihrer Bewegungen mit einem freundlichen Staunen, als wären sie von dieser lebhaften kleinen Fremden überwältigt, die so plötzlich zum Mittelpunkt ihres Lebens geworden war. Es waren nicht nur ihre Farben, obwohl diese schon erstaunlich genug waren. Ulgos waren von Natur aus ernsthaft und zurückhaltend und stellten nur selten Gefühle zur Schau oder lachten offen. Ce'Nedra jedoch lebte, wie immer, ihr Innerstes nach außen gekehrt. Gefesselt beobachteten die Mädchen, wie ihre Stimmungen und Gefühlschwankungen sich auf dem hübschen, kleinen Gesicht spiegelten. Sie erröteten und kicherten nervös über ihre unerhörten und oftmals boshaften kleinen Scherze. Sie zog sie ins Vertrauen, und jedes einzelne von dem Dutzend Mädchen, die zu ihren ständigen Gefährtinnen geworden waren, hatte irgendwann einmal der kleinen Prinzessin ihr Herz ausgeschüttet.

Es gab natürlich auch schlechte Tage, Tage, an denen Ce'Nedra unvernünftig, ungeduldig und launisch war, an denen sie die sanftäugigen Ulgomädchen mit wilden Beschimpfungen davonjagte, so daß sie in Tränen aufgelöst vor ihren unerwarteten Ausbrüchen flohen. Obwohl sie dann beschlossen, nie wieder in ihre Nähe zu gehen, kamen sie doch später zögernd wieder, um sie lächelnd und freundlich vorzufinden, als ob nichts geschehen sei.

Für die Prinzessin war es eine schwere Zeit. Sie hatte die Folgen ihrer sofortigen Unterordnung unter den Befehl ULs nicht erkannt, mit dem er sie aufgefordert hatte, in den Höhlen zu bleiben, während die anderen nach Rak Cthol reisten. Ihr ganzes Leben lang hatte Ce'Nedra im Mittelpunkt der Ereignisse gestanden, aber hier war sie in den Hintergrund geschoben und gezwungen worden, die vielen langweiligen Stunden zu ertragen, in denen sie nichts weiter tun konnte als warten. Sie war das Warten nicht gewohnt, und die Ausbrüche, die ihre kleinen Kameradinnen wie aufgescheuchte Hühner auseinanderstieben ließen, gingen wohl zum Teil auf diese erzwungene Untätigkeit zurück.

Ihre starken Stimmungsschwankungen wirkten besonders auf den Gorim anziehend. Der zerbrechlich wirkende, heilige alte Mann hatte jahrhundertelang ein Leben stiller Betrachtung geführt, und Ce'Nedra war in diese Stille hereingeplatzt wie ein Komet. Obwohl er manchmal bis nahe an die Grenzen seiner Geduld gereizt wurde, ertrug er die Anfälle von schlechter Laune, die Weinkrämpfe, die unerklärlichen Ausbrüche – und ebenso geduldig ihre plötzlichen heftigen Zuneigungsbeweise, wenn sie ihre Arme um seinen Hals schlang und sein erstauntes Gesicht mit Küssen bedeckte.

An jenen Tagen, an denen Ce'Nedras Stimmung freundlich war, scharte sie ihre Gefährtinnen zwischen den Säulen am Ufer der Insel des Gorims um sich, um zu plaudern, zu lachen und die kleinen Spiele zu spielen, die sie sich ausgedacht hatte. Dann war die schwach erhellte stille Höhle erfüllt von dem Gelächter und Geplapper heranwachsender Mädchen. Wenn sie nachdenklich war, unternahm sie mit dem Gorim manchmal kurze Spaziergänge, um die seltsamen Wunder dieser unterirdischen Welt aus Höhlen und Gängen unter der verlassenen Stadt Prolgu zu erkunden. Dem ungeübten Auge mochte die Prinzessin so verstrickt in ihr eigenes Feuerwerk der Gefühle erscheinen, daß sie nichts um sich herum wahrnahm, doch das war nicht der Fall. Ihr komplexer Verstand war durchaus in der Lage, zu beobachten, zu analysieren und zu folgern, selbst wenn sie sich mitten in einem Wutanfall befand. Zur Überraschung des Gorims hatte sie einen wachen Verstand und ein gutes Gedächtnis. Wenn er ihr die Geschichten seines Volkes erzählte, stellte sie ihm viele Fragen, die immer auf die Bedeutung zielten, die hinter den Geschichten steckte.

Während dieser Gespräche machte die Prinzessin viele Entdekkungen. Sie entdeckte, daß der Kern des Ulgolebens die Religion war, und daß die Moral und das Thema aller Geschichten die Pflicht der bedingungslosen Unterwerfung unter den Willen ULs war. Ein Tolnedraner würde vielleicht Haarspaltereien betreiben oder sogar versuchen, mit seinem Gott einen Handel abzuschließen. Nedra erwartete es und schien das Spiel von Angebot und Gegenangebot ebenso zu genießen wie sein Volk. Der Ulgogeist war jedoch solch beiläufiger Vertraulichkeiten unfähig. »Wir waren nichts«, erklärte der Gorim. »Weniger als nichts. Wir hatten keine Heimat und keinen Gott, sondern wanderten ausgestoßen durch die Welt, bis UL einwilligte, unser Gott zu werden. Einige Fanatiker gehen sogar so weit zu behaupten, daß er sich von uns zurückziehen würde, wenn auch nur ein einziger Ulgo sein Mißfallen erregte. Ich gebe nicht vor, den Geist von UL völlig begreifen zu können, aber ich glaube nicht, daß er so unvernünftig ist. Trotzdem, zuerst wollte er ja nicht unser Gott werden, also ist es wahrscheinlich am besten, ihn nicht zu beleidigen.«

»Er liebt *dich*«, sagte Ce'Nedra schnell mit Nachdruck. »Das konnte jeder an seinem Gesicht ablesen, als er damals zu uns kam.«

Der Gorim sah sie zweifelnd an. »Ich *hoffe*, daß ich ihn nicht allzu sehr enttäuscht habe.«

»Sei nicht dumm«, sagte die Prinzessin munter. »Natürlich liebt er dich. Jeder liebt dich.« Impulsiv, wie um ihre Worte zu beweisen, küßte sie ihn zärtlich auf die blasse Wange.

Der Gorim lächelte sie an. »Liebes Kind«, sagte er, »dein Herz ist so offen, daß du automatisch annimmst, daß jeder, den du liebst, dich auch liebt. Aber ich fürchte, das ist nicht immer so. Es gibt eine ganze Reihe von Leuten in unseren Höhlen, die keineswegs so viel für mich übrig haben.«

»Unsinn«, widersprach sie. »Nur weil man mit jemandem streitet, heißt das doch nicht, daß man ihn nicht liebt. Ich liebe meinen Vater sehr, aber wir streiten uns sehr oft. Es macht uns Spaß, miteinander zu streiten.« Ce'Nedra wußte, daß sie es sich leisten konnte, Ausdrücke wie »dumm« und »Unsinn« gegenüber dem Gorim zu gebrauchen. Sie hatte ihn inzwischen derart bezaubert, daß sie sicher war, sich ihm gegenüber fast alles herausnehmen zu können.

Obwohl es schwierig gewesen wäre, jemanden aus ihrer Umgebung davon zu überzeugen, *hatte* es tatsächlich einige spürbare, wenn auch feine Veränderungen in Ce'Nedras Verhalten gegeben. Wie impulsiv sie diesem ernsten, zurückhaltenden Menschen auch erscheinen mochte, dachte sie inzwischen doch im letzten Moment noch nach – wie kurz auch immer – bevor sie sprach oder handelte. Bei einer Gelegenheit hier in den Höhlen hatte Ce'Nedra sich selbst in arge Verlegenheit gebracht, und Verlegenheit war das einzige, was sie absolut nicht ertragen konnte. Allmählich, kaum merklich, hatte sie den Wert einer gewissen Selbstkontrolle schätzen gelernt, und manchmal wirkte sie fast damenhaft.

Sie hatte ebenfalls Zeit gefunden, das Problem Garion zu überdenken. Seine Abwesenheit in diesen langen Wochen war für sie besonders schmerzhaft. Es war, als ob sie etwas verloren hätte – etwas sehr Kostbares – und dieser Verlust hinterließ eine schmerzliche Leere. Ihre Gefühle waren schon immer so verworren gewesen, daß sie sie nie hatte einordnen können. Gewöhnlich wechselten sie so rasch, daß sie nie Zeit hatte, eines zu überprüfen, bevor ein anderes seine Stelle einnahm. Diese Sehnsucht nach etwas Verlorenem hielt jedoch so lange an, daß sie sich schließlich damit auseinandersetzen mußte.

Es konnte keine Liebe sein. Das war unmöglich. Liebe zu einem Küchenjungen – wie nett er auch sein mochte – stand völlig außer Frage. Sie war schließlich eine kaiserliche Prinzessin, und ihre Pflicht lag kristallklar vor ihr. Wenn sie auch nur den leisesten Verdacht gehegt hätte, daß ihre Gefühle die Grenzen bloßer Freundschaft überschritten, wäre es ihre unbedingte Verpflichtung gewesen, jeden weiteren Kontakt zu unterbinden. Ce'Nedra *wollte* Garion nicht fortschicken und nie wiedersehen. Allein der Gedanke daran brachte sie den Tränen nahe. Ganz offensichtlich war – konnte – also das, was sie für ihn empfand, keine Liebe sein. Sie fühlte sich sehr viel besser, nachdem sie das herausgefunden hatte. Die Möglichkeit hatte sie beunruhigt, aber jetzt, da die Logik ohne jeden Zweifel bewiesen hatte, daß sie auf sicherem Boden stand, konnte sie sich wieder entspannen. Es war ihr ein großer Trost, die Logik auf ihrer Seite zu wissen.

Danach blieb nur noch das Warten, das anscheinend endlose, unerträgliche Warten auf ihre Freunde. Wo *waren* sie? Wann würden sie zurückkommen? Was machten sie nur da draußen in der Welt, das so lange dauerte? Je länger sie wartete, desto öfter wurde sie von ihrer neugewonnenen Selbstkontrolle im Stich gelassen, und ihre hellhäutigen Gefährtinnen lernten, ängstlich jene winzigen Zeichen zu erkennen, die einen baldigen Ausbruch ankündigten.

Eines Tages schließlich erzählte der Gorim, daß ihn die Nachricht von der bevorstehenden Rückkehr ihrer Freunde erreicht hätte, und die kleine Prinzessin war ganz außer sich vor Freude. Ihre Vorbereitungen waren langwierig und raffiniert. Selbstverständlich würde sie sie angemessen begrüßen. Keine Klein-Mädchen-Begeisterung dieses Mal. Statt dessen würde sie zurückhaltend sein, herrschaftlich und insgesamt erwachsen. Natürlich mußte sie auch dementsprechend aussehen.

Sie quälte sich stundenlang, bis sie das perfekte Kleid ausgewählt hatte, ein bodenlanges Ulgogewand in schimmerndem Weiß. Ulgokleider waren jedoch eine Spur zu bescheiden für Ce'Nedras Geschmack. Sie wollte zwar reserviert erscheinen, aber doch nicht ganz so reserviert. Nachdenklich trennte sie die Ärmel aus dem Kleid und nahm ein paar Veränderungen am Ausschnitt vor. Ein paar kunstvolle Schnürungen an Taille und Mieder mit schmaler Goldlitze betonten ihre Figur mehr. Kritisch betrachtete sie das Ergebnis ihrer Bemühungen und war zufrieden.

Dann war da noch das Problem mit ihrem Haar. Die lose, lockere Art, wie sie es immer getragen hatte, ging keinesfalls an. Es mußte hochgesteckt werden, in vielen weichen Locken hoch auf dem Kopf, und dann elegant über eine Schulter herabfließen, um jenen Farbtupfer auf das jungfräuliche Weiß ihres Mieders zu setzen, der dem Ganzen den letzten Schliff gab. Sie arbeitete daran, bis ihre Arme vom langen Hochhalten schmerzten. Als sie fertig war, studierte sie den Gesamteindruck von Kleid und Frisur und dem angemessenen zurückhaltend königlichen Gesichtsausdruck. Nicht schlecht, gratulierte sie sich. Garion würden die Augen ausfallen, wenn er sie sah. Die kleine Prinzessin triumphierte.

Als der Tag schließlich kam, saß Ce'Nedra, die kaum geschlafen hatte, nervös mit dem Gorim in dessen ihr mittlerweile vertrauten Arbeitszimmer. Er las in einer langen Schriftrolle, die er mit der einen Hand am oberen Ende ab- und mit der anderen Hand am unteren Ende zusammenrollte. Während er las, zappelte die Prinzessin unruhig herum und kaute geistesabwesend auf einer Haarsträhne.

»Du scheinst heute unruhig zu sein, Kind«, bemerkte er.

»Es ist nur, weil ich ihn – sie – so lange nicht gesehen habe«, beeilte sie sich zu erklären. »Sehe ich auch wirklich ordentlich aus?« Sie hatte ihm diese Frage schon wenigstens sechs- oder achtmal an diesem Morgen gestellt.

»Du bist wunderschön, Kind«, versicherte er ihr nochmals.

Sie strahlte ihn an.

Ein Diener betrat das Arbeitszimmer des Gorims. »Deine Gäste sind eingetroffen, Heiliger«, sagte er mit einer respektvollen Verbeugung.

Ce'Nedras Herz begann zu pochen.

»Sollen wir hinausgehen und sie begrüßen, Kind?« schlug der Gorim vor und legte seine Schriftrolle beiseite.

Ce'Nedra widerstand dem Impuls, aufzuspringen und aus dem Zimmer zu rennen. Eisern hielt sie sich unter Kontrolle und ging langsam neben dem Gorim her, wobei sie im Geiste ständig wiederholte: »Würde, Reserviertheit, kaiserliche Zurückhaltung.«

Ihre Freunde waren von Reisestaub bedeckt und sahen müde aus, als sie die Höhle des Gorims betraten, und es waren Fremde bei ihnen, die Ce'Nedra nicht kannte. Ihre Augen suchten jedoch nur nach einem Gesicht.

Er sah älter aus, als sie es in Erinnerung hatte. Sein Gesicht, das immer schon ernst gewesen war, trug jetzt einen nachdenklichen Ausdruck, der früher nicht dagewesen war. Offensichtlich hatte er einiges erlebt, während er fort war – wichtige Dinge, und die Prinzessin fühlte einen kleinen Stich bei dem Gedanken, daß sie von so wichtigen Ereignissen in seinem Leben ausgeschlossen gewesen war.

Und dann wurde ihr kalt ums Herz. Wer war dieses lange Mädchen an seiner Seite? Warum zeigte er dieser großen Kuh gegenüber solche Achtung? Ce'Nedra biß die Zähne zusammen, während sie über das stille Wasser des Sees hinweg den treulosen jungen Mann anstarrte. Sie hatte *gewußt*, daß so etwas passieren würde. Im ersten Moment, wo sie ihn nicht mehr unter den Augen hatte, mußte er Hals über Kopf in die Arme des erstbesten Mädchens stolpern. Wie *konnte* er nur? *Wie konnte er nur?*

Als die Gruppe den Steg über den See überquerte, verspürte Ce'Nedra einen weiteren Stich im Herz. Das große Mädchen war schön. Ihr dunkles Haar schimmerte, und ihre Züge waren vollkommen. Verzweifelt suchte Ce'Nedra nach einem Makel, einem Fehler. Und wie das Mädchen sich bewegte! Sie ging mit solch fließender Anmut, daß Ce'Nedra Tränen der Verzweiflung in die Augen schossen.

Die Begrüßung und Vorstellung nahm die Prinzessin nur als unzusammenhängendes Geplapper wahr. Geistesabwesend knickste sie vor dem König von Algarien und seiner schönen Königin. Höflich begrüßte sie die lasziv-schöne Frau – Taiba hieß sie – die die Dame Polgara ihr vorstellte. Der Moment, den sie fürchtete, näherte sich, und es gab keine Möglichkeit, ihn zu umgehen.

»Und das ist Adara«, sagte Polgara, auf das schöne Wesen an

Garions Seite deutend. Ce'Nedra hätte am liebsten geweint. Das war nicht gerecht! Selbst der Name des Mädchens war schön. Hätte nicht er wenigstens häßlich sein können?

»Adara«, fuhr Polgara fort, die Augen gespannt auf Ce'Nedras Gesicht gerichtet, »dies ist ihre Kaiserliche Hoheit, Prinzessin Ce'Nedra.«

Adara knickste mit einer Anmut, die Ce'Nedra wie ein Stich traf. »Ich habe mich so darauf gefreut, Eure Hoheit kennenzulernen«, sagte das große Mädchen. Ihre Stimme war vibrierend, musikalisch.

»Ich bin entzückt, wirklich«, antwortete Ce'Nedra mit kühler Überlegenheit. Obwohl jeder Nerv ihres Körpers danach schrie, über die verhaßte Rivalin herzufallen, hielt sie sich aufrecht und schwieg. Jeder Ausbruch, selbst das geringste Anzeichen von Geringschätzung in ihrer Stimme oder auf ihrem Gesicht würde den Sieg dieser Adara vollständig machen. Ce'Nedra war zu sehr Prinzessin – zu sehr *Frau* –, um diese letzte Niederlage zuzulassen. Auch wenn ihr Schmerz so wirklich war, als würde sie gefoltert, stand sie hochaufgerichtet, gepanzert mit aller kaiserlichen Majestät, die sie aufbringen konnte. Im Geiste begann sie sich ihre ganzen Titel wieder und wieder aufzuzählen, stählte sich daran, erinnerte sich grimmig daran, wer sie war. Eine kaiserliche Prinzessin weinte nicht. Die Tochter Ran Borunes heulte nicht. Die Blume Tolnedras würde *niemals* in Kummer verfallen, weil ein einfacher Küchenjunge sich entschieden hatte, eine andere zu lieben.

»Verzeihung, Dame Polgara«, sagte sie, eine zitternde Hand auf die Stirn pressend, »aber plötzlich habe ich schlimme Kopfschmerzen. Wollt ihr mich bitte entschuldigen?« Ohne eine Antwort abzuwarten, drehte sie sich um und ging langsam auf das Haus des Gorims zu. Sie blieb nur einmal vor Garion stehen. »Ich hoffe, daß du sehr glücklich wirst«, log sie ihn an.

Er sah sie verwundert an.

Er war zu weit gegangen. Es war absolut notwendig gewesen, ihre Gefühle vor Adara zu verbergen, aber das hier war Ga-

rion, und sie wollte ihn genau wissen lassen, wie sie sich fühlte.
»Ich *hasse* dich, Garion«, zischte sie, »und ich will dich nie wieder sehen.«
Er blinzelte.
»Du kannst dir nicht vorstellen, wie ich deinen bloßen Anblick *verabscheue*«, setzte sie hinzu. Damit ging sie weiter auf das Haus zu, den Rücken gerade, den Kopf hoch erhoben.
Sobald sie drinnen war, flüchtete sie in ihr Zimmer, warf sich auf das Bett und weinte bitterlich.
Sie hörte leichte Schritte bei der Tür, dann war die Dame Polgara da. »Na schön, Ce'Nedra«, sagte sie, »was soll das alles?« Sie setzte sich auf die Bettkante und legte der schluchzenden kleinen Prinzessin die Hand auf die Schulter.
»Oh, Polgara«, jammerte Ce'Nedra, sich plötzlich in Polgaras Arme werfend. »I-ich h-habe ihn verloren. Er liebt s-sie.«
»Wer, Liebes?« fragte Polgara ruhig.
»Garion. Er liebt diese Adara, und er weiß nicht einmal mehr, daß es mich noch gibt.«
»Du dumme kleine Gans«, schimpfte Polgara sanft.
»Er *liebt* sie doch, oder?«
»Natürlich, Liebes.«
»Ich wußte es ja«, heulte Ce'Nedra und brach in einen erneuten Tränenstrom aus.
»Es ist für ihn nur natürlich, sie zu lieben«, fuhr Polgara fort. »Schließlich ist sie seine Cousine.«
»Seine Cousine?« Ce'Nedra hob ihr tränenüberströmtes Gesicht.
»Die Tochter der Schwester seiner Mutter«, erklärte Polgara. »Du wußtest doch, daß Garions Mutter Algarierin war, nicht wahr?«
Ce'Nedra schüttelte stumm den Kopf.
»Und deswegen das ganze Theater?«
Ce'Nedra nickte. Sie hatte plötzlich aufgehört zu weinen.
Polgara zog ein Taschentuch aus dem Ärmel und reichte es dem Mädchen. »Putz dir die Nase, Kind«, befahl sie. »Schnief nicht so. Das ist sehr unschön.«
Ce'Nedra putzte sich die Nase.

»So hast du es dir also endlich eingestanden«, stellte Polgara fest. »Ich habe mich schon gefragt, wie lange es noch dauern würde.«

»Was eingestanden?«

Polgara warf ihr einen langen, durchdringenden Blick zu, und Ce'Nedra errötete langsam und schlug die Augen nieder.

»Schon besser«, sagte Polgara. »Du brauchst nicht zu versuchen, mir etwas zu verbergen, Ce'Nedra. Du weißt, daß es keinen Zweck hat, und es macht die Dinge für dich nur noch schwieriger.«

Ce'Nedras Augen waren groß geworden, als ihr die volle Bedeutung ihres stillschweigenden Eingeständnisses klar wurde.

»Es ist nicht möglich«, stammelte sie entsetzt. »Das kann nicht sein.«

»Wie mein Vater so gern sagt, fast alles ist möglich«, erwiderte Polgara.

»Was soll ich tun?«

»Zuerst solltest du dir das Gesicht waschen«, sagte Polgara. »Manche Mädchen können weinen, ohne daß es sie häßlich macht, aber du hast nicht die richtige Gesichtsfarbe dafür. Du siehst zum Fürchten aus. Ich rate dir, nie in der Öffentlichkeit zu weinen, wenn es sich vermeiden läßt.«

»Das habe ich nicht gemeint«, sagte Ce'Nedra. »Was soll ich wegen Garion tun?«

»Ich glaube nicht, daß du überhaupt etwas tun mußt, Liebes. Die Dinge werden sich schließlich von selbst regeln.«

»Aber ich bin eine Prinzessin, und er ist – nun, eben nur Garion. So etwas ist nicht erlaubt.«

»Alles wird sich zum Guten wenden«, versicherte Polgara ihr. »Vertrau mir, Ce'Nedra. Ich regele solche Angelegenheiten schon sehr lange. Jetzt wasch dein Gesicht.«

»Ich habe mich da draußen sehr lächerlich gemacht, nicht wahr?« fragte Ce'Nedra.

»Nicht so, daß es nicht wieder in Ordnung gebracht werden könnte«, sagte Polgara gelassen. »Wir können es auf die Aufregung, nach so langer Zeit deine Freunde wiederzusehen, schieben. Du *bist* doch froh, uns wiederzusehen, oder?«

»Ach, Polgara«, rief Ce'Nedra, umarmte sie und lachte und weinte gleichzeitig.

Nachdem die Spuren von Ce'Nedras Weinkrampf beseitigt waren, kehrten sie zu den anderen zurück, die im Arbeitszimmer des Gorims saßen.

»Hast du dich erholt, mein Kind?« fragte der Gorim zärtlich, dem die Sorge in seinem lieben, alten Gesicht geschrieben stand.

»Nur ein Anflug von Nerven, Heiliger«, beruhigte Polgara ihn. »Unsere Prinzessin ist, wie du bemerkt haben wirst, etwas empfindlich.«

»Es tut mir leid, daß ich so davongerannt bin«, entschuldigte sich Ce'Nedra bei Adara. »Es war dumm von mir.«

»Eure Hoheit könnte nie etwas Dummes tun«, erwiderte Adara.

Ce'Nedra reckte das Kinn. »Oh doch, das kann ich«, erklärte sie. »Ich habe genauso das Recht, mich öffentlich zum Narren zu machen wie jeder andere.«

Adara lachte, und damit war der ganze Zwischenfall beigelegt. Trotzdem gab es noch ein Problem. Ce'Nedra sah ein, daß sie mit ihrer impulsiven Erklärung ewigen Hasses vielleicht etwas zu weit gegangen war. Garion sah verwirrt aus, sogar ein wenig verletzt. Ce'Nedra beschloß leichtfertig, die Kränkung, die sie ihm zugefügt hatte, zu ignorieren. *Sie* hatte schließlich bei der schrecklichen Szene am Ufer der Insel gelitten, und es schien ihr nur gerecht, daß *er* auch leiden müßte – natürlich nicht zu sehr, aber doch etwas. Sie gestand ihm eine angemessene Zeit des Schmerzes zu – jedenfalls hoffte sie, daß es Schmerz war –, dann sprach sie herzlich, ja sogar zärtlich mit ihm, als ob jene gehässigen Worte nie über ihre Lippen gekommen wären. Seine Miene wurde noch verwirrter, dann setzte sie ihn der vollen Gewalt ihres gewinnendsten Lächelns aus und bemerkte hochzufrieden die verheerende Wirkung, die es auf ihn hatte. Anschließend ignorierte sie ihn.

Während Belgarath und Polgara von ihrer gefahrvollen Reise nach Rak Cthol berichteten, saß die Prinzessin still auf einer Bank neben Adara, hörte jedoch nur mit halbem Ohr zu und dachte statt dessen immer wieder über die erstaunliche Entdeckung der letzten Stunde nach. Plötzlich fühlte sie sich beobachtet und sah auf. Der kleine, blonde Junge, den die Dame Polgara Botschaft nannte, beobachtete sie, sein kleines Gesichtchen war sehr ernst. Irgend etwas war an seinen Augen. Mit plötzlicher, absoluter Gewißheit wußte sie, daß das Kind direkt in ihr Herz sah. Dann lächelte es sie an, und ohne zu wissen warum, spürte sie eine überwältigende Freude bei diesem Lächeln. Das Kind kam auf sie zu, und seine kleine Hand fuhr in den Beutel, den es an der Hüfte trug. Es holte einen runden, grauen Stein heraus und hielt ihn ihr hin. »Botschaft?« fragte es. Einen kurzen Moment lang glaubte Ce'Nedra, ein schwach blaues Flackern tief im Innern des Steins zu sehen.

»Berühre es nicht, Ce'Nedra«, sagte Polgara in einem Ton, der Ce'Nedras Hand erstarren ließ, die gerade danach greifen wollte.

»Durnik!« sagte Polgara zu dem Schmied mit seltsam klagender Stimme.

»Herrin Pol«, sagte er hilflos, »ich weiß nicht, was ich sonst noch tun kann. Egal, wie gut ich ihn versiegele, er schafft es immer, den Beutel zu öffnen.«

»Bring ihn dazu, daß er es wegsteckt«, sagte sie leicht erbittert.

Durnik ging zu dem kleinen Jungen, kniete nieder und öffnete den Beutel. Wortlos hielt er ihn dem Knaben hin, der den Stein hineinfallen ließ. Durnik verschloß den Beutel wieder und zog die Knoten so fest an, wie er nur konnte. Als er fertig war, legte der Junge seine Arme liebevoll um den Hals des Schmieds. Durnik wirkte etwas verlegen und wollte das Kind fortbringen, doch es riß sich los und kletterte auf Ce'Nedras Schoß. Es küßte sie ernsthaft, kuschelte sich dann in ihren Armen zurecht und schlief auf der Stelle ein.

In Ce'Nedra regten sich Gefühle, die sie nie zuvor empfunden hatte. Ohne zu wissen warum, war sie glücklicher als sie in ihrem Leben je gewesen war. Sie hielt das Kind dicht an sich gedrückt, die Arme schützend darum gelegt und ihre Wange sanft an seine blonden Locken geschmiegt. Sie hatte den Wunsch, das Kind zu wiegen und ihm vielleicht ganz leise ein Schlaflied zu summen.

»Wir müssen uns beeilen«, erklärte Belgarath dem Gorim. »Selbst mit Relgs Hilfe brauchen wir eine Woche oder mehr bis zur sendarischen Grenze. Dann müssen wir das ganze Land durchqueren, und in Sendarien kann es zu dieser Jahreszeit schon Schnee geben. Was noch schlimmer ist, es ist die Zeit der Stürme auf dem Meer der Winde, und es ist ein langer Weg über das offene Meer von Sendarien nach Riva.«

Das Wort »Riva« schreckte Ce'Nedra aus ihren Träumereien hoch. Von dem Augenblick an, als sie und Jeebers aus dem Kaiserpalast in Tol Honeth geschlichen waren, hatte ein einziger Gedanke sie beherrscht. Sie würde *nicht* nach Riva gehen. Wenn sie auch gelegentlich in diesem Punkt nachgegeben zu haben schien, war ihre Einwilligung doch immer ein Täuschungsmanöver gewesen. Jetzt mußte sie allerdings ihren Standpunkt vertreten. Die Gründe für ihre eiserne Weigerung, die Bestimmungen des Vertrags von Vo Mimbre zu erfüllen, waren ihr selbst nicht mehr ganz klar. Soviel war geschehen, daß sie nicht einmal mehr dieselbe Person war, aber eins war völlig sicher, gleichgültig, wer sie war. Sie würde *nicht* nach Riva gehen. Das war eine Frage des Prinzips.

»Wenn wir Sendarien erst einmal erreicht haben, werde ich bestimmt zu einer kaiserlichen Garnison gelangen können«, sagte sie so beiläufig, als wäre die Angelegenheit bereits entschieden.

»Und warum solltest du das tun wollen, Liebes?« fragte Polgara.

»Wie ich schon früher sagte, werde ich nicht nach Riva gehen«, erwiderte Ce'Nedra. »Die Legionäre werden meine Rückreise nach Tol Honeth schon arrangieren.«

»Vielleicht solltest du deinen Vater wirklich besuchen«, meinte Polgara gelassen.

»Du meinst, du läßt mich einfach gehen?«

»Das habe ich nicht gesagt. Ich bin sicher, daß wir im späten Frühling oder zeitigen Sommer ein Schiff nach Tol Honeth finden können. Der rivanische Handel mit dem Kaiserreich ist sehr ausgedehnt.«

»Ich glaube, du verstehst mich nicht ganz, Polgara. Ich sagte, daß ich *nicht* nach Riva gehen werde – unter keinen Umständen.«

»Ich habe dich gehört, Ce'Nedra. Trotzdem irrst du dich. Du *wirst* nach Riva gehen. Du hast eine Verabredung dort, erinnerst du dich?«

»Ich werde *nicht* gehen!« Ce'Nedras Stimme kletterte um eine, zwei Oktaven in die Höhe.

»Doch, du wirst.« Polgaras Stimme war täuschend ruhig, doch es lag ein stählerner Ton darin.

»Ich weigere mich entschieden«, erklärte die Prinzessin. Sie wollte noch mehr sagen, aber ein kleiner Finger fuhr ihr sanft über die Lippen. Das schlafende Kind in ihren Armen hatte die Hand gehoben und berührte ihren Mund. Sie drehte gereizt den Kopf beiseite. »Ich habe es euch allen bereits gesagt, daß ich nicht nachgeben –« Wieder berührte das Kind ihre Lippen. Seine Augen waren schläfrig, aber sein Blick war still und beruhigend. Ce'Nedra vergaß, was sie hatte sagen wollen. »Ich werde nicht zur Insel der Winde gehen«, schloß sie etwas lahm, »und das ist endgültig.« Es klang nur leider nicht besonders endgültig.

»Wir hatten diese Diskussion doch schon ein- oder zweimal, wie mir scheint«, bemerkte Polgara.

»Du hast kein Recht zu –« Wieder stockte Ce'Nedra, als ihre Gedanken abschweiften. Die Augen des Kindes waren so blau – so sehr blau. Sie stellte fest, daß sie ihren Blick nicht von ihnen abwenden konnte und in dieser unglaublichen Farbe zu versinken schien. Sie schüttelte den Kopf. Es sah ihr absolut nicht ähnlich, so den Faden zu verlieren. Sie versuchte, sich zu konzentrieren. »Ich weigere mich, in aller Öffentlichkeit gedemütigt zu werden«, erklärte sie. »Ich werde *nicht* wie ein Bettler in der Halle des Rivanischen Königs stehen, während die ganzen Alorner hinter vorgehaltener Hand über mich lachen.« Das war schon besser. Ihre momentane Verwirrung schien sich zu legen. Unbeabsichtigt blickte sie auf das Kind hinab, und ihre ganze Argumentation war wieder wie weggeblasen. »Ich habe nicht einmal das richtige Kleid dafür«, setzte sie kläglich hinzu. Warum um alles in der Welt hatte sie das bloß gesagt?

Polgara sagte nichts, aber ihre Augen blickten sehr weise, während sie die Prinzessin bei ihrer Stotterei beobachtete. Ce'Nedra stolperte weiter, ihre Einwände wurden immer unerheblicher. Noch während sie redete, erkannte sie, daß es eigentlich keinen Grund für sie gab, nicht nach Riva zu gehen. Ihre Weigerung erschien ihr unsinnig, geradezu kindisch. Warum um Himmelswillen hatte sie ein solches Theater deswegen gemacht? Der kleine Junge in ihren Armen lächelte sie ermutigend an, und ohne etwas dagegen tun zu können, lächelte sie zurück, ihre Verteidigung zerbröckelte langsam. Sie unternahm einen letzten Versuch. »Es ist doch nur eine dumme, alte Formalität, Polgara«, sagte sie. »Niemand wird in der Halle des Rivanischen Königs auf mich warten – dort hat nie jemand gewartet. Das Königshaus Riva ist ausgestorben.« Sie löste ihren Blick von dem Gesicht des Kindes. »Muß ich *wirklich* gehen?«

Polgara nickte ernst.

Ce'Nedra stieß einen tiefen Seufzer aus. Diese ganze Streiterei schien so unnötig. Was hatte es für einen Sinn, ein solches Theater wegen einer kleinen Reise zu machen? Sie war ja nicht mit irgendwelchen Gefahren verbunden. Wenn es die Leute glücklich machte, warum dann so stur sein? »Ach, ist gut«, gab sie nach. »Wenn es für alle so wichtig ist, werde ich wohl nach Riva gehen.« Aus irgendeinem Grund fühlte sie sich viel besser, nachdem sie das gesagt hatte. Das Kind in ihren Armen lächelte wieder, tätschelte ihr sanft die Wange und schlief wieder ein. Versunken in einer plötzlichen, unerklärlichen Glückseligkeit, legte die Prinzessin ihre Wange wieder an die Locken des Kindes, wiegte sich sanft hin und her und summte leise vor sich hin.

Teil II:

Riva

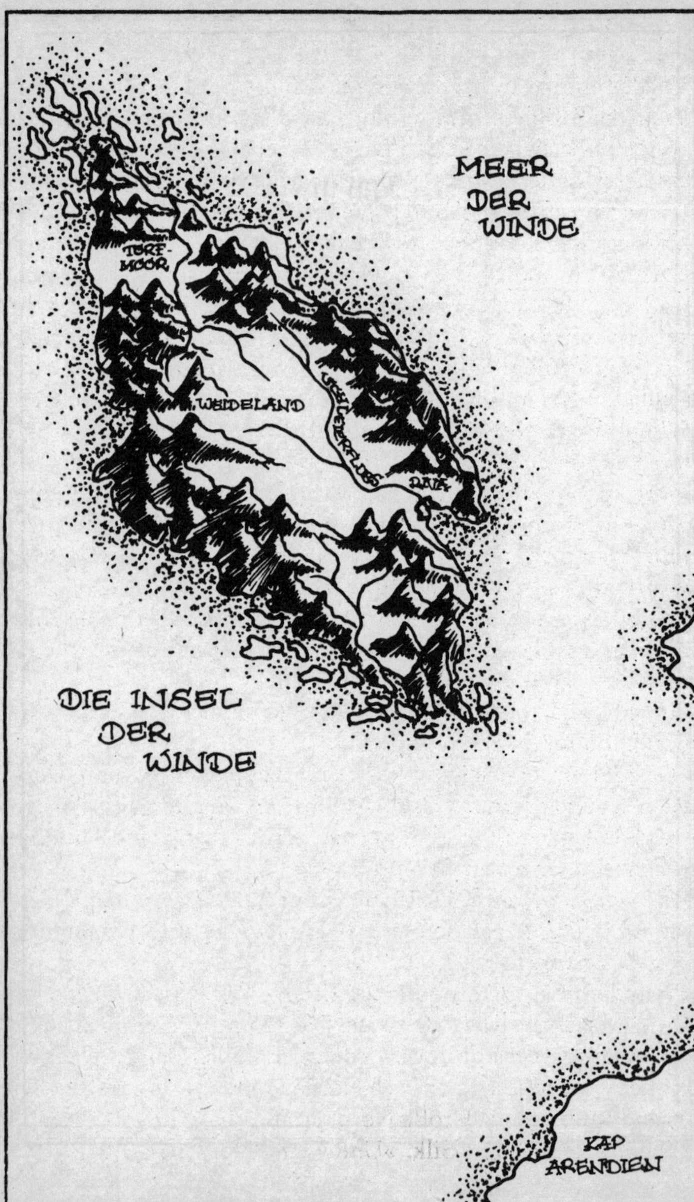
MEER DER WINDE
TORF-MOOR
WEIDELAND
DIE INSEL DER WINDE
KAP ARENDIEN

9

Wieder einmal führte Relg sie durch die dunkle, schweigende Welt der Höhlen, und wieder haßte Garion jeden einzelnen Augenblick. Es schien eine Ewigkeit her zu sein, daß sie Prolgu verlassen hatten, wo Ce'Nedras Abschied von dem liebenswerten, alten Gorim lang und tränenreich gewesen war. Die Prinzessin irritierte Garion, und er stellte mehrere Mutmaßungen über sie an, während er in der muffigen Finsternis vorwärtsstolperte. Irgend etwas war in Prolug geschehen. Auf sehr subtile Weise war Ce'Nedra verändert – und aus irgendeinem Grund machten ihn diese Veränderungen nervös.

Endlich, nach unzähligen Tagen in den dunklen, gewundenen Gängen, kamen sie wieder in die Welt aus Licht und Luft, und zwar durch eine unregelmäßige, von Büschen verdeckte Öffnung im Steilhang einer Schlucht. Es schneite heftig, und große Schneeflocken sanken lautlos durch die windstille Luft.

»Bist du sicher, daß wir in Sendarien sind?« fragte Barak Relg, während er sich durch die Büsche kämpfte.

Relg zuckte die Achseln und band sich wieder einmal einen Schleier vor das Gesicht, um seine Augen vor dem Licht zu schützen. »Wir sind jedenfalls nicht mehr in Ulgo.«

»Es gibt viele Orte, die nicht in Ulgo sind, Relg«, erinnerte Barak ihn mürrisch.

»Es sieht ein bißchen aus wie Sendarien«, stellte König Cho-Hag fest und beugte sich im Sattel vor, um aus der Höhle in den weich fallenden Schnee zu starren. »Hat jemand eine Ahnung, welche Tageszeit wir haben?«

»Schwer zu sagen, bei solchem Schneefall, Vater«, sagte Hettar. »Die Pferde glauben, es ist Mittag, aber ihre Vorstellung von Zeit ist recht vage.«

»Wunderbar«, meinte Silk spöttisch. »Wir wissen nicht, wo wir sind oder welche Zeit es ist. Das fängt ja prächtig an.«

»So wichtig ist es nun auch wieder nicht, Silk«, sagte Belgarath müde. »Wir müssen nur nach Norden reiten. Dann treffen wir irgendwann auf die Große Nord-Straße.«

»Schön«, entgegnete Silk. »Und wo ist Norden?«

Garion beobachtete seinen Großvater angespannt, als dieser in die verschneite Schlucht hinausblickte. Das Gesicht des alten Mannes wies Falten der Müdigkeit auf, und er hatte dunkle Ringe unter den Augen. Trotz der mehr als zweiwöchigen Erholung in der Feste und Tante Pols Ansicht, daß er reisefähig war, hatte Belgarath sich von seinem Zusammenbruch offenbar noch nicht wieder ganz erholt.
Als sie aus der Höhle traten, zogen sie ihre Mäntel an, strafften die Sattelriemen und brachen auf.
»Keine einladende Gegend, nicht wahr?« sagte Ce'Nedra zu Adara und sah sich kritisch um.
»Es ist Bergland, Ce'Nedra«, verteidigte Garion sofort seine Heimat. »Es ist auch nicht schlechter als die Berge in Osttolnedra.«
»Das hatte ich auch nicht behauptet, Garion«, erwiderte sie in aufreizendem Ton.
Sie ritten einige Stunden, bis sie irgendwo im Wald Axtschläge hörten. »Holzfäller«, vermutete Durnik. »Ich gehe und frage sie nach dem Weg.« Er ritt davon in die Richtung, aus der die Axtschläge gekommen waren. Als er zurückkehrte, wirkte er verärgert. »Wir sind nach Süden geritten«, berichtete er.
»Natürlich«, höhnte Silk. »Hast du herausgefunden, welche Tageszeit wir haben?«
»Spätnachmittag«, antwortete Durnik. »Die Holzfäller sagen, wenn wir uns nach Westen halten, treffen wir auf eine Straße, die in nordwestlicher Richtung verläuft. Sie wird uns etwa fünfzig Meilen diesseits von Muros auf die Große Nord-Straße bringen.«
»Dann wollen wir versuchen, noch vor Einbruch der Dunkelheit diese Straße zu erreichen«, sagte Belgarath.
Sie brauchten einige Tage, um aus den Bergen herauszukommen, und einige weitere, um durch die spärlich besiedelten Landstriche Ostsendariens in die dichter bevölkerten Ebenen um den Sulturnsee herum zu gelangen. Während der ganzen Zeit schneite es immer wieder, und die vielbenutzten Straßen des südlichen Zentralsendariens waren aufgeweicht und zer-

schnitten wie häßliche, braune Narben die verschneiten Hügel. Sie waren eine große Gesellschaft und mußten sich meistens auf mehrere Gasthöfe in den sauberen Dörfern, in denen sie übernachteten, verteilen. Prinzessin Ce'Nedra beschrieb sowohl die Dörfer als auch ihre Unterkünfte häufig mit dem Wort »drollig«, und Garion fand ihre Vorliebe für dieses Wort etwas beleidigend.

Das Königreich, durch das sie ritten, war nicht mehr dasselbe Sendarien, das sie vor über einem Jahr verlassen hatten. Garion sah in fast jedem Dorf stumme Zeichen der Mobilmachung. Gruppen von Landmilizen exerzierten auf dem braunen Matsch der Dorfanger, alte Schwerter und gebogene Spieße, lang vergessen auf staubigen Speichern oder in feuchten Kellern, waren wieder hervorgeholt und vom Rost befreit worden in Vorbereitung auf den Krieg, von dem jeder wußte, daß er kommen würde. Die Bemühungen dieser friedlichen Bauern und Dörfler, kriegsmäßig auszusehen, waren oft possierlich. Ihre hausgeschneiderten Uniformen wiesen sämtliche Farbschattierungen von rot über blau bis grün auf, und ihre fröhlichbunten Banner zeigten deutlich, daß hochgeschätzte Unterröcke dafür geopfert worden waren.

Die Gesichter dieser einfachen Leute waren jedoch ernst. Auch wenn die jungen Männer vor den Dorfschönen mit ihren Uniformen prahlten und ältere Männer versuchten, wie Veteranen auszusehen, war die Atmosphäre in den Dörfern angespannt. Sendarien stand am Rande des Krieges.

In Sulturn traf Tante Pol, die nachdenklich durch jedes Dorf geritten war, eine Entscheidung. »Vater«, sagte sie zu Belgarath, als sie in die Stadt ritten, »du und Cho-Hag und die anderen, ihr reitet direkt nach Sendar. Durnik, Garion und ich müssen einen kleinen Abstecher machen.«

»Wo willst du hin?«

»Zu Faldors Farm.«

»Faldor? Wozu?«

»Wir alle haben etwas zurückgelassen, Vater. Du hast uns so schnell davongescheucht, daß wir keine Zeit zum Packen hatten.« Ihr Tonfall und ihre Miene waren so gleichgültig, daß

Garion sofort mehr dahinter vermutete, und Belgaraths hochgezogene Augenbraue deutete ebenfalls auf Mißtrauen hin.
»Wir müssen uns beeilen, Pol«, erklärte er.
»Es ist noch reichlich Zeit, Vater«, erwiderte sie. »Es liegt auch nicht so weit abseits unseres Weges. Wir werden euch in ein paar Tagen einholen.«
»Ist es wirklich so wichtig, Pol?«
»Ja, Vater. Ich denke schon. Paß für mich auf das Kind auf, ja? Der Junge muß uns nicht unbedingt begleiten.«
»Na schön, Pol.«
Prinzessin Ce'Nedra ließ ein silberhelles Lachen hören, als sie die mühsamen Anstrengungen einer Miliztruppe beobachtete, die versuchte, »Rechts-um« zu exerzieren, ohne über ihre Waffen zu stolpern. Tante Pols Miene veränderte sich nicht, als sie ihre Augen dem kichernden Juwel des Kaiserreiches zu wandte. »Sie nehmen wir allerdings mit«, setzte sie hinzu.
Ce'Nedra protestierte heftig, als sie erfahren mußte, daß sie nicht direkt zu den Annehmlichkeiten von König Fulrachs Palast in Sendar reisen sollte, aber ihre Einwände beeindruckten Tante Pol nicht im geringsten.
»Hört sie eigentlich *nie* auf das, was andere sagen?« beschwerte sich die Prinzessin bei Garion, während sie hinter Tante Pol und Durnik über die Straße nach Medalia ritten.
»Sie hört immer zu«, erwiderte Garion.
»Aber sie ändert ihre Meinung nie, oder?«
»Nicht sehr oft, aber sie hört *immer* zu.«
Tante Pol warf einen Blick über die Schulter zurück. »Zieh deine Kapuze auf, Ce'Nedra«, befahl sie. »Es fängt wieder an zu schneien, und ich möchte nicht, daß du mit nassen Haaren reitest.«
Die Prinzessin holte tief Luft, um zu widersprechen.
»Würde ich nicht tun«, riet Garion ihr leise.
»Aber...«
»Sie ist nicht in der Stimmung, um zu diskutieren.«
Ce'Nedra starrte ihn an, zog ihre Kapuze aber dann doch schweigend hoch.
Als sie an jenem Abend Medalia erreichten, schneite es immer

noch leicht. Ce'Nedras Reaktion auf die Unterbringung im Gasthaus war vorherzusehen gewesen. Garion hatte festgestellt, daß ihre Ausbrüche einem natürlichen Rhythmus folgten. Sie begann nie mit ihrer höchsten Tonlage, sondern arbeitete sich mit zunehmender Lautstärke von unten hoch. Sie hatte gerade den Punkt erreicht, an dem sie mit aller Stimmkraft loslegen wollte, als sie plötzlich unterbrochen wurde.

»Was für ein bezauberndes Beispiel ausgezeichneter Erziehung«, sagte Tante Pol ruhig zu Durnik. »Garions alte Freunde werden bestimmt sehr beeindruckt davon sein, meinst du nicht auch?«

Durnik wandte sich ab, um sein Gesicht zu verbergen. »Ich bin ganz sicher, Herrin Pol.«

Ce'Nedras Mund stand zwar noch offen, aber ihr Redeschwall war auf der Stelle versiegt. Garion staunte über ihre plötzliche Schweigsamkeit. »Ich habe mich etwas albern benommen, nicht wahr?« fragte sie nach einem Moment. Ihr Ton klang vernünftig – fast süß.

»Ja, Liebes, etwas«, sagte Tante Pol.

»Bitte verzeiht mir – ihr alle.« Ce'Nedras Stimme war süß wie Honig.

»Übertreibe nicht, Ce'Nedra«, warnte Tante Pol.

Etwa gegen Mittag des folgenden Tages bogen sie von der Hauptstraße nach Erat ab in die Landstraße, an der Faldors Farm lag. Seit diesem Morgen hatte Garions Aufregung fast ein unerträgliches Ausmaß angenommen. Jeder Meilenstein, jeder Busch und Baum war ihm jetzt vertraut. Und da drüben – war das nicht der alte Cralto auf einem ungesattelten Pferd, der irgendeine Besorgung für Faldor erledigte? Beim Anblick einer großen, vertrauten Gestalt, die einen Entwässerungsgraben von Zweigen und Gestrüpp reinigte, konnte er schließlich nicht mehr länger an sich halten. Er stieß seinem Pferd die Fersen in die Flanken, nahm mühelos einen Zaun und galoppierte über das verschneite Feld auf den einsamen Arbeiter zu.

»Rundorig!« brüllte er, brachte sein Pferd zum Stehen und sprang aus dem Sattel.

»Euer Ehren?« antwortete Rundorig, blinzelnd vor Erstaunen.

»Rundorig, ich bin's, Garion. Erkennst du mich denn nicht?«
»Garion?« Rundorig blinzelte ein paarmal, dann betrachtete er Garion genau. Langsam glomm in seinen Augen ein Licht auf, wie ein Sonnenaufgang an einem trüben Tag. »Also, ich glaube, du hast recht«, wunderte er sich. »Du bist *wirklich* Garion, nicht wahr?«
»Natürlich bin ich es, Rundorig«, rief Garion und wollte die Hand seines Freundes ergreifen.
Aber Rundorig versteckte die Hände auf dem Rücken und wich ein paar Schritte zurück. »Deine Kleider, Garion! Sei vorsichtig. Ich bin ganz schmutzig.«
»Was kümmern mich meine Kleider, Rundorig. Du bist mein Freund.«
Der große Bursche schüttelte nur stur den Kopf. »Du darfst sie nicht schmutzig machen. Sie sind doch so fein. Wir können uns die Hände auch noch schütteln, wenn ich mich gewaschen habe.« Er starrte Garion neugierig an. »Wo hast du so schöne Sachen her? Und das Schwert? Laß Faldor lieber nicht sehen, daß du ein Schwert trägst. Du weißt, daß er so etwas nicht mag.«
Irgendwie verlief die Begegnung nicht so, wie sie sollte. »Wie geht es Doroon?« fragte Garion. »Und Zubrette?«
»Doroon ist letzten Sommer fortgezogen«, antwortete Rundorig. Er schien Schwierigkeiten mit seinem Erinnerungsvermögen zu haben. »Ich glaube, seine Mutter hat wieder geheiratet. Jedenfalls leben sie auf einer Farm auf der anderen Seite von Winold. Und Zubrette – nun, Zubrette und ich haben angefangen, miteinander auszugehen, kurz nachdem du uns verlassen hattest.« Der große, junge Mann wurde plötzlich rot und sah verlegen zu Boden. »Es herrscht ein gewisses Einverständnis zwischen uns, Garion«, brach es aus ihm hervor.
»Großartig, Rundorig!« rief Garion rasch, um den kleinen Stich der Enttäuschung zu verbergen.
Rundorig hatte jedoch bereits den nächsten Schritt getan. »Ich weiß, daß ihr beide euch immer gern hattet«, sagte er unglücklich. »Ich werde mit ihr reden.« Er sah mit Tränen in

den Augen auf. »Es wäre nie so weit gekommen, Garion, nur – keiner von uns dachte, daß du noch einmal zurückkommst.«

»Das bin ich ja auch nicht, Rundorig«, versicherte Garion seinem Freund schnell. »Wir sind nur auf Besuch hier und holen ein paar Sachen ab, die wir hiergelassen haben. Dann sind wir wieder weg.«

»Willst du auch Zubrette holen?« fragte Rundorig mit so trauriger Stimme, daß es Garion fast das Herz zerriß.

»Rundorig«, sagte er ganz ruhig, »ich habe kein Zuhause mehr. Eine Nacht schlafe ich in einem Palast, in der nächsten im Staub am Straßenrand. Keiner von uns würde doch ein solches Leben für Zubrette wünschen, oder?«

»Trotzdem glaube ich, daß sie mit dir gehen würde, wenn du sie darum bittest«, sagte Rundorig. »Sie würde alles ertragen, um mit dir zusammen zu sein.«

»Aber das lassen wir nicht zu, nicht wahr? So weit es uns betrifft, ist das Einverständnis zwischen euch offiziell.«

»Ich könnte sie nie anlügen, Garion«, wandte der große Junge ein.

»Aber ich«, sagte Garion unverblümt. »Vor allem, wenn es sie davor bewahrt, ein Leben als heimatloser Vagabund zu führen. Du mußt nur den Mund halten und mir das Reden überlassen.« Plötzlich grinste er. »Wie früher.«

Langsam stahl sich ein schüchternes Lächeln in Rundorigs Gesicht.

Das Tor der Farm stand offen, und der gute, ehrliche Faldor begrüßte aufgeregt, strahlend und sich vor Freude die Hände reibend, Tante Pol, Durnik und Ce'Nedra. Der große, dünne Farmer wirkte so hager wie eh und je, nur sein langes Kinn schien in dem Jahr, seit sie fort waren, fast noch länger geworden zu sein. An den Schläfen war er etwas grauer geworden, aber sein Herz hatte sich nicht verändert.

Prinzessin Ce'Nedra stand zurückhaltend am Rand der kleinen Gruppe, und Garion prüfte ihr Gesicht sorgfältig auf Alarmsignale hin. Wenn jemand den Plan vereiteln konnte, den er im Sinn hatte, dann höchstwahrscheinlich Ce'Nedra, aber so sehr er sich auch bemühte, er konnte aus ihrem Gesicht nichts lesen.

Dann kam Zubrette die Treppe von der Galerie herunter, die um den ganzen Innenhof verlief. Ihr Kleid war ländlich, aber ihr Haar war noch immer golden, und sie war schöner als je zuvor. Tausend Erinnerungen stürmten gleichzeitig auf Garion ein, zusammen mit dem Schmerz über das, was er tun mußte. Sie waren zusammen aufgewachsen, und zwischen ihnen bestand eine so tiefe Bindung, daß ein Außenstehender nie völlig verstehen würde, was sich in einem einzigen Blick zwischen ihnen abspielte. Und mit diesem Blick log Garion sie an. Zubrettes Augen waren voller Liebe, ihre sanften Lippen waren leicht geöffnet, wie um eine Frage, noch ehe sie ausgesprochen war, zu beantworten, die er – wie sie glaubte – sicher stellen würde. In Garions Augen war jedoch nur Freundschaft und Zuneigung zu lesen, keine Liebe. Ungläubig sah sie ihn an, dann errötete sie langsam. Garion fühlte einen messerscharfen Schmerz, als er die Hoffnung in ihren blauen Augen ersterben sah. Schlimmer noch, er mußte seine gleichgültige Haltung beibehalten, während sie sich sorgsam jeden Zug seines Gesichts einprägte, um eine Erinnerung zu haben, die ihr Leben lang ausreichen mußte. Dann drehte sie sich um und ging, unter dem Vorwand, etwas erledigen zu müssen, davon. Garion wußte, daß sie ihn anschließend meiden würde und er sie zum letztenmal gesehen hatte.

Es war richtig gewesen, aber es hatte Garion fast das Herz gebrochen. Er tauschte einen raschen Blick mit Rundorig aus, der alles nötige besagte, dann beobachtete er traurig, wie das Mädchen davonging, von dem er immer geglaubt hatte, daß er es eines Tages heiraten würde. Als sie um eine Ecke verschwunden war, seufzte er bitterlich, drehte sich um und fand sich Ce'Nedra gegenüber. Er konnte sehen, daß sie genau verstand, was er gerade getan und wieviel es ihn gekostet hatte. In ihrem Blick lag Mitgefühl – und eine seltsame Frage.

Trotz Faldors Drängen, wehrte Tante Pol sofort die Rolle des geehrten Gastes ab. Es war, als ob es in ihren Fingern kribbelte, all die vertrauten Dinge in der Küche noch einmal zu berühren. Kaum war sie eingetreten, hing schon ihr Mantel an einem Haken, wurde eine Schürze um ihre Taille gebunden, fingen ihre Hände an zu arbeiten. Fast anderthalb Minuten dauerte es, bis aus ihren höflichen Vorschlägen wieder Befehle geworden waren, und dann war alles wie früher.

Faldor und Durnik spazierten mit auf dem Rücken verschränkten Händen über den Hof, schauten in Vorratsschuppen und sprachen über das Wetter und anderes, während Garion mit Ce'Nedra in der Küchentür stand.

»Würdest du mir die Farm zeigen, Garion?« fragte sie leise.

»Wenn du möchtest.«

»Kocht die Dame Polgara wirklich so gern?« Sie sah in die warme Küche, wo Tante Pol, glücklich vor sich hinsummend, einen Pastetendeckel ausrollte.

»Ich glaube schon«, antwortete Garion. »Ihre Küche ist ein ordentlicher Platz, und sie liebt Ordnung. An einem Ende kommen die Nahrungsmittel herein, am anderen das Abendessen heraus.« Er sah sich in dem niedrigen Raum mit den polierten Töpfen und Pfannen um, die an den Wänden hingen. Sein Leben schien einen Kreis durchlaufen zu haben. »In diesem Raum bin ich aufgewachsen«, sagte er leise. »Es gibt wohl schlimmere Plätze.«

Ce'Nedras kleine Hand drängte sich in seine. In ihrer Berührung lag etwas Tastendes, als ob sie nicht sicher war, wie die Geste aufgenommen werden würde. Ihre Hand vermittelte ihm einen seltsamen Trost. Es war eine sehr kleine Hand, manchmal vergaß Garion ganz, wie klein Ce'Nedra wirklich war. Im Augenblick wirkte sie winzig und sehr verletzlich, und Garion verspürte aus irgendeinem Grund den Wunsch, sie zu beschützen. Er fragte sich, ob es wohl angemessen sei, ihr den Arm um die Schulter zu legen.

Zusammen wanderten sie über die Farm, sahen in Scheunen, Ställe und Hühnerpferche hinein. Schließlich kamen sie an den Heuschober, der Garions Lieblingsversteck gewesen war. »Hier bin ich immer hergekommen, wenn ich wußte, daß Tante Pol Arbeit für mich hatte«, gestand er mit einem reuigen Lachen.

»Hast du nicht gerne gearbeitet?« fragte Ce'Nedra. »Hier scheint doch jeder jede einzelne Minute beschäftigt zu sein.«

»Ich habe nichts gegen Arbeit«, antwortete Garion. »Nur waren einige Dinge, die ich für sie tun sollte, sehr unangenehm.«
»Wie zum Beispiel Töpfe schrubben?« fragte sie augenzwinkernd.
»Das gehörte nicht gerade zu meinen Lieblingsbeschäftigungen, nein.«
Sie setzten sich in das weiche, duftende Heu.
Ce'Nedra, deren Hand nun fest in Garions lag, zeichnete mit ihrem anderen Zeigefinger geistesabwesend die Linien auf seinem Handrücken nach. »Du warst heute nachmittag sehr tapfer, Garion«, sagte sie ernsthaft.
»Tapfer?«
»Du hast etwas für dich Besonderes und Wichtiges aufgegeben.«
»Ach«, sagte er. »Du meinst Zubrette. Ich glaube wirklich, es war so am besten. Rundorig liebt sie, und er kann sich um sie kümmern, wie ich es wahrscheinlich nicht könnte.«
»Das verstehe ich nicht ganz.«
»Zubrette braucht viel Aufmerksamkeit. Sie ist hübsch und schlau, aber sie ist nicht sehr tapfer. Sie ist immer vor Schwierigkeiten davongelaufen. Sie braucht jemanden, der auf sie aufpaßt und dafür sorgt, daß sie es warm und behaglich hat – jemanden, der ihr sein ganzes Leben widmet. Ich glaube nicht, daß ich das könnte.«
»Aber wenn du hier auf der Farm geblieben wärst, hättest du sie geheiratet, nicht wahr?«
»Wahrscheinlich«, gab er zu, »aber ich bin nicht hiergeblieben.«
»Hat es wehgetan, sie so aufzugeben?«
Garion seufzte. »Ja«, sagte er, »aber es war für uns alle das Beste, denke ich. Ich habe das Gefühl, als würde ich in meinem Leben sehr viel auf Reisen sein, und von Zubrette kann man nicht verlangen, daß sie auf dem Boden schläft.«
»Von mir habt ihr das aber immer verlangt«, sagte Ce'Nedra leicht gekränkt.
Garion sah sie an. »Stimmt, das haben wir immer vorausge-

setzt. Ich habe noch nie nachgedacht, warum. Vielleicht, weil du tapferer bist.«
Nach ausgedehntem Abschiednehmen und vielen Versprechungen, wiederzukommen, brachen die vier am nächsten Morgen nach Sendar auf.
»Nun, Garion?« fragte Tante Pol, als sie den Hügel überquerten und damit Faldors Farm endgültig hinter sich ließen.
»Nun was?«
Sie sah ihn lange schweigend an.
Er seufzte. Es hatte wirklich nicht viel Zweck, etwas vor ihr verbergen zu wollen. »Ich werde nie mehr zurückgehen können, nicht wahr?«
»Nein, Lieber.«
»Ich habe immer geglaubt, wenn alles vorbei wäre, könnten wir wieder zurück auf die Farm – aber das geht nicht, oder?«
»Nein, Garion. Du mußtest sie aber wiedersehen, um es zu begreifen. Es war der einzige Weg, alles, was du in diesen ganzen Monaten noch mit dir herumgeschleppt hast, loszuwerden. Ich sage ja nicht, daß Faldors Farm ein schlechter Ort ist, verstehst du. Nur ist es nicht das Richtige für bestimmte Leute.«
»Wir haben den Abstecher nur gemacht, damit ich das herausfinden konnte?«
»Das ist sehr wichtig, Garion. Natürlich habe ich mich auch darüber gefreut, Faldor zu sehen, und ich hatte ein paar Dinge in der Küche zurückgelassen, Dinge, die ich schon sehr lange habe und nicht gern verlieren möchte.«
Plötzlich kam Garion ein Gedanke. »Was ist mit Ce'Nedra? Warum hast du darauf bestanden, daß sie mitkommt?«
Tante Pol warf einen Blick zurück auf die kleine Prinzessin, die gedankenverloren hinter ihnen herritt. »Es hat ihr nicht geschadet, und sie hat einiges gesehen, das für sie wichtig war.«
»Das werde ich wohl nie verstehen.«
»Nein, Lieber«, gab sie ihm recht. »Wahrscheinlich nicht.«
Während der nächsten anderthalb Tage ihres Rittes über die weiße Zentralebene auf die Hauptstadt Sendar zu schneite es immer wieder. Es war zwar nicht ausgesprochen kalt, aber der

Himmel blieb bedeckt, und hin und wieder gab es Schneegestöber. In Küstennähe frischte der Wind merklich auf, und was sie gelegentlich von der See sehen konnten, war beunruhigend. Große Wellen deren Kämme von Gischt gekrönt waren liefen vor dem Wind daher.

In König Fulrachs Palast fanden sie Belgarath in schlechter Stimmung vor. Es war nur noch eine gute Woche bis Erastide, und der alte Mann starrte durch ein Fenster auf die stürmische See hinaus, als ob sie eine persönliche Beleidigung wäre. »Wie nett, daß ihr euch wieder zu uns gesellt«, begrüßte er Tante Pol sarkastisch, als sie mit Garion den Raum betrat.

»Sei höflich, Vater«, antwortete sie ruhig, zog ihren blauen Mantel aus und legte ihn über einen Stuhl.

»Siehst du, wie es da draußen aussieht, Pol?« Er zeigte mit einem Finger verärgert auf das Fenster.

»Ja, Vater«, sagte sie, ohne hinzusehen. Statt dessen betrachtete sie prüfend sein Gesicht. »Du bekommst nicht genug Schlaf«, warf sie ihm vor.

»Wie soll ich dabei schlafen können?« Er machte wieder eine Geste zum Fenster hin.

»Du regst dich nur auf, Vater, und das ist schlecht für dich. Versuche, gelassen zu bleiben.«

»Wir müssen an Erastide in Riva sein, Pol.«

»Ja, Vater, ich weiß. Hast du deine Tropfen genommen?«

»Es hat keinen Sinn, mit ihr zu reden.« Der alte Mann wandte sich an Garion. »Das siehst du doch, oder?«

»Du erwartest doch nicht ernsthaft eine Antwort auf so eine Frage, nicht wahr, Großvater? Direkt unter ihren Augen?«

Belgarath sah ihn finster an. »Überläufer«, brummte er mürrisch.

Die Sorgen des alten Mannes erwiesen sich jedoch als unbegründet. Vier Tage vor Erastide segelte Kapitän Greldiks vertrautes Schiff durch einen wütenden Schneesturm in den Hafen. Masten und Reling waren dick vereist, und das Hauptsegel war gerissen.

Als der bärtige Seemann im Palast ankam, wurde er in den Raum geführt, wo Belgarath mit Hauptmann – jetzt Oberst –

Brendig wartete, dem ernsten Baron, der sie alle vor so vielen Monaten in Camaar verhaftet hatte. Brendig hatte einen steilen Aufstieg hinter sich und gehörte inzwischen neben dem Grafen von Seline zu den vertrautesten Ratgebern König Fulrachs.

»Anheg hat mich geschickt«, berichtete Greldik Belgarath lakonisch. »Er wartet mit Rhodar und Brand in Riva. Sie fragen sich, wo ihr bleibt.«

»Ich kann keinen Kapitän finden, der sich bei diesem Sturm aus dem Hafen wagt«, wütete Belgarath.

»Jetzt bin ja ich hier«, meinte Greldik. »Ich muß zwar mein Segel flicken, aber das wird nicht lange dauern. Wir können morgen früh auslaufen. Gibt es hier nichts zu trinken?«

»Wie ist das Wetter auf See?« fragte Belgarath.

»Etwas ungemütlich«, gab Greldik mit einem gleichgültigen Achselzucken zu. Er schaute durch das Fenster auf die vier Meter hohen Wellen, die grün und schäumend gegen die vereisten Kais im Hafen prallten. »Wenn man erst einmal die Wellenbrecher hinter sich hat, ist es nicht mehr so schlimm.«

»Dann segeln wir morgen früh«, entschied Belgarath. »Du mußt mit ungefähr zwanzig Passagieren rechnen. Hast du so viel Platz?«

»Wir machen Platz«, antwortete Greldik. »Ich hoffe, du willst nicht wieder Pferde mitnehmen. Ich habe nach der letzten Reise eine Woche gebraucht, um meinen Kielraum wieder sauber zu bekommen.«

»Nur eins«, sagte Belgarath. »Ein Fohlen, das anscheinend eine besondere Zuneigung zu Garion entwickelt hat. Es wird nicht so viel Dreck machen. Brauchst du noch etwas?«

»Ich könnte immer noch etwas zu trinken vertragen«, antwortete Greldik hoffnungsvoll.

Am nächsten Morgen bekam die Königin von Sendarien hysterische Anfälle. Als sie erfuhr, daß sie die Gesellschaft nach Riva begleiten sollte, geriet Königin Layla völlig außer sich. König Fulrachs mollige, kleine Frau hatte entsetzliche Angst vor Seereisen – selbst bei ruhigstem Wetter. Sie konnte nicht einmal ein Schiff sehen, ohne zu zittern. Als Polgara ihr mitteilte, daß sie mit ihnen nach Riva reisen *mußte*, brach Königin Layla prompt zusammen.

»Es wird alles gut, Layla«, wiederholte Polgara immer wieder in dem Versuch, die aufgeregte kleine Königin zu beruhigen. »Ich lasse nicht zu, daß dir etwas geschieht.«

»Wir werden alle ersaufen wie Ratten«, jammerte Königin Layla voller Angst. »Wie Ratten! O meine armen, verwaisten Kinder!«

»Jetzt aber Schluß damit!« sagte Polgara.

»Die Seeungeheuer werden uns alle auffressen«, fügte die Königin düster hinzu, »und unsere Knochen mit ihren gräßlichen Zähnen knacken.«

»Im Meer der Winde gibt es keine Seeungeheuer«, sagte Polgara geduldig. »Wir *müssen* gehen. Wir *müssen* an Erastide in Riva sein.«

»Kannst du nicht sagen, daß ich krank bin, daß ich sterbe?« flehte Königin Layla. »Wenn es etwas nützt, *werde* ich sterben. Allen Ernstes, Polgara, ich will hier auf der Stelle sterben, aber verlange nicht von mir, daß ich auf dieses schreckliche Schiff gehe. *Bitte!*«

»Sei nicht albern, Layla«, wies Polgara sie zurecht. »Du hast keine Wahl – genausowenig wie wir anderen. Du und Fulrach und Seline und Brendig, ihr alle müßt mit uns nach Riva gehen. Diese Entscheidung wurde getroffen, lange ehe einer von euch geboren war. Jetzt laß diese Dummheiten und geh' packen.«

»*Ich kann nicht!*« schluchzte die Königin und warf sich in einen Stuhl.

Polgara betrachtete die verängstigte Königin mit verständnisvollem Mitgefühl, aber als sie sprach, war ihrer Stimme nichts davon anzumerken. »Steh auf, Layla«, befahl sie barsch. »Steh auf und pack deine Sachen. Du *wirst* nach Riva reisen. Du wirst, und wenn ich dich zum Schiff schleifen und dich an den Mast binden muß, bis wir da sind.«

»Das würdest du *nicht* tun!« keuchte Königin Layla, durch diesen Schock so plötzlich von ihrer Hysterie befreit, als hätte man ihr einen Eimer kaltes Wasser über den Kopf gegossen. »Das würdest du mir nicht antun, Polgara.«

»Nicht?« fragte Polgara zurück. »Ich finde, du solltest jetzt besser packen gehen, Layla.«
Die Königin kämpfte sich mühsam auf die Beine. »Ich werde jede Minute seekrank sein«, versprach sie.
»Wenn es dich glücklich macht, meine Liebe«, sagte Polgara sanft und tätschelte der molligen, kleinen Königin liebevoll die Wange.

10

Die Reise von Sendar nach Riva dauerte zwei Tage. Sie liefen vor dem Wind, das geflickte Segel gebläht, und die schäumende Gischt überzog alles mit einer Eiskruste. Die Kabine unter Deck war überfüllt, und Garion verbrachte die meiste Zeit oben und versuchte, weder den Matrosen im Weg zu stehen noch allzusehr dem Wind ausgesetzt zu sein. Unvermeidlich ließ er sich schließlich an einem geschützten Fleckchen im Bug nieder, den Rücken an die Reling gelehnt, die Kapuze seines blauen Mantels hochgezogen, und dachte ernsthaft nach. Das Schiff rollte und schlingerte im schweren Seegang, und immer wieder fuhr es in tiefe schwarze Wellentäler hinein, so daß die Gischt nach allen Seiten spritzte. Auf dem Meer tanzten weiße Schaumkronen, der Himmel war von einem drohenden, schmutzigen Grau.
Garions Gedanken waren fast so düster wie das Wetter. In den vergangenen fünfzehn Monaten war sein Leben so von der Jagd nach dem Auge in Anspruch genommen gewesen, daß er keine Zeit gefunden hatte, an die Zukunft zu denken. Jetzt war ihre Aufgabe fast vollendet, und er begann sich zu fragen, was geschehen würde, wenn das Auge sich erst wieder in der Halle des Rivanischen Königs befand. Seine Gefährten hatten dann keinen Grund mehr, weiter zusammenzubleiben. Barak würde nach Val Alorn zurückkehren, Silk einen anderen Teil der Welt bestimmt interessanter finden, Hettar, Mandorallen und Relg würden heimreisen, und selbst Ce'Nedra würde nach Tol Honeth zurückbeordert werden, wenn sie die Zeremonie, im

Thronsaal zu erscheinen, hinter sich gebracht hatte. Das Abenteuer war fast vorüber, und alle würden wieder ihr normales Leben aufnehmen. Sie würden versprechen, eines Tages wieder zusammenzukommen, aber Garion wußte, daß er sie nie wieder alle gemeinsam sehen würde, nachdem sie sich einmal getrennt hatten.

Er dachte auch über sein eigenes Leben nach. Der Besuch auf Faldors Farm hatte ihm für immer diese Tür verschlossen, auch wenn sie jemals wirklich offengestanden hatte. Was er im Laufe des Jahres an Informationen aufgeschnappt hatte, machte deutlich, daß er noch eine ganze Zeitlang nicht in der Lage sein würde, seine eigenen Entscheidungen zu treffen.

»Du willst mir wohl nicht sagen, was ich als nächstes tun soll?« Er rechnete eigentlich nicht mit einer befriedigenden Antwort jenes anderen Bewußtseins.

»Es ist noch zu früh«, antwortete die trockene Stimme in seinem Geist.

»Morgen sind wir in Riva«, sagte Garion. *»Sobald wir das Auge an seinen Platz zurückgebracht haben, ist dieser Teil unseres Abenteuers beendet. Meinst du nicht, daß eine Andeutung oder zwei allmählich angebracht wären?«*

»Ich möchte dir nichts verderben.«

»Weißt du, manchmal glaube ich, du behältst Geheimnisse nur für dich, weil du weißt, daß das die Leute ärgert.«

»Was für eine interessante Idee.«

Die weitere Unterhaltung führte zu nichts.

Gegen Mittag des Tages vor Erastide segelte Greldiks eisverkrustetes Schiff in den geschützten Hafen von Riva an der Ostküste der Insel der Winde. Das Hafenbecken und die Stadt selbst wurde durch einen Halbkreis windgepeitschter Felsen geschützt. Riva war, wie Garion sofort sah, eine Festung. Hinter den Kais ragte die hohe, mächtige Stadtmauer auf, und der schmale, verschneite Kiesstrand, der sich zu beiden Seiten der Anlegestege erstreckte, bot ebenfalls keinen Zugang zur Stadt. Eine Ansammlung provisorischer Gebäude und niedriger, vielfarbiger Zelte stand am Strand, eng gegen die Stadtmauer gedrängt und halb begraben unter dem Schnee. Garion glaubte, Tolnedraner und einige drasnische Kaufleute zu erkennen, die im rauhen Wind durch die kleine Enklave eilten. Die Stadt selbst erhob sich über dem steilen Hang, auf dem sie errichtet war, und jede Reihe der grauen Steinhäuser überragte die darunterliegende. Die Fenster, die auf den Hafen hinausgingen, waren sehr klein und hoch oben in den Häusern angebracht, und Garion erkannte den taktischen Vorteil dieser Bauweise. Die terrassenförmig angelegte Stadt bestand aus einer ganzen Reihe von Barrieren. Jede Terrasse war so uneinnehmbar wie die Hauptmauer. Über der Stadt erhob sich schließlich die eigentliche Festung, deren Türme und Wehrgänge so grau waren wie alles andere in dem trostlosen Riva. Das blauweiße Schwertbanner Rivas flatterte im Wind über der Festung und zeichnete sich scharf gegen die dunklen Wolken ab, die über den Winterhimmel fegten.

König Anheg von Cherek, in Pelz gekleidet, und Brand, der rivanische Wächter in seinem grauen Mantel, standen am Kai vor den Stadttoren, als Greldiks Seeleute das Schiff geschickt zum Steg ruderten. Neben ihnen stand, das rotgoldene Haar weich über die grüngekleideten Schultern fallend, Lelldorin von Wildantor. Der junge Asturier grinste breit. Garion warf einen ungläubigen Blick auf seinen Freund, dann sprang er mit einem Freudenschrei auf die Reling und von dort auf den Steg. Lelldorin und er umarmten sich herzlich, lachten und schlugen sich auf die Schultern.

»Geht es dir gut?« fragte Garion. »Ich meine, hast du dich wieder völlig erholt?«

»Ich bin so gesund wie eh und je«, versicherte Lelldorin lachend.

Garion sah seinen Freund zweifelnd an. »Das würdest du auch behaupten, wenn du im Sterben lägest, Lelldorin.«

»Nein, mir geht es wirklich gut«, protestierte der Asturier. »Die jüngere Schwester von Baron Oltorain hat das Gift mit Umschlägen und scheußlich schmeckenden Tränken aus meinem Blut gespült und mir durch ihre Kunst die Gesundheit wiedergegeben. Sie ist ein wunderbares Mädchen.« Seine Augen leuchteten, als er von ihr sprach.

»Was machst du hier in Riva?« fragte Garion.

»Letzte Woche erreichte mich die Nachricht der Dame Polgara«, erklärte Lelldorin. »Ich war noch immer auf Baron Oltorains Schloß.« Er hüstelte etwas unbehaglich. »Ich hatte meine Abreise aus verschiedenen Gründen immer wieder verschoben. Jedenfalls, als ich ihre Anweisung bekam, so schnell wie möglich nach Riva zu reisen, bin ich sofort aufgebrochen. Du weißt doch sicherlich von dieser Nachricht.«

»Das ist das erste, was ich höre«, antwortete Garion mit einem Blick auf Tante Pol, die – gefolgt von Königin Silar und Königin Layla – gerade das Schiff verließ.

»Wo ist Rhodar?« fragte Cho-Hag König Anheg.

»Er ist in der Zitadelle geblieben«, sagte Anheg achselzuckend. »Er hält es nicht für sinnvoll, seinen Bauch öfter als unbedingt notwendig die Stufen zum Hafen hinauf- oder hinunterzuschleppen.«

»Wie geht es ihm?« fragte König Fulrach.

»Ich glaube, er hat etwas Gewicht verloren«, antwortete Anheg. »Vater zu werden scheint seinen Appetit zu beeinträchtigen.«

»Wann soll das Kind kommen?« erkundigte sich Königin Layla neugierig.

»Ich weiß wirklich nicht, Layla«, sagte der König von Cherek. »Solche Dinge kann ich nicht gut behalten. Porenn mußte allerdings in Boktor bleiben. Ihre Schwangerschaft ist wohl schon zu weit fortgeschritten, als daß sie reisen könnte. Aber Islena ist hier.«

»Ich muß mit dir reden, Garion«, sagte Lelldorin nervös.

»Selbstverständlich.« Garion ging mit seinem Freund ein paar Schritte abseits über den verschneiten Pier.

»Ich fürchte, Dame Polgara wird böse auf mich sein, Garion«, sagte Lelldorin leise.

»Böse? Weshalb?« fragte Garion mißtrauisch.

»Nun ...« Lelldorin zögerte. »Einiges lief unterwegs irgendwie falsch.«

»Was meist du mit ›irgendwie falsch‹?«

»Ich war auf Baron Oltorains Schloß«, begann Lelldorin.

»Soviel hatte ich schon begriffen.«
»Ariana, die Baroneß Ariana, das heißt, Baron Oltorains Schwester...«
»Das blonde Mimbrer-Mädchen, das dich gesundgepflegt hat?«
»Du erinnerst dich an sie«, sagte Lelldorin hocherfreut. »Erinnerst du dich auch noch daran, wie schön sie ist? Wie...«
»Ich glaube, wir kommen vom Thema ab, Lelldorin«, sagte Garion streng. »Wir sprachen davon, wieso Tante Pol böse auf dich sein wird.«
»Dazu komme ich ja, Garion. Also, um es kurz zu machen, Ariana und ich sind, nun ja, Freunde geworden.«
»Verstehe.«
»Nichts Ungehöriges, verstehst du«, sagte Lelldorin rasch. »Aber unsere Freundschaft war so, daß wir – nun – wir wollten uns nicht trennen.« Das Gesicht des jungen Asturiers flehte um Garions Verständnis. »Eigentlich«, fuhr er fort, »war es etwas mehr als ›nicht wollen‹. Ariana sagte, sie würde sterben, wenn ich sie zurückließe.«
»Wahrscheinlich hat sie übertrieben«, meinte Garion.
»Aber das konnte ich doch nicht riskieren, oder?« protestierte Lelldorin. »Frauen sind soviel zarter als wir – außerdem ist Ariana Ärztin. Sie würde doch wissen, wann sie stirbt, nicht wahr?«
»Bestimmt.« Garion seufzte. »Warum erzählst du nicht weiter, Lelldorin? Ich bin auf das Schlimmste gefaßt.«
»Ich wollte wirklich nichts Böses tun«, sagte Lelldorin kläglich.
»Natürlich nicht.«
»Jedenfalls, Ariana und ich haben das Schloß eines Nachts verlassen. Ich kannte den Wachmann auf der Zugbrücke, deshalb habe ich ihm eins über den Kopf gegeben, weil ich ihm nicht wehtun wollte.«
Garion blinzelte.
»Ich wußte, daß er auf Ehre verpflichtet war, uns aufzuhalten«, erklärte Lelldorin. »Ich wollte ihn nicht töten, also habe ich ihn auf den Kopf geschlagen.«
»Das wird ja wohl irgendeinen Sinn ergeben«, meinte Garion zweifelnd.

»Ariana ist fast sicher, daß er nicht sterben wird.«
»*Sterben?*«
»Ich habe wohl ein bißchen zu fest zugeschlagen.«
Die anderen hatten inzwischen das Schiff verlassen und machten sich bereit, Brand und König Anheg die steile, schneebedeckte Treppe zu den höheren Ebenen der Stadt hinauf zu folgen.
»Und deswegen glaubst du also, daß Tante Pol böse auf dich sein wird«, sagte Garion, während er sich mit Lelldorin an den Schluß der Gruppe begab.
»Na ja, das ist noch nicht die ganze Geschichte, Garion«, gestand Lelldorin. »Es sind noch ein paar andere Dinge geschehen.«
»Was zum Beispiel?«
»Nun, sie haben uns ein wenig gejagt, und ich mußte ein paar ihrer Pferde töten.«
»Verstehe.«
»Ich habe meine Pfeile ganz absichtlich auf die Pferde und nicht auf die Männer gezielt. Es war doch nicht meine Schuld, daß Baron Oltorain den Fuß nicht rechtzeitig aus dem Steigbügel bekam oder?«
»Wie schlimm war er verletzt?« Garion hatte fast schon resigniert.
»Nicht ernstlich, glaube ich wenigstens. Vielleicht ein gebrochenes Bein – dasjenige, das er sich schon einmal gebrochen hat, als Mandorallen ihn damals vom Pferd warf.«
»Weiter.«
»Der Priester war selbst schuld«, erklärte Lelldorin hitzig.
»Welcher Priester?«
»Der Priester Chaldans in der kleinen Kapelle, der uns nicht trauen wollte, weil Ariana kein Dokument mir der Einwilligung ihrer Eltern besaß. Er war sehr beleidigend.«
»Hast du ihm etwas gebrochen?«
»Ihm fehlen nur ein paar Zähne, und ich habe sofort aufgehört, ihn zu schlagen, als er bereit war, die Zeremonie abzuhalten.«
»Also bist du verheiratet? Gratuliere. Ihr werdet bestimmt sehr glücklich – wenn ihr aus dem Gefängnis kommt.«

Lelldorin reckte sich. »Es ist nur eine Heirat auf dem Papier, Garion. Ich würde nie Vorteile daraus ziehen, dafür kennst du mich gut genug. Wir haben überlegt, daß Arianas Ruf leiden könnte, wenn bekannt würde, daß wir beide allein reisten. Die Hochzeit geschah nur um des Ansehens willen.«

Während Lelldorin seine katastrophale Reise durch Arendien beschrieb, betrachtete Garion neugierig die Stadt Riva. Über ihren schneebedeckten Straßen lag eine durch nichts gemilderte Düsternis. Die Häuser waren hoch und alle von dem gleichen Grau. Die wenigen immergrünen Zweige, die Blumengirlanden und die fröhlichbunten Fahnen, mit denen sich die Stadt für Erastide geschmückt hatte, schienen die starre Grimmigkeit nur zu unterstreichen. Aus den Küchen, in denen die Festmähler unter den wachsamen Augen der rivanischen Frauen schmorten und brieten, drangen jedoch sehr interessante Gerüche.

»War das alles?« fragte Garion seinen Freund. »Du hast Baron Oltorains Schwester geraubt, sie ohne seine Einwilligung geheiratet, ihm das Bein gebrochen und mehrere seiner Leute angegriffen – und einen Priester. War das alles?«

»Na ja, nicht ganz.« Lelldorin verzog gequält das Gesicht.

»*Noch* mehr?«

»Ich *wollte* Torasin doch nicht wehtun.«

»Deinem Vetter?«

Lelldorin nickte betrübt. »Ariana und ich hatten im Haus meines Onkels Zuflucht gesucht, und Torasin hat einige Bemerkungen über Ariana gemacht – schließlich *ist* sie ja Mimbrerin, und Torasin steckte voller Vorurteile. Mein Protest war alles in allem sehr zurückhaltend, aber nachdem ich ihn die Treppe hinuntergeworfen hatte, wollte er sich mit nichts weniger als einem Duell zufriedengeben.«

»Hast du ihn getötet?« fragte Garion entsetzt.

»Natürlich nicht. Ich habe ihm nur das Bein durchbohrt – ein bißchen.«

»Wie kann man jemandem das Bein ein bißchen durchbohren, Lelldorin?« fragte Garion seinen Freund entrüstet.

»Du bist enttäuscht von mir, Garion, nicht wahr?« Der junge Asturier war fast den Tränen nahe.

Garion wandte die Augen zum Himmel und gab auf. »Nein, Lelldorin, ich bin nicht enttäuscht. Vielleicht etwas erstaunt, aber nicht enttäuscht. Kannst du dich an noch etwas erinnern? Hast du vielleicht etwas ausgelassen?«

»Nun, ich habe gehört, daß man mich in Arendien zu so etwas wie einem Geächteten erklärt hat.«

»So etwas wie?«

»Die Krone hat einen Preis auf meinen Kopf ausgesetzt«, gestand Lelldorin, »soviel ich weiß.«

Garion begann hilflos zu lachen.

»Ein wahrer Freund würde nicht über meine Mißgeschicke lachen«, beschwerte sich der junge Mann gekränkt.

»Du hast es geschafft, dich in nur einer Woche in solche Schwierigkeiten zu bringen?«

»Eigentlich war es nicht meine Schuld, Garion. Die Dinge sind mir aus der Hand geglitten. Glaubst du, Dame Polgara wird zornig sein?«

»Ich rede mit ihr«, versprach Garion seinem Freund. »Wenn sie und Mandorallen bei König Korodullin für dich eintreten, nimmt er vielleicht den Preis wieder von deinem Kopf.«

»Stimmt es, daß du und Baron Mandorallen den Murgo Nachak und seine Leute im Thronsaal von Vo Mimbre erschlagen habt?« fragte Lelldorin plötzlich.

»Die Geschichte ist vermutlich etwas entstellt worden«, sagte Garion. »Ich habe Nachak verraten, und Mandorallen hat sich erboten, für mich zu kämpfen, um zu beweisen, daß ich die Wahrheit sagte. Daraufhin haben Nachaks Männer Mandorallen angegriffen, und Barak und Hettar haben sich eingemischt. Genaugenommen war es Hettar, der Nachak getötet hat. Es ist uns übrigens gelungen, deinen Namen – und Torasins – aus der Sache herauszuhalten.

»Du bist ein wahrer Freund, Garion.«

»Hier?« fragte Barak gerade. »Was macht sie hier?«

»Sie kam mit Islena und mir her«, antwortete König Anheg.

»Hat sie...?«

Anheg nickte. »Dein Sohn ist bei ihr – und deine Töchter. Seine Geburt scheint sie etwas weicher gemacht zu haben.«

»Wie sieht er aus?« fragte Barak eifrig.

»Er ist ein großer, rothaariger Bengel.« Anheg lachte. »Wenn er Hunger hat, kannst du ihn meilenweit brüllen hören.«

Barak grinste breit.

Als sie die Treppe erklommen hatten und auf den Platz vor der Großen Halle kamen, warteten zwei kleine Mädchen mit rosigen Wangen schon ungeduldig auf sie. Beide waren in Grün gekleidet, und hatten lange, rotblonde Zöpfe. Sie waren offenbar nur wenig älter als Botschaft. »Papa«, quietschte die jüngere und rannte auf Barak zu. Der große Mann fing sie in den Armen auf. Das andere Mädchen, vielleicht ein Jahr älter als seine Schwester, kam mit einer gewissen Würde auf ihn zu, wurde aber ebenfalls von seinem Vater stürmisch umarmt.

»Meine Töchter«, stellte Barak die Mädchen vor. »Das ist Gundred.« Er stupste das ältere Mädchen mit seinem Bart, so daß es kicherte, weil die Barthaare kitzelten. »Und das ist Klein-Terzie.« Er lächelte die Kleine liebevoll an.

»Wir haben einen kleinen Bruder, Papa«, erzählte das ältere Mädchen ernsthaft.

»Nein, sowas!« rief Barak mit gespielter Überraschung.

»Du wußtest es schon!« warf Gundred ihm vor. »Wir wollten es dir doch sagen.« Sie verzog schmollend den Mund.

»Er heißt Unrak und hat rote Haare – genau wie du«, verkündete Terzie, »aber er hat noch keinen Bart.«

»Das kommt bestimmt noch«, versicherte Barak ihr.

»Er schreit dauernd«, berichtete Gundred, »und er hat überhaupt keine Zähne.«

Dann öffnete sich das breite Tor der Rivanischen Zitadelle, und Königin Islena, in einem dunkelroten Kleid, trat heraus, begleitet von einem hübschen arendischen Mädchen und Merel, Baraks Ehefrau. Merel war ganz in Grün gekleidet und hielt ein in Decken gewickeltes Bündel in den Armen. Ihre Haltung drückte Stolz aus.

»Heil, Barak, Graf von Trellheim und Gatte«, sagte sie förmlich. »So habe ich meine größte Pflicht erfüllt.« Sie hielt ihm das Bündel hin. »Nimm deinen Sohn Unrak, den Erben Trellheims.«

Mit verdutzter Miene setzte Barak vorsichtig seine Töchter zu Boden, ging zu seiner Frau und nahm das Bündel von ihr entgegen. Ganz sanft, mit zitternden Fingern, schlug er die Decke zurück, um den ersten Blick auf seinen Sohn zu werfen. Garion konnte nur sehen, daß das Kind so hellrote Haare hatte wie Barak.

»Heil Unrak, Erbe Trellheims und Sohn«, grüßte Barak das Kind mit polternder Stimme. Dann küßte er es. Der Säugling kicherte, weil der Bart ihn kitzelte. Die beiden winzigen Händchen klammerten sich in den Bart, und er vergrub sein Gesicht darin wie ein junges Hündchen.

»Er hat einen guten, starken Griff«, sagte Barak zu seiner Frau und zuckte zusammen, als das Kind an seinem Bart zog.

Merels Augen blickten fast erstaunt, und ihre Miene war schwer zu deuten.

»Das ist mein Sohn Unrak«, verkündete Barak und hielt den Säugling hoch, so daß ihn alle sehen konnten. »Es ist vielleicht noch etwas früh, aber er scheint vielversprechend zu sein.«

Baraks Frau stand stolz dabei. »Dann habe ich wohlgetan, mein Gemahl?«

»Über alle meine Erwartungen, Merel«, antwortete er. Das Kind auf dem einen Arm, nahm er sie in den anderen und küßte sie überschwenglich. Das erstaunte sie nur noch mehr.

»Laßt uns hineingehen«, schlug König Anheg vor. »Hier draußen ist es sehr kalt, und ich bin ein rührseliger Mann. Ich möchte nicht, daß mir die Tränen am Bart festfrieren.«

Das arendische Mädchen gesellte sich zu Lelldorin und Garion, als sie in die Festung gingen.

»Und das ist meine Ariana«, stellte Lelldorin sie mit einem Ausdruck völliger Anbetung vor.

Für einen Moment, nur einen einzigen Moment, schöpfte Garion einige Hoffnung für seinen unmöglichen Freund. Die Baroneß Ariana war ein schlankes, praktisches Mimbrermädchen, dessen medizinische Studien ihrem Gesicht eine gewisse Ernsthaftigkeit verliehen hatten.

Der Blick, den sie Lelldorin zuwarf, zerstörte jedoch sofort jegliche Hoffnung im Keim. Garion schauderte innerlich über den völligen Mangel an Verstand in dem Blick, den die beiden tauschten. Ariana würde Lelldorin nicht zurückhalten, wenn er Hals über Kopf von Katastrophe zu Katastrophe stolperte, sie würde ihn ermutigen, sie würde ihn anfeuern.

»Mein Herr hat Eure Ankunft sehnlichst erwartet«, sagte sie zu Garion, als sie den anderen durch einen breiten Steingang folgten. Die leichte Betonung, die sie auf ›mein Herr‹ legte, zeigte deutlich, daß Lelldorin vielleicht denken mochte, ihre Ehe stünde nur auf dem Papier, *sie* dachte jedenfalls anders.

»Wir sind gute Freunde«, antwortet Garion. Er sah sich etwas verlegen um, weil die beiden sich ununterbrochen in die Augen starrten. »Ist das die Halle des Rivanischen Königs?« fragte er.

»Sie wird allgemein so genannt«, erwiderte Ariana. »Die Rivaner selbst jedoch befleißigen sich größerer Genauigkeit. Graf Olban, der jüngste Sohn des Rivanischen Wächters, hat uns höchst dankenswerterweise die Festung gezeigt und nennt sie die Zitadelle. Die Halle des Rivanischen Königs ist der eigentliche Thronsaal.«

»Ach«, sagte Garion, »ich verstehe.« Er wandte rasch die Augen ab, um nicht sehen zu müssen, wie jede Vernunft aus ihrem Blick schwand, als sie sich wieder der eingehenden Betrachtung von Lelldorins Gesicht widmete.

König Rhodar von Drasnien saß, in seine übliche rote Robe gekleidet, in dem großen, niedrigen Speisesaal, wo ein Feuer in einem höhlenartigen Kamin knisterte und eine Vielzahl von Kerzen warmes, goldenes Licht spendeten. Rhodar saß ausladend auf einem Stuhl am Kopfende eines langen Tisches, die Überreste seines Mittagmahls vor sich. Seine Krone hing nachlässig auf der Rückenlehne seines Stuhls, und sein rundes, rotes Gesicht glänzte vor Schweiß. »Na endlich!« rief er grunzend. Er watschelte gewichtig heran, um sie zu begrüßen. Liebevoll umarmte er Polgara, küßte Königin Silar und Königin Layla und schüttelte König Cho-Hag und König Fulrach die Hand. »Es ist lange her«, sagte er. Dann wandte er sich Belgarath zu. »Warum habt ihr so lange gebraucht?«

»Wir hatten einen langen Weg zu gehen, Rhodar«, erwiderte

der alte Zauberer, zog seinen Mantel aus und stellte sich mit dem Rücken vor den offenen Kamin.

»Ich hörte, daß du und Ctuchik endgültig miteinander fertig seid«, sagte der König.

Silk lachte sardonisch. »Es war eine großartige kleine Zusammenkunft, Onkel.«

»Schade, daß ich das verpaßt habe.« König Rhodar betrachtete fragend Ce'Nedra und Adara. Ihre Augen strahlten offene Bewunderung aus. »Meine Damen«, sagte er mit einer höflichen Verbeugung, »falls uns jemand einander vorstellt, würde ich mich glücklich schätzen, einige königliche Küsse zu verteilen.«

»Wenn Porenn dich dabei erwischt, wie du hübsche Mädchen küßt, kratzt sie dir die Augen aus.« König Anheg lachte rauh.

Während Tante Pol die Vorstellung übernahm, trat Garion beiseite und dachte über die Verwüstungen nach, die Lelldorin in nur einer kurzen Woche angerichtet hatte. Es würde Monate dauern, sie wiedergutzumachen, und es gab keine Garantie dafür, daß es nicht noch einmal geschehen würde, wenn man den jungen Mann aus den Augen ließ.

»Was ist los mit deinem Freund?« Prinzessin Ce'Nedra zupfte ihn am Ärmel.

»Was meinst du, was ist los mit ihm?«

»Meinst du, er ist immer so?«

»Lelldorin...« Garion zögerte. »Nun, Lelldorin ist sehr begeisterungsfähig, und manchmal redet oder handelt er, ohne vorher zu denken.« Aus Loyalität wollte er ihn in möglichst gutem Licht darstellen.

»Garion.« Ce'Nedra sah ihn offen an. »Ich kenne Arendier, und er ist der arendischste Arendier, den ich je gesehen habe. Er ist so arendisch, daß er praktisch völlig unfähig ist.«

Garion beeilte sich, seinen Freund zu verteidigen. »*So* schlimm ist er nicht.«

»Wirklich nicht? Und die Baroneß Ariana. Sie ist hübsch, eine geschickte Ärztin – und läßt alles vermissen was auch nur entfernt an Verstand erinnert.«

»Sie sind verliebt«, sagte Garion, als ob das alles erklärte.

»Was hat das damit zu tun?«
»Liebe tut das den Menschen an«, meinte Garion. »Sie scheint ihre Urteilskraft zu beeinträchtigen.«
»Eine faszinierende Ansicht«, sagte Ce'Nedra. »Sprich weiter.«
Garion war zu sehr mit dem Problem beschäftigt, um den warnenden Ton in ihrer Stimme zu bemerken. »Wenn sich jemand verliebt, scheint er völlig den Verstand zu verlieren«, fuhr er düster fort.
»Eine sehr farbige Weise, es auszudrücken.«
Garion erkannt auch diese Warnung nicht. »Als ob es eine Krankheit wäre«, setzte er hinzu.
»Weißt du was, Garion?« sagte die Prinzessin fast beiläufig. »Manchmal machst du mich wirklich krank.« Damit drehte sie sich um und ließ ihn stehen. Er starrte mit vor Staunen offenstehendem Mund hinter ihr her.
»Was habe ich denn gesagt?« rief er ihr nach, doch sie ignorierte ihn.
Nachdem sie gegessen hatten, wandte sich König Rhodar an Belgarath. »Könnten wir wohl einen Blick auf das Auge werfen?« bat er.
»Morgen«, antwortete der alte Mann. »Wir enthüllen es, wenn es an seinen angestammten Platz in der Halle des Rivanischen Königs zurückgekehrt ist.«
»Wir haben es doch alle schon gesehen, Belgarath«, erklärte Anheg. »Was schadet es, wenn wir jetzt einen Blick darauf werfen?«
Belgarath schüttelte stur den Kopf. »Ich habe meine Gründe, Anheg«, sagte er. »Ich glaube, morgen gibt es für euch eine Überraschung, und die möchte ich niemandem verderben.«
»Halt ihn auf, Durnik«, sagte Polgara, als Botschaft von seinem Stuhl rutschte und auf König Rhodar zumaschierte, während er mit den Händen an den Riemen des Beutels zerrte.
»O nein, kleiner Mann«, sagte Durnik, ergriff den Jungen von hinten und nahm ihn auf den Arm.
»Was für ein schönes Kind«, bemerkte Königin Islena. »Wer ist das?«

»Unser Dieb«, antwortete Belgarath. »Zedar hat ihn irgendwo gefunden und in völliger Unschuld aufgezogen. Im Augenblick scheint er der einzige Mensch auf der Welt zu sein, der das Auge berühren kann.«

»Ist es in dem Beutel?« fragte Anheg.

Belgarath nickte. »Er hat uns unterwegs einiges Kopfzerbrechen bereitet. Er versucht ständig, es jemandem zu geben. Wenn er sich entschließt, euch etwas anzubieten, würde ich nicht raten, es zu nehmen.«

»Ich würde nicht im Traum daran denken«, sagte Anheg.

Wie üblich schien der kleine Junge das Auge sofort zu vergessen, wenn seine Aufmerksamkeit abgelenkt wurde. Seine Augen ruhten auf dem Kind in Baraks Armen, und sobald Durnik ihn wieder auf die Füße gestellt hatte, lief er zu dem Säugling. Unrak erwiderte seinen Blick, und zwischen den beiden Kindern schien sich ein seltsames Erkennen abzuspielen. Dann küßte Botschaft das Kind zärtlich, und Unrak ergriff lächelnd einen Finger des eigenartigen Jungen. Gundred und Terzie stellten sich dazu, und Baraks großes Gesicht ragte aus der Kinderschar heraus. Garion konnte deutlich sehen, daß Tränen in den Augen seines Freundes glitzterten, als er seine Frau Merel ansah. Die erwiderte seinen Blick geradezu liebevoll. Zum erstenmal, soweit Garion sich erinnern konnte, lächelte sie ihren Mann an.

11

In dieser Nacht tobte ein plötzlicher, wilder Sturm von Nordwesten gegen die uneinnehmbaren Felsen der Insel der Winde. Große Wellen donnerten und krachten gegen die Klippen, und der Wind heulte in den kalten Wehrgängen von Eisenfausts Zitadelle. Die starke Festung schien bei den wütenden Angriffen des Sturms zu erzittern.

Garion schlief unruhig. Er mußte nicht nur gegen das Heulen und Tosen des Windes und das Prasseln von Hagelschauern gegen die festverschlossenen Fester kämpfen, oder mit den heftigen Windstößen, die durch jeden Gang fegten und unverriegelte Türen klappern ließen, sondern auch mit den seltsamen Augenblicken bedrückender Stille, die fast so schlimm waren wie der Lärm. Merkwürdige Träume plagten ihn in dieser Nacht. Ein großes, wichtiges und unbekanntes Ereignis sollte stattfinden, und er mußte alle möglichen seltsamen Dinge tun, um sich darauf vorzubereiten. Er wußte nicht, warum er sie tun mußte, und niemand wollte ihm sagen, ob er es richtig machte oder nicht. Eine schreckliche Eile schien geboten zu sein, und die Leute hetzten ihn von einer Tätigkeit zur anderen, ohne ihm je Zeit zu lassen, sich davon zu überzeugen, daß etwas auch fertig war.

Selbst der Sturm schien damit zu tun zu haben – wie ein heulender Feind, der versuchte, durch Lärm und donnernde Wellen die absolute Konzentration zu stören, die notwendig war, um seine Aufgaben zu erfüllen.

»Bist du bereit?« Das war Tante Pol, dann stülpte sie ihm einen Wasserkessel mit langem Griff wie einen Helm über den Kopf und reichte ihm ein Holzschwert und einen Topfdeckel als Schild.

»Was soll ich tun?« wollte er wissen.

»Das weißt du doch. Beeil dich. Es wird spät.«

»Nein, Tante Pol. Ich weiß es nicht, wirklich nicht.«

»Natürlich weißt du das. Jetzt hör auf, Zeit zu verschwenden.«

Er sah sich sehr verwirrt und ängstlich um. Nicht weit entfernt stand Rundorig und trug den ziemlich dummen Gesichtsausdruck zur Schau, für den er bekannt war. Rundorig hatte ebenfalls einen Kessel auf dem Kopf, einen Topfdeckelschild und ein Holzschwert in den Händen. Anscheinend sollte Rundorig und er dies gemeinsam erledigen. Garion lächelte seinen Freund an, und Rundorig grinste zurück.

»So ist es gut«, sagte Tante Pol aufmunternd. »Jetzt töte ihn. Beeil dich, Garion. Bis zum Abendessen mußt du fertig sein.«

Er wirbelte herum und starrte sie an. Rundorig töten? Aber als er sich wieder umdrehte, war es nicht mehr Rundorig. Das Gesicht, das ihn statt dessen unter dem Kessel her anblickte, war entstellt und grauenhaft.

»Nein, nein«, sagte Barak ungeduldig. »Nicht so. Nimm es in beide Hände und richte die Spitze auf seine Brust. Halte die Spitze so tief, daß er, wenn er dich angreift, den Speer nicht mit den Hauern wegwerfen kann. Versuche, es diesmal richtig zu machen. Beeil dich, Garion. Wir haben nicht den ganzen Tag Zeit, weißt du.« Der große Mann stieß den toten Keiler mit dem Fuß an, und der Keiler stand auf und begann im Schnee zu scharren. Barak warf Garion einen raschen Blick zu. »Bist du bereit?«

Dann stand er auf einer seltsamen, farblosen Ebene, und um ihn herum schienen lauter Statuen zu stehen. Nein. Keine Statuen – Gestalten. König Anheg war da – oder eine Gestalt, die aussah wie er –, König Korodullin und Königin Islena, der Graf von Jarvik war dort, und da drüben stand Nachak, der Botschafter von Cthol Murgos in Vo Mimbre.

»Welchen Stein willst du setzen?« Das war die trockene Stimme in seinem Geist.

»Ich kenne die Regeln nicht«, wandte Garion ein.

»Das spielt keine Rolle. Du mußt ziehen. Du bist an der Reihe.«

Als Garion sich umdrehte, rannte eine der Gestalten auf ihn zu. Sie trug einen Kapuzenmantel und hatte vor Irrsinn vorquellende Augen. Ohne zu überlegen, hob Garion die Hand, um den Angriff abzuwehren.

»Ist das der Zug, den du machen willst?« fragte eine Stimme.

»Ich weiß nicht.«

»Es ist zu spät, ihn noch zu ändern. Du hast ihn schon berührt. Von jetzt an mußt du deine eigenen Züge machen.«

»Ist das eine der Regeln?«

»So ist es nun einmal. Bist du bereit?«

Es roch nach Lehm und uralten Eichen. »Du mußt wirklich lernen, deine Zunge im Zaum zu halten, Polgara«, sagte Asharak der Murgo mit einem sanften Lächeln und schlug Tante Pol ins Gesicht.

»Du bist wieder dran«, sagte die Stimme. »Du kannst nur einen Zug machen.«

»Muß ich? Gibt es sonst nichts, was ich tun könnte?«

»Es gibt nur den einen Zug. Beeil dich.«
Mit einem tiefen Seufzer des Bedauerns streckte Garion die Hand aus und setzte Asharak mit seiner Handfläche in Flammen.

Eine plötzliche, heftige Bö ließ die Tür des Zimmers auffliegen, das Garion mit Lelldorin teilte, und die beiden saßen kerzengerade in ihren Betten.
»Ich verriegele sie wieder«, sagte Lelldorin, schlug seine Decke zurück und stolperte über den kalten Steinfußboden.
»Wie lange will es denn noch so stürmen« fragte Garion verdrießlich. »Wie soll man denn bei dem Lärm schlafen?«
Lelldorin schloß die Tür wieder, und Garion hörte ihn in der Dunkelheit hantieren. Er hörte ein schabendes Geräusch, und plötzlich sprühte ein Funken. Er ging wieder aus, und Lelldorin versuchte es noch einmal. Diesmal fing der Zunder Feuer. Der junge Asturier pustete darauf. Er wurde heller, dann flackerte eine kleine Flamme auf.
»Hast du eine Ahnung, wie spät es ist?« fragte Garion, während sein Freund eine Kerze anzündete.
»Ein paar Stunden vor Morgengrauen, denke ich.«
Garion stöhnte. »Ich habe das Gefühl, diese Nacht dauert schon zehn Jahre.«
»Wir können uns ja eine Weile unterhalten«, schlug Lelldorin vor. »Vielleicht läßt der Wind gegen Morgen nach.«
»Sich zu unterhalten ist jedenfalls besser, als hier im Dunkeln zu liegen und sich bei jedem Geräusch zu erschrecken«, stimmte Garion zu, setzte sich auf und zog sich die Decke um die Schultern.
»Seit wir uns zum letztenmal gesehen haben, hast du einiges erlebt, nicht wahr, Garion?« fragte Lelldorin und kletterte wieder ins Bett.
»Vieles, und nicht nur Gutes.«
»Du hast dich sehr verändert«, stellte Lelldorin fest.
»Ich bin verändert *worden*. Das ist ein Unterschied. Das meiste davon war nicht meine Idee. Du hast dich aber auch verändert, weißt du das?«

»Ich?« Lelldorin lachte reuevoll. »Ich fürchte nein, mein Freund. Das Durcheinander, das ich in der vergangenen Woche angerichtet habe, ist der Beweis, daß ich mich überhaupt nicht verändert habe.«
»Das wieder geradezubiegen, wird wohl eine Weile dauern, was?« gab Garion ihm recht. »Das Spaßige daran ist, daß dem Ganzen tatsächlich eine verdrehte Logik zugrundeliegt. Nicht eine einzige deiner Taten war tatsächlich verrückt. Nur wenn man alles zusammen betrachtet, sieht es aus wie eine Katastrophe.«
Lelldorin seufzte. »Und meine arme Ariana und ich sind zu ewigem Exil verdammt.«
»Das können wir bestimmt verhindern«, beruhigte ihn Garion. »Dein Onkel wird dir verzeihen, und Torasin wahrscheinlich auch. Er hat dich zu gern, um dir lange böse zu sein. Baron Oltorain ist vermutlich sehr wütend auf dich, aber er ist Mimbrer. Er wird alles verzeihen, wenn es aus Liebe geschah. Aber wir müssen vielleicht warten, bis sein Bein wieder geheilt ist. Das war wirklich ein Patzer, Lelldorin. Du hättest ihm nicht das Bein brechen dürfen.«
»Das nächste Mal versuche ich, solche Dinge zu vermeiden«, versprach Lelldorin rasch.
»Das nächste Mal?«
Sie mußten beide lachen. Sie unterhielten sich weiter im Kerzenlicht, das in dem wütenden Sturm flackerte. Nach etwa einer Stunde schien das Schlimmste vorbei zu sein, und den beiden wurden wieder die Augen schwer.
»Warum versuchen wir nicht, noch etwas zu schlafen?« schlug Garion vor.
»Ich puste die Kerze aus«, stimmte Lelldorin zu. Er stieg aus dem Bett und ging zum Tisch. »Bist du bereit?« fragte er Garion.

Garion schlief fast sofort wieder ein, gleichzeitig hörte er ein lispelndes Flüstern in seinem Ohr und spürte eine trockene, kalte Berührung. »Bist du bereit?« zischte die flüsternde Stimme, und er sah mit verständnislosen Augen in das Gesicht von Königin

Salmissra, ein Gesicht, das abwechselnd menschlich und schlangenhaft und zu einem Zwischending wurde.

Dann stand er unter der schimmernden Kuppel in der Höhle der Götter und trat vor, um die makellose, nußbraune Schulter des eben geborenen Fohlens zu berühren. Seine Hände waren in die absolute Stille des Todes selbst ausgestreckt.

»Bist du bereit?« fragte Belgarath ruhig.

»Ich glaube schon.«

»Gut. Dann setze deinen Willen dagegen und drücke.«

»Er ist schrecklich schwer, Großvater.«

»Du sollst ihn ja auch nicht hochheben, Garion. Drück einfach dagegen. Wenn du es richtig machst, wird er überrollen. Mach schnell. Wir haben noch viel zu tun.«

Garion konzentrierte seinen Willen.

Dann saß er mit seiner Base Adara auf einem Hügel. In der Hand hielt er einen abgestorbenen Zweig und ein paar trockene Grashalme.

»Bist du bereit?« fragte die nüchterne Stimme in seinem Geist.

»Hat das irgendeine Bedeutung?« fragte Garion. »Ich meine, macht es einen Unterschied?«

»Das hängt davon ab, wie gut du es machst.«

»Das ist keine besonders gut Antwort.«

»Es war auch keine besonders gute Frage. Wenn du bereit bist, verwandele den Zweig in eine Blume.«

Garion tat das und betrachtete kritisch das Ergebnis. »Es ist keine besondere Blume, nicht wahr?« entschuldigte er sich.

»Es muß genügen.«

»Laß mich es noch einmal versuchen.«

»Was willst du mit dieser hier machen?«

»Einfach ...« Garion hob die Hand, um die unscheinbare Blüte, die er soeben erschaffen hatte, auszulöschen.

»Du weißt, daß das verboten ist«, erinnerte ihn die Stimme.

»Ich habe sie doch gemacht, oder?«

»Das spielt keine Rolle. Du kannst sie nicht ungeschehen machen. Sie ist schon in Ordnung. Komm jetzt. Wir müssen uns beeilen.«

»Ich bin noch nicht bereit.«

»Zu schade. Wir können nicht länger warten.«

Und dann wachte Garion auf. Er fühlte sich seltsam leicht im Kopf, als ob ihm sein unruhiger Schlaf mehr geschadet als genützt hätte.

Lelldorin schlief noch tief, und Garion fand im Dunkeln seine Kleider, zog sich an und ging leise hinaus. Der seltsame Traum ging ihm durch den Kopf, während er durch die schwach beleuchteten Flure von Eisenfausts Zitadelle wanderte. Er hatte immer noch das Gefühl einer drängenden Unruhe, als ob alle ungeduldig darauf warteten, daß er etwas tat.

Er fand einen windigen Hof, in dem sich der Schnee in den Ecken aufgetürmt hatte und die Steine schwarz und glänzend vor Eis waren. Es begann gerade erst zu dämmern, und die Wehrgänge, die um den Hof liefen, zeichneten sich scharf gegen den bewölkten Himmel ab.

Hinter dem Hof lagen die Ställe – warm, nach duftendem Heu und Pferden riechend. Durnik war schon hier. Wie es so oft der Fall war, fühlte sich der Schmied in Gegenwart von Adeligen unbehaglich und suchte statt dessen die Gesellschaft von Pferden. »Konntest du auch nicht schlafen?« fragte er, als Garion den Stall betrat.

Garion zuckte die Achseln. »Aus irgendeinem Grund hat der Schlaf alles noch schlimmer gemacht. Ich habe das Gefühl, als hätte ich lauter Stroh im Kopf.«

»Dann fröhliches Erastide, Garion.«

»Richtig, das ist ja heute, nicht?« Bei all der Unruhe hatte er den Feiertag fast vergessen. »Fröhliches Erastide, Durnik.«

Das Fohlen, das weiter hinten im Stall geschlafen hatte, wieherte leise, als es Garion roch. Garion und Durnik gingen zu dem kleinen Tier hinüber.

»Fröhliches Erastide, Pferdchen«, begrüßte Garion es. Das Fohlen beschnupperte ihn. »Glaubst du, daß der Sturm vorüber ist?« fragte er Durnik, während er dem Fohlen die Ohren kraulte. »Oder geht es noch weiter?«

»Dem Geruch nach ist es vorüber«, antwortete Durnik. »Aber hier auf der Insel könnte das Wetter ja anders riechen.«

Garion nickte zustimmend, klopfte dem Fohlen auf den Hals

und ging dann zur Tür. »Ich gehe lieber zu Tante Pol«, sagte er. »Sie hat gestern abend etwas davon gesagt, daß sie meine Kleider nachsehen wollte, und wenn ich sie erst nach mir suchen lasse, wünsche ich mir später bestimmt, ich hätte es nicht getan.«

»Das Alter macht dich weise, wie ich sehe.« Durnik grinste ihn an. »Wenn mich jemand braucht, ich bin hier.«

Garion legte die Hand kurz auf Durniks Schulter und verließ dann den Stall, um Tante Pol zu suchen.

Er fand sie in Gesellschaft mehrerer Frauen in den Räumen, die anscheinend schon vor Jahrhunderten für ihren persönlichen Gebrauch bestimmt worden waren. Adara war dort und Taiba, Königin Layla und Ariana, das Mimbrer-Mädchen. In ihrer Mitte stand Prinzessin Ce'Nedra.

»Du bist früh auf«, sagte Tante Pol, die mit flinker Nadel einige letzte Änderungen an Ce'Nedras cremefarbenem Gewand vornahm.

»Ich konnte nicht schlafen«, antwortete er mit einem erstaunten Blick auf die Prinzessin. Sie sah irgendwie anders aus.

»Starr mich nicht so an«, sagte sie zimperlich.

»Was hast du mit deinen Haaren gemacht?«

Ce'Nedras flammendrotes Haar war sorgfältig frisiert worden. An Stirn und Schläfen wurde es von einem goldenen Stirnreif zurückgehalten, der wie ein Kranz aus Eichenblättern geformt war. Am Hinterkopf war es kompliziert geflochten, dann floß die kupferne Fülle weich über eine Schulter hinab. »Gefällt es dir?« fragte sie.

»So trägst du es sonst nicht«, stellte er fest.

»Das wissen wir alle, Garion«, erwidete sie spitz. Dann drehte sie sich um und betrachtete kritisch ihr Spiegelbild. »Ich bin noch nicht ganz von dem Zopf überzeugt, Dame Polgara«, sagte sie besorgt. »Tolnedranische Damen flechten ihr Haar nicht. Damit sehe ich aus wie eine Alornerin.«

»Nicht ganz, Ce'Nedra«, murmelte Adara.

»Du weißt schon, was ich meine, Adara – diese drallen Blondinen mit ihren Zöpfen und dem Milchmädchenteint.«

»Ist es nicht noch zu früh, um sich zurecht zu machen?« fragte

Garion. »Großvater sagte, wir würden das Auge nicht vor Mittag in den Thronsaal bringen.«

»Das ist nicht mehr lange hin, Garion«, antwortete Tante Pol, biß den Faden ab und ging ein paar Schritte zurück, um Ce'Nedras Kleid prüfend zu betrachten. »Was meinst du, Layla?«

»Sie sieht ganz wie eine Prinzessin aus, Pol«, schwärmte Königin Layla.

»Sie *ist* eine Prinzessin, Layla«, erinnerte Tante Pol die plumpe, kleine Königin. Dann wandte sie sich an Garion. »Geh frühstücken und laß dir dann den Weg zu den Bädern zeigen«, befahl sie. »Sie sind in den Kellern unter dem Westflügel. Nachdem du gebadet hast, rasierst du dich. Und schneide dich nicht. Ich möchte nicht, daß du deine guten Kleider vollblutest.«

»Muß ich sie anziehen?«

Sie warf ihm einen Blick zu, der seine Frage sofort beantwortete – und auch einige andere, die er vielleicht gerne gestellt hätte.

»Ich gehe Silk suchen«, beeilte er sich zu sagen. »Er weiß bestimmt, wo die Bäder sind.«

»Tu das«, sagte sie. »Und verlauf dich nicht. Wenn die Zeit kommt, möchte ich, daß du bereit bist.«

Garion nickte und ging. Ihre Worte glichen in seltsamer Weise den Worten aus seinem Traum, und er dachte darüber nach, während er Silk suchte.

Der kleine Mann befand sich in Gesellschaft der anderen in einem großen, durch Fackeln erhelten Raum im Westflügel. Die Könige waren da, und bei ihnen Brand, Belgarath und Garions andere Freunde. Sie frühstückten Kuchen und heißen, gewürzten Wein.

»Wo bist du heute morgen hingegangen?« fragte Lelldorin. »Als ich aufwachte, warst du nicht mehr da.«

»Ich konnte nicht mehr schlafen.«

»Warum hast du mich nicht geweckt?«

»Warum solltest du Schlaf entbehren, nur weil ich eine unruhige Nacht hatte?« Garion sah, daß die anderen in ihr Gespräch vertieft waren und setzte sich leise, um auf eine Gelegenheit zu warten, mit Silk zu sprechen.

»Ich glaube, wir haben es in den letzten Monaten geschafft, Taur Urgas gründlich zu ärgern«, sagte Barak. Der große Mann saß tief in einem Hochlehnsessel, sein Gesicht lag im Schatten der hinter ihm flackernden Fackel. »Zuerst stiehlt ihm Relg Silk vor der Nase weg, dann vernichtet Belgarath Ctuchik und reißt Rak Cthol ein, um das Auge zu bekommen, und schließlich löschen Cho-Hag und Hettar einen ansehnlichen Teil seiner Armee aus, als er uns zu folgen versucht. Der König der Murgos hatte ein schlechtes Jahr.« Das Lachen des großen Mannes dröhnte aus dem Schatten hervor. Für einen kurzen, flüchtigen Augenblick glaubte Garion, eine andere Gestalt dort sitzen zu sehen. Eine Täuschung des flackernden Lichts und der Schatten gaukelte ihm vor, daß an Baraks Stelle ein großer, zottiger Bär saß. Dann war es vorbei. Garion rieb sich die Augen und versuchte, die halbbenommenen Träume zu verscheuchen, die ihn schon den ganzen Morgen plagten.

»Ich verstehe immer noch nicht ganz, was du damit meinst, Relg wäre in den Felsen gegangen, um Prinz Kheldar zu retten.« König Fulrach runzelte die Stirn. »Meinst du, er kann sich hindurchgraben?«

»Du wirst es kaum verstehen, ohne es gesehen zu haben, Fulrach«, sagte Belgarath. »Zeig es ihm, Relg.«

Der fanatische Ulgo sah den alten Mann an, dann ging er zu der Steinmauer neben dem großen Fenster. Sofort drehte sich Silk schaudernd um. »Ich kann es immer noch nicht ertragen, das zu sehen«, erklärte er Garion.

»Tante Pol sagt, ich soll dich nach dem Weg zu den Bädern fragen«, sagte Garion leise. »Ich soll mich säubern und rasieren, dann werde ich wohl meine besten Kleider anziehen müssen.«

»Ich gehe mit dir«, erbot sich Silk. »Die Burschen hier sind bestimmt von Relgs Darbietung so fasziniert, daß sie ihn bitten werden, sie zu wiederholen. Was macht er gerade?«

»Er hat seinen Arm durch die Wand gesteckt und winkt ihnen jetzt von draußen durch das Fenster zu.«

Silk sah noch einmal kurz über die Schulter, schauderte wieder und wandte rasch die Augen ab. »Das läßt mir das Blut gefrieren«, sagte er voller Abscheu. »Gehen wir baden.«
Die Bäder befanden sich in einem Gewölbekeller unter dem Westflügel der Zitadelle. Dort unten im Fels waren heiße Quellen, die blubberten und die gekachelten Kammern mit Dampf und einem leichten Schwefelgeruch erfüllten. Es gab nur wenige Fackeln und nur einen Diener, der ihnen wortlos Handtücher reichte und dann in dem Dampf verschwand, um die Ventile zu bedienen, die die Wassertemperatur regelten.
»Das große Becken wird heißer, je näher man zum anderen Ende kommt«, erklärte Silk Garion und Lelldorin, während sie sich auszogen. »Manche Leute sagen, man sollte so weit hineingehen, bis es so heiß ist, wie man es gerade noch aushalten kann, aber ich ziehe es vor, bei einer angenehmeren Temperatur zu bleiben und mich einzuweichen.« Er platschte ins Wasser.
»Bist du sicher, daß wir allein sind?« fragte Garion nervös. »Ich hätte nicht gern, daß auf einmal ein paar Damen hereinplatzen, während ich bade.«
»Die Frauenbäder sind woanders«, beruhigte ihn Silk. »Die Rivaner sind in solchen Dingen sehr korrekt. Sie sind noch lange nicht so weit fortgeschritten wie die Tolnedraner.«
»Und ihr seid *wirklich* sicher, daß Baden im Winter nicht gefährlich ist?« fragte Lelldorin und beäugte mißtrauisch das dampfende Wasser.
Garion sprang hinein und ging dann schnell aus der kühleren Zone in das heiße Wasser. Je weiter er in das Becken hineinwatete, desto dichter wurde der Dampf, und die beiden Fackeln, die in Ringen an der Rückwand steckten, waren nur als rötlicher Schein zu erkennen. Die gekachelten Wände warfen das Echo ihrer Stimmen und Plantscherei zurück, was seltsam und höhlenartig hohl klang. Der Dampf stieg in Säulen aus dem Wasser empor, und plötzlich fand er sich in ihm eingeschlossen, von seinen Freunden getrennt in einem dunstigen Halbdämmerlicht. Das heiße Wasser entspannte ihn, und er wollte sich schläfrig treiben und alle Erinnerungen aus sich heraus-

fließen lassen, die Vergangenheit und die Zukunft. Verträumt legte er sich zurück und gestattete sich, ohne zu wissen warum, in das dunkle, dampfende Wasser hinabzusinken. Wie lange er so mit geschlossenen Augen und ausgeschalteten Sinnen dahintrieb, hätte er nicht sagen können, aber schließlich kam er wieder an die Oberfläche und stand auf. Das Wasser floß ihm aus den Haaren und über die Schultern. Er fühlte sich durch sein Untertauchen merkwürdig geläutert. Dann brach für einen Moment draußen die Sonne durch die Wolken, und ein einzelner Sonnenstrahl fiel durch ein kleines, vergittertes Fenster direkt auf Garion. Das Licht wurde durch den Dampf diffus und schien mit schillerndem Feuer zu flackern.

»*Heil Belgarion*«, sagte die Stimme in seinem Geist. »*Gegrüßt seist du an diesem Erastide.*« In der Stimme lag keine Spur der üblichen Belustigung, und die Förmlichkeit wirkte seltsam und bedeutungsvoll.

»*Danke*«, antwortete Garion ernst. Dann sprachen sie nicht mehr.

Der Dampf stieg auf und waberte um ihn herum, als er zurück in die kühleren Regionen des Beckens watete, wo sich Silk und Lelldorin, bis zum Hals im warmen Wasser liegend, leise unterhielten.

Etwa eine halbe Stunde vor Mittag ging Garion auf Anweisung Tante Pols durch einen langen Flur, der zu einem Raum neben den riesigen, geschnitzten Türen zur Halle des Rivanischen Königs führte. Er trug seine beste Weste und Hose, und die weichen Lederhalbstiefel waren gebürstet worden, bis sie glänzten. Tante Pol trug ein tiefblaues Gewand mit Haube, das in der Taille gegürtet war. Und dieses eine Mal sah Belgarath, ebenfalls in Blau, nicht schmutzig oder fleckig aus. Das Gesicht des alten Mannes war sehr ernst, und als er mit Tante Pol sprach, war nichts von dem Gezänk zu hören, das ihre Unterhaltungen sonst öfter kennzeichnete. In einer Ecke des Raumes saß Botschaft, ganz in weißes Leinen gekleidet, und beobachtete sie aufmerksam.

»Du siehst sehr nett aus, Garion«, sagte Tante Pol und strich ihm das sandfarbene Haar aus der Stirn.

»Sollten wir nicht hineingehen?« fragte Garion. Er hatte andere, graugekleidete Rivaner und fröhlicher gekleidete Besucher die Halle bereits betreten sehen.
»Bald, Garion«, sagte sie. »Alles zur rechten Zeit.« Sie wandte sich an Belgarath. »Wie lange noch?«
»Ungefähr eine Viertelstunde.«
»Ist alles bereit?«
»Frag Garion«, sagte der alte Mann. »Ich habe für alles gesorgt, so gut ich konnte. Der Rest hängt von ihm ab.«
Tante Pol wandte sich Garion zu, ihre Augen blickten sehr ernst, und die weiße Locke an ihrer Schläfe leuchtete silbern in ihrem dunklen Haar. »Nun, Garion«, fragte sie, »bist du bereit?«
Er sah sie verblüfft an. »Ich hatte letzte Nacht den merkwürdigsten Traum«, sagte er. »Jedermann stellte mir genau dieselbe Frage. Was bedeutet das, Tante Pol? Wofür soll ich bereit sein?«
»Das wird dir bald klarer werden«, sagte Belgarath. »Nimm dein Amulett heraus. Du wirst es heute über den Kleidern tragen.«
»Ich dachte, man sollte es nicht sehen.«
»Heute ist das anders«, erwiderte er alte Mann. »Genauer gesagt, der heutige Tag ist anders als alle, die ich je gesehen habe – und ich habe viele gesehen.«
»Weil Erastide ist?«
»Zum Teil.« Belgarath griff in sein Gewand und zog sein eigenes Silberamulett heraus. Er betrachtete es kurz. »Es ist etwas abgenutzt«, sagte er. Dann lächelte er. »Aber das bin ich wohl auch.«
Tante Pol zog ebenfalls ihr Amulett heraus. Sie und Belgarath ergriffen je eine Hand von Garion und nahmen sich dann auch bei den Händen.
»Es hat lange gedauert, Polgara«, sagte Begarath.
»Ja, Vater.«
»Bedauerst du etwas?«
»Ich kann damit leben, Alter Wolf!«
»Dann laß uns hineingehen.«

Garion ging auf die Tür zu.
»Du nicht, Garion«, sagte Tante Pol. »Du wartest mit Botschaft hier. Ihr beide kommt später nach.«
»Wirst du jemanden schicken, der uns holt?« fragte er. »Ich meine, woher sollen wir wissen, wenn wir reinkommen sollen?«
»Ihr werdet es wissen«, sagte Begarath. Dann ließen sie ihn mit dem Kind allein.
»Sie haben uns keine besonders genauen Anweisungen gegeben, was?« sagte Garion zu dem Kind. »Ich hoffe, wir machen keine Fehler.«
Botschaft lächelte zuversichtlich und schob seine kleine Hand in die Garions. Bei dieser Berührung erfüllte der Gesang des Auges wieder Garions Geist und vertrieb seine Sorgen und Ängste. Er hätte nicht sagen können, wie lange er so dagestanden hatte, das Kind an der Hand und in das Lied versunken.
»*Es ist so weit, Belgarion.*« Die Stimme schien irgendwie von außen zu kommen, nicht länger auf Garions Geist beschränkt zu sein, und Botschafts Miene zeigte deutlich, daß auch er die Worte hören konnte.
»*Ist es das, was ich tun soll?*« fragte Garion.
»*Es ist Teil davon.*«
»*Was machen sie da drinnen?*« Garion blickte neugierig zu der Tür.
»*Sie bereiten die Menschen im Saal auf die kommenden Ereignisse vor.*«
»*Werden sie bereit sein?*«
»*Wirst du es?*« Die Stimme machte eine Pause. »*Bist du bereit, Belgarion?*«
»*Ja*«, antwortete Garion. »*Was immer es ist, ich denke, ich bin bereit.*«
»*Dann laß uns gehen.*«
»*Sagst du mir, was ich tun muß?*«
»*Wenn es nötig ist.*«
Mit Botschaft an der Hand, ging Garion auf die Tür zu. Er wollte sie mit der anderen Hand aufstoßen, doch unerklärlicherweise schwang sie auf, ehe er sie noch berührt hatte.

Zwei Wachen standen ein paar Schritte weiter vor der riesigen, geschnitzten Tür, aber sie schienen zur Unbeweglichkeit erstarrt zu sein, als Garion und Botschaft näherkamen. Wieder hob Garion die Hand, und die gewaltige Doppeltür zur Halle des Rivanischen Königs öffnete sich lautlos, allein auf seine Handbewegung hin.

Die Halle des Rivanischen Königs war ein weiter, gewölbter Thronsaal, dessen Decke von massiven, geschnitzten Holzsäulen getragen wurde. Die Wände waren mit Bannern und grünen Girlanden geschmückt, und Hunderte von Kerzen brannten in eisernen Haltern. Drei große, steinerne Feuerstellen waren in regelmäßigen Abständen in den Fußboden eingelassen; statt Holzscheiten glühten große Torfstücke in den Vertiefungen, die eine gleichmäßige, duftende Wärme verbreiteten. Der Saal war überfüllt, aber eine breite Gasse mit einem blauen Teppich führte von der Tür zum Thron. Garions Augen nahmen die Menge kaum wahr. Seine Gedanken schienen durch den Gesang des Auges auszusetzen, der seinen Geist nun vollständig erfüllte. Benommen, frei von allen Gedanken oder Ängsten oder Verlegenheit, ging er mit Botschaft durch den Saal auf Tante Pol und Belgarath zu, die auf beiden Seiten des Thrones standen.

Der Thron des Rivanischen Königs war aus einem einzigen Basaltblock gemeißelt worden. Rücken- und Armlehnen waren gleich hoch, und er wirkte durch seine massive Bauweise beständiger als selbst die Berge. Er stand unverrückbar vor der Wand, und darüber hing, mit der Spitze nach unten, ein großes Schwert.

Irgendwo in der Zitadelle hatte eine Glocke angefangen zu läuten. Ihr Klang vermischte sich mit dem Gesang des Auges, als Garion und das Kind über den Teppich schritten. An jedem Leuchter, an dem sie vorbeikamen, sanken die Flammen in sich zusammen. Es herrschte keine Zugluft, sie flackerten nicht, doch nach und nach erloschen die Kerzen fast ganz, so daß es im Saal dunkler wurde.

Als sie die Halle durchschritten hatten, betrachtete Belgarath sie einen Moment lang ernst, mit undurchdringlicher Miene, dann sah er auf die Menge, die sich in der Halle des Rivanischen Königs versammelt hatte. »Seht das Auge Aldurs«, verkündete er mit feierlicher Stimme.

Botschaft ließ Garions Hand los, knotete den Beutel auf und griff hinein. Er drehte sich um, so daß er in die verdunkelte Halle blickte, nahm den runden, grauen Stein aus dem Beutel und hielt ihn mit beiden Händen hoch, damit alle ihn sehen konnten.

Der Gesang des Auges war überwältigend, und verbunden damit nahm er ein mächtiges, schimmerndes Geräusch wahr. Das Geräusch schien anzuschwellen, schwang sich höher und höher, während Garion neben dem Kind stand und in die Gesichter der Menge sah. In dem Stein, den Botschaft hoch erhoben hielt, leuchtete ein stecknadelkopfgroßes, intensiv blaues Feuer. Das Licht wurde heller, so wie der Klang anschwoll. Die Gesichter vor ihm waren alle vertraut: Barak war da und Lelldorin, Hettar, Durnik, Silk und Mondorallen. In der königlichen Loge neben dem Tolnedranischen Botschafter saß Ce'Nedra, unmittelbar hinter ihr Adara und Ariana. Ce'Nedra war Zoll für Zoll eine kaiserliche Prinzessin. Aber verschoben mit den vertrauten Gesichtern waren andere – fremde, starre Gesichter, jedes so eingefangen in einer überragenden Indentität, daß es fast wie eine Maske wirkte. Verwoben mit Barak war der Schreckliche Bär, und Hettar wurde überlagert von dem Geist Tausender und Abertausender Pferde. Bei Silk stand die Gestalt des Führers, bei Relg der Blinde. Lelldorin war der Bogenschütze und Mandorallen der Ritter. In der Luft über Taiba schien die trauernde Gestalt der Mutter des Volkes, das nicht mehr ist, zu schweben, und ihre Trauer war wie die Trauer Maras. Und Ce'Nedra war nicht länger eine Prinzessin, sondern eine Königin, die Ctuchik die Königin der Welt genannt hatte. Am fremdartigsten von allen war Durnik, dessen zwei Leben deutlich auf seinem Gesicht standen. In dem leuchtend blauen Licht des Auges mit dem seltsamen Klang in den Ohren, betrachtete Garion verwundert seine Freunde und erkannte erstaunt, daß er zum erstenmal sah, was Belgarath und Polgara schon die ganze Zeit gesehen hatten.

Hinter ihm sprach Tante Pol mit ruhiger und sehr sanfter Stimme. »Deine Aufgabe ist vollbracht, Botschaft. Du darfst das Auge jetzt weitergeben.«

Der kleine Junge strahlte vor Freude, drehte sich um und hielt Garion das glühende Auge hin. Verständnislos starrte Garion auf den feurigen Stein. Er konnte ihn nicht nehmen. Das Auge zu berühren, bedeutete den Tod.

»Strecke deine Hand aus, Belgarion, daß du dein Geburtsrecht empfangen mögest von dem Kind, das es dir gebracht.« Es war die vertraute Stimme, und doch war sie es nicht. Als *diese* Stimme ertönte, wäre eine Weigerung unmöglich gewesen. Garions Hand streckte sich aus, ohne daß er sich überhaupt bewußt gewesen wäre, sie zu bewegen.

»Botschaft!« erklärte das Kind und legte das Auge fest in Garions ausgestreckte Hand. Garion spürte die seltsame, sengende Berührung des Mals auf der Handfläche. Es lebte! Er konnte das Leben darin fühlen, als er in blanker Verständnislosigkeit auf das lebendige Feuer starrte, das er in der bloßen Hand hielt.

»Setze das Auge zurück auf das Schwert des Rivanischen Königs«, wies ihn die Stimme an, und Garion gehorchte sofort und ohne zu überlegen. Er kletterte auf den Sitz des Basaltthrones und von dort auf den breiten Sims, der durch die Lehne gebildet wurde. Er reckte sich, hielt sich an dem großen Schwertgriff fest und setzte das Auge auf den Schwertknauf. Es gab ein schwaches, doch deutlich hörbares Klicken, als Auge und Schwert eins wurden, und Garion fühlte, wie sie lebendige Kraft des Auges durch den Schwertgriff in seine Hand strömte. Die große Klinge begann zu glühen, und der schimmernde Klang steigerte sich um eine Oktave. Dann löste sich die gewaltige Waffe plötzlich von der Wand, an der sie so viele Jahrhunderte gehaftet hatte. Die Menge rang nach Atem. Als das Schwert sich löste, ergriff Garion das Heft mit beiden Händen, um es vor dem Herabfallen zu bewahren.

Was ihn aus dem Gleichgewicht brachte, war die Tatsache, daß es kein spürbares Gewicht hatte. Das Schwert war so groß, daß er eigentlich nicht hätte imstande sein dürfen, es festzuhalten, geschweige denn hochzuheben, aber als er sich breitbeinig Halt suchte, die Schultern gegen die Wand gepreßt, hob sich die Spitze des Schwertes ganz leicht, bis die große Klinge aufrecht vor ihm war. Er starrte sie verwundert an und spürte ein seltsames Klopfen in den Händen, als er den Griff umklammert hielt. Das Auge flammte auf und begann zu pulsieren. Dann, als der schimmernde Klang zu einem mächtigen, jubelnden Crescendo anschwoll, brach aus dem Schwert des Rivanischen Königs eine große, sengende, blaue Flamme hervor. Ohne zu wissen warum, hielt Garion das flammende Schwert mit beiden Händen über den Kopf und sah mit Staunen zu ihm hinauf.

»Aloria soll sich freuen!« rief Belgarath mit Donnerstimme, »denn der Rivanische König ist zurückgekehrt! Heil Belgarion, König von Riva und Großkönig des Westens!«

Doch mitten in dem darauffolgenden Tumult, in dem Chor von Millionen und Abermillionen Stimmen, die sich im Jubel von einem Ende des Universums bis zum anderen erhoben, tönte finster ein eisernes Dröhnen, als ob die rostige Tür eines dunklen Grabes plötzlich aufgeflogen wäre, und dieses Dröhnen ließ Garions Herz erstarren. Eine Stimme schallte hohl aus dem Grab, und sie stimmte nicht in den allgemeinen Jubel mit ein. Aus seinem jahrhundertelangen Schlummer gerissen, erwachte die Stimme in dem Grab tobend und schrie nach Blut.

Völlig betäubt stand Garion mit seinem hocherhobenen Flammenschwert, als die versammelten Alorner mit einem stählernen Rasseln ihre Schwerter zogen und sie zum Gruß erhoben.

»Heil Belgarion, mein König«, rief Brand, der Rivanische Wächter, sank auf die Knie und hob sein Schwert. Seine vier Söhne knieten hinter ihm, ebenfalls mit erhobenen Schwertern. »Heil Belgarion, König von Riva!« riefen sie.

»Heil Belgarion!« Der mächtige Schrei ließ die Halle des Rivanischen Königs erzittern, und ein Wald aus erhobenen Schwertern glitzerte in dem feurig blauen Licht der flammenden Klinge in Garions Händen. Irgendwo in der Zitadelle begann eine Glocke zu läuten. Als die Neuigkeit sich wie ein Lauffeuer in der atemlosen Stadt verbreitete, fielen andere Glocken ein, und ihr bronzener Jubel hallte von den Felsenklippen wider und verkündete den eisigen Wassern des Meers der Winde die Rückkehr des Rivanischen Königs.

Nur einer in der Halle jubelte nicht. In dem Moment, in dem das Aufflammen des Schwertes unwiderruflich Garions Identität preisgegeben hatte, war Prinzessin Ce'Nedra leichenblaß aufgesprungen, die Augen weit aufgerissen in völliger Bestürzung. Sie hatte sofort etwas begriffen, das ihm entgangen war – etwas so Erschütterndes, daß ihr die Farbe aus dem Gesicht wich und sie auf die Beine brachte, um ihn mit einem Ausdruck absoluten Entsetzens anzustarren. Dann entrang sich den Lippen der kaiserlichen Prinzessin Ce'Nedra ein Schrei der Wut und des Protestes.

Mit der Stimme, die durch die Halle gellte, rief sie »*O NEIN!*«

12

Das schlimmste war, daß sich ständig Leute vor ihm verbeugten. Garion hatte nicht die leiseste Ahnung, wie er darauf reagieren sollte. Sollte er sich auch verbeugen? Sollte er anerkennend nicken? Oder war es vielleicht besser, alles zu ignorieren und so zu tun, als hätte er es nicht gesehen? Aber was sollte er tun, wenn ihn jemand »Eure Majestät« nannte?

Die Ereignisse des vorigen Tages waren immer noch ein verwirrendes Durcheinander für ihn. Er konnte sich wohl daran erinnern, dem Volk der Stadt vorgestellt worden zu sein – auf den Wehrgängen von Eisenfausts Zitadelle stehend, die riesige, jubelnde Menge unter sich und das große, scheinbar gewichtlose Schwert in Händen. So überwältigend sie waren, die äußeren Geschehnisse des Tages waren unwichtig im Vergleich zu den Dingen, die auf einer anderen Wirklichkeitsebene stattfanden. Gewaltige Kräfte hatte sich auf den Moment der Enthüllung des Rivanischen Königs konzentriert, und Garion fühlte sich noch immer ganz betäubt nach dem, was er in dem blendenden Augenblick gesehen und wahrgenommen hatte, als er endlich entdeckt hatte, wer er war.

Endlose Gratulationen und unzählige Vorbereitungen für seine

Krönung hatte es gegeben, aber all das verschwamm in seinen Gedanken. Auch wenn sein Leben davon abgehangen hätte, er wäre nicht imstande gewesen, einen vernünftigen, zusammenhängenden Bericht von den Ereignissen des Tages zu geben.

Der heutige Tag versprach sogar noch schlimmer zu werden, falls das überhaupt möglich war. Er hatte nicht gut geschlafen. Das große Bett in den königlichen Gemächern, zu denen er letzte Nacht geleitet worden war, war ausgesprochen unbequem. An jeder Ecke erhob sich ein großer, runder Pfosten, und er war verhängt mit purpurnem Samt. Es war viel zu groß für ihn und entschieden zu weich. Seit über einem Jahr hatte er meistens auf dem Boden geschlafen, und die daunengefüllte Matratze des königlichen Bettes war zu nachgiebig, um bequem zu sein. Darüber hinaus hatte er noch die sichere Gewißheit, daß er der absolute Mittelpunkt war, sobald er aufstand. Alles in allem, dachte er, wäre es vielleicht einfacher, im Bett zu bleiben. Je mehr er darüber nachdachte, desto besser gefiel ihm die Idee. Die Tür des königlichen Schlafgemachs war jedoch nicht verschlossen. Nicht lange nach Sonnenaufgang öffnete sie sich, und Garion konnte hören, wie jemand umherging. Neugierig spähte er durch die dunkelroten Vorhänge, die sein Bett umschlossen. Ein ernst wirkender Diener zog geschäftig die Vorhänge vor den Fenstern zurück und fachte das Feuer an. Garions Aufmerksamkeit wurde jedoch sogleich von dem großen, zugedeckten Silbertablett gefesselt, das auf einem Tisch vor dem Kamin stand. Seine Nase erkannte Würstchen und warmes, frisches Brot – und Butter, es war ganz bestimmt Butter auf dem Tablett. Sein Magen begann sich bemerkbar zu machen.

Der Diener überzeugte sich, daß alles im Zimmer in Ordnung war, dann kam er mit einer Miene auf das Bett zu, die deutlich besagte »Kein Unsinn, jetzt«. Garion tauchte rasch wieder unter die Decken.

»Frühstück, Eure Majestät«, verkündete der Diener entschieden und zog die Vorhänge auf.

Garion seufzte. Offensichtlich lag die Entscheidung, im Bett zu bleiben, nicht bei ihm. »Danke«, antwortete er.

»Wünscht Eure Majestät noch etwas?« fragte der Diener eifrig, während er ihm ein Gewand hinhielt, das er anziehen sollte.
»Äh, nein, im Moment nicht, danke«, erwiderte Garion, kletterte aus dem königlichen Bett und die drei Stufen hinab, die dorthin führten. Der Diener half ihm in das Gewand, verbeugte sich dann und verließ das Zimmer. Garion ging zum Tisch, setzte sich und sprach herzhaft seinem Frühstück zu.
Als er seine Mahlzeit beendet hatte, blieb er noch lange in dem großen, blaugepolsterten Sesssel sitzen und blickte aus dem Fenster auf die verschneiten Klippen, die die Stadt überragten. Der Sturm, der tagelang an der Küste getobt hatte, war vorüber – jedenfalls für den Augenblick. Die Wintersonne schien hell, der Morgenhimmel war strahlend blau. Der junge rivanische König starrte eine Zeitlang gedankenverloren aus dem Fenster.
Irgend etwas nagte an seinen Erinnerungen, etwas, das er einmal gehört, aber wieder vergessen hatte. Er glaubte, daß es etwas mit Prinzessin Ce'Nedra zu tun hatte. Das kleine Mädchen war fast unverzüglich aus der Halle des Rivanischen Königs geflüchtet, nachdem das Schwert so flammend seine Identität preisgegeben hatte. Er war ziemlich sicher, daß das alles zusammenhing. Was immer es auch war, an das er sich zu erinnern versuchte, es hatte direkt mit ihrer Flucht zu tun. Bei einigen Leuten wäre es vielleicht besser gewesen, die Dinge sich etwas beruhigen zu lassen, bevor man sie bereinigen wollte, aber Garion wußte, daß das für Ce'Nedra nicht zutraf. Man durfte nicht zulassen, daß sich etwas in ihren Gedanken festfraß. Das machte alles nur noch schlimmer. Seufzend begann er sich anzuziehen.
Als er zielstrebig durch die Flure ging, begegnete man ihm mit verwunderten Blicken und hastigen Verbeugungen. Bald schon erkannte er, daß ihn die Ereignisse des vorhergehenden Tages für immer seiner Anonymität beraubt hatten. Jemanden – Garion konnte nie sein Gesicht sehen – ging sogar so weit, ihm zu folgen, vermutlich in der Hoffnung, ihm zu Diensten sein zu können. Wer es auch war, er blieb immer in

angemessener Entfernung, aber Garion konnte ihn manchmal weit hinten in einem Gang sehen – ein graugekleideter Mann, der sich auf seltsam lautlosen Füßen bewegte. Es behagte Garion nicht, verfolgt zu werden, aus welchem Grund auch immer, aber er widerstand dem Drang, umzukehren und den Mann fortzuschicken.

Prinzessin Ce'Nedra hatte einige Räume nah bei Tante Pol zugewiesen bekommen, und Garion riß sich zusammen, als er die Hand hob, um an die Tür zu klopfen.

»Eure Majestät«, grüßte ihn Ce'Nedras Zofe mit einem erstaunten Knicks.

»Würdest du bitte Ihre Hoheit fragen, ob sie mit mir sprechen will?« fragte Garion.

»Gewiß, Eure Majestät«, erwiderte das Mädchen und eilte in das angrenzende Zimmer.

Er hörte ein kurzes Stimmengemurmel, dann fegte Ce'Nedra herein. Sie trug ein schlichtes Kleid und war so blaß wie schon am Tag zuvor. »Eure Majestät«, grüßte sie ihn mit eisiger Stimme, dann knickste sie mit einer steifen Verbeugung, die Bände sprach.

»Irgend etwas stört dich«, sagte Garion geradeheraus. »Willst du es nicht aussprechen?«

»Wie Eure Majestät wünscht.«

»Muß das sein?«

»Ich weiß nicht, wovon Eure Majestät spricht.«

»Meinst du nicht, wir kennen uns gut genug, um ehrlich zu sein?«

»Natürlich. Ich sollte mich daran gewöhnen, Eurer Majestät sogleich zu gehorchen.«

»Was soll das nun wieder heißen?«

»Tu doch nicht so, als wenn du das nicht wüßtest«, fuhr sie ihn an.

»Ce'Nedra, ich habe nicht die blasseste Ahnung, wovon du redest.«

Sie sah ihn mißtrauisch an, dann wurden ihre Augen etwas weicher. »Vielleicht stimmt das sogar«, murmelte sie. »Hast du je den Vertrag von Vo Mimbre gelesen?«

»Du selbst hast mich Lesen gelehrt«, erinnerte er sie, »vor sechs oder acht Monaten. Du kennst jedes Buch, das ich gelesen habe. Die meisten hast du mir selbst gegeben.«

»Das ist allerdings wahr«, sagte sie. »Warte einen Moment. Ich bin gleich zurück.« Sie ging kurz in das benachbarte Zimmer und kehrte mit einem zusammengerollten Pergament zurück.

»Ich werde es dir vorlesen«, sagte sie. »Einige Worte sind etwas schwierig.«

»*So* dumm bin ich nun auch nicht«, protestierte er.

Aber sie hatte bereits begonnen. »›... und wenn es sein soll, daß der Rivanische König zurückkehrt, dann soll er Herrscher sein, und wir alle wollen ihm Treue schwören als Großkönig über die Reiche des Westens. Und er soll eine kaiserliche Prinzessin Tolnedras zur Gemahlin haben, und ...‹«

»Moment mal«, unterbrach Garion sie mit erstickter Stimme.

»Hast du etwas nicht verstanden? Ich fand alles ganz klar.«

»Wie war der letzte Satz noch?«

»›... er soll eine kaiserliche Prinzessin Tolnedras zur Gemahlin haben, und ...‹«

»Gibt es noch andere Prinzessinnen in Tolnedra?«

»Nicht, daß ich wüßte.«

»Dann heißt das ...« Er starrte sie mit offenem Mund an.

»Genau.« Es klang, als ob eine stählerne Falle plötzlich zuschnappte.

»Bist du deshalb aus dem Saal gerannt?«

»Ich bin *nicht* gerannt.«

»Du willst mich nicht heiraten.« Es war fast ein Vorwurf.

»Das habe ich nicht gesagt.«

»Dann *willst* du mich heiraten?«

»Das habe ich auch nicht gesagt, aber es spielt auch keine Rolle, oder? Wir haben keine Wahl, keiner von uns.«

»Ist es das, was dich so bekümmert?«

Ihr Blick war hochmütig. »Natürlich nicht. Ich wußte schon immer, daß mein Gatte für mich ausgesucht werden würde.«

»Wo liegt dann das Problem?«

»Ich bin eine kaiserliche Prinzessin, Garion.«

»Das weiß ich.«

»Ich bin es nicht gewöhnt, jemandem untergeordnet zu sein.«
»Untergeordnet? Wem?«
»Der Vertrag besagt, daß du Großkönig des Westens bist.«
»Und?«
»Das heißt, Eure Majestät, daß du mir den Rang abläufst.«
»Ist das alles, worüber du dich aufregst?«
Ihr Blick war tödlich. »Mit Erlaubnis Eurer Majestät werde ich mich jetzt zurückziehen.« Und ohne eine Antwort abzuwarten, schoß sie aus dem Zimmer.
Garion starrte ihr nach. Das ging zu weit. Er überlegte, ob er sofort zu Tante Pol gehen sollte, aber je mehr er darüber nachdachte, desto mehr kam er zu der Überzeugung, daß sie keinerlei Mitgefühl zeigen würde. Zuviele kleine Dinge paßten auf einmal zusammen. Tante Pol war nicht nur an dieser absurden Idee beteiligt, sie hatte auch bewußt alles in ihrer Macht stehende getan, um sicherzugehen, daß es für ihn kein Entrinnen gab. Er mußte mit jemandem reden, mit jemandem, der verschlagen und skrupellos genug war, um einen Ausweg aus dieser Situation zu finden. Er verließ Ce'Nedras Wohnzimmer und begab sich auf die Suche nach Silk.
Der kleine Mann war nicht in seinem Zimmer, und der Diener, der damit beschäftigt war, das Bett zu machen, verbeugte sich unentwegt, während er Entschuldigungen stammelte, keine Ahnung zu haben, wo Silk sein könnte. Garion ging rasch wieder hinaus.
Da die Wohnung, die Barak mit seiner Frau und den Kindern teilte, nur ein paar Schritte weiter lag, ging Garion dorthin und bemühte sich, den Graugekleideten zu ignorieren, der ihm, wie er wußte, noch immer folgte. »Barak«, rief er, als er anklopfte, »ich bin es, Garion. Darf ich hereinkommen?«
Die Gräfin Merel öffnete sofort die Tür und knickste.
»Bitte, laß das«, bat Garion.
»Was ist los, Garion?« fragte Barak. Er saß auf einem grünbezogenen Stuhl, wo er seinen Sohn auf den Knien schaukelte.
»Ich suche Silk«, antwortete Garion und trat in das große, gemütliche Zimmer, in dem überall Kleidungsstücke und Kinderspielzeug herumlagen.

»Mir scheint, du hast einen etwas wilden Blick in den Augen«, stellte Barak fest. »Worum geht's?«

»Ich habe gerade sehr beunruhigende Neuigkeiten erfahren«, erzählte Garion schaudernd. »Ich muß mit Silk sprechen. Vielleicht weiß er einen Ausweg für mich.«

»Möchtest du mit uns frühstücken?« fragte Merel.

»Nein, danke, ich habe schon gegessen.« Garion betrachtete sie genauer. Sie hatte die strengen Zöpfe gelöst, die sie für gewöhnlich trug, und ihr blondes Haar umrahmte jetzt weich ihr Gesicht. Sie trug ihr übliches grünes Kleid, aber ihre Haltung wirkte nicht mehr so steif wie sonst. Auch Barak hatte, wie Garion bemerkte, etwas von der grimmigen Abwehr verloren, die er früher in Gegenwart seiner Frau ständig zur Schau gestellt hatte.

Baraks Töchter kamen ins Zimmer, Botschaft zwischen sich. Sie setzten sich in eine Ecke und begannen ein kompliziertes Spiel, zu dem offenbar viel Gekicher gehörte.

»Ich glaube, meine Töchter haben beschlossen, ihn zu rauben.« Barak grinste. »Plötzlich stecke ich bis über die Ohren im Familienleben und das Spaßige ist, daß es mir auch noch gefällt.«

Merel warf ihm ein schnelles, fast scheues Lächeln zu. Dann sah sie zu den lachenden Kindern hinüber. »Die Mädchen beten ihn regelrecht an«, sagte sie. Dann wandte sie sich wieder an Garion. »Hast du schon gemerkt, daß man ihm nicht länger als einen Moment direkt in die Augen sehen kann? Er scheint einem mitten ins Herz zu blicken.«

Garion nickte. »Ich glaube, das hat etwas damit zu tun, wie er allen Menschen vertraut«, vermutete er. Er wandte sich wieder an Barak. »Hast du eine Ahnung, wo ich Silk finden könnte?«

Barak lachte. »Geh durch die Gänge und lausche auf das Klappern von Würfeln. Der kleine Dieb spielt schon, seit wir hier angekommen sind. Durnik weiß es vielleicht. Er versteckt sich draußen in den Ställen. Könige machen ihn nervös.«

»Mich auch«, sagte Garion.

»Aber du *bist* ein König, Garion«, erinnerte Merel ihn.

»Das macht mich nur noch nervöser«, entgegnete er.

Eine Reihe von Nebengängen führte zu den Ställen, und Garion beschloß, lieber diesen Weg zu nehmen, als durch die belebteren Flure zu gehen, wo er vielleicht Angehörige des Adels traf. Diese schmalen Gänge wurden weitgehend von Bediensteten benutzt, die zur Küche wollten oder von dort kamen, und Garion glaubte, daß viele der kleineren Hausangestellten ihn wohl noch nicht erkennen würden. Als er mit gesenktem Kopf, um nur ja nicht erkannt zu werden, rasch durch einen Gang eilte, erhaschte er wieder einen kurzen Blick auf den Mann, der ihm auf Schritt und Tritt folgte, seit er die königlichen Gemächer verlassen hatte. Inzwischen war er so gereizt, daß er keinen Wert mehr darauf legte, seine Identität zu verbergen und drehte sich um, um seinen Verfolger zu stellen. »Ich weiß, daß du da bist«, rief er. »Komm heraus, daß ich dich sehen kann.« Er wartete, ungeduldig mit dem Fuß aufstampfend.

Der Gang hinter ihm blieb leer und still.

»Komm sofort heraus«, wiederholte Garion, und seine Stimme nahm einen ungewohnten Befehlston an. Aber nichts rührte sich, alles blieb still. Garion überlegte einen Moment, ob er hinter seinem hartnäckigen Verfolger herschleichen sollte, um ihn zu fangen, aber in dem Augenblick kam ein Diener mit einem Tablett voll schmutzigem Geschirr aus der Richtung, aus der Garion gerade gekommen war.

»Hast du da hinten jemanden gesehen?« fragte Garion.

»Wo hinten?« fragte der Diener zurück, der seinen König offenbar nicht erkannte.

»Da hinten im Gang.«

Der Diener schüttelte den Kopf. »Ich habe niemanden gesehen, seit ich die Wohnung des Königs von Drasnien verlassen habe«, antwortete er. »Kannst du dir vorstellen, daß dies sein drittes Frühstück ist? Ich habe noch nie jemanden so viel essen sehen.« Er sah Garion neugierig an. »Du solltest nicht hier sein, weißt du«, warnte er. »Wenn der Oberkoch dich erwischt, wird er dich verprügeln. Er kann es nicht leiden, wenn sich jemand in diesem Gang aufhält, der hier nichts zu suchen hat.«

»Ich bin nur auf dem Weg zu den Ställen«, sagte Garion.

»Dann würde ich rasch gehen. Der Oberkoch hat ein überschäumendes Temperament.«

»Ich werde daran denken«, versicherte Garion.

Lelldorin kam gerade aus den Ställen und sah Garion erstaunt an, als sie über den verschneiten Hof aufeinander zugingen. »Wie hast du es geschafft, den ganzen Beamten zu entkommen?« fragte er. Als ob es ihm dann erst einfiel, verbeugte er sich anschließend.

»Bitte, laß das, Lelldorin«, bat Garion.

»Die Situation *ist* etwas komisch, nicht?« stimmte Lelldorin zu. »Wir verhalten uns genauso zueinander wie früher«, sagte Garion entschlossen. »Zumindest bis man uns sagt, daß wir das nicht dürfen. Hast du eine Ahnung, wo Silk sein könnte?«

»Ich habe ihn heute morgen gesehen«, antwortete Lelldorin. »Er sagte, er wolle zu den Bädern. Er sah etwas unwohl aus. Er hat letzte Nacht wohl gefeiert.«

»Wir wollen ihn suchen«, schlug Garion vor. »Ich muß mit ihm reden.«

Sie fanden Silk in einem gekachelten Raum, der voller Dampf war. Der kleine Mann hatte ein Handtuch um die Hüften und schwitzte heftig.

»Meinst du, daß das hier gut für dich ist?« fragte Garion und wedelte mit der Hand.

»Heute morgen ist überhaupt nichts wirklich gut für mich, Garion«, erwiderte Silk niedergeschlagen. Er stützte die Ellbogen auf die Knie und verbarg das Gesicht elend zwischen den Händen.

»Ist dir übel?«

»Grauenhaft.«

»Wenn du weißt, daß dir danach so schlecht wird, warum hast du dann soviel getrunken?«

»Da schien es eine gute Idee zu sein – jedenfalls habe ich das geglaubt. Ich scheine ein paar Stunden verloren zu haben.« Ein Diener brachte dem leidenden Mann einen schäumenden Krug, und Silk nahm einen tiefen Schluck.

»Ist das klug?« fragte Lelldorin.

»Vermutlich nicht«, gab Silk mit einem Schaudern zu, »aber es war das erstbeste, was mir auf die Schnelle eingefallen ist.« Wieder schauderte er. »Ich fühle mich ausgesprochen elend«, erklärte er. »Wolltest du etwas Bestimmtes?«

»Ich habe ein Problem«, platzte Garion heraus. Er warf Lelldorin einen raschen Blick zu. »Ich möchte, das das unter uns dreien bleibt.«

»Du hast meinen Eid darauf«, sagte Lelldorin sofort.

»Danke, Lelldorin.« Es war einfacher, den Eid zu akzeptieren, als zu erklären, warum er eigentlich nicht notwendig war. »Ich habe gerade den Vertrag von Vo Mimbre gelesen«, erzählte er. »Genauer gesagt, er wurde mir vorgelesen. Wußtet ihr, daß ich Ce'Nedra heiraten soll?«

»So weit hatte ich noch nicht gedacht«, gestand Silk, »aber der Vertrag spricht irgendwo davon, nicht wahr?«

»Gratuliere, Garion!« rief Lelldorin und klopfte seinem Freund auf die Schulter. »Sie ist ein schönes Mädchen.«

Garion überhörte das. »Kannst du dir etwas ausdenken, wie ich da herauskommen kann?« wollte er von Silk wissen.

»Garion, im Moment kann ich an gar nichts denken, außer daran, wie schlecht es mir geht. Meine Vorahnung sagt mir jedoch, daß es keinen Ausweg für dich gibt. Jedes Königreich des Westens ist Unterzeichner des Vertrags – außerdem hat die Prophezeiung meiner Meinung nach etwas damit zu tun.«

»Das hatte ich vergessen«, gab Garion bedrückt zu.

»Man läßt dir sicher Zeit, dich an die Vorstellung zu gewöhnen«, versuchte Lelldorin zu trösten.

»Aber wieviel Zeit läßt man Ce'Nedra? Ich habe heute morgen mit ihr gesprochen, und sie ist ganz und gar nicht erbaut von dieser Idee.«

»Aber sie haßt dich doch nicht gerade«, meinte Silk.

»Das ist nicht das Problem. Sie glaubt anscheinend, daß ich ihr den Rang ablaufe, und das regt sie auf.«

Silk begann schwach zu lachen.

»Ein wahrer Freund würde nicht lachen«, warf Garion ihm vor.

»Ist denn ihr Rang für deine Prinzessin so wichtig?« fragte Lelldorin.

»Kaum wichtiger als ihr rechter Arm«, erwiderte Garion säuerlich. »Ich glaube, sie hält sich sechs- bis achtmal in der Stunde vor, daß sie eine kaiserliche Prinzessin ist. Sie macht großen Wirbel darum. Und jetzt komme ich aus dem Nichts daher und stehe im Rang über ihr. So etwas macht sie wild – und in Zukunft wird das wohl ständig der Fall sein.« Er hielt inne und betrachtete Silk genauer. »Glaubst du, es besteht die Möglichkeit, daß du dich heute noch erholst?«

»Was hast du vor?«

»Kennst du dich überhaupt in Riva aus?«

»Natürlich.«

»Ich dachte, ich sollte vielleicht einmal in die Stadt hinuntergehen – ohne Trompetenklang und so – sondern ganz normal gekleidet. Ich weiß überhaupt nichts über die Rivaner, und jetzt –« Er stockte.

»Und jetzt bist du ihr König«, beendete Lelldorin den Satz für ihn.

»Vielleicht keine schlechte Idee«, stimmte Silk zu. »Obwohl ich das nicht richtig beurteilen kann. Mein Gehirn arbeitet im Moment nicht besonders gut. Aber es muß natürlich heute sein. Deine Krönung ist für morgen angesetzt, und nachdem man dir die Krone aufs Haupt gedrückt hat, ist deine Bewegungsfreiheit wahrscheinlich sehr eingeschränkt.«

Daran wollte Garion lieber nicht denken.

»Ich hoffe, es macht euch beiden nichts aus, wenn ich erst noch eine Weile brauche, um wieder zu mir zu kommen«, setzte Silk hinzu und nahm wieder einen Schluck aus seinem Krug. »Aber eigentlich spielt es keine Rolle, ob es euch etwas ausmacht oder nicht. Es ist einfach eine Frage der Notwendigkeit.«

Der wieselgesichtige kleine Mann brauchte nur etwa eine Stunde, um sich zu erholen. Seine Behandlungsmethode war brutal direkt. Er nahm in ungefähr gleich großen Mengen heißen Wasserdampf und kaltes Bier ein und sprang dann aus dem Dampfbad direkt in ein Becken mit eiskaltem Wasser. Er war blaugefroren und zitterte, als er wieder heraus kam, aber das Schlimmste schien er hinter sich zu haben. Er wählte sorgsam unauffällige Kleidung für alle drei aus, dann führte er sie durch eine Seitenpforte aus der Zitadelle. Garion sah ein paarmal zurück, aber sie schienen den hartnäckigen Diener, der ihn den ganzen Morgen verfolgt hatte, abgeschüttelt zu haben.

Als sie in die Stadt hinunterwanderten, war Garion betroffen von der düsteren Strenge des Ortes. Das Äußere der Häuser war einheitlich grau und völlig schmucklos. Sie waren solide, viereckig und absolut trist. Der graue Mantel, der das hervorstechendste Merkmal der rivanischen Nationaltracht war, gab den Menschen in den schmalen Straßen den Anschein derselben Grimmigkeit. Garion sank das Herz bei dem Gedanken, den Rest seines Lebens an einem so wenig einladenden Ort zu verbringen.

Im blassen Wintersonnenschein gingen sie eine lange Straße entlang, wo der Salzgeruch des Hafens deutlich wahrzunehmen war und kamen an einem Haus vorbei, in dem Kinder sangen. Ihre Stimmen waren klar und rein und verbanden sich in zarten Harmonien. Garion staunte über die verschlungene Melodie des Liedes.

»Ein nationaler Zeitvertreib«, erklärte Silk. »Die Rivaner lieben Musik sehr. Ich nehme an, es hilft, die Langeweile zu vertreiben. Ich möchte Eure Majestät nicht beleidigen, aber dein Königreich ist ein langweiliger Ort.« Er sah sich um. »Ich habe einen alten Freund, der nicht weit von hier wohnt. Sollen wir ihn nicht besuchen?«

Er führte sie eine lange Treppe zur darunterliegenden Straße hinab. Ein kurzes Stück die Straße hinauf stand ein großes, solides Haus am Hang. Silk ging zur Tür und klopfte. Kurz darauf öffnete eine Rivaner in einer mit Brandflecken übersäten Lederschürze. »Radek, alter Freund«, rief er mit sichtlicher Überraschung. »Dich habe ich ja seit Jahren nicht mehr gesehen.«

»Torgan.« Silk grinste ihn an. »Ich dachte, wir schauen einmal vorbei und sehen, wie es dir geht.«

»Kommt herein, kommt herein«, sagte Torgan und hielt die Tür weit auf.

»Du hast dich etwas vergrößert, wie ich sehe«, stellte Silk fest, als er sich umschaute.

»Der Markt war gut für mich«, antwortete Torgan bescheiden. »Die Parfümhersteller in Boktor kaufen praktisch jede Flasche, die sie bekommen können.« Der Rivaner war ein zuverlässig wirkender Mann mit eisengrauem Haar und rundlichen, rosigen Wangen. Er sah Garion neugierig an und runzelte die Stirn, als ob er versuchte, sich an etwas zu erinnern. Garion betrachtete eine Reihe hübscher kleiner Glasflakons, die ordentlich auf einem Tisch in der Nähe standen, und bemühte sich, sein Gesicht abzuwenden.

»Du konzentrierst dich also darauf, Flaschen zu machen?« fragte Silk.

»Ach, wir versuchen auch ein paar andere gute Stücke zu machen«, antwortete Torgan etwas wehmütig. »Ich habe einen Lehrling, der ein wahres Genie ist. Ich muß ihm eine gewisse Zeit für seine eigene Arbeit zugestehen. Ich fürchte, wenn ich ihn den ganzen Tag Fläschchen blasen ließe, würde er mich verlassen.« Der Glasbläser öffnete einen Schrank und nahm vorsichtig ein kleines, in Samt gewickeltes Päckchen heraus. »Das ist eine seiner Arbeiten«, sagte er, als er das Tuch zurückschlug.

Es war ein kristallener Zaunkönig mit halb ausgebreiteten Flügeln, der auf einem Zweig mit Blättern und Knospen saß. Das Stück war so fein gearbeitet, daß man sogar die einzelnen Federn deutlich sehen konnte. »Erstaunlich«, hauchte Silk bei der Betrachtung des gläsernen Vogels. »Das ist herrlich, Torgan. Wie hat er die Faben so perfekt hinbekommen?«

»Ich habe keine Ahnung«, gestand Torgan. »Er mißt nicht einmal ab, wenn er mischt, und doch stimmen die Farben jedesmal. Ich sagte ja schon, er ist ein Genie.« Behutsam wickelte er den Kristallvogel wieder ein und legte ihn in den Schrank zurück.

Hinter der Werkstatt lagen die Wohnräume, und die Zimmer waren voller Wärme und Herzlichkeit und strahlenden Farben. Überall lagen leuchtend bunte Kissen, und in allen Räumen hingen Bilder an den Wänden. Torgans Lehrlinge schienen weniger Arbeitskräfte als Familienmitglieder zu sein, und seine älteste Tochter spielte für sie. Während sie sich auf ihr flüssiges

Glas konzentrierten, entlockten ihre Finger den Saiten der Harfe eine wie Wasser dahinplätschernde Musik.
»Es ist so anders als draußen«, stellte Lelldorin verblüfft fest.
»Was?« fragte Silk.
»Das Äußere ist so streng – so starr und grau –, aber wenn man hereinkommt, ist alles voller Wärme und Farben.«
Torgan lächelte. »Es ist etwas, das Fremde nicht erwarten«, gab er zu. »Unsere Häuser ähneln uns selbst sehr. Aus einer Notwendigkeit heraus ist das Äußere streng. Riva wurde erbaut, um das Auge zu verteidigen, und jedes Haus ist Teil der Befestigungen. Wir können das Äußere nicht verändern, aber im Innern haben wir Kunst, Dichtung und Musik. Wir selbst tragen den grauen Mantel. Er ist ein nützliches Kleidungsstück – leicht warm, nahezu wasserdicht –, aber der Stoff nimmt keine Farbe an, deshalb ist er immer grau. Aber auch wenn wir von außen grau sind, bedeutet das nicht, daß wir die Schönheit nicht lieben.«
Je länger Garion darüber nachdachte, desto besser verstand er diese düster wirkenden Inselbewohner. Die steife Zurückhaltung der graugekleideten Rivaner war die eine Seite, die sie der Welt präsentierten. Die andere Seite zeigte jedoch ein ganz anderes Bild.
Die meisten Lehrlinge bliesen die zarten Glasfläschchen, die den Hauptbestandteil des Handels mit der Parfümherstellern in Boktor ausmachten. Nur ein Lehrling arbeitete allein an einem gläsernen Schiff, das über eine kristallene Welle glitt. Es war ein hellhaariger junger Mann mit angespanntem Gesichtsausdruck. Als er von seiner Arbeit aufsah und Garion erblickte, wurden seine Augen groß, doch er beugte den Kopf rasch wieder über seine Arbeit.
Als sie schon im Aufbruch begriffen waren und wieder vorn im Laden standen, bat Garion, noch einmal einen Blick auf den zarten Glasvogel werfen zu dürfen, der auf seinem funkelnden Zweig hockte. Das Stück war so schön, daß ihm das Herz höher schlug.
»Gefällt es Eurer Majestät?« Es war der junge Lehrling, der leise aus der Werkstatt herangekommen war. Es sprach mit

sanfter Stime. »Ich war gestern auf dem Platz, als Brand Euch dem Volk vorgestellt hat«, erklärte er. »Ich habe Euch sofort erkannt, als Ihr hereinkamt.«

»Wie heißt du?« fragte Garion neugierig.

»Joran, Eure Majestät«, antwortete der Lehrling.

»Meinst du nicht, daß wir die ›Majestät‹ lassen können?« fragte Garion wehmütig. »Mir ist bei all dem noch nicht so ganz wohl. Es kam sehr überraschend für mich.«

Joran grinste ihn an. »In der Stadt gehen alle möglichen Gerüchte um. Es heißt, du wurdest von Belgarath dem Zauberer in Aldurs Tal aufgezogen.«

»Tatsächlich wurde ich in Sendarien von meiner Tante Pol aufgezogen, die Tochter Belgaraths.«

»Polgara, die Zauberin?« Joran war beeindruckt. »Ist sie wirklich so schön, wie es heißt?«

»Ich habe das immer so empfunden.«

»Kann sie sich tatsächlich in einen Drachen verwandeln?«

»Könnte sie vermutlich, wenn sie wollte«, sagte Garion, »aber sie bevorzugt die Gestalt einer Eule. Sie liebt Vögel, und die Vögel werden bei ihrem Anblick rein närrisch. Sie sprechen immer mit ihr.«

»Großartig«, sagte Joran bewundernd. »Ich würde alles geben, um sie kennenzulernen.« Er spitzte nachdenklich die Lippen und zögerte einen Moment. »Glaubst du, ihr würde das kleine Ding gefallen?« platzte er schließlich heraus, auf den gläsernen Zaunkönig deutend.

»Gefallen?« fragte Garin. »Sie würde es lieben.«

»Würdest du es ihr von mir geben?«

»Joran!« Garion war entsetzt bei diesem Gedanken. »Ich kann es nicht nehmen. Es ist viel zu wertvoll, und ich habe kein Geld, es dir zu bezahlen.«

Joran lächelte scheu. »Es ist nur Glas«, erklärte er, »und Glas ist nur geschmolzener Sand – und Sand ist das billigste auf der Welt. Wenn du glaubst, daß es ihr gefällt, hätte ich wirklich gern, daß sie es bekommt. Gibst du es ihr von mir, bitte? Sag ihr, es ist ein Geschenk von Joran dem Glasbläser.«

»Das werde ich, Joran«, versprach Garion und ergriff impulsiv

die Hand des jungen Mannes. »Ich werde stolz sein, es ihr in deinem Namen zu geben.«
»Dann werde ich es einwickeln«, sagte Joran. »Es tut Glas nicht gut, aus einem warmen Raum in die Kälte zu kommen.« Er griff nach dem Stück Samt, hielt dann aber inne. »Ich bin nicht ganz ehrlich gewesen«, gestand er etwas schuldbewußt. »Der Zaunkönig ist eine sehr gute Arbeit, und wenn ihn die Edelleute oben in der Zitadelle sehen, wollen sie vielleicht, daß ich für sie auch etwas anfertige. Ich brauche Aufträge, wenn ich mich je selbständig machen will, und –« Er warf einen Blick auf Torgans Tochter, und in diesem Blick lag sein ganzes Herz.
»Und du kannst nicht heiraten, ehe du dich nicht selbständig gemacht hast?« vermutete Garion.
»Eure Majestät wird ein sehr weiser König sein«, sagte Joran ernst.
»Wenn ich die ganzen Schnitzer überlebe, die ich in den ersten Wochen machen werde«, fügte Garion trübselig hinzu.
Am späten Nachmittag brachte er Tante Pol den Glasvogel.
»Was ist das?« fragte sie, als sie das Päckchen entgegennahm.
»Ein Geschenk für dich von einem jungen Glasbläser, den ich unten in der Stadt kennengelernt habe«, antwortete Garion. »Er bestand darauf, daß ich es dir gebe. Er heißt Joran. Sei vorsichtig. Es ist zerbrechlich.«
Tante Pol wickelte behutsam das Glas aus. Ihre Augen wurden groß, als sie den wunderschön gefertigten Vogel betrachtete.
»Oh, Garion«, murmelte sie, »es ist das Schönste, was ich je gesehen habe.«
»Er ist schrecklich gut«, erzählte Garion. »Er arbeitet für einen Glasbläser namens Torgan, und Torgan sagt, er ist ein Genie. Er möchte dich kennenlernen.«
»Und ich möchte ihn kennenlernen«, hauchte sie. Ihr Blick verlor sich in den Feinheiten des Glasfigürchens. Dann stellte sie den kristallenen Zaunkönig behutsam auf den Tisch. Ihre Hände zitterten, und ihre Augen standen voller Tränen.
»Was ist, Tante Pol?« fragte Garion beunruhigt.
»Nichts, Garion«, antwortete sie. »Gar nichts.«
»Warum weinst du dann?«

»Das würdest du nie verstehen, Lieber«, sagte sie. Dann schlang sie ihre Arme um ihn und drückte ihn in einer heftigen Umarmung an sich.

Die Krönung fand am Mittag des folgenden Tages statt. Die Halle des Rivanischen Königs quoll über vor Edelleuten und königlichen Hoheiten, und in der Stadt wurden alle Glocken geläutet.

Garion konnte sich später nie so recht an seine Krönung erinnern. Er konnte sich daran erinnern, daß der hermelinverbrämte Umhang sehr warm war und die goldene Krone, die der rivanische Diakon ihm aufsetzte, sehr schwer. Was sich ihm am tiefsten eingeprägt hatte, war das Auge Aldurs, das den ganzen Saal mit einem intensiven, blauen Licht erfüllte, das heller und heller wurde, als er sich dem Thron näherte, in den Ohren den überwältigenden, jubelnden Gesang, den er immer hörte, wenn er in die Nähe des Auges kam. Das Lied des Auges war so laut, daß er kaum den aufbrandenden Jubel hörte, als er sich, angetan mit Robe und Krone, der Menge in der Halle des Rivanischen Königs zuwandte.

Eine Stimme hörte er jedoch sehr klar.

»Heil Belgarion«, sagte die Stimme in seinem Geist leise.

13

König Belgarion saß der Verzweiflung nahe auf seinem Thron in der Halle des Rivanischen Königs und lauschte der endlos leiernden Stimme Valgons, des tolnedranischen Botschafters. Es war keine leichte Zeit für Garion gewesen. Es gab zu vieles, das er nicht wußte. Zum einen war er unfähig, Befehle zu erteilen, zum anderen hatte er feststellen müssen, daß er keine Zeit mehr für sich hatte. Außerdem hatte er auch nicht die geringste Ahnung, wie er die Diener entlassen sollte, die ständig um ihn herum waren. Wo immer er hinging, folgte man ihm, und er hatte es sogar aufgegeben, dem übereifrigen Diener oder Leibwächter aufzulauern, der immer hinter ihm war.

Seine Freunde schienen sich in seiner Gegenwart unwohl zu fühlen und beharrten darauf, ihn mit »Eure Majestät« anzusprechen, obwohl er sie oft bat, das zu unterlassen. Er fühlte sich nicht anders, und sein Spiegel sagte ihm, daß er auch nicht anders aussah, aber jeder verhielt sich, als ob er sich irgendwie verändert hätte. Die Erleichterung, die sich auf ihren Gesichtern abzeichnete, wenn er ging, verletzte ihn, und er zog sich in ein schützendes Schneckenhaus zurück und pflegte schweigend seine Einsamkeit.

Tante Pol stand jetzt immer an seiner Seite, aber auch hier gab es Unterschiede. Vorher war er immer eine Art Anhängsel von ihr gewesen, jetzt war es eher umgekehrt, und das erschien ihm völlig unnatürlich.

»Das Angebot, wenn Eure Majestät mir verzeihen will, ist sehr großzügig«, bemerkte Valgon zum Abschluß der Lesung des jüngsten Vertrags, den Ran Borune anbot. Der tolnedranische Botschafter war ein sardonischer Mann mit Adlernase und aristokratischem Gebaren. Er war Honether, ein Mitglied der Familie also, die das Reich gegründet hatte und aus der drei Kaiserdynastien hervorgegangen waren, und er empfand eine nur schlecht verhohlene Verachtung für alle Alorner. . Kaum ein Tag verging, an dem nicht ein neuer Vertrag oder ein neues Handelsabkommen vom Kaiser eintraf. Garion hatte schnell erkannt, daß die Tolnedraner höchst bestürzt über die Tatsache waren, daß sie seine Unterschrift nicht auf einem einzigen Stück Pergament besaßen, und sie gingen nach der Theorie vor, daß jemand, dem sie ständig neue Dokumente unterbreiteten, schließlich schon irgend etwas unterschreiben würde, nur um seine Ruhe zu haben.

Garions Gegenstrategie war sehr einfach: Er weigerte sich, überhaupt etwas zu unterschreiben.

»Es ist genau dasselbe wie letzte Woche«, sagte Tante Pols Stimme lautlos in seinem Geist. *»Sie haben nur die Reihenfolge der Sätze verändert und ein paar Worte ausgetauscht. Sag nein.«*

Garion sah den selbstgefälligen Botschafter mit fast offener Abneigung an. »Kommt nicht in Frage«, antwortete er knapp.

Valgon begann zu protestieren, doch Garion schnitt ihm das Wort ab. »Er ist identisch mit dem Vorschlag von letzter Woche, Valgon, und wir beide wissen das. Damals war die Antwort nein, und das ist sie heute auch noch. Ich werde Tolnedra *keinen* bevorzugten Status im Handel mit Riva einräumen, und ich bin *nicht* damit einverstanden, Ran Borunes Erlaubnis einzuholen, ehe ich einen Vertrag mit einer anderen Nation unterschreibe, und ich werde ganz bestimmt *nicht* irgendwelchen Abänderungen des Vertrags von Vo Mimbre zustimmen. Bitte Ran Borune, mich nicht mehr zu belästigen, bis er bereit ist, vernünftig zu reden.«

»Eure Majestät!« Valgon war schockiert. »So spricht man nicht mit dem Kaiser von Tolnedra.«

»Ich spreche, wie es mir beliebt«, erwiderte Garion. »Du hast meine – *unsere* – Erlaubnis zu gehen.«

»Eure Majestät –«

»Du bist entlassen, Valgon«, unterbrach Garion ihn.

»Nicht schlecht«, sagte König Anheg von der etwas abgelegenen Nische her, in der er und die anderen Könige sich für gewöhnlich versammelten. Die Anwesenheit dieser königlichen Zuschauer ließ Garion sich stets unbehaglich fühlen. Er wußte, daß sie jeden seiner Schritte beobachteten, und seine Entscheidungen, sein Benehmen und seine Worte abschätzten und beurteilten. Er wußte, daß er in seinen ersten Monaten zwangsläufig Fehler machen mußte, und es wäre ihm wesentlich lieber gewesen, wenn er sie ohne Publikum hätte machen können. Aber wie sollte er einer Gruppe von souveränen Königen erklären, daß er nicht im Mittelpunkt ihres Interesses zu stehen wünschte?

»Aber etwas barsch, meint ihr nicht?« sagte König Fulrach.

»Mit der Zeit wird er lernen, etwas diplomatischer zu sein«, prophezeite König Rhodar. »Ich denke, daß Ran Borune seine Unverblümtheit erfrischend finden wird – wenn er sich von dem Schlaganfall erholt hat, den ihm die Antwort unseres Garions bescheren wird.«

Die versammelten Könige und Adeligen lachten über Rhodars Bemerkung, und Garion versuchte erfolglos, nicht zu erröten.

»Muß das sein?« flüsterte er Tante Pol wütend zu. »Sobald ich auch nur aufstoße, höre ich ihre Kommentare.«

»Sei nicht so mürrisch, Lieber«, sagte sie ruhig. »Es *war* auch eine Spur unhöflich. Willst du deinem zukünftigen Schwiegervater gegenüber wirklich einen solchen Ton anschlagen?«

Das war etwas, an das Garion nun ganz gewiß nicht erinnert werden wollte. Prinzessin Ce'Nedra hatte ihm seinen plötzlichen Aufstieg noch immer nicht verziehen, und Garion plagten ernste Bedenken bei der Vorstellung, sie zu heiraten. So sehr er sie mochte – und er *mochte* sie wirklich –, kam er doch bedauernd zu dem Schluß, daß Ce'Nedra keine gute Ehefrau abgeben würde. Sie war klug und verwöhnt, und in ihrem Wesen lag eine ordentliche Portion Sturheit. Garion war überzeugt, daß sie ein abartiges Vergnügen daran finden würde, ihm das Leben so schwer wie möglich zu machen. Als er auf dem Thron saß und den scherzhaften Kommentaren der alornischen Könige lauschte, wünschte er sich allmählich, nie von dem Auge gehört zu haben.

Wie immer ließ der Gedanke an den Stein ihn zu dem massiven Schwert über dem Thron hinaufblicken, auf dessen Knauf er glühte. Es lag etwas aufreizend Selbstgefälliges in der Art, wie das Auge jedesmal erstrahlte, wenn er auf dem Thron saß. Es war, als ob es sich selbst beglückwünschte – als ob er, Belgarion von Riva, seine ureigene Schöpfung wäre. Garion verstand das Auge nicht. Sein Geist hatte tastend dessen Bewußtsein berührt und sich dann vorsichtig zurückgezogen. Garion war gelegentlich von dem Geist verschiedener Götter berührt worden, aber das Bewußtsein des Auges war völlig anders. In ihm lag eine Macht, die er nicht einmal ansatzweise begriff. Mehr noch, seine Zuneigung zu ihm schien recht irrational zu sein. Garion kannte sich und war sich schmerzlich bewußt, daß er keineswegs so liebenswert war. Aber jedesmal, wenn er in seine Nähe kam, begann es, unerträglich zu strahlen, und sein Geist hallte wieder von jenem seltsamen, emporjauchzenden Gesang, den er in Ctuchiks Turm zum erstenmal vernommen hatte. Das Lied des Auges war wie eine drängende Einladung. Garion wußte, wenn er es in die Hand nähme, würden ihrer beider Willen sich miteinander verbinden, und zwischen ihnen gäbe es nichts, was sie nicht vollbringen könnten. Torak hatte das Auge erhoben und mit ihm die Welt gespalten. Garion wußte, wenn er es wollte, könnte er das Auge nehmen und den Spalt wieder schließen. Viel beunruhigender jedoch war die Tatsache, daß er, als er dies erkannt hatte, sofort von dem Auge mit genauen Anweisungen versehen wurde, wie er vorgehen sollte.

»Paß auf, Garion«, sagte Tante Pols Stimme.

Die Geschäfte dieses Vormittags waren jedoch fast erledigt. Es gab noch einige Petitionen und einen merkwürdigen Gratulationsbrief aus Nyissa. Der Tenor des Schreibens war tastend, versöhnlich, und es war unterzeichnet von Sadi, dem Eunuchen. Garion entschloß sich, erst gründlich nachzudenken, ehe er eine Antwort schickte. Die Erinnerung an das, was in Salmissras Thronsaal geschehen war, bedrückte ihn noch immer, und er war nicht sicher, ob er die Beziehungen zu dem Schlangenvolk jetzt schon zu normalisieren wünschte.

Da es keine weiteren höfischen Angelegenheiten zu erledigen galt, entschuldigte er sich anschließend und verließ den Saal. Seine hermelinverbrämte Robe war sehr warm, und die Krone verursachte ihm Kopfschmerzen. Vor allem wollte er in sein Zimmer und sich umziehen.

Die Wachen neben der Tür zum Thronsaal verbeugten sich respektvoll, als er vorbeiging, und formierten sich dann hinter ihm, um ihn zu begleiten. »Ich will eigentlich nirgends hin«, sagte Garion. »Nur zurück in meine Räume, und ich kenne den Weg. Warum geht ihr nicht etwas essen?«

»Eure Majestät ist sehr freundlich«, antwortete einer der Wachmänner. »Werdet Ihr uns später benötigen?«

»Ich weiß noch nicht. Ich lasse es euch wissen.«

Wieder verbeugte sich der Offizier, dann ging Garion durch den schwach erhellten Flur davon. Er hatte diesen Gang zwei Tage nach seiner Krönung entdeckt. Er wurde verhältnismäßig wenig benutzt und war der direkteste Weg von den königlichen Gemächern zum Thronsaal. Garion gefiel er, weil er ihn mit einem Minimum an Pomp und Aufsehen benutzen konnte. Es gab nur wenige Türen, und die Kerzen an den Wänden waren in so großen Abständen angebracht, daß das Licht immer gedämpft blieb. Die Dämmrigkeit wirkte irgendwie tröstend, so als ob sie ihm bis zu einem gewissen Grad seine Anonymität wiedergab.

Er ging gedankenverloren dahin. Er mußte sich um so vieles sorgen. Der drohende Krieg zwischen dem Westen und den Königreichen der Angarak beschäftigte ihn am meisten. Von ihm, als dem Großkönig des Westens, wurde erwartet, den Westen zu führen, und Kal Torak, erwacht von seinem Schlummer, würde sich mit den Heerscharen der Angarak gegen ihn stellen. Wie sollte er nur einem so furchtbaren Feind gegenübertreten? Schon allein der Name Toraks schreckte ihn, und was wußte er schon von Schlachten und Armeen? Er würde unvermeidlich fehlschlagen, und Torak würde die gesamten Streitkräfte des Westens mit seiner gepanzerten Horde zermalmen.

Nicht einmal Zauberei konnte ihm helfen. Seine eigene Macht war noch zu ungeübt, um eine Konfrontation mit Torak wagen zu können. Tante Pol würde natürlich ihr Bestes tun, um ihm beizustehen, aber ohne Belgarath bestand wenig Hoffnung auf Erfolg, und Belgarath hatte noch keine Anzeichen erkennen lassen, daß sein Zusammenbruch seine Fähigkeiten nicht auf Dauer eingeschränkt hatte.

Garion wollte nicht mehr darüber nachdenken, aber seine anderen Probleme waren fast genauso schwerwiegend. Schon sehr bald mußte er etwas gegen Ce'Nedras entschiedene Weigerung, Frieden zu schließen, unternehmen. Wenn sie nur vernünftig wäre. Garion war sicher, daß der geringe Rangunterschied nicht so viel ausmachte. Er mochte Ce'Nedra. Er war sogar bereit zuzugeben, daß seine Gefühle für sie etwas tiefer gingen. Sie konnte – vor allem, wenn sie etwas wollte – einfach hinreißend sein. Wenn sie dieses kleinere Problem in den Griff bekamen, konnte alles noch ganz gut werden. Diese Aussicht hellte seine Gedanken beträchtlich auf. Während er darüber nachdachte, ging er weiter.

Er war noch nicht weit gekommen, als er hinter sich wieder die verstohlenen Schritte hörte. Er seufzte und wünschte sich, daß der allgegenwärtige Leibwächter eine andere Beschäftigung finden möge. Dann zuckte er die Achseln und ging, in Gedanken bei der nyissischen Frage, weiter.

Die Warnung war heftig und kam im letzten Moment. *»Paß auf!«* bellte die Stimme in seinem Geist. Ohne genau zu wissen warum, ohne überhaupt zu denken, reagierte Garion instinktiv, indem er sich der Länge nach zu Boden warf. Seine Krone rollte davon, als ein geworfener Dolch funkensprühend gegen die Wand prallte und dann über den Fliesenboden davonschlitterte. Garion fluchte, rollte sich herum und kam, seinen eigenen Dolch in den Händen, auf die Füße. Wütend und erbost über den plötzlichen Angriff lief er zurück durch den Flur. Seine Hermelinrobe flatterte und wickelte sich ihm hinderlich um die Beine. Er erhaschte nur einen oder zwei kurze Blicke auf seinen graugekleideten Angreifer. Der Attentäter huschte in eine zurückspringende Türnische, und Garion hörte, wie eine schwere Tür hinter dem Mann zuschlug. Als er die Tür erreicht und mühsam geöffnet hatte, den Dolch immer noch in der Hand, stand er nur in einem weiteren, düsteren Gang. Es war niemand zu sehen.

Seine Hände zitterten, doch mehr aus Wut als aus Angst. Er überlegte kurz, ob er die Wachen rufen sollte, verwarf die Idee aber sogleich wieder. Den Angreifer weiter zu verfolgen, war bei näherer Betrachtung noch unklüger. Er hatte außer seinem Dolch kein Waffe, und möglicherweise begegnete er jemandem mit einem Schwert. Vielleicht war sogar mehr als einer an dieser Sache beteiligt, und diese schwachbeleuchteten, menschenleeren Gänge waren ganz sicher nicht der geeignete Ort für eine Auseinandersetzung.

Als er die Tür schon wieder schließen wollte, fiel sein Blick auf etwas. Ein kleiner Fetzen grauer Wolle lag auf dem Boden direkt hinter dem Türrahmen. Garion bückte sich, hob ihn auf und trug ihn unter eine der Kerzen, die an der Wand hingen. Das Wollstückchen war nicht mehr als zwei Finger breit und schien vom Saum eines grauen, rivanischen Mantels abgerissen zu sein. In seiner Hast zu entkommen, hatte der Angreifer, wie

Garion vermutete, unabsichtlich seinen Mantel in der Tür eingeklemmt, und auf der Flucht war dann dieses Stückchen abgerissen. Garions Augen wurden schmal, und er drehte sich um und eilte den Gang hinab. Er blieb einmal stehen, um seine Krone aufzuheben und dann noch einmal, um den Dolch seines Angreifers an sich zu nehmen. Er blickte sich einmal um. Der Gang war leer und wirkte irgendwie bedrohlich. Wenn der unbekannte Messerwerfer mit drei oder vier Kameraden zurückkehren sollte, konnte es unangenehm werden. Alles in allem würde es wohl das Beste sein, so schnell wie möglich in seine eigenen Räume zu gehen und die Tür abzuschließen. Da niemand da war, der einen Mangel an Würde bemerken konnte, raffte Garion die Röcke seiner Robe und schoß wie der Blitz davon.

Er erreichte seine Tür, stieß sie auf, sprang hinein und schloß die Tür hinter sich ab. Dann legte er das Ohr an die Tür, um auf Schritte zu lauschen.

»Ist etwas nicht in Ordnung, Eure Majestät?«

Garion fuhr herum wie gestochen. Hinter ihm stand sein Diener, der beim Anblick des Dolches in seiner Hand große Augen machte. »Äh, nichts«, erwiderte er schnell, in dem Bemühen, seine Verwirrung zu verbergen. »Hilf mir hier 'raus.« Er kämpfte mit den Verschlüssen seiner Robe. Seine Hände schienen voller Dolche und Kronen zu sein. Nachlässig warf er die Krone auf einen Stuhl, steckte seinen eigenen Dolch ein und legte das andere Messer und das Stoffstück vorsichtig auf den polierten Tisch.

Der Diener half ihm, die Robe auszuziehen und faltete sie dann über dem Arm zusammen. »Wünschen Eure Majestät, daß ich dies für Euch fortschaffe?« fragte er mit einem angewiderten Blick auf den Dolch und das Wollstückchen.

»Nein«, sagte Garion entschieden. Dann kam ihm ein Gedanke. »Weißt du, wo mein Schwert ist?«

»Das Schwert Eurer Majestät hängt im Thronsaal«, antwortete der Diener.

»Nicht das«, sagte Garion. »Das andere. Das ich trug, als ich hierherkam.«

»Ich glaube, ich könnte es finden«, meinte der Diener zweifelnd.
»Tu das«, sagte Garion. »Ich möchte es hier haben, wo es griffbereit ist. Und bitte sieh, ob du Lelldorin von Wildantor finden kannst. Ich muß mit ihm reden.«
»Sofort, Eure Majestät.« Der Diener verbeugte sich und verließ leise den Raum.
Garion nahm den Dolch und den Stoffetzen und untersuchte beides gründlich. Der Dolch war ein ganz gewöhnliches Messer, schwer, grob gearbeitet, mit einem drahtumwickelten Griff. Er trug keinerlei Verzierungen oder Kennzeichen. Die Spitze war leicht gebogen, das war das Ergebnis des Aufpralls auf der Steinwand. Wer immer es geworfen hatte, hatte es mit aller Kraft getan. Garion hatte ein ausgesprochen unangenehmes Gefühl zwischen den Schulterblättern. Der Dolch würde wohl nicht viel nützen. Davon gab es in der Zitadelle zweifellos hunderte. Das Stoffstückchen konnte sich jedoch als wertvoll erweisen. Irgendwo in der Festung gab es einen Mann, von dessen Mantel ein Eckchen abgerissen war. Der zerrissene Mantel und dieses kleine Stückchen würden bestimmt gut zusammenpassen.
Etwa eine halbe Stunde später erschien Lelldorin. »Du hast nach mir geschickt, Garion?«
»Setz dich, Lelldorin«, bat Garion seinen Freund und wartete dann nachdrücklich, bis der Diener das Zimmer verlassen hatte. »Ich glaube, ich habe ein kleines Problem«, sagte er dann und lehnte sich tiefer in seinem Sessel zurück. »Ich habe überlegt, ob ich dich um Hilfe bitten darf.«
»Du weißt, daß du nicht erst bitten mußt, Garion«, erwiderte der junge Asturier ernsthaft.
»Es muß aber unter uns beiden bleiben«, warnte Garion. »Ich will nicht, daß sonst noch jemand davon erfährt.«
»Mein Ehrenwort darauf«, sagte Lelldorin sofort.
Garion schob den Dolch über den Tisch seinem Freund zu. »Vor kurzem, als ich auf dem Weg hierher war, hat jemand das nach mir geworfen.«
Lelldorin schnappte mit weitaufgerissenen Augen nach Luft. »Verrat?« keuchte er.

»Entweder das oder etwas Persönliches«, erwiderte Garion. »Ich weiß nicht, warum.«

»Du mußt deine Wachen alarmieren«, erklärte Lelldorin und sprang auf.

»Nein«, widersprach Garion entschieden. »Wenn ich das tue, werden sie mich ganz einsperren. Ich habe schon so kaum Freiheit, und das bißchen möchte ich nicht auch noch verlieren.«

»Hast du ihn überhaupt gesehen?« fragte Lelldorin, setzte sich wieder und untersuchte den Dolch.

»Nur seinen Rücken. Er trug einen dieser grauen Mäntel.«

»Alle Rivaner tragen graue Mäntel, Garion.«

»Wir haben trotzdem etwas, womit wir arbeiten können.« Garion zog den Stoffetzen unter seiner Tunika hervor. »Nachdem er das Messer geworfen hatte, lief er durch eine Tür und schlug sie hinter sich zu. Sein Mantel verfing sich in der Tür, und das hier riß ab.«

Lelldorin betrachtete das Wollstückchen. »Sieht so aus wie eine Ecke vom Saum.«

»Das finde ich auch. Wenn wir beide unsere Augen offenhalten, sehen wir vielleicht jemanden, dem ein Stück vom Saum des Mantels fehlt. Wenn wir den Mantel dann in die Hand bekommen, können wir feststellen, ob beides zusammenpaßt.«

Lelldorin nickte zustimmend, sein Gesicht wurde streng. »Aber wenn wir ihn finden, möchte *ich* mit ihm reden. Ein König sollte so etwas nicht persönlich regeln.«

»Vielleicht werde ich die Regeln außer Kraft setzen«, sagte Garion grimmig. »Ich mag es nicht, wenn man Messer nach mir wirft. Aber zuerst müssen wir herausfinden, wer es ist.«

»Ich fange sofort an«, sagte Lelldorin, sich erhebend. »Ich werde jeden Saum von jedem Mantel in ganz Riva untersuchen, wenn ich muß. Wir finden diesen Verräter, Garion. Das verspreche ich dir.«

Anschließend fühlte sich Garion besser, aber er war immer noch wachsam, als er in Begleitung eines Wachtrupps am Spätnachmittag zu den Privatgemächern des rivanischen Wärters ging. Er blickte sich beim Gehen ständig um, und seine Hand war nie weit von seinem Schwert entfernt.

Er fand Brand vor einer großen Harfe sitzend. Die großen Hände des Wächters liebkosten die Saiten des Instruments und entlockten ihm eine traurige, fließende Melodie. Das Gesicht des großen Mannes war weich und nachdenklich, als er spielte, und Garion fand die Musik um so schöner, weil sie so unerwartet war.

»Du spielst sehr gut, Herr», sagte er respektvoll, als die letzten Noten des Liedes verklangen.

»Ich spiele oft, Eure Majestät«, antwortete Brand. »Manchmal kann ich über dem Spielen sogar vergessen, daß meine Frau nicht mehr bei mir ist.« Er stand auf und straffte die Schultern, und alle Sanftheit wich aus seinem Gesicht. »Wie kann ich Euch dienen, König Belgarion?«

Garion räusperte sich nervös. »Ich werde dies wahrscheinlich nicht sehr gut sagen«, begann er, »aber bitte nimm es so auf, wie es gemeint ist und nicht so, wie es vielleicht klingt.«

»Gewiß, Eure Majestät.«

»Ich habe nicht um all das gebeten, weißt du«, fuhr Garion mit einer unbestimmten Geste fort, die die ganz Zitadelle umfaßte. »Die Krone, meine ich, und König zu sein – alles. Ich war ganz zufrieden, so wie ich war.«

»Ja, Eure Majestät?«

»Was ich versuche zu sagen, ist – na ja, bis ich hierhin kam, warst du der Herrscher von Riva.«

Brand nickte nüchtern.

»Ich wollte eigentlich nicht König sein«, redete Garion schnell weiter, »und ich wollte dich ganz bestimmt nicht aus deiner Position verdrängen.«

Brand sah ihn an, dann lächelte er langsam. »Ich hatte mich schon gewundert, warum Ihr Euch anscheinend immer unwohl fühlt, wenn ich in den Raum kam, Eure Majestät. War es das, was Euch bedrückte?«

Schweigend nickte Garion.

»Ihr kennt uns noch nicht richtig, Belgarion«, sagte Brand. »Ihr seid erst seit gut einem Monat hier. Wir sind ein merkwürdiges Volk. Seit über dreitausend Jahren beschützen wir das Auge – seit Eisenfaust auf diese Insel kam. Das ist der Grund, weshalb wir existieren, und ich glaube, eins der Dinge, die wir im Laufe der Zeit verloren haben, ist dieses Selbstgefühl, das für andere Menschen so wichtig zu sein scheint. Wißt Ihr, warum ich Brand genannt werde?«

»Ich habe nie darüber nachgedacht«, gestand Garion.

»Ich habe natürlich noch einen anderen Namen«, erklärte Brand, »aber ich darf ihn nie erwähnen. Jeder Wächter wird Brand genannt, damit es nie einen persönlichen Ruhm in diesem Amt geben kann. Wir dienen dem Auge, das ist unser einziger Lebenszweck. Um ganz ehrlich zu sein, ich war recht froh, als Ihr kamt. Ich näherte mich nämlich allmählich dem Zeitpunkt, wo ich meinen Nachfolger bestimmen mußte – mit Hilfe des Auges, selbstverständlich. Aber ich wußte absolut nicht, wen ich wählen sollte. Eure Ankunft hat mich von dieser Aufgabe befreit.«

»Dann können wir Freunde sein?«

»Ich glaube, das sind wir bereits, Belgarion«, antwortete Brand ernst. »Wir dienen beide dem gleichen Herrn, und das bringt Männer einander immer nahe.«

Garion zögerte. »Mache ich alles richtig?« platzte er dann heraus.

Brand überlegte. »Einiges, was Ihr getan habt, hätte ich vielleicht etwas anders gemacht, aber das war zu erwarten. Rhodar und Anheg handeln auch nicht immer gleich. Jeder von uns hat seine eigene Art.«

»Sie machen sich über mich lustig, nicht wahr – Anheg, Rhodar und die anderen. Ich höre immer ihre klugen Bemerkungen, wenn ich eine Entscheidung treffe.«

»Darüber würde ich mir nicht allzu viele Sorgen machen, Belgarion. Sie sind Alorner, und Alorner nehmen Könige nicht sehr ernst. Sie machen sich ja auch gegenseitig über sich selbst lustig, wißt ihr. Man könnte fast sagen, solange sie scherzen, ist alles in Ordnung. Wenn sie plötzlich sehr ernst und förmlich werden, dann wißt Ihr, daß Ihr in Schwierigkeiten steckt.«

»So hatte ich das noch gar nicht bedacht«, gab Garion zu.

»Ihr werdet Euch mit der Zeit daran gewöhnen«, beruhigte Brand ihn.

Nach seiner Unterhaltung mit Brand fühlte Garion sich viel besser. In Begleitung seiner Wachen machte er sich auf den Rückweg zu den königlichen Gemächern, aber auf halbem Wege änderte er seine Meinung und machte sich statt dessen auf die Suche nach Tante Pol. Als er ihre Zimmer betrat, saß seine Cousine Adara still bei ihr und sah zu, wie sie eine von Garions alten Tuniken flickte. Das Mädchen stand auf und knickste höflich.

»Bitte, Adara«, sagte er gequält, »laß das doch, wenn wir allein sind. Davon muß ich da draußen schon genug sehen.« Er deutete auf den belebteren Teil des Gebäudes.

»Wie Eure Majestät wünscht«, erwiderte sie.

»Und nenn mich nicht so. Ich bin immer noch einfach Garion.«

Sie sah ihn mit ihren schönen, ruhigen Augen an. »Nein, Vetter«, widersprach sie, »du wirst nie mehr ›einfach Garion‹ sein.«

Er seufzte, als er die Wahrheit ihrer Worte erkannte.

»Ich muß zu Königin Silar. Sie fühlt sich nicht ganz wohl, und sie sagt, es tröstet sie, mich in der Nähe zu haben.«

»Es tröstet uns alle, wenn du in der Nähe bist«, sagte Garion, ohne zu überlegen.

Sie lächelte ihn liebevoll an.

»Vielleicht gibt es am Ende doch noch Hoffnung für ihn«, bemerkte Tante Pol.

Adara betrachtete Garion. »Er war eigentlich nie so übel, Dame Polgara«, sagte sie. Dann neigte sie den Kopf vor den beiden und verließ leise das Zimmer.

Garion wanderte ein paar Minuten umher und warf sich dann in einen Sessel. An diesem Tag war viel geschehen, und er fühlte sich plötzlich uneins mit der ganzen Welt.

Tante Pol nähte weiter.

»Warum tust du das?« fragte Garion schließlich. »Ich werde das alte Ding doch nie wieder anziehen.«

»Es muß geflickt werden, Lieber«, sagte sie freundlich.

»Es gibt hundert Leute, die das für dich tun können.«
»Ich tue es lieber selbst.«
»Leg es weg und sprich mit mir.«
Sie legte die Tunika beiseite und sah ihn fragend an. »Und was möchte Eure Majestät mit mir besprechen?«
»Tante Pol!« Garins Stimme war erstickt. »Nicht du auch noch.«
»Dann erteile mir auch keine Befehle, Lieber«, empfahl sie ihm und nahm die Tunika wieder zur Hand.
Garion sah ihr eine Zeitlang beim Nähen zu, weil er nicht recht wußte, was er sagen sollte. Ein seltsamer Gedanke durchzuckte ihn. »Warum *tust* du das, Tante Pol?« fragte er, diesmal mit echter Neugier. »Wahrscheinlich wird sie ja nie wieder getragen, also vergeudest du doch nur Zeit damit.«
»Es ist meine Zeit, Lieber«, erinnerte sie ihn. Sie sah mit undurchdringlichen Augen von ihrer Näherei auf. Dann nahm sie ohne Erklärung die Tunika in die eine Hand und fuhr mit dem Zeigefinger der anderen behutsam über den Riß. Garion spürte eine ganz leichte Woge und ein Wispern. Der Riß schloß sich vor seinen Augen, der Stoff war wieder gewebt, als ob es den Riß nie gegeben hätte. »Jetzt weißt du, wie völlig sinnlos das Flicken wirklich ist«, sagte sie.
»Warum machst du es dann?«
»Weil ich gerne nähe, Lieber.« Sie riß die Tunika wieder entzwei. Dann nahm sie ihre Nadel zur Hand und begann geduldig, den Riß zu reparieren. »Nähen beschäftigt Hände und Augen und läßt den Kopf frei für andere Dinge. Es ist sehr entspannend.«
»Manchmal bist du schrecklich kompliziert, Tante Pol.«
»Ja, Lieber. Ich weiß.«
Garion ging ein Weilchen auf und ab, dann kniete er sich plötzlich neben ihren Stuhl, schob ihr Nähzeug weg und legte seinen Kopf in ihren Schoß. »Ach, Tante Pol«, sagte er, den Tränen nahe.
»Was ist denn los, Lieber?« Sorgfältig glättete sie ihm das Haar.
»Ich bin so *einsam*.«

»Ist das alles?«
Er hob den Kopf und starrte sie ungläubig an. Das hatte er nicht erwartet.
»Jeder ist einsam, Lieber«, erklärte sie, ihn dicht an sich ziehend. »Wir berühren andere Menschen nur kurz, dann sind wir wieder allein. Daran gewöhnst du dich mit der Zeit.«
»Niemand spricht mehr mit mir – jedenfalls nicht so wie früher. Sie verbeugen sich immer und sagen andauernd ›Eure Majestät‹ zu mir.«
»Du bist schließlich der König.«
»Aber das will ich nicht sein.«
»Das ist zu schade. Es ist das Schicksal deiner Familie, also kannst du nichts dagegen tun. Hat man dir je von Prinz Gared erzählt?«
»Ich glaube nicht. Wer war das?«
»Er war der einzige Überlebende, als die nyissischen Mörder König Gorek und seine Familie töteten. Er ist entkommen, indem er sich ins Meer stürzte.«
»Wie alt war er?«
»Sechs. Er war ein sehr tapferes Kind. Jeder dachte, er sei ertrunken, und seine Leiche wäre ins offene Meer hinausgetrieben worden. Dein Großvater und ich haben diesen Glauben unterstützt. Dreizehnhundert Jahre lang haben wir die Nachkommen Prinz Gareds versteckt. Generationen lang haben sie ihr Leben in stiller Verborgenheit gelebt mit dem einzigen Ziel, *dich* auf den Thron zu bringen. Jetzt sagst du, du willst nicht König sein?«
»Ich kenne keinen dieser Leute«, sagte er mürrisch. Er wußte, daß er sich schlecht benahm, konnte aber nichts dagegen tun.
»Würde es dir helfen, wenn du sie kennen würdest – jedenfalls einige von ihnen?«
Die Frage verblüffte ihn.
»Vielleicht ja«, entschied sie. Sie legte ihr Nähzeug beiseite, stand auf und zog ihn auf die Füße. »Komm mit«, befahl sie und ging zu dem hohen Fenster, das über die Stadt hinausblickte. Davor war ein kleiner Balkon. In einer Ecke, wo eine Regenrinne undicht war, hatte sich im Laufe des Winters eine

schimmernde schwarze Eisschicht gebildet, die vom Geländer bis zum Boden des Balkons reichte.

Tante Pol öffnete das Fenster und ließ so einen Stoß eisiger Luft herein, der die Kerzen flackern ließ. »Sieh direkt in das Eis, Garion«, sagte sie, auf die glitzernde Schwärze deutend. »Sieh ganz tief hinein.«

Etwas war in dem Eis – zuerst unförmig, dann aber klarer und klarer werdend. Es war, wie er schließlich sehen konnte, die Gestalt einer hellblonden Frau, schön und mit einem warmen Lächeln auf den Lippen. Sie war jung, und ihre Augen waren direkt auf Garion gerichtet. »Mein Kleiner«, schien ihm eine Stimme zuzuflüstern. »Mein kleiner Garion.«

Garion begann heftig zu zittern. »Mutter?« hauchte er.

»So groß schon«, fuhr die Stimme fort. »Fast schon ein Mann.«

»Und bereits ein König, Ildera«, sagte Pol mit sanfter Stimme zu dem Phantom.

»Dann *war* er der Erwählte«, triumphierte der Geist von Garions Mutter. »Ich wußte es. Ich konnte es fühlen, als ich ihn unter dem Herzen trug.«

Neben der ersten tauchte langsam eine zweite Gestalt auf. Es war ein großer, junger Mann mit dunklem Haar und seltsam vertrautem Gesicht. Garion erkannte deutlich die Ähnlichkeit mit sich selbst. »Heil Belgarion, mein Sohn«, sagte die zweite Gestalt.

»Vater«, antwortete Garion, weil er nicht wußte, was er sonst hätte sagen können.

»Unseren Segen, Garion«, sagte der zweite Geist, als die beiden zu verblassen begannen.

»Ich habe euch gerächt, Vater«, rief Garion ihnen nach. Es war ihm wichtig, daß sie das wußten. Er war sich jedoch nie sicher, ob sie ihn noch gehört hatten.

Tante Pol lehnte, erschöpft aussehend, am Fensterrahmen.

»Geht es dir gut?« fragte Garion besorgt.

»Es ist sehr schwierig, Lieber«, sagte sie und fuhr sich mit müder Hand über das Gesicht.

Aber da war noch ein Flackern in den Tiefen des Eises, und die vertraute Gestalt des blauen Wolfes erschien, des Wolfes, der Belgarath in Kampf mit Grul, dem Eldrak in den Bergen von Ulgo beigestanden hatten. Der Wolf betrachtete sie einen Moment, verwandelte sich dann kurz in eine schneeweiße Eule und schließlich in eine braunhaarige Frau mit goldenen Augen. Sie glich Tante Pol so sehr, daß Garion nicht anders konnte, als zum Vergleich rasch zwischen den beiden hin- und herzusehen.

»Du hast es offengelassen, Polgara«, sagte die goldäugige Frau sanft. Ihre Stimme war warm und weich wie ein Sommerabend.

»Ja, Mutter«, erwiderte Tante Pol. »Ich schließe es gleich.«

»Es ist schon gut, Polgara«, sagte die Wolfsfrau zu ihrer Tochter. »Es gab mir Gelegenheit, ihn kennenzulernen.« Sie blickte direkt in Garions Gesicht. »Ein oder zwei Spuren sind immer noch da«, meinte sie. »Ein bißchen um die Augen herum und am Kinn. Weiß er es?«

»Nicht alles, Mutter.«

»Das ist vielleicht gut so«, meinte Poledra.

Wieder tauchte eine Gestalt aus den dunklen Tiefen des Eises auf. Die zweite Frau hatte Haare wie Sonnenstrahlen, und ihr Gesicht war Tante Pols doch ähnlicher als das Poledras. »Polgara, liebe Schwester«, sagte sie.

»Beldaran«, erwiderte Tante Pol mit einer vor Liebe überwältigten Stimme.

»Und Belgarion«, sagte Garions Ur...großmutter, »die letzte Blüte meiner und Rivas Liebe.«

»Auch unseren Segen, Belgarion«, sagte Poledra. »Lebewohl für jetzt, doch wisse, daß wir dich lieben.« Dann waren die beiden verschwunden.

»Hilft es?« fragte Tante Pol mit bebender Stimme und Tränen in den Augen.

Garion war zu betäubt von dem, was er gesehen und gehört hatte. Dann nickte er stumm.

»Dann bin ich froh, daß die Mühe nicht vergebens war«, sagte sie. »Bitte schließe das Fenster, Lieber. Es läßt den Winter herein.«

14

Es war der erste Frühlingstag, und König Belgarion von Riva war schrecklich nervös. Er hatte das Herannahen von Prinzessin Ce'Nedras sechzehntem Geburtstag mit einer ständig wachsenden Besorgnis erwartet, und jetzt, wo der Tag schließlich gekommen war, befand er sich nahezu in Panik. Die tiefblaue Brokatweste, an der ein halbes Dutzend Schneider wochenlang gearbeitet hatten, saß ihm nicht richtig. Irgendwie war sie an den Schultern etwas eng, und der steife Kragen kratzte ihn am Hals. Außerdem schien seine goldene Krone an diesem Tag besonders schwer zu sein, und sein Thron kam ihm noch unbequemer vor als sonst.

Die Halle des Rivanischen Königs war für den Anlaß prächtig geschmückt worden, aber selbst die Banner und Girlanden aus zarten Frühlingsblumen konnten die düstere Strenge des Saals nicht ganz verbergen. Die versammelten Edlen jedoch plauderten und lachten miteinander, als ob nichts besonderes wäre. Garion war erbittert über ihren herzlosen Mangel an Interesse angesichts dessen, was ihm bevorstand.

Tante Pol stand zur linken Seite seines Thrones, in ein neues, silbernes Gewand gekleidet, einen Silberreif im Haar. Belgarath stand lässig zu seiner Rechten, in einer grünen Weste, die, obwohl auch sie neu war, bereits zerknittert aussah.

»Nun winde dich nicht so, Lieber«, sagte Tante Pol.

»Du hast leicht reden«, erwiderte Garion vorwurfsvoll.

»Versuche, nicht daran zu denken«, riet Belgarath. »Bald ist es vorbei.«

Dann kam Brand, mit eher noch finstererem Gesicht als üblich, durch eine Seitentür in den Saal und zur Empore. »Am Tor der Zitadelle ist ein Nyisser, Eure Majestät«, sagte er leise. »Er sagt, er ist der Gesandte von Königin Salmissra und möchte der Zeremonie beiwohnen.«

»Ist das nicht unmöglich?« fragte Garion Tante Pol, verblüfft durch die überraschende Ankündigung des Wächters.

»Nicht ganz«, antwortete sie. »Wahrscheinlich ist es aber eher eine diplomatische Erfindung. Ich könnte mir vorstellen, daß die Nyisser Salmissras jetzigen Zustand lieber geheimhalten möchten.«

»Was soll ich tun?«

Belgarath zuckte die Achseln. »Laß ihn herein.«

»Hier herein?« Brands Stimme klang schockiert. »Ein Nyisser im Thronsaal? Belgarath, das kann nicht dein Ernst sein.«

»Garion ist Großkönig des Westens, Brand«, erwiderte der alte Mann, »und das schließt Nyissa mit ein. Ich kann mir nicht vorstellen, daß uns das Schlangenvolk je von großem Nutzen sein wird. Aber wir können wenigstens höflich sein.«

Brands Gesicht wurde starr vor Mißbilligung. »Wie lautet die Entscheidung Eurer Majestät?« fragte er Garion unmittelbar.

»Nun –« Garion zögerte. »Laß ihn eintreten, denke ich.«

»Sei nicht so unschlüssig, Garion«, mahnte Tante Pol.

»Es tut mir leid«, sagte Garion rasch.

»Und entschuldige dich nicht«, setzte sie hinzu. »Könige entschuldigen sich nicht.«

Er sah sie hilflos an. Dann wandte er sich wieder an Brand. »Bitte den Gesandten aus Nyissa zu uns«, sagte er in bemüht versöhnlichem Ton.

»Und übrigens, Brand«, meinte Belgarath, »ich würde darauf acht geben, daß sich niemand allzusehr darüber aufregt. Der Nyisser hat diplomatischen Status, und es wäre eine ernsthafte Verletzung des Protokolls, wenn er unerwartet das Zeitliche segnen sollte.«

Brand verbeugte sich steif und ging.

»War das wirklich nötig, Vater?« fragte Tante Pol.

»Alter Haß stirbt langsam, Pol«, entgegnete Belgarath. »Manchmal ist es am besten, alles klarzustellen, damit es später keine Mißverständnisse gibt.«

Als der Gesandte der Schlangenkönigin den Saal betrat, zuckte Garion vor Überraschung zusammen. Es war Sadi, der Obereunuch aus Salmissras Palast. Der dünne Mann mit den erloschenen Augen und dem kahlgeschorenen Schädel trug das übliche schimmernde, blaugrüne Nyissergewand, und er verbeugte sich geschmeidig, als er sich dem Thron näherte. »Die Ewige Salmissra, Königin des Schlangenvolkes, sendet Seiner Majestät, Belgarion von Riva, ihre Grüße«, intonierte er mit seiner eigenartigen Kontraaltstimme.

»Willkommen, Sadi«, antwortete Garion förmlich.

»Meine Königin schickt ihre Glückwünsche zu diesem glücklichen Tag«, fuhr Sadi fort.

»Doch nicht wirklich, nicht wahr?« fragte Garion mit Nachdruck.

»Nicht ganz, Eure Majestät«, gab Sadi ohne jede Spur von Verlegenheit zu. »Aber ich bin überzeugt, sie hätte es getan, wenn wir ihr nur klarmachen könnten, was vor sich geht.«

»Wie ist sie?« Garion erinnerte sich an die schreckliche Verwandlung, die Salmissra durchgemacht hatte.

»Schwierig«, antwortete Sadi sanft. »Aber das ist ja nichts Neues. Glücklicherweise schläft sie immer ein bis zwei Wochen, nachdem sie gefüttert wurde. Sie hat sich letzten Monat gehäutet, und da hatte sie entsetzlich schlechte Laune.« Er verdrehte die Augen nach oben. »Es war furchtbar«, murmelte er, »sie hat drei Diener gebissen, ehe es vorbei war. Sie sind natürlich auf der Stelle gestorben.«

»Sie ist giftig?« Das überraschte Garion.

»Sie war schon immer giftig, Eure Majestät.«

»Das meinte ich nicht.«

»Verzeiht meinen kleinen Scherz«, entschuldigte Sadi sich. »Nach den Reaktionen der Leute zu urteilen, die sie gebissen hat, ist sie mindestens zehnmal so giftig wie eine Kobra.«

»Ist sie sehr unglücklich?« Garion fühlte ein seltsames Mitleid für die so grausam veränderte Königin.

»Das ist schwer zu sagen, Eure Majestät«, erwiderte Sadi nüchtern. »Es ist eben schwer zu sagen, was eine Schlange wirklich fühlt. Ihr versteht? Als sie gelernt hatte, uns ihre Wünsche verständlich zu machen, schien sie sich mit ihrer neuen Form abgefunden zu haben. Solange sie ihren Spiegel hat und jemanden zum Beißen, wenn sie gereizt ist, scheint sie ganz zufrieden zu sein.«

»Sie betrachtet sich immer noch im Spiegel? Ich hätte nicht gedacht, daß sie dazu noch den Wunsch hat.«

»Unser Volk hat ein anderes Bild von der Schlange, Eure

Majestät«, erklärte Sadi. »Wir halten sie für ein sehr attraktives Geschöpf, und unsere Königin ist immerhin eine prachtvolle Schlange. Ihre neue Haut ist sehr hübsch, und sie ist anscheinend sehr stolz darauf.« Er wandte sich ab und verbeugte sich tief vor Tante Pol. »Edle Polgara«, grüßte er sie.

»Sadi«, erwiderte sie mit einem leichten Nicken.

»Darf ich den von Herzen kommenden Dank der Regierung Ihrer Majestät überbringen?«

Tante Pol hob fragend eine Augenbraue.

»Der Regierung, edle Dame – nicht der Königin. Euer – äh – Eingreifen, wollen wir es nennen, hat das Leben im Palast enorm vereinfacht. Wir müssen uns nicht länger um Salmissras Launen und seltsame Gelüste sorgen. Wir regieren durch ein Komitee, und wir finden es kaum noch notwendig, uns gegenseitig zu vergiften. Seit Monaten hat niemand mehr versucht, mich zu vergiften. In Sthiss Tor läuft jetzt alles glatt und sehr zivilisiert ab.« Er warf einen Blick auf Garion. »Darf ich Euch gleichfalls zu Eurem Erfolg mit Seiner Majestät beglückwünschen? Er wirkt spürbar gereift. Er war noch sehr unerfahren, als wir uns das letzte Mal gesehen haben.«

»Was ist mit Issus?« fragte Garion, die letzte Bemerkung überhörend.

Sadi zuckte die Achseln. »Issus? Oh, er läuft wohl immer noch herum und versucht, sich als gedungener Mörder durchzuschlagen. Eines Tages werden wir ihn wahrscheinlich im Fluß treibend finden. Es ist ein Ende, wie man es bei seinesgleichen erwartet.«

Vor den großen Türen der Halle erschollen plötzlich Trompeten. Garion zuckte nervös zusammen, und auf einmal war sein Mund wie ausgetrocknet.

Die schweren Türen schwangen auf, und eine Zweierreihe tolnedranischer Legionäre marschierte herein. Ihre Brustharnische waren poliert worden, bis sie spiegelten, und die hohen, dunkelroten Federbüsche auf ihren Helmen wippten beim Marschieren. Die Einbeziehung der Legionäre in die Zeremonie hatte Brand in Zorn versetzt. Der rivanische Wächter war tagelang in eisigem Schweigen herumstolziert, nachdem er erfahren hatte, daß Garion der Bitte Botschafter Valgons um eine angemessene Eskorte für Ce'Nedra entsprochen hatte. Brand mochte Tolnedraner nicht, und er hatte sich darauf gefreut, den Stolz des Reiches dadurch getroffen zu sehen, daß Ce'Nedra einsam und verlassen den Thronsaal betreten mußte. Die Anwesenheit der Legionäre verdarb ihm diese Freude, und Brands Enttäuschung und Mißbilligung war peinlich offenkundig. So sehr Garion sich mit Brand gut stehen wollte, hatte er jedoch keineswegs die Absicht, die offizielle Beziehung zwischen seiner zukünftigen Braut und sich mit ihrer öffentlichen Demütigung zu beginnen. Garion war durchaus bereit, seinen Mangel an Erziehung einzugestehen, aber *so* dumm war er nun auch nicht.

Als Ce'Nedra an Valgons Arm eintrat, war sie ganz die kaiserliche Prinzessin. Garion konnte sie nur mit offenem Mund anstarren. Obwohl der Vertrag von Vo Mimbre vorschrieb, daß sie in ihrem Hochzeitskleid erschien, war Garion auf eine derartige kaiserliche Pracht nicht vorbereitet. Ihr Gewand bestand aus goldenem und weißem Brokat, der mit Perlen bestickt war. Es hatte einen Schleppe, die hinter ihr über den Boden schleifte. Ihr flammendes Haar war in komplizierte Locken gelegt und fiel wie ein dunkelroter Wasserfall über ihre linke Schulter. Ein goldener Stirnreif hielt einen kurzen Schleier, der ihr Gesicht weniger verbarg als es sanft und strahlend erscheinen zu lassen. Sie war klein und vollkommen, unglaublich großartig, doch ihre Augen waren wie grüne Steine.

Sie ging mit Valgon gemessenen Schrittes durch die Reihen der großen, gepanzerten Legionäre. Als sie die Halle durchschritten hatten, blieben sie stehen.

Brand, finster und hochmütig, nahm seinen Zeremonienstab von Bralon, seinem ältesten Sohn, entgegen und klopfte damit dreimal auf den Steinfußboden. »Ihre Kaiserliche Hoheit, Prinzessin Ce'Nedra aus dem Kaiserreich Tolnedra«, verkündete er mit tiefer, dröhnender Stimme. »Möchte Eure Majestät ihr Audienz gewähren?«

»Ich will die Prinzessin empfangen«, erklärte Garion und setzte sich gerade hin.

»Prinzessin Ce'Nedra möge zum Thron vortreten«, sagte Brand. Obwohl seine Worte der rituellen Förmlichkeit entsprachen, waren sie doch mit Bedacht gewählt, um klarzustellen, daß das Kaiserreich Tolnedra als Bittsteller in die Halle des Rivanischen Königs kam. Ce'Nedras Augen sprühten Funken, und Garion wand sich innerlich. Die kleine Prinzessin glitt jedoch zu dem vereinbarten Punkt vor der Empore und machte dort ihren Hofknicks. In dieser Geste lag keinerlei Unterwürfigkeit.

»Die Prinzessin hat die Erlaubnis zu sprechen«, dröhnte Brand. Einen kurzen, unvernünftigen Augenblick lang hätte Garion ihn am liebsten erwürgt.

Ce'Nedra reckte sich, ihre Miene war kalt wie Eis.

»Also stelle ich, Ce'Nedra, Tochter Ran Borunes XXIII. und Prinzessin des Kaiserlichen Tolnedra, mich – wie durch Vertrag und Gesetz verlangt – Seiner Majestät, Belgarion von Riva, vor«, erklärte sie. »Und so hat das Kaiserreich Tolnedra wieder einmal seine Bereitschaft gezeigt, seine Verpflichtungen gemäß des Vertrags von Vo Mimbre zu erfüllen. Die anderen Reiche sind Zeuge Tolnedras genauer Beobachtung seiner Pflichten und mögen sich ein Beispiel nehmen. Ich erkläre vor diesen Zeugen, daß ich eine unverheiratete Jungfrau im passenden Alter bin. Wird Seine Majestät einwilligen, mich zum Weibe zu nehmen?«

Garion hatte seine Antwort sorgsam überlegt. Die leise, innere Stimme hatte einen Weg vorgeschlagen, um Jahren ehelicher Zwietracht vorzubeugen. Er erhob sich und sagte: »Ich, Belgarion, König von Riva, erkläre hiermit, daß ich die Kaiserliche Prinzessin Ce'Nedra zu meiner Gemahlin und Königin nehme. Ich erkläre weiter, daß sie gemeinsam mit mir Riva und andere Gebiete, über die sich die Autorität unseres Thrones erstrecken mag, regieren soll.«

Das tiefe Luftholen, das durch die Halle lief, war deutlich zu hören, und Brand wurde schneeweiß im Gesicht. Der Blick, den Ce'Nedra Garion zuwarf, war fragend, und ihre Augen wurden etwas sanfter. »Eure Majestät ist zu liebenswürdig«, antwortete sie mit einer anmutigen kleinen Verbeugung. Ihre Stimme hatte etwas von ihrer Schärfe verloren, und sie warf rasch einen Seitenblick auf den wutschnaubenden Brand. »Habe ich die Erlaubnis Eurer Majestät, mich zurückzuziehen?« fragte sie honigsüß.

»Wie Eure Hoheit wünscht«, erwiderte Garion und sank auf seinen Thron zurück. Er schwitzte heftig.

Die Prinzessin knickste wieder mit einem boshaften Augenzwinkern, dann drehte sie sich um und verließ die Halle, von ihren Legionären in Reih und Glied gefolgt.

Als die großen Türen sich hinter ihr schlossen, lief ein aufgebrachtes Flüstern durch die Menge. Das Wort ›empörend‹ wurde oft wiederholt.

»Das ist unerhört, Eure Majestät«, protestierte Brand.

»Eigentlich nicht«, verteidigte sich Garion. »Der Thron von Arendien wird gemeinsam von König Korodullin und Königin Mayaserana gehalten.« Er sah mit einem stummen Hilferuf zu Mandorallen hinüber, der in seiner Rüstung glänzte.

»Seine Majestät spricht wahr, werter Brand«, erklärte Mandorallen. »Ich versichere Euch, daß unser Königreich nicht darunter leidet, daß der Thron zweigeteilt ist.«

»Das ist Arendien«, wandte Brand ein. »Hier geht es um Riva. Die Situation ist völlig anders. Kein alornisches Reich ist je von einer Frau regiert worden.«

»Es könnte nicht schaden, die möglichen Vorteile eines solchen Vorschlags zu prüfen«, meinte König Rhodar. »Meine eigene Königin, zum Beispiel, spielt in Drasnien eine bedeutendere Rolle, als es die Tradition genaugenommen erlaubt.«

Unter großen Mühen gewann Brand wenigstens teilweise seine Fassung wieder. »Darf ich mich zurückziehen, Eure Majestät?« fragte er, im Gesicht immer noch aschfahl.

»Wenn du möchtest«, antwortete Garion leise. Es lief nicht gut. Brands konservative Haltung war ein Stolperstein, mit dem er nicht gerechnet hatte.

»Eine interessante Idee, Lieber«, sagte Tante Pol ruhig, »aber meinst du nicht, es wäre besser gewesen, jemanden um Rat zu fragen, bevor du so etwas öffentlich verkündest?«

»Wird es nicht helfen, die Beziehung zu Tolnedra zu festigen?«

»Schon möglich«, gab sie zu. »Ich sage ja nicht, daß es eine schlechte Idee ist, Garion, ich glaube nur, es wäre besser gewesen, zuerst ein paar Leute vorzuwarnen. Warum *lachst* du?« fragte sie Belgarath.

»Den gesamten Bärenkult wird der Schlag treffen«, kicherte er.

Ihre Augen weiteten sich. »O je«, sagte sie. »Den hatte ich vergessen.«

»Es wird ihnen nicht sehr gefallen, nicht wahr?« meinte Garion. »Vor allem, weil Ce'Nedra Tolnedranerin ist.«

»Du kannst dich darauf verlassen, daß sie Gift und Galle spukken werden«, erwiderte der alte Zauberer lachend.

In den nächsten Tagen waren die sonst so düsteren Säle sehr farbenprächtig, als die offiziellen Besucher und Repräsentanten durch die Zitadelle wanderten, plaudernd, klatschend und in entlegenen Ecken Geschäfte abschließend. Die kostbaren und vielfältigen Geschenke, die sie zur Feier gebracht hatten, füllten mehrere Tische, die an einer Wand im Thronsaal aufgebaut waren. Garion hatte jedoch keine Zeit, sich die Geschenke anzusehen. Er verbrachte die Tage mit seinen Ratgebern und dem tolnedranischen Botschafter und dessen Stab in seinen Räumen, wo die Einzelheiten des offiziellen Verlobungsvertrags ausgehandelt wurden.

Valgon hatte sich auf Garions Bruch mit der Tradition gestürzt und versuchte, den größtmöglichen Vorteil daraus zu ziehen, während Brand verzweifelt versuchte, Paragraphen und Vereinbarungen einzuführen, die Ce'Nedras Autorität streng eingrenzten. Unterdessen starrte Garion immer öfter aus dem Fenster. Der Himmel über Riva war von einem intensiven Blau, und dicke, weiße Wolken wurden vom Wind gejagt. Die trostlosen Klippen der Insel trugen den ersten grünen Hauch des Frühlings. Die hohe, klare Stimme einer Schäferin, die für ihre Herde sang, wehte durch das offene Fenster herein. Ihre Stimme war rein und ungeschult, und sie sang ohne jede Verlegenheit, als ob in hundert Meilen Umkreis niemand wäre, der sie hören konnte. Garion seufzte, als

die letzten Töne ihres Liedes verklangen, und widmete sich wieder seine ermüdenden Pflichten.
Seine Aufmerksamkeit war in jenen ersten Frühlingstagen jedoch geteilt. Da er selbst den Mann mit dem zerrissenen Mantel nicht suchen konnte, mußte er sich dabei ganz auf Lelldorin verlassen. Lelldorin war jedoch nicht immer zuverlässig, und die Suche nach dem möglichen Attentäter schien die Phantasie des jungen Asturiers zu entflammen. Er schlich durch die Zitadelle, verstohlene Blicke um sich werfend, und berichtete nur in verschwörerischem Flüsterton über seine erfolglose Suche. Die Angelegenheit Lelldorin zu übergeben, war vielleicht ein Fehler gewesen, aber er hatte keine Wahl gehabt. Jeder andere von Garions Freunden hätte sofort einen allgemeinen Aufruhr verursacht, und die ganze Affäre wäre unweigerlich an die Öffentlichkeit gedrungen. Dies wollte Garion aber vermeiden. Er wollte keine Entscheidungen bezüglich des Attentäters treffen, ehe er nicht wußte, wer das Messer geworfen hatte und warum. Zu viele andere Dinge konnten damit zusammenhängen. Nur bei Lelldorin konnte man sich auf völlige Geheimhaltung verlassen, auch wenn eine gewisse Gefahr darin lag, ihn mit dem Auftrag, jemanden aufzuspüren, auf die Zitadelle losließ. Lelldorin hatte eine Art, einfache Dinge in Katastrophen zu verwandeln, und Garion machte sich darum fast genauso viele Sorgen, wie um die Möglichkeit, daß noch einmal ein Messer auf ihn geschleudert werden könnte.
Unter den Besuchern, die wegen der Verlobungsfeierlichkeiten anwesend waren, befand sich auch Ce'Nedras Cousine Xera, die persönliche Stellvertreterin Königin Xanthas. Nach anfänglicher Schüchternheit verlor die Dryade bald ihre Zurückhaltung – vor allem, wenn sie sich im Mittelpunkt der Aufmerksamkeit einer Gruppe hingerissener, junger Edelleute sah.
Das Geschenk Königin Xanthas an das königliche Paar war nach Garions Ansicht etwas seltsam. In schlichte Blätter eingewickelt, überreichte Xera ihnen zwei Eichensprößlinge. Ce'Nedra schien sich jedoch zu freuen. Sie bestand darauf, die

beiden Pflänzchen unverzüglich einzusetzen, und eilte in den kleinen Privatgarten, der sich an die königlichen Gemächer anschloß.

»Sehr hübsch, finde ich«, meinte Garion etwas zweifelnd, während er seine Prinzessin beobachtete, die auf den Knien in dem feuchten Lehm lag und die Erde darauf vorbereitete, Königin Xanthas Geschenk zu empfangen.

Ce'Nedra sah ihn scharf an. »Ich glaube nicht, daß Eure Majestät die Bedeutung des Geschenks versteht«, sagte sie in dem verhaßten, förmlichen Ton, den sie ihm gegenüber angenommen hatte.

»Laß das«, sagte Garion barsch. »Ich habe schließlich noch einen Namen, und ich bin mir ziemlich sicher, daß du ihn nicht vergessen hast.«

»Wenn Eure Majestät darauf besteht«, erwiderte sie hochmütig.

»Tut meine Majestät. Was ist so bedeutsam an ein paar Eicheln?«

Sie sah ihn fast mitleidig an. »Das würdest du nicht verstehen.«

»Bestimmt nicht, wenn du dir nicht die Mühe machst, es zu erklären.«

»Also schön.« Sie sprach aufreizend überlegen. »Die eine Eichel ist von meinem eigenen Baum. Die andere von Königin Xanthas.«

»Und?«

»Sieh nur, wie unglaublich dumm er ist«, sagte die Prinzessin zu ihrer Cousine.

»Er ist keine Dryade, Ce'Nedra«, antwortete Xera ruhig.

»Offensichtlich.«

Xera wandte sich an Garion. »Die Eicheln kommen nicht wirklich von meiner Mutter«, erklärte sie. »Sie sind ein Geschenk der Bäume selbst.«

»Warum hast du das nicht gleich gesagt?« wollte Garion von Ce'Nedra wissen.

Sie schnaubte und grub weiter.

»Wenn sie noch junge Schößlinge sind, wird Ce'Nedra sie

zusammenbinden«, fuhr Xera fort. »Die Triebe werden sich ineinanderschlingen und einander umarmen und schließlich einen einzigen Baum bilden. Es ist das Dryadensymbol für die Ehe. Die beiden werden eins – genau wie du und Ce'Nedra.«

»Das bleibt noch abzuwarten«, fauchte Ce'Nedra, geschäftig in der Erde wühlend.

Garion seufzte. »Ich hoffe, die Bäume sind geduldig.«

»Bäume sind sehr geduldig, Garion«, sagte Xera. Sie gab ihm einen kleine Wink, den Ce'Nedra nicht sehen konnte, und er folgte ihr in das andere Ende des Gartens.

»Sie liebt dich, mußt du wissen«, sagte Xera leise. »Sie wird es natürlich nicht zugeben, aber sie liebt dich. Ich kenne sie gut genug, um das zu sehen.«

»Warum verhält sie sich dann so?«

»Sie mag es nicht, zu etwas gezwungen zu werden, das ist alles.«

»Aber ich zwinge sie doch nicht. Warum läßt sie es an mir aus?«

»An wem könnte sie es sonst auslassen?«

Daran hatte Garion nicht gedacht. Leise verließ er den Garten. Xeras Worte hatten ihm die Hoffnung gegeben, daß sich wenigstens eins seiner Probleme letztendlich lösen würde. Ce'Nedra würde eine Zeitlang schmollen und toben, und dann – nachdem er lange genug gelitten hatte – würde sie sanfter werden. Vielleicht konnte er die Dinge beschleunigen, wenn er etwas deutlicher litt.

Seine anderen Probleme hatten sich nicht wesentlich geändert. Er mußte noch immer eine Armee gegen Kal Torak führen; Belgarath hatte noch immer keine Anzeichen erkennen lassen, daß seine Macht ungebrochen war; und irgend jemand in der Zitadelle schärfte, soweit Garion wußte, ein neues Messer für ihn. Er seufzte und ging zurück in sein Zimmer, wo er Ruhe hatte um nachzudenken.

Etwas später erhielt er die Nachricht, daß Tante Pol ihn in ihrem Zimmer sprechen wollte. Er ging sofort und fand sie, wie gewöhnlich, beim Feuer sitzend und nähend. Belgarath, in seinen schäbigen alten Kleidern, saß in einem tiefen, bequemen

Sessel auf der anderen Seite des Kamins, hatte die Beine hochgelegt und einen Krug in der Hand.

»Du wolltest mich sprechen, Tante Pol?«

»Ja, Lieber«, sagte sie. »Setz dich.« Sie betrachtete ihn kritisch. »Er sieht nicht gerade nach einem König aus, nicht wahr, Vater?«

»Laß ihm Zeit, Pol«, erwiderte der alte Mann. »Er ist es ja erst seit kurzem.«

»Ihr beide wußtet es die ganze Zeit, oder?« warf Garion ihnen vor. »Wer ich bin, meine ich.«

»Natürlich«, antwortete Tante Pol in ihrer aufreizenden Art.

»Wenn ihr wollt, daß ich mich wie ein König benehme, hättet ihr mir das sagen müssen. Dann hätte ich mich an die Idee gewöhnen können.«

»Ich habe das Gefühl, als hätten wir dieses Gespräch schon einmal geführt«, bemerkte Belgarath, »vor langer Zeit. Wenn du darüber nachdenkst, wirst du sicher einsehen, warum wir das geheimhalten mußten.«

»Vielleicht.« Garion klang nicht ganz überzeugt. »Trotzdem ist alles zu schnell passiert. Ich hatte mich noch nicht daran gewöhnt, ein Zauberer zu sein, und jetzt bin ich auch noch König. Das hat mich ganz aus dem Gleichgewicht gebracht.«

»Du bist anpassungsfähig, Garion«, sagte Tante Pol, ohne von ihrer Näherei aufzusehen.

»Du gibst ihm jetzt besser das Amulett, Pol«, erinnerte Belgarath sie. »Die Prinzessin wird gleich hier sein.«

»Das hatte ich gerade vor, Vater«, antwortete sie und legte ihr Nähzeug beiseite.

»Was ist?« fragte Garion.

»Die Prinzessin hat ein Geschenk für dich«, sagte Tante Pol. »Einen Ring. Er ist etwas auffallend, aber sei trotzdem angemessen erfreut.«

»Sollte ich ihr dann nicht auch etwas geben?«

»Dafür habe ich schon gesorgt, Lieber.« Sie nahm eine kleine, mit Samt ausgeschlagene Schachtel vom Tisch neben sich. »Du wirst ihr das geben.« Sie reichte Garion die Schachtel.

In der Schachtel lag ein Silberamulett, etwas kleiner als Garions eigenes. Es zeigte in feinster Arbeit den riesigen Baum, der in einsamer Pracht in Aldurs Tal stand. In die Zweige war eine Krone eingeflochten. Garion hielt das Amulett in der rechten Hand und versuchte zu spüren, ob in ihm etwas von derselben Kraft läge wie in seinem eigenen. Da war etwas, aber es fühlte sich anders an.

»Es scheint nicht wie unsere zu sein«, schloß er.

»Ist es auch nicht«, erwiderte Belgarath. »Jedenfalls nicht ganz. Ce'Nedra ist keine Zauberin, also könnte sie eins wie das unsere nicht gebrauchen.«

»Du hast gesagt, ›nicht ganz‹. Dann hat es also irgendeine Macht?«

»Es wird ihr gewisse Einsichten vermitteln«, sagte der alte Mann, »wenn sie geduldig genug ist zu lernen, wie man damit umgeht.«

»Was meinst du, wenn du von ›Einsicht‹ sprichst?«

»Die Fähigkeit, Dinge zu sehen und zu hören, die sie sonst nicht sehen oder hören könnte.«

»Gibt es noch etwas, das ich wissen sollte, ehe ich es ihr gebe?«

»Sag ihr einfach, daß es ein Familienerbstück ist«, schlug Tante Pol vor. »Es gehörte meiner Schwester Beldaran.«

»Dann solltest du es behalten, Tante Pol«, widersprach Garion. »Ich kann für die Prinzessin etwas anderes besorgen.«

»Nein, Lieber. Beldaran möchte, daß sie es bekommt.«

Garion fand Tante Pols Angewohnheit, von längst Verstorbenen in der Gegenwart zu sprechen, etwas verwirrend, deshalb verfolgte er das Thema nicht weiter.

An der Tür klopfte es.

»Komm herein, Ce'Nedra«, rief Tante Pol.

Die kleine Prinzessin trug ein schlichtes grünes Kleid mit verziertem Ausschnitt und wirkte etwas besänftigter. »Komm her zum Feuer«, sagte Tante Pol. »In dieser Jahreszeit sind die Abende noch kühl.«

»Ist es immer so feucht und kalt in Riva?« fragte Ce'Nedra.

»Wir sind weit im Norden von Tol Honeth«, erklärte Garion.

»Das ist mir durchaus bewußt«, sagte sie mit der ihr eigenen Schärfe.

»Ich dachte immer, es sei üblich, bis *nach* der Hochzeit mit der Streiterei zu warten«, bemerkte Belgarath. »Haben sich die Regeln geändert?«

»Wir üben nur, Belgarath», sagte Ce'Nedra spitzbübisch. »Für später.«

Der alte Mann lachte. »Du kannst ein bezauberndes kleines Mädchen sein, wenn du es darauf anlegst.«

Ce'Nedra verbeugte sich spöttisch. Dann wandte sie sich an Garion. »Es ist Brauch, daß ein tolnedranisches Mädchen ihrem Verlobten ein Geschenk von gewissem Wert gibt«, erklärte sie. Sie hielt einen schweren Ring hoch, in den mehrere funkelnde Steine gefaßt waren. »Dieser Ring gehörte Ran Horb II., dem größten aller tolnedranischen Kaiser. Ihn zu tragen, hilft dir *vielleicht*, ein besserer König zu sein.«

Garion seufzte. Wieder eins dieser Gespräche. »Ich fühle mich geehrt, den Ring tragen zu dürfen«, sagte er so harmlos er konnte, »und ich möchte, daß du dies trägst.« Er reichte ihr die Samtschachtel. »Es gehörte der Gemahlin von Riva Eisenfaust, der Schwester Tante Pols.«

Ce'Nedra nahm die Schachtel und öffnete sie. »Oh, Garion«, rief sie, »ist das schön.« Sie hielt das Amulett näher ans Feuer. »Der Baum sieht so echt aus, daß man fast die Blätter riechen kann.«

»Danke schön«, sagte Belgarath bescheiden.

»*Du* hast das gemacht?« fragte die Prinzessin erstaunt.

Der alte Mann nickte. »Als Polgara und Beldaran Kinder waren, lebten wir im Tal. Dort gab es nicht viele Silberschmiede, also mußte ich das Amulett selbst machen. Aldur hat mir bei den Feinheiten geholfen.«

»Das ist ein überaus kostbares Geschenk, Garion.« Das kleine Mädchen glühte regelrecht, und Garion schöpfte ein wenig Hoffnung für die Zukunft. »Hilf mir«, befahl sie, reichte ihm die beiden Enden der Kette und hob mit einer Hand die Fülle ihres roten Haars hoch.

»Nimmst du das Geschenk an, Ce'Nedra?« fragte Tante Pol mit eigenartiger Betonung.

»Selbstverständlich.«

»Ohne Vorbehalt und aus eigenem freien Willen?« drängte Tante Pol aufmerksam.
»Ich nehme das Geschenk an, Dame Polgara«, antwortete Ce'Nedra. »Mach es zu, Garion. Paß auf, daß der Verschluß richtig schließt. Ich möchte nicht, daß er aufgeht.«
»Darüber brauchst du dir keine Sorgen zu machen«, meinte Belgarath.
Garions Finger zitterten leicht, als er den Verschluß betätigte. Seine Fingerspitzen kribbelten merkwürdig, als die beiden Enden sich mit einem leisen, doch deutlich hörbarem Klicken miteinander verbanden.
»Nimm das Amulett in die Hand, Garion«, wies Tante Pol ihn an. Ce'Nedra hob das Kinn, und Garion nahm das Medaillon in die rechte Hand. Dann schlossen Tante Pol und Belgarath ihre Hände um die seine. Etwas Eigenartiges schien durch ihre Hände in den Talisman an Ce'Nedras Hals zu fließen.
»Jetzt bist du an uns gebunden, Ce'Nedra«, sagte Tante Pol ruhig zu der Prinzessin. »Mit einem Band, das nie gebrochen werden kann.«
Ce'Nedra sah sie erstaunt an, dann weiteten sich ihre Augen langsam, als ein schrecklicher Verdacht in ihr aufkeimte. »Nimm es ab, Garion«, befahl sie ihm scharf.
»Das kann er nicht«, informierte Belgarath sie, setzte sich und nahm seinen Krug wieder zur Hand.
De'Nedra zerrte mit beiden Händen an der Kette.
»Du scheuerst dir nur den Hals wund, Liebes«, warnte Tante Pol sanft. »Die Kette reißt nicht, und man kann sie nicht schneiden, und sie paßt nicht über deinen Kopf. Du mußt dir nie Sorgen machen, daß du sie verlieren könntest.«
»*Du* hast das getan!« fauchte die Prinzessin Garion an.
»Was?«
»Mir diese Sklavenkette umgelegt. Nicht genug, daß ich mich vor dir beugen mußte, jetzt hast du mich auch noch in Ketten gelegt.«
»Das wußte ich nicht«, protestierte er.
»Lügner!« schrie sie ihn an. Dann stürzte sie schluchzend aus dem Zimmer.

15

Garion war düsterer Stimmung. Die Aussicht auf einen weiteren Tag voller Zeremonien und ermüdender Gespräche war ihm unerträglich, und er war schon früh aufgestanden, um aus dem königlichen Schlafgemach flüchten zu können, ehe der entsetzlich höfliche Sekretär mit seiner endlosen Liste erscheinen konnte, um ihm den ganzen Tag zu verplanen. Insgeheim verabscheute Garion diesen harmlosen Burschen, obwohl er wußte, daß der Mann nur seine Arbeit tat. Die Zeit eines Königs mußte organisiert und verplant werden, und es war die Aufgabe des Sekretärs, sich darum zu kümmern. Und so ertönte jeden Morgen nach dem Frühstück das respektvolle Klopfen an der Tür, und der Sekretär kam herein, verbeugte sich und begann dann, den Tag des jungen Königs Minute für Minute zu arrangieren. Garion war zutiefst überzeugt, daß es irgendwo, versteckt und gut bewacht, eine große Hauptliste gab, die den Plan für sein ganzes weiteres Leben enthielt – seine königliche Beerdigung mit eingeschlossen.

Aber dieser Tag dämmerte zu schön herauf, um ihn mit Gedanken an verstaubte Förmlichkeiten und schwierige Konferenzen zu belasten. Die Sonne war aus dem Meer der Winde aufgestiegen und überzog die Schneefelder auf den kargen Bergen mit einem zarten Rosa, die tiefen Schatten in den Tälern über der Stadt waren diesig blau. Der Duft nach Frühling drang durch das Fenster aus dem kleinen Garten herein, und Garion mußte einfach entfliehen, und sei es auch nur für eine Stunde. Er zog rasch Tunika, Hose und weiche, rivanische Stiefel an, wobei er sorgfältig die am wenigsten königlichen Kleidungsstücke wählte, die sein Schrank hergab. Er gürtete noch sein Schwert um, dann schlich er aus den Königsgemächern. Er überlegte sogar, seine Leibwache zurückzulassen, entschied sich aber klugerweise dagegen.

Die Suche nach dem Mann, der versucht hatte, ihn zu töten, war zum Stillstand gekommen, aber sowohl Lelldorin als auch Garion hatten feststellen müssen, daß die Übergewänder einer ganzen Anzahl Rivaner das Flicken nötig hatten. Der graue

Mantel war kein Festgewand, sondern wurde zum Wärmen übergeworfen. Es war ein robustes, nützliches Kleidungsstück, und viele davon befanden sich in einem erschreckenden Zustand. Darüber hinaus wurden sie jetzt, da Frühling war, bald nicht mehr getragen, und der einzige Hinweis auf die Identität des Angreifers würde irgendwo in einem Schrank eingeschlossen werden.

Garion grübelte darüber nach, während er durch die stillen Flure der Zitadelle wanderte, in respektvollem Abstand gefolgt von zwei gepanzerten Leibwächtern. Der Versuch, überlegte er, war nicht von einem Grolim unternommen worden. Tante Pols seltsame Fähigkeit, den Geist eines Grolims zu erkennen, hätte sie unverzüglich alarmiert. Aller Wahrscheinlichkeit nach war der Angreifer überhaupt kein Fremder gewesen. Auf der Insel gab es zu wenig Fremde, um das glaubhaft erscheinen zu lassen. Es mußte ein Rivaner sein. Aber warum sollte ein Rivaner den König töten wollen, der nach dreizehnhundert Jahren gerade erst zurückgekehrt war?

Er seufzte verwirrt und ließ seine Gedanken in andere Richtungen schweifen. Er wünschte, er wäre wieder nur Garion, er wünschte das mehr als alles andere. Er wünschte, es wäre möglich, irgendwo in einem abgelegenen Gasthaus zu erwachen, im silbernen Licht des Tagesanbruchs aufzubrechen und allein auf den nächsten Hügel zu reiten, um zu sehen, was dahinterlag. Er seufzte wieder. Jetzt war er eine Person der Öffentlichkeit, und solche Freiheiten waren ihm verwehrt. Er hatte die kalte Gewißheit, daß er nie wieder einen Augenblick Zeit für sich haben würde.

Alser an einer offenstehenden Tür vorbeikam, hörte er plötzlich eine vertraute Stimme. »Die Sünde kriecht in dem Moment in unsere Seele, in dem wir unsere Gedanken wandern lassen«, sagte Relg. Garion blieb stehen und bedeutete seinen Wachen, leise zu sein.

»Muß denn alles Sünde sein?« fragte Taiba. Unvermeidlich waren sie zusammen. Sie waren von dem Augenblick an, als Relg Taiba aus der Höhle unter Rak Cthol, die fast ihr Grab geworden wäre, gerettet hatte, fast ununterbrochen zusammengewesen. Garion war sicher, daß sich keiner der beiden dieser Tatsache wirklich bewußt war. Außerdem hatte er Spuren von Unbehagen nicht nur auf Taibas, sondern auch auf Relgs Gesicht gesehen, wenn sie einmal getrennt waren. Etwas außerhalb ihrer Kontrolle zog sie zueinander.

»Die Welt ist voller Sünde«, ereiferte sich Relg. »Wir müssen ständig gegen sie Wache halten. Wir müssen eifersüchtig über unsere Reinheit wachen gegen alle Formen der Versuchung.«

»Das wäre aber sehr anstrengend.« Taiba klang leicht belustigt.

»Ich dachte, du wolltest Unterweisung«, warf Relg ihr vor. »Wenn du nur hergekommen bist, um mich zu verhöhnen, gehe ich auf der Stelle.«

»Ach, setz dich, Relg«, sagte sie. »Wir kommen nie zu etwas, wenn du alles, was ich sage, als Beleidigung auffaßt.«

»Hast du denn gar keine Vorstellung von der Bedeutung der Religion?« fragte er nach einem Augenblick. Er wirkte tatsächlich neugierig.

»In den Sklavenhöhlen bedeutete das Wort Religion den Tod. Es bedeutete, daß einem das Herz bei lebendigem Leibe herausgerissen wurde.«

»Das war die Perversion der Grolims. Hattest du denn keine eigene Religion?«

»Die Sklaven kamen aus der ganzen Welt, und sie beteten zu vielen Göttern – meistens um den Tod.«

»Was ist mit deinem eigenen Volk? Wer ist euer Gott?«

»Man hat mir erzählt, daß er Mara heißt. Aber wir beten nicht zu ihm – nicht mehr, seit er uns aufgegeben hat.«

»Es ist nicht Sache des Menschen, die Götter anzuklagen«, sagte Relg streng. »Es ist die Pflicht des Menschen, seinen Gott zu verherrlichen und zu ihm zu beten – auch wenn die Gebete nicht erhört werden.«

»Und was ist mit der Pflicht der Götter gegenüber den Menschen?« fragte sie mit Nachdruck. »Kann ein Gott nicht ebenso gleichgültig sein wie die Menschen? Würdest du einen Gott nicht gleichgültig nennen, der zuläßt, daß seine Kinder versklavt und abgeschlachtet werden – oder der zuläßt, daß seine Töchter anderen Sklaven zur Belohnung gegeben werden,

wenn diese ihren Herrn zufriedengestellt haben – so wie es mir geschah?«
Relg kämpfte mit dieser peinlichen Frage.
»Ich glaube, du hast ein sehr beschütztes Leben geführt, Relg«, erklärte sie. »Ich glaube, du hast nur sehr begrenzte Vorstellungen von menschlichem Leid – von den Dingen, die Menschen anderen Menschen, und vor allem Frauen, antun können, und das anscheinend mit voller Billigung der Götter.«
»Du hättest dich umbringen sollen«, beharrte er.
»Wozu?«
»Um das Verderben zu vermeiden, natürlich.«
»Du bist wirklich unschuldig, nicht wahr? Ich habe mich nicht getötet, weil ich nicht bereit war zu sterben. Selbst als Sklave kann das Leben süß sein, Relg, und der Tod ist bitter. Was du Verderben nennst, ist eine Kleinigkeit – und nicht einmal immer unangenehm.«
»Sündiges Weib!« keuchte er.
»Darüber machst du dir viel zu viele Gedanken, Relg. Grausamkeit ist Sünde, Mangel an Mitgefühl ist Sünde. Aber die andere kleine Sache? Ich glaube kaum. Ich beginne mich über dich zu wundern. Könnte es sein, daß dein UL gar nicht so streng und unversöhnlich ist, wie du glaubst? Will er wirklich diese ganzen Gebete und Rituale und Wühlereien in der Erde? Oder ist das nur deine Art, dich vor deinem Gott zu verstecken? Glaubst du, daß laute Gebete und Selbstzüchtigungen ihn daran hindern, in dein Herz zu sehen?«
Relg gab erstickte Laute von sich.
»Wenn die Götter uns wirklich liebten, würden sie wollen, daß unser Leben voller Freude ist«, fuhr sie erbarmungslos fort. »Aber aus irgendeinem Grund haßt du die Freude – wahrscheinlich, weil du dich vor ihr fürchtest. Freude ist keine Sünde, Relg, nur eine Art der Liebe, und ich glaube, die Götter billigen das – auch wenn du das nicht glaubst.«
»Du bist hoffnungslos verderbt.«
»Möglich«, gab sie gleichgültig zu, »aber wenigstens sehe ich dem Leben ins Gesicht. Ich habe keine Angst davor, und ich versuche nicht, vor ihm davonzulaufen.«

»Warum tust du das?« fragte er mit einer fast tragischen Stimme. »Warum mußt du mir überallhin folgen und mich mit deinen Augen verspotten?«
»Ich weiß es nicht genau«, erwiderte sie erstaunt. »So attraktiv bist du auch nicht. Seit wir Rak Cthol verlassen haben, bin ich Dutzenden von Männern begegnet, die mich viel mehr interessierten. Zuerst dachte ich, es sei, weil es dich nervös machte und du Angst vor mir hattest. Das hat mir Spaß gemacht, aber in der letzten Zeit ist es mehr als das. Es ergibt allerdings keinerlei Sinn. Du bist, was du bist, und ich bin, was ich bin, aber aus irgendeinem Grund möchte ich bei dir sein.« Sie hielt inne. »Sag mir, Relg – und versuche nicht, mich anzulügen –, möchtest du *wirklich*, daß ich weggehe und wir uns nie wiedersehen?«
Es entstand ein langes, gequältes Schweigen. »Möge UL mir verzeihen!« stöhnte Relg schließlich.
»Das wird er bestimmt, Relg«, beruhigte sie ihn sanft.
Garion entfernte sich leise von der offenen Tür. Etwas, das er zuvor nicht verstanden hatte, wurde ihm nun klar. *»Du bewirkst das, nicht wahr?«* fragte er lautlos.
»Natürlich«, antwortete die trockene Stimme in seinem Geist.
»Aber warum ausgerechnet die beiden?«
»Weil es notwendig ist, Belgarion. Ich tue nichts einfach aus einer Laune heraus. Wir werden alle von der Notwendigkeit bestimmt – selbst ich. Aber das, was zwischen Relg und Taiba vorgeht, betrifft dich nicht im entferntesten.«
Das erschütterte Garion etwas. *»Ich dachte ... nun ja ... –«*
»Du hast angenommen, daß du meine einzige Sorge bist – der Mittelpunkt des Universums? Das ist selbstverständlich nicht der Fall. Andere Dinge sind fast ebenso wichtig, und Relg und Taiba gehören zu einem dieser Dinge. Dein Anteil in dieser speziellen Angelegenheit ist minimal.«
»Sie werden furchtbar unglücklich sein, wenn du sie zueinander zwingst«, warf Garion der Stimme vor.
»Das spielt nicht die geringste Rolle. Ihr Zusammensein ist notwendig. Außerdem hast du unrecht. Sie werden eine Weile brauchen, um sich daran zu gewöhnen, aber anschließend

werden sie sehr glücklich sein. Es wird letztendlich belohnt, sich den Notwendigkeiten zu fügen.«

Garion kämpfte eine Zeitlang mit dieser Vorstellung, gab es dann jedoch auf. Seine eigenen Probleme schlichen sich wieder einmal in seine Gedanken. Unvermeidlich, wie immer, wenn er Kummer hatte, ging er Tante Pol suchen. Sie saß vor einem gemütlichen Feuer in ihrer Wohnung, nippte an einer Tasse duftenden Tees und betrachtete durch das Fenster, wie die rosige Morgensonne die Schneefelder oberhalb der Stadt in ein tiefes Rot tauchte. »Du bist früh auf«, bemerkte sie bei seinem Eintritt.

»Ich wollte mit dir reden«, sagte er, »und wenn ich tun möchte, was ich will, muß ich mein Zimmer verlassen, ehe der Mensch mit dem Tagesplan kommt.« »Er warf sich in einen Sessel. »Sie lassen mir keine Minute für mich selbst.«

»Du bist jetzt eine wichtige Person, Lieber.«

»Das war nicht *meine* Idee.« Er starrte trübsinnig aus dem Fenster. »Großvater geht es wieder gut, nicht wahr?« fragte er plötzlich.

»Wie kommst du denn darauf?«

»Nun ja, als wir Ce'Nedra das Amulett gegeben haben, hat er da nicht irgendwas...«

»Das meiste davon kam von dir, Lieber.«

»Ich habe noch etwas anderes gespürt.«

»Das bin bestimmt nur ich gewesen. Es war eine ziemlich heikle Sache, und nicht einmal ich wußte, ob er daran teilhatte.«

»Es muß doch einen Weg geben, es herauszufinden.«

»Es gibt nur einen Weg, Garion, und das heißt, er muß etwas tun.«

»Dann laß uns irgendwo mit ihm hingehen, und dann soll er etwas tun, etwas kleines vielleicht.«

»Und wie willst du ihm das erklären?«

»Du meinst, er weiß es nicht?« Garion setzte sich ruckartig auf.

»Vielleicht weiß er es, aber ich bezweifle es.«

»Du hast ihm nichts gesagt?«

»Natürlich nicht. Wenn er irgendeinen Zweifel an seiner Fähigkeit hat, wird er versagen, und wenn er einmal versagt hat, ist es das Ende.«

»Das verstehe ich nicht.«

»Es ist sehr wichtig, daß man *weiß*, es wird funktionieren. Wenn du dir nicht ganz sicher bist, klappt es auch nicht. Deswegen können wir es ihm nicht sagen.«

Garion dachte darüber nach. »Das ist bestimmt vernünftig, aber ist es nicht auch gefährlich? Ich meine, was ist, wenn etwas Dringendes ist, und er versucht etwas zu tun, und wir müssen plötzlich feststellen, daß er es nicht kann?«

»Dann müssen wir beide damit fertigwerden, Lieber.«

»Du scheinst das sehr ruhig zu nehmen.«

»Sich aufzuregen hilft auch nicht viel, Garion.«

Die Tür wurde aufgerissen, und Königin Layla stürmte mit zerzaustem Haaren herein, die Krone gefährlich schief über einem Ohr. »Ich werde es nicht zulassen, Polgara«, erklärte sie zornig. »Ich kann es einfach nicht mitansehen. Du mußt mit ihm reden. Oh, verzeiht mir, Eure Majestät«, setzte die mollige Königin hinzu, als sie Garion bemerkte. »Ich hatte Euch nicht gesehen.« Sie knickste anmutig.

»Eure Hoheit«, erwiderte Garion, eilends aufstehend und sich ebenfalls verbeugend.

»Mit wem soll ich sprechen, Layla?« fragte Tante Pol.

»Mit Anheg. Er beharrt darauf, daß mein armer Mann jede Nacht aufbleibt und mit ihm trinkt. Heute morgen geht es Fulrach so schlecht, daß er kaum den Kopf vom Kissen heben kann. Dieser bullige Cherek ruiniert die Gesundheit meines Mannes.«

»Anheg mag deinen Mann, Layla. Es ist seine Art, ihm seine Freundschaft zu beweisen.«

»Können sie nicht Freunde sein, ohne so viel zu trinken?«

»Ich werde mit ihm reden, meine Liebe«, versprach Tante Pol.

Leicht besänftigt ging Königin Layla, mit einer erneuten Verbeugung vor Garion.

Garion wollte gerade wieder auf Elgaraths mögliche Schwäche zu sprechen kommen, als Tante Pols Zofe hereinkam und Gräfin Merel meldete.

Baraks Frau betrat bedrückt das Zimmer. »Eure Majestät«, grüßte sie Garion mechanisch.

Garion stand auf und verbeugte sich höflich. Allmählich fand er es ermüdend.

»Ich muß mit dir reden, Polgara«, erklärte Merel.

»Natürlich«, sagte Tante Pol. »Würdest du uns entschuldigen, Garion?«

»Ich warte nebenan«, erbot er sich. Er ging durch die Tür, schloß sie jedoch nicht ganz hinter sich. Seine Neugier siegte wieder einmal über seine Manieren.

»Alle werfen es mir vor«, platzte Merel heraus, als Garion kaum das Zimmer verlassen hatte.

»Was – es?«

»Nun...« Merel zögerte, dann sprach sie entschlossen weiter. »Mein Graf und ich standen nicht immer auf bestem Fuße miteinander«, gestand sie.

»Das ist weithin bekannt, Merel«, sagte Tante Pol diplomatisch.

»Das ist das ganze Problem«, beklagte sich Merel. »Alle lachen hinter vorgehaltener Hand und warten darauf, daß ich wieder so werde wie früher.« Ein stählerner Ton schlich sich in ihre Stimme. »Aber das wird nicht geschehen«, verkündete sie, »also können sie lachen, soviel sie wollen.«

»Das freut mich zu hören, Merel.«

»Ach, Polgara«, sagte Merel mit einem hilflosen, kleinen Lachen. »Er sieht aus wie ein großer, zottiger Bär, aber im Innern ist er so sanft. Warum habe ich das früher nie gesehen? All die Jahre vergeudet.«

»Du mußtest erst erwachsen werden, Merel«, erklärte Tante Pol. »Manche Menschen brauchen dazu eben länger, das ist alles.«

Nachdem Gräfin Merel gegangen war, kam Garion wieder herein und sah seine Tante fragend an. »Ist das immer so?« erkundigte er sich. »Ich meine, kommen die Leute immer zu dir, wenn sie Probleme haben?«

»Hin und wieder schon«, antwortete sie. »Die Menschen glauben anscheinend, daß ich sehr klug bin. Im allgemeinen wissen sie bereits, was sie zu tun haben, uns so höre ich ihnen nur zu, pflichte ihnen bei und gebe ihnen dadurch Unterstützung. Das macht sie glücklich. Ich halte jeden Morgen eine bestimmte Zeit für diese Besuche frei. Sie wissen, daß ich hier bin, wenn sie das Gefühl haben, mit jemandem reden zu müssen. Möchtest du Tee?«

Er schüttelte den Kopf. »Ist das nicht eine schreckliche Belastung – all die Probleme der anderen?«

»So schwer ist die Last nicht, Garion. Ihre Probleme sind meistens sehr klein und alltäglich. Es ist angenehm, sich mit Dingen zu beschäftigen, die nicht so welterschütternd sind. Außerdem habe ich gerne Besuch, egal aus welchen Gründen die Besucher nun kommen.«

Der nächste Besucher war jedoch Königin Islena, und ihr Problem war ernster. Garion zog sich wieder zurück, als die Zofe meldete, die Königin von Cherek wünsche unter vier Augen mit Polgara zu sprechen, aber wie vorher drängte ihn die Neugier dazu, an der Tür zu lauschen.

»Ich habe alles versucht, was mir nur einfiel, Polgara«, jammerte Islena, »aber Grodeg läßt mich einfach nicht in Ruhe.«

»Der Hohepriester von Belar?«

»Er weiß wirklich alles«, bestätigte Islena. »Seine Untergebenen berichten ihm jede Unbesonnenheit. Er droht, es Anheg zu sagen, falls ich je versuchen sollte, meine Verbindung zum Bärenkult zu lösen. Wie konnte ich nur so dumm sein? Jetzt hat er mich in der Hand.«

»Welcher Art waren denn deine Unbesonnenheiten, Islena?« wollte Tante Pol wissen.

»Ich war bei einigen ihrer Rituale«, beichtete Islena. »Ich habe einigen Mitgliedern des Kultes Posten im Palast verschafft. Außerdem habe ich Grodeg einige Informationen zukommen lassen.«

»Welche Rituale, Islena?«

»Nicht *diese*«, antwortete Islena schockiert. »Dazu hätte ich mich nie hergegeben.«

»Also hast du lediglich an einigen harmlosen Versammlungen teilgenommen, bei denen sich die Leute mit Bärenfellen verkleiden, und einige Kultisten in den Palast eingeschleust – wo wahrscheinlich schon ein Dutzend saß – und ein bißchen harmlosen Palastklatsch weitergegeben? Es war doch harmlos, oder?«

»Ich habe keine Staatsgeheimnisse ausgeplaudert, Polgara, wenn du das meinst«, sagte die Königin steif.

»Dann hat Grodeg eigentlich nichts gegen dich in der Hand, Islena.«

»Was soll ich tun, Polgara?« fragte die Königin gequält.

»Geh zu Anheg. Sag ihm alles.«

»Das kann ich nicht.«

»Du mußt. Sonst wird Grodeg dich zu noch Schlimmerem zwingen. Tatsächlich könnte man die Situation zu Anhegs Vorteil wenden. Erzähl mir genau, wieviel du über die Pläne des Kults weißt.«

»Unter anderem haben sie begonnen, Ortsgruppen unter den Bauern zu gründen.«

»Das haben sie noch nie getan«, überlegte Tante Pol. »Der Kult hat sich immer auf den Adel und die Priesterschaft beschränkt.«

»Ich weiß es nicht sicher«, fuhr Islena fort, »aber ich glaube, sie bereiten eine große Sache vor – eine Art Auseinandersetzung.«

»Das werde ich meinem Vater erzählen«, sagte Tante Pol. »Ich nehme an, daß er Schritte unternehmen will. Solange der Kult das Spielzeug der Priesterschaft und des niederen Adels war, hatte er keine so große Bedeutung, aber die Bauern aufzustacheln, ist etwas anderes.«

»Ich habe noch andere Dinge gehört«, erzählte Islena weiter. »Ich glaube, sie versuchen, Rhodars Geheimdienst zu unterwandern. Wenn sie ein paar Leute an den richtigen Stellen im Palast von Boktor haben, werden sie Zugang zu fast allen Staatsgeheimnissen des Westens haben.«

»Ich verstehe.« Tante Pols Stimme war kalt wie Eis.

»Ich habe Grodeg einmal sprechen hören«, sagte Islena voller Abscheu. »Das war, bevor er herausfand, daß ich nichts mehr mit ihm zu tun haben wollte. Er hatte die Auguren und die Himmelszeichen gelesen und sprach von der Rückkehr des

Rivanischen Königs. Der Kult nimmt den Begriff ›Großkönig des Westens‹ sehr ernst. Ich glaube ernsthaft, ihr letztendliches Ziel ist es, Belgarion zum Kaiser über den gesamten Westen zu machen – über Aloria, Sendarien, Arendien, Tolnedra und selbst Nyissa.«

»So war der Begriff nicht gemeint«, warf Tante Pol ein.

»Ich weiß«, antwortete Islena, »aber Grodeg wird ihn so lange hin- und herdrehen, bis er so lautet. Er ist ein absoluter Fanatiker, und er will alle Völker des Westens zu Belar bekehren – wenn nötig, mit dem Schwert.«

»Dieser Idiot!« schimpfte Tante Pol. »Wenn er das versucht, verursacht er einen Krieg im Westen und löst sogar Streit unter den Göttern aus. Was ist nur los mit den Alornern, immer wollen sie sich nach Süden ausdehnen? Ich glaube, es ist Zeit, daß jemand Grodeg Einhalt gebietet, und zwar entschieden. Geh sofort zu Anheg. Erzähle ihm alles und dann sag ihm, daß ich ihn sehen will. Ich könnte mir denken, daß auch mein Vater diese Angelegenheit mit ihm besprechen will.«

»Anheg wird wütend auf mich sein, Polgara«, stammelte Islena.

»Das glaube ich nicht«, beruhigte Tante Pol sie. »Sobald er erkennt, daß du Grodegs Plan enthüllt hast, wird er vermutlich sogar dankbar sein. Laß ihn in dem Glauben, daß du nur noch Verbindung mit Grodeg hattest, um weitere Informationen zu bekommen. Das ist ein sehr achtbares Motiv und etwas, das eine gute Ehefrau tun würde.«

»Daran hatte ich nicht gedacht«, sagte Islena schon etwas sicherer. »Es wäre auch eine tapfere Tat gewesen, nicht wahr?«

»Einfach heldenhaft, Islena«, erwiderte Tante Pol. »Geh jetzt zu Anheg.«

»Das werde ich, Polgara.« Man hörte schnelle, entschlossene Schritte, dann wurde eine Tür geschlossen.

»Garion, komm wieder her.« Tante Pols Stimme klang streng. Er öffnete die Tür.

»Du hast gelauscht?« Es war eigentlich keine Frage.

»Nun...«

»Darüber müssen wir uns noch unterhalten. Aber diesmal

spielt es keine große Rolle. Geh und suche deinen Großvater. Sage ihm, daß ich ihn unverzüglich sprechen muß. Es ist mir gleich, was er gerade tut. Bring ihn sofort zu mir.«

»Aber woher wissen wir, ob er etwas tun kann?« fragte Garion. »Ich meine, wenn er seine Macht verloren hat...«

»Es gibt viele Arten von Macht, Garion. Zauberei ist nur eine davon. Geh jetzt und hole ihn her.«

»Jawohl, Tante Pol«, antwortete Garion, schon auf dem Weg zur Tür.

16

Der Hohepriester von Belar war ein eindrucksvoller Mann von annähernd zwei Metern Größe. Er trug einen langen, grauen Bart, und seine Augen lagen unter buschigen schwarzen Brauen tief in ihren Höhlen. Eine Woche nachdem die anscheinend endlosen Verhandlungen über den Verlobungsvertrag endlich abgeschlossen waren, traf er aus Val Alorn ein. Begleitet wurde er von einem Gefolge aus zwei Dutzend grimmigen Kriegern, die in Bärenfelle gekleidet waren.

»Bärenkultisten«, bemerkte Barak mürrisch zu Garion und Silk, die mit ihm auf der Mauer der Zitadelle standen und den Hohepriester und sein Gefolge dabei beobachteten, wie sie in strahlendem Sonnenschein die Treppen vom Hafen heraufkletterten.

»Ich habe nichts davon gesagt, daß er Soldaten mitbringen soll«, meinte Garion indigniert.

»Das hat er wohl selbst übernommen«, sagte Silk. »Grodeg ist groß darin, Dinge selbst in die Hand zu nehmen.«

»Ich frage mich, wie es ihm wohl gefallen würde, wenn ich ihn in ein Verlies werfe«, sagte Garion hitzig. »Haben wir eigentlich Verliese?«

»Wir könnten sicherlich eins improvisieren.« Barak grinste ihn an. »Irgendeinen schönen, feuchten Keller. Ratten müßtest du allerdings importieren. Die Insel soll angeblich frei davon sein.«

»Du machst dich über mich lustig«, warf Garion seinem Freund errötend vor.

»Du weißt doch, daß ich das nie tun würde, Garion«, antwortete Barak und zupfte an seinem Bart.

»Ich würde mit Belgarath sprechen, ehe ich Grodeg in Eisen legen ließe«, riet Silk. »Die politischen Folgen könnten weiter reichen, als du denkst. Was du auch tust, laß dir von Grodeg nicht die Zustimmung abschwatzen, daß er einige seiner Leute hierlassen darf. Er versucht schon seit zwanzig Jahren, auf der Insel der Winde Fuß zu fassen. Nicht einmal Brand besaß den Nerv, so weit zu gehen.«

»Brand?«

»Ist das nicht offensichtlich? Ich will nicht behaupten, daß Brand ein Mitglied des Kultes ist, aber seine Sympathien gehen sicherlich in die Richtung.«

Garion war entsetzt und fühlte sich elend. »Was soll ich tun?«

»Versuche nicht, mit diesen Leuten ein politisches Spiel zu treiben«, antwortete Barak. »Grodeg ist hier, um die offizielle Verlobungszeremonie durchzuführen. Belasse es dabei.«

»Aber er wird mit mir reden wollen«, meinte Garion. »Er wird mich dazu überreden wollen, eine Invasion in die südlichen Königreiche anzuführen, damit er die Arendier und Tolnedraner und Nyisser zu Belar bekehren kann.«

»Wo hast du das gehört?« fragte Silk neugierig.

»Das möchte ich lieber nicht sagen«, erwiderte Garion.

»Weiß Belgarath davon?«

Garion nickte. »Tante Pol hat es ihm gesagt.«

Silk kaute nachdenklich an seinen Fingernägeln. »Stell dich einfach dumm«, meinte er schließlich.

»Wie bitte?«

»Gib vor, nur ein einfacher Bauernlümmel zu sein, der keine Ahnung hat, was vor sich geht. Grodeg wird tun, was er kann, um allein mit dir zu sprechen, damit er dir Zugeständnisse abringen kann. Du mußt einfach nur lächeln und idiotisch nicken, und jedesmal, wenn er einen Vorschlag macht, schickst du nach Belgarath. Laß ihn in dem Glauben, du könntest keine Entscheidung allein treffen.«

»Läßt mich das nicht ziemlich – na ja – dämlich aussehen?«
»Interessiert es dich wirklich, was er denkt?«
»Nein, ich glaube nicht, aber...«
»Es wird ihn wahnsinnig machen«, sagte Barak mit boshaftem Grinsen. »Er wird denken, daß du ein kompletter Idiot bist – eine reife Pflaume, gerade richtig, um sie zu pflücken. Aber er wird begreifen, daß er sich gegen Belgarath stellen muß, um an dich heranzukommen. Er wird sich vor seiner Abreise noch den Bart vor Verzweiflung ausreißen.« Er sah Silk bewundernd an. »So etwas einem Mann wie Grodeg anzutun, ist wirklich gemein, weißt du das?«
Silk grinste. »Nicht wahr?«
Die drei grinsten einander an und brachen schließlich in Lachen aus.
Die offizielle Verlobungszeremonie fand am folgenden Tag statt. Es hatte ein großes Getue darum gegeben, wer die Halle des Rivanischen Königs zuerst betreten sollte, aber dieses Problem war durch Belgaraths Vorschlag gelöst worden, daß Garion und Ce'Nedra Arm in Arm eintreten sollten. »Schließlich ist das alles Vorbereitung auf eine Hochzeit«, hatte er erklärt. »Wir können zumindest mit dem Anschein von Freundschaftlichkeit beginnen.«
Garion war sehr nervöss, als sich die Stunde näherte. Seine Prinzessin hatte seit dem Zwischenfall mit dem Amulett geschmollt, und er war fast sicher, daß es Schwierigkeiten geben würde. Aber zu seiner Überraschung strahlte Ce'Nedra, als sie beide allein in einem kleinen Vorzimmer warteten, während die offiziellen Gäste sich im Saal versammelten. Garion ging unruhig auf und ab und fingerte nervös an seinen Kleidern herum, Ce'Nedra jedoch wartete gelassen und geduldig auf die Trompetenfanfare, die ihr Eintreten ankündigen sollte.
»Garion«, sagte sie nach einer Weile.
»Ja?«
»Erinnerst du dich daran, als wir im Wald der Dryaden zusammen gebadet haben?«
»Wir haben *nicht* zusammen gebadet«, antwortete Garion, bis an die Haarwurzeln errötend.

»Nun ja, aber fast«, wischte sie seinen Einwand beiseite. »Ist dir aufgefallen, daß Polgara uns während der ganzen Reise ständig zusammengebracht hat? Sie wußte, daß all dies geschehen würde, nicht wahr?«

»Ja«, gab Garion zu.

»Sie hat uns einander zugeschoben, in der Hoffnung, zwischen uns würde etwas geschehen.«

Garion dachte darüber nach. »Wahrscheinlich hast du recht«, sagte er schließlich. »Sie arrangiert gern das Leben anderer Leute.«

Ce'Nedra seufzte. »Denk nur an all die Gelegenheiten, die wir verpaßt haben«, sagte sie bedauernd.

»*Ce'Nedra*!«, rief Garion entsetzt.

Sie kicherte boshaft. Dann seufzte sie wieder. »Jetzt wird alles schrecklich offiziell und bestimmt nicht halb so lustig.«

Garion war flammend rot geworden.

»Jedenfalls«, fuhr sie fort, »als wir zusammen gebadet haben – erinnerst du dich noch daran, daß ich dich fragte, ob du mich gerne küssen möchtest?«

Garion nickte, ohne den Mut aufzubringen, etwas zu sagen.

»Diesen Kuß habe ich ja nie bekommen«, sagte sie spitz, stand auf und ging auf ihn zu, »und ich glaube, ich möchte ihn jetzt haben.« Sie ergriff mit beiden Händen die Aufschläge seiner Weste. »Du schuldest mir einen Kuß, Belgarion von Riva, und ein Tolnedraner treibt immer alle seine Außenstände ein.« Sie warf ihm einen gefährlich glühenden Blick durch die Wimpern zu.

In dem Moment ertönte draußen die Trompetenfanfare.

»Wir sollten jetzt hineingehen«, stotterte Garion verzweifelt.

»Laß sie warten«, murmelte sie und schlang die Arme um seinen Hals.

Garion probierte einen raschen, flüchtigen Kuß, aber seine Prinzessin hatte andere Vorstellungen. Ihre kleinen Arme waren überraschend kräftig, und ihre Finger gruben sich in sein Haar. Es wurde ein sehr langer Kuß, und Garions Knie begannen zu zittern.

»So«, hauchte Ce'Nedra, als sie ihn endlich losließ.

»Wir sollten hineingehen«, meinte Garion, als die Trompeten erneut erklangen.
»Moment noch. Hast du mich durcheinandergebracht?« Sie drehte sich, so daß er sie begutachten konnte.
»Nein. Alles in Ordnung.«
Sie schüttelte mißbilligend den Kopf. »Versuch es beim nächstenmal etwas besser zu machen«, sagte sie. »Sonst glaube ich noch, daß du mich nicht ernst nimmst.«
»Ich werde dich nie verstehen, Ce'Nedra.«
»Ich weiß«, erwiderte sie mit einem geheimnisvollen Lächeln. Dann tätschelte sie ihm sanft die Wange. »Und ich werde alles tun, damit es so bleibt. Sollen wir gehen? Wir sollten unsere Gäste nicht warten lassen, weißt du.«
»Das habe ich doch gleich gesagt.«
»Da waren wir beschäftigt«, erklärte sie gleichgültig. »Einen Augenblick.« Sie glättete ihm sorgfältig das Haar. »So. Das ist besser. Jetzt gib mir deinen Arm.«
Garion reichte ihr den Arm, auf den die Prinzessin ihre kleine Hand legte. Sie betraten den Saal, und ein aufgeregtes Murmeln lief durch die versammelte Menge. Garion paßte seine Schritte denen Ce'Nedras an und ging mit ernstem, königlichem Blick neben ihr her.
»Nicht ganz so finster«, wisperte sie. »Ein bißchen lächeln, und hin und wieder nicken. Das macht man so.«
»Wenn du meinst«, erwiderte er. »Ich weiß nicht viel über solche Dinge.«
»Du machst es schon sehr gut«, beruhigte sie ihn.
Lächelnd und den Zuschauern zunickend, schritt das königliche Paar durch die Halle auf den Stuhl zu, der für die Prinzessin aufgestellt worden war. Garion hielt ihr den Stuhl, dann verbeugte er sich und bestieg die Empore zu seinem Thron. Wie immer begann das Auge Aldurs zu glühen, als er sich setzte. Diesmal schien es jedoch einen leichten Hauch von Rosa zu haben.
Die offizielle Verlobungszeremonie begann mit einer Anrufung, die der Hohepriester Belars mit donnernder Stimme vortrug. Grodeg zog alle Vorteile aus der Situation.

»Langweiliger alter Windbeutel, was?« murmelte Belgarath von seinem Stammplatz rechts des Thrones.
»Was hast du mit Ce'Nedra da draußen gemacht?« fragte Tante Pol.
»Nichts«, antwortete Garion heftig errötend.
»Wirklich? Und dafür habt ihr so lange gebraucht? Wie ungewöhnlich.«
Grodeg las die ersten Abschnitte des Verlobungsvertrags vor. Für Garion war es nur leeres Gerede. An verschiedenen Stellen unterbrach Grodeg seine Lesung, um Garion streng anzusehen.
»Ist Seine Majestät, Belgarion von Riva, damit einverstanden?«
»Ja«, antwortete Garion.
»Ist Ihre Hoheit Ce'Nedra aus dem Kaiserreich Tolnedra damit einverstanden?«
Auch Ce'Nedra antwortete mit klarer Stimme: »Ja.«
»Wie geht's mit euch beiden?« fragte Belgarath, die leiernde Stimme des Priesters ignorierend.
»Wer weiß?« entgegnete Garion hilflos. »Ich weiß nie, was sie von einer auf die andere Minute machen wird.«
»So soll es auch sein«, sagte Tante Pol.
»Ich nehme nicht an, daß du mir das erklären willst.«
»Nein, mein Lieber«, antwortete sie mit einem ebenso geheimnisvollen Lachen wie zuvor Ce'Nedra.
»Das hatte ich auch nicht erwartet«, brummte er.
Während der endlosen Verlesung des Dokuments, das den Rest seines Lebens bestimmte, dachte Garion über Ce'Nedras offene Einladung, sie zu küssen, nach. Je mehr er darüber nachdachte, desto besser gefiel ihm die Vorstellung, ein bißchen höflich zu schmusen. Er hoffte, daß die Prinzessin nach der Zeremonie noch etwas bliebe, so daß sie irgendwohin gehen konnten, um dies zu besprechen. Nach Grodegs pompösem Segen wurde Ce'Nedra jedoch sogleich von allen jungen Mädchen des Hofes umringt und zu einer Privatfeier davongeschleppt. Nach dem Gekichere und den boshaften Seitenblicken in seine Richtung konnte er schließen, daß ihr kleines Zusammensein sehr frei, vermutlich auch sehr frech sein würde, und je weniger er davon wußte, desto besser.

Wie Silk und Barak vorausgesagt hatten, versuchte der Hohepriester Belars mehrmals, Garion allein zu sprechen. Doch jedesmal legte Garion große Naivität an den Tag und schickte unverzüglich nach Belgarath. Am folgenden Tag verließ Grodeg mit seinem gesamten Gefolge die Insel. Garion und Belgarath hatten darauf beharrt, den wutschnaubenden Priester zum Schiff zu geleiten, um sich von ihm zu verabschieden und sicherzugehen, daß kein Bärenkultler versehentlich zurückgelassen wurde.

»Wessen Idee war das?« fragte Belgarath, als er mit Garion wieder die Treppen zur Zitadelle hinaufstieg.

»Silk und ich haben uns das ausgedacht«, antwortete Garion selbstgefällig.

»Das hätte ich mir denken können.«

»Ich finde, es ist recht gut gelaufen«, gratulierte Garion sich selbst.

»Du hast dir einen gefährlichen Feind geschaffen, weißt du das?«

»Wir können mit ihm fertigwerden.«

»Du gehst etwas großzügig mit dem ›wir‹ um, Garion«, meinte Belgarath mißbilligend.

»Wir stecken doch alle gemeinsam in dieser Sache, nicht wahr, Großvater?«

Belgarath sah ihn einen Moment hilflos an, dann mußte er lachen.

In den Tagen nach Grodegs Abreise gab es jedoch nur wenig Anlaß zum Lachen. Sobald die offiziellen Zeremonien vorbei waren, widmeten sich die alornischen Könige, König Fulrach und verschiedene Ratgeber und Generäle den Geschäften. Ihr Thema war der Krieg.

»Die letzten Berichte, die ich aus Rak Cthol erhalten habe, deuten darauf hin, daß Taur Urgas die Murgos aus dem Süden von Rak Hagga in den Norden ziehen will, sobald das Wetter an der Ostküste besser wird«, erklärte König Rhodar.

»Und die Nadraks?« fragte König Anheg.

»Sie machen anscheinend mobil, aber bei den Nadraks ist das immer so eine Sache. Sie spielen ihr eigenes Spiel, deshalb sind viele Grolims nötig, um sie bei der Stange zu halten. Die Thulls folgen einfach nur Befehlen.«

»Die Thulls bereiten niemandem ernstliche Sorgen«, meinte Brand. »Der Schlüssel zur Lage ist, wie viele Malloreaner gegen uns ins Feld geführt werden.«

»In Thull Zelik wird für sie ein Durchgangslager errichtet«, sagte Rhodar, »aber sie warten ebenfalls auf besseres Wetter, um in See stechen zu können.«

König Anheg runzelte nachdenklich die Stirn. »Malloreaner sind schlechte Seeleute«, überlegte er. »Sie werden nicht vor dem Sommer aufbrechen, und sie werden sich auf dem ganzen Weg nach Thull Zelik dicht an der Nordküste halten. Wir müssen eine Flotte ins Meer des Ostens schaffen, und zwar so bald wie möglich. Wenn wir genug von ihren Schiffen versenken und von ihren Soldaten ertränken können, gelingt es uns vielleicht, sie ganz aus diesem Krieg herauszuhalten. Ich denke, wir sollten nach Gar og Nadrak einmarschieren. Sobald wir in den Wäldern sind, können meine Männer Schiffe bauen. Dann segeln wir den Cordu hinunter ins Meer des Ostens.«

»Euer Plan ist vortrefflich, Eure Majestät«, meinte Mandorallen anerkennend, der die große Landkarte an der Wand studierte. »Die Nadraks sind zahlenmäßig am schwächsten und am weitesten von den Horden Süd-Cthol Murgos' entfernt.«

König Rhodar schüttelte eigensinnig den Kopf. »Ich weiß, daß du so schnell wie möglich aufs Meer kommen willst, Anheg«, wandte er ein, »aber du verlangst damit von mir einen Feldzug in den Wäldern von Nadrak. Ich brauchc aber offenes Land, um manövrieren zu können. Wenn wir die Thulls angreifen, können wir direkt zum Oberlauf des Mardu ziehen, und du kannst von dort aus zum Meer segeln.«

»In Mishrak ac Thull gibt es aber nicht gerade viele Bäume«, protestierte Anheg.

»Warum Schiffe aus frischem Holz bauen, wenn es nicht unbedingt notwendig ist?« entgegnete Rhodar. »Warum nicht den Aldur hinaufsegeln und dann die Schiffe transportieren?«

»Du willst, daß meine Männer ihre Schiffe auf das Ostkliff hinaufschleppen? Rhodar, bleib ernst.«

»Wir haben Techniker, Anheg. Sie können etwas erfinden, wie man die Schiffe auf die Klippe schaffen kann.«

Garion wollte seine Unerfahrenheit nicht unbedingt unter Beweis stellen, aber die Frage war ausgesprochen, ehe er darüber nachdenken konnte. »Haben wir schon entschieden, wo die Entscheidungsschlacht stattfinden wird?«

»Welche Entscheidungsschlacht, Garion?« fragte Rhodar höflich.

»Wo wir ihnen direkt gegenüberstehen – wie in Vo Mimbre.«

»In diesem Krieg wird es kein Vo Mimbre geben«, sagte Anheg. »Nicht, wenn wir es vermeiden können.«

»Vo Mimbre war ein Fehler, Garion«, erklärte Belgarath ruhig. »Das wußten wir alle, aber wir konnten nichts dagegen tun.«

»Aber wir haben doch gewonnen, oder?«

»Das war reines Glück, und man kann einen Feldzug nicht auf die Hoffnung bauen, vielleicht Glück zu haben. Niemand wollte die Schlacht bei Vo Mimbre – wir nicht und Kal Torak auch nicht, aber keiner hatte eine Wahl. Wir mußten die Schlacht schlagen, ehe die zweite Angarakkolonne den Westen erreichte. Kal Torak hatte die Murgos aus dem Süden und die Ostmalloreaner in der Nähe von Rak Hagga in Reserve gehalten, und sie sind nach der Belagerung der Feste nach Westen aufgebrochen. Wenn es ihnen gelungen wäre, sich mit den Streitkräften Kal Toraks zu vereinen, hätte es im ganzen Westen nicht genug Männer gegeben, die es mit ihnen hätten aufnehmen können. Also mußten wir kämpfen. Vo Mimbre war noch das geeignetste Schlachtfeld.«

»Warum hat Kal Torak nicht einfach gewartet, bis sie kamen?« fragte Garion.

»Man kann auf feindlichem Gebiet keine Armee stehenlassen, König Belgarion«, erklärte Oberst Brendig. »Man muß weiterziehen, oder die Bevölkerung zerstört alle Vorräte und überfällt des Nachts die Soldaten. Man kann auf diese Weise eine halbe Armee verlieren.«

»Kal Torak wollte die Begegnung in Vo Mimbre genausowenig wie wir«, fuhr Belgarath fort. »Die Reserve aus Rak Hagga wurde in den Bergen von einem Schneesturm überrascht und gezwungen, wochenlang dort zu biwakieren. Schließlich mußte sie umkehren, und Torak blieb nichts anderes übrig, als – ohne zahlenmäßige Überlegenheit – bei Vo Mimbre zu kämpfen. Niemand zieht mit vollem Bewußtsein so in die Schlacht.«

»Eure Streitkräfte sollten um ein Viertel größer sein als die Eures Gegners«, gab ihm Mandorallen recht, »denn sonst ist der Ausgang der Schlacht höchst ungewiß.«

»Um ein Drittel«, brummte Barak. »Um die Hälfte, wenn sich das machen läßt.«

»Dann schwärmen wir also über die östliche Hälfte des Kontinents aus und schlagen eine ganze Reihe kleinerer Schlachten?« fragte Garion ungläubig. »Das kann doch Jahre dauern – Jahrzehnte. Das könnte hundert Jahre so gehen.«

»Wenn es sein muß«, sagte Belgarath offen. »Was hast du erwartet, Garion? Einen kleinen Ritt im Sonnenschein, einen sauberen, kleinen Kampf, und dann vor dem Winter wieder nach Hause? Ich fürchte, so wird es nicht werden. Du gewöhnst dich besser daran, Rüstung und Schwert zu tragen, weil das vermutlich für den Rest deines Lebens deine überwiegende Kleidung sein wird. Das wird ein sehr langer Krieg.«

Garions Illusionen brachen zusammen.

Dann öffnete sich die Tür des Beratungszimmers und Olban, Brands jüngster Sohn, trat ein und sprach kurz mit seinem Vater. Es war windig geworden, und ein Frühjahrssturm fegte über die Insel. Olbans grauer rivanischer Mantel war tropfnaß. Entsetzt durch die Aussicht, Jahr für Jahr Krieg im Osten führen zu müssen, starrte Garion abwesend auf die Pfütze, die sich um Olbans Füße bildete, als er mit seinem Vater sprach. Dann hob er gewohnheitsmäßig die Augen, um den Saum von Olbans Mantel zu betrachten. Am linken Vorderteil war ein kleiner Riß, und dort schien auch ein Stückchen Stoff zu fehlen.

Garion starrte einen Moment auf den verräterischen Riß, ohne zu erkennen, was er da eigentlich sah. Dann wurde ihm plötzlich kalt. Brands jüngster Sohn war ungefähr in Garions Alter, etwas kleiner, aber muskulöser. Er hatte hellblondes Haar, und sein junges Gesicht war ernst und spiegelte bereits den üblichen, abweisenden rivanischen Ausdruck wider. Er schien Garions Blick auszuweichen, zeigte aber sonst keine Anzeichen von Nervosität. Einmal jedoch sah er den jungen König unbeabsichtigt an und zuckte zusammen. Schuldbewußtsein stand ihm deutlich in den Augen. Garion hatte den Mann gefunden, der ihn zu töten versucht hatte.

Die Konferenz ging weiter, aber Garion hörte nichts mehr davon. Was sollte er tun? Hatte Olban allein gehandelt, oder waren noch andere an dem Komplott beteiligt? War Brand selbst darin verwickelt? Es war so schwierig herauszufinden, was ein Rivaner dachte. Er vertraute Brand, aber seine Verbindung mit dem Bärenkult ließ seine Loyalität etwas ins Zwielicht geraten. Konnte Grodeg hinter all dem stecken? Oder vielleicht ein Grolim? Garion erinnerte sich an den Grafen von Jarvik, der Asharak seine Seele verkauft und in Val Alorn eine Rebellion angezettelt hatte. Stand Olban vielleicht unter dem Bann des blutroten Goldes aus Angarak, wie Jarvik es getan hatte? Aber Riva war eine Insel, der einzige Ort der Welt, an den kein Grolim gelangen konnte. Garion glaubte nicht an die Möglichkeit einer Bestechung. Erstens paßte das nicht zum rivanischen Charakter. Und zweitens war Olban wohl kaum je in Kontakt mit einem Grolim gekommen. Ziemlich grimmig entschied sich Garion für eine Vorgehensweise.

Lelldorin mußte selbstverständlich aus dem Spiel bleiben. Der hitzköpfige junge Asturier war einer so taktvollen Besonnenheit, wie sie hier vonnöten war, nicht fähig. Lelldorin würde nach seinem Schwert greifen, und danach würde sich die ganze Geschichte rasch verbreiten.

Als sich der Rat am späten Nachmittag für diesen Tag auflöste, machte sich Garion auf die Suche nach Olban. Er nahm keine Wachen mit, wohl aber sein Schwert.

Wie der Zufall es wollte, war es in einem dämmrigen Gang, ähnlich dem, in dem der Mordversuch stattgefunden hatte, wo der junge König schließlich auf Brands jüngsten Sohn traf. Olban kam Garion in dem Gang entgegen. Olban wurde sichtlich blaß, als er seinen König sah, und er verbeugte sich tief, um sein Gesicht zu verbergen. Garion nickte, als ob er ohne ein

Wort weitergehen wollte, drehte sich jedoch um, als sie aneinander vorbei waren. »Olban«, sagte er leise.
Brands Sohn drehte sich um. Angst entstellte sein Gesicht.
»Ich habe bemerkt, daß ein Eckchen von deinem Mantel abgerissen ist«, sagte Garion ist fast unbeteiligtem Ton. »Wenn du ihn flicken läßt, kannst du das vielleicht gebrauchen.« Er holte das Stoffstückchen unter seiner Weste hervor und hielt es dem bleichen Rivaner hin.
Ohne sich zu rühren starrte ihn Olban mit weit aufgerissenen Augen an.
»Wo wir schon einmal dabei sind«, fuhr Garion fort, »kannst du das auch gleich nehmen. Du hast es wohl irgendwo fallengelassen.« Er griff wieder in seine Weste und zog den Dolch mit der verbogenen Spitze hervor.
Olban begann heftig zu zittern, dann fiel er plötzlich auf die Knie. »Bitte, Eure Majestät«, flehte er, »erlaubt, daß ich mich töte. Wenn mein Vater erfährt, was ich getan habe, bricht es ihm das Herz.«
»Warum hast du mich zu töten versucht, Olban?« fragte Garion.
»Aus Liebe zu meinem Vater«, beichtete Brands jüngster Sohn mit Tränen in den Augen. »Er war der Herrscher hier in Riva, ehe Ihr kamt. Eure Ankunft hat ihn degradiert. Das konnte ich nicht ertragen. Bitte, Eure Majestät, laßt mich nicht wie einen gemeinen Verbrecher aufs Schafott führen. Gebt mir den Dolch, und ich versenke ihn hier auf der Stelle in meinem Herzen. Erspart meinem Vater diese Demütigung.«
»Rede keinen Unsinn«, sagte Garion, »und steh auf. Du siehst albern aus, wie du da auf den Knien liegst.«
»Eure Majestät –«, protestierte Olban.
»Ach, sei still«, sagte Garion gereizt. »Laß mich nachdenken.« Allmählich formte sich eine Idee in ihm. »Gut«, meinte er schließlich, »so werden wir es machen. Du nimmst dieses Messer und das Stück Stoff mit hinunter zum Hafen und wirfst beides ins Meer, und dann wirst du weiterleben, als wäre nichts geschehen.«
»Eure Majestät –«

»Ich bin noch nicht fertig. Weder du noch ich werden je wieder davon sprechen. Ich wünsche keine hysterischen öffentlichen Bekenntnisse, und ich verbiete dir ausdrücklich, dich umzubringen. Hast du mich verstanden, Olban?«

Wie betäubt nickte der junge Mann.

»Ich brauche die Hilfe deines Vaters zu nötig, um ihn durch eine persönliche Tragödie ablenken zu lassen. Es ist nichts passiert, und damit Schluß. Nimm das und geh mir aus den Augen.« Er drückte Olban Messer und Stoffetzen in die Hand. Plötzlich war er wütend. Es war so unnötig, so überflüssig gewesen, wochenlang nervös über die Schulter zu blicken. »Ach, noch eins, Olban«, sagte er, als der erschütterte junge Mann schon gehen wollte. »Wirf keine Messer mehr nach mir. Wenn du kämpfen willst, laß es mich wissen, und wir gehen irgendwohin und schlagen uns in Stücke, wenn es das ist, was du willst.«

Olban floh schluchzend.

»Sehr gut gemacht, Belgarion«, gratulierte die trockene Stimme ihm.

»Ach, halt den Mund«, sagte Garion.

In dieser Nacht schlief er nur wenig. Ihn plagten Zweifel, ob er mit Olban den richtigen Weg eingeschlagen hatte, aber alles in allem glaubte er, daß er richtig gehandelt hatte. Olbans Tat war nichts weiter als der impulsive Versuch gewesen, auszulöschen, was ihm als Degradierung seines Vaters erschienen war. Es war keine Verschwörung gewesen. Vielleicht nahm Olban Garions großherzige Geste übel, aber wenigstens würde er keine Messer mehr auf seinen König schleudern. Was Garion in dieser unruhigen Nacht am meisten Sorgen machte, war Belgaraths düstere Prognose des Krieges, für den sie sich rüsteten. Bis kurz vor Morgengrauen schlief er und erwachte dann aus einem entsetzlichen Alptraum mit kaltem Schweiß auf der Stirn. Er hatte gerade sich selbst gesehen, alt und erschöpft, eine jämmerliche kleine Armee zerlumpter, grauhaariger Männer in eine Schlacht führend, die sie unmöglich gewinnen konnten.

»Es gibt natürlich eine Alternative – falls du dich soweit von

deinem Anfall von Verdrießlichkeit erholt hast, um zuzuhören«, sagte die Stimme in seinem Geist, als er kerzengerade und zitternd in seinem Bett saß.

»Was?« antwortete Garion laut. »Ach das, tut mir leid, daß ich so mit dir gesprochen habe. Ich war nur gereizt.«

»Du gleichst in vielen Dingen Belgarath – sogar erstaunlich. Diese Reizbarkeit scheint erblich zu sein.«

»Das ist wohl nur natürlich«, meinte Garion. »Du hast gesagt, es gäbe eine Alternative. Alternative wozu?«

»Zu dem Krieg, der dir Alpträume beschert. Zieh dich an. Ich möchte dir etwas zeigen.«

Garion kletterte aus dem Bett und warf hastig seine Kleider über. »Wohin gehen wir?« fragte er laut.

»Es ist nicht weit.«

Das Zimmer, in welches ihn das andere Bewußtsein dirigierte, war muffig und wurde offenbar nur selten benutzt. Die Bücher und Pergamentrollen auf den Regalen, die an den Wänden standen, waren staubig, und in den Ecken hingen Spinnweben. Garions einsame Kerze warf tanzende Schatten an die Wände.

»Auf dem obersten Brett«, sagte die Stimme. *»Die Pergamentrolle, die in gelbes Leinen eingewickelt ist. Nimm sie herunter.«*

Garion kletterte auf einen Stuhl und nahm die Rolle. »Was ist das?«

»Der Mrin-Kodex. Nimm die Hülle herunter und rolle sie ab. Ich sage dir, wo du anhalten mußt.«

Garion brauchte ein, zwei Augenblicke, um zu lernen, wie man das untere Ende der Rolle mit der einen Hand ab- und das obere mit der anderen Hand wieder aufrollte.

»Dort«, sagte die Stimme. *»Das ist die Stelle. Lies sie.«*

Garion mühte sich mit den Worten ab. Die Schrift war dünn wie Spinnenbeine, und er konnte noch immer nicht sehr gut lesen. »Es ergibt überhaupt keinen Sinn«, beschwerte er sich.

»Der Mann, der es geschrieben hat, war verrückt«, entschuldigte sich die Stimme, *»und außerdem war er auch noch dumm, aber ich hatte niemand anderen, mit dem ich arbeiten konnte. Versuch es noch einmal – laut.«*

Garion las: »Denn seht, was sein muß und das, was nicht sein darf, wird sich an einem bestimmten Punkt treffen, und in dieser Begegnung soll sich alles entscheiden, was vorher war und nachher sein wird. Dann werden sich das Kind des Lichts und das Kind der Dunkelheit in dem geöffneten Grab einander gegenüberstehen, und die Sterne werden erzittern und sich verdunkeln.« Garions Stimme brach ab. »Es gibt immer noch keinen Sinn«, meinte er.

»*Es ist etwas obskur*«, gab die Stimme zu. »*Wie ich schon sagte, der Mann, der es geschrieben hat, war verrückt. Ich habe ihm die Ideen eingegeben, aber er hat seine eigenen Worte benutzt, um sie auszudrücken.*«

»Wer ist das Kind des Lichts?« fragte Garion.

»*Du – jedenfalls im Moment. Das ändert sich.*«

»Ich?«

»*Natürlich.*«

»Und wer ist dann das Kind der Dunkelheit, das ich treffen soll?«

»*Torak.*«

»Torak!«

»*Ich hätte gedacht, das wäre inzwischen klar. Ich habe dir einmal von den beiden Schicksalen erzählt, die sich schließlich treffen. Du und Torak – das Kind des Lichts und das Kind der Dunkelheit –, ihr verkörpert diese Schicksale.*«

»Aber Torak schläft.«

»*Nicht mehr. Als du zum erstenmal deine Hand auf das Auge gelegt hast, hat dies sein Erwachen signalisiert. Jetzt ist er fast bei Bewußtsein, und seine Hand sucht nach dem Griff von Cthrek-Goru, seinem schwarzen Schwert.*«

Garion wurde kalt ums Herz. »Willst du mir damit sagen, daß ich gegen Torak kämpfen soll? *Allein?*«

»*Es wird geschehen, Belgarion. Das Universum selbst eilt auf dieses Ereignis zu. Du kannst eine Armee aufstellen, wenn du willst, aber deine Armee – oder die Toraks – bedeutet nichts. Wie der Kodex sagt, wird sich alles entscheiden, wenn du ihm schließlich begegnest. Am Ende steht ihr beide euch allein gegenüber. Das meinte ich mit Alternative.*«

»Du willst mir also sagen, daß ich allein fortgehen und ihn suchen und mit ihm kämpfen soll?« fragte Garion ungläubig.

»So ungefähr, ja.«

»Das werde ich nicht tun.«

»Das liegt bei dir.«

Garion dachte nach. »Wenn ich eine Armee mitnehme, werden nur viele Menschen getötet, und am Ende spielt es überhaupt keine Rolle?«

»Nicht die geringste. Am Ende werden es nur du, Torak, Cthrek-Goru und das Schwert des Rivanischen Königs sein.«

»Habe ich überhaupt eine Wahl?«

»Keine.«

»Muß ich allein gehen?« fragte Garion kläglich.

»Davon steht nirgends etwas.«

»Kann ich dann ein oder zwei Leute mitnehmen?«

»Das ist deine Entscheidung, Belgarion. Du darfst nur nicht vergessen, dein Schwert mitzunehmen.«

Er dachte den Rest des Tages darüber nach. Schließlich traf er die naheliegende Wahl. Als der Abend sich über die graue Stadt senkte, schickte er nach Silk und Belgarath. Es würde noch Probleme geben, das wußte er, aber er hatte sonst niemanden, auf den er sich verlassen konnte. Selbst wenn seine Macht beeinträchtigt war, wollte Garion nicht einmal daran denken, ohne Belgaraths Weisheit eine solche Unternehmung zu beginnen. Und Silk war natürlich genauso wichtig. Garion überlegte, daß sein eigenes stärker werdendes Zaubertalent sie durch alle Schwierigkeiten bringen konnte, falls Belgarath versagen sollte, und Silk konnte wahrscheinlich Wege finden, die meisten ernsthaften Auseinandersetzungen zu umgehen. Garion war zuversichtlich, daß sie drei mit allem fertigwerden konnten, was kommen mochte – bis sie Torak fanden. Er wollte nicht daran denken, was dann geschehen würde.

Als die beiden kamen, starrte der junge König mit gehetzten Augen aus dem Fenster.

»Du hast nach uns geschickt?« fragte Silk.

»Ich muß eine Reise machen«, antwortete Garion kaum hörbar.

»Was hast du?« fragte Belgarath. »Du siehst so elend aus.«
»Ich habe gerade herausgefunden, was ich zu tun habe.«
»Wer hat dir das erzählt?«
»*Er.*«
Belgarath schürzte die Lippen. »Vielleicht etwas voreilig«, meinte er. »Ich wollte noch etwas warten, aber ich muß wohl annehmen, daß er weiß, was er tut.«
»Wovon redet ihr?« fragte Silk.
»Garion hat zeitweilig einen Besucher«, antwortete der alte Mann. »Einen ganz besonderen Besucher.«
»Das ist eine selten erleuchtende Antwort, alter Freund.«
»Bist du sicher, daß du es wissen willst?«
»Ja«, sagte Silk. »Das will ich. Ich habe das Gefühl, daß ich damit zu tun habe.«
»Du weißt von der Prophezeiung?«
»Selbstverständlich.«
»Die Prophezeiung scheint etwas mehr zu sein als nur eine Aussage über die Zukunft. Sie kann anscheinend von Zeit zu Zeit die Dinge selbst in die Hand nehmen. Sie spricht gelegentlich mit Garion.«
Silks Augen wurden schmal, als er darüber nachdachte. »Also gut«, sagte er schließlich.
»Du wirkst nicht überrascht.«
Der wieselgesichtige kleine Mann lachte. »Belgarath, in dieser Geschichte kann mich nichts mehr überraschen.«
Belgarath wandte sich wieder an Garion. »Was genau hat er dir erzählt?«
»Er hat mir den Mrin-Kodex gezeigt. Hast du ihn je gelesen?«
»Von Anfang bis Ende, vorwärts und rückwärts, ein paarmal sogar von rechts nach links. Welchen Teil hat er dir gezeigt?«
»Die Begegnung des Kindes des Lichts mit dem Kind der Dunkelheit.«
»Oh«, machte Belgarath. »Das hatte ich befürchtet. Hat er es dir erklärt?«
Garion nickte dumpf.
»Nun«, sagte der alte Mann mit durchdringendem Blick, »jetzt weißt du das Schlimmste. Was hast du nun vor?«

»Er hat mir ein paar Möglichkeiten aufgezeigt«, antwortete Garion. »Ich kann warten, bis wir eine Armee zusammenhaben, und wir können losziehen und generationenlang mit den Angaratks kämpfen. Das ist ein Weg, nicht wahr?«
Belgarath nickte.
»Aber dann werden natürlich Millionen von Menschen für nichts sterben, oder?«
Wieder nickte der alte Mann.
Garion holte tief Luft. »Oder«, fuhr er fort, »ich kann selbst losgehen und Torak suchen – wo immer er auch sein mag – und ihn zu töten versuchen.«
Silk stieß einen Pfiff aus, seine Augen wurden groß.
»Er sagte, daß ich nicht allein gehen müßte«, setzte Garion hoffnungsvoll hinzu. »Danach habe ich ihn gefragt.«
»Danke schön«, sagte Belgarath trocken.
Silk warf sich in seinen Sessel und rieb sich gedankenvoll die Nasenspitze. Er sah Belgarath an. »Du weißt, daß Polgara uns bei lebendigem Leib die Haut abzieht, wenn wir ihn allein gehen lassen, nicht wahr?«
Belgarath grunzte.
»Wo hast du gesagt, ist Torak?«
»In Cthol Mishrak in Mallorea.«
»Dort bin ich nie gewesen.«
»Aber ich, einige Male. Keine sehr anziehende Gegend.«
»Vielleicht ist sie schöner geworden.«
»Sehr unwahrscheinlich.«
Silk zuckte die Achseln. »Vielleicht sollten wir wirklich mit ihm gehen, ihm den Weg zeigen und so weiter. Es wird sowieso Zeit, daß ich Riva verlasse. Allmählich gehen einige häßliche Gerüchte über mich um.«
»Die Jahreszeit ist gut zum Reisen«, gab Belgarath mit einem listigen Seitenblick auf Garion zu.
Garion fühlte sich schon besser. Aus ihrem neckenden Ton konnte er entnehmen, daß sie ihre Entscheidung bereits getroffen hatten. Er mußte sich nicht allein auf die Suche nach Torak begeben. Das genügte vorerst; später war noch genug Zeit, sich zu sorgen. »Schön«, sagte er. »Was tun wir also?«

»Wir schleichen uns ganz leise aus Riva«, antwortete Belgarath. »Wir gewinnen nichts, wenn wir uns erst auf lange Diskussionen mit deiner Tante Pol einlassen.«

»Die Weisheit des Alters«, sagte Silk herzlich. »Wann brechen wir auf?«

»Je eher je besser.« Belgarath zuckte die Achseln. »Hattest du für heute abend schon etwas vor?«

»Nichts, das ich nicht aufschieben könnte.«

»Also gut. Wir warten, bis alles schläft, dann holen wir Garions Schwert und brechen auf.«

»In welche Richtung gehen wir?« fragte Garion.

»Zuerst nach Sendarien«, antwortete Belgarath, »dann durch Drasnien nach Gar og Nadrak. Dann weiter nach Norden zu dem Archipel, das nach Mallorea führt. Der Weg nach Cthol Mishrak und zum Grab des Einäugigen Gottes ist lang.«

Teil III:

Drasnien

CHEREK
DASED
SUMPF VON DRASNIEN
DRASNIEN
GOLF VON CHEREK
OBERER MAIN
MAIN
BOKTOR
KOTU
NÖRDLICHE KARAWANENROUTE
UNTERER MAIN
MAINMARSCHEN
AKTAN
ALDURMOOR
DAMM
ALGARIEN

17

»Liebe Tante Pol«, begann Garions Brief, »ich weiß, daß du wütend sein wirst, aber es gibt keine andere Möglichkeit. Ich habe den Mrin-Kodex gesehen und weiß jetzt, was ich zu tun habe. Die...« Stirnrunzelnd setzte er ab. »Wie schreibt man ›Prophezeiung‹?«

Belgarath buchstabierte es ihm. »Mach es nicht zu ausführlich, Garion«, mahnte er. »Nichts, was du sagst, wird sie fröhlicher stimmen, also fasse dich kurz.«

»Meinst du nicht, ich sollte ihr erklären, warum wir das tun?« fragte Garion unschlüssig.

»Sie hat den Kodex gelesen, Garion«, erwiderte Belgarath. »Sie wird es auch ohne deine Erklärung verstehen.«

»Ich sollte eigentlich auch noch eine Nachricht für Ce'Nedra schreiben«, überlegte Garion.

»Polgara kann ihr alles erklären«, sagte Belgarath. »Wir haben etwas zu erledigen und können nicht die ganze Nacht mit Briefeschreiben verbringen.«

»Ich habe noch nie einen Brief geschrieben«, bemerkte Garion. »Es ist bei weitem nicht so einfach, wie es aussieht.«

»Schreib einfach, was du zu sagen hast, und dann hör auf«, riet ihm der alte Mann. »Du mußt nicht so viel daran herumfeilen.«

Die Tür ging auf, und Silk kam wieder herein. Er trug die unauffällige Kleidung, die er unterwegs immer anhatte und zwei Bündel auf dem Arm. »Ich glaube, das wird euch passen«, sagte er und reichte Belgarath und Garion je eins der Bündel.

»Hast du das Geld bekommen?« fragte der alte Mann.

»Ich habe es mir von Barak geliehen.«

»Erstaunlich«, meinte Belgarath. »Er ist nicht gerade für seine Großzügigkeit bekannt.«

»Ich habe ihm nicht gesagt, daß ich es mir geborgt habe«, erwiderte der kleine Mann augenzwinkernd. »Ich dachte, es würde Zeit sparen, wenn ich nicht erst lange Erklärungen abgeben müßte.«

Belgarath zog eine Augenbraue hoch.

»Wir *haben* es doch eilig, oder?« fragte Silk unschuldig. »Und Barak kann sehr schwierig werden, wenn es um Geld geht.«
»Verschone mich mit deinen Entschuldigungen«, bat Belgarath. Er wandte sich wieder an Garion. »Bist du jetzt fertig?«
»Was hältst du davon?« Garion reichte ihm den Brief.
Der alte Mann warf einen Blick darauf. »Das genügt«, entschied er. »Jetzt unterschreibe ihn, dann legen wir ihn so hin, daß ihn jemand morgen finden muß.«
»Aber nicht so früh«, schlug Silk vor. »Ich möchte aus Polgaras Reichweite heraus sein, wenn sie feststellt, daß wir fort sind.«
Garion unterschrieb den Brief, faltete ihn zusammen und schrieb »Für Dame Polgara« darauf.
»Wir legen ihn auf den Thron«, beschloß Belgarath. »Jetzt ziehen wir uns um und holen das Schwert.«
»Wird das Schwert nicht etwas unhandlich sein?« fragte Silk, nachdem Belgarath und Garion umgezogen waren.
»In einem der Vorzimmer befindet sich eine Scheide dafür«, antwortete Belgarath, öffnete vorsichtig die Tür und spähte in den verlassenen Gang. »Er muß es auf dem Rücken tragen.«
»Das Glühen wird etwas auffällig sein«, meinte Silk.
»Wir decken das Auge zu«, erwiderte Belgarath. »Gehen wir.«
Die drei schlüpften in den schwach beleuchteten Gang hinaus und schlichen durch die mitternächtliche Stille zum Thronsaal. Einmal hätte sie ein verschlafener Diener auf dem Weg zur Küche fast überrascht, aber eine leere Kammer bot ihnen ein vorübergehendes Versteck, bis er verschwunden war. Dann gingen sie weiter.
»Ist sie verschlossen?« flüsterte Silk, als sie die Tür zur Halle des Rivanischen Königs erreicht hatten.
Garion faßte den großen Griff und drehte ihn. Er fuhr zusammen, als das Schloß in der Stille laut klickte. Er drückte gegen die Tür, und sie schwang quietschend auf.
»Du solltest dafür sorgen, daß sich jemand darum kümmert«, murmelte Silk.
Das Auge Aldurs begann schwach zu glühen, als die drei die Halle betraten.
»Es scheint dich zu erkennen«, sagte Silk zu Garion.

Als Garion das Schwert von der Wand nahm, flammte das Auge auf und erfüllte die Halle des Rivanischen Königs mit seinem tiefblauen Leuchten. Garion sah sich nervös um, voller Angst, daß ein Vorübergehender das Licht sehen und hereinkommen könnte. »Laß das«, ermahnte er den Stein unvernünftigerweise. Mit einem erstaunten Flackern erstarb das Glühen des Auges zu einem schwachen, pulsierenden Licht, und der Gesang wurde zu einem leisen Murmeln.

Belgarath betrachtete seinen Enkel fragend, sagte jedoch nichts. Er führte sie in ein Vorzimmer und nahm eine lange, schlichte Scheide aus einer Truhe an der Wand. Der Gurt, der an der Scheide befestigt war, zeigte Spuren von regem Gebrauch. Der alte Mann richtete ihn für Garion, indem er ihn über Schulter und Brust des jungen Mannes führte, so daß die Scheide, die an zwei Stellen mit dem Gurt verbunden war, schräg über seinem Rücken hing. In der Truhe lag auch ein gestrickter Schlauch, ähnlich einem engen Strumpf. »Zieh das über den Griff«, wies Belgarath ihn an.

Garion zog den Schlauch über den Schwertgriff und nahm dann die Klinge, um sie vorsichtig in die Scheide einzuführen. Es war sehr schwierig, und weder Silk noch Belgarath machten Anstalten, ihm zu helfen. Sie alle drei wußten, weshalb. Das Schwert glitt hinein, und da es scheinbar kein Gewicht hatte, war es nicht allzu unbequem. Das Querstück des Griffs ragte allerdings über seinen Kopf hinaus und neigte dazu, ihn zu knuffen, wenn er sich hastig bewegte.

»Es war eigentlich nicht dafür gemacht worden, getragen zu werden«, erkärte Belgarath. »Wir mußten improvisieren.«

Wieder einmal gingen die drei durch die notdürftig beleuchteten Gänge des Palastes und schlüpften dann durch eine Seitentür hinaus. Silk ging voran, lautlos wie eine Katze, sich immer im Schatten haltend. Belgarath und Garion warteten. Etwa sechs Meter über dem Hof stand ein Fenster offen. Als sie gemeinsam darunter standen, tauchte in der Öffnung ein schwaches Licht auf, und eine sehr leise Stimme fragte: »Botschaft?«

»Ja«, antwortete Garion unüberlegt. »Es ist alles in Ordnung. Geh wieder schlafen.«

»Belgarion«, sagte das Kind seltsam zufrieden. Dann setzte es etwas wehmütig hinzu: »Auf Wiedersehen«, dann war es verschwunden.

»Hoffentlich rennt er nicht gleich zu Polgara«, murmelte Belgarath.

»Ich glaube, wir können ihm vertrauen, Großvater. Er wußte, daß wir fortgehen und wollte sich nur verabschieden.«

»Würdest du mir mal erklären, woher du das weißt?«

»Keine Ahnung.« Garion zuckte die Achseln. »Ich weiß es einfach.«

Silk stieß am Hoftor einen Pfiff aus. Belgarath und Garion folgten ihm in die stillen Straßen der Stadt hinunter.

Es war noch zeitiges Frühjahr, und die Nacht war kühl, aber schon nicht mehr kalt. In der Luft hing ein Duft, der von den Hochweiden in den Bergen hinter der Stadt herabwehte und sich mit dem Geruch nach Torffeuern und Seetang vermischte. Die Sterne leuchteten klar, der Vollmond warf einen glitzernden, silbernen Strahl über das Meer der Winde. Garion spürte die Erregung, die ihn immer überkam, wenn er des Nachts aufbrach. Er war zu lange eingesperrt gewesen, und jeder Schritt, der ihn weiter von den langweiligen Verpflichtungen und Zeremonien fortführte, erfüllte ihn mit fast berauschender Erwartung.

»Es tut gut, wieder unterwegs zu sein«, murmelte Belgarath, als hätte er seine Gedanken gelesen.

»Ist es immer so?« flüsterte Garion zurück. »Ich meine, auch noch nach all den Jahren, die du das schon machst?«

»Immer«, bestätigte Belgarath. »Warum glaubst du, würde ich sonst ein Vagabundenleben führen?«

Sie gingen durch die dunklen Straßen zum Stadttor und durch eine kleine Seitenpforte zu den Anlegestegen, die in das mondlichtbeglänzte Wasser des Hafens ragten.

Kapitän Greldik war leicht angetrunken, als sie an seinem Schiff ankamen. Der vagabundierende Seemann hatte den Winter in der Sicherheit des Hafens von Riva verbracht. Man hatte sein Schiff auf den Strand gezogen, den Rumpf gesäubert und neu geteert. Der Hauptmast, der auf der Fahrt von Sendarien bedenklich geächzt hatte, war verstärkt worden und hatte neue Segel bekommen. Anschließend hatten Greldik und seine Männer die meiste Zeit mit Zechen zugebracht. Die Auswirkungen fast dreimonatigen Nichtstuns zeigten sich auf seinem Gesicht, als sie ihn aufweckten. Seine Augen blickten trübe, und er hatte dunkle Tränensäcke. Sein bärtiges Gesicht sah aufgedunsen und ungesund aus.

»Morgen vielleicht«, grunzte er, als Belgarath ihm sagte, daß sie dringend die Insel verlassen mußten. »Oder vielleicht übermorgen. Ich glaube, übermorgen ist besser.«

Belgarath sprach entschiedener auf ihn ein.

»Meine Männer können die Ruder nicht bemannen«, wandte Greldik ein. »Sie liegen überall an Deck, und es dauert eine Woche, sowas aufzuräumen.«

Belgarath stellte ihm daraufhin ein derartig erschreckendes Ultimatum, daß Greldik mißmutig aus seiner zerwühlten Koje kletterte. Er schlurfte zu den Mannschaftsquartieren und blieb nur an der Reling stehen, um sich lautstark zu übergeben, dann stieg er ins Vorschiff und weckte seine Leute mit Fußtritten und Verwünschungen.

Der Mond stand hoch, und es waren nur noch wenige Stunden bis zum Morgengrauen, als Greldiks Schiff leise aus dem Hafen glitt und in das sanft wogende Meer der Winde fuhr. Bei Sonnenaufgang waren sie schon weit draußen auf offener See. Das Wetter blieb gut, wenn auch der Wind nicht günstig war, und nach zwei Tagen ließ Greldik Garion, Silk und Belgarath an einem einsamen Strand nördlich der Mündung des Seline an der Nordwestküste Sendariens von Bord.

»Ich hätte es nicht besonders eilig, nach Riva zurückzukehren«, sagte Belgarath zu Greldik, als er aus dem kleinen Boot auf den Strand kletterte. Er reichte dem bärtigen Cherek einen Beutel voll klingender Münzen. »Du und deine Mannschaft, ihr findet sicher auch woanders Zerstreuung.«

»Zu dieser Jahreszeit ist es in Camaar immer recht angenehm«, überlegte Greldik, die Börse nachdenklich in der Hand wiegend, »und ich kenne dort eine junge Witwe, die immer sehr entgegenkommend ist.«

»Dann solltest du ihr einen Besuch abstatten«, schlug Belgarath vor. »Du bist einige Zeit unterwegs gewesen, und sie war bestimmt schrecklich einsam ohne dich.«

»Ja, vielleicht«, meinte Greldik mit funkelnden Augen. »Gute Reise.« Er gab seinen Männern ein Zeichen, das Boot zurück zu dem schlanken Schiff zu rudern, das ein paar hundert Meter vor der Küste ankerte.

»Was sollte das alles?« fragte Garion.

»Ich möchte eine ordentliche Entfernung zwischen uns und Polgara legen, ehe sie Greldik in die Finger bekommt«, antwortete der alte Mann. »Ich möchte nicht unbedingt, daß sie Jagd auf uns macht.« Er sah sich um. »Wir wollen versuchen, ob wir jemanden mit einem Boot finden können, der uns den Fluß hinauf nach Seline rudert. Dort müßten wir Pferde und Proviant einkaufen können.«

Ein Fischer, der sofort einsah, daß es einträglicher sein würde, Fährmann zu werden, als weiterhin sein Glück an den Ufern der Nordwestküste zu versuchen, willigte ein, sie flußaufwärts zu bringen, und bei Sonnenuntergang waren sie in Seline. Sie verbrachten die Nacht in einem bequemen Gasthof und gingen am nächsten Morgen zum Markt. Silk verhandelte über den Kauf von Pferden und feilschte um jeden Pfennig, mehr aus Gewohnheit, wie Garion glaubte, als aus echter Notwendigkeit. Dann kauften sie Lebensmittel für die Reise ein. Am späten Vormittag galoppierten sie die Straße nach Darine entlang, das etwa hundertzwanzig Meilen entfernt war.

Auf den Äckern Nordsendariens lag der erste grüne Hauch über der feuchten Erde wie ein zarter Jadenebel und kündigte mehr als alles andere den Frühling an. Ein paar Wattewölkchen zogen über den blauen Himmel, und trotz des frischen Windes war die Luft sonnendurchwärmt. Die Straße erstreckte sich vor ihnen zwischen den grünen Feldern, und obgleich ihre Mission tödlich ernst war, hätte Garion vor lauter Lebensfreude am liebsten laut gesungen.

Nach zwei weiteren Tagen erreichten sie Darine. »Willst du ab hier ein Schiff nehmen?« erkundigte sich Silk bei Belgarath, als sie auf den Hügel kamen, über den sie vor so vielen Monaten mit ihren drei Wagenladungen Rüben gekommen waren. »Dann könnten wir in einer Woche in Kotu sein.«

Belgarath kratzte sich den Bart und sah nachdenklich auf den Golf von Cherek hinaus, der in der Sonne glitzerte. »Nein, ich glaube nicht«, entschied er dann. Er deutete auf einige schlanke Kriegsschiffe aus Cherek, die außerhalb der sendarischen Hoheitsgewässer patrouillierten.

»Die Chereks segeln immer da draußen herum«, erwiderte Silk. »Es muß nicht unbedingt etwas mit uns zu tun haben.«

»Polgara ist sehr hartnäckig«, meinte Belgarath. »Sie selbst kann Riva nicht verlassen, weil dort noch so viel zu erledigen ist, aber sie kann Leute auf die Suche nach uns schicken. Wir wollen möglichst allen Schwierigkeiten aus dem Weg gehen. Wir reisen an der Nordküste entlang und dann durch das Moor nach Boktor.«

Silk starrte ihn voller Abscheu an. »Das wird aber viel länger dauern«, wandte er ein.

»So eilig haben wir es nicht«, sagte Belgarath sanft. »Die Alorner ziehen ihre Armeen zusammen, aber sie brauchen noch einige Zeit, und es wird eine ganze Weile dauern, bis man alle Arendier dazu gebracht hat, in eine Richtung zu marschieren.«

»Was hat das damit zu tun?« fragte Silk.

»Ich habe Pläne für diese Armeen, und ich möchte sie gern in Gang setzen, ehe wir nach Gar og Nadrak und vor allem nach Mallorea kommen. Wir können uns die Zeit leisten, um irgendwelchen Unannehmlichkeiten mit Polgaras Suchtrupps zu entgehen.«

Also umrundeten sie Darine und nahmen dann die schmale, steinige Straße entlang der Klippen, an die die Wellen donnerten und sprühten.

Die Berge Ostsendariens senkten sich an dieser abschreckenden Küste in den Golf von Cherek hinab, und die Straße, die abwechselnd steil in die Höhe und dann wieder hinab führte, war nicht gut. Silk brummte den ganzen Weg vor sich hin.

Garion hatte jedoch andere Sorgen. Die Entscheidung, die er getroffen hatte, nachdem er den Mrin-Kodex gelesen hatte, war ihm damals recht logisch erschienen, aber die Logik war ihm jetzt kein Trost mehr. Er ritt freiwillig nach Mallorea, um sich Torak in einem Duell zu stellen. Je mehr er darüber nachdachte, desto verrückter kam ihm das vor. Wie konnte er nur hoffen, einen Gott zu schlagen? Er brütete dumpf über diesem Problem, während sie nach Osten ritten, und wurde dabei fast so mißmutig wie Silk.

Nach etwa einer Woche wurden die Klippen niedriger und die Landschaft sanfter. Von der Kuppe eines der letzten Hügel sahen sie auf eine anscheinend endlose, dunkelgrüne, feuchte Ebene hinab. »Da sind wir nun«, sagte Silk mürrisch zu Belgarath.

»Weswegen bist du so verstimmt?« fragte der alte Mann.

»Einer der wesentlichen Gründe, warum ich Drasnien überhaupt verlassen habe, war der, daß ich vermeiden wollte, je in die Nähe der Sümpfe zu müssen«, erwiderte Silk barsch. »Und jetzt willst du mich der ganzen Länge nach durch dieses nasse, stinkende Gebiet schleppen. Ich bin bitter enttäuscht von dir, alter Freund, und es ist gut möglich, daß ich dir das nie verzeihe.«

Garion blickte stirnrunzelnd auf das Sumpfland vor ihnen. »Das kann doch nicht Drasnien sein, oder?« fragte er. »Ich dachte, Drasnien liegt weiter nördlich.«

»Es ist auch Algarien«, sagte Belgarath. »Der Anfang des Aldurmoors. Auf der anderen Seite der Mündung des Aldur liegt die drasnische Grenze. Dort nennt man es die Mrin-Sümpfe, aber es ist alles der gleiche Sumpf. Er erstreckt sich noch bis etwa hundert Meilen hinter Kotu, das an der Mündung des Mrin liegt.«

»Die meisten Leute nennen diese Gegend einfach nur die Sümpfe und belassen es dabei«, sagte Silk. »Die meisten Leute haben auch Verstand genug, sich davon fernzuhalten«, fügte er nachdrücklich hinzu.

»Jetzt hör auf zu quengeln«, sagte Belgarath brüsk. »Es gibt Fischer an dieser Küste. Wir werden ein Boot kaufen.«

Silks Augen leuchteten auf. »Dann können wir uns an der Küste halten«, schlug er vor.

»Das wäre nicht sehr klug«, widersprach Belgarath. »Nicht, solange Anhegs Flotte über den Golf von Cherek jagt und uns sucht.«

»Du weißt doch gar nicht, ob sie nach uns suchen«, warf Silk ein.

»Ich kenne doch Polgara«, antwortete Belgarath.

»Ich habe das Gefühl, daß diese Reise ausgesprochen ungemütlich werden wird«, brummte Silk.

Die Fischer an dieser sumpfigen Küste waren eine seltsame Mischung aus Algariern und Drasniern, verschlossen und Fremden gegenüber mißtrauisch. Ihre Dörfer waren auf Pfähle gebaut, die tief in die feuchte Erde getrieben waren, und der Geruch nach totem Fisch, der über allen Fischerdörfern schwebt, hing in der Luft. Sie brauchten einige Zeit, um einen Mann mit einem Boot zu finden, der bereit war, es ihnen zu verkaufen, und noch länger, um ihn davon zu überzeugen, daß drei Pferde und einige Silberstücke ein anständiger Preis dafür waren.

»Es leckt«, erklärte Silk und deutete auf eine kleine Pfütze, die sich im Boot gebildet hatte, als sie von dem stinkenden Dorf fortstakten.

»Alle Boote lecken, Silk«, erwiderte Belgarath gelassen. »Es liegt in der Natur von Booten, zu lecken. Schöpf es aus.«

»Dann läuft es sofort wieder voll.«

»Dann kannst du es wieder ausschöpfen. Du darfst nur nicht allzusehr in Rückstand geraten.«

Die Sümpfe schienen endlos, eine Wildnis aus Schilf und Rohr und dunklem, langsam fließendem Wasser. Es gab Kanäle und Strömungen und gelegentlich kleine Seen, in denen sie wesentlich leichter vorankamen. Die Luft war feucht und abends voller Moskitos und Mücken. Frösche quakten die ganze Nacht und begrüßten den Frühling mit schwärmerischer Freude – kleine, zirpende Frösche, und große, dröhnende Ochsenfrösche, groß wie Eßteller. Fische schossen in den Tümpeln und Seen umher, Biber und Bisamratten lebten auf feuchten Inseln. Sie stakten ihr Boot durch das verwirrende Labyrinth von Kanälen, die die Mündung des Aldur bildeten, und setzten

ihren Weg nach Nordosten fort, während es allmählich wärmer wurde. Nach ungefähr einer Woche überquerten sie die unsichtbare Grenze und ließen Algarien hinter sich.
In einem falschen Kanal stießen sie einmal auf Grund, und sie mußten hinausklettern, um das Boot anzuheben und von einer Schlammbank zu schieben. Als sie wieder flott waren, saß Silk verdrossen auf dem Dollbord und betrachtete seine ruinierten Stiefel, von denen zäher Schlamm ins Wasser tropfte. Als er sprach, war seine Stimme voller Abscheu. »Wie herrlich«, sagte er. »Wunderbar, endlich wieder im lieben, dreckigen alten Drasnien zu sein.«

18

Obwohl es nur ein einziges, riesiges Sumpfgebiet war, hatte Garion den Eindruck, daß das Moor hier in Drasnien etwas anders war als weiter im Süden. Die Kanäle waren schmaler und gewundener. Nach ein paar Tagen hatte er mehr und mehr das Gefühl, daß sie sich verirrt hatten. »Weißt du ganz sicher, wo wir sind?« fragte er Silk.
»Ich habe nicht die leiseste Ahnung«, gab Silk offen zu.
»Du sagst doch immer, daß du dich überall auskennst«, warf Garion ihm vor.
»Hier in den Sümpfen gibt es keine festen Wege, Garion«, erklärte Silk. »Man kann nur immer gegen die Strömung steuern und das Beste hoffen.«
»Es muß doch einen Weg geben«, beharrte Garion. »Warum setzt man keine Markierungen?«
»Das hätte keinen Zweck. Sieh mal.« Der kleine Mann stieß mit seiner Stange gegen eine scheinbar feste, kleine Erhebung, die neben ihrem Boot aus dem Wasser ragte. Der Hügel trieb träge davon. Garion starrte ihm verwundert nach.
»Es ist schwimmende Vegetation«, sagte Belgarath und unterbrach sein Staken, um sich den Schweiß vom Gesicht zu wischen. »Es fallen Samen darauf, und das Gras wächst wie auf fester Erde – nur ist es keine feste Erde. Wind und Strömung

treiben es davon. Deswegen gibt es hier auch keine dauerhaften Kanäle und keinen festgelegten Weg.«
»Und es ist nicht immer der Wind oder die Strömung«, setzte Silk finster hinzu. Er blickte in die untergehende Sonne. »Wir sollten uns einen festen Anlegeplatz für die Nacht suchen«, schlug er vor.
»Wie wäre es damit?« Belgarath deutete auf eine mit Gebüsch bewachsene Erhebung, die etwas höher war als die Umgebung. Sie stakten dorthin, und Silk trat ein paarmal prüfend dagegen. »Es scheint fest zu sein«, bestätigte er. Er stieg aus dem Boot und kletterte hinauf, wobei er mehrmals heftig aufstampfte. Der Boden antwortete mit einem zufriedenstellenden, soliden Geräusch. »Hier oben ist ein trockenes Fleckchen«, berichtete er, »und auf der anderen Seite etwas Treibholz. Wir können zur Abwechslung mal auf festem Boden schlafen und vielleicht sogar eine warme Mahlzeit essen.«
Sie zogen das Boot weit den Hang hinauf, und Silk unternahm einige recht ausgefallene Anstrengungen, um sicherzugehen, daß das Boot auch wirklich fest vertäut war.
»Ist das nicht überflüssig?« fragte Garion.
»Es ist zwar kein besonderes Boot«, antwortete Silk, »aber das einzige, das wir haben. Damit möchte ich kein Risiko eingehen.«
Sie entfachten ein Feuer und stellten dann ihr Zelt auf, während die Sonne in einer Wolkenbank im Westen versank und die Sümpfe in rötliches Glühen tauchte. Silk brachte einige Pfannen zum Vorschein und begann sich um das Abendessen zu kümmern.
»Es ist zu heiß«, stellte Garion kritisch fest, als der rattengesichtige kleine Mann Speckscheiben in eine heiße Pfanne legen wollte.
»Möchtest du es selbst machen?«
»Ich wollte dich nur warnen.«
»Ich habe nicht deine Vorteile gehabt, Garion«, bemerkte Silk spitz. »Ich bin nicht wie du in Polgaras Küche aufgewachsen. Ich mache es, so gut ich kann.«
»Du mußt deswegen nicht gleich brummig werden«, meinte

Garion. »Ich dachte nur, du würdest gerne wissen, daß die Pfanne zu heiß ist.«

»Ich glaube, ich kann ohne weitere Ratschläge auskommen.«

»Wie du willst, aber du wirst den Speck verbrennen.«

Silk warf ihm einen gereizten Blick zu und warf Speckscheiben in die Pfanne. Sie zischten und brutzelten, und die Ränder wurden fast sofort schwarz.

»Habe ich doch gesagt«, murmelte Garion.

»Belgarath«, beschwerte sich Silk, »sag ihm, daß er mich in Ruhe lassen soll.«

»Komm da weg, Garion«, befahl der alte Mann. »Er kann auch ohne deine Hilfe das Essen verbrennen.«

»Vielen Dank«, antwortete Silk sarkastisch.

Die Mahlzeit war jedoch nicht völlig ungenießbar. Nachdem sie gegessen hatten, betrachteten sie das verlöschende Feuer und die Abendröte, die über das Moor kroch. Die Frösche begannen wieder mit ihrem Chor im Schilf, und Vögel ließen sich auf den schwankenden Rohrstengeln nieder, zwitschernd und schläfrig vor sich hinmurmelnd. In dem braunen Wasser plätscherte es leise, und manchmal explodierten Blasen, wo Sumpfgas gurgelnd an die Oberfläche stieg. Silk seufzte bitterlich. »Ich hasse dieses Land«, sagte er. »Ich hasse es aus tiefstem Herzen.«

In dieser Nacht hatte Garion einen Alptraum. Es war nicht der erste, seit sie Riva verlassen hatten, und er setzte sich schweißgebadet und zitternd auf, überzeugt, daß es auch nicht der letzte sein würde. Der Alptraum war nicht neu, sondern verfolgte ihn schon seit seiner Kindheit immer wieder im Schlaf. Anders als ein normaler schlechter Traum, handelte dieser nicht davon, daß er gejagt oder bedroht wurde, sondern bestand nur aus einem einzigen Bild – dem Bild eines grauenhaft entstellten Gesichts. Obwohl er den Besitzer dieses Gesichts noch nie in Wirklichkeit gesehen hatte, wußte er genau, um wessen Gesicht es sich handelte; und jetzt wußte er auch, warum es seine schwärzesten Träume heimsuchte.

Der nächste Tag dämmerte bewölkt herein, und es sah aus, als ob es Regen geben würde. Während Belgarath das Feuer anfachte und Silk das Gepäck nach etwas Eßbarem für ein Frühstück durchwühlte, sah Garion auf den Sumpf hinaus. Eine Gänseschar flog mit singenden Flügeln in V-Formation vorbei, ihre traurigen Schreie klangen einsam und entrückt. Ein Fisch sprang nicht weit von der Erhebung aus dem Wasser, und Garion betrachtete die Kreise, die sich bis zum gegenüberliegenden Ufer ausbreiteten. Er hatte schon eine Weile auf das Ufer gestarrt, ehe ihm aufging, was er da eigentlich sah. Erstaunt und etwas beunruhigt sah er sich nach allen Seiten um.

»Großvater!« rief er. »Sieh nur!«

»Was?«

»Es ist alles anders. Es gibt keine Kanäle mehr. Wir sitzen mitten in einem großen Teich, der keinerlei Abfluß hat.« Er wirbelte herum, verzweifelt nach einem Ausweg Ausschau haltend, aber das Ufer des Teiches, in dem sie festsaßen, wies keine Unterbrechungen auf. Keine Kanäle führten hinaus, und das braune Wasser war völlig reglos, ohne Anzeichen einer Strömung.

Dann tauchte in der Mitte des Teiches, ohne das Wasser zu kräuseln, ein runder, pelziger Kopf auf. Die Augen des Tieres waren sehr groß und strahlend, es hatte keine sichtbaren Ohren, und die kleine Nase war jettschwarz. Es gab eigenartig zwitschernde Geräusche von sich, und dann tauchte in einiger Entfernung ein weiterer Kopf auf.

»Sumpflinge!« keuchte Silk und zog sein Schwert.

»Ach, steck das weg!« sagte Belgarath angewidert. »Sie werden dir nichts tun.«

»Sie haben uns schließlich gefangen, oder?«

»Was wollen sie?« fragte Garion.

»Frühstück offenbar«, antwortete Silk, immer noch mit dem Schwert in der Hand.

»Sei nicht albern, Silk«, wies ihn Belgarath zurecht. »Warum sollten sie einen mageren Drasnier fressen wollen, wenn ein ganzer Teich voller Fische zur Verfügung steht. Steck das Schwert weg.«

Der erste Sumpfling, der seinen Kopf aus dem Wasser gesteckt hatte, hob eine seiner mit Schwimmhäuten versehenen Vorderpfoten und machte eine energische Bewegung damit. Die Pfote ähnelte auf seltsame Weise einer Hand.

»Sie wollen anscheinend, daß wir ihnen folgen«, sagte Belgarath ruhig.

»Und das willst du tun?« fragte Silk entgeistert. »Bist du wahnsinnig?«

»Haben wir eine Wahl?«

Ohne weitere Diskussion begann Belgarath, das Zelt abzubauen.

»Sind das Ungeheuer, Großvater?« fragte Garion besorgt, während er ihm half. »Wie Algroths oder Trolle?«

»Nein, es sind einfach nur Tiere – wie Robben oder Biber. Sie sind neugierig und intelligent und sehr verspielt.«

»Aber sie spielen sehr häßliche Spiele«, fügte Silk hinzu.

Nachdem sie ihr Gepäck im Boot verstaut hatten, schoben sie es ins Wasser. Die Sumpflinge beobachteten sie neugierig, aber ohne bedrohlich oder böse zu wirken, sondern eher entschlossen. Das scheinbar feste Ufer des Teiches öffnete sich, um den Kanal freizugeben, der während der Nacht versteckt worden war. Der Sumpfling mit dem eigenartig runden Kopf, der ihnen gewinkt hatte, schwamm voraus, wobei er oft zurückblickte, um sich zu überzeugen, daß sie ihm auch tatsächlich folgten. Ein paar weitere schwammen mit wachen Augen hinter dem Boot her.

Es begann zu regnen, zuerst nur wenige Tropfen, die dann in ein stetes Nieseln übergingen, das die endlose Fläche aus Schilf und Rohr in einen Schleier hüllte.

»Was glaubst du, wo sie uns hinbringen?« fragte Silk und unterbrach sein Staken, um sich den Regen aus dem Gesicht zu wischen. Einer der Sumpflinge hinter ihnen schnatterte ärgerlich, bis er seine Stange wieder in den schlammigen Grund des Kanals stieß.

»Wir müssen eben abwarten«, antwortete Belgarath.

Der Kanal öffnete sich weiter, und sie stakten hinter dem Sumpfling her, der zuerst aufgetaucht war.

»Sind das dort oben Bäume?« fragte Silk, durch den dichten Regen spähend.

»Scheint so«, meinte Belgarath. »Ich nehme an, wir werden dorthin gebracht.«

Aus dem Dunst tauchte allmählich eine große Baumgruppe auf. Als sie näher kamen, konnte Garion einen sanften Hang erkennen, der aus Schilf und Wasser anstieg. Das Wäldchen, das die Insel krönte, schien weitgehend aus Weiden mit langen, hängenden Zweigen zu bestehen.

Der Sumpfling an der Spitze schwamm weiter voraus. Als er die Insel erreichte, schob er sich halb aus dem Wasser und stieß einen pfeifenden Ruf aus. Kurz darauf trat eine kapuzenverhüllte Gestalt aus den Bäumen und kam langsam ans Ufer. Garion wußte nicht, was er erwarten sollte, aber er war sehr erstaunt, als die braungekleidete Gestalt am Ufer die Kapuze zurückschlug und das Gesicht einer Frau zum Vorschein kam, das zwar sehr alt war, aber immer noch beredte Zeichen einer einstigen, außergewöhnlichen Schönheit trug.

»Heil, Belgarath«, grüßte sie den alten Zauberer mit seltsam unbeteiligter Stimme.

»Hallo, Vordai«, antwortete er leichthin. »Lange her, nicht wahr?«

Die kleinen Wesen, die sie zur Insel geleitet hatten, wateten aus dem Wasser und scharten sich um die braungekleidete Frau. Sie schnatterten und zwitscherten mit ihr, und sie betrachtete sie liebevoll und streichelte ihren nassen Pelz mit sanften Fingern. Es waren mittelgroße Tiere mit kurzen Hinterbeinen und kleinen, runden Bäuchen. Sie gingen aufrecht mit raschen, merkwürdig schlurfenden Schritten, die Vorderpfoten zierlich vor der pelzigen Brust gefaltet.

»Komm aus dem Regen, Belgarath«, sagte die Frau. »Bring deine Freunde mit.« Sie machte kehrt und ging, umgeben von den Sumpflingen, über einen Pfad auf das Weidenwäldchen zu.

»Was machen wir jetzt?« flüsterte Garion.

»Wir gehen mit«, antwortete Belgarath und kletterte aus dem Boot.

Garion hatte keine Vorstellung von dem, was ihn erwartete, als er dem alten Mann mit Silk zu der Weidengruppe folgte, aber auf das hübsche, strohgedeckte Häuschen mit dem kleinen

Garten war er überhaupt nicht gefaßt. Die Balken des Hauses waren vom Wetter gezeichnet, die Fugen dicht mit Moos gefüllt. Aus dem Schornstein stieg ein dünner Rauchfaden empor.

An der Tür wischte sich die Frau in Braun sorgfältig die Füße an einer Schilfmatte ab und schüttelte ihren nassen Mantel aus. Dann öffnete sie die Tür und ging, ohne sich noch einmal umzusehen, hinein.

Silk wirkte sehr mißtrauisch, als er vor dem Häuschen stehenblieb. »Bist du sicher, daß das eine gute Idee ist, Belgarath?« fragte er leise. »Ich habe einige Geschichten über Vordai gehört.«

»Es ist der einzige Weg herauszufinden, was sie will«, sagte Belgarath, »und ich bin mir ziemlich sicher, daß wir nirgendwo hingehen werden, ohne mit ihr gesprochen zu haben. Laßt uns hineingehen. Und wischt euch die Füße gut ab.«

Das Innere von Vordais Haus war makellos sauber. Die Decke war niedrig und wurde von schweren Balken getragen. Der hölzerne Fußboden war weißgescheuert, und vor einer gewölbten Feuerstelle, in der ein Kessel von einem Eisenhaken in den Flammen hing, standen Tisch und Stühle. In einer Vase auf dem Tisch standen Wildblumen, und vor dem Fenster, das auf den Garten hinausging, hingen Vorhänge.

»Warum stellst du mir deine Freunde nicht vor, Belgarath?« fragte Vordai, während sie ihren Mantel an einen Haken hing. Dann strich sie mit den Händen ihr schlichtes, braunes Kleid glatt.

»Wie du möchtest, Vordai«, erwiderte Belgarath höflich. »Dies ist Prinz Kheldar, ein Landsmann von dir. Und das ist König Belgarion von Riva.«

»Edle Gäste«, stellte die Frau mit der seltsam unbeteiligten Stimme fest. »Willkommen in Vordais Haus.«

»Verzeihung, meine Dame«, sagte Silk ausgesprochen liebenswürdig, »aber dein Ruf scheint sehr unangebracht zu sein.«

»Vordai, die Sumpfhexe?« fragte sie belustigt. »Nennt man mich immer noch so?«

Er lächelte zurück. »Die Beschreibungen sind allerdings, gelinde ausgedrückt, irreführend.«
»Das alte Sumpfweib.« Sie ahmte die Sprache eines einfältigen Bauern nach. »Die Königin der Sumpflinge, die Reisende ertränkt.« Um ihre Lippen spielte ein bitterer Zug.
»Das ist mehr oder weniger, was man sich erzählt«, sagte er. »Ich habe immer geglaubt, du seist ein Mythos – erfunden, um ungehorsame Kinder zu ängstigen.«
»Dann kommt Vordai und holt euch!« Sie lachte freudlos. »Das höre ich schon seit Generationen. Legt eure Mäntel ab, meine Herren. Setzt euch und macht es euch bequem. Ihr werdet eine Weile hierbleiben.«
Einer der Sumpflinge – der, der sie hergeführt hatte, wie Garion glaubte – schnatterte mit piepsender Stimme auf sie ein und blickte nervös auf den Kessel über dem Feuer.
»Ja«, antwortete sie gelassen, »ich weiß, daß es kocht, Tupik. Es muß kochen, sonst wird es nicht gar.« Sie wandte sich wieder ihren Gästen zu. »Tupik hat mir erzählt, daß ihr noch nicht gefrühstückt habt.«
»Du kannst dich mit ihnen verständigen?«
»Ist das nicht offensichtlich, Prinz Kheldar? Gebt mir eure Mäntel, damit ich sie am Feuer trocknen kann.« Sie hielt inne und betrachtete Garion ernst. »So ein großes Schwert für so einen jungen Mann«, sagte sie mit einem Blick auf den großen Griff, der über seine Schulter hinausragte. »Stell es in die Ecke, König Belgarion. Hier drinnen gibt es niemanden, mit dem du kämpfen mußt.«
Garion neigte höflich den Kopf, band das Schwert los und reichte ihr seinen Mantel.
Ein weiterer, etwas kleinerer Sumpfling schoß mit einem Lappen aus einer Ecke hervor und wischte eifrig das Wasser auf, das aus ihren Mänteln getropft war, wobei er mißbilligend vor sich hinschnatterte.
»Ihr müßt Poppi verzeihen.« Vordai lächelte. »Sie ist putzwütig. Manchmal glaube ich, wenn ich sie ließe, würde sie Löcher in den Fußboden schrubben.«
»Sie verändern sich, Vordai«, sagte Belgarath ernst.

»Ich weiß«, antwortete sie, ging zum Kamin und rührte in dem brodelnden Kessel. »Ich habe sie all die Jahre beobachtet. Sie sind nicht mehr das, was sie waren, als ich herkam.«

»Es war ein Fehler, an ihnen herumzupfuschen«, sagte er.

»Das hast du mir schon früher gesagt, ebenso Polgara. Wie geht es ihr übrigens?«

»Im Moment tobt sie vermutlich. Wir sind aus der Zitadelle in Riva geschlichen, ohne ihr etwas von unserer Abreise zu sagen, und so etwas reizt sie.«

»Polgara kam schon gereizt zur Welt.«

»In diesem Punkt sind wir uns jedenfalls einig.«

»Das Frühstück ist fertig.« Sie hob den Topf mit einem Eisenhaken ab und stellte ihn auf den Tisch. Poppi huschte zu einem Schrank an der Wand und brachte einen Stapel hölzerner Schalen, dann holte sie Löffel. Ihre großen Augen strahlten hell, und sie zwitscherte ernsthaft auf die drei Besucher ein.

»Sie bittet euch, keine Krümel auf ihren sauberen Fußboden fallen zu lassen«, erklärte Vordai, während sie einen dampfenden Laib Brot aus dem Ofen zog, der in eine Seite des Kamins eingebaut war. »Krümel machen sie rasend.«

»Wir passen auf«, versprach Belgarath.

Garion fand das Frühstück eigenartig. Der Eintopf war dick, mit fremdartigen Gemüsen und großen Stücken Fischfleisch darin. Er war jedoch kräftig gewürzt und schmeckte ihm gut. Als er mit seiner Mahlzeit fertig war, kam er etwas zögernd zu dem Schluß, daß Vordai eine fast ebenso gute Köchin war wie Tante Pol.

»Ausgezeichnet, Vordai«, gratulierte ihr Belgarath, als er endlich seine Schüssel von sich schob. »Jetzt können wir uns wohl dem Geschäftlichen zuwenden. Warum hast du uns herbringen lassen?«

»Um zu reden, Belgarath«, antwortete sie. »Ich habe nicht oft Gesellschaft, und ein Gespräch ist eine gute Möglichkeit, einen verregneten Morgen zu verbringen. Warum seid ihr in die Sümpfe gekommen?«

»Die Prophezeiung geht weiter, Vordai – auch wenn wir es

nicht immer tun. Der Rivanische König ist zurückgekehrt, und Torak wälzt sich unruhig in seinem Schlaf.«

»Ach«, sagte sie ohne eigentliches Interesse.

»Das Auge Aldurs befindet sich auf dem Knauf von Belgarions Schwert. Der Tag ist nicht mehr fern, an dem sich das Kind des Lichts und das Kind der Dunkelheit begegnen. Wir gehen auf diese Begegnung zu, und die ganze Menschheit wartet auf ihren Ausgang.«

»Außer mir, Belgarath.« Sie sah ihn durchdringend an. »Das Schicksal der Menschheit interessiert mich nur ganz am Rande. Man hat mich vor dreihundert Jahren von der Menschheit ausgeschlossen, wie du dich erinnern wirst.«

»Diese Leute sind alle längst tot, Vordai.«

»Aber ihre Nachkommen sind genauso. Könnte ich heute in irgendein Dorf in diesem Teil Drasniens gehen und sagen, wer ich bin, ohne gesteinigt oder verbrannt zu werden?«

»Dörfler sind sich in der ganzen Welt gleich, meine Dame«, warf Silk ein. »Provinziell, dumm und abergläubisch. Nicht alle Menschen sind so.«

»Alle Menschen sind gleich, Prinz Kheldar«, widersprach sie. »Als ich jung war, habe ich versucht, mich um die Belange meines Dorfes zu kümmern. Ich wollte nur helfen, aber sehr bald starb keine Kuh mehr und bekam kein Säugling mehr Krämpfe, ohne daß man mir die Schuld dafür zuschrieb. Schließlich hat man mich gesteinigt und wollte mich dann auf dem Scheiterhaufen verbrennen. Man hatte ein richtiges Fest geplant. Ich konnte allerdings entkommen und habe mich hierher in die Sümpfe gerettet. Danach haben mich die Angelegenheiten der Menschen nur noch sehr wenig interessiert.«

»Du hättest deine Fähigkeiten nicht so offen zeigen dürfen«, sagte Belgarath. »Die Menschen glauben nicht gern an solche Dinge. Es gibt einen ganzen Katalog häßlicher, kleiner Gefühle im menschlichen Geist, und alles, was auch nur ein wenig vom üblichen abweicht, zieht die Möglichkeit einer Strafe mit sich.«

»Mein Dorf hat erfahren müssen, daß es mehr als nur eine Möglichkeit war«, sagte sie mit grimmiger Zufriedenheit.

»Was ist denn geschehen?« fragte Garion neugierig.

»Es hat angefangen zu regnen«, antwortete Vordai mit einem seltsamen Lächeln.
»Ist das alles?«
»Es hat gereicht. Es hat fünf Jahre lang auf dieses Dorf geregnet, König Belgarion – und nur auf das Dorf. Hundert Meter hinter dem letzten Haus war alles normal, aber im Dorf war der Regen. Zweimal versuchten sie wegzuziehen, aber der Regen folgte ihnen. Schließlich gaben sie auf und verließen die Gegend. So weit ich weiß, sind einige ihrer Nachkommen noch immer auf Wanderschaft.«
»Das ist doch nicht dein Ernst«, spottete Silk.
»O doch, sehr ernst.« Sie lächelte ihn belustigt an. »Deine Gläubigkeit scheint sehr selektiv zu sein, Prinz Kheldar. Hier bist du und ziehst mit Belgarath dem Zauberer durch die Welt. Du glaubst doch bestimmt an seine Macht, aber du kannst dich nicht dazu durchringen, an die Macht der Sumpfhexe zu glauben.«
Silk starrte sie an.
»Ich bin wirklich eine Hexe, Prinz Kheldar. Ich könnte es dir beweisen, wenn du willst, aber ich glaube nicht, daß es dir gefallen würde. Den meisten gefällt es nicht.«
»Das ist wirklich nicht nötig, Vordai«, sagte Belgarath. »Was aber willst du nun?«
»Darauf wollte ich gerade kommen, Belgarath«, erwiderte sie. »Nachdem ich in die Sümpfe entkommen war, entdeckte ich meine kleinen Freunde hier.« Liebevoll streichelte sie Poppis pelziges Gesicht, und Poppi drängte sich begeistert gegen ihre Hand. »Zuerst hatten sie Angst vor mir, aber schließlich verloren sie ihre Schüchternheit. Sie fingen an, mir Fisch zu bringen – und Blumen – als Zeichen der Freundschaft, und in dieser Zeit hatte ich Freunde sehr nötig. Aus Dankbarkeit habe ich sie ein wenig verändert.«
»Das hättest du nicht tun sollen, wie du weißt«, sagte der alte Mann traurig.
Sie zuckte die Achseln. »Sollen und nicht sollen bedeutet mir nicht mehr viel.«
»Nicht einmal die Götter würden tun, was du getan hast.«

»Die Götter haben andere Vergnügungen.« Dann blickte sie ihm direkt in die Augen. »Ich habe auf dich gewartet, Belgarath – seit Jahren. Ich wußte, daß du früher oder später wieder in die Sümpfe kommen würdest. Diese Begegnung, von der du sprachst, ist sehr wichtig für dich, nicht wahr?«

»Es ist das wichtigste Ereignis der Weltgeschichte.«

»Das hängt vom Standpunkt ab, nehme ich an. Aber du brauchst meine Hilfe.«

»Ich glaube, wir schaffen es allein, Vordai.«

»Vielleicht, aber wie gedenkst du aus den Sümpfen hinauszukommen?«

Er sah sie scharf an.

»Ich kann euch den Weg zu trockenem Grund am Rand des Sumpfes öffnen, oder ich kann dafür sorgen, daß ihr für alle Zeiten hier im Moor herumwandert – in diesem Fall würde die Begegnung, um die es dir geht, nie stattfinden, nicht wahr? Das versetzt mich in eine sehr interessante Lage, findest du nicht?«

Belgaraths Augen wurden schmal.

»Ich habe festgestellt, daß es für gewöhnlich irgendeinen Austausch gibt, wenn Menschen Geschäfte machen«, setzte sie mit einem eigenartigen Lächeln hinzu. »Etwas für etwas, nichts für nichts. Es scheint eine vernünftige Regelung zu sein.«

»Was schwebt dir vor?«

»Die Sumpflinge sind meine Freunde«, antwortete sie. »Auf eine ganz besondere Art sogar meine Kinder. Aber die Menschen betrachten sie als Tiere mit Fellen, die es zu jagen lohnt. Sie stellen ihnen Fallen, Belgarath, und sie töten sie wegen ihres Pelzes. Die feinen Damen in Boktor und Kotu kleiden sich in die Felle meiner Kinder und verschwenden keinen Gedanken daran, wieviel Kummer mir das bereitet. Sie nennen meine Kinder Tiere und kommen in die Sümpfe, um sie zu jagen.«

»Es *sind* Tiere, Vordai«, sagte er sanft.

»Nicht mehr.« In Gedanken versunken legte Vordai ihren Arm um Poppis Schultern. »Du hast vielleicht recht, wenn du sagst, ich hätte nicht mit ihnen herumpfuschen sollen, aber jetzt ist es zu spät, um es rückgängig zu machen.« Sie seufzte. »Ich bin eine Hexe, Belgarath«, fuhr sie fort, »keine Zauberin. Mein

Leben hat einen Anfang und ein Ende, und es nähert sich dem Ende, glaube ich. Ich werde nicht ewig leben wie du und Polgara. Ich habe schon einige hundert Jahre gelebt und bin des Lebens herzlich überdrüssig. Solange ich am Leben bin, kann ich die Menschen von den Sümpfen fernhalten. Aber wenn ich nicht mehr bin, haben meine Kinder keinen Schutz mehr.«

»Und du möchtest, daß ich sie in meine Obhut nehme?«

»Nein, Belgarath. Du bist zu beschäftigt, und manchmal vergißt du Versprechen, an die du dich nicht gern erinnerst. Ich möchte, daß du das eine tust, was es für immer unmöglich macht, die Sumpflinge als Tiere zu betrachten.«

Seine Augen weiteten sich, als ihm aufging, was sie meinte.

»Ich möchte, daß du meinen Kindern die Macht der Sprache gibst, Belgarath«, sagte Vordai. »Ich kann es nicht. Meine Hexerei reicht nicht so weit. Nur ein Zauberer kann ermöglichen, daß sie sprechen.«

»*Vordai!*«

»Das ist mein Preis, Belgarath«, sagte sie. »Das wird dich meine Hilfe kosten. Nimm sie, oder laß es bleiben.«

19

In dieser Nacht blieben sie in Vordais Häuschen. Garion schlief nur wenig. Das Ultimatum der Sumpfhexe beunruhigte ihn schwer. Er wußte, daß Eingriffe in die Natur weitreichende Auswirkungen hatten, und so weit zu gehen, wie Vordai es verlangte, konnte für alle Zeit die Trennlinie zwischen Mensch und Tier verwischen. Die philosophischen und theologischen Folgen dieses Schrittes waren erschütternd. Außerdem hatte er noch andere Sorgen. Es war durchaus möglich, daß Belgarath nicht tun konnte, was Vordai von ihm verlangte. Garion war sich ziemlich sicher, daß sein Großvater nicht versucht hatte, seinen Willen zu benutzen, seit er vor Monaten diesen Zusammenbruch gehabt hatte, und jetzt stellte Vordai ihn vor eine fast unmögliche Aufgabe.

Was würde mit Belgarath geschehen, wenn er es versuchte und

versagte? Würden dann seine Zweifel die Oberhand gewinnen und ihn für immer der Möglichkeit berauben, seine Macht zurückzuerlangen? Garion suchte verzweifelt nach einem Weg, seinen Großvater zu warnen, ohne diese fatalen Zweifel zu wecken.

Aber sie mußten unbedingt aus den Sümpfen heraus. Auch wenn Garion seinen Entschluß, sich Torak zu stellen, nur zögernd gefaßt hatte, wußte er doch nun, daß es die einzig mögliche Wahl gewesen war. Die Begegnung konnte jedoch nicht beliebig hinausgezögert werden. Wenn sie zu lange hinausgeschoben wurde, würden die Ereignisse weiterlaufen und die Welt in den Krieg stürzen, den sie alle so dringend vermeiden wollten. Vordais Drohung, sie hier in den Sümpfen gefangen zu halten, war nicht nur eine Bedrohung für sie drei, sondern für die ganze Welt. In einem sehr realen Sinn hielt sie das Schicksal der Menschheit in ihren gleichgültigen Händen.

Trotz aller Bemühungen konnte Garion keinen Weg finden, diese Erprobung von Belgaraths Willen zu umgehen. Er selbst hätte zwar widerstrebend getan, was Vordai verlangte, aber er wußte nicht einmal, wo er hätte anfangen sollen. Wenn es überhaupt zu schaffen war, dann war sein Großvater der einzige, der es tun konnte – falls seine Krankheit nicht seine Macht zerstört hatte.

Als die Morgendämmerung über die nebligen Sümpfe kroch, stand Belgarath auf und setzte sich vors Feuer. Schwermütig blickte er in die knisternden Flammen.

»Nun?« fragte Vordai. »Hast du dich entschieden?«

»Es ist falsch, Vordai«, sagte er. »Die Natur wehrt sich dagegen. Sie schreit geradezu auf.«

»Ich bin der Natur näher als du, Belgarath«, antwortete sie. »Hexen leben viel enger mit ihr als Zauberer. Ich kann den Wechsel der Jahreszeiten in meinem Blut fühlen, und die Erde unter meinen Füßen ist lebendig. Ich höre keinen Aufschrei. Die Natur liebt alle ihre Geschöpfe, und sie würde fast so sehr wie ich über die Ausrottung meiner Sumpflinge trauern. Aber das ist eigentlich Nebensache, oder? Selbst wenn jeder Stein dagegen aufschrie, würde ich nicht nachgeben.«

Silk tauschte einen raschen Blick mit Garion, und das Gesicht des kleinen Mannes war ebenso bedrückt wie das Belgaraths.
»Sind die Sumpflinge wirklich Tiere?« fuhr Vordai fort. Sie deutete in die Ecke, wo Poppi noch schlief, die zierlichen Vorderpfoten wie Hände geöffnet. Tupik kam verstohlen wieder ins Haus, einen Strauß taufeuchter Sumpfblumen in der Hand. Mit großer Sorgfalt legte er sie um die schlafende Poppi herum und drückte ihr die letzte in die offene Hand. Dann setzte er sich mit einem seltsam geduldigen Ausdruck auf die Hinterbeine, um ihr beim Aufwachen zuschauen zu können.
Poppi rührte und streckte sich und gähnte. Sie hob die Blume an ihre kleine schwarze Nase und schnupperte daran, während sie den erwartungsvollen Tupik zärtlich ansah. Sie gab einen glücklichen, kleinen Zwitscherlaut von sich, dann huschte sie mit Tupik davon, um ein Morgenbad im kühlen Wasser des Sumpfes zu nehmen.
»Es ist ein Werbungsritual«, erklärte Vordai. »Tupik möchte Poppi zur Gefährtin, und solange sie seine Geschenke annimmt, weiß er, daß sie ihn noch gern hat. Das geht eine Zeit so weiter, dann schwimmen sie für etwa eine Woche zusammen in die Sümpfe. Wenn sie zurückkommen, sind sie ein Paar fürs Leben. Unterscheidet sich das wirklich so sehr von der Art, wie junge Menschen sich verhalten?«
Aus einem Grund, den er nicht benennen konnte, störte ihre Frage Garion.
»Seht doch«, sagte Vordai und zeigte durch das Fenster auf eine Gruppe junger Sumpflinge, kaum älter als Säuglinge, beim Spiel. Sie hatten sich aus Moos einen Ball gemacht und warfen ihn rasch im Kreis herum. Ihre Augen folgten der Kugel aufmerksam. »Könnte ein Menschenkind sich nicht diesem Spiel anschließen, ohne sich irgendwie fehl am Platze zu fühlen?« drängte Vordai.
Nicht weit von dieser Gruppe wiegte ein erwachsener, weiblicher Sumpfling sein Kind. »Ist Mutterschaft nicht universal?« fragte Vordai. »In welcher Weise unterscheiden sich meine Kinder von Menschenkindern – außer, daß sie vielleicht anständiger, aufrichtiger und liebevoller zueinander sind?«

Belgarath seufzte. »Also schön, Vordai. Du hast deinen Standpunkt klargemacht. Ich gebe zu, daß die Sumpflinge vielleicht angenehmere Geschöpfe sind als Menschen. Ich glaube zwar nicht, daß die Sprache sie verbessert, aber wenn du unbedingt willst...« Er zuckte die Achseln.

»Dann wirst du es tun?«

»Ich weiß, daß es falsch ist, aber ich werde versuchen zu tun, was du verlangst. Ich habe schließlich keine Wahl, oder?«

»Nein«, erwiderte sie, »hast du nicht. Brauchst du irgend etwas? Ich habe alle üblichen Geräte und Zutaten hier.«

Er schüttelte den Kopf. »Zauberei wirkt anders. Hexerei erfordert die Anrufung von Geistern, aber Zauberei kommt ganz aus dem Innern. Eines Tages, wenn wir einmal Muße haben, erkläre ich dir den Unterschied.« Er stand auf. »Du hast wohl nicht vor, deine Meinung noch zu ändern?«

Ihr Gesicht verhärtete sich. »Nein, Belgarath«, antwortete sie.

Er seufzte wieder. »Also schön, Vordai. Ich bin bald zurück.« Er drehte sich um und ging leise in den nebelverhangenen Morgen hinaus.

In dem darauffolgenden Schweigen beobachtete Garion gespannt, ob Vordai Anzeichen zeigte, daß ihre Entschlossenheit doch nicht so eisern war, wie sie vorgab. Er hatte überlegt, falls sie nicht blindlings besessen war, könnte er ihr die Situation vielleicht erklären und sie zum Nachgeben überreden. Die Sumpfhexe schritt nervös auf und ab, nahm hier geistesabwesend etwas zur Hand und stellte es dort wieder ab. Sie schien unfähig, sich länger als einen Augenblick auf etwas zu konzentrieren.

»Das könnte ihn ruinieren, weißt du«, sagte Garion ruhig. Vielleicht konnte Offenheit hier etwas ausrichten, wo Überredungsversuche gescheitert waren.

»Wovon sprichst du?« fragte sie scharf.

»Letzten Winter war er sehr krank«, erzählte Garion. »Er und Ctuchik hatten miteinander um das Auge gekämpft. Ctuchik wurde vernichtet, aber Belgarath wäre auch fast gestorben. Es ist gut möglich, daß die Krankheit seine Macht zerstört hat.«

Silk schnappte hörbar nach Luft. »Warum hast du uns nichts gesagt?« rief er.
»Tante Pol sagte, das könnten wir nicht wagen«, sagte Garion. »Wir konnten das Risiko nicht eingehen, daß ein Wort davon zu den Angaraks dringt. Belgaraths Macht ist das einzige, was sie all die Jahre in Schach gehalten hat. Wenn er sie verloren hat und sie das herausfinden, würden sie sich sicher fühlen, den Westen anzugreifen.« – »Weiß *er* das?« fragte Vordai rasch.
»Ich glaube nicht. Keiner von uns hat mit ihm darüber gesprochen. Wir konnten ihn auch nicht einen Moment denken lassen, daß irgend etwas nicht in Ordnung wäre. Wenn er auch nur geringste Zweifel hat, wird es nicht funktionieren. Das ist das wichtigste an Zauberei. Man muß daran glauben, daß das, was man will, auch geschehen wird. Anderenfalls geschieht gar nichts. Und je öfter man versagt, desto schlimmer wird es.«
»Was hast du gemeint, als du sagtest, das könnte ihn ruinieren?« Vordai sah erschüttert aus, und in Garion keimte Hoffnung auf.
»Vielleicht hat er immer noch seine Macht – oder einiges davon«, erklärte er. »Aber nicht genug, um zu tun, was du verlangt hast. Es kostet ungeheure Kraft, selbst einfache Dinge zu tun, und was du von ihm willst, ist sehr schwierig. Es könnte zuviel für ihn sein, aber wenn er erst einmal angefangen hat, kann er nicht mehr aufhören. Die Anstrengung könnte seinen Willen und seine Lebensenergie so fordern, daß er sich nie mehr erholt – oder stirbt.«
»Warum hast du mir das nicht gesagt?« fragte Vordai besorgt.
»Ich konnte nicht – nicht, ohne daß er es auch hörte.«
Sie lief auf die Tür zu. »Belgarath!« rief sie. »Warte!« Sie drehte sich zu Garion um. »Geh ihm nach! Halte ihn auf!«
Darauf hatte Garion nur gewartet. Er sprang auf und rannte zur Tür. Als er sie aufriß und gerade in den Regen hinausrufen wollte, fühlte er einen seltsamen Druck, als ob etwas gerade geschehen sollte – noch nicht ganz, aber schon nahe dran. Der Schrei gefror auf seinen Lippen.
»Weiter, Garion«, drängte Silk.
»Ich kann nicht«, stöhnte Garion. »Er hat bereits begonnen,

seinen Willen zu sammeln. Er würde mich nicht einmal hören.«

»Kannst du ihm helfen?«

»Ich weiß nicht einmal genau, was er vorhat, Silk«, antwortete Garion hilflos. »Wenn ich da jetzt hineinplatze, mache ich alles nur noch schlimmer.«

Silk starrte ihn entgeistert an.

Garion spürte eine merkwürdig hallende Woge. Es war ganz anders, als er erwartet hatte, deshalb war er auch nicht darauf vorbereitet. Sein Großvater versuchte nicht, etwas zu bewegen oder zu verändern, sondern sandte einen Ruf aus – über eine riesige Entfernung mit der Stimme seines Geistes. Die Worte waren nicht ganz deutlich zu verstehen, aber ein Wort, »Meister«, war ganz klar. Belgarath versuchte, Aldur zu erreichen.

Garion hielt den Atem an.

Dann, aus unendlicher Ferne, antwortete Aldurs Stimme. Sie sprachen kurze Zeit leise miteinander, währenddessen fühlte Garion die Kraft von Belgaraths Willen, erfüllt und verstärkt durch Aldurs Willen, stärker und stärker werden.

»Was geschieht?« fragte Silk fast ängstlich.

»Er spricht mit Aldur. Ich kann nicht hören, was sie sagen.«

»Wird Aldur ihm helfen?« fragte Vordai.

»Ich weiß nicht. Ich weiß nicht, ob Aldur hier seinen Willen noch einsetzen kann. Es gibt eine Grenze – auf die die Götter sich geeinigt haben.«

Dann endete das seltsame Gespräch, und Garion spürte, wie Belgaraths Willen anschwoll. »Er hat angefangen«, sagte Garion im Flüsterton.

»Er hat seine Macht noch?« fragte Silk.

Garion nickte.

»So stark wie früher?«

»Ich weiß nicht. Es gibt keine Möglichkeit, sie zu messen.«

Die Spannung wuchs, bis sie fast unerträglich war. Was Belgarath tat, war zugleich sehr kompliziert und sehr tiefgreifend. Diesmal gab es keine donnernde Woge oder ein hohles Echo. Statt dessen fühlte Garion ein eigenartiges, klingendes

Wispern, als der alte Mann seinen Willen mit quälender Langsamkeit freiließ. Das Wispern schien etwas immer und immer zu wiederholen – etwas, das Garion beinahe vertehen konnte, ihm aber doch immer wieder entglitt.

Draußen unterbrachen die jungen Sumpflinge ihr Spiel. Der Ball fiel unbeachtet zu Boden, als die Spieler alle aufmerksam lauschten. Poppi und Tupik, die Hand in Hand vom Schwimmen zurückkehrten, blieben wie angewurzelt stehen, die Köpfe zur Seite geneigt, während Belgaraths Wispern sanft auf sie eindrang, in ihre Gedanken eintauchte, murmelnd, erklärend, lehrend. Dann weiteten sich ihre Augen in plötzlicher Erkenntnis.

Schließlich tauchte Belgarath zwischen den dunstverhangenen Weiden auf, mit müden, schweren Schritten. Er ging langsam auf das Haus zu, blieb jedoch davor stehen, um gespannt die erstaunten Gesichter der Sumpflinge zu betrachten, die sich vor der Tür versammelt hatten. Dann nickte er und ging hinein. Seine Schultern hingen erschöpft herab, und das Gesicht mit dem weißen Bart wirkte ausgelaugt.

»Geht es dir gut?« fragte Vordai, nicht länger unbeteiligt.

Er nickte und sank auf einen Stuhl. »Es ist vollbracht«, sagte er knapp.

Vordai sah ihn an, ihre Augen wurden schmal vor Mißtrauen.

»Keine Tricks, Vordai«, sagte er. »Und ich bin zu müde, um dich anzulügen. Ich habe deinen Preis bezahlt. Wenn es dir recht ist, brechen wir gleich nach dem Frühstück auf. Wir haben noch einen langen Weg vor uns.«

»Ich brauche mehr als nur dein Wort, Belgarath. Ich traue dir nicht ganz – keinem Menschen. Ich will Beweise, daß du bezahlt hast.«

Aber von der Tür kam eine neue, seltsame Stimme. Poppis pelziges kleines Gesicht war vor Anstrengung verzerrt, als sie etwas versuchte. »M-mm-mm-« stammelte sie. Ihr Mund verzog sich, und sie versuchte es erneut. »M-m-m-m.« Es schien das schwerste zu sein, das sie jemals versucht hatte. Sie holte tief Luft und nahm einen neuen Anlauf. »M-m-mutterr«, sagte Poppi.

Mit einem leisen Aufschrei stürzte Vordai auf das kleine Wesen zu, kniete nieder und umarmte es.
»Mutter«, sagte Poppi wieder. Diesmal war es schon deutlicher.
Draußen vor dem Haus begann ein lauter werdendes Geplapper leiser, piepsender Stimmen, die alle wiederholten: »Mutter, Mutter, Mutter.« Die aufgeregten Sumpflinge umringten das Haus, ihr Chor schwoll an, als mehr und mehr von ihnen aus den Sümpfen stiegen.
Vordai weinte.
»Du mußt sie natürlich noch unterrichten«, sagte Belgarath erschöpft. »Ich habe ihnen die Fähigkeit gegeben, aber sie beherrschen noch nicht viele Worte.«
Vordai sah ihn mit tränenüberströmtem Gesicht an. »Danke, Belgarath«, sagte sie mit versagender Stimme.
Der alte Mann zuckte die Achseln. »Etwas für etwas«, erwiderte er. »War das nicht der Handel?«
Tupik geleitete sie aus dem Sumpf heraus. In dem Gezwitscher mit seinen Kameraden benutzte das kleine Wesen jetzt jedoch Worte – stammelnd, oft falsch ausgesprochen, aber nichtsdestoweniger Worte.
Garion dachte lange nach, ehe er sprach und kämpfte mit einem Gedanken, während er stakte. »Großvater«, sagte er schließlich.
»Ja, Garion«, antwortete der alte Mann, der sich im Bug des Bootes ausruhte.
»Du wußtest es die ganze Zeit, nicht wahr?«
»Wußte was?«
»Daß die Möglichkeit bestand, daß du nichts mehr geschehen lassen kannst.«
Belgarath starrte ihn an. »Wie kommst du denn darauf?«
»Nachdem du im letzten Winter krank geworden warst, sagte Tante Pol, du könntest deine Macht verloren haben.«
»Sie hat *was* gesagt?«
»Sie sagte, daß du –«
»Ich habe dich schon verstanden.« Der alte Mann runzelte nachdenklich die Stirn. »Diese Möglichkeit ist mir nie auch nur

in den Sinn gekommen«, gestand er. Plötzlich blinzelte er und öffnete die Augen weit. »Aber weißt du, sie hätte recht haben können. Die Krankheit *hätte* diese Wirkung haben können. Erstaunlich.«

»Du hast dich nie – nun ja – schwächer gefühlt?«

»Was? Nein, natürlich nicht.« Belgarath runzelte noch immer die Stirn, während er nachdachte. »Erstaunlich«, wiederholte er, dann lachte er plötzlich.

»Ich weiß nicht, was daran so lustig ist.«

»Das also hat deine Tante und dich die ganzen Monate so beunruhigt? Ihr beide seid auf Zehenspitzen um mich herumgeschlichen, als ob ich aus Glas wäre.«

»Wir hatten Angst, daß die Angaraks es herausfinden könnten, und wir wagten nicht, dir etwas zu sagen, weil –«

»Weil ihr fürchtetet, dann könnte ich an meinen Fähigkeiten zweifeln?«

Garion nickte.

»Auf lange Sicht war das vielleicht keine schlechte Idee. Heute morgen hätte ich wirklich keine Zweifel brauchen können.«

»War es sehr schwer?«

»Kann man wohl sagen, ja. Sowas möchte ich nicht jeden Tag tun müssen.«

»Aber du hättest es nicht wirklich tun müssen, nicht wahr?«

»Was tun?«

»Den Sumpflingen das Sprechen beizubringen. Wenn du immer noch deine Macht hast, dann hätten wir beide einen Kanal zum Rand des Sumpfes öffnen können – egal, was Vordai oder die Sumpflinge unternommen hätten, um uns aufzuhalten.«

»Ich habe mich schon gefragt, wie lange du brauchen würdest, um das zu bemerken«, sagte der alte Mann sanft.

Garion warf ihm einen gereizten Blick zu. »Gut«, sagte er, »warum hast du es dann getan, wenn du nicht mußtest?«

»Die Frage ist nicht gerade höflich, Garion«, tadelte Belgarath ihn. »Im allgemeinen werden bestimmte Anstandsregeln beachtet. Es gilt als schlechtes Benehmen, einen anderen Zauberer zu fragen, warum er etwas getan hat.«

Garion sah seinen Großvater streng an. »Du weichst meiner

Frage aus«, sagte er barsch. »Wir sind uns einig, daß ich keine sehr guten Manieren habe. Dann beantworte bitte meine Frage.«

Belgarath wirkte leicht gekränkt. »Es ist nicht meine Schuld, daß ihr beide euch solche Sorgen gemacht habt. Du hast keinen Grund, so grob zu mir zu sein.« Er hielt inne und sah Garion an. »Du bestehst darauf?«

»Ja, ich glaube schon. Warum also?«

Belgarath seufzte. »Weißt du, Vordai ist fast ihr ganzes Leben lang allein gewesen«, antwortete er, »und sie hatte es sehr schwer. Irgendwie habe ich immer schon gedacht, daß sie es besser verdient hätte. Vielleicht macht dies alles es ein wenig besser für sie.«

»War Aldur der gleichen Meinung?« drängte Garion. »Ich hörte seine Stimme, als ihr beide miteinander gesprochen habt.«

»Lauschen ist wirklich eine schlechte Angewohnheit, Garion.«

»Ich habe viele schlechte Angewohnheiten, Großvater.«

»Ich weiß nicht, warum du in diesem Ton mit mir sprichst, Junge«, beschwerte Belgarath sich. »Aber schön, wenn du es nun einmal so haben willst, ich mußte sehr schnell reden, um meinen Meister zu überzeugen.«

»Du hast das alles getan, weil sie dir leid tat?«

»Das ist nicht ganz der richtige Ausdruck, Garion. Sagen wir, ich habe einen gewissen Sinn für Gerechtigkeit.«

»Wenn du wußtest, daß du es sowieso tun würdest, warum hast du dann erst mit ihr gestritten?«

Belgarath zuckte die Achseln. »Ich wollte sichergehen, daß sie es auch wirklich wollte. Außerdem ist es nicht gut, die Leute glauben zu lassen, daß du alles tust, was sie wollen, nur weil du vielleicht meinst, daß sie einen gewissen Anspruch darauf haben.«

Silk starrte den alten Mann verwundert an. »Mitleid, Belgarath?« fragte er ungläubig. »Von *dir*? Wenn sich das herumspricht, ist dein Ruf ruiniert.«

Belgarath wirkte plötzlich sehr verlegen. »Wir brauchen das ja nicht zu verbreiten, Silk«, sagte er. »Die Leute müssen doch nichts davon erfahren, oder?«

Garion hatte das Gefühl, als wäre auf einmal eine Tür aufgestoßen worden. Er erkannte, daß Silk recht hatte. Er hatte nie näher darüber nachgedacht, aber Belgarath stand tatsächlich in dem Ruf, unbarmherzig zu sein. Die meisten Menschen glaubten, daß dem Ewigen eine gewisse Unerbittlichkeit anhaftete – die Bereitschaft, alles auf seinem eingleisigen Weg zu einem verborgenen Ziel zu opfern, das niemand je ganz verstehen konnte. Aber mit dieser einzigen Tat des Mitleids hatte er eine andere, sanftere Seite seines Wesens offenbart. Belgarath der Zauberer war doch menschlicher Gefühle fähig. Der Gedanke daran, wie diese Gefühle durch all das Grauen und das Leid, das er in siebentausend Jahren gesehen und erduldet hatte, verwundet worden waren, überfiel Garion, und er starrte seinen Großvater mit einem gänzlich neuen Respekt an.

Der Rand des Sumpfes war durch einen soliden Erdwall markiert, der sich nach Norden und Süden im Nebel verlor.

»Der Damm«, sagte Silk zu Garion, auf den Wall deutend. »Er gehört zum tolnedranischen Straßennetz.«

»Bel-garath«, sagte Tupik und streckte seinen Kopf neben dem Boot aus dem Wasser, »danke.«

»Ach, ich glaube, daß ihr letztendlich sowieso sprechen gelernt hättet, Tupik«, antwortete der alte Mann. »Ihr ward schon sehr dicht dran, weißt du.«

»Viel-leicht, viel-leicht nicht«, widersprach Tupik. »Wollen reden und reden Unterschied. Nicht dasselbe.«

»Bald werdet ihr lernen zu lügen«, meinte Silk sardonisch, »und dann seid ihr so gut wie jeder Mensch.«

»Warum lernen zu sprechen, wenn doch nur lügen?« fragte Tupik verblüfft.

»Das wirst du mit der Zeit schon verstehen.«

Tupik runzelte die Stirn, dann tauchte er unter. In einiger Entfernung von dem Boot tauchte er noch einmal auf. »Auf Wiedersehen«, rief er. »Tupik dankt euch – für Mutter.« Dann verschwand er, ohne das Wasser aufzuwühlen.

»Was für ein seltsames, kleines Geschöpf.« Belgarath lächelte leise.
Mit einem erschreckten Ausruf durchwühlte Silk hastig seine Tasche. Etwas Hellgrünes sprang aus seiner Hand und plumpste ins Wasser.
»Was ist denn?« fragte Garion.
Silk schüttelte sich. »Das kleine Biest hat mir einen Frosch in die Tasche gesteckt.«
»Vielleicht sollte er ein Geschenk sein«, vermutete Belgarath.
»Ein Frosch?«
»Dann wohl doch nicht.« Belgarath grinste. »Es ist vielleicht etwas primitiv, aber es könnte der Anfang eines Sinns für Humor sein.«
Ein paar Meilen weiter lag eine tolnedranische Herberge am großen Wall, der am Ostrand der Sümpfe von Norden nach Süden verlief. Sie erreichten sie am späten Nachmittag und erstanden dort Pferde zu einem Preis, der Silk stöhnen ließ. Am nächsten Morgen brachen sie nach Boktor auf.
Das seltsame Zwischenspiel in den Sümpfen gab Garion viel zum Nachdenken auf. Er begann zu erkennen, daß Mitleid eine Art der Liebe war – weiter und umfassender als die etwas eingeschränkte Vorstellung, die er bislang von diesem Gefühl hatte. Das Wort Liebe schien, je mehr er darüber nachdachte, eine große Anzahl von Dingen einzuschließen, die auf den ersten Blick gar nichts damit zu tun hatten. Als sein Verständnis dafür wuchs, kam ihm ein seltsamer Gedanke. Sein Großvater, der Mann, den man den Ewigen nannte, hatte in seinen siebentausend Jahren wahrscheinlich eine Liebesfähigkeit entwickelt, die andere Menschen nicht auch nur annähernd begreifen konnten. Trotz des rauhen, Äußeren war Belgaraths ganzes Leben Ausdruck dieser Liebe. Beim Reiten sah Garion oft zu dem merkwürdigen alten Mann hinüber, und das Bild des entrückten, allmächtigen Zauberers, der über dem Rest der Menschheit schwebte, verblaßte allmählich. Er begann, den wahren Menschen hinter diesem Bild zu sehen – sicherlich einen sehr schwierigen Mann, aber einen sehr menschlichen.
Zwei Tage später erreichten sie bei klarem Wetter Boktor.

20

Boktor war eine großzügig angelegte Stadt, was Garion sofort bemerkte, als sie in seine breiten Straßen ritten. Die Häuser waren selten mehr als zwei Stockwerke hoch und standen nicht so dicht aneinandergedrängt wie in anderen Städten, die er gesehen hatte. Die Straßen waren breit und gerade, und es lag kein Abfall herum.

Er machte eine Bemerkung darüber, als sie eine große, baumgesäumte Prachtstraße entlangritten.

»Boktor ist eine neue Stadt«, erklärte Silk. »Jedenfalls ziemlich neu.«

»Ich dachte, es gäbe sie seit der Zeit von Dras Stiernacken.«

»Oh ja«, erwiderte Silk, »aber die alte Stadt wurde vor fünfhundert Jahren von den Angaraks bei ihrem Einmarsch zerstört.«

»Das hatte ich vergessen«, gestand Garion.

»Nach Vo Mimbre, als es Zeit für den Wiederaufbau wurde, beschloß man, die Gelegenheit auszunutzen, ganz von vorn anfangen zu können«, fuhr Silk fort. Er blickte sich eher angewidert um. »Ich mag Boktor nicht besonders«, sagte er. »Hier gibt es nicht genug Gäßchen und Hinterhöfe. Es ist fast unmöglich, herumzulaufen, ohne gesehen zu werden.« Er wandte sich an Belgarath. »Dabei fällt mir übrigens etwas ein. Es wäre vielleicht keine schlechte Idee, den Marktplatz zu umgehen. Ich bin hier ziemlich gut bekannt, und es hat keinen Sinn, die ganze Stadt wissen zu lassen, daß wir da sind.«

»Glaubst du, wir können unbemerkt durchschlüpfen?« fragte Garion.

»In Boktor?« Silk lachte. »Bestimmt nicht. Man hat uns schon mindestens ein halbes dutzendmal erkannt. Porenn wußte, daß wir kommen, noch ehe wir die Stadt betreten hatten.« Er warf einen Blick zu einem Fenster im zweiten Stock hinauf, und seine Finger zuckten einen raschen Tadel in der drasnischen Geheimsprache. Der Vorhang vor dem Fenster fiel schuldbewußt zu. »Zu plump«, stellte er mißbilligend fest. »Bestimmt ein Student im ersten Jahr.«

»Vielleicht ist er nur etwas nervös beim Anblick deiner Berühmtheit geworden«, meinte Belgarath. »Du bist schließlich so etwas wie eine Legende, Silk.«

»Das ist keine Entschuldigung für nachlässige Arbeit«, sagte Silk. »Wenn ich Zeit hätte, würde ich an der Akademie vorbeigehen und mit dem Direktor darüber sprechen.« Er seufzte. »Mit den Leistungen der Studenten ist es bergab gegangen, seit man den Gebrauch des Schandpfahls eingestellt hat.«

»Des was?« rief Garion.

»Zu meiner Zeit wurde ein Student verprügelt, der von der Person, die er beschatten sollte, gesehen wurde«, sagte Silk. »Prügel sind eine sehr wirksame Methode, Garion.«

Unmittelbar vor ihnen öffnete sich die Tür eines großen Hauses, und ein Dutzend uniformierter Pikenträger marschierte auf die Straße, blieb stehen und baute sich vor ihnen auf. Der befehlshabende Offizier trat vor und verbeugte sich höflich. »Prinz Kheldar«, grüßte er Silk. »Ihre Hoheit läßt fragen, ob ihr so gut seid und im Palast vorbeischaut.«

»Siehst du«, sagte Silk zu Garion. »Ich habe dir ja gesagt, sie weiß, daß wir hier sind.« Er wandte sich an den Offizier. »Nur aus reiner Neugierde, Hauptmann, was würdest du tun, wenn wir keine Lust hätten, im Palast vorbeizuschauen?«

»Dann müßte ich wahrscheinlich darauf bestehen«, antwortete der Hauptmann.

»Das hatte ich mir fast gedacht.«

»Stehen wir unter Arrest?« fragte Garion nervös.

»Nicht ganz, Eure Majestät«, erwiderte der Hauptmann. »Aber Königin Porenn wünscht dringend mit euch zu sprechen.« Dann verbeugte er sich vor Belgarath. »Uralter«, grüßte er den alten Mann respektvoll. »Ich denke, wenn wir den Seiteneingang nehmen, ist es weniger auffällig.« Dann drehte er sich um und gab seinen Männern den Befehl, loszumarschieren.

»Er weiß, wer wir sind«, flüsterte Garion Silk zu.

»Natürlich.«

»Wie kommen wir hier wieder 'raus? Wird Königin Porenn uns nicht wieder nach Riva bringen lassen?«

»Wir reden mit ihr«, sagte Belgarath. »Porenn hat Verstand. Wir können es ihr sicherlich erklären.«

»Es sei denn, daß Polgara ihr ein Ultimatum gesetzt hat«, fügte Silk hinzu. »Wie ich schon gemerkt habe, tut sie das gern, wenn sie wütend ist.«

»Wir werden sehen.«

Königin Porenn strahlte schöner denn je. Ihre schlanke Figur verriet, daß die Geburt ihres ersten Kindes bereits stattgefunden hatte. Die Mutterschaft hatte ihrem Gesicht einen rosigen Hauch verliehen, und ihren Augen war die Erfüllung abzulesen. Sie begrüßte sie herzlich, als sie in den Palast kamen und führte sie sogleich in ihre Privatgemächer. Die Räume der kleinen Königin waren verspielt und feminin eingerichtet, mit rüschenverzierten Sofas und weichen, rosa Vorhängen. »Wo seid ihr gewesen?« fragte sie, sobald sie allein waren. »Polgara tobt.«

Belgarath zuckte die Achseln. »Sie wird sich schon wieder beruhigen. Was ist in Riva los?«

»Sie suchen natürlich nach euch«, antwortete Porenn. »Wie habt ihr es geschafft, so weit zu kommen? Alle Straßen sind gesperrt.«

»Wir waren allen voraus, liebstes Tantchen.« Silk grinste sie frech an. »Als sie angefangen haben, die Straßen zu blockieren, waren wir schon durch.«

»Ich hatte dich gebeten, mich nicht so zu nennen, Kheldar«, wies sie ihn zurecht.

»Verzeiht mir, Eure Hoheit«, sagte er mit einer Verbeugung, grinste aber spöttisch weiter.

»Du bist unmöglich.«

»Selbstverständlich«, erwiderte er. »Das macht einen Teil meines Charmes aus.«

Die Königin seufzte. »Und was mache ich jetzt mit euch?«

»Du wirst uns unsere Reise fortsetzen lassen«, antwortete Belgarath ruhig. »Wir werden natürlich darüber streiten, aber darauf wird es letzten Endes hinauslaufen.«

Sie starrte ihn an.

»Du hast schließlich gefragt. Jetzt, wo du es weißt, fühlst du dich bestimmt besser.«

»Du bist genauso schlimm, wenn nicht noch schlimmer als Kheldar«, beschuldigte sie ihn.
»Ich habe auch mehr Übung.«
»Das kommt gar nicht in Frage«, sagte sie entschieden. »Ich habe strikten Befehl von Polgara, euch alle nach Riva zurückzuschicken.«
Belgarath zuckte die Achseln.
»Dann geht ihr also?« Sie schien überrascht.
»Nein«, antwortete er, »das werden wir nicht. Du hast gesagt, Polgara habe dir strikten Befehl gegeben, uns zurückzuschikken. Gut, dann gebe *ich* dir den strikten Befehl, es nicht zu tun. Wo stehen wir dann?«
»Das ist gemein, Belgarath.«
»Es sind eben schwere Zeiten.«
»Bevor wir anfangen, uns ernsthaft zu streiten, könnten wir vielleicht den Thronerben sehen?« fragte Silk. Das war eine geschickte Frage. Keine junge Mutter kann der Gelegenheit widerstehen, ihr Kind vorzuzeigen, und Königin Porenn war schon halbwegs bei der Wiege, ehe sie merkte, wie schlau sie gelenkt wurde. »Du bist schlimm, Kheldar«, rügte sie ihn, nahm aber trotzdem die Seidendecke ab, um ihnen das Kind zu zeigen, das zum Mittelpunkt ihres Lebens geworden war.
Der Kronprinz von Drasnien versuchte ernsthaft, eine seiner Zehen in den Mund zu stopfen. Mit einem glücklichen kleinen Aufschrei nahm Porenn ihn auf den Arm und drückte ihn an sich. Dann hielt sie ihn so, daß sie ihn sehen konnten. »Ist er nicht süß?« fragte sie.
»Heil, Vetter«, grüßte Silk den Säugling feierlich. »Deine rechtzeitige Ankunft hat jedenfalls sichergestellt, daß mir die letzte Schande erspart bleibt.«
»Was meinst du damit?« fragte Porenn mißtrauisch.
»Nur, daß Seine kleine, rosa Hoheit für alle Zeiten die Möglichkeit ausschließt, daß ich den Thron besteigen muß«, antwortete Silk. »Ich wäre ein sehr schlechter König, Porenn. Drasnien würde fast so sehr leiden wie ich, wenn diese Katastrophe je eintreffen würde. Unser Garion hier ist jetzt schon ein besserer König, als ich es je sein könnte.«

»Ach herrje.« Porenn errötete leicht. »Daran hatte ich überhaupt nicht mehr gedacht.« Sie knickste etwas ungeschickt mit dem Kind auf dem Arm. »Eure Majestät«, grüßte sie Garion förmlich.

»Eure Hoheit«, antwortete Garion mit der Verbeugung, die Tante Pol ihn stundenlang hatte üben lassen.

Porenn ließ ein silbernes, kleines Lachen hören. »Das wirkt alles so unpassend.« Sie legte eine Hand um Garions Hals, zog seinen Kopf zu sich herunter und küßte ihn herzlich. Das Kind auf ihrem Arm gluckste fröhlich. »Lieber Garion«, sagte sie. »Du bist so groß geworden.«

Darauf gab es nicht viel zu sagen.

Die Königin betrachtete einen Moment sein Gesicht. »Dir ist viel zugestoßen«, stellte sie scharfsinnig fest. »Du bist nicht mehr derselbe Junge, den ich in Val Alorn kennengelernt habe.«

»Er macht Fortschritte«, pflichtete Belgarath ihr bei und setzte sich in einen Sessel. »Wie viele Spione hören uns im Augenblick zu, Porenn?«

»Zwei, von denen ich weiß«, antwortete sie und legte das Kind wieder in seine Wiege.

Silk lachte. »Und wie viele Spione spionieren hinter den Spionen her?«

»Einige, denke ich«, sagte Porenn. »Wenn ich versuchen wollte, die ganze Spionage aufzudecken, die hier vor sich geht, käme ich nie zu etwas.«

»Ich nehme an, sie sind alle diskret«, sagte Belgarath mit einem bedeutungsvollen Blick auf die Wände und Vorhänge.

»Natürlich«, sagte Porenn leicht beleidigt. »Wir haben schließlich unsere Maßstäbe. Anfänger dürfen nie im Palast spionieren.«

»Gut, dann wollen wir uns dem Geschäft widmen. Müssen wir wirklich erst lange und raffiniert streiten, ob oder ob du nicht versuchst, uns wieder nach Riva zu schicken?«

Sie seufzte und lachte dann hilflos. »Ich glaube nicht«, gab sie nach. »Aber dann mußt du mir eine Entschuldigung für Polgara geben.«

»Sag ihr einfach, daß wir nach den Anweisungen des Mrin-Kodexes handeln.«

»Sind denn im Mrin-Kodex Anweisungen gegeben?« Sie wirkte erstaunt.

»Möglicherweise«, antwortete er. »Das meiste ist derartiges Geschwätz, daß man nie ganz sicher sein kann.«

»Verlangst du von mir, daß ich sie täusche?«

»Nein, ich bitte dich, sie in dem Glauben zu lassen, ich hätte dich getäuscht – das ist ein Unterschied.«

»Aber ein sehr feiner, Belgarath.«

»Das ist schon in Ordnung«, versicherte er ihr. »Sie ist immer bereit, das Schlechteste von mir zu glauben. Jedenfalls, sind wir drei auf dem Weg nach Gar og Nadrak. Schick Polgara eine Nachricht, daß wir eine gewisse Ablenkung benötigen. Sag ihr, daß ich befohlen habe, mit der Zeitvergeudung aufzuhören und irgendwo im Süden eine Armee aufmarschieren zu lassen – sie sollen viel Lärm schlagen. Ich will, daß die Angaraks alle so damit beschäftigt sind, sie zu beobachten, daß sie keine Zeit haben, nach uns zu suchen.«

»Was um alles in der Welt wollt ihr in Gar og Nadrak?« fragte Porenn neugierig.

Belgarath blickte vielsagend auf die Wände, hinter denen die offiziellen Spione – ebenso wie die inoffiziellen – lauerten.

»Polgara wird wissen, was wir vorhaben. Wie ist die augenblickliche Situation an der Grenze zu Nadrak?«

»Gespannt«, antwortete sie. »Noch nicht feindlich, aber auch bei weitem nicht herzlich. Die Nadraks wollen eigentlich keinen Krieg. Wenn nicht die Grolims wären, könnten wir sie meiner Ansicht nach sogar überreden, neutral zu bleiben. Sie würden viel lieber Murgos töten als Drasnier.«

Belgarath nickte. »Schreib deinem Mann. Ich möchte, daß er Anheg fest an die Kandare nimmt«, sagte er. »Anheg ist brillant, aber manchmal etwas unberechenbar. Rhodar ist ausgeglichener. Sag ihm, daß ich im Süden ein Ablenkungsmanöver will, keinen Krieg. Alorner sind manchmal zu begeisterungsfähig.«

»Ich schreibe es ihm«, versprach Porenn. »Wann wollt ihr aufbrechen?«
»Das lassen wir lieber offen.« Der alte Mann deutete auf die Wände.
»Dann bleibt ihr aber wenigstens über Nacht«, beharrte sie.
»Wie könnten wir uns da weigern?« fragte Silk spöttisch.
Königin Porenn blickte ihn lange an. Dann seufzte sie. »Ich glaube, ich sollte es dir lieber gleich sagen, Kheldar«, sagte sie leise. »Deine Mutter ist hier.«
Silk wurde blaß. »Hier? Im Palast?«
Die Königin nickte. »Sie ist im Westflügel. Ich habe ihr die Gartenwohnung gegeben, die sie so liebt.«
Silks Hände zitterten sichtlich, und sein Gesicht war aschfahl.
»Wie lange ist sie schon hier?« fragte er gezwungen.
»Einige Wochen. Sie kam, ehe das Kind geboren wurde.«
»Wie geht es ihr?«
»Unverändert.« Die Stimme der kleinen, blonden Königin war vor Kummer gedämpft. »Du mußt sie besuchen, das weißt du.«
Silk holte tief Luft und straffte die Schultern. Sein Gesicht wirkte jedoch noch immer erschüttert. »Es läßt sich wohl nicht vermeiden«, sagte er, mehr zu sich selbst. »Dann kann ich es auch gleich hinter mich bringen. Entschuldigst du mich?«
»Natürlich.«
Er drehte sich um und verließ mit düsterem Gesicht den Raum.
»Mag er denn seine Mutter nicht?« fragte Garion.
»Er liebt sie sehr«, antwortete die Königin. »Deshalb ist es auch so schwer für ihn. Sie ist blind – glücklicherweise.«
»Glücklicherweise?«
»Vor etwa zwanzig Jahren gab es in Westdrasnien eine Seuche«, erklärte Porenn. »Es war eine schreckliche Krankheit, die auf den Gesichtern der Überlebenden furchtbare Narben hinterließ. Prinz Kheldars Mutter war eine der schönsten Frauen Drasniens gewesen. Wir haben ihr die Wahrheit verschwiegen. Sie weiß nicht genau, wie entstellt ihr Gesicht ist – wenigstens hoffen wir das. Die Begegnungen zwischen Kheldar und seiner Mutter sind herzzerreißend. Seiner Stimme ist nichts von dem anzumerken, was er sieht, aber seinen Augen –« Sie brach ab.

»Manchmal denke ich, das ist der Grund, weswegen er sich von Drasnien fernhält«, setzte sie hinzu. Dann richtete sie sich auf. »Ich werde nach dem Abendbrot klingeln«, sagte sie, »und nach Getränken. Das braucht Kheldar für gewöhnlich, wenn er seine Mutter besucht hat.«

Silk kehrte erst nach einer guten Stunde zurück und begann sofort zu trinken. Er trank grimmig, als ob er sich so schnell wie möglich bewußtlos trinken wollte.

Für Garion wurde es ein unbehaglicher Abend. Königin Porenn kümmerte sich um ihr Kind, behielt dabei aber immer Silk wachsam im Auge. Belgarath saß schweigend in seinem Sessel, und Silk trank weiter. Schließlich ging Garion, Müdigkeit vorschützend, zu Bett.

Er hatte nie begriffen, wie sehr er in diesem Jahr von Silk abhängig gewesen war, und wie wenig er ihn kannte. Der sardonische Humor und das überwältigende Selbstvertrauen des rattengesichtigen kleinen Drasniers waren etwas gewesen, an das man sich immer halten konnte. Sicher, Silk hatte seine Eigenheiten. Er war empfindlich und schwierig, aber sein nie versagender Sinn für Humor und sein lebhafter Verstand hatten sie durch einige sehr unerfreuliche Situationen manövriert. Jetzt waren alle Spuren von Humor oder Verstand verschwunden, und der kleine Mann schien einem Zusammenbruch nahe. Die furchtbare Auseinandersetzung, zu der sie unterwegs waren, schien ihm jetzt irgendwie noch bedrohlicher. Obwohl ihm Silk nicht hätte helfen können, wenn er Torak letztendlich gegenüberstand, hatte Garion auf die Hilfe seines Freundes gezählt in den Tagen vor dieser Begegnung. Jetzt schien ihm selbst dieser kleine Trost genommen zu sein. Unfähig zu schlafen, wälzte er sich stundenlang im Bett herum, bis er endlich, lange nach Mitternacht, aufstand, seinen Mantel überwarf und auf Strümpfen loszog, um nachzusehen, ob sein Freund inzwischen in sein Bett gefunden hatte.

Aber Silk war noch auf. Er saß immer noch in demselben Sessel. Sein Krug war unbeachtet umgefallen, und seine Ellbogen ruhten in einer Bierlache. Er hatte das Gesicht in den Händen vergraben. In der Nähe saß die erschöpfte, kleine, blonde Königin von Drasnien mit undurchdringlichem Gesicht. Als Garion von der Tür her beobachtete, drangen erstickte Laute zwischen Silks Händen hervor. Mit einem sanften, fast zärtlichen Ausdruck stand Königin Porenn auf, ging um den Tisch, legte ihre Arme um seinen Kopf und zog ihn an sich. Mit einem verzweifelten Aufschrei klammerte Silk sich an sie und weinte offen wie ein verletztes Kind.

Königin Porenn blickte über den bebenden kleinen Mann hinweg auf Garion. Ihrem Gesicht war deutlich anzusehen, daß sie sich Silks Gefühlen für sie bewußt war. In ihrem Blick lag hilfloses Mitleid für diesen Mann, den sie gern hatte – wenn auch nicht auf die Art, wie er es sich wünschte – und ein tiefes Mitgefühl für das Leid, das ihm der Besuch bei seiner Mutter verursacht hatte.

Schweigend sahen Garion und Königin Porenn sich an. Worte waren überflüssig, sie verstanden sich auch so. Als Porenn schließlich sprach, war ihr Ton eigenartig sachlich. »Ich glaube, du kannst ihn jetzt ins Bett bringen«, sagte sie. »Wenn er erst weinen kann, ist das Schlimmste meist vorüber.«

Am nächsten Morgen verließen sie den Palast und schlossen sich einer Karawane nach Osten an. Das drasnische Moor hinter Boktor war trostlos. Die Nördliche Karawanen-Route zog sich durch niedrige, sanfte Hügel, die spärlich und mit kargem Gras bewachsen waren. Obwohl es mitten im Frühling war, schien das Moor ausgelaugt zu sein, als ob die Jahreszeiten es kaum berührten. Der Wind, der vom Polareis kam, hatte noch den Geruch des Winters an sich.

Silk ritt schweigend, die Augen zu Boden gerichtet, ob nun aus Kummer oder wegen der Nachwirkungen des Biers, konnte Garion nicht sagen. Belgarath war ebenfalls still, so daß ihr Ritt nur vom Klang der Glöckchen begleitet wurde, die der Maulesel eines drasnischen Kaufmanns am Geschirr trug.

Gegen Mittag schüttelte sich Silk und sah sich um. Seine Augen waren zwar noch blutunterlaufen, aber wach. »Hat jemand an etwas zu trinken gedacht?« fragte er.

»Hattest du gestern abend nicht genug?« entgegnete Belgarath.

»Das war Vergnügen. Jetzt brauche ich etwas Therapeutisches.«

»Wasser?« schlug Garion vor.

»Ich bin durstig, Garion, nicht schmutzig.«

»Hier.« Belgarath reichte dem verkaterten Mann einen Weinschlauch. »Aber übertreib es nicht.«

»Vertrau mir«, sagte Silk und nahm einen langen Schluck. Er schüttelte sich und verzog das Gesicht. »Wo hast du den gekauft?« fragte er. »Schmeckt, als ob man Schuhe darin gekocht hätte.«

»Du mußt es ja nicht trinken.«

»Ich fürchte doch.« Silk nahm noch einen Schluck, dann stöpselte er den Schlauch zu und gab ihn zurück. Er blickte verdrossen auf den Sumpf. »Hat sich nicht viel verändert«, stellte er fest. »Drasnien hat nur wenige angenehme Seiten, fürchte ich. Entweder ist es zu trocken oder zu naß.« Er zitterte in dem kalten Wind. »Ist sich einer von euch der Tatsache bewußt, daß zwischen uns und dem Pol nichts ist, was den Wind abhalten könnte, außer hin und wieder einem Rentier?«

Garion entspannte sich langsam. Silks Bemerkungen und Sticheleien wurden im Laufe des Nachmittags immer spitzer. Als die Karawane für die Nacht hielt, war er fast wieder er selbst.

21

Die Karawane wand sich langsam durch die trostlosen Moore Ostdrasniens, gefolgt von dem traurigen Klang der Mauleselglocken. Spärliches Heidekraut, das nun endlich doch noch winzige, rosa Blüten zeigte, wuchs auf den sanften Hängen. Der Himmel hatte sich bewölkt, und der anscheindend unablässige Wind blies stetig von Norden.

Garions Stimmung wurde allmählich so traurig und düster wie die Landschaft. Es war eine unabänderliche Tatsache, vor der er sich nicht länger verstecken konnte. Jede Meile, jeder Schritt, brachte ihn Mallorea und seiner Begegnung mit Torak näher.

Selbst das wispernde Lied des Auges, das ständig vom Knauf des großen Schwertes, das auf seinem Rücken hing, in seinen Ohren murmelte, konnte ihn nicht trösten. Torak war ein Gott – unbesiegbar, unsterblich; und Garion, nicht einmal ganz erwachsen, zog freiwillig nach Mallorea, um ihn zu suchen und auf Leben und Tod mit ihm zu kämpfen. Tod war ein Wort, das Garion verzweifelt aus seinen Gedanken fernzuhalten versuchte. Ein- oder zweimal während ihrer langen Jagd nach Zedar und dem Auge hatte er ihm ins Gesicht geblickt, aber jetzt schien er zur Gewißheit zu werden. Er würde Torak allein gegenüberstehen. Weder Mandorallen noch Barak noch Hettar konnten ihm mit ihrer Fechtkunst zu Hilfe kommen; weder Belgarath noch Tante Pol konnten mit Zauberei für ihn eintreten; Silk konnte sich keinen listigen Plan ausdenken, der ihm ein Entkommen ermöglichte. Titanisch und zornig würde der Dunkle Gott auf ihn losstürmen und nach Blut schreien. Garion begann, den Schlaf zu fürchten, denn er brachte ihm Alpträume, die nicht enden wollten und ihn auch bei Tage verfolgten, so daß jeder Tag schlimmer war als der vergangene.

Er hatte Angst. Die Furcht wuchs mit jedem Tag, bis er ihren bitteren Geschmack ständig im Mund verspürte. Er wollte nur noch davonlaufen, aber er wußte, daß das nicht ging. Außerdem wußte er keinen Ort, wo er hätte hinlaufen können. Auf der ganzen Welt gab es kein Versteck für ihn. Die Götter selbst würden ihn suchen, wenn er es versuchte, und ihn eisern zu dieser schrecklichen Auseinandersetzung drängen, die das Schicksal seit Anbeginn der Zeit vorgeschrieben hatte. Und so ritt Garion, krank vor Angst, seinem Schicksal entgegen.

Belgarath, der keineswegs immer schlief, wenn er in seinem Sattel zu dösen schien, beobachtete Garion aufmerksam, bis seine Angst ihren Gipfel erreicht hatte. Erst dann sprach er. An einem bewölkten Vormittag, als der bleigraue Himmel ebenso trostlos war wie das Moor, lenkte er sein Pferd neben Garion.

»Möchtest du darüber reden?« fragte er ruhig.

»Wozu, Großvater?«

»Vielleicht hilft es.«

»Nichts kann mir helfen. Er wird mich töten.«
»Wenn ich das für unvermeidlich hielte, hätte ich dich nicht auf diese Reise gehen lassen.«
»Wie kann ich denn nur mit einem Gott kämpfen?«
»Tapfer«, lautete die nicht sehr hilfreiche Antwort. »Du warst in der Vergangenheit schon öfters sehr tapfer gewesen. Ich glaube nicht, daß du dich so verändert hast.«
»Ich habe solche Angst, Großvater«, gestand Garion mit gequälter Stimme. »Ich glaube, ich weiß jetzt, wie Mandorallen sich gefühlt hat. Die Angst ist so schlimm, daß ich nicht damit leben kann.«
»Du bist stärker, als du denkst. Wenn es sein muß, kannst du damit leben.«
Garion grübelte darüber nach. Es schien nicht viel zu helfen.
»Wie ist er?« fragte er plötzlich aus einer morbiden Neugier heraus.
»Wer?«
»Torak.«
»Arrogant. Ich mochte ihn nie besonders.«
»Ist er wie Ctuchik – oder Asharak?«
»Nein. Sie *wollten* wie er sein. Es ist ihnen natürlich nicht gelungen, aber sie haben es versucht. Wenn es dir hilft, Torak hat vermutlich ebensoviel Angst vor dir wie du vor ihm. Er weiß, wer du bist. Wenn du ihm gegenüberstehst, wird er nicht einen sendarischen Küchenjungen namens Garion sehen, sondern Belgarion, den Rivanischen König. Und er wird Rivas Schwert sehen, das nach seinem Blut dürstet. Und er wird das Auge Aldurs sehen. *Das* wird ihm wahrscheinlich mehr Angst einjagen als alles andere.«
»Wann hast du ihn das erstemal getroffen?« Garion hatte plötzlich den Wunsch, den alten Mann zum Reden zu bringen – daß er Geschichten erzählte wie vor so langer Zeit. Geschichten halfen immer irgendwie. In einer Geschichte konnte er sich verlieren, und für kurze Zeit machten sie die Dinge erträglich.
Belgarath kratzte sich den kurzen, weißen Bart. »Mal sehen«, überlegte er. »Ich glaube, zum erstenmal im Tal – vor sehr langer Zeit. Die anderen hatten sich dort versammelt – Belze-

dar, Beldin und die übrigen – und jeder von uns war mit seinen eigenen Studien beschäftigt. Unser Meister hatte sich mit dem Auge in seinen Turm zurückgezogen, und manchmal vergingen Monate, ohne daß wir ihn sahen.
Dann kam eines Tages ein Fremder zu uns. Er war ungefähr so groß wie ich, aber er bewegte sich, als wäre er turmhoch. Sein Haar war schwarz und die Haut sehr hell, und soweit ich mich erinnere, hatte er grünliche Augen. Sein Gesicht war schon fast zu schön, und sein Haar sah aus, als verbrächte er viel Zeit damit, es zu kämmen. Er wirkte wie jemand, der immer einen Spiegel in der Tasche hat.«
»Hat er etwas gesagt?«
»Oh ja«, antwortete Belgarath. »Er kam zu uns und sagte: ›Ich will mit meinem Bruder sprechen, eurem Meister‹, und sein Ton gefiel mir überhaupt nicht. Er sprach mit uns, als wären wir Diener – den Fehler hat er immer gemacht. Mein Meister hatte mir immerhin, wenn auch unter großen Mühen, einige Manieren beigebracht. ›Ich werde meinem Herrn sagen, daß du da bist‹, sagte ich so höflich, wie ich konnte.
›Das ist nicht nötig, Belgarath‹, entgegnete er mit seiner aufreizenden Überlegenheit. ›Mein Bruder weiß, daß ich hier bin.‹«
»Woher kannte er deinen Namen, Großvater?«
Belgarath zuckte die Achseln. »Das habe ich nie herausgefunden. Ich nehme an, daß mein Meister sich von Zeit zu Zeit mit ihm und den anderen Göttern verständigt und ihnen von uns erzählt hat. Jedenfalls führte ich diesen allzu hübschen Besucher zum Turm meines Meisters. Ich habe unterwegs nicht mit ihm gesprochen. Als wir ankamen, sah er mir ins Gesicht und sagte: ›Ein kleiner Rat für dich, Belgarath, als Dank für deine Dienste. Erhöhe dich nicht selbst. Es ist nicht *deine* Sache, über *mich* zu urteilen. Um deinetwillen hoffe ich, daß du dich daran erinnerst und dich bei unserer nächsten Begegnung etwas geziemender verhältst.‹
›Danke für den Rat‹, sagte ich – etwas spitz, zugegeben. ›Brauchst du sonst noch etwas?‹
›Du bist vorlaut, Belgarath‹, antwortete er. ›Vielleicht mache ich mir eines Tages das Vergnügen, dir geziemendes Benehmen

beizubringen.‹ Dann ging er in den Turm. Wie du siehst, haben Torak und ich uns gleich von Anfang an auf dem falschen Fuß erwischt. Ich mochte seine Haltung nicht, und ihm mißfiel meine.«

»Was geschah dann?« Garions Neugier siegte allmählich über seine Angst.

»Du kennst die Geschichte«, antwortete Belgarath. »Torak ging in den Turm und sprach mit Aldur. Eins führte zum anderen, und schließlich schlug Torak meinen Meister nieder und stahl das Auge.« Das Gesicht des alten Mannes war finster. »Als ich ihn das nächstemal sah, war er bei weitem nicht mehr so schön«, fuhr er mit grimmiger Befriedigung fort. »Das war, nachdem das Auge ihn verbrannt hatte, und er angefangen hatte, eine Stahlmaske zu tragen, um die Ruinen seines Gesichts zu verbergen.«

Silk war näher gekommen und ritt jetzt neben ihnen, gefesselt von Belgaraths Geschichte. »Was habt ihr dann gemacht? Nachdem Torak das Auge gestohlen hatte, meine ich?«

»Unser Meister hat uns ausgeschickt, die anderen Götter zu warnen«, erwiderte Belgarath. »Ich sollte Belar finden – er war irgendwo im Norden und zechte mit seinen Alornern. Belar war damals ein junger Gott, und er liebte die Vergnügungen der Jugend. Alornische Mädchen pflegten davon zu träumen, daß er zu ihnen kam, und er bemühte sich, so viele Träume in Erfüllung gehen zu lassen, wie er konnte – jedenfalls wurde es mir so erzählt.«

»*Das* habe ich noch nie über ihn gehört«, sagte Silk verblüfft.

»Vielleicht ist es ja auch nur Klatsch«, gab Belgarath zu.

»Hast du ihn gefunden?« fragte Garion.

»Es hat eine Weile gedauert. Damals sah das Land noch anders aus. Was jetzt Algarien ist, erstreckte sich weit nach Osten – Tausende von Meilen offenes Grasland. Zuerst habe ich die Gestalt eines Adlers angenommen, aber das war nicht sehr gut.«

»Klingt doch sehr brauchbar«, meinte Silk.

»Höhen machen mich schwindlig«, erwiderte der alte Mann, »und meine Augen wurden ständig von irgend etwas auf dem

Boden abgelenkt. Ich hatte dauernd diesen überwältigenden Drang, hinabzustoßen und etwas zu töten. Der Charakter der Gestalt, die wir annehmen, beginnt nach einer Weile, unser Denken zu bestimmen, und der Adler ist zwar ein prachtvoller, aber doch recht dummer Vogel. Schließlich gab ich es auf und wählte statt dessen die Form eines Wolfes. Das ging viel besser. Die einzige Ablenkung, der ich begegnete, war eine junge, lebenslustige Wölfin.« Bei diesen Worten verengten sich seine Augen, und ein eigenartiger Ton lag in seiner Stimme.

»*Belgarath!*« rief Silk schockiert.

»Zieh keine voreiligen Schlüsse, Silk. Ich habe mir die moralische Seite der Lage überlegt. Ich erkannte, daß Vater sein schön und gut sein mochte, aber daß ein Wurf Welpen später etwas hinderlich sein würde. Ich widerstand ihren Annäherungsversuchen, obwohl sie mich hartnäckig nach Norden verfolgte, wo der Bärengott mit seinen Alornern weilte.« Er brach ab und blickte auf das graugrüne Moor hinaus, mit undurchdringlicher Miene. Garion wußte, daß es da noch etwas gab, das der alte Mann nicht erzählte, und zwar etwas Wichtiges.

»Jedenfalls«, fuhr Belgarath fort, »begleitete Belar uns zurück zum Tal, wo sich die anderen Götter versammelt hatten, und sie berieten sich und beschlossen, daß sie Krieg gegen Torak und seine Angaraks führen mußten. Damit fing alles an. Seitdem ist die Welt nicht mehr dieselbe.«

»Was ist mit der Wölfin geschehen?« fragte Garion, der das seltsame Ausweichen seines Großvaters nicht auf sich beruhen lassen wollte.

»Sie blieb bei mir«, antwortete Belgarath ruhig. »Sie pflegte tagelang in meinem Turm zu sitzen und mich zu beobachten. Sie hatte einen seltsamen Verstand, und ihre Kommentare waren oft etwas verwirrend.«

»Kommentare?« fragte Silk. »Sie konnte sprechen?«

»In der Art der Wölfe, mußt du verstehen. Ich hatte während unserer gemeinsamen Reise ihre Sprache gelernt. Es ist eine knappe und oft sehr schöne Sprache. Wölfe können beredt, sogar poetisch sein – wenn man sich einmal daran gewöhnt hat, daß sie ohne Worte sprechen.«

»Wie lange ist sie bei dir geblieben?« fragte Garion.

»Ziemlich lange«, antwortete Belgarath. »Ich erinnere mich, daß ich sie einmal danach fragte. Sie antwortete mit einer Gegenfrage. Das war eine ihrer aufreizenden Gewohnheiten. Sie sagte einfach: ›Was bedeutet Zeit für einen Wolf?‹ Ich stellte ein paar Berechnungen an und fand heraus, daß sie schon über tausend Jahre bei mir war. Ich war etwas erstaunt darüber, aber ihr schien es gleichgültig zu sein. ›Wölfe leben so lange, wie sie wollen‹, war alles, was sie darauf sagte. Dann mußte ich eines Tages aus irgendeinem Grund meine Gestalt verändern – ich habe vergessen, weshalb. Sie sah mir zu, und danach war die Ruhe für mich ein für allemal vorbei. Sie sagte nur: ›Ach, so machst du das‹, und verwandelte sich prompt in eine weiße Eule. Es schien ihr großen Spaß zu machen, mich zu verblüffen, und ich wußte nie, welche Gestalt sie haben würde, wenn ich mich nur mal umdrehte. Aber am liebsten hatte sie die Eule. Ein paar Jahre später hat sie mich verlassen. Ich war sehr erstaunt, daß ich sie vermißte. Wir waren sehr lange zusammengewesen.« Er brach ab und sah wieder in die Ferne.

»Hast du sie je wiedergesehen?« wollte Garion wissen.

Belgarath nickte. »Dafür hat sie gesorgt – obwohl ich das damals noch nicht wußte. Ich erledigte irgendwo nördlich des Tales einen Auftrag für meinen Meister und kam an einem kleinen, strohgedeckten Häuschen vorbei, das in einem Wäldchen am Ufer eines Flusses stand. Eine Frau mit Namen Poledra lebte dort – eine Frau mit braunem Haar und seltsam goldenen Augen. Wir lernten uns kennen und schließlich heirateten wir. Sie war Polgaras Mutter – und Beldarans.«

»Du hast gesagt, du hättest die Wölfin noch einmal gesehen«, erinnerte Garion ihn.

»Du hörst nicht besonders gut zu, Garion«, sagte der alte Mann und sah seinem Enkel ins Gesicht. In seinen Augen stand ein tiefer, uralter Schmerz – ein so tiefer Schmerz, daß Garion wußte, er würde bleiben, solange der alte Mann lebte.

»Du meinst doch nicht –?«

»Ich selbst habe eine Weile gebraucht, um es zu begreifen. Poledra war sehr geduldig und sehr entschlossen. Als sie fest-

stellen mußte, daß ich sie als Partnerin in Gestalt eines Wolfes nicht akzeptieren konnte, fand sie einfach eine andere Form für sich. Am Ende bekam sie, was sie wollte.« Er seufzte.
»Tante Pols Mutter war ein *Wolf?*« fragte Garion entgeistert.
»Nein, Garion«, erwiderte Belgarath ruhig, »sie war eine Frau, und zwar eine sehr schöne Frau. Der Wechsel der Gestalt ist absolut.«
»Aber – aber angefangen hat sie als Wolf.«
»Und?«
»Aber –« Die Vorstellung war schockierend.
»Laß dich nicht von deinen Vorurteilen beherrschen«, mahnte Belgarath.
Garion kämpfte mit der Vorstellung. Irgendwie kam es ihm ungeheuerlich vor. »Es tut mir leid«, sagte er schließlich. »Es ist unnatürlich, egal, was du sagst.«
»Garion«, erinnerte ihn der alte Mann mit gequälter Miene, »fast alles, was wir tun, ist unnatürlich. Felsen mit reiner Geisteskraft zu bewegen ist auch nicht gerade das natürlichste von der Welt, wenn man einmal darüber nachdenkt.«
»Aber das ist etwas anderes«, protestierte Garion. »Großvater, du hast einen Wolf geheiratet – und der Wolf hat Kinder bekommen. Wie konntest du nur?«
Belgarath seufzte und schüttelte den Kopf. »Du bist sehr stur, Garion«, stellte er fest. »Du scheinst nie etwas zu verstehen, bis du es nicht selbst erfahren hast. Laß uns hinter den Hügel gehen, dann zeige ich dir, wie man es macht. Es hat keinen Sinn, den Rest der Karawane in Aufregung zu versetzen.«
»Was dagegen, wenn ich mitkomme?« fragte Silk, dessen spitze Nase vor Neugier zuckte.
»Keine schlechte Idee«, sagte Belgarath zustimmend. »Du kannst die Pferde halten. Pferde geraten in Gegenwart von Wölfen leicht in Panik.«
Sie verließen die Karawanenstraße, die unter dem bleigrauen Himmel dalag und umrundeten einen niedrigen, mit Heidekraut bewachsenen Hügel. »Das muß reichen«, entschied Belgarath und stieg in einer flachen Senke direkt hinter dem Hügel ab. In der Senke wuchs frisches, grünes Frühlingsgras.

»Der ganze Trick besteht darin, das Bild des Tieres in deinem Geist zu erschaffen«, erklärte Belgarath, »bis in die kleinste Einzelheit. Dann richtest du deinen Willen nach innen – auf dich selbst – und veränderst dich, indem du dich dem Bild anpaßt.«
Garion runzelte die Stirn, er verstand nicht recht.
»Es würde zu lange dauern, es in Worte zu fassen«, sagte Belgarath. »Hier, paß auf, und zwar mit deinem Geist ebenso wie mit deinen Augen.«
Ungebeten schlich sich der große, graue Wolf, den er schon hin und wieder gesehen hatte, in Garions Geist. Er konnte die graugesprenkelte Schnauze und die silberne Mähne deutlich sehen. Dann fühlte er die Woge und hörte das vertraute hohle Dröhnen. Für einen Augenblick vermischte sich das Bild des Wolfes seltsam mit Belgaraths eigenem Bild – als ob beide gleichzeitig denselben Platz beanspruchen wollten. Dann war Belgarath verschwunden, und nur noch der Wolf war da.
Silk stieß einen Pfiff aus und faßte die Zügel der verdutzten Pferde fester.
Belgarath wurde wieder zu einem ganz gewöhnlich aussehenden Mann mit rotbrauner Tunika und grauer Kapuze. »Verstehst du?« fragte er Garion.
»Ich glaube schon«, antwortete Garion etwas zweifelnd.
»Versuch's. Ich führe dich Schritt für Schritt.«
Garion begann, in seinem Geist einen Wolf aufzubauen.
»Vergiß die Zehennägel nicht«, wies Belgarath ihn an. »Sie sehen zwar nicht nach viel aus, aber sie sind sehr wichtig.«
Garion fügte die Zehennägel ein.
»Der Schwanz ist zu kurz.«
Garion berichtigte dies.
»So ist gut. Jetzt passe dich dem Bild an.«
Garion setzte seinen Willen ein. »Verwandeln«, sagte er.
Es war fast, als ob sein Körper flüssig geworden wäre, sich schiebend, verändernd, in das Bild fließend, das er im Geiste hatte. Als die Woge verebbt war, saß er schnaufend auf seinen Hinterbeinen. Es fühlte sich sehr seltsam an.
»Steh auf und laß dich anschauen«, befahl Belgarath.

Garion erhob sich und stand auf allen vier Pfoten. Sein Schwanz fühlte sich höchst eigenartig an.

»Du hast die Hinterbeine zu lang gemacht«, stellte Belgarath kritisch fest.

Garion wollte einwenden, daß er es ja zum erstenmal gemacht hatte, brachte aber nur eine Reihe seltsamer Winsel- und Belllaute heraus.

»Laß das«, grollte Belgarath. »Du hörst dich an wie ein Welpe. Komm wieder zurück.«

Garion gehorchte.

»Was passiert mit den Kleidern?« fragte Silk neugierig.

»Sie bleiben bei uns«, antwortete Belgarath, »aber gleichzeitig auch nicht. Es ist sehr schwer zu erklären. Beldin hat einmal daran gearbeitet, wohin die Kleider gehen. Er glaubt, die Antwort gefunden zu haben, aber ich habe seine Theorie nie ganz begriffen. Beldin ist viel intelligenter als ich, und seine Erklärungen sind manchmal etwas exotisch. Jedenfalls, wenn wir in unsere ursprüngliche Gestalt zurückkehren, sind unsere Kleider immer genau wie vorher.«

»Selbst Garions Schwert?« fragte Silk. »Und das Auge?«

Der alte Mann nickte.

»Ist es nicht etwas gefährlich, es sozusagen lose herumschweben zu lassen?«

»Es ist eigentlich nicht lose. Es ist immer noch da, aber gleichzeitig auch nicht.«

»Ich verlasse mich auf dein Wort«, meinte Silk zweifelnd.

»Versuch's noch einmal, Garion«, schlug Belgarath vor.

Garion wechselte ein paarmal hin und her, bis seine Wolfsgestalt seinen Großvater zufriedenstellte.

»Bleib bei den Pferden«, bat der alte Mann Silk. »Wir sind bald zurück.« Er verwandelte sich in den großen, grauen Wolf. »Laß uns ein bißchen laufen«, sagte er zu Garion. Die Bedeutung dessen, was er sagte, wurde direkt von seinem in Garions Geist übertragen, nur leicht unterstützt durch Mienenspiel, Stellung des Kopfes und der Ohren und ein paar kurzen, bellenden Lauten. Plötzlich verstand Garion, weshalb die Rudelbindung bei Wölfen so stark war. Sie bewohnten, ganz wörtlich genommen, den Geist aller anderen. Was einer sah, sahen alle, und was einer fühlte, fühlten alle.

»Wo laufen wir hin?« fragte Garion, kaum erstaunt, wie leicht ihm die Sprache der Wölfe fiel.

»Nirgendwohin. Ich muß mich nur einmal richtig strecken.« Und der graue Wolf sprang mit überraschender Geschwindigkeit davon.

Der Schwanz war zunächst ein ernstes Problem. Garion vergaß immer, daß er da war, und sein Pendeln brachte ihn aus dem Gleichgewicht. Als er es endlich begriffen hatte, war der alte Wolf ihm schon weit im Moor voraus. Nach einer Weile fand sich Garion jedoch förmlich über den Boden fliegend. Seine Pfoten schienen kaum die Erde zu berühren, wenn sich sein Körper in langen Sprüngen dehnte. Er bewunderte die Sparsamkeit der wölfischen Bewegungen. Er lief nicht nur mit den Beinen, sondern mit dem ganzen Körper. Er gelangte zu der Überzeugung, daß er, wenn nötig, tagelang so laufen könnte, ohne zu ermüden. Das hügelige Sumpfland wirkte irgendwie anders. Was ihm öde und verlassen wie der graue Himmel erschienen war, wimmelte jetzt förmlich vor Leben. Da gab es Mäuse und huschende Hörnchen; in struppigen, braunen Dikkichten hockten Kaninchen und beobachteten starr vor Angst, wie er seine Krallen bei jedem langen Sprung in die weiche Erde grub. Schweigend jubilierte er über die Stärke und Freiheit seines neuen Körpers. Er war der Herr der Ebene, und alle Wesen machten ihm Platz.

Und dann war er nicht mehr allein. Ein anderer Wolf lief neben ihm her – ein eigenartig substanzlos wirkender Wolf, den ein bläulich flackerndes Licht umgab. »Wie weit wollen wir laufen?« fragte er in der Art der Wölfe.

»Wir können aufhören, wenn du willst«, antwortete Garion höflich und verringerte seine Geschwindigkeit auf Schrittempo.

»Es ist einfacher zu reden, wenn man nicht läuft«, stimmte er zu. Er blieb stehen und setzte sich auf die Hinterbeine.

Garion blieb ebenfalls stehen. »Du bist Poledra, nicht wahr?« Er stellte seine Frage sehr direkt, da ihm die Feinheiten der Wolfssprache noch nicht geläufig waren.

»Wölfe brauchen keine Namen«, schnaubte sie. »*Er* hat sich darüber auch immer Gedanken gemacht.« Es war nicht ganz so wie die Stimme, die seit seiner Kindheit in seinem Geist war. Er konnte sie nicht eigentlich hören, sondern schien einfach genau zu wissen, was sie ihm sagen wollte.
»Großvater, meinst du?«
»Wen sonst? Menschen scheinen das Bedürfnis zu haben, alles zu klassifizieren und zu benennen. Ich glaube, daß sie dabei manchmal sehr wichtige Dinge übersehen.«
»Wie kommt es, daß du hier bist? Bist du nicht – äh?«
»Tot, meinst du? Hab keine Angst vor dem Wort. Es ist schließlich nur ein Wort. Doch, ich glaube schon. Aber man fühlt sich nicht direkt anders.«
»Muß nicht jemand etwas tun, um dich zurückzuholen?« fragte er. »Wie Tante Pol damals, als wir in den Bergen von Ulgo mit Grul kämpften?«
»Es ist nicht unbedingt nötig. Ich schaffe es auch allein, wenn ich muß.« Sie sah ihn fragend an. »Du bist sehr verwirrt durch all das, nicht wahr?«
»Durch was?«
»Alles. Wer du bist, wer wir sind, was du tun mußt.«
»Etwas«, gestand er.
»Mal sehen, ob ich es erklären kann. Nimm ihn zum Beispiel. Weißt du, ich habe ihn eigentlich nie als Menschen gesehen. Er hat etwas ausgesprochen Wölfisches an sich. Ich habe mir immer lieber vorgestellt, daß es irgendein Fehler war, daß er in Menschengestalt geboren wurde. Vielleicht liegt es daran, was er zu tun hat. Aber die Gestalt spielt eigentlich keine Rolle.«
»Nein?«
»Hast du das wirklich geglaubt?« Sie schien fast zu lachen. »Hier. Ich zeige es dir. Verwandeln wir uns.« Sie schimmerte in der Luft, und stand dann vor ihm in Gestalt einer braunhaarigen Frau mit goldenen Augen. Ihr Gewand war schlicht und braun.
Garion verwandelte sich zurück in seine natürliche Gestalt.
»Bin ich wirklich anders, Belgarion?« fragte sie. »Bin ich nicht, wer ich bin, ob nun als Wolf oder Eule oder Frau?«

Garion ist nun so mächtig, daß er sich ohne große Schwierigkeiten in einen Wolf verwandeln kann. Aber solche Kunststückchen sind nicht nur dem Helden eines phantastischen Romans vorbehalten. Auch Sie können ähnliche Meisterleistungen vollbringen, und zwar im phantastischen Rollenspiel »Das Schwarze Auge«. Alles, was Sie dazu brauchen ist eines der magischen Utensilien, Wolf-, Adler- oder Bärengewand und ein bißchen Phantasie, dann können auch Sie in den Pelz oder das Federkleid des entsprechenden Tieres schlüpfen...

Bitte umblättern ☞

Und plötzlich verstand er. »Darf ich dich Großmutter nennen?« bat er sie verlegen.
»Wenn es dich glücklich macht«, antwortete sie. »Aber es stimmt nicht ganz.«
»Ich weiß, aber ich fühle mich wohler dabei.«
»Hast du schließlich akzeptiert, wer du bist?«
»Mir bleibt ja wohl nichts anderes übrig, oder?«
»Aber du hast Angst davor und vor dem, was du tun mußt, ist es das?«
Er nickte stumm.
»Du wirst nicht allein sein, weißt du.«
Er sah sie scharf an. »Ich dachte, der Kodex verlangte –«
»Der Kodex besagt eigentlich nichts Derartiges«, sagte sie. »Deine Begegnung mit Torak wird das Aufeinanderprallen zweier enormer, gegensätzlicher Kräfte sein. Ihr beide seid nur die Verkörperung dieser Kräfte. In eurer Begegnung wird eine solche Kraft liegen, daß du und Torak fast Nebensache seid bei dem, was wirklich geschieht.«
»Warum kann es dann nicht ein anderer sein?« fragte er rasch. »Jemand, der besser dafür geeignet ist?«
»Ich sagte *fast* nebensächlich«, entgegnete sie fest. »Du mußt es sein, und Torak ist es immer gewesen. Ihr seid die Kanäle, durch die die Kräfte aufeinanderprallen. Wenn es soweit ist, bist du bestimmt überrascht, wie leicht es ist.«
»Werde ich gewinnen?«
»Ich weiß es nicht. Nicht einmal das Universum selbst weiß es. Deswegen mußt du dich ihm stellen. Wenn wir wüßten, wie es ausging, wäre diese Begegnung nicht nötig.« Sie sah sich um. »Belgarath kommt zurück. Ich muß dich jetzt verlassen.«
»Warum?«
»Meine Gegenwart schmerzt ihn – mehr als du dir vorstellen kannst.«
»Weil –?« Er brach ab, weil er nicht wußte, wie er es ausdrükken sollte.
»Wir waren uns näher als andere, und wir waren sehr lange zusammen. Manchmal wünschte ich, daß er verstehen könn-

te, daß wir nie wirklich voneinander getrennt wurden, aber vielleicht ist es noch zu früh.«

»Es ist dreitausend Jahre her, Großmutter.«

»Was bedeutet Zeit für einen Wolf?« fragte sie geheimnisvoll. »Die Paarung der Wölfe ist ewig, und der Kummer, den eine Trennung bringt, dauert ebenso ewig. Vielleicht eines Tages –« Ihre Stimme verlor sich wehmütig, dann seufzte sie. »Sobald ich fort bin, mußt du dich wieder verwandeln. Belgarath wird mit dir jagen wollen. Es ist eine Art Formalität. Du wirst es verstehen, wenn du wieder ein Wolf bist.«

Garion nickte und begann, das Bild des Wolfes in seinem Geist zu formen.

»Noch eins, Belgarion.«

»Ja, Großmutter?«

»Du mußt wissen, daß ich dich liebe.«

»Ich liebe dich auch, Großmutter.«

Dann war sie verschwunden. Garion seufzte und verwandelte sich wieder in den Wolf. Dann ging er, um mit Belgarath zu jagen.

TEIL IV:

DIE RIVANISCHE KÖNIGIN

MEER DER WINDE
VAL ALORN
GOLF VON CHEREK
ENGE VON CHEREK
RIVA
INSEL DER WINDE
BRAT
SENDAR
MEDALIA
SENDARIEN
SULTURN
CAMAAR
MUROS
ARENDISCHE WÄLDER
VO WACUNE
ASTUR
VO ASTUR
KAP ARENDIEN
ARENDIEN
GROSSE WESTSTRASSE
ULGOLAND
PROLGU
VO MIMBRE
AREND
TOL VORDUE
VORDUEWALD
GROSSES WESTMEER
TOLNEDRA
TOL HONETH
TOL HORB

Prinzessin Ce'Nedra war nachdenklicher, ja sogar schwermütiger Stimmung. So viel Vergnügen ihr der Aufruhr durch ihre Temperamentsausbrüche auch bereitet hatte, kam sie nun doch etwas bedauernd zu dem Schluß, daß es an der Zeit wäre, damit aufzuhören und Frieden mit Garion zu schließen. Sie sollten schließlich heiraten, und es gab keinen vernünftigen Grund, ihn mehr als nötig aufzuregen. Ihre Auftritte hatten dafür gesorgt, daß sie, wenn er an Rang vielleicht auch überlegen war, nicht als Unterlegene in diese Ehe eingehen würde, und das war eigentlich alles, was sie damit bezwecken wollte. Im großen und ganzen fand sie die Aussicht, Garion zu heiraten, bei weitem nicht so unangenehm, wie sie vorgab. Sie liebte ihn schließlich, und jetzt, da er begriffen hatte, wie die Dinge zwischen ihnen stehen würden, entwickelte sich bestimmt alles zu ihrer Zufriedenheit. Sie beschloß, ihn noch am selben Tag zu suchen und sich mit ihm zu versöhnen.

Ihre Aufmerksamkeit war an jenem Frühlingstag vor allem von einem Buch über das Protokoll in Anspruch genommen und von einer Liste, die sie sorgfältig zusammenstellte. Als Kaiserliche Prinzessin von Tolnedra *und* Königin von Riva würde sie natürlich jede Großherzogin des Kaiserreiches an Rang übertreffen. Sie war auch ziemlich sicher, daß ihr Rang höher war als der Königin Islenas von Cherek und Königin Silars von Algarien. Mayaseranas Status als Mitregentin von Arendien bereitete ihr jedoch noch Kopfzerbrechen. Es war gut möglich, daß Mayaserana und sie gleichgestellt waren. Ce'Nedra machte sich eine Notiz, daß sie Botschafter Volgan bitten wollte, eine diesbezügliche Anfrage an den Oberprotokollführer in Tol Honeth zu richten. Als sie ihre Liste überflog, strahlte sie. Mit Ausnahme der Dame Polgara und der mütterlichen, kleinen Königin Layla, vor der jedermann sich verneigte, weil sie ein solcher Schatz war, würde sie tatsächlich alle edlen Damen des Westens an Rang übertreffen oder ihnen zumindest gleichgestellt sein.

Plötzlich gab es einen ohrenbetäubenden Donnerschlag, der die

Mauern der Zitadelle erbeben ließ. Verdutzt sah Ce'Nedra aus dem Fenster. Es war ein strahlender, sonniger Morgen. Wie konnte es da donnern? Ein weiteres Krachen zerriß die Stille, und in den Gängen hörte man ängstliches Geflüster. Ungeduldig nahm die Prinzessin eine kleine Silberglocke und läutete nach ihrem Mädchen.

»Sieh nach, was das los ist«, befahl sie dem Mädchen. Dann widmete sie sich wieder ihrer Liste. Doch von neuem gab es ein Donnergetöse, und auf dem Gang wurde die Unruhe größer und die Schreie lauter. Das war unmöglich! Wie sollte sie sich bei dem Lärm denn konzentrieren? Gereizt stand sie auf und ging zur Tür.

Leute liefen davon – flohen regelrecht. Am Ende des Ganges schoß Königin Layla aus der Tür von Polgaras Zimmern, die Augen weit aufgerissen vor Entsetzen und nahe dabei, ihre Krone zu verlieren.

»Was ist denn bloß los, Eure Majestät?« fragte Ce'Nedra die kleine Königin.

»Es ist Polgara«, keuchte Königin Layla, stolpernd vor lauter Hast zu entkommen. »Sie zerstört alles, was in Sichtweite ist!«

»Polgara?«

Ein weiteres ohrenbetäubendes Gepolter ließ die kleine Königin zusammenfahren, und sie klammerte sich entsetzt an Ce'Nedra. »Bitte, Ce'Nedra. Stell fest, was los ist. Halte sie auf, ehe sie die ganze Festung einreißt!«

»*Ich*?«

»Auf dich wird sie hören. Sie liebt dich. Tu etwas!«

Ohne einen Moment an die mögliche Gefahr für sich zu denken, ging Ce'Nedra rasch zu Polgaras Wohnung und warf einen Blick hinein. Die Wohnung war nur noch ein Trümmerhaufen. Möbelstücke waren umgeworfen, Wandbehänge heruntergerissen, die Fenster waren zersplittert, und die Luft war voller Rauch. Ce'Nedra hatte in ihrem Leben genügend eigene Wutanfälle gehabt, um Kunstfertigkeit anzuerkennen, wenn sie sie sah, aber das Durcheinander in Polgaras Wohnung war so absolut, daß es schon mehr einer Naturkatastrophe glich. Die Dame Polgara selbst stand, zerzaust und mit funkelnden Augen, in der Mitte des Zimmers und fluchte unzusammenhängend in einem Dutzend verschiedener Sprachen gleichzeitig. In einer Hand hielt sie ein zerknülltes Stück Pergament, die andere war wie eine Klaue erhoben, halb um einen weißglühenden Energieball gekrampft, den sie aus der Luft gerufen zu haben schien und jetzt mit ihrer Wut nährte. Entgeistert sah die Prinzessin zu, wie Polgara einen neuen Anfall erlitt. Die schrecklichen Flüche begannen in leisem Kontraalt und steigerten sich zu einem furchtbaren, immer lauter werdenden Crescendo. Als sie die Grenzen ihres Stimmumfangs erreicht hatte, peitschte sie die Luft mit der lodernden Kugel in ihrer Hand und unterstrich jede Verwünschung mit knisternden Strahlen reiner Energie, die wie Blitze zwischen ihren Fingern hervorzuckten und alles zerschmetterten, was ihr unter die Augen kam. Mit einer Reihe deftiger Flüche ließ sie sechs Teetassen nacheinander zerplatzen, fing dann methodisch die Reihe von vorn an und zertrümmerte die dazugehörigen Untertassen. Sozusagen als Nachgedanken zerschmetterte sie dann den Tisch, auf dem das Geschirr gestanden hatte.

Polgara zerlegte vier kostbare Vasen, die auf dem Kaminsims standen, mit vier Explosionen in ihre Bestandteile. Draußen vor dem Fenster verschwand die helle Mogensonne, als ob sie plötzlich ausgelöscht worden wäre, und dumpfes Donnergrollen war zu hören. Ce'Nedra betete inständig, dies möge seine natürliche Ursache haben.

»Was um Himmels willen ist denn los?« fragte die Prinzessin, in der Hoffnung, die tobende Zauberin eher zu einer Erklärung als zu weiteren Flüchen zu bewegen. Diese Flucherei mußte unbedingt aufhören. Polgara schien nämlich ein tiefempfundenes Bedürfnis zu haben, ihre Verwüstungen mit Explosionen zu untermalen.

Polgara antwortete jedoch nicht. Statt dessen schleuderte sie Ce'Nedra nur das Pergament zu, drehte sich um und ließ eine Marmorstatue zu feinem, weißen Staub zerfallen. Mit glühenden Augen sah sie sich um nach weiteren Dingen, die sie zerstören könnte, aber in dem verqualmten Raum gab es kaum noch etwas, das sie nicht schon zertrümmert hatte.

»Nein!« schrie Ce'Nedra auf, als der Blick der rasenden Frau auf den wundervollen Kristallvogel fiel, der Garion ihr mitgebracht hatte. Die Prinzessin wußte, daß Polgara den gläsernen Zaunkönig mehr liebte als irgendein anderes Stück aus ihrem Besitz und schoß daher vorwärts, um die schöne Arbeit zu retten.

»Nimm ihn«, zischte Polgara mit zusammengebissenen Zähnen. »Schaff ihn mir aus den Augen.« Ihre Augen brannten in dem schrecklichen Bedürfnis, weiteren Schaden anzurichten. Sie drehte sich um und jagte den leuchtenden Feuerball, den sie gerufen hatte, durch das zerbrochene Fenster. Die Explosion in der plötzlichen Dunkelheit war furchtbar. Die geballten Fäuste in die Seiten gestemmt, hob sie ihr verzerrtes Gesicht und begann von neuem zu fluchen. Aus den schwarzen Wolken, die aus dem Nichts gekommen zu sein schienen, regneten zuckende Blitze auf die Insel herab. Die Verwüstung ihrer unmittelbaren Umgebung stellte Polgara nicht länger zufrieden, und so dehnte sie ihre zerstörerische Wut auf die Insel und das Meer der Winde aus, rief zischendes Feuer und ohrenbetäubenden Donner herbei. Dann hob sie eine geballte Hand und öffnete sie plötzlich. Der Wolkenbruch, den sie damit rief, war unbeschreiblich. Ihre glitzenden Augen verengten sich, und sie hob die Hand. Der Regen verwandelte sich augenblicklich in Hagel – in große, schwere Eisbrocken, die auf die Felsen prallten und dort zersprangen und die Luft mit dichtem Dampf erfüllten.

Ce'Nedra riß den Zaunkönig an sich, bückte sich, hob das Pergament auf und verließ fluchtartig das Zimmer.

König Anheg blickte verschreckt um eine Ecke. »Kannst du sie nicht dazu bringen, daß sie aufhört?« fragte er mit bebender Stimme.

»Nichts könnte sie dazu bewegen, Eure Majestät.«

»Anheg! Komm her!« übertönte Polgaras Stimme den Donner und den Hagelsturm, der die Zitadelle erschütterte.

»Oh, Belar«, murmelte Anheg ergeben, die Augen himmelwärts verdreht und eilte in Polgaras Zimmer.

»Schick sofort eine Nachricht an Val Alorn!« befahl sie. »Mein Vater, Silk und Garion haben sich letzte Nacht aus der Zitadelle geschlichen. Schick deine Flotte aus und bring sie zurück! Es ist mir gleich, ob du die Welt dafür Stein um Stein zerlegen mußt. Suche sie und bring sie mir!«

»Polgara, ich –«, stammelte der König von Cherek.

»Steh hier nicht mit offenem Mund 'rum wie ein Idiot! *Beweg dich*!«

Sorgsam, mit fast bedächtiger Ruhe, reichte Prinzessin Ce'Nedra ihrer verschreckten Zofe den gläsernen Zaunkönig. »Bring das an einen sicheren Ort«, sagte sie. Dann ging sie zurück in das Zentrum des Sturms. »Was hast du gerade gesagt?« fragte sie Polgara ruhig.

»Mein närrischer Vater, Garion und dieser elende Dieb haben gestern nacht beschlossen, ihre eigenen Wege zu gehen«, antwortete Polgara mit eisiger Stimme, die durch die übermenschliche Kontrolle, durch die sie gebändigt wurde, nur noch schrecklicher wirkte.

»Sie haben was?« fragte Ce'Nedra. verständnislos.

»Sie sind weg. Haben sich in der Nacht davongemacht.«

»Dann mußt du ihnen nachreisen.«

»Das kann ich nicht, Ce'Nedra.« Polgara sprach, als ob sie einem kleinen Kind etwas erklären mußte. »Jemand muß hierbleiben. Zuviele Dinge könnten hier schiefgehen. Er weiß das. Er hat das absichtlich getan. Er hat mich hier festgenagelt.«

»Garion?»

»Nein, du dummes Gör! Mein Vater!« Wieder begann Polgara, Verwünschungen auszustoßen, die sie mit Donnerschlägen begleitete.

Ce'Nedra hörte sie jedoch kaum. Sie sah sich um. Hier war wirklich nichts mehr, was man zerschlagen konnte. »Du entschuldigst mich hoffentlich«, sagte sie. Dann ging sie in ihr eigenes Zimmer und zerbrach alles, was ihr unter die Finger kam, wobei sie die ganze Zeit kreischte wie ein Fischweib aus Camaar.

Ihre jeweiligen Wutanfälle dauerten einige Stunden, und in dieser Zeit mieden sie sich. Einige Gefühle muß man teilen, aber irrsinnige Wut gehört nicht dazu. Schließlich hatte sich Ce'Nedras Ausbruch erschöpft, und sie zwang sich zu der eisigen Ruhe einer tödlich Beleidigten. Gleichgültig, welchen Anstrich sein ungebildeter Brief der Sache auch geben mochte, es würde höchstens eine Woche dauern, bis alle Welt wußte, daß Garion sie hatte sitzenlassen. Die Flucht ihres widerspenstigen Bräutigams würde zum weltweiten Gespött werden. Es war einfach unerträglich!

Aber sie würde sich der Welt mit erhobenem Kinn und herrischem Blick stellen. Wie sehr sie auch tobte und weinte und wütete, wenn sie allein war, das Gesicht, das sie der Welt präsentierte, würde keine Spuren davon zeigen, wie tief sie gekränkt worden war. Das einzige, was ihr noch geblieben war, war ihr Stolz, und den würde sie niemals aufgeben.

Die Dame Polgara jedoch schien nicht das Bedürfnis nach solch kaiserlicher Zurückhaltung zu verspüren. Sobald sich ihre Wut soweit gelegt hatte, daß sie ihr privates Unwetter wieder abziehen ließ, vermuteten ein paar tapfere Seelen, daß das Schlimmste vorüber war. Der Graf von Trellheim ging zu ihr in dem Bemühen, sie zu besänftigen. Augenblicke später verließ er überstürzt ihre Wohnung, verfolgt von wüsten Beschimpfungen, die ihm die Ohren klingen ließen. Barak war bleich und erschüttert, als er den anderen Bericht erstattete.

»Wagt euch nicht in ihre Nähe«, warnte er entsetzt. »Tut bloß alles, was sie will und bleibt ihr aus den Augen.«

»Wird sie denn gar nicht ruhiger?« fragte König Rhodar.

»Sie ist mit den Möbeln fertig«, antwortete Barak. »Ich glaube, jetzt macht sie sich bereit, mit Menschen anzufangen.«

Danach verbreitete sich jedesmal blitzartig die Warnung, wenn Polgara aus ihren Zimmern trat, und die Flure von Eisenfausts Zitadelle leerten sich. Ihre Befehle, die meist von ihrer Zofe überbracht wurden, waren stets Abwandlungen des ursprünglichen Befehls, den sie Anheg gegeben hatte. Das flüchtige Trio sollte eingefangen und zu ihr zurückgebracht werden.

In den folgenden Tagen verwandelte sich Prinzenssin Ce'Nedras anfängliche Wut in eine Verdrießlichkeit, die dazu führte, daß sie fast genauso gemieden wurde wie Polgara – nur die sanfte Adara ertrug die Ausbrüche des kleinen Mädchens mit stiller Geduld. Die beiden verbrachten die meiste Zeit in dem Garten hinter den königlichen Gemächern, wo Ce'Nedra ihren Gefühlen freien Lauf lassen konnte, ohne befürchten zu müssen, daß man sie hörte.

Garion und die anderen waren bereits seit fünf Tagen fort, als Ce'Nedra endlich die Folgen ihrer Abreise begriff.

Es war ein warmer Tag – der Frühling hielt schließlich selbst an einem so düsteren Ort wie Riva Einzug –, und der Rasen in der Mitte des Gartens war saftig grün. Rosa, blaue und flammendrote Blumen nickten in ihren Beeten mit den Köpfchen, wenn gelbe Bienen unermüdlich Küsse von Blüte zu Blüte trugen. Aber Ce'Nedra wollte nicht an Küsse denken. In ihrer hellgrünen Lieblingstunika saß sie dort, kaute wütend auf einer unschuldigen Locke herum und sprach ausführlich über die Treulosigkeit der Männer auf die geduldige Adara ein.

Am Nachmittag wurden sie dort von Königin Layla von Sendarien gefunden. »Ach hier bist du«, sagte die mollige, kleine Königin. Ihre Krone saß wie immer etwas schief. »Wir suchen dich schon überall.«

»Warum?« lautete Ce'Nedras recht ungnädige Antwort.

Königin Layla blieb stehen und betrachtete die Prinzessin kritisch. »Je«, meinte sie, »wir sind heute aber verdrießlich, was? Wo liegt dein Problem, Ce'Nedra? In den letzten Tagen bist du nicht sehr höflich gewesen.«

Ce'Nedra fing den warnenden Blick auf, den Adara der Königin zuwarf, und das reizte sie nur noch mehr. Ihre Antwort war kühl. »Ich finde die Erfahrung, sitzengelassen zu werden, etwas ärgerlich, Eure Hoheit«, sagte sie.

Königin Laylas freundliches Gesicht wurde plötzlich streng. »Würdest du uns entschuldigen, Adara?«

»Natürlich, Eure Hoheit«, erwiedete Adara rasch und erhob sich. »Ich warte drinnen, Ce'Nedra«, sagte sie und verließ anmutig den Garten.

Königin Layla wartete, bis das Mädchen außer Hörweite war, dann ließ sie sich auf einer Marmorbank nieder. »Komm her, Ce'Nedra«, sagte sie bestimmt.

Die Prinzessin betrachtete die mütterliche, kleine Frau. Sie war zwar etwas erstaunt über der stählernen Ton, ging jedoch gehorsam zu der Bank und setzte sich.

»Du mußt endlich aufhören, jedes Ereignis der Welt als persönliche Beleidigung aufzufassen«, sagte Layla. Was Garion, Belgarath und Kheldar getan haben, hat nicht das geringste mit dir zu tun.« Sie sah Ce'Nedra streng an. »Weißt du überhaupt irgend etwas über die Prophezeiung?«

»Ich habe davon gehört«, schmollte Ce'Nedra. »Aber Tolnedraner glauben nicht an so etwas.«

»Vielleicht liegt da das Problem«, meinte Layla. »Ich möchte, daß du mir gut zuhörst, Ce'Nedra. Du magst es nicht glauben wollen, aber du *wirst* es begreifen.« Die Königin dachte einen Augenblick nach. »Die Prophezeiung sagt ganz klar, daß Torak erwacht, wenn der Rivanische König zurückkehrt.«

»Torak? Unsinn. Torak ist tot.«

»Unterbrich mich nicht«, rügte Layla sie. »Du bist all die Zeit mit ihnen gereist und verstehst es immer noch nicht? Für ein Mädchen, das so klug wirkt, bis du bemerkenswert dumm.«

Ce'Nedra wurde rot.

»Torak ist ein Gott, Ce'Nedra«, fuhr Layla fort. »Er schläft, er ist nicht tot. Er ist in Vo Mimbre nicht gefallen, auch wenn manche Leute dies nur zu gern glauben würden. In dem Moment, als Garion das Auge berührte, begann Torak unruhig zu werden. Hast du dich nie gefragt, warum Polgara darauf bestand, daß Botschaft das Auge von Rak Cthol hierher trug? Du weißt doch, daß Garion es ebensogut hätte tun können.«

Daran hatte Ce'Nedra nie gedacht.

»Aber wenn Garion es berührt hätte – auf angarak'schem Boden und ohne sein Schwert – hätte Torak losstürmen und ihn sofort jagen können, und Garion wäre getötet worden.«

»Getötet?« hauchte Ce'Nedra.

»Selbstverständlich, Kind. Darum dreht sich doch alles. Die Prophezeiung sagt, daß Torak und der Rivanische König sich gegenüberstehen werden, und daß ihr Kampf das Schicksal der Menschheit entscheidet.«

»*Garion*?« rief Ce'Nedra. »Das kann doch nicht dein Ernst sein.«

»Ich war nie im Leben ernster, Kind. Garion muß mit Torak kämpfen – bis zum Tode –, um das Schicksal der Welt zu entscheiden. Verstehst du jetzt? Deshalb haben Belgarath, Kheldar und Garion Riva so plötzlich verlassen. Sie sind auf dem Weg nach Mallorea, damit Garion mit Torak kämpfen kann. Er hätte auch eine Armee mitnehmen können, aber er wußte, daß dies nur unnütz Menschenleben kosten würde. Deswegen sind die drei allein gegangen. Meinst du nicht auch, daß es jetzt an der Zeit für dich ist, erwachsen zu werden?«

Nach dem Gespräch mit Königin Layla war Ce'Nedra sehr niedergeschlagen. Vielleicht zum erstenmal in ihrem Leben dachte sie mehr an einen anderen Menschen als an sich selbst. Sie sorgte sich ständig um Garion, und des Nachts hatte sie schreckliche Alpträume von den furchtbaren Dingen, die ihm zustoßen mochten.

Um alles noch schlimmer zu machen, hatte sie ein dauerndes Summen in den Ohren, das sie manchmal fast wahnsinnig machte. Es war, als ob sie aus großer Entfernung Stimmen hörte, Stimmen, die fast verständlich waren, aber niemals ganz. Das Summen, gepaart mit ihrer Angst um Garion, machte sie launisch und sehr reizbar. Selbst Adara begann sie zu meiden.

Das aufreizende Geräusch in ihren Ohren hatte sie schon einige Tage, ehe sie, durch reinen Zufall, seine Bedeutung entdeckte. Das Wetter auf der Insel der Winde war nie sehr gut, und der Frühling war eine besonders unberechenbare Jahreszeit. Eine Reihe von Stürmen peitschten die felsige Küste, und Regenböen fegten über die Insel und die Stadt. An einem düsteren, regnerischen Morgen saß die Prinzessin in ihrem Zimmer und blickte verdrossen in den nassen Garten hinaus. Das Feuer, das im Kamin knisterte, trug nur wenig zur Hebung ihrer Stimmung bei. Nach einer Weile seufzte sie, und da sie nichts Besseres zu tun hatte, setzte sie sich an ihren Frisiertisch und begann, ihr Haar zu bürsten.

Das silberne Aufflackern an ihrem Hals lenkte ihre Augen sofort ab, als sie sich im Spiegel betrachtete. Es war das Medaillon, das Garion ihr am Tag nach ihrem Geburtstag geschenkt hatte. Sie hatte sich inzwischen an sein Vorhandensein gewöhnt, obgleich die Tatsache, daß sie es nicht abnehmen konnte, immer noch für gelegentliche Wutanfälle sorgte. Ohne zu überlegen, hörte sie auf sich zu bürsten und berührte das Amulett mit den Fingerspitzen.

»– aber wir können nichts tun, bis die Arendier und Tolnedraner mobilisiert sind.« Das war die Stimme König Rhodars von Drasnien. Ce'Nedra fuhr zusammen und drehte sich rasch um, voller Erstaunen, weshalb der dicke König wohl ihr Zimmer betreten hatte. Sobald sie die Finger von dem Amulett nahm, brach die Stimme ab. Ce'Nedra blickte sich verdutzt um. Sie runzelte die Stirn und berührte das Amulett noch einmal. »Nein, nein«, sagte eine andere Stimme, »man gibt die Gewürze erst hinein, wenn es kocht.« Wieder nahm Ce'Nedra die Fingerspitzen von dem Talisman, und die Stimme brach abrupt ab. Fasziniert faßte sie es ein drittes Mal an. »Du machst das Bett, und ich räume auf. Wir müssen uns beeilen. Die Königin von Cherek kann jeden Augenblick zurückkommen.«

Verwundert berührte die Prinzessin das Amulett wieder und wieder und streifte dabei die verschiedensten Gespräche in der Zitadelle.

»Das Feuer ist zu heiß. Das Eisen wird alles versengen, was es berührt.«

Dann hörte sie ein Stück eines geflüsterten Zwiegesprächs. »Was, wenn jemand kommt?« die Stimme eines Mädchens. »Niemand wird kommen.« Die Stimme eines jungen Mannes, der da antwortete, war schmeichelnd. »Wir haben es hier sicher und gemütlich, und ich liebe dich wirklich.«

Ce'Nedra riß die Finger von dem Amulett, feuerrot im Gesicht. Zuerst gab es keine Richtung, kein Ziel, aber als die Prinzessin weiter experimentierte, lernte sie allmählich, dieses seltsame Phänomen zu steuern. Nach ein paar Stunden angestrengter Konzentration fand sie heraus, daß sie schnell in alle Gespräche in einem bestimmten Teil der Zitadelle hineinhören konnte, bis sie etwas fand, das sie interessierte. Im folgenden lernte sie viele Geheimnisse kennen, einige sehr interessante, einige unschöne. Sie wußte, daß sie sich eigentlich wegen ihrer Lauscherei schämen sollte, aber aus irgendeinem Grund tat sie es nicht.

»Eure Überlegung ist wohlgedacht, Eure Majestät.« Das war Mandorallens Stimme. »König Korodullin ist dieser Sache verpflichtet, doch wird er einige Wochen benötigen, um die Streitkräfte Arendiens zu den Waffen zu rufen. Unser Hauptanliegen muß die Haltung sein, die der Kaiser in dieser Angelegenheit annehmen wird.«

»Ran Borune bleibt keine Wahl«, erklärte König Anheg. »Er ist durch die Bestimmungen des Vertrages von Vo Mimbre gebunden.«

Brand, der rivanische Wächter, räusperte sich. »Ich glaube nicht, daß es so einfach ist, Eure Majestät«, sagte er. »Der Vertrag besagt, daß die Königreiche des Westens dem Ruf des Rivanischen Königs folgen müssen, und Belgarion ist nicht hier, um diesen Ruf auszusprechen.«

»Wir handeln an seiner Statt«, machte König Cho-Hag geltend.

»Das Problem besteht darin, Ran Borune davon zu überzeugen«, erklärte Rhodar. »Ich kenne die Tolnedraner. Sie werden ganze Bataillone von Rechtsgelehrten den Vertrag durcharbeiten lassen. Solange Belgarion Ran Borune nicht von Angesicht zu Angesicht gegenübersteht und seinen Befehl persönlich äußert, wird sich der Kaiser auf den Standpunkt stellen, daß er rein juristisch nicht verpflichtet ist, sich uns anzuschließen. Der Rivanische König ist der einzige, der ihn zu den Waffen rufen kann!«

Ce'Nedra ließ ihre Finger von dem Amulett gleiten. Eine Idee keimte in ihr. Es war eine aufregende Idee, aber sie war nicht ganz sicher, ob sie sie durchführen konnte. Sie wußte, daß Alorner stur und nur ungern bereit waren, neue Ideen zu akzeptieren. Sie legte ihre Haarbürste beiseite und ging zu einer kleinen Truhe, die neben dem Fenster an der Wand stand. Sie hob den Deckel und durchsuchte sie. Nach einem Augenblick schon hatte sie das fest zusammengerollte Pergament gefunden, das sie suchte. Sie rollte es auf und überflog es, bis sie die Stelle gefunden hatte, die sie meinte. Sie las sie ein paarmal gründlich durch. Es schien genau das zu bedeuten, was sie gehofft hatte.

Den Rest des Tages überdachte sie ihre Idee. Die Wahrscheinlichkeit, daß jemand Garion einholen und aufhalten konnte, war sehr gering, wenn überhaupt vorhanden. Belgarath und Prinz Kheldar waren zu geschickt, als daß man sie leicht hätte fangen können. Sie zu jagen war lediglich Zeitverschwendung. Da Polgara noch nicht wieder vernünftig genug war, die Dinge in diesem Licht zu sehen, fiel es Ce'Nedra zu, sofort Schritte einzuleiten, um die Gefahr für Garion so gering wie möglich zu halten, wenn er die Länder der Angaraks betreten hatte. Sie mußte nur die alornischen Könige davon überzeugen, daß logischerweise sie diejenige war, die diese Schritte zu unternehmen hatte.

Am nächsten Morgen regnete es immer noch, als sie schon früh aufstand und ihre Vorbereitungen traf. Sie mußte selbstverständlich ausgesprochen königlich wirken. Ihre Wahl eines smaragdgrünen Samtkleides mit passendem Umhang war gut überlegt. Sie wußte, daß ihr Grün besonders gut stand, und ihr Stirnreif aus goldenen Eichenblättern war einer Krone ähnlich genug, um die richtige Vorstellung zu vermitteln. Sie war froh, daß sie bis zum Morgen gewartet hatte. Mit Männern wurde man morgens leichter fertig, wie sie festgestellt hatte. Zuerst würden sie natürlich gegen sie sein. Aus diesem Grund wollte sie ihnen die Idee einpflanzen, ehe sie völlig wach waren. Als sie dem hohen Spiegel ihres Ankleidezimmers einen letzten, prüfenden Blick zuwarf, reckte sie sich entschlossen und hielt sich alle möglichen Gegenargumente noch einmal vor. Dem geringsten Einwand mußte sofort entgegengetreten werden. Sorgsam versetzte sie sich in eine kaiserliche Haltung, nahm das Pergament und ging zur Tür.

Das Ratszimmer, in dem sich die alornischen Könige im allgemeinen versammelten, war ein großer Raum hoch oben in einem der Türme der Zitadelle. Die Decke wurde von schweren Balken getragen, auf dem Boden lag ein tiefbrauner Teppich, und an einem Ende war ein Kamin, so groß, daß man darin stehen konnte. Braune Vorhänge hingen an den Fenstern, durch die man in den Regen hinaussah, der gegen die massiven Mauern des Turms prasselte. Die Wände des Zimmers waren mit Landkarten bedeckt, und auf dem großen Tisch waren zwischen Bierkrügen viele Pergamente verstreut. König Anheg, in seiner blauen Robe und der verbeulten Krone, rekelte sich in dem Stuhl, der der Tür am nächsten war, zottig und wüst aussehend wie immer. König Rhodar trug seinen riesigen, roten Mantel, aber die anderen Könige und Generäle trugen schlichte Kleidung.

Ce'Nedra betrat den Raum, ohne anzuklopfen, und sah die verwirrten Männer herrisch an, die hastig aufstanden.

»Hoheit«, begann König Rhodar mit einer behäbigen Verbeugung. »Ihr ehrt uns mit Eurer Gegenwart. Was ist –«

»Eure Majestät«, erwiderte sie mit einem kleinen Knicks, »meine Herren. Ich brauche euren Rat in einer Staatsangelegenheit.«

»Wir stehen zur Verfügung, Hoheit«, antwortete König Rhodar mit einem listigen Augenzwinkern.

»In Abwesenheit König Belgarions scheint mir, daß ich an seiner Statt handeln muß«, verkündete Ce'Nedra, »und ich brauche euren Rat bei der Wahl der Vorgehensweise. Ich möchte, daß die Übergabe der Staatsmacht in meine Hände so glatt wie möglich vonstatten geht.«

Alle starrten sie ungläubig an.

König Rhodar gewann zuerst seine Fassung wieder. »Ein interessanter Vorschlag, Hoheit«, murmelte er höflich. »Wir haben jedoch andere Arrangements getroffen. Es gibt eine lange Reihe von ähnlichen Fällen dieser Art. Trotzdem danken wir für das freundliche Angebot.«

»Es war eigentlich kein Angebot, Majestät«, widersprach Ce'Nedra, »und alle ähnlichen Fälle sind hier ohne Belang.«

König Anheg stammelte Unverständliches, aber Rhodar bewegte sich bereits. Ce'Nedra erkannte, daß der rundliche, drasnische König vermutlich ihr schärfster Gegner sein konnte – oder ihr bester Verbündeter. »Wir möchten zu gern den Vertrag sehen, der Eure Hoheit mit königlicher Autorität ausstattet«, sagte er. »Ich nehme an, das Pergament dort ist von Wichtigkeit?«

»Das ist es in der Tat, Majestät«, erklärte Ce'Nedra. »Das Dokument zählt ganz deutlich meine Verantwortlichkeit auf.«

»Darf ich?« fragte Rhodar und streckte ihr die Hand entgegen.

Ce'Nedra reichte ihm das Pergament, und er rollte es vorsichtig auseinander. »Äh – Eure Hoheit. Dies ist der Verlobungsvertrag. Vielleicht wolltet Ihr ein anderes Dokument bringen.«

»Das Wesentliche steht in Paragraph vier, Majestät.«

Rhodar überflog stirnrunzelnd den Abschnitt.

»Was steht da, Rhodar?« fragte König Anheg ungeduldig.

»Interessant«, murmelte Rhodar und kratzte sich am Ohr.

»Rhodar«, beschwerte sich Anheg, »was steht denn nun drin?«

König Rhodar räusperte sich und las dann laut vor. »›Es wird vereinbart, daß König Belgarion und seine Königin gemeinsam regieren, und in seiner Abwesenheit soll sie die Pflichten und Autoritäten des Rivanischen Thrones zur Gänze übernehmen.‹«

»Laß mich sehen«, forderte Anheg und riß Rhodar das Pergament aus den Händen.

»Das heißt doch nichts«, erklärte Brand. »Sie ist doch nicht seine Königin. Das wird sie erst nach der Hochzeit sein.«

»Das ist nur eine Formalität, Graf Brand«, sagte Ce'Nedra.

»Aber eine sehr wichtige, möchte ich sagen«, gab er zurück.

»Beispiele gibt es genug«, sagte sie kühl. »Wenn ein König stirbt, geht die Krone auf den nächsten der Linie über, auch wenn ein formelle Krönung nicht stattgefunden hat, nicht wahr?«

»Das ist etwas anderes«, grollte Brand.

»Ich kann den Unterschied nicht sehen, Graf. Ich bin Belgarions designierte Mitregentin. In seiner Abwesenheit oder in einem Notfall bin ich verpflichtet, das Kommando zu übernehmen. Das ist mein Recht und meine Pflicht. Die Formalitäten mögen warten müssen, aber ich *bin* die Rivanische Königin. Das ist König Belgarions Wille und Absicht. Wollt Ihr Eurem König trotzen?«

»An dem, was sie sagt, ist etwas dran, Brand«, überlegte der Graf von Seline. »Das Dokument ist sehr deutlich.«

»Aber seht euch das an«, triumphierte Anheg. »In Paragraph zwei heißt es, wenn die Hochzeit nicht stattfinden sollte, müssen alle Geschenke zurückgegeben werden. Die Hochzeit hat nicht stattgefunden.«

»Ich bin nicht sicher, ob Macht zu den Geschenken zählt, Anheg«, meinte König Fulrach. »Man kann sie nicht geben und dann wieder nehmen.«

»Sie kann doch gar nicht regieren«, erklärte Anheg stur. »Sie weiß überhaupt nichts von Alornern.«

»Wußte Garion auch nicht«, sagte König Cho-Hag mit seiner leisen Stimme. »Sie kann ebenso lernen wie er.«

Ce'Nedra hatte sorgfältig die Stimmung eingeschätzt. Die meisten schienen wenigstens bereit zu sein, ihre Idee in Erwägung zu ziehen. Nur die beiden Konservativen, Brand und Anheg, waren tatsächlich dagegen. Jetzt war es Zeit, würdig den Rückzug anzutreten und gleichzeitig ein entwaffnendes Angebot zu machen. »Ich werde die Herren jetzt allein lassen, um die Angelegenheit zu besprechen«, sagte sie etwas hochmütig. »Aber ihr sollt wissen, daß ich mir der Schwere der Lage, der sich der Westen gegenübersieht, durchaus bewußt bin.« Sie setzte ein reizendes Klein-Mädchen-Lächeln auf. »Ich bin nur ein junges Mädchen«, gestand sie, »ungeübt in den Feinheiten von Strategie und Taktik. Ich könnte auf diesem Gebiet niemals eine Entscheidung fällen ohne eure vollste Unterstützung.«

Dann knickste sie vor König Rhodar, ganz bewußt ihn auswählend. »Eure Majestät«, sagte sie, »ich werde eure Entscheidung erwarten.«

Er verbeugte sich etwas übertrieben vor ihr. »Majestät«, antwortete er mit einem listigen Augenzwinkern.

Ce'Nedra zog sich zurück und flog förmlich über die Gänge in ihr Zimmer. Atemlos schloß sie die Tür hinter sich und berührte mit zitternden Fingern den Talisman an ihrem Hals.

Sie prüfte rasch einige Gesprächsfetzen, bis sie fand, was sie suchte.

»– weigere ich mich, bei diesem absurden Spiel mitzumachen«, sagte Anheg gerade.

»Anheg, mein Freund«, sagte König Fulrach von Sendarien mit erstaunlicher Bestimmtheit, »du bist mein lieber Bruderkönig, aber in manchen Punkten bist du blind. Wäre es für Staatsmänner nicht angemessener, die Vor- und Nachteile der Situation leidenschaftslos zu überdenken?«

»Die Alorner werden ihr nie folgen«, behauptete Anheg. »Das ist schon mal der größte Nachteil.«

»Aber die Alorner werden uns folgen«, sagte König Cho-Hag leise. »Sie wird schließlich nur eine Galionsfigur sein – ein Symbol der Einheit.«

»Ich schätze, daß Cho-Hag genau den Punkt getroffen hat, den wir besonders prüfen müssen«, meinte Rhodar. »Entschuldigt, Baron Mandorallen, aber die Arendier sind völlig uneins. Asturien und Mimbre stehen kurz davor, die Feindseligkeit wieder zu eröffnen, und ein Ruf von König Korodullin könnte in Nordarendien gut ignoriert werden – und in dem Fall wären die mimbrischen Ritter geradezu gezwungen, zu Hause zu bleiben und ihre Heimat gegen mögliche asturische Übergriffe zu verteidigen. Wir brauchen jemanden, der sie ihre Zankereien vergessen läßt, so daß sie sich uns anschließen. Wir brauchen sowohl die asturischen Bogenschützen als auch die mimbrischen Ritter.«

»Ich muß Euch traurigen Herzens zustimmen, Eure Majestät«, gab Mandorallen ihm recht. »Mein armes Arendien muß von außen geeint werden. Wir sind nicht weise genug, es selbst zu tun.«

»Ce'Nedra kann uns genausogut dienen wie Garion«, überlegte Barak. »Niemand hat ja wohl von ihm erwartet, daß er den General spielt. Wir mußten ihm nur eine Krone aufsetzen und ihn an der Spitze der Armee reiten lassen – außerdem geraten Arendier bei hübschen Mädchen immer ganz aus dem Häuschen vor lauter Romantik. Das Verlobungsdokument macht ihre Ansprüche wenigstens halbwegs legitim. Wir müssen nur so tun, als ob *wir* sie akzeptierten und überzeugend reden. Bei der Aussicht auf einen netten, kleinen Krieg irgendwo werden sich die Arendier hinter uns stellen, denken ich.«

»Der Hauptpunkt, den es zu beachten gilt«, bekräftigte König Rhodar, »ist der Einfluß, den sie in Tolnedra haben wird. Ran Borune betet sie an, und möglicherweise willigt er ein, ihr seine Legionen zu leihen – was er nie tun würde, wenn wir ihn darum bäten. Er wird sofort den politischen Vorteil erkennen, wenn sie den Oberbefehl hat. Wir brauchen diese Legionen. Ich persönlich mag Tolnedraner nicht, aber ihre Legionen sind die beste Streitmacht der Welt. Ich beuge meine Knie vor Ce'Nedra, wenn es sein muß, um sie zu bekommen. Laßt sie doch Königin spielen, wenn sie will.«

Ce'Nedra lächelte. Das ging ja noch besser, als sie erwartet hatte. Alles in allem war sie sehr zufrieden mit sich, als sie sich an ihren Frisiertisch setzte und ihr Haar zu bürsten begann, wobei sie leise vor sich hinsummte.

23

Delban, der Waffenschmied, war ein bärbeißiger, kleiner Mann mit breiten Schultern, riesigen, schwieligen Händen und graugesprenkeltem Bart. Er war ein Handwerker, ein Künstler und hatte vor nichts und niemandem Respekt. Ce'Nedra fand ihn unmöglich.

»Ich fertige keine Rüstungen für Frauen«, war die erste Reaktion auf ihre Frage, als sie, begleitet von Durnik dem Schmied, seine Werkstatt betrat. Dann hatte er ihr den Rücken zugewandt und lautstark auf eine Platte glühenden Stahls eingehämmert. Sie brauchten fast eine Stunde, um ihn zu überreden, sich die Sache wenigstens zu überlegen. Seine Esse verbreitete glühende Hitze, und die roten Ziegelmauern schienen die Hitze zurückzustrahlen und zu verstärken. Ce'Nedra schwitzte heftig. Sie hatte einige Skizzen angefertigt, wie sie sich eine annehmbare Rüstung für sich vorstellte. Alles in allem dachte sie, würde es ganz hübsch aussehen, aber Delban lachte nur heiser, als er sie sah.

»Was ist so lustig daran?« fragte sie.

»In dieser Rüstung würdest du aussehen wie eine Schildkröte«, antwortete er. »Du könntest dich nicht bewegen.«

»Die Zeichnungen sollen dir nur eine allgemeine Vorstellung vermitteln«, sagte sie, bemüht, die Fassung zu bewahren.

»Warum bist du nicht ein liebes Mädchen und gehst damit zu einem Schneider?« schlug er vor. »Ich arbeite in Stahl, nicht in Seide oder Brokat. Eine Rüstung wie diese wäre nutzlos und so unbequem, daß du sie gar nicht tragen könntest.«

»Dann ändere sie«, knirschte sie mit zusammengebissenen Zähnen.

Er warf noch einen Blick auf ihren Entwurf, zerknüllte ihre Zeichnungen dann und warf sie in eine Ecke. »Närrisch«, grollte er.

Ce'Nedra widerstand dem Wunsch zu schreien. Sie holte die Zeichnungen zurück. »Was ist falsch daran?« wollte sie wissen.

»Zu viel hier.« Er stieß mit seinem dicken Finger auf die Schulterpartie der Skizze. »Du könntest deinen Arm nicht mehr heben. Und hier.« Er deutete auf das Armloch des Brustharnischs, den sie gezeichnet hatte. »Wenn ich das so eng mache, würden deine Arme waagrecht herausgucken. Du könntest dich nicht mal an der Nase kratzen. Wenn wir schon dabei sind, wo hast du bloß diese Idee her? Willst du nun ein Kettenhemd oder einen Brustharnisch? Du kannst nicht beides haben.«

»Warum nicht?«

»Das Gewicht. Du könntest es nicht tragen.«

»Dann mach es leichter. Kannst du das nicht?«

»Ich kann es so hauchfein wie Spinnweben machen, wenn du willst, aber wozu sollte das gut sein? Dann kann man es mit einem Küchenmesser zerschneiden.«

Ce'Nedra holte tief Luft. »Meister Waffenschmied«, sagte sie gepreßt, »sieh mich an. Glaubst du, es gibt auf der ganzen Welt auch nur einen Krieger, der klein genug ist, daß ich mit ihm kämpfen kann?«

Er betrachtete ihre kleine Gestalt, kratzte sich den kahlen Schädel und schürzte die Lippen. »Du *bist* etwas klein geraten«, gab er zu. »Aber wenn du nicht kämpfen willst, wozu brauchst du dann eine Rüstung?«

»Es soll eigentlich keine richtige Rüstung sein«, erklärte sie ungeduldig, »aber ich muß so aussehen, als ob ich eine Rüstung trüge. Es soll so etwas sein wie ein Kostüm.« Sie erkannte sofort, daß ihre Wortwahl ein Fehler gewesen war. Delbans Gesicht verfinsterte sich, und er warf ihre Zeichnungen wieder fort. Es dauerte zehn Minuten, ihn wieder zu besänftigen. Schließlich, nach vielen Schmeicheleien, überredete sie ihn, das ganze als eine Art künstlerische Herausforderung zu betrachten.

»Also schön«, gab er schließlich mürrisch nach, »zieh dich aus.«

»*Was?*«

»Zieh dein Kleid aus«, wiederholte er. »Ich brauche genaue Maße.«

»Weißt du eigentlich, was du da verlangst?«

»Kleines Mädchen«, sagte er gereizt, »ich bin ein verheirateter Mann. Ich habe Töchter, die älter sind als du. Du trägst doch Unterkleider, oder nicht?«

»Ja, aber –«

»Das wird den Regeln des Anstands genügen. Zieh das Kleid aus.«

Mit hochrotem Kopf stieg Ce'Nedra aus ihrem Kleid. Durnik der Schmied, der die ganze Auseinandersetzung mit offenem Grinsen beobachtet hatte, drehte sich höflich um.

»Du solltest mehr essen«, sagte Delban. »Du bist so mager wie ein Küken.«

»Ich kann gut ohne deine Kommentare auskommen«, erwiderte sie bissig. »Mach weiter. Ich will nicht den ganzen Tag hier im Hemd stehen.«

Delban nahm ein Stück steifer Kordel, in die in regelmäßigen Abständen Knoten geknüpft waren. Er nahm ihre Maße ab und übertrug sie peinlich genau auf eine flache Tafel. »Schön«, sagte er endlich. »Das sollte genügen. Geh und zieh dich wieder an.«

Ce'Nedra schlüpfte wieder in ihr Kleid. »Wie lange wird es dauern?«

»Zwei oder drei Wochen.«

»Unmöglich. Ich brauche es nächste Woche.«

»Zwei Wochen«, wiederholte er stur.

»Zehn Tage«, feilschte sie. Zum erstenmal, seit sie seine Werkstatt betreten hatten, lächelte der bärbeißige Mann. »Sie ist gewöhnt, zu bekommen, was sie will, nicht wahr?« meinte er zu Durnik.

»Sie ist eine Prinzessin«, informierte Durnik ihn. »Sie bekommt am Ende meistens, was sie will.«

»Also schön, meine magere kleine Prinzessin«, lachte Delban. »Zehn Tage.«

Ce'Nedra strahlte ihn an. »Ich wußte, daß du es so sehen würdest wie ich.«

Genau zehn Tage später stand die Prinzessin wieder, mit Durnik im Schlepptau, in Delbans Werkstatt. Das Kettenhemd, das der Handwerker angefertigt hatte, war so leicht, daß man es fast zierlich hätte nennen können. Der Helm, aus dünnen Stahl gehämmert, wurde gekrönt von einem weißen Federbusch und war von einer goldenen Krone umfaßt. Die Schienen, die Ce'Nedra Beine schützen sollten, paßten perfekt. Er hatte sogar einen getriebenen Schild gemacht, der mit Messing eingefaßt war, und ein leichtes Schwert mit verziertem Heft und Scheide.

Ce'Nedra betrachtete jedoch mißbilligend den Brustharnisch, den Delban für sie gemacht hatte. Er würde offensichtlich passen – zu gut. »Hast du nicht etwas vergessen?« fragte sie.

Er nahm den Harnisch in seine großen Hände und prüfte ihn. »Es ist alles da«, sagte er. »Vorder- und Rückenteil, und alle Riemen, um sie miteinander zu verbinden. Was wolltest du denn sonst noch?«

»Ist es nicht etwas – untertrieben?« meinte Ce'Nedra vorsichtig.

»Er soll passen«, erwiderte er. »Die Untertreibung ist nicht mein Fehler.«

»Ich möchte es ein bißchen mehr –« Sie machte eine kurvige Geste mit den Händen.

»Wofür?«

»Egal wofür. Tu's einfach.«

»Und was willst du da hineintun?«

»Das laß meine Sorge sein. Tu einfach, worum ich dich gebeten habe.«

Er ließ einen schweren Hammer auf seinen Ambroß sausen. »Mach es doch selbst«, sagte er barsch.

»Durnik«, wandte sich Ce'Nedra hilfesuchend an den Schmied.

»O nein, Prinzessin«, lehnte Durnik ab. »Ich fasse das Werkzeug eines anderen Mannes nicht an. Das tut man nicht.«

»Bitte, Delban«, schmeichelte sie.

»Es ist albern«, sagte er streng.

»Es ist wichtig«, bettelte sie. »Wenn ich es trage, sehe ich aus wie ein Junge. Wenn die Leute mich sehen, müssen sie wissen, daß ich eine Frau bin. Es ist ganz schrecklich wichtig, Könntest du nicht – nur ein bißchen,« Sie wölbte ihre Hände leicht.

Delban warf Durnik einen angewiderten Blick zu. »Mußtest du sie unbedingt in meine Werkstatt bringen?«

»Alle sagen, du wärst der Beste«, antwortete Durnik sanft.

»Nur ein bißchen, Delban?« drängte Ce'Nedra.

Delban gab es auf. »Also gut«, grollte er und nahm seinen Hammer zur Hand. »Ich tue alles, nur damit du verschwindest – aber nicht so.« Er machte eine übertriebene Geste.

»Ich verlasse mich auf deinen guten Geschmack, Delban.« Sie lächelte ihn an und tätschelte liebevoll seine Wange. »Sagen wir morgen früh?«

Als Ce'Nedra sich am nächsten Morgen im Spiegel betrachtete, mußte sie zugeben, daß die Rüstung perfekt saß. »Was meinst du, Adara?« fragte sie ihre Freundin.

»Es sieht sehr nett aus, Ce'Nedra«, antwortete das große Mädchen etwas zweifelnd.

»Es ist genau richtig«, sagte Ce'Nedra glücklich und drehte sich, so daß das blaue Cape, das an ihren Schultern befestigt war, dramatisch flatterte. Das glänzende Kettenhemd, das sie unter ihrem Brustharnisch trug, reichte ihr bis zu den Knien und Handgelenken. Die Beinschienen, die ihre Waden bedeckten, und die Armschienen, die bis zum Ellbogen reichten, waren mit Messing eingelegt; Delban hatte sich standhaft geweigert, Gold zu nehmen. Die Rüstung scheuerte etwas durch das dicke Leinenunterkleid, wie sie sich insgeheim eingestand, aber sie war bereit, das in Kauf zu nehmen. Sie schwang ihr Schwert und betrachtete die Wirkung im Spiegel.

»Du hältst es falsch, Ce'Nedra«, sagte Adara höflich.

»Zeig's mir.« Ce'Nedra reichte ihr das Schwert.

Adara nahm die Waffe mit festem Griff, so daß die Spitze nach unten zeigte. Sie wirkte sehr erfahren.

»Wo hast du das bloß gelernt?« fragte Ce'Nedra.

»Wir bekommen Unterricht«, erwiderte Adara und gab ihr das Schwert zurück. »Es ist Tradition.«

»Hilf mir bitte mit dem Schild.«

Gemeinsam gelang es ihnen, der Prinzessin ihre ganze kriegerische Ausrüstung umzuschnallen.

»Wie schafft man es bloß, sich damit nicht immer zu verheddern?« fragte Ce'Nedra, die an der langen Scheide des Schwertes herumfummelte, die an ihrer Taille hing,

»Halt es am Heft«, sagte Adara. »Soll ich mitkommen?«

Ce'Nedra überlegte einen Moment, während sie ihr Haar glättete und sich den Helm aufsetzte. »Ich glaube nicht«, entschied sie zögernd. »Ich glaube, ich muß ihnen allein gegenübertreten. Wie sehe ich aus?«

»Sehr gut«, beruhigte Adara sie.

Plötzlich kam der Prinzessin ein Gedanke. »Was ist, wenn sie lachen?« fragte sie erschreckt.

»Dann kannst du dein Schwert ziehen«, erwiderte Adara ernst.

»Machst du dich über mich lustig, Adara?«

»Aber keineswegs, Prinzessin«, antwortete Adara mit todernster Miene.

Als Ce'Nedra vor der Tür des Ratszimmers stand, holte sie tief Luft und trat dann, wieder ohne anzuklopfen, ein. Zu klopfen wäre nicht angemessen gewesen, dies würde aussehen als ob sie Zweifel an ihrem Recht hätte, hier zu sein.

»Nun, meine Herren?« fragte sie die versammelten Könige und Generäle und trat in die Mitte des Raumes, wo alle sie sehen konnten.

König Rhodar erhob sich höflich. »Eure Majestät«, grüßte er

sie mit einer Verbeugung. »Wir haben uns schon über Eure Abwesenheit gewundert. Der Grund dafür ist offensichtlich.«
»Gefällt es euch?« Sie konnte die Frage nicht mehr zurückhalten. Sie drehte sich langsam, damit alle ihre Rüstung sehen konnten.
König Rhodar betrachtete sie nachdenklich. »Es *ist* eindrucksvoll, meint ihr nicht?« fragte er die anderen. »Alles am richtigen Fleck. Die Arendier werden ihr nur so zuströmen, und die Tolnedraner – nun, wir werden sehen, was mit den Tolnedranern ist.«
König Anheg sah aus, als trüge er einen schweren inneren Kampf mit sich aus. »Warum habe ich immer das Gefühl, in etwas hineingedrängt zu werden?« beschwerte er sich. »Allein der Gedanke daran läßt mein Blut gefrieren, aber mir fällt kein einziges vernünftiges Gegenargument ein.« Kritisch musterte er Ce'Nedra. »Sie sieht wirklich gar nicht so übel aus, oder?« gab er widerstrebend zu. »Es ist zwar völlig widernatürlich, aber die Rüstung verleiht ihr etwas Besonderes.«
»Ich bin so froh, die Zustimmung Eurer Majestät zu haben«, strahlte Ce'Nedra ihn an. Sie versuchte zu knicksen, aber die Rüstung machte das unmöglich. Sie stieß ein hilfloses Lachen aus und klimperte mit den Wimpern.
»Laß das, Ce'Nedra«, sagte der finstere König von Cherek gereizt. »Ich habe auch so schon genug Probleme.« Er starrte sie regelrecht an. »Also schön«, sagte er schließlich, »solange wir uns einig sind, daß sie keinerlei Entscheidungen trifft, bin ich einverstanden. Es gefällt mir zwar nicht, aber das ist wohl Nebensache.« Er stand auf und verbeugte sich vor ihr. »Eure Majestät«, sagte er, sah jedoch aus, als wollten ihm die Worte im Hals steckenbleiben.
Ce'Nedra strahlte ihn an und versuchte instinktiv, die Verbeugung zu erwidern.
»Laß das, Ce'Nedra«, sagte er gequält. »Der Großkönig des Westens verbeugt sich vor niemandem.« Erbittert wandte er sich an den König von Drasnien. »Das geht nicht, Rhodar. Wie sollen wir sie denn nennen? Die Großkönigin des Westens? Dann lachen sämtliche zwölf Königreiche über uns.«

»Wir nennen sie die Rivanische Königin, lieber Anheg«, antwortete König Rhodar verbindlich. »Und wir werden jedem den Schädel einschlagen, der sich weigert, sich vor ihr zu verbeugen.«

»Darauf kannst du dich verlassen«, sagte Anheg finster. »Wenn ich mich vor ihr verbeuge, dann verbeugen sich alle vor ihr.«

»Schön, daß das alles geklärt ist«, kam eine vertraute Stimme aus einer dunklen Ecke des Saals.

»Polgara«, hauchte Ce'Nedra verwirrt. »Ich wußte nicht, daß du da bist.«

»Das ist mir klar«, erwiderte Polgara. »Du warst sehr beschäftigt, nicht wahr?«

»Ich –« stammelte Ce'Nedra.

Polgara setzte behutsam ihre Teetasse ab und trat ins Licht. Ihr Gesicht war ernst, aber um ihre Augen spielte ein leicht belustigtes Lächeln, als sie die gepanzerte Prinzessin betrachtete. »Sehr interessant«, war ihr ganzer Kommentar.

Ce'Nedra war niedergeschmettert.

»Meine Herren«, sagte Polgara zu der Ratsversammlung. »ihr habt bestimmt noch viel zu besprechen. In der Zwischenzeit haben Ihre Majestät und ich auch einiges zu bereden. Ihr entschuldigt uns sicher.« Sie ging zur Tür. »Komm mit, Ce'Nedra«, sagte sie, ohne sich auch nur umzudrehen.

Zitternd folgte ihr die Prinzessin.

Polgara sagte nichts, bis die Tür ihres eigenen Zimmers sich hinter ihnen geschlossen hatte. Dann betrachtete sie die Prinzessin in ihrer Rüstung ernsthaft. »Ich habe gehört, was du vorhast, Ce'Nedra. Würdest du mir das erklären?«

»Sie haben sich so gestritten«, begann Ce'Nedra lahm. »Sie brauchten jemanden, der sie einte.«

»Und du hast beschlossen, diese Aufgabe zu übernehmen?«

»Nun, ich ...«

»Woher wußtest du, daß sie stritten?«

Ce'Nedra errötete schuldbewußt.

»Ich verstehe«, murmelte Polgara. »Du hast entdeckt, wie man das Amulett meiner Schwester benutzt. Wie klug von dir.«

»Laß es mich tun, Polgara!« flehte Ce'Nedra plötzlich. »Laß mich sie führen, ich weiß, daß ich das kann. Laß mich beweisen, daß ich wert bin, Garions Königin zu sein.«

Polgara sah sie nachdenklich an. »Du wirst sehr schnell erwachsen, Ce'Nedra«, sagte sie schließlich.

»Dann läßt du mich?«

»Darüber reden wir noch. Nimm deinen Helm und dein Schild ab, Liebes, und stell dein Schwert dort drüben in die Ecke. Ich mache uns eine schöne Tasse Tee, dann erzählst du mir genau, was du vorhast. Ich möchte keine Überraschungen mehr erleben, wenn wir erst unterwegs sind.«

»Dann kommst du mit uns?« Aus irgendeinem Grund überraschte dies Ce'Nedra.

»Natürlich«, antwortete Polgara. »Dann kann ich wenigstens dich vor Schwierigkeiten bewahren. Mit Garion scheine ich nicht viel Erfolg gehabt zu haben.« Sie hielt inne und sah nachdrücklich auf Ce'Nedras Brustharnisch. »Ist das nicht etwas übertrieben, Liebes?«

Ce'Nedra wurde rot. »Ich dachte, es wäre mehr... nun...« stammelte sie zu ihrer Verteidigung.

»Ce'Nedra«, sagte Polgara, »du brauchst nicht so verlegen sein. Du bist doch noch ein junges Mädchen. Es hat noch Zeit. Das kommt schon noch.«

»Ich bin so flach«, jammerte die Prinzessin fast verzweifelt. Dann kam ihr ein Gedanke. »Du könntest wohl nicht...?« Sie machte eine Geste.

»Nein, Kind«, sagte Polgara entschieden. »Das wäre nicht gut. Es würde seltsame Dinge an deinem notwendigen inneren Gleichgewicht anrichten, und mit so etwas soll man nicht leichtfertig herumspielen. Hab Geduld. Wenn sonst nichts hilft, werden dich ein paar Kinder auf jeden Fall ausfüllen.«

»Ach, Polgara«, sagte Ce'Nedra mit einem hilflosen Lachen, »du scheinst immer alles zu wissen. Du bist wie die Mutter, die ich nie hatte.« Impulsiv schlang sie die Arme um Polgara.

Polgara rümpfte die Nase. »Ce'Nedra«, schlug sie vor, »warum ziehst du deine Rüstung nicht aus? Du riechst wie ein alter Eisenkessel.«

Ce'Nedra begann zu lachen.

In den nächsten Tagen verließen viele Leute Riva in wichtiger Mission. Barak segelte nach Norden nach Val Alorn, um die Ausstattung der cherekianischen Flotte zu überwachen. Mandorallen reiste nach Vo Mimbre, um König Korodullin Bericht zu erstatten. Der hitzköpfige junge Lelldorin, der auf Garions Bitte hin begnadigt worden war, nahm ein Schiff nach Asturien, um dort gewisse Vorbereitungen zu treffen. Hettar, Relg und Oberst Brendig reisten nach Camaar, wo sie sich trennen und in ihre jeweilige Heimat reisen wollten, um das letzte Stadium der Mobilmachung zu überwachen. Die Ereignisse, die immer ihr eigenes Tempo haben, begannen sich schneller zu drehen, während der Westen unaufhaltsam auf den Krieg zusteuerte.

24

Prinzessin Ce'Nedra entdeckte schon bald, daß die Alorner ein erstaunlich gefühlsbetontes Volk waren. Sie war von Anfang an gezwungen, die stereotype tolnedranische Ansicht fallenzulassen, nach der diese nördliche Rasse aus brutalen Wilden bestand, die an den Grenzen der Zivilisation räuberisch ihr Leben fristeten. Statt dessen stellte sie fest, daß sie ein außerordentlich vielschichtiges Volk waren, oft subtiler Gefühle fähig. An dem Wutanfall, den König Anheg hatte, als er ein paar Tage später ins Ratszimmer stürzte, war jedoch nichts Subtiles. Seine Augen quollen hervor, und sein Gesicht glühte: »Hast du eine Ahnung, was du getan hast?« bellte er Ce'Nedra an.

»Wem angetan, Eure Majestät?« erwiderte sie gelassen.

»Cherek!« brüllte er, wobei seine verbeulte Krone über ein Ohr herabrutschte. »Dein kleines Spielchen hat meine Frau auf die geniale Idee gebracht, daß sie mein Land regieren will, wenn ich fort bin.«

»Sie ist deine Gattin, König Anheg«, sagte Ce'Nedra kühl. »Es ist nur angemessen, daß sie sich in deiner Abwesenheit um das Reich Gedanken macht.«

»*Gedanken?*« Er kreischte fast. »Islena hat keine Gedanken. Zwischen ihren Ohren ist nur leere Luft.«

»Warum hast du sie dann geheiratet?«

»Jedenfalls nicht wegen ihrer Gedanken.«

»Vielleicht überrascht sie dich ja, Anheg«, meinte König Rhodar amüsiert.

»Das einzige, was mich überraschen würde, wäre, wenn ich noch irgend etwas vorfinden sollte, wenn ich wieder nach Hause komme«, gab Anheg zurück und brach auf einem Stuhl zusammen. »Und ich kann nichts unternehmen, um ihr Einhalt zu gebieten. Was ich auch sage, sie wird den Thron besteigen, sobald ich fort bin. Es wird eine Katastrophe. Frauen haben in der Politik nichts zu suchen. Ihre Gehirne sind dafür zu weich.«

»Ich fürchte, mit dieser Ansicht wirst du dich in dieser Runde nicht gerade beliebt machen, Anheg«, kicherte König Rhodar, als er Polgara ansah. Eine ihrer Augenbrauen war bei Anhegs letzter Bemerkung in die Höhe geschossen.

»Oh, tut mir leid, Polgara«, murmelte Anheg verlegen. »Ich meine natürlich nicht dich. Dich sehe ich eigentlich gar nicht als Frau.«

»Ich würde es dabei bewenden lassen, Anheg«, riet König Rhodar. »Heute hast du schon in genug Fettnäpfchen getreten.«

»Das finde ich allerdings auch, Rhodar«, sagte Polgara kalt. »Die Bemerkungen des Königs von Cherek sind sehr interessant.«

Anheg stöhnte.

»Ich kann dich wirklich nicht verstehen, mein Freund«, sagte König Rhodar zu Anheg. »Du hast dir die beste Bildung des Nordens angeeignet. Du hast Kunst und Dichtung und Geschichte und Philosophie studiert, aber in diesem Punkt bist du so stur wie ein ungeblideter Bauer. Was stört dich so sehr an der Vorstellung einer Frau mit Autorität?«

»Es ist... es ist unnatürlich«, platzte Anheg heraus. »Frauen sind nicht zum Regieren geschaffen. Diese Vorstellung verletzt die Ordnung der Dinge.«

»Ich glaube nicht, daß das noch irgendwohin führt«, meinte Polgara. »Wenn die Herren uns entschuldigen, gehen Ihre Majestät und ich, um Vorbereitungen zu treffen.« Sie erhob sich und ging Ce'Nedra voran aus dem Ratszimmer.

»Er ist sehr erregbar, nicht wahr?« fragte Ce'Nedra, während sie durch die Gänge von Eisenfausts Zitadelle zu Polgaras Wohnung gingen.

»Manchmal neigt er zum Dramatisieren«, erwiderte Polgara. »Aber seine Ausbrüche sind nicht immer echt. Manchmal benimmt er sich nur so, weil er glaubt, daß es von ihm erwartet wird.« Sie runzelte die Stirn. »in einem hat er allerdings recht. Islena ist unfähig zu regieren. Wir werden mit ihr sprechen müssen – und ebenso mit den anderen Damen.« Sie öffnete die Tür zu ihrer Wohnung, und sie traten ein.

Die meisten Schäden die Polgaras Raserei angerichtet hatte, waren behoben worden, nur einige Brandspuren an den Wänden zeugten noch von der Gewalt ihrer Wut. Sie setzte sich an den Tisch und nahm einen Brief zur Hand, der an jenem Morgen von Königin Porenn aus Drasnien eingetroffen war. »Ich glaube, es ist jetzt ziemlich sicher, daß wir meinen Vater und die anderen nicht mehr einholen können«, sagte sie bedauernd, »aber wenigstens haben wir eine Sorge weniger.«

»Und welche?« fragte Ce'Nedra und ließ sich Polgara gegenüber nieder.

»Es gab einige Zweifel an der Genesung meines Vaters von dem Zusammenbruch, den er letzten Winter erlitt, aber nach dem, was Porenn schreibt, ist er wieder völlig normal – wenn das auch keine ungetrübte Freude ist.« Sie legte Porenns Brief beiseite. »Ich glaube, es ist Zeit, daß wir uns einmal unterhalten, Ce'Nedra. Du hast in den letzten Wochen viel manövriert und manipuliert. Jetzt will ich genau wissen, was dahintersteckt. Warum hast du allen Leuten deinen neuen Status eingehämmert?«

Ce'Nedra errötete. »Ich *bin* schließlich die Rivanische Königin, Dame Polgara«, antwortete sie steif.

»Sei nicht albern. Du trägst eine fiktive Krone, weil Rhodar sie dich tragen läßt, und weil er Anheg und Brand und Cho-Hag davon überzeugt hat, daß du kein Unheil anrichten kannst. Was steckt also dahinter?« Polgaras Blick war sehr direkt. Ce'Nedra wand sich unbehaglich.

»Wir müssen die Arendier und die Legionen meines Vaters gewinnen«, sagte sie, als ob das etwas erklärte.

»Das ist offensichtlich.«

»Aber die alornischen Könige können das nicht.«

»Warum nicht?«

»Weil ein Komitee nicht die Herzen der Menschen gewinnen kann.« Jetzt war es heraus, und Ce'Nedra sprach hastig weiter. »Garion hätte es tun können. Der gesamte Westen hätte sich auf den Ruf des Rivanischen Westens hin erhoben, aber Garion ist nicht da, also muß ein anderer es tun. Ich habe Geschichte studiert, Dame Polgara. Keine Armee, die von einem Komitee geleitet wurde, hatte je Erfolg. Der Erfolg einer Armee hängt von der Stimmung der Soldaten ab, und Soldaten brauchen *einen* Führer – jemanden, der ihre Phantasie beflügelt.«

»Und dazu hast du dich selbst auserkoren?«

»Es muß niemand sein, der geistreich ist, aber er muß sichtbar sein und ungewöhnlich.«

»Und du glaubst, daß eine Frau ungewöhnlich und sichtbar genug ist, um eine Armee auszubauen – und nebenbei auch noch bedrohlich genug, um die ungeteilte Aufmerksamkeit von Taur Urgas und 'Zakath, dem malloreanischen Kaiser, auf sich zu ziehen?«

»Na ja, es ist noch nie versucht worden«, verteidigte sich Ce'Nedra.

»Viele Dinge sind noch nie versucht worden, Ce'Nedra. Das ist nicht unbedingt die beste Empfehlung. Und was hat dich zu der Überzeugung gebracht, daß *ich* nicht dafür geeignet sei?«

Ce'Nedra schluckte schwer. »Du warst so wütend«, stammelte sie, »und ich wußte nicht, wie lange das noch dauern würde. Jemand mußte sofort etwas unternehmen. Außerdem ...« Sie zögerte.

»Sprich weiter.«

»Mein Vater mag dich nicht«, sagte Ce'Nedra schnell. »Er würde seinen Legionen nie befehlen, dir zu folgen. Ich bin die einzige, die eine Chance hat, ihn davon zu überzeugen, daß er sich uns anschließen muß. Es tut mit leid, Polgara. Ich wollte dich nicht beleidigen.«

Polgara wischte ihre Entschuldigung jedoch beiseite. Ihr Gesicht war nachdenklich, als sie Ce'Nedras Argumente erwog. »Es scheint, daß du tatsächlich gut überlegt hast«, schloß sie. »Also schön, Ce'Nedra, wir versuchen es auf deine Art – im Augenblick jedenfalls. Aber tu nichts Ausgefallenes. Und jetzt sollten wir besser mit den Damen reden.«

Die Konferenz, die an jenem Nachmittag in Polgaras Wohnung stattfand, betraf Staatsangelegenheiten. Sie wartete schweigend, bis die kleine Gruppe versammelt war, dann sprach sie ernsthaft auf sie ein. »Meine Damen«, begann sie, »in Kürze werden die Alorner und andere zu einem wichtigen Feldzug aufbrechen.«

»Du meinst Krieg, Pol?« fragte Königin Layla mit sinkender Stimme.

»Wir werden das möglichst vermeiden«, antwortete Polgara. »Jedenfalls, die Abreise deines Mannes und der alornischen Könige legt die Angelegenheiten deiner Heimat in deine Hände – und das gilt für jede von euch. Ich möchte ein paar Dinge mit euch besprechen, bevor ihr abreist.« Sie wandte sich an Königin Islena, die prächtig in roten Samt gekleidet war. »Dein Mann ist nicht gerade begeistert von der Vorstellung, dir die Hoheit über Cherek zu übergeben, Islena.«

Islena rümpfte die Nase. »Anheg kann manchmal sehr lästig sein.«

»Reg ihn nicht auf. Laß ein oder zwei Anmerkungen fallen, daß du dich von Ratgebern leiten lassen wirst, denen er vertraut. Das wird ihn etwas beruhigen.« Polgara blickte die Damen der Reihe nach an. »Unser Feldzug führt uns wahrscheinlich nicht so weit weg, daß ihr keinen Kontakt mehr mit uns halten könntet – jedenfalls zu Anfang nicht. Wenn etwas Ernstes geschieht, setzt euch sofort mit euren Gatten in Verbindung. Die Alltagsangelegenheiten könnt ihr allein regeln. Ich finde auch, daß ihr untereinander in Verbindung stehen solltet, sobald eure Männer fort sind – auch mit Porenn in Boktor und

Mayaserana in Vo Mimbre. Ihr alle habt eure Stärken und Schwächen, aber wenn ihr euch nicht scheut, bei den anderen Rat zu erfragen, wird alles gutgehen.«

»Vielleicht sollten wir ein Verbindungsnetz einrichten«, überlegte Königin Layla nachdenklich. »Pferdestaffeln, Boten, schnelle Schiffe oder so etwas. Die Tolnedraner machen das schon seit Jahrhunderten.«

»Das kannst du sicherlich in die Wege leiten, Layla«, lächelte Polgara. »Ihr müßt nur immer daran denken, auf das zu hören, was Porenn sagt. Ich weiß, daß sie noch sehr jung ist und auch etwas schüchtern, wenn sie sich in den Vordergrund stellen soll, aber der drasnische Geheimdienst ist unmittelbar ihr unterstellt, und sie wird lange vor euch Kenntnis von den Dingen haben. Und ich möchte, daß ihr die Tolnedraner besonders gut im Auge behaltet. Sie nutzen Zeiten der Unruhe gerne zu ihrem Vorteil aus. Unterzeichnet auf gar keinen Fall etwas, das euch ein Tolnedraner anbietet – gleichgültig, wie reizvoll es auch aussehen mag. Ich traue Ran Borune nicht mehr als einem Fuchs im Hühnerstall – ohne dich beleidigen zu wollen, Ce'Nedra.«

»Ich kenne meinen Vater auch, Polgara«, erwiderte Ce'Nedra mit einem Lächeln.

»Bitte, meine Damen«, bat Polgara entschieden. »keine Abenteuer, während ich weg bin. Versucht, alles möglichst glatt weiterlaufen zu lassen, und habt keine Angst, euch gegenseitig um Hilfe zu bitten. Es wäre auch gut, wenn ihr mit Xantha Verbindung aufnehmen würdet. Die Dryaden haben Zugang zu vielen Informationen über die Vorgänge im Süden. Wenn ein echter Notfall eintritt, benachrichtigt mich unverzüglich.«

»Soll ich den kleinen Jungen nehmen?« fragte Merel. »Ich werde mit Islena in Va Alorn bleiben, also wird er in Sicherheit sein. Meine Mädchen lieben ihn sehr, und er scheint glücklich bei uns zu sein.«

Polgara dachte einen Moment darüber nach. »Nein«, entschied sie schließlich. »Botschaft muß mit uns gehen. Außer Garion ist er der einzige Mensch auf der Welt, der das Auge berühren kann. Die Angaraks könnten das erkennen und ihn zu entführen versuchen.«

»Ich kümmere mich um ihn«, bot Taiba in ihrer vollen Stimme an. »Er kennt mich, und wir fühlen uns wohl zusammen. Dann habe ich eine Aufgabe.«

»Du willst doch wohl nicht mit auf den Feldzug, Taiba«, wandte Königin Layla ein.

Taiba zuckte die Achseln. »Warum nicht?« entgegnete sie. »Ich habe kein Haus oder Königreich zu hüten. Außerdem gibt es noch andere Gründe.«

Sie verstanden alle. Was zwischen Taiba und Relg bestand, war so tiefgehend, daß es über die Grenze normaler menschlicher Zuneigung hinauszugehen schien, und die Abwesenheit des Ulgos hatte der seltsamen Frau fast körperliche Schmerzen bereitet. Es war ersichtlich, daß sie nun beabsichtigte, ihm zu folgen – zur Not auch in die Schlacht.

Ariana, das blonde Mimbrermädchen, das Lelldorin von Wildantor nach Riva begleitet hatte, räusperte sich, um eine etwas delikate Angelegenheit zur Sprache zu bringen. »Das Leben einer Frau wird von den Umständen bestimmt«, begann sie. »Auch wenn Schlachten sie umtoben und der Krieg alles in Verwirrung stürzt, darf sich eine Dame von Rang nicht ohne Begleitung inmitten einer Armee aufhalten, ohne daß ihr Ruf Schaden erleidet. Die Dame Adara und ich haben in letzter Zeit hierüber gesprochen und beschlossen, daß wir Prinzessin Ce'Nedra als Gefährtinnen begleiten müssen. Wir würden dies aus Pflichtgefühl tun, wenn nicht Liebe uns dazu zwingen würde.«

»Sehr hübsch gesagt, Ariana«, murmelte Adara ohne Andeutung eines Lächelns.

»O je«, seufzte Königin Layla. »Jetzt muß ich mir noch mehr Sorgen machen.«

»Ich glaube, das wäre dann alles«, sagte Polgara. »Ein Königreich zu führen unterscheidet sich gar nicht so sehr davon, einen Haushalt zu führen, und darin habt ihr ja alle Erfahrung. Ändert die politische Richtung nicht und unterzeichnet keine Verträge. Abgesehen davon laßt euch einfach von eurem gesunden Menschenvestand leiten. Wir können dann wieder zu den Herren gehen. Es ist bald Essenszeit, und Männer werden leicht unruhig, wenn sie nicht regelmäßig gefüttert werden.«

Einige Tage später kehrte Barak in Begleitung eines hageren drasnischen Edelmannes nach Riva zurück. Die beiden begaben sich unverzüglich ins Ratszimmer, um den Königen Bericht zu erstatten. Prinzessin Ce'Nedra überlegte, ob sie ihnen in die Besprechung folgen sollte, entschied sich dann aber dagegen. Ihre Anwesenheit mochte die Diskussion vielleicht hemmen, und sie hatte andere Möglichkeiten, herauszufinden, was vor sich ging. Sie lief rasch in ihr Zimmer und legte die Fingerspitzen auf das Amulett.

»...geht recht gut«, hörte sie Baraks Stimme, nachdem sie schließlich das Gespräch geortet hatte, das sie hören wollte. »Die Flotte ist bereit, aus Val Alorn auszulaufen, und Königin Porenn sammelt die drasnischen Pikenträger südlich von Boktor. Die Mobilmachung ist fast abgeschlossen. Aber wir haben trotzdem einige Probleme. Graf Kharel hier ist gerade aus Thull Mardu zurückgekehrt. Alle Berichte aus Nord-Cthol Murgos sind über ihn gegangen, so daß er uns eine gute Einschätzung der dortigen Lage geben kann.«

König Rhodar räusperte sich. »Kharel ist ein verdientes Mitglied des Geheimdienstes«, stellte er ihn vor. »Seine Berichte zeichnen sich durch äußerste Genauigkeit aus.«

»Eure Majestät ist zu freundlich«, sagte eine unbekannte Stimme.

»Haben die Murgos aus dem Süden ihren Marsch nach Norden schon begonnen?« fragte König Anheg.

»Mehr als das, Eure Majestät«, erwiderte Kharel. »Alle Berichte deuten darauf hin, daß der Marsch beinahe beendet ist. In der Umgebung von Rak Goska lagern annähernd vier Millionen von ihnen.«

»Was?« rief Anheg erregt aus.

»Es scheint, daß Taur Urgas den Marsch irgendwann im letzten Herbst begonnen hat«, sagte der Drasnier.

»Über den Winter?«

»Es scheint so, Eure Majestät.«

»Das hat ihn bestimmt einige Leute gekostet«, vermutete König Cho-Hag.

»Etwa hunderttausend, Eure Majestät«, antwortete Kharel, »aber Menschenleben bedeuten Taur Urgas nicht viel.«

»Das ändert alles, Rhodar«, sagte Anheg knapp. »Unser Vorteil war immer die Zeit, die dieser Marsch kosten würde. Den haben wir jetzt verloren.

»Unglücklicherweise ist da noch mehr, Eure Majestät«, fuhr Kharel fort. »Die Malloreaner aus dem Westen kommen allmählich in Thull Zelik an. Noch ist ihre Anzahl nicht von Bedeutung, aber jeden Tag treffen einige Tausend mit Schiffen ein.«

»Das müssen wir so schnell wie möglich unterbinden«, grollte Anheg. »Rhodar, kannst du deine Techniker innerhalb eines Monats zum Ostkliff schaffen? Ich muß eine Flotte zum Oberlauf des Mardu schleppen. Wir müssen so schnell wie möglich Schiffe ins Meer des Ostens bringen. Wenn wir 'Zakath nicht abdrängen können, überrennen uns die Malloreaner.«

»Ich schreibe sofort an Porenn«, stimmte Rhodar zu.

»Man fragt sich nur, ob der werte Graf auch gute Neuigkeiten bringt«, meinte der Graf von Seline trocken.

»In den Reihen der Feinde könnte es eine Spaltung geben, Graf«, erwiderte Kharel. »Taur Urgas benimmt sich, als wäre er der einzig mögliche Oberbefehlshaber der Angarakhorden, und im Augenblick hat er die zahlenmäßige Überlegenheit auf seiner Seite. Das könnte sich ändern, wenn die Malloreaner eine genügend große Armee an Land bringen können. Es gehen Gerüchte um, daß 'Zakath den Führungsanspruch an Taur Urgas gern in Frage stellen möchte, aber nur ungern im Angesicht von vier Millionen Murgos.«

»Wir sollten versuchen, das so zu belassen«, sagte Thodar. »Taur Urgas ist geisteskrank, und Verrückte machen Fehler. Ich habe allerhand über 'Zakath gehört, und ich möchte ihm nicht unbedingt im Feld gegenüberstehen.«

König Cho-Hag verzog sein Gesicht. »Selbst ohne die Malloreaner sind wir beim jetzigen Stand etwa zwei zu eins im

Nachteil, vorausgesetzt, daß wir die Arendier und Tolnedraner überreden können, sich uns anzuschließen.«

»Ein elender Anfang für einen Krieg, Rhodar«, jammerte Anheg.

»Wir müssen eben unsere Taktik ändern«, erwiderte Rhodar. »Wir müssen die Schlacht so lange wie möglich hinauszögern, um möglichst viele Männer zu rekrutieren.«

»Ich dachte, wir wollten eigentlich gar keine Schlacht«, wandte Barak ein, »und Belgarath hat gesagt, er wollte nur Ablenkungsmanöver.«

»Die Situation hat sich geändert, Barak«, erklärte König Rhodar. »Wir hatten nicht damit gerechnet, daß die Südmurgos und die Malloreaner so rasch zur Stelle sein würden. Wir müssen mehr tun, als nur ein paar Scheinangriffe führen. Die Angaraks haben jetzt genug Soldaten, um kleinere Gefechte und Unruhen ignorieren zu können. Wenn wir nicht sehr bald einen größeren Vorstoß machen, schwärmen sie über den ganzen Osten des Kontinents aus.«

»Belgarath mag es nicht, wenn man seine Pläne ändert«, erinnerte Anheg Rhodar.

»Belgarath ist nicht hier, und er weiß nicht, was vorgeht. Wenn wir nicht ganz entschieden handeln, werden er, Belgarion und Kheldar nicht durchkommen.«

»Du redest über einen Krieg, den wir nicht gewinnen können, Rhodar«, sagte Anheg unverblümt.

»Ich weiß«, gestand König Rhodar.

Langes Schweigen folgte. »So steht es dann also«, sagte Brand schließlich.

»Ich fürchte ja«, erklärte Rhodar düster. »Eine Ablenkung muß stattfinden, sonst gelangen Belgarion und sein Schwert nie zu Torak. Das ist das einzige, was wirklich zählt, und wir alle müssen notfalls unser Leben geben, und dies zu ermöglichen.«

»Du wirst uns alle umbringen, Rhodar«, sagte Anheg offen, »und unsere Armeen mit uns.«

»Wenn es sein muß, Anheg», antwortete Rhodar grimmig. »Wenn Belgarion nicht zu Torak gelangt, bedeutet unser Leben ohnehin nichts mehr. Selbst wenn wir alle sterben müssen, damit er dorthin kommt, ist es das wert.«

Ce'Nedras Finger glitten gefühllos von dem Amulett, während sie rückwärts in einen Stuhl sank. Plötzlich begann sie zu weinen. »Das tue ich nicht«, schluchzte sie. »Das kann ich nicht.« Sie sah vor sich eine riesige Menschenmenge, eine Armee von Witwen und Waisen, die sie anklagend anstarrten, und sie schrak vor diesen Blicken zurück. Wenn sie dies Abscheulichkeit beging, würde sie den Rest ihres Lebens in quälendem Selbsthaß verbringen. Immer noch schluchzend, stolperte sie auf die Füße, um ins Ratszimmer zu stürzen und zu erklären, daß sie nichts mit diesem Krieg zu tun haben wollte. Aber dann hielt sie inne, als Garions Gesicht vor ihrem inneren Auge auftauchte, dieses ernste Gesicht mit dem widerspenstigen Haar, das sie immer glattstreichen wollte. Es hing von ihr ab. Wenn sie jetzt zurückschreckte, würden die Angaraks ungestört Jagd auf ihn machen können. Sein Leben – und damit die Zukunft der Welt – lag in ihren Händen. Sie hatte keine andere Wahl als weiterzumachen. Wenn sie nur nicht gewußt hätte, das der Feldzug zum Untergang verdammt war! Dieses Wissen um das Unglück, das sie alle erwartete, machte es so schrecklich.

Wohl wissend, daß es sinnlos war, begann sie, an der Kette des Amuletts zu zerren. Wäre das Amulett nicht gewesen, hätte sie in seliger Unwissenheit der Zukunft verharren können. Schluchzend riß sie zornig an der Kette, ohne sich um den Schmerz zu kümmern, als sie in die zarte Haut ihres Halses einschnitt. »Ich hasse dich!« schrie sie das Silberamulett mit dem gekrönten Baum an.

Aber es war sinnlos. Das Amulett würde für den Rest des Lebens um ihren Hals bleiben. Mit aschgrauem Gesicht ließ Ce'Nedra die Hände sinken. Auch wenn sie das Amulett abnehmen könnte, was würde das ändern? Sie wußte bereits und mußte dieses Wissen in ihrem Herzen verschließen. Wenn sich die leiseste Andeutung dieses Wissens auf ihrem Gesicht oder in ihrer Stimme zeigte, würde sie versagen – und Garion mußte für ihr Versagen leiden. Sie mußte sich stählen und der Welt siegesgewiß gegenübertreten.

Und so richtete sich die Rivanische Königin auf und hob tapfer das Kinn, obgleich ihr das Herz bleischwer in der Brust lag.

25

Baraks neues Schiff war fast um die Hälfte größer als die meisten anderen Kriegsschiffe der cherekianischen Flotte, aber es glitt wie eine Möwe durch das Wasser. Dünne, weiße Wolken zogen über den blauen Himmel, und das Meer der Winde glitzerte im Sonnenschein, als das Schiff sich zur Seite neigte und durch die Wellen pflügte. Tief am Horizont vor ihnen erhob sich die grüne Küste von Kap Arendien. Vor zwei Tagen waren sie von Riva losgesegelt, und die cherekianische Flotte mit ihren vielen Segeln war hinter ihnen und brachte die graugekleideten Rivaner mit, die sich der Armee König Fulrachs von Sendarien anschließen wollten.

In der Nähe des Bugs ging Ce'Nedra nervös auf dem Deck auf und ab, ihr blauer Mantel flatterte im Wind und ihre Rüstung schimmerte in der Sonne. Trotz des schrecklichen Wissens, das sie in ihrem Herzen verborgen hielt, war dies alles aufregend. Das Sammeln der Männer, die Schwerter, und die Schiffe, die vor dem Wind dahineilten, das Bewußtsein eines gemeinsamen Ziels, dies alles brachte ihr Blut in Wallung und erfüllte sie mit einer Hochstimmung, die sie nie zuvor verspürt hatte.

Die Küste rückte näher – ein weißer Sandstrand, hinter dem sich die dunkelgrünen arendischen Wälder erstreckten. Als sie auf die Küste zuhielten, tauchte ein gepanzerter Ritter auf einem riesigen, kastanienbraunen Hengst aus den Bäumen auf und ritt auf dem Strand bis hinunter zum Wasser, wo schaumgekrönte Wellen auf den feuchten Sand liefen. Die Prinzessin beschattete ihre Augen mit der Hand und spähte angespannt zu dem glänzenden Ritter hinüber. Dann, als er weit ausholend winkte, um ihnen mitzuteilen, daß sie die Küste noch ein Stück weiter hinauffahren sollten, sah sie den Federbusch auf seinem Schild. Plötzlich jubelte ihr Herz.

»Mandorallen!« rief sie mit klingender Stimme, an die Taue weit vorn im Bug geklammert.
Der große Ritter erwiderte den Gruß, gab seinem Pferd dann die Sporen und galoppierte durch die Gischt. Der blausilberne Wimpel an seiner Lanze flatterte hoch über seinem Kopf. Das Schiff neigte sich zur Seite, als Barak das Ruder bewegte, und getrennt durch ein hundert Meter breiten Streifen aufgewühlten Wassers, blieben Schiff und Reiter auf gleicher Höhe entlang der Küste.
Es war ein Augenblick, an den sich Ce'Nedra für den Rest ihres Lebens erinnern würde – ein so vollkommenes Bild, das für immer in ihr Gedächtnis eingebrannt war. Das große Schiff flog vor dem Wind durch das blaue Wasser, die weißen Segel blähten sich, und das große Schlachtroß donnerte am Strand durchs Wasser, das unter seinen schweren Hufen nur so spritzte. Miteinander verbunden in diesem unendlichen Augenblick eilten Schiff und Reiter in der warmen Frühlingssonne auf eine bewaldete Halbinsel zu, die etwa eine Meile vor ihnen lag. Ce'Nedra jubelte im Bug des Schiffes, ihr flammendrotes Haar flatterte wie ein Banner,
Hinter der Halbinsel lag eine geschützte Bucht, und auf dem Strand war das Lager der sendarischen Armee aufgeschalgen, eine ordentliche Reihe von graubraunen Zelten neben der anderen. Barak schwang das Ruder herum, und die Segel flatterten, als das Schiff in die Bucht einlief.
»Ho, Mandorallen!« brüllte Barak, als die Ankerkette rasselte und der schwere, eiserne Anker durch das kristallklare Wasser auf den sandigen Grund fiel.
»Graf Barak«, rief Mandorallen zurück, »willkommmen in Arendien. Baron Brendig hat sich etwas ausgedacht, um Eure Landung zu beschleunigen.« Er deutete auf eine Stelle, wo etwa hundert sendarische Soldaten eifrig damit beschäftigt waren, eine Anzahl großer Flöße in Stellung zu bringen und sie miteinander zu verbinden, so daß sich ein langer, schwimmender Steg ergab, der in die Bucht hinausragte.
Barak lachte. »Man kann sich immer darauf verlassen, daß ein Sendarier mit einer praktischen Idee ankommt.«

»Können wir jetzt an Land gehen?« fragte König Rhodar ängstlich, als er aus seiner Kabine auftauchte. Der König war kein guter Seemann, und sein großes, rundes Gesicht wies eine grünliche Färbung auf. Er sah in Kettenhemd und Helm eher komisch aus. Die Spuren von Seekrankheit auf seinem Gesicht trugen auch nicht dazu bei, ihn würdiger erscheinen zu lassen. Trotz seines wenig kriegerischen Äußeren waren die andern Könige jedoch bereits dazu übergegangen, sich seiner Weisheit zu beugen. Unter seiner Rundlichkeit verbarg Rhodar ein taktisches Genie und strategisches Geschick, das die anderen sich fast automatisch an ihn wenden und seine unausgesprochene Vorrangstellung akzeptieren ließ.

Ein kleines Fischerboot, das als Fähre requiriert worden war, kam längsseits an Baraks Schiff, fast noch ehe der Anker geworfen war, und die Könige und ihre Generäle und Ratgeber wurden in weniger als einer halben Stunde zur Küste gebracht.

»Ich glaube, ich habe Hunger«, verkündete Rhodar in dem Moment, als er wieder festen Boden betrat.

Anheg lachte. »Du bist schon hungrig zur Welt gekommen.« Der König trug ein Kettenhemd und einen breiten Schwertgürtel um die Taille. Seine rauhen Züge wirkten jetzt, wo er in einer Rüstung steckte, weniger fehl am Platz.

»Ich habe seit ein oder zwei Tagen nichts essen können, Anheg.« Rhodar stöhnte. »Mein armer Magen glaubt schon, ich hätte es ganz drangegeben.«

»Eine Mahlzeit ist bereitet worden, Eure Majestät«, versicherte ihm Mandorallen. »Unsere asturischen Brüder haben einiges von des Königs Wild zubereitet – was sie zweifellos gesetzmäßig erhalten haben, wenn ich das auch nicht genauer untersuchen möchte.«

Jemand in der Gruppe hinter Mandorallen lachte, und Ce'Nedra betrachtete den gutaussehenden jungen Mann mit dem rotgoldenen Haar und dem über die Schulter seiner grünen Weste geschlungenen Langbogen. Ce'Nedra hatte nicht viel Gelegenheit gehabt, mit Lelldorin von Wildantor Bekanntschaft zu schließen, als sie noch in Riva gewesen war. Sie wußte aber, daß er Garions engster Freund war und erkannte, wie wichtig es war, daß sie sein Vertrauen gewann. Das sollte nicht allzu schwer sein, überlegte sie, während sie in sein offenes, fast unschuldiges Gesicht blickte. Er erwiderte ihren Blick unbekümmert, und ein einziger Blick in diese Augen sagte der Prinzessin, daß sich hinter ihnen eine große Aufrichtigkeit und nur sehr wenig Intelligenz verbarg.

»Wir haben Nachricht von Belgarath«, sagte Barak zu Mandorallen und dem jungen Asturier.

»Wo sind sie?« fragte Lelldorin neugierig.

»Sie waren in Boktor«, antwortete König Rhodar, dessen Gesicht noch immer leicht grün war von der überstandenen Seekrankheit. »Aus Gründen, die nur ihr selbst bekannt sind, hat meine Frau sie laufen lassen. Ich denke, daß sie jetzt irgendwo in Gar og Nadrak sind.«

Lelldorins Augen blitzten. »Wenn ich mich beeile, kann ich sie vielleicht noch einholen«, sagte er eifrig, schon nach seinem Pferd Ausschau haltend.

»Es sind über viertausend Meilen, Lelldorin«, klärte Barak ihn höflich auf.

»Oh...« Lelldorin wirkte etwas beschämt. »Du hast wohl recht. Es wäre etwas schwierig, sie noch einzuholen, nicht wahr?«

Barak nickte ernst.

Dann trat das blonde Mimbrermädchen Ariana vor. Man konnte in ihren Augen lesen, was sie fühlte. »Mein Herr«, sagte sie zu Lelldorin, und Ce'Nedra fiel wieder ein, daß die beiden verheiratet waren – technisch betrachtet jedenfalls. »Eure Abwesenheit hat mir großen Kummer bereitet.« Lelldorins Augen leuchteten auf. »Meine Ariana.« Er konnte kaum sprechen. »Ich schwöre, daß ich dich nie wieder allein lasse.« Er nahm ihre Hände und blickte bewundernd in ihre Augen. Der Blick, den sie erwiderte, war ebenso voller Liebe und entbehrte ebenso jeden Tiefsinns. Ce'Nedra schüttelte sich innerlich bei dem Katastrophenpotential, das in dem Blick lag, den die beiden austauschten.

»Stört es eigentlich jemanden, wenn ich gleich hier auf der Stelle verhungere?« fragte Rhodar.

Das Bankett war auf einem langen Tisch angerichtet, der nicht weit vom Waldrand entfernt aufgestellt worden war. Der Tisch ächzte regelrecht unter dem Gewicht des Wildbrets, und es gab genug zu essen, um auch den kolossalen Appetit von König Rhodar zu stillen. Nachdem sie ihre Mahlzeit beendet hatten, blieben sie noch am Tisch sitzen und unterhielten sich.

»Euer Sohn, Graf Hettar, hat uns mitgeteilt, daß sich die algarischen Clans an der Feste versammeln, Eure Majestät«, berichtete Mandorallen König Cho-Hag.

Cho-Hag nickte.

»Und wir haben Nachricht von dem Ulgo – Relg«, setzte Oberst Brendig hinzu. »Er hat eine kleine Armee von Kriegern aus den Höhlen zusammengestellt. Sie warten auf der algarischen Seite der Berge auf uns. Er sagte, du würdest die Stelle kennen.«

Barak grunzte. »Die Ulgos können problematisch werden«, sagte er. »Sie haben Angst in offenem Gelände, und das Tageslicht tut ihren Augen weh, aber im Dunkeln können sie sehen wie Katzen. Das könnte vielleicht sehr nützlich sein.«

»Hat Relg auch eine... persönliche Botschaft geschickt?« fragte Taiba Oberst Brendig zaghaft.

Feierlich zog der Sendarier ein gefaltetes Pergament aus der Tunika und reichte es ihr. Sie nahm es mit hilfloser Miene und drehte es in den Händen hin und her.

»Was ist denn, Taiba«? fragte Adara leise.

»Er weiß, daß ich nicht lesen kann«, sagte Taiba protestierend, den Brief fest an sich gepreßt.

»Ich lese ihn dir vor«, erbot sich Adara.

»Aber vielleicht ist er zu... nun ja, zu persönlich«, wandte Taiba ein.

»Ich verspreche dir, nicht zuzuhören«, sagte Adara ohne Andeutung eines Lächelns.

Ce'Nedra verbarg ihr Lächeln in der Hand. Adaras immerwährender und mit völlig ernstem Gesicht vorgebrachter Witz war eins der Dinge, die die Prinzessin an ihr so schätzte. Aber noch während sie lächelte, fühlte Ce'Nedra sich beobachtet und wußte, daß sie mit großer Neugier von den Arendiern – sowohl den Asturiern als auch den Mimbrern – betrachtet wurde. Vor allem Lelldorin schien unfähig, seine Augen von ihr zu wenden. Der gutaussehende junge Mann saß dicht neben dem blonden Mimbrermädchen Ariana und starrte Ce'Nedra offen an, während er gleichzeitig – vielleicht unbewußt – Arianas Hand hielt. Ce'Nedra ertrug seinen Blick mit einer gewissen Nervosität. Zu ihrer Überraschung mußte sie feststellen, daß ihr daran lag, diesem doch recht einfältigen jungen Mann zu gefallen.

»Sag mir«, wandte sie sich direkt an ihn, »wie steht es hier in Arendien, was unseren Feldzug anbelangt, meine ich?«

Lelldorins Blick umwölkte sich. »Weitgehend wenig Begeisterung, Eure Majestät«, antwortete er. »Ich fürchte, es besteht der Verdacht, alles könnte eine mimbrische Verschwörung sein.«

»Das ist doch absurd.«

Lelldorin zuckte die Achseln. »Aber so denken meine Landsleute. Und diejenigen, die es nicht für eine mimbrische Verschwörung halten, sehen nur, daß alle mimbrischen Ritter möglicherweise auf einen Kreuzzug gegen den Osten ziehen. Das weckt an manchen Stellen gewisse Hoffnungen.«

Mandorallen seufzte. »Dieselben Empfindungen gibt es in einigen Teilen Mimbres«, sagte er. »Wir sind ein beklagenswert geteiltes Reich, und alter Haß und Mißtrauen stirbt nur langsam.«

Ce'Nedra war bestürzt. Damit hatte sich nicht gerechnet. König Rhodar hatte deutlich gemacht, daß er die Arendier unbedingt haben mußte, und jetzt schien dieser dumme Haß und das Mißtrauen zwischen Mimbre und Asturien ihren Plan fast zu vereiteln. Hilflos wandte sie sich an Polgara.

Die Zauberin war jedoch nicht weiter beeindruckt von der Nachricht, daß die Arendier zögerten, sich ihrem Feldzug anzuschließen. »Sag mir, Lelldorin«, fragte sie gelassen, »könntest du ein paar deiner weniger mißtrauischen Freunde an einem Ort zusammenbringen, an einem sicheren Platz, wo sie keinen Hinterhalt von uns vermuten?«

»Was hast du vor, Polgara?« fragte König Rhodar erstaunt.

»Jemand muß mit ihnen reden«, antwortete Polgara. »Und

zwar jemand besonderes, denke ich.« Sie wandte sich wieder an Lelldorin. »Wir brauchen keine Menschenmassen, jedenfalls nicht am Anfang. Vierzig oder fünfzig müßten reichen, aber niemand, der unserem Vorhaben allzusehr entgegensteht.«

»Ich gehe sofort, Dame Polgara«, erklärte Lelldorin und sprang auf.

»Es ist schon spät, Lelldorin«, meinte sie und deutete auf die Sonne, die schon tief am Horizont stand.

»Je eher ich anfange, desto eher habe ich sie beisammen«, sagte Lelldorin feurig. »Wenn Freundschaft und Blutsbande überhaupt etwas bedeuten, werde ich nicht versagen.« Er verbeugte sich tief vor Ce'Nedra. »Eure Majestät«, sagte er zum Abschied, dann lief er zu der Stelle, wo er sein Pferd angebunden hatte.

Ariana seufzte, während sie dem davoneilenden jungen Enthusiasten nachsah.

»Ist er immer so?« fragte Ce'Nedra neugierig.

Das mimbrische Mädchen nickte. »Immer«, gab sie zu. »Gedanke und Ausführung sind eins bei ihm. Er hat keine Vorstellung von der Bedeutung des Wortes ›Überlegung‹, fürchte ich. Das macht zum Teil seinen Charme aus, aber manchmal ist es auch verwirrend, wie ich eingestehen muß.«

»Das kann ich mir vorstellen«, sagte Ce'Nedra.

Später, als die Prinzessin und Polgara allein in ihrem Zelt waren, warf Ce'Nedra Garions Tante einen erstaunten Blick zu. »Was werden wir tun?«

»Nicht wir, Ce'Nedra – du. Du wirst zu ihnen sprechen müssen.«

»Ich bin nicht besonders gut darin, öffentlich zu reden, Polgara«, gestand Ce'Nedra. Ihr Mund wurde trocken. »Menschenmengen machen mir Angst, und dann bringe ich kein Wort mehr heraus.«

»Darüber wirst du schon hinwegkommen, Liebes,« beruhigte sie Polgara. Sie sah die Prinzessin leicht belustigt an. »Du bist doch diejenige, die eine Armee führen wollte, erinnerst du dich? Hast du wirklich geglaubt, du müßtest nur eine Rüstung anziehen, dich in den Sattel schwingen und rufen ›Folgt mir‹, und dann würde die ganze Welt hinter dir herlaufen!«

»Ich...«

»Du hast so lange Geschichte studiert und übersehen, was alle großen Führer gemeinsam haben? Du mußt sehr unaufmerksam gewesen sein, Ce'Nedra.«

Ce'Nedra starrte sie mit wachsendem Entsetzen an.

»Es gehört nicht viel dazu, eine Armee auszuheben, Liebes. Man muß nicht geistreich sein, man muß kein Krieger sein, man muß nicht einmal einen großen und edlen Grund haben. Aber man muß redegewandt sein.«

»Das bin ich aber nicht, Polgara.«

»Daran hättest du vorher denken müssen, Ce'Nedra. Jetzt ist es zur Umkehr zu spät. Rhodar wird die Armee befehligen und für die Einzelheiten sorgen, aber *du* mußt sie dazu bringen, dir zu folgen.«

»Ich hätte keine Ahnung, was ich sagen soll«, protestierte Ce'Nedra.

»Das wird dir schon einfallen, Kind. Du glaubst doch an das, was wir tun, oder?«

»Natürlich, aber...«

»Du hast beschlossen, dies zu tun, Ce'Nedra. Du hast das ganz allein entschieden. Und wo du schon so weit gekommen bist, kannst du den Rest des Weges auch noch gehen.«

»Bitte, Dame Polgara«, bettelte Ce'Nedra. »Mir wird schlecht, wenn ich in der Öffentlichkeit sprechen muß. Ich werde mich übergeben...«

»Das passiert hin und wieder«, erwiderte Polgara gelassen. »Paß nur auf, daß es nicht vor aller Augen geschieht.«

Drei Tage später reisten die Prinzessin, Polgara und die alornischen König durch die Stille der arendischen Wälder zu der Ruinenstadt Vo Astur. Ce'Nedra stand kurz vor dem Ausbruch reiner Panik, als sie durch den sonnigen Wald ritt. Trotz all ihrer Argumente war Polgara eisern geblieben. Tränen hatten sie nicht erweichen können, auch Hysterie hatte versagt. Die Prinzessin war zutiefst überzeugt, daß Polgara sie noch zwingen würde, vor die wartende Menge zu treten und die Qualen erleiden zu müssen, die damit verbunden waren, eine Rede zu halten, wenn sie daran sterben sollte. In dem Gefühl völliger Hilflosigkeit ritt sie ihrem Schicksal entgegen.

Wie Vo Wacune war auch Vo Astur in den dunklen Jahrhunderten des arendischen Bürgerkriegs verwüstet worden. Die zerfallenen Mauern waren mit Moos überwachsen und lagen im Schatten riesiger Bäume, die die Ehre, den Stolz und den Kummer Asturiens zu betrauern schienen. Lelldorin erwartete sie dort. Bei ihm waren etwa fünfzig reichgekleidete junge Adelige, in deren Augen Neugier, gepaart mit leichtem Mißtrauen, stand.

»Mehr konnte ich in der kurzen Zeit nicht zusammentrommeln, Dame Polgara«, entschuldigte sich Lelldorin, nachdem sie abgestiegen waren. »In der Gegend gibt es noch andere, aber sie sind überzeugt, daß unser Feldzug irgendein mimbrisches Komplott ist.«

»Diese hier reichen aus, Lelldorin«, antwortete Polgara. »Sie werden weitergeben, was hier geschehen wird.« Sie sah sich in den moosbewachsenen, sonnengesprenkelten Ruinen um. »Ich glaube, dort drüben wäre der richtige Platz.« Sie deutete auf ein Stück einer eingestürzten Mauer. »Komm mit, Ce'Nedra.«

Die Prinzessin, in ihrer Rüstung, hängte Helm und Schild an den Sattel des weißen Pferdes, das König Cho-Hag ihr aus Algarien mitgebracht hatte, und ging zitternd mit dem geduldigen Tier hinter der Zauberin her.

»Sie sollen dich ebensogut sehen wie hören können«, erklärte Polgara ihr. »Also kletterst du auf die Mauer und sprichst von dort oben. Der Platz, wo du stehen wirst, liegt jetzt im Schatten, aber wenn du deine Rede beendet hast, wird er voll in der Sonne liegen. Ich glaube, das gibt eine gute Wirkung.«

Ce'Nedra sank der Mut, als sie den Sonnenstand betrachtete.

»Ich glaube, mir wird schlecht«, sagte sie mit bebender Stimme.

»Vielleicht später, Ce'Nedra. Jetzt hast du keine Zeit dafür.« Polgara wandte sich an Lelldorin. »Ich denke, du kannst Ihre Majestät jetzt vorstellen.«

Lelldorin kletterte auf die Mauer und bat mit einer Handbewegung um Ruhe. »Landsleute«, verkündete er mit lauter Stimme, »am letzten Erastide hat ein Ereignis stattgefunden, das unsere Welt in ihren Grundfesten erschüttert hat. Mehr als tausend Jahre haben wir auf diesen Augenblick gewartet. Landsmänner, der Rivanische König ist zurückgekehrt!«

Die Menge wurde unruhig, und ein aufgeregtes Summen durchlief sie.

Lelldorin, immer zu Übertreibungen neigend, erwärmte sich für sein Thema. Er erzählte von dem flammenden Schwert, das Garions wahre Identität preisgegeben hatte und von den Treueeiden, die die alornischen Könige Belgarion von Riva geschworen hatten. Ce'Nedra, die vor Nervosität fast ohnmächtig wurde, hörte ihn kaum. Sie versuchte ihre Rede im Geiste aufzusagen, aber ihr geriet alles durcheinander. Dann, schierer Panik nahe, hörte sie ihn sagen: »Meine Herren, hier ist Ihre Kaiserliche Hoheit, Prinzessin Ce'Nedra – die Rivanische Königin.«

Alle Augen wandten sich ihr erwartungsvoll zu.

Am ganzen Körper zitternd, kletterte sie auf die Mauer und sah auf die Gesichter hinab. Ihre Vorbereitungen, ihre eingeübten Sätze, alles verschwand aus ihrem Gedächtnis, und sie stand da, blaß und zitternd, ohne die leiseste Ahnung, wie sie anfangen sollte. Die Stille war schrecklich.

Wie es der Zufall wollte, hatte einer der jungen Asturier in den ersten Reihen an diesem Morgen mehr Wein getrunken, als gut für ihn gewesen war. »Ich glaube, Ihre Majestät hat ihre Rede vergessen«, sagte er laut kichernd zu seinem Nachbarn.

Ce'Nedra reagierte prompt. »Und ich glaube, der Herr hat seine Manieren vergessen«, fauchte sie unüberlegt. Unhöflichkeit machte sie wütend.

»Ich glaube nicht, daß ich mir das hier anhöre«, erklärte der angeheiterte junge Mann übertrieben gelangweilt. »Es ist doch nur Zeitverschwendung. Ich bin ebensowenig Rivaner wie einer von euch. Was kann eine fremde Königin schon zu sagen haben, das für einen asturischen Patrioten von Interesse ist?« Damit wollte er gehen.

»Ist der patriotische Herr so weinselig, daß er vergessen hat, daß auf der Welt auch noch etwas anderes existiert als dieser

Wald?« erwiderte Ce'Nedra hitzig. »Oder ist er vielleicht so ungebildet, daß er nicht weiß, was da draußen vor sich geht?« Sie zeigte mit dem Finger auf ihn. »Hör mich an, Patriot«, sagte sie mit klingender Stimme. »Vielleicht glaubst du, ich bin nur hier, um eine hübsche, kleine Rede zu halten, aber was ich dir zu sagen habe, ist das Wichtigste, was du in deinem Leben je zu hören bekommen wirst. Du kannst zuhören, oder du kannst uns den Rücken zukehren und gehen – und in einem Jahr, wenn es kein Asturien mehr gibt, und wenn eure Häuser nur noch rauchende Ruinen sich und die Grolims eure Familien zu Toraks Altären mit ihren Feuern und blitzenden Messern treiben, dann kannst du an diesen Tag zurückdenken und dich verfluchen, weil du mir nicht zugehört hast.«

Als ob ihr Zorn über diesen unverschämten jungen Mann plötzlich einen Damm gesprengt hätte, begann Ce'Nedra zu sprechen. Sie sprach offen, ohne die einstudierten Sätze, die sie geübt hatte, sondern mit Worten, die von Herzen kamen. Je länger sie sprach, desto leidenschaftlicher wurde sie. Sie flehte, sie schmeichelte – und schließlich befahl sie. Sie konnte sich später nicht genau erinnern, was sie gesagt hatte, aber sie vergaß nie, wie sie sich dabei gefühlt hatte. Die ganze Kraft und das Feuer, das ihre kindischen Wutausbrüche und Launen genährt hatte, kam jetzt ins Spiel. Sie sprach feurig, ohne an sich zu denken, sondern mit einem verzehrenden Glauben an das, was sie sagte. Am Ende hatte sie alle gewonnen.

Als die Strahlen der Sonne auf sie fielen, funkelte ihre Rüstung, und ihr Haar schien zu flammen. »Belgarion, König von Riva und Großkönig des Westens, ruft euch zu den Waffen«, rief sie. »Ich bin Ce'Nedra, seine Königin, und ich stehe vor euch als lebendes Banner. Wer von euch hört Belgarions Ruf und folgt mir?«

Der junge Mann, der sie ausgelacht hatte, war der erste, der sein Schwert zog. Er erhob es zum Gruß und rief: »Ich folge dir!« Als ob dies ein Signal gewesen war, funkelten plötzlich fast fünfzig Schwerter im Sonnenschein, die zum Gruß und zum Eid erhoben wurden, und fünfzig Stimmen wiederholten seinen Ruf: »Ich folge dir!«

Mit einer ausholenden Bewegung zog Ce'Nedra ihr eigenes Schwert und erhob es. »Dann folgt mir!« sang sie. »Wir ziehen den grausamen Horden der Angaraks entgegen. Die Welt soll vor uns erzittern!« Mit drei raschen Schritten erreichte sie ihr Pferd und schwang sich in den Sattel. Sie wirbelte das tänzelnde Tier umher und galoppierte aus den Ruinen heraus, mit hocherhobenem Schwert und wehendem Haar. Die Asturier liefen wie ein Mann zu ihren Pferden, um ihr zu folgen.
Als sie in den Wald kam, warf die Prinzessin einen Blick zurück auf die tapferen jungen Männer, die mit begeisterten Mienen hinter ihr her galoppierten. Sie hatte gewonnen, aber wie viele dieser Asturier würde sie zurückbringen, wenn der Krieg vorbei war? Plötzlich füllten ihre Augen sich mit Tränen, doch sie wischte sie mit der Hand fort. Die Rivanische Königin ritt weiter und brachte die Asturier zu ihrer Armee.

26

Die alornischen Könige lobten Ce'Nedra überschwenglich, und selbst verbissene Krieger betrachteten sie mit unverhohlener Bewunderung. Sie saugte ihre Schmeicheleien gierig in sich hinein und schnurrte wie ein zufriedenes Kätzchen. Nur Polgaras merkwürdiges Schweigen schmälerte ihren fast vollständigen Triumph. Ce'Nedra war gekränkt. Ihre Ansprache war vielleicht nicht perfekt gewesen, aber sie hatte Lelldorins Freunde restlos gewonnen, und der Erfolg machte kleinere Fehler doch sicherlich wett.
Dann, als Polgara an jenem Abend nach ihr schickte, glaubte Ce'Nedra zu verstehen. Die Zauberin wollte ihr allein gratulieren. Glücklich vor sich hinsummend, ging die Prinzessin über den Strand zu Polgaras Zelt, begleitet vom Plätschern der Wellen auf dem weißen Sand.
Polgara saß an ihrem Frisiertisch und war bis auf den schlafenden Botschaft allein. Das Kerzenlicht spielte weich über ihr tiefblaues Kleid und ihre vollkommenen Züge, während sie sich das lange, dunkle Haar bürstete. »Komm herein, Ce'Nedra«, sagte sie. »Setz dich. Wir haben viel zu besprechen.«

»Warst du überrascht, Polgara?« Die Prinzessin konnte nicht länger an sich halten. »Das warst du doch, nicht wahr? Ich war selbst erstaunt.«

Polgara sah sie ernst an. »Du darfst dich nicht deinem Triumph überlassen, Ce'Nedra. Du mußt lernen, mit deinen Kräften hauszuhalten und sie nicht dadurch zu vergeuden, daß du in hysterischer Selbstbeweihräucherung herumläufst.«

Ce'Nedra starrte sie an. »Findest du nicht, daß ich es heute gut gemacht habe?« fragte sie, zutiefst verletzt.

»Es war eine nette Rede, Ce'Nedra«, sagte Polgara in einem Ton, der ihr alle Freude daran nahm.

Ein seltsamer Gedanke durchzuckte die Prinzessin. »Du wußtest es die ganze Zeit, nicht wahr?« platzte sie heraus.«

Ein belustigtes Lächeln umspielte Polgaras Lippen. »Du scheinst immer zu vergessen, daß ich gewisse Vorteile habe, Liebe«, antwortete sie, »und einer davon ist, daß ich eine allgemeine Vorstellung davon habe, wie die Dinge sich entwikkeln werden.«

»Wie konntest du ...«

»Bestimmte Ereignisse geschehen nicht einfach, Ce'Nedra. Einige Dinge in dieser Welt sind von dem Moment ihrer Erschaffung an festgelegt. Was heute geschehen ist, gehört dazu.« Sie nahm eine altersdunkle Pergamentrolle vom Tisch. »Möchtest du hören, was die Prophezeiung dazu sagt?«

Ce'Nedra wurde plötzlich kalt.

Polgara überflog das knisternde Pergament. »Hier ist es«, sagte sie und hob die Schriftrolle dem Kerzenlicht entgegen. »Und die Stimme der Braut des Lichts soll in allen Reichen der Welt gehört werden«, las sie, »und ihre Worte sollen sein wie Feuer in trockenem Gras, so daß die Völker des Westens sich erheben und sich unter den Strahlen ihres Banners sammeln.«

»Das bedeutet doch gar nichts, Polgara«, wandte Ce'Nedra ein. »Es ist doch nur Geschwätz.«

»Wird es klarer, wenn du erfährst, daß Garion das Kind des Lichts ist?«

»Was ist das?« fragte Ce'Nedra mit einem Blick auf das Pergament. »Wo hast du das her?«

»Es ist der Mrin-Kodex, Kind. Mein Vater hat es für mich von dem Original kopiert. Es ist etwas verworren, weil der Mrin-Prophet so hoffnungslos verrückt war, daß er nicht zusammenhängend sprechen konnte. König Dras Stiernacken mußte ihn schließlich wie einen Hund an einen Pfahl ketten lassen.«

»König Dras? Polgara, das ist über dreitausend Jahre her!«

»Ja, so ungefähr«, gab Polgara ihr recht.

Ce'Nedra begann zu zittern. »Das ist unmöglich!« rief sie.

Polgara lächelte. »Manchmal, Ce'Nedra, klingst du genau wie Garion. Ich frage mich, warum junge Leute dieses Wort wohl so lieben.«

»Aber Polgara, wenn dieser junge Mann nicht so unverschämt gewesen wäre, hätte ich vielleicht überhaupt nichts gesagt.« Die Prinzessin biß sich auf die Lippe. Das hatte sie eigentlich nicht zugeben wollen.

»Dann war er wahrscheinlich deshalb so unverschämt. Es ist gut möglich, daß er nur aus dem einzigen Grund geboren wurde, damit er in genau diesem Augenblick unverschämt zu dir werden konnte. Die Prophezeiung überläßt nichts dem Zufall. Glaubst du, er könnte dir helfen, beim nächsten Mal den richtigen Anfang zu finden? Ich kann es einrichten, daß er wieder angetrunken ist, wenn du willst.«

»Das nächste Mal?«

»Natürlich. Hast du geglaubt, eine Rede vor einem sehr kleinen Publikum wäre alles? Wirklich, Ce'Nedra, du mußt lernen, mehr auf das zu achten, was um dich herum vorgeht. Du wirst in den nächsten Monaten mindestens einmal pro Tag eine Rede halten.«

Die Prinzessin starrte sie entsetzt an. »Das kann ich nicht!« jammerte sie.

»O doch, du kannst, Ce'Nedra. Deine Stimme wird überall im Lande gehört werden, deine Worte werden wie Feuer in trockenem Gras sein, und die Völker des Westens werden sich erheben, um deinem Banner zu folgen. In all den Jahrhunderten habe ich nie erlebt, daß der Mrin-Kodex falsch war – kein einziges Mal. Im Augenblick ist für dich wichtig, daß du genug Schlaf und regelmäßige Mahlzeiten bekommst. Ich werde selbst für dich kochen.« Sie betrachtete das kleine Mädchen kritisch. »Es wäre besser, wenn du etwas kräftiger wärst, aber wir müssen wohl mit dem auskommen, was wir haben. Hol deine Sachen, Ce'Nedra. Von nun an wirst du bei mir wohnen. Ich möchte dich gern im Auge behalten.«

In den folgenden Wochen ritten sie durch den feuchten, grünen Wald von Arendien, und die Nachricht von ihrem Kommen breitete sich in ganz Arendien aus. Ce'Nedra war sich dunkel bewußt, daß Polgara sorgfältig Größe und Zusammensetzung ihres Publikums überwachte. Der arme Lelldorin kam kaum aus seinem Sattel, denn er und eine sorgsam ausgewählte Gruppe seiner Freunde ritten der Armee voraus, um jede Versammlung vorzubereiten.

Nachdem sie ihre Pflicht einmal akzeptiert hatte, nahm Ce'Nedra an, daß es mit der Zeit einfacher werden würde, in der Öffentlichkeit zu sprechen. Aber unglücklicherweise traf das nicht zu. Vor jeder Rede wurde sie von Panik ergriffen, und oft war ihr körperlich übel. Auch wenn Polgara ihr versicherte, ihre Ansprachen würden besser, jammerte Ce'Nedra, daß sie ihr deshalb noch längst nicht leichter fielen. Die körperliche und seelische Belastung bis an die Grenzen ihrer Reserven wurde immer deutlicher. Wie die meisten Mädchen ihres Alters konnte Ce'Nedra ohne weiteres stundenlang reden, aber ihre Reden waren kein einfaches Geplauder. Sie erforderten ungeheure Selbstkontrolle und eine gewaltige Verausgabung emotionaler Energie, und niemand konnte ihr dabei helfen.

Als die Menschenmengen jedoch immer größer wurden, gab Polgara ihr einen rein technischen Rat. »Sprich mit normaler Stimme, Ce'Nedra«, wies sie sie an. »Erschöpf dich nicht in dem Bemühen zu schreien. Ich werde dafür sorgen, daß alle dich hören können.« Davon abgesehen, war die Prinzessin auf sich allein gestellt, und die Anstrengung wurde immer offensichtlicher. Sie ritt teilnahmslos an der Spitze ihrer ständig wachsenden Armee, und manchmal sah es fast so aus, als wäre sie in Trance.

Ihre Freunde beobachteten sie besorgt.

»Ich frage mich, wie lange sie dieses Tempo noch durchhält«, meinte König Fulrach leise zu König Rhodar. Sie ritten unmittelbar hinter der erschöpften kleinen Königin auf die Ruinen von Vo Wacune zu, wo sie zu einer weiteren Versammlung sprechen sollte. »Wir vergessen gern, wie klein und zart sie ist.«

»Vielleicht sollten wir uns mit Polgara beraten«, stimmte König Rhodar zu. »Ich glaube auch, daß das Kind eine Woche Ruhe braucht.«

Doch Ce'Nedra wußte, daß sie nicht aufhören konnte. Das Ganze hatte einen eigenen Antrieb, eine Art sich steigernden Rhythmus, der nicht unterbrochen werden konnte. Zu Beginn hatte sich die Nachricht von ihrem Kommen nur langsam verbreitet, aber jetzt eilte sie ihnen voraus, und sie mußten schneller und schneller werden, um mit ihr Schritt zu halten. Es gab einen entscheidenden Punkt, an dem die Neugier auf sie befriedigt werden mußte oder das Ganze zusammenbrechen würde und sie wieder ganz von vorn beginnen mußten.

Die Menschenmenge in Vo Wacune war die größte, zu der sie bislang gesprochen hatte. Schon halb überzeugt, brauchten sie nur noch einen Funken, der sie entflammte. Wieder einmal krank vor unsinniger Angst, sammelte die Rivanische Königin ihre Kräfte und erhob sich, um zu ihnen zu sprechen und sie mit ihrem Kriegsaufruf zu entfesseln.

Als es vorüber war und die jungen Edelmänner in die wachsende Armee eingereiht waren, suchte Ce'Nedra für kurze Zeit Ruhe am Rand des Lagers, um wieder zu sich zu kommen. Dies war zu einem notwendigen Ritual für sie geworden. Manchmal war ihr nach einer Rede übel, manchmal weinte sie. Manchmal wanderte sie einfach teilnahmslos umher, ohne auch nur die Bäume um sich herum wahrzunehmen. Auf Porgaras Befehl hin begleitete Durnik sie stets, und Ce'Nedra fand die Gesellschaft dieses soliden, praktischen Mannes seltsam tröstlich.

Sie waren ein Stück über die Ruinen hinausgegangen. Der Nachmittag war schön und sonnig, und in den Bäumen sangen die Vögel. Nachdenklich ging Ce'Nedra weiter und ließ die Stille des Waldes ihr aufgewühltes Inneres beruhigen.

»Für Edelleute ist es ja schön und gut, Detton«, hörte sie

jemanden auf der anderen Seite eines Gebüschs sagen, »aber was hat das mit uns zu tun?«
»Wahrscheinlich hast du recht, Lammer«, stimmte eine zweite Stimme mit einem bedauernden Seufzer zu. »Trotzdem war es sehr aufrüttelnd, nicht wahr?«
»Das einzige, was einen Leibeigenen aufrütteln sollte, ist der Anblick von etwas Eßbarem«, erklärte der erste Mann bitter. »Das kleine Mädchen kann soviel von Pflicht reden, wie es will, aber meine einzige Pflicht betrifft meinen Magen.« Er hielt abrupt inne. »Kann man die Blätter von dem Busch da drüben essen?« fragte er.
»Ich glaube,sie sind giftig, Lammer«, antwortete Detton.
»Aber du weißt es nicht genau? Ich hasse es, etwas Eßbares stehenzulassen wenn auch nur die kleinste Chance besteht, daß es nicht tödlich ist.«
Ce'Nedra lauschte den beiden Leibeigenen mit wachsendem Entsetzen. Konnte jemand wirklich so leben? Impulsiv ging sie um das Gebüsch herum, um ihnen gegenüberzutreten. Durnik blieb wie immer dicht bei ihr.
Die beiden Leibeigenen waren in schlammverkrustete Lumpen gehüllt. Sie waren mittleren Alters, und auf ihren Gesichtern war keine Spur davon zu finden, daß sie je einen glücklichen Tag erlebt hatten. Der dünnere der beiden untersuchte sorgfältig eine Pflanze mit fleischigen Blättern, aber der andere sah Ce'Nedra kommen und erstarrte vor Furcht. »Lammer«, keuchte er. »Sie ist es... die heute gesprochen hat.«
Lammer richtete sich auf, sein mageres Gesicht wurde unter der Schmutzschicht blaß. »Meine Dame«, sagte er mit dem grotesken Versuch einer Verbeugung. »Wir sind nur auf dem Rückweg in unsere Dörfer. Wir wußten nicht, daß dieser Teil des Waldes Euch gehört. Wir haben nichts genommen.« Er streckte ihr die leeren Hände entgegen, um seine Worte zu bekräftigen.
»Wie lange ist es her, daß ihr etwas gegessen habt?« fragte ihn Ce'Nedra.
»Ich habe heute morgen etwas Gras gegessen, meine Dame«, antwortete Lammer, »und gestern ein paar Zwiebeln. Sie waren etwas wurmig, aber nicht allzu schlimm.«

Plötzlich füllten sich Ce'Nedras Augen mit Tränen. »Wer hat euch das angetan?«

Lammer sah auf ihre Frage hin etwas verwirrt aus. Schließlich zuckte er die Achseln. »Die Welt, denke ich, meine Dame. Ein bestimmter Teil von dem, was wir ernten, geht an unseren Herrn, ein anderer Teil wieder an seinen Herrn. Dann ist da noch der Teil des Königs und der des königlichen Verwalters. Und wir zahlen immer noch für ein paar Kriege, die mein Herr vor ein paar Jahren geführt hat. Nachdem wir das alles bezahlt haben, bleibt für uns nicht mehr viel übrig.«

Ein schrecklicher Gedanke durchzuckte sie. »Ich sammle eine Armee für einen Feldzug gegen den Osten«, erzählte sie.

»Ja, meine Dame«, erwiderte Detton, der andere Leibeigene. »Wir haben heute Eure Rede gehört.«

»Was wird das für euch bedeuten?«

Detton zuckte die Achseln. »Es bedeutet höhere Steuern, meine Dame – und einige unserer Söhne werden uns als Soldaten weggenommen, wenn unsere Herren sich entscheiden, sich Euch anzuschließen. Leibeigene geben zwar keine guten Soldaten ab, aber sie können immerhin das Gepäck tragen. Und wenn es dazu kommt, eine Burg zu erstürmen, braucht der Adel immer viele Leibeigene, die mit ihrem Leben dabei helfen.«

»Dann handelt ihr nie aus Vaterlandsliebe, wenn ihr in den Krieg zieht?«

»Was hat Vaterlandsliebe mit Leibeigenen zu tun, meine Dame?« fragte Lammer. »Bis vor etwa einem Monat wußte ich nicht einmal den Namen meines Landes. Davon gehört mir nichts. Warum sollte ich dann etwas dafür empfinden?«

Ce'Nedra wußte keine Antwort auf diese Frage. Ihr Leben war so düster, so hoffnungslos leer, und ihr Aufruf zum Krieg bedeutete nur noch größere Härte und mehr Leiden für sie.

»Was ist mit euren Familien?« fragte sie. »Wenn Torak gewinnt, werden die Grolims kommen und eure Familien auf seinen Altären abschlachten.«

»Ich habe keine Familie, meine Dame«, erwiderte Lammer mit erloschener Stimme. »Mein Sohn ist vor einigen Jahren gestorben. Mein Herr führte irgenwo Krieg, und als sie eine Burg angriffen, hat man kochendes Pech auf die Leibeigenen geschüttet, die eine Leiter anzulegen versuchten. Nachdem sie davon erfahren hatte, hat meine Frau sich zu Tod gehungert. Die Grolims können ihnen nichts mehr tun, und wenn sie mich töten wollen, sind sie willkommen.«

»Gibt es denn gar nichts, wofür du kämpfen würdest?«

»Für etwas zu essen, denke ich«, sagte Lammer nach kurzem Überlegen. »Ich bin es so leid, immer Hunger zu haben.«

Ce'Nedra wandte sich an den anderen Leibeigenen. »Was ist mit dir?«

»Ich würde für jemanden, der mir etwas zu essen gibt, durchs Feuer gehen«, erklärte Detton hitzig.

»Kommt mit«, befahl Ce'Nedra, dann drehte sie sich um und ging voran ins Lager zu den großen Vorratswagen, die riesige Mengen von Lebensmitteln aus den Scheunen und Schuppen Sendariens mitgebracht hatten. »Ich möchte, daß diese beiden Männer zu essen bekommen«, erklärte sie dem verblüfften Koch. »So viel sie wollen.« Durnik, dessen ernste Augen vor Mitleid brannten, hatte jedoch schon einen Laib Brot aus dem Wagen genommen. Er teilte es und gab eine Hälfte Lammer, die andere Detton.

Lammer starrte das Brot in seinen Händen an, die heftig zitterten. »Ich werde Euch folgen, meine Dame«, erklärte er mit bebender Stimme. »Ich habe meine Schuhe gegessen und von gekochtem Gras und Baumwurzeln gelebt.« Er umklammerte sein Brot, als fürchtete er, man könnte es ihm wieder wegnehmen. »Ich folge Euch bis ans Ende der Welt und wieder zurück für dies.« Dann begann er zu essen, indem er große Stücke mit den Zähnen abriß.

Ce'Nedra starrte ihn an, dann floh sie plötzlich. Als sie ihr Zelt erreichte, weinte sie hysterisch. Adara und Taiba versuchten erfolglos, sie zu trösten, und schickten schließlich nach Polgara.

Als die Zauberin kam, warf sie nur einen kurzen Blick auf Ce'Nedra und bat Adara und Taiba dann, sie mit dem schluchzenden Mädchen allein zu lassen. »Also, Ce'Nedra«, sagte sie ruhig, setzte sich auf das Bett und nahm die Prinzessin in die Arme. »Was ist los?«

»Ich kann nicht mehr, Polgara«, weinte Ce'Nedra. »Ich kann einfach nicht mehr.«

»Es war schließlich deine Idee«, erinnerte Polgara sie.

»Es war falsch von mir«, schluchzte Ce'Nedra. »Falsch, falsch! Ich hätte in Riva bleiben sollen.«

»Nein«, widersprach Polgara. »Du hast etwas getan, das keiner von uns hätte tun können. Du hast uns die Arendier verschafft. Ich bin nicht einmal sicher, daß Garion das fertiggebracht hätte.«

»Aber sie werden alle sterben!« jammerte Ce'Nedra.

»Wie kommst du denn darauf?«

»Die Angaraks sind uns mindestens zwei zu eins überlegen. Sie werden meine Armee abschlachten.«

»Wer hat dir das erzählt?«

»Ich . . . ich habe gelauscht«, antwortete Ce'Nedra und fingerte an dem Amulett herum. »Ich habe gehört, was Rhodar, Anheg und die anderen sagten, als sie von den Murgos aus dem Süden erfuhren.«

»Ich verstehe.«

»Wir werden unser Leben fortwerfen. Nichts kann uns retten. Und jetzt habe ich auch noch einen Weg gefunden, wie ich die Leibeigenen gewinnen kann. Sie leben so elend, daß sie mir nur folgen, um regelmäßig essen zu können. Und ich tue es, Polgara. Wenn ich glaube, daß wir sie brauchen, dann locke ich sie ganz bewußt von zu Hause fort und führe sie in den Tod. Ich kann nichts dafür.«

Polgara nahm ein Glas vom Tisch und leerte eine kleine Glasphiole hinein. »Der Krieg ist noch nicht vorbei, Ce'Nedra. Er hat ja nicht einmal begonnen.« Sie schwenkte die bernsteinfarbene Flüssigkeit in dem Glas. »Ich habe schon erlebt, wie hoffnungslosere Kriege gewonnen wurden. Wenn du dich in Verzweiflung stürzt, ehe du anfängst, hast du überhaupt keine Chance. Rhodar ist ein sehr geschickter Taktiker, mußt du wissen, und die Männer in deiner Armee sind sehr tapfer. Wir werden nicht eher kämpfen, als wir unbedingt müssen, und wenn Garion rechtzeitig zu Torak gelangt – und gewinnt – werden die Angaraks auseinanderfallen, und wir brauchen vielleicht gar nicht zu kämpfen. Hier.« Sie reichte ihr ein Glas. »Trink das.«

Wie betäubt nahm Ce'Nedra das Glas und trank. Die bernsteinfarbene Flüssigkeit schmeckte bitter und hinterließ einen seltsamen, feurigen Nachgeschmack im Mund. »Dann hängt alles von Garion ab«, sagte sie.

»Von ihm hat es immer abgehangen, Liebes«, sagte Polgara.

Ce'Nedra seufzte. »Ich wünschte...« begann sie, brach dann aber ab.

»Wünschtest was, Liebes?«

»Ach, Polgara, ich habe Garion nie gesagt, daß ich ihn liebe. Ich würde alles geben, um ihm das sagen zu können, wenigstens ein einziges Mal.«

»Er weiß es, Ce'Nedra.«

»Aber das ist nicht dasselbe.« Ce'Nedra seufzte wieder. Eine seltsame Schläfrigkeit überkam sie, und sie hatte aufgehört zu weinen. Es fiel ihr sogar schwer, sich daran zu erinnern, warum sie überhaupt geweint hatte. Plötzlich fühlte sie sich beobachtet und drehte sich um. Botschaft saß still in einer Ecke und sah sie an. Seine tiefblauen Augen waren voller Mitgefühl und eigenartigerweise voller Hoffnung. Dann nahm Polgara die Prinzessin in die Arme und wiegte sie langsam, während sie leise eine besänftigende Melodie summte. Ohne es zu merken, fiel Ce'Nedra in einen tiefen und traumlosen Schlaf.

Der Anschlag auf ihr Leben kam am nächsten Morgen. Ihre Armee marschierte von Vo Wacune nach Süden, durch den sonnigen Wald entlang der Großen West-Straße. Die Prinzessin ritt an der Spitze und unterhielt sich mit Barak und Mandorallen, als ein verräterisch singender Pfeil aus den Bäumen heranflog. Das Schwirren warnte Barak gerade noch rechtzeitig. »Paß auf!« brüllte er und deckte Ce'Nedra behende mit seinem großen Schild. Der Pfeil prallte dagegen, und Barak zog fluchend sein Schwert.

Brands jüngster Sohn, Olban, galoppierte jedoch bereits in

den Wald. Er war totenblaß geworden, und sein Schwert schien von selbst in seine Hand zu gleiten, als er sein Pferd herumschwenkte. Das Hufgeklapper seines Pferdes entfernte sich. Nach wenigen Augenblicken hörten sie einen furchtbaren Schrei.

Alarmierte Rufe ertönten aus der Armee hinter ihnen, und ein bestürztes Stimmengewirr breitete sich aus. Polgara kam heran, ihr Gesicht war weiß. »Es geht mir gut«, versicherte Ce'Nedra rasch. »Barak hat mich gerettet.«

»Was ist passiert?« fragte Polgara.

»Jemand hat mit einem Pfeil auf sie geschossen«, brummte Barak. »Wenn ich das Sirren nicht gehört hätte, wäre es böse ausgegangen.«

Lelldorin hatte den zerbrochenen Pfeil aufgehoben und untersuchte ihn gründlich. »Die Federn sind lose«, sagte er und fuhr mit dem Finger darüber. »Deswegen war er so laut.«

Olban kehrte aus dem Wald zurück, das blutige Schwert noch in Händen. »Ist die Königin in Sicherheit?« fragte er. Aus irgendeinem Grund wirkte er nahezu hysterisch.

»Es geht ihr gut«, erwiderte Barak mit einem neugierigen Blick auf ihn. »Wer war es?«

»Ein Murgo, glaube ich«, antwortete Olban. »Er hatte Narben im Gesicht.«

»Hast du ihn getötet?«

Olban nickte. »Meine Königin, ist auch wirklich alles in Ordnung?« fragte er Ce'Nedra. Sein hellblondes Haar war zerzaust, und er wirkte sehr jung und sehr ernst.

»Mir geht es gut, Olban«, antwortete sie. »Du warst sehr tapfer, aber du hättest warten sollen, statt ganz allein davonzureiten. Es hätten auch mehrere sein können.«

»Dann hätte ich sie alle getötet«, erklärte Olban hitzig. »Ich werde jeden umbringen, der auch nur den Finger gegen Euch erhebt.« Der junge Mann zitterte geradezu vor Wut.

»Eure Entschlossenheit steht Euch gut an, Olban«, lobte Mandorallen.

»Wir sollten besser ein paar Kundschafter ausschicken«, schlug Barak König Rhodar vor. »Wenigstens, solange wir im Wald sind. Korodullin wollte zwar alle Murgos aus Arendien verjagen, aber es scheint, als hätte er ein paar übersehen.«

»Laß mich den Spähtrupp anführen«, bat Olban.

»Dein Sohn ist sehr begeisterungsfähig«, meinte Rhodar zu Brand. »Das gefällt mir an einem jungen Mann.« Er wandte sich wieder an Olban. »Gut«, sagte er. »Nimm so viele Männer, wie du brauchst. Ich will im Umkreis von fünf Meilen um die Prinzessin herum keinen Murgo haben.«

»Ihr habt mein Wort darauf«, erwiderte Olban, machte kehrt und galoppierte zurück in den Wald.

Nun waren sie etwas wachsamer, und an strategisch wichtigen Punkten wurden Bogenschützen postiert, wenn Ce'Nedra eine Rede hielt. Olban berichtete grimmig, daß sie noch ein paar Murgos unter den Bäumen aufgescheucht hatten, aber sonst gab es keine Zwischenfälle.

Der erste Sommertag war nicht mehr fern, als sie aus dem Wald in die Zentralebene von Arendien kamen. Ce'Nedra hatte inzwischen nahezu jeden körperlich unversehrten Asturier in ihre Armee eingegliedert, und ihr Heer breitete sich hinter ihr aus wie ein Menschenmeer, als sie allen voran in die Ebene ritt. Der Himmel war sehr blau, nachdem sie die letzten Bäume hinter sich gelassen hatten, und das Gras unter den Hufen ihrer Pferde war sehr grün.

»Und wohin jetzt, Eure Majestät?« fragte Mandorallen.

»Nach Vo Mimbre«, antwortete Ce'Nedra. »Ich spreche zu den mimbrischen Rittern, dann ziehen wir weiter nach Tolnedra.«

»Ich hoffe, dein Vater liebt dich noch, Ce'Nedra«, sagte König Rhodar. »Es wird viel Liebe brauchen, damit Ran Borune dir verzeiht, daß du Tolnedra mit einer Armee im Rücken betrittst.«

»Er betet mich an«, beruhigte Ce'Nedra ihn zuversichtlich.

König Rhodar schien nicht ganz überzeugt.

Die Armee marschierte durch die Ebenen Zentralarendiens auf die Hauptstadt Vo Mimbre zu, wo König Korodullin die mimbrischen Ritter mit ihren Lehnsmännern versammelt hatte. Das Wetter blieb schön, und sie marschierten in strahlendem Sonnenschein.

An einem sonnigen Morgen, kurz nach Tagesanbruch, kam Polgara nach vorn und setzte sich neben Ce'Nedra an die Spitze des Heers. »Hast du dich schon entschieden, wie du deinen Vater behandeln willst?« fragte sie.

»Noch nicht«, gestand die Prinzessin. »Er wird vermutlich sehr schwierig sein.«

»Das sind die Boruner meistens.«

»Ich *bin* eine Borunerin, Polgara.«

»Ich weiß.« Polgara sah die Prinzessin durchdringend an. »Du bist in den letzten Monaten merklich erwachsener geworden, Liebes«, stellte sie fest.

»Mir blieb ja nichts anderes übrig, Polgara. Das alles kam sehr schnell für mich.« Ce'Nedra kicherte, als wäre ihr plötzlich etwas eingefallen. »Armer Garion.« Sie lachte.

»Wieso armer Garion?«

»Ich war schrecklich zu ihm, nicht wahr?«

»Ja, ziemlich.«

»Wie konntet ihr mich nur ertragen?«

»Wir haben gelegentlich die Zähne zusammengebissen.«

»Glaubst du, daß er stolz auf mich wäre – wenn er wüßte, was ich tue, meine ich?«

»Ja«, antwortete Polgara, »ich denke schon.«

»Weißt du, ich werde alles wieder gutmachen«, versprach Ce'Nedra. »Ich werde ihm die beste Ehefrau der Welt sein.«

»Das ist lieb, Kind.«

»Ich werde nie schimpfen oder schreien oder so.«

»Gib keine Versprechen, die du nicht halten kannst, Ce'Nedra«, sagte Polgara weise.

»Na ja«, verbesserte sich die Prinzessin, »jedenfalls so gut wie nie.«

Polgara lächelte. »Wir werden sehen.«

Die mimbrischen Ritter lagerten auf der großen Ebene vor den Toren Vo Mimbres. Zusammen mit ihren Gefolgsmännern bildeten sie eine gewaltige Armee, die in der Sonne glitzerte.

»O je«, stammelte Ce'Nedra, als sie von dem Hügel, auf den sie mit den alornischen Königen geritten war, um sich einen Überblick zu verschaffen, auf die große Ansammlung hinuntersah.

»Was ist?« fragte Rhodar.
»Es sind so viele.«
»Darum geht es doch, nicht wahr?«
Ein großer mimbrischer Ritter mit dunklem Haar und Bart, der einen schwarzen Samtumhang über der polierten Rüstung trug, galoppierte den Hügel hinauf und zügelte kurz vor ihnen sein Pferd. Er sah von einem zum anderen, dann neigte er in einer höflichen Verbeugung den Kopf. Er sprach Mandorallen an. »Korodullin, König von Arendien, sendet dem Bastard von Vo Mandor seine Grüße.«
»Das hast du immer noch nicht geregelt, was?« murmelte Barak Mandorallen zu.
»Ich hatte keine Zeit, Graf«, erwiderte Mandorallen. Er wandte sich an den Ritter. »Heil, Baron Andorig. Ich bitte Euch, überbringt Seiner Majestät unsere Grüße und berichtet, daß wir in Frieden kommen – was er zweifellos bereits weiß.«
»Das werde ich, Baron Mandorallen«, sagte Andorig.
»Was macht dein Apfelbaum, Andorig?« fragte Barak mit einem breiten Grinsen.
»Er gedeiht, Graf von Trellheim«, antwortete Andorig stolz. »Ich habe mich eifrig um ihn bemüht und habe Hoffnung auf eine reiche Ernte. Ich bin zuversichtlich, daß ich den Heiligen Belgarath nicht enttäusche.« Dann machte er kehrt und ritt den Hügel hinab, wobei er alle hundert Schritt sein Horn blies.
»Was hat das nun zu bedeuten?« fragte König Anheg seinen rotbärtigen Vetter mit einem verblüfften Stirnrunzeln.
»Wir waren schon einmal hier«, erklärte Brak. »Andorig glaubte uns nicht, als wir ihm sagten, wer Belgarath war. Belgarath ließ einen Apfelbaum im Schloßhof wachsen, und das hat ihn irgendwie überzeugt.«
»Ich bitte Euch«, sagte Mandorallen, die Augen in plötzlichem Schmerz bewölkt. »Ich sehe liebe Freunde sich nähern. Ich werde bald zurück sein.« Er lenkte sein Pferd langsam auf einen Ritter und eine Dame zu, die aus der Stadt kamen.
»Guter Mann«, meinte Rhodar und sah hinter dem großen Ritter her. »Aber warum habe ich immer, wenn ich mit ihm

spreche, das Gefühl, daß meine Worte von ihm abprallen wie von einer Mauer?«

»Mandorallen ist mein Ritter«, verteidigtte Ce'Nedra ihren Ritter schnell. »Er muß nicht denken. Ich denke für ihn.« Dann hielt sie plötzlich inne. »O je«, sagte sie, »das klingt schrecklich, nicht wahr?«

König Rhodar lachte. »Du bist ein Schatz, Ce'Nedra«, sagte er liebevoll, »aber manchmal neigst du dazu, unbedacht daherzureden.«

»Wer sind diese Leute?« fragte Ce'Nedra, die neugierig beobachtete, wie Mandorallen auf das Paar zuritt, das aus den Toren Vo Mimbres gekommen war.

»Das ist der Baron von Vo Ebor«, antwortete Durnik leise, »und seine Gattin, die Baronin Nerina. Mandorallen liebt sie.«

»*Wie bitte?*«

»Es ist alles sehr anständig«, versicherte Durnik schnell. »Ich habe es zuerst auch nicht verstanden, aber ich glaube, hier in Arendien geschieht so etwas eben. Es ist natürlich eine Tragödie. Alle drei leiden schrecklich darunter.« Durnik seufzte.

»O weh«, sagte Ce'Nedra und biß sich auf die Lippe. »Das wußte ich nicht – und ich bin manchmal gar nicht nett zu ihm gewesen.«

»Er verzeiht dir bestimmt, Prinzessin«, meinte Durnik. »Er hat ein großes Herz.«

Kurz darauf kam König Korodullin aus der Stadt, begleitet von Mandorallen und einer Schar gepanzerter Ritter. Ce'Nedra hatte den jungen König von Arendien einige Jahre zuvor kennengelernt, und hatte ihn als dünnen, blassen jungen Mann mit schöner Stimme in Erinnerung. Er trug volle Rüstung und dazu einen purpurnen Umhang. Beim Näherkommen hob er sein Visier. »Eure Majestät«, begrüßte er sie feierlich, »wir haben mit großer Vorfreude Eure Ankunft erwartet.«

»Eure Majestät ist zu freundlich«, erwiderte Ce'Nedra.

»Wir haben die Geschichten über die Mobilmachung unserer asturischen Vettern bewundernd vernommen«, sagte der König. »Eure Rednergabe muß hervorragend sein, wenn sie ihre üblichen Feindseligkeiten beiseite gelegt haben.«

»Der Tag schreitet voran, Majestät«, erinnerte König Rhodar ihn. »Ihre Majestät würde gern zu Euren Rittern sprechen – mit Eurer Erlaubnis selbstverständlich. Wenn Ihr sie gehört habt, versteht Ihr sicherlich, wie wertvoll sie für unsere Sache ist.«

»Sogleich, Majestät«, stimmte Korodullin zu. Er wandte sich an einen seiner Männer. »Versammle die Ritter von Vo Mimbre und deren Gefolgsleute, so daß die Rivanische Königin ihnen ihr Herz öffnen kann«, befahl er.

Die Armee, die Ce'Nedra durch die arendischen Ebenen gefolgt war, kam allmählich an und strömte auf die Ebene vor der Stadt zu. Die glitzernden mimbrischen Ritter standen dieser Streitmacht gegenüber. Die Luft knisterte vor Mißtrauen, als die beiden Gruppen einander beäugten.

»Ich glaube, wir fangen gleich an«, schlug König Cho-Hag vor. »Eine unbedachte Bemerkung von einer Seite könnte Unerfreulichkeiten nach sich ziehen, die wir besser vermeiden sollten.«

Ce'Nedra spürte schon wieder eine leichte Übelkeit. Aber inzwischen war ihr dieses Gefühl so vertraut, daß es sie nicht mehr beunruhigte. Auf halbem Weg zwischen Ce'Nedras Armee und den gepanzerten Rittern König Korodullins war eine Plattform errichtet worden. Die Prinzessin ritt auf die Plattform zu, begleitet von ihren Freunden und der mimbrischen Ehrengarde. Dort stieg sie nervös vom Pferd.

»Sprich ruhig lange und ausführlich, Ce'Nedra«, riet Polgara ihr leise. »Mimbrer lieben Zeremonien und haben eine Engelsgeduld, wenn sie sich etwas Formelles ansehen können. Bis Sonnenuntergang sind es noch etwa zwei Stunden. Der Höhepunkt deiner Rede sollte damit zusammenfallen.«

Ce'Nedra rang nach Atem. »Zwei *Stunden*?«

»Wenn du länger brauchst, können wir auch Freudenfeuer entfachen«, bot Durnik hilfsbereit an.

»Zwei Stunden sollten reichen«, meinte Polgara.

Rasch ging Ce'Nedra noch einmal ihre Rede durch. »Du sorgst dafür, daß mich alle hören können?« fragte sie Polgara.

»Ich kümmere mich darum, Liebes.«

Ce'Nedra holte tief Luft. »Also dann«, sagte sie. »Auf geht's.« Man half ihr auf die Plattform.

Es war nicht angenehm. Das war es zwar nie, aber ihre wochenlange Übung in Nordarendien hatte ihr die Fähigkeit eingebracht, die Stimmung der Menge einzuschätzen und das Tempo ihrer Rede darauf abzustimmen. Wie Polgara angedeutet hatte, schienen die Mimbrer durchaus bereit zu sein, bis in alle Ewigkeit dort zu stehen und ihr zuzuhören. Darüber hinaus verlieh die Tatsache, daß sie auf dem Schlachtfeld von Vo Mimbre standen, ihren Worten noch eine gewisse Stoßkraft. Torak selbst hatte hier gestanden, und die unüberschaubaren Horden der Angaraks waren von hier gegen die unerschütterlichen Mauern der Stadt Sturm gelaufen. Ce'Nedra sprach, die Worte flossen nur so von ihren Lippen, als sie ihre leidenschaftliche Ansprache hielt. Alle Augen ruhten auf ihr, und alles lauschte ihren Worten. Welche Zauberei Polgara auch anwendete, um die Stimme der Rivanischen Königin auch in den letzten Reihen noch verständlich zu machen, es wirkte offensichtlich. Ce'Nedra konnte sehen, wie die Wirkung ihrer Worte sich in der Menge ausbreitete, wie ein Windhauch über ein wogendes Weizenfeld streicht.

Und dann, als die Sonne in goldenen Wolken eben über dem westlichen Horizont stand, steuerte die kleine Königin den Höhepunkt ihrer Rede an. Die Worte ›Stolz‹, ›Ehre‹, ›Mut‹ und ›Pflicht‹ entzündeten das Blut ihrer gefesselten Zuhörer. Ihre letzte Frage: »Wer folgt mir?« stellte sie genau in dem Moment, als die untergehende Sonne die Ebene in flammendem Licht badete. Ein ohrenbetäubendes Gebrüll war die Antwort, und die mimbrischen Ritter zogen ihre Schwerter zum Gruß. In ihrer von der Sonne erwärmten Rüstung heftig schwitzend, zog Ce'Nedra, wie stets, ihr eigenes Schwert als Erwiderung, sprang auf ihr Pferd und führte ihre nun gewaltige Armee vom Feld.

»Großartig!« hörte sie König Korodullin bewundernd sagen, der hinter ihr herritt.

»Jetzt weißt du, warum wir ihr folgen«, sagte König Anheg.

»Sie ist wunderbar!« erklärte König Korodullin. »Wahrlich,

meine Herren, eine solche Rednergabe muß ein Geschenk der Götter sein. Ich hatte unserem Unternehmen mit gewissen Befürchtungen entgegengesehen – ich gestehe es –, doch jetzt würde ich frohen Herzens alle Horden Angaraks herausfordern. Der Himmel selbst ist mit diesem wundervollen Kind, und wir können nicht verlieren.«

»Ich würde mich wohler fühlen, wenn ich schon wüßte, wie die Legionen auf sie reagieren«, meinte König Rhodar. »Das sind ziemlich verbissene Burschen, und es wird mehr als nur eine Rede über Patriotismus vonnöten sein, um sie zu rühren.«

Aber Ce'Nedra arbeitete bereits daran. Sie überdachte das Problem aus jedem Blickwinkel, als sie an jenem Abend in ihrem Zelt saß und sich das Haar bürstete. Sie brauchte etwas, um ihre Landsleute aufzurütteln und wußte instinktiv, was das sein mußte.

Plötzlich erzitterte das Amulett an ihrem Hals, etwas, das es noch nie getan hatte. Ce'Nedra legte die Bürste beiseite und berührte das Amulett mit den Fingern.

»Ich weiß, daß du mich hören kannst, Vater«, hörte sie Polgara sagen. In Ce'Nedras Geist formte sich das Bild Polgaras, wie sie, eingehüllt in ihren blauen Mantel, auf einer Hügelkuppe stand und der Nachtwind an ihren Haaren zerrte.

»Hast du dich schon wieder beruhigt?« Belgaraths Stimme klang müde.

»Darüber sprechen wir ein andermal. Was machst du?«

»Im Moment stecke ich zwischen einer Menge betrunkener Nadraks. Wir sind in einer Taverne in Yar Nadrak.«

»Das hätte ich mir denken können. Geht es Garion gut?«

»Natürlich. Ich werde dafür sorgen, daß ihm nichts geschieht, Pol. Wo bist du?«

»In Vo Mimbre. Wir haben die Arendier mobilisiert, und morgen ziehen wir nach Tolnedra.«

»Das wird Ran Borune aber nicht gefallen.«

»Wir haben einen gewissen Vorteil. Ce'Nedra führt die Armee.«

»Ce'Nedra?« Belgarath wirkte verblüfft.

»Das scheint der Absatz in dem Kodex zu bedeuten. Sie hat die Arendier aus ihren Bäumen herausgeredet, als ob sie ihr gehörten.«

»Erstaunlich.«

»Weißt du, daß die Murgos des Südens sich bereits in Rak Goska sammeln?«

»Ich habe Gerüchte gehört.«

»Das ändert die Lage, wie du weißt.«

»Vielleicht. Wer befehligt die Armee?«

»Rhodar.«

»Gut. Sag ihm, er soll so lange wie möglich alle größeren Feindseligkeiten vermeiden, Pol, aber haltet mir den Rücken frei von Angaraks.«

»Wir tun, was wir können.« Sie schien einen Moment zu zögern. »Geht es dir gut, Vater?« fragte sie behutsam. Die Frage war für sie anscheinend sehr wichtig.

»Meinst du, ob ich noch in vollem Besitz meiner Fähigkeiten bin?« Er klang belustigt. »Garion hat mir erzählt, daß du dich deshalb gesorgt hast.«

»Er sollte doch nichts sagen.«

»Als er damit herausrückte, war die Frage nur noch von rein akademischem Interesse.«

»Bist du –? Ich meine, kannst du noch –?«

»Alles scheint genauso zu funktionieren wie früher, Pol«, beruhigte er sie.

»Grüße Garion von mir.«

»Natürlich. Laß es nicht zur Gewohnheit werden, aber bleib mit mir in Verbindung.«

»Bestimmt, Vater.«

Das Amulett unter Ce'Nedras Fingern bebte wieder. Dann hörte sie Polgaras strenge Stimme. »So, Ce'Nedra«, sagte die Zauberin, »du kannst jetzt aufhören zu lauschen.«

Schuldbewußt glitten Ce'Nedras Finger von dem Amulett.

Am nächsten Morgen, noch vor Sonnenaufgang, schickte sie nach Barak und Durnik.

»Ich brauche jeden Krümel Angarakgold aus der ganzen Armee«, verkündete sie. »Jede einzelne Münze. Kauft es den

Männern ab, wenn nötig, aber bringt mir alles Gold, das ihr in die Finger bekommen könnt.«

»Du willst uns wohl nicht sagen warum«, brummte Barak verdrießlich. Er mochte es nicht, wenn man ihn vor Tagesanbruch aus dem Bett jagte.

»Ich bin Tolnedranerin«, erklärte sie, »Und ich kenne meine Landsleute. Ich glaube, ich werde einen Köder brauchen.«

27

Ran Borune XXIII. Kaiser von Tolnedra, tobte vor Wut. Ce'Nedra bemerkte bestürzt, daß ihr Vater in dem Jahr, seit sie von zu Hause fort war, sichtlich gealtert war, und wünschte, daß ihre Begegnung freundlicher verlaufen würde, als diese hier zu werden versprach.

Der Kaiser hatte seine Legionen auf die Ebene Nordtolnedras zusammengezogen, und dort standen sie, als Ce'Nedras Armee aus dem Wald von Vordue herauskam. Die Sonne schien warm, und die roten Standarten der Legionen, flatterten eindrucksvoll im Sommerwind. Die Legionen hatten auf einer Reihe niedriger Hügel Stellung bezogen, von wo aus sie mit dem taktischen Vorteil des für sie günstigen Geländes auf Ce'Nedras herankommende Armee herabsahen.

König Rhodar machte dies der jungen Königin leise deutlich, als sie abstiegen, um den Kaiser zu begrüßen. »Wir wollen auf keinen Fall eine Provokation«, warnte er. »Versuch dein Bestes, um wenigstens höflich zu bleiben.«

»Ich weiß schon, was ich tue, Majestät«, sagte sie leichthin, zog den Helm ab und glättete sorgfältig ihr Haar.

»Ce'Nedra«, sagte Rhodar barsch und umklammerte ihren Arm mit festem Griff, »seit wir an Kap Arendien gelandet sind, spielst du dein eigenes Spiel. Du weißt von einer auf die andere Minute nicht, was du tun wirst. Ich habe *auf gar keinen Fall* vor, die tolnedranischen Legionen bergauf anzugreifen, also sei höflich zu deinem Vater, sonst lege ich dich übers Knie und walke dich durch. Hast du mich verstanden?«

»Rhodar!« japste Ce'Nedra. »Wie kann man nur so etwas Furchtbares sagen!«
»Ich meine es ernst«, sagte er. »Denk an dein Benehmen, junge Dame.«
»Natürlich«, versprach sie. Sie warf ihm durch klimpernde Wimpern einen scheuen Klein-Mädchen-Blick zu. »Magst du mich denn trotzdem noch, Rhodar?« fragte sie leise.
Er sah sie hilflos an, dann tätschelte sie ihm die breite Wange.
»Dann ist alles gut«, versicherte sie. »Hier kommt mein Vater.«
»Ce'Nedra«, rief Ran Borune zornig, während er auf sie zukam, »was soll das heißen?« Der Kaiser trug eine mit Gold eingelegte Rüstung, und Ce'Nedra fand, daß er darin recht albern wirkte.
»Wir sind nur auf der Durchreise, Vater«, antwortete sie so harmlos wie möglich. »Ich hoffe, es geht dir gut?«
»Bis auf die Tatsache, daß du meine Grenzen verletzt hast, geht es mir gut. Wo hast du die Armee her?«
»Von hier und dort, Vater.« Sie zuckte die Achseln. »Wir müssen unbedingt miteinander reden, Vater, und zwar allein.«
»Ich habe dir nichts zu sagen«, erklärte der kahle, kleine Mann. »Ich weigere mich, mit dir zu reden, solange diese Armee auf tolnedranischem Grund und Boden steht.«
»Ach, Vater«, tadelte sie ihn, »hör auf, dich so kindisch aufzuführen.«
»Kindisch?« Der Kaiser explodierte. »*Kindisch?*«
»Ihre Majestät hat vielleicht das falsche Wort gewählt«, griff König Rhodar ein, mit einem bösen Seitenblick auf Ce'Nedra. »Wie wir alle wissen, ist sie manchmal recht undiplomatisch.«
»Was willst du hier, Rhodar?« verlangte Ran Borune zu wissen. »Warum sind die Alorner in Tolnedra eingefallen?«
»Wir sind nicht eingefallen, Ran Borune«, sagte Anheg. »Sonst lägen verbrannte Städte und Dörfer hinter uns. Du weißt, daß wir in den Krieg ziehen.«
»Was wollt ihr dann hier?«
König Cho-Hag antwortete mit ruhiger Stimme. »Wie Ihre

Majestät gesagt hat, sind wir nur auf der Durchreise auf unserem Weg nach Osten.«
»Und was genau habt ihr im Osten vor?«
»Das ist unsere Sache«, erklärte Anheg barsch.
»Sei höflich«, wies Polgara den König von Cherek zurecht. Sie wandte sich an den Kaiser. »Mein Vater und ich haben dir letzten Sommer erklärt, was vor sich geht, Ran Borune. Hast du nicht zugehört?«
»Das war, bevor ihr meine Tochter gestohlen habt«, gab er zurück. »Was habt ihr mit ihr gemacht? Sie war früher schon schwierig, aber jetzt ist sie völlig unmöglich.«
»Kinder werden nun einmal erwachsen, Majestät«, erwiderte Polgara philosophisch. »Aber was die Königin sagte, war sehr wichtig. Wir müssen miteinander reden – am besten allein.«
»Von welcher Königin redest du?« fragte der Kaiser beißend. »Ich sehe keine Königin.«
Ce'Nedras Augen wurden hart. »Vater«, fuhr sie ihn an. »Du weißt doch, was geschieht. Jetzt laß die Spielchen und sei vernünftig. Dies ist sehr wichtig.«
»Eure Hoheit sollte mich gut genug kennen, um zu wissen, daß ich keine Spielchen spiele«, sagte er eisig.
»Eure *Majestät*«, korrigierte sie.
»Eure *Hoheit*«, beharrte er.
»Eure *Majestät*«, wiederholte sie eine Oktave höher.
»Eure *Hoheit*«, knirschte er mit zusammengebissenen Zähnen.
»Müssen wir wie mißmutige Kinder vor den Augen der Armeen streiten?« fragte Polgara ruhig.
»Sie hat recht, weißt du«, sagte Rhodar zu Ran Borune. »Allmählich wirken wir hier draußen etwas albern. Wir sollten wenigstens den Anschein von Würde aufrechterhalten.«
Der Kaiser warf unwillkürlich einen Blick über die Schultern auf die glitzernden Reihen seiner Legionen, die auf den nahegelegenen Hügeln standen. »Also schön«, gab er widerstrebend nach, »aber ich möchte von vornherein klarstellen, daß wir ausschließlich über euren Rückzug von tolnedranischem Boden reden werden. Wenn ihr mir folgen wollt, gehen wir in meinen Pavillon.«

»Der inmitten deiner Legionen steht«, setzte König Anheg hinzu. »Verzeiht mir, Ran Borune, aber so dumm sind wir nicht. Warum gehen wir nicht statt dessen in mein Zelt?«

»Ich bin auch nicht dümmer als du, Anheg«, erwiderte der Kaiser.

»Wenn ich darf«, sagte König Fulrach sanft. »Im Interesse der Zweckmäßigkeit, könnten wir nicht davon ausgehen, daß dieser Fleck hier mehr oder weniger neutral ist?« Er wandte sich an Brendig. »Oberst, könnte hier bitte ein großes Zelt aufgeschlagen werden?«

»Sofort, Eure Majestät«, antwortete der immer ernste Brendig.

König Rhodar grinste. »Wie man sieht, ist die legendäre praktische Veranlagung der Sendarier kein Mythos.«

Der Kaiser sah etwas mürrisch drein, besann sich aber schließlich auf seine Manieren. »Ich habe dich lange nicht gesehen, Fulrach«, sagte er. »Ich hoffe, es geht Layla gut.«

»Sie läßt grüßen«, erwiderte der König von Sendarien höflich.

»Du hast doch Verstand, Fulrach«, stieß der Kaiser plötzlich hervor. »Warum hast du dich auf dieses verrückte Abenteuer eingelassen?«

»Gehört das nicht vielleicht zu den Dingen, die wir lieber unter uns besprechen wollten?« meinte Polgara sanft.

»Was macht der Streit um die Thronfolge?« fragte Rhodar in leichtem Konversationston.

»Hängt noch in der Schwebe«, antwortete Ran Borune in ebenso leichtem Ton. »Die Honether scheinen allerdings Streitkräfte zusammenzuziehen.«

»Das ist nicht gut«, murmelte Rhodar. »Die Honether haben einen schlechten Ruf.«

Unter Oberst Brendigs Aufsicht errichtete eine Schar sendarischer Soldaten rasch ein großes, farbenfrohes Zelt auf dem Rasen.

»Hast du mit Herzog Kador abgerechnet, Vater?« erkundigte sich Ce'Nedra.

»Seine Gnaden fanden ihr Leben sehr beschwerlich«, antwortete Ran Borune mit einem knappen Lachen. »Irgendein sorgloser Mensch hat Gift in seiner Zelle herumliegen lassen, und dem hat er reichlich zugesprochen. Wir haben ihm ein schönes Begräbnis bereitet.«

Ce'Nedra lächelte. »Schade, daß ich es verpaßt habe.«

»Der Pavillon ist fertig«, sagte König Fulrach. »Sollen wir hineingehen?«

Sie betraten das Zelt und setzten sich an den Tisch, den die Soldaten dort aufgestellt hatten. Graf Morin, der Kämmerer des Kaisers, rückte Ce'Nedra den Stuhl zurecht.

»Wie geht es ihm?« flüsterte Ce'Nedra dem Beamten in dem braunen Mantel zu.

»Nicht gut, Prinzessin«, antwortete Morin. »Eure Abwesenheit schmerzte ihn mehr, als er zugeben wollte.«

»Ißt er ordentlich, und schläft er genug?«

»Wir tun unser Bestes, Hoheit.« Morin zuckte die Achseln. »Aber Euer Vater gehört zu den schwierigeren Menschen.«

»Hast du seine Medizin?«

»Selbstverständlich, Hoheit. Ich gehe nie ohne sie weg.«

»Wir sollten jetzt zum Geschäft kommen«, sagte Rhodar gerade.

»Taur Urgas hat seine Westgrenze abgeschottet, und die Murgos aus dem Süden haben um Rak Goska herum Stellung bezogen. Zakath, der malloreanische Kaiser, hat auf der Ebene vor Thull Zelik ein Durchgangslager aufgeschlagen, das seine Truppen aufnimmt, wenn sie übergesetzt sind. Unsere Zeit wird knapp, Ran Borune.«

»Ich verhandele mit Taur Urgas«, erwiderte der Kaiser, »und ich werde sofort einen Bevollmächtigten zu Zakath schicken. Ich bin sicher, man kann dies auch ohne Krieg regeln.«

»Du kannst mit Taur Urgas reden, bis dir der Mund wehtut«, schnappte Anheg, »und Zakath weiß vermutlich nicht einmal, wer du bist, oder es interessiert ihn nicht. Sobald sie ihre Streitmächte gesammelt haben, marschieren sie los. Der Krieg ist unvermeidlich, und ich für mein Teil bin ganz glücklich darüber. Dann können wir mit den Angaraks ein für allemal aufräumen.«

»Ist das nicht etwas unzivilisiert, Anheg?« fragte Ran Borune.

»Eure Kaiserliche Majestät«, sagte König Korodullin förmlich,

»der König von Cherek mag etwas unbesonnen sprechen, doch in seinen Worten liegt auch Weisheit. Sollen wir denn für alle Zeiten unter der Bedrohung einer Invasion aus dem Osten leben? Wäre es nicht das Beste, sie jetzt und für immer zu bezwingen?«

»Das ist ja alles ganz interessant«, unterbrach Ce'Nedra kühl, »geht aber am Kern der Angelegenheit vorbei. Der entscheidende Punkt ist doch, daß der Rivanische König zurückgekehrt ist, und daß Tolnedra durch die Bestimmungen des Vertrags von Vo Mimbre verpflichtet ist, sich seiner Führung zu unterwerfen.«

»Vielleicht«, antwortete ihr Vater, »aber der junge Belgarion scheint abwesend zu sein. Habt ihr ihn irgendwo verloren? Oder mußte er vielleicht in Riva noch Töpfe schrubben und konnte deswegen nicht mit euch kommen?«

»Das ist unter deiner Würde, Vater«, sagte Ce'Nedra geringschätzig. »Der Großkönig des Westens fordert deine Dienste. Willst du die Boruner und ganz Tolnedra beschämen, indem du den Vertrag widerrufst?«

»Oh nein, Töchterchen«, sagte er mit einer abwehrenden Geste. »Tolnedra hält jede Klausel in jedem Vertrag, den es jemals unterzeichnet hat, peinlich genau ein. Der Vertrag verpflichtet mich, mich Belgarion zu unterwerfen, und genau das werde ich auch tun – sobald er herkommt und sagt, was er von mir will.«

»Ich handele an seiner Statt«, verkündete Ce'Nedra.

»Ich kann mich nicht daran erinnern, davon gelesen zu haben, daß die Autorität übertragbar ist.«

»Ich bin die Rivanische Königin«, erwiderte Ce'Nedra hitzig, »und Belgarion selbst hat mich als Mitregentin eingesetzt.«

»Die Hochzeit muß in aller Stille stattgefunden haben. Es kränkt mich etwas, daß ich nicht eingeladen war.«

»Die Hochzeit wird zu gegebener Zeit stattfinden, Vater. Bis dahin spreche ich für Belgarion und für Riva.«

»Sprich, soviel du willst, Mädchen.« Er zuckte die Achseln. »Aber ich bin nicht verpflichtet, dir zuzuhören. Im Moment bist du lediglich die Verlobte des Rivanischen Königs. Du bist nicht seine Gattin und damit auch nicht seine Königin. Wenn wir uns strikt an das Recht halten wollen, stehst du bis zu deiner Vermählung noch unter meiner Autorität. Wenn du dich entschuldigst und diese lächerliche Rüstung ausziehst und etwas Anständiges dafür anziehst, verzeihe ich dir vielleicht. Anderenfalls zwingst du mich, dich zu bestrafen.«

»Bestrafen? *Bestrafen*!«

»Schrei mich nicht an, Ce'Nedra«, sagte der Kaiser wütend.

»Die Lage scheint sich rapide zuzuspitzen«, meinte Barak trokken zu Anheg.

»Das habe ich auch bemerkt«, antwortete Anheg.

»Ich *bin* die Rivanische Königin!« schrie Ce'Nedra ihren Vater an.

»Du bist ein dummes Gör!« brüllte er zurück.

»Das reicht, Vater«, erklärte sie und sprang auf. »Du wirst mir sofort den Oberbefehl über deine Legionen erteilen, und dann kehrst du zurück nach Tol Honeth, wo deine Diener dich in Decken wickeln und mit Grütze füttern können, da du offensichtlich zu senil bist, um noch von Nutzen zu sein.«

»*Senil?*« schrie der Kaiser, ebenfalls aufspringend. »Geh mir aus den Augen! Schaff sofort deine stinkende, alornische Armee aus Tolnedra, sonst befehle ich meinen Legionen, euch hinauszuwerfen.«

Ce'Nedra stürmte jedoch bereits auf den Ausgang des Zeltes zu.

»Du kommst sofort zurück!« tobte er. »Ich bin noch nicht fertig mit dir.«

»Doch, das bist du, Vater«, schrie sie zurück. »Jetzt rede *ich*. Barak, ich brauche den Sack, den du an deinen Sattel gebunden hast.« Sie lief aus dem Zelt und kletterte auf ihr Pferd, in scheinbarer Wut vor sich hinschimpfend.

»Weißt du auch genau, was du tust?« fragte Barak, als er den Sack mit den Angarakmünzen an ihren Sattel band.

»Selbstverständlich«, antwortete sie gelassen.

Baraks Augen wurden schmal, als er sie näher betrachtete. »Du scheinst deine Fassung in bemerkenswert kurzer Zeit wiedergewonnen zu haben.«

»Ich hatte sie nie verloren, Barak.«

»Du hast das nur gespielt?«
»Sicher. Wenigstens teilweise. Mein Vater wird etwa eine Stunde brauchen, um sich wieder zu fassen, und dann wird es zu spät sein. Sag Rhodar und den anderen, sie sollen die Armee marschbereit machen. Die Legionen werden mit uns kommen.«
»Wie kommst du denn darauf?«
»Ich werde sie jetzt holen.« Sie wandte sich an Mandorallen, der gerade aus dem Zelt auftauchte. »Wo warst du?« fragte sie. »Komm mit. Ich brauche eine Eskorte.«
»Bitte, wohin gehen wir?« fragte der Ritter.
»Das wirst du schon sehen«, gab sie zurück, machte kehrt und trabte auf den Hügel zu, wo sich die Legionen versammelt hatten. Mandorallen tauschte einen hilflosen Blick mit Barak, dann schwang er sich in den Sattel, um ihr zu folgen.
Ce'Nedra legte behutsam die Fingerspitzen auf ihr Amulett. »Dame Polgara«, wisperte sie, »kannst du mich hören?« Sie war nicht sicher, ob das Amulett auf diese Weise auch funktionierte, aber sie mußte es versuchen. »Dame Polgara«, wisperte sie erneut, etwas drängender.
»Was machst du denn, Ce'Nedra?« Polgaras Stimme erklang ganz deutlich in den Ohren der kleinen Königin.
»Ich werde zu den Legionen sprechen«, antwortete Ce'Nedra. »Kannst du dafür sorgen, daß sie mich hören?«
«Schon, aber die Legionen werden kein Interesse an einer Rede über Vaterlandsliebe haben.«
»Ich habe eine andere für sie«, versicherte Ce'Nedra ihr.
»Dein Vater hat hier einen Art Anfall. Er hat regelrecht Schaum vor dem Mund.«
Ce'Nedra seufzte bedauernd. »Ich weiß«, sagte sie. »Das passiert ziemlich oft. Graf Morin hat seine Medizin. Bitte achtet darauf, daß er sich nicht die Zunge durchbeißt.«
»Du hast ihn absichtlich soweit getrieben, nicht wahr, Ce'Nedra?«
»Ich brauchte Zeit, um zu den Legionen zu sprechen«, antwortete die Prinzessin. »Der Anfall wird ihm nicht weiter schaden. Er hat sein Leben lang Anfälle gehabt. Wenn es vorbei ist, wird

er Nasenbluten und furchtbare Kopfschmerzen haben. Bitte kümmere dich um ihn, Polgara. Du mußt wissen, daß ich ihn trotzdem liebe.«

»Ich werde sehen, was ich tun kann, aber darüber müssen wir beide uns noch ausführlicher unterhalten, junge Dame. Es gibt Dinge, die man einfach nicht tut.«

»Ich hatte keine Wahl, Polgara. Ich tue es für Garion. Bitte sorge dafür, daß die Legionen mich hören können. Es ist schrecklich wichtig.«

»Also schön, Ce'Nedra, aber mach keine Dummheiten.« Dann war ihre Stimme fort.

Ce'Nedra überflog rasch die vor ihr aufragenden Banner und suchte das vertraute Emblem der dreiundachtzigsten Legion. Darauf hielt sie zu. Es war notwendig, daß sie sich vor Männern postierte, die sie kannten und der übrigen Armee ihres Vaters ihre Identität bestätigen konnten. Die Dreiundachtzigste war in erster Linie eine zeremonielle Einheit, und traditionsgemäß waren ihre Quartiere innerhalb des kaiserlichen Palastgeländes in Tol Honeth untergebracht. Es war eine Auslesetruppe, noch immer begrenzt auf die traditionellen tausend Mann, und diente vorwiegend als Palastwache. Ce'Nedra kannte jeden Mann der Dreiundachtzigsten vom Sehen und die meisten mit Namen. Selbstsicher ritt sie auf sie zu.

»Hauptmann Albor«, begrüßte sie den Kommandanten der Dreiundachtzigsten höflich, einen untersetzten Mann mit rotem Gesicht und grauen Schläfen.

»Eure Hoheit«, erwiderte der Hauptmann mit einer respektvollen Neigung des Kopfes. »Wir haben Euch vermißt.«

Ce'Nedra wußte, daß dies gelogen war. Bei den Würfelspielen der Soldaten war die Pflicht, sie zu bewachen, ein beliebter Einsatz gewesen, und die Ehre gebührte immer dem Verlierer.

»Ich möchte dich um einen kleinen Gefallen bitten, Hauptmann«, sagte sie so gewinnend, wie sie konnte.

»Wenn er in meiner Macht liegt, Hoheit«, antwortete er ausweichend.

»Ich möchte zu den Legionen meines Vaters sprechen«, erklärte sie, »und ich möchte, daß sie wissen, wer ich bin.« Sie lächelte ihn an – warm, unaufrichtig. Albor war Horbiter, und insgeheim verabscheute Ce'Nedra ihn. »Da die Dreiundachtzigste mich praktisch großgezogen hat«, fuhr sie fort, »solltest du mich besser als jeder andere kennen und mich identifizieren können.«

»Das ist wahr, Eure Hoheit«, gab Albor zu.

»Könntest du bitte Läufer zu den anderen Legionen schicken, die ihnen sagen, wer ich bin?«

»Sofort, Hoheit«, stimmte Albor zu. Er sah offensichtlich keine Gefahr in ihrer Bitte. Einen Augenblick lang tat er Ce'Nedra beinahe leid.

Die Läufer – eigentlich mehr Traber, denn die Dreiundachtziger waren nicht sehr athletisch – begannen ihren Lauf durch die Legionen. Ce'Nedra plauderte derweil mit Hauptmann Albor und seinen Offizieren, behielt dabei aber wachsam das Zelt im Auge, in dem ihr Vater sich von seinem Anfall erholte, ebenso wie den goldenden Baldachin, unter dem sich der tolnedranische Generalstab versammelt hatte. Sie wollte auf keinen Fall, daß ein neugieriger Offizier herüberkam und fragte, was sie denn dort tat.

Schließlich, als ihrer Meinung nach jede weitere Verzögerung gefährlich werden konnte, entschuldigte sie sich höflich. Sie lenkte ihr Pferd zu einer Stelle, wo man sie gut sehen konnte. Mandorallen hielt sich dicht hinter ihr.

»Blase dein Horn, Mandorallen«, befahl sie dem Ritter.

»Wir sind einiges von unseren eigenen Streitkräften entfernt, Eure Majestät«, erinnerte er sie. »Ich bitte Euch, seid zurückhaltend in Euren Worten. Selbst mir könnte es gewisse Schwierigkeiten bereiten, es mit den geballten Legionen Tolnedras aufzunehmen.«

Sie lächelte ihn an. »Du weißt, daß du mir vertrauen kannst, Mandorallen.«

»Mit meinem Leben, Eure Majestät«, erwiderte er und setzte das Horn an die Lippen.

Als die letzten Töne verklangen, stellte sich Ce'Nedra in ihren Steigbügeln auf, um zu sprechen. Ihr Magen verkrampfte sich in der ihr nun schon so vertrauten Übelkeit. »Legionäre«, rief sie. »Ich bin Prinzessin Ce'Nedra, die Tochter eures Kaisers.« Das war vielleicht nicht der denkbar beste Anfang, aber irgendwie mußte sie beginnen, und dies würde ohnehin eher ein Schauspiel als eine Rede werden, so daß kleinere Unebenheiten keinen größeren Schaden anrichten konnten.

»Ich bin gekommen, um euch zu beruhigen«, fuhr sie fort. »Die Armee, die ihr vor euch seht, kommt in Frieden. Dieses strahlende, grüne Feld, diese heilige tolnedranische Erde, soll am heutigen Tag kein Schlachtfeld sein. Wenigstens heute soll kein Legionär sein Blut für die Verteidigung des Reiches vergießen müssen.«

Ein erleichtertes Murmeln lief durch die Reihen. Wie professionell Soldaten auch sein mögen, eine verhinderte Schlacht ist immer eine gute Nachricht. Ce'Nedra holte tief und bebend Luft. Jetzt mußte eine kleine Wendung kommen, die logisch zu dem führte, was sie eigentlich sagen wollte. »Heute sollt ihr nicht für eine halbe Kupferkrone sterben.« Die halbe Kupferkrone war der übliche Tagessold der Soldaten. »Ich kann jedoch nicht für morgen sprechen«, sprach sie weiter. »Niemand kann sagen, wann die Staatsangelegenheiten von euch fordern, euer Leben zu geben. Vielleicht verlangen schon morgen die Interessen eines mächtigen Kaufmanns euer Blut zu seinem Schutz.« Sie hob die Hände in einer wehmütigen Geste. »Aber so ist es ja immer gewesen, nicht wahr? Die Legionäre sterben für Kupfer, damit andere Gold haben können.«

Ein zynisches, zustimmendes Lachen folgte dieser Bemerkung. Ce'Nedra hatte genug von dem müßigen Gerede der Soldaten ihres Vaters gehört, um zu wissen, daß diese Klage im Mittelpunkt der Weltanschauung eines jeden Legionärs stand. »Blut und Gold – unser Blut und ihr Gold«, war geradezu ein Motto der Legionen. Jetzt hatte sie sie schon fast auf ihrer Seite. Das Flattern in ihrem Magen ließ etwas nach, und ihre Stimme wurde kräftiger.

Dann erzählte sie ihnen eine Geschichte – eine Geschichte, die sie seit ihrer Kindheit in einem halben Dutzend Variationen immer wieder gehört hatte. Es war die Geschichte eines braven Legionärs, der seine Pflicht tat und seinen Sold sparte. Seine

Frau hatte unter den Trennungen und Härten, die die Ehe mit einem Legionär mit sich brachte, viel gelitten. Als er ausgemustert wurde, zogen sie in ihre Heimat und kauften einen kleinen Laden, und die entbehrungsreichen Jahre schienen sich trotz allem gelohnt zu haben.

»Und dann, eines Tages, wurde seine Frau sehr krank«, erzählte Ce'Nedra die Geschichte weiter, »und das Honorar für den Arzt war sehr hoch.« Während sie sprach, hatte sie vorsichtig den Sack aufgeknüpft, der an ihrem Sattel hing. »Der Arzt verlangte so viel«, sagte sie, nahm drei blutrote Murgomünzen aus dem Sack und hielt sie hoch, daß alle sie sehen konnten. »Und der Legionär ging zu einem mächtigen Kaufmann und borgte sich das Geld, um den Arzt zu bezahlen. Aber der Arzt war, wie viele von ihnen, ein Pfuscher, und der Legionär hätte sein Geld ebensogut zum Fenster hinauswerfen können.« Beiläufig warf Ce'Nedra die Münzen hinter sich ins hohe Gras. »Die gute, treue Frau des Soldaten starb. Und zu dem vor Kummer niedergebeugten Legionär kam der mächtige Kaufmann und sagte: ›Wo ist das Geld, das ich dir geliehen habe?‹« Sie nahm drei weitere Münzen und hielt sie hoch. »›Wo ist das gute rote Gold, das ich dir gegeben habe, um den Arzt zu bezahlen?‹ Aber der Legionär hatte kein Gold. Seine Hände waren leer.« Ce'Nedra spreizte die Hände und ließ die Münzen ins Gras fallen. »Und so nahm der Kaufmann den kleinen Laden des Legionärs als Bezahlung für seine Schulden. Ein reicher Mann wurde noch reicher. Und was geschah mit dem Legionär? Nun, er hatte immer noch sein Schwert. Er war ein guter Soldat gewesen und hatte es gepflegt, so daß es blank und scharf war. Und nach dem Begräbnis seiner Frau nahm er sein Schwert und ging hinaus vor die Stadt und stürzte sich hinein. Und so endet die Geschichte.«

Jetzt hatte sie sie. Sie konnte es ihren Gesichtern ansehen. Die Geschichte, die sie erzählt hatte, ging schon lange um, aber die Goldmünzen, die sie so nachlässig weggeworfen hatte, verliehen ihr einen ganz neuen Ausdruck. Sie nahm ein paar der Angarakmünzen in die Hand und betrachtete sie neugierig, als ob sie sie zum erstenmal sähe. »Warum glaubt ihr wohl, ist heutzutage alles Gold, was wir sehen, so rot?« fragte sie. »Ich habe immer gedacht, daß Gold gelb sein müßte. Woher kommt das rote Gold?«

»Aus Cthol Murgos«, antworteten einige der Soldaten.

»Wirklich?« Sie blickte mit scheinbarem Abscheu auf die Münzen. »Was hat Murgogold in Tolnedra zu suchen?« Damit warf sie die Münzen ins Gras.

Die eiserne Disziplin der Legionen geriet ins Wanken, und die Soldaten machten unwillkürlich einen Schritt nach vorn.

»Aber ein einfacher Soldat sieht für gewöhnlich wohl nicht viel von dem roten Gold. Warum sollte ein Murgo versuchen, einen einfachen Soldaten zu bestechen, wenn er auch Offiziere bestechen kann – oder die mächtigen Männer, die entscheiden, wann und wohin die Legionen gehen, um ihr Blut zu vergießen und zu sterben?« Sie nahm eine weitere Münze zur Hand und betrachtete sie. »Wißt ihr, ich glaube, jede einzelne hiervon stammt tatsächlich aus Cthol Murgos«, sagte sie und ließ die Münze achtlos fallen. »Meint ihr, die Murgos wollen ganz Tolnedra aufkaufen?«

Zorniges Murmeln war die Antwort.

»In den Reichen der Angaraks muß sehr viel von diesem roten Gold herumliegen, wenn sie das vorhaben, meint ihr nicht? Ich habe Geschichten darüber gehört. Heißt es nicht, daß die Minen von Cthol Murgos unerschöpflich sind und daß die Flüsse in Garog Nadrak aussehen wie Ströme von Blut, weil der Kies, über den sie fließen, aus purem Gold ist? Na, in den Ländern des Ostens muß Gold ja so billig sein wie Dreck.« Sie nahm wieder eine Münze, warf einen Blick darauf und ließ sie fallen.

Die Legionen machten einen weiteren unwillkürlichen Schritt nach vorn. Die Offiziere bellten Befehle, stillzustehen, sahen aber ebenso hungrig auf das hohe Gras, in das die Prinzessin so gleichgültig die roten Goldmünzen geworfen hatte.

»Vielleicht findet die Armee, die ich führe, heraus, wieviel Gold in den Ländern der Angaraks auf der Erde liegt«, vertraute Ce'Nedra ihnen an. »Die Murgos und die Grolims haben denselben Betrug auch in Arendien und Sendarien und in den alornischen Königreichen ausgeführt. Wir sind auf dem Weg, sie dafür zur Rechenschaft zu ziehen.« Sie hielt inne, als wäre ihr soeben eine Idee gekommen. »In einer Armee ist immer Platz für gute Soldaten«, überlegte sie nachdenklich. »Ich weiß, daß die meisten Legionäre aus Loyalität zu ihrer Legion und aus Liebe zu Tolnedra dienen, aber vielleicht gibt es unter euch ein paar, die mit einer halben Kupferkrone am Tag nicht zufrieden sind. Solche Männer würden in meiner Armee sicher willkommen geheißen.« Sie nahm eine weitere Münze aus ihrem schwindenden Vorrat. »Würdet ihr glauben, daß da *noch* ein Murgogoldstück ist?« fragte sie und ließ die Münze aus der Hand gleiten.

Durch die versammelten Legionen lief ein Stöhnen.

Dann seufzte die Prinzessin. »Ich habe eins vergessen«, sagte sie bedauernd. »Meine Armee bricht sofort auf, und ein Legionär braucht Wochen, um seine Entlassung vorzubereiten, nicht wahr?«

»Wer will eine Entlassung?« rief eine Stimme.

»Ihr würdet doch nicht ernsthaft von euren Legionen desertieren, oder?« fragte sie ungläubig.

»Die Prinzessin bietet uns Gold!« brüllte ein anderer. »Laßt Ran Borune sein Kupfer behalten!«

Ce'Nedra griff ein letztes Mal in ihren Beutel und nahm die verbliebenen Münzen heraus. »Würdet ihr mir wirklich folgen?« fragte sie mit ihrer Klein-Mädchen-Stimme. »Nur dafür?« Sie ließ die Münzen durch ihre Finger rinnen.

Der kaiserliche Generalstab machte an diesem Punkt einen entscheidenden Fehler. Er schickte einen Kavallerietrupp vor, um die Prinzessin in Gewahrsam zu nehmen. Die Legionäre mißverstanden den Anblick berittener Soldaten, die dorthin ritten, wo Ce'Nedra den Boden so achtlos mit Gold gepflastert hatte, und stürmten vorwärts. Offiziere wurden überrannt und niedergetrampelt, als Ran Borunes Armee losstürzte, um in dem Gras nach den Münzen zu suchen.

»Ich bitte Euch, Eure Majestät«, drängte Mandorallen und zog sein Schwert, »laßt uns den Rückzug in die Sicherheit antreten.«

»Gleich, Mandorallen«, erwiderte Ce'Nedra gelassen. Sie

blickte direkt auf die verzweifelt gierigen Legionäre, die auf sie zurannten. »Meine Armee marschiert unverzüglich los«, verkündete sie. »Wenn die Kaiserlichen Legionen sich uns anschließen wollen, heiße ich sie willkommen.« Damit galoppierte sie zurück zu ihren eigenen Streitkräften, Mandorallen an ihrer Seite.

Hinter sich hörte sie das schwere Stampfen von vielen tausend Füßen. Irgend jemand begann einen Sprechchor, der sich rasch ausbreitete. »Ce-Ne-dra! Ce-Ne-dra!« riefen sie, und ihre schweren Schritte gaben dazu den Rhythmus an.

Prinzessin Ce'Nedra galoppierte mit wehendem Haar weiter, an der Spitze der gesamten Legionen. Ce'Nedra wußte natürlich genau, daß jedes ihrer Worte Täuschung gewesen war. Für diese Legionäre würde es ebensowenig Reichtum geben wie Ruhm oder leichterrungene Siege für die Arendier, die sie in den Wäldern Asturiens und auf den Ebenen Mimbres rekrutiert hatte. Sie hatte eine Armee getäuscht, nur um sie in einen aussichtslosen Krieg zu führen.

Aber sie tat es aus Liebe zu Garion, und vielleicht sogar für mehr. Wenn die Prophezeiung, die ihrer aller Leben so bestimmte, dies von ihr verlangte, dann hätte sie sich ohnehin nicht weigern können. Trotz all des künftigen Kummers hätte sie dies getan und noch mehr. Zum erstenmal akzeptierte Ce'Nedra die Tatsache, daß sie nicht selbst über ihr Leben bestimmte. Etwas unendlich Mächtigeres befahl ihr, und sie mußte gehorchen.

Polgara und Belgarath, mit ihren Zeitalter umfassenden Lebensspannen, konnten sich vielleicht ganz einer Idee widmen, einer Vorstellung, aber Ce'Nedra war gerade erst sechzehn Jahre alt, und sie brauchte etwas menschlicheres, um ihre Hingabe zu wecken. In diesem Moment war irgendwo in den Wäldern Gar og Nadraks ein junger Mann mit sandfarbenem Haar und ernstem Gesicht, dessen Sicherheit, ja dessen Leben, von jeglicher Anstrengung abhing, die sie aufbringen konnte. Sie schwor sich, daß sie ihren Garion nie enttäuschen würde. Wenn diese Armee nicht genug war, dann würde sie eben eine neue zusammenrufen – ganz gleich, zu welchem Preis.

Ce'Nedra seufzte, dann straffte sie die Schultern und führte die tolnedranischen Legionen über die sonnige Ebene, um sie in die Reihen ihrer Armee einzugliedern.

Hier endet Buch Vier der Geschichte vom *Auge Aldurs*.
Buch Fünf, *Verwunschenes Endspiel*, bringt dieses Epos zu einem brillanten Abschluß, wenn Belgarion Torak dem Verdammten gegenübersteht und sich das Schicksal von Göttern und Menschen und Prophezeiungen entscheidet.